निर्मोही

निर्मोही

कालजयी कहानियाँ

ममता कालिया

वाणी प्रकाशन

वाणी प्रकाशन

4695, 21-ए, दरियागंज, नयी दिल्ली 110 002

फ़ोन : +91 11 23273167 फ़ैक्स : +91 11 23275710

शाखाएँ

अशोक राजपथ, पटना 800 004, बिहार

कॉफ़ी हाउस कैम्पस, महात्मा गांधी मार्ग, इलाहाबाद 211 001, उत्तर प्रदेश

महात्मा गांधी अन्तरराष्ट्रीय हिन्दी विश्वविद्यालय, वर्धा 442 001, महाराष्ट्र

सुल्तानिया रोड, मोतिया पार्क, भोपाल 462 001, मध्य प्रदेश

www.vaniprakashan.com
marketing@vaniprakashan.in
sales@vaniprakashan.in

NIRMOHI
by Mamta Kalia

ISBN : 978-81-8143-105-9
Collection of Stories

संस्करण 2004, 2009
तृतीय संस्करण 2020

मूल्य : ₹ 295

सिटी प्रेस, दिल्ली-110 095 में मुद्रित

वाणी प्रकाशन का लोगो मक़बूल फ़िदा हुसेन की कूची से

अनुक्रम

निर्मोही	7
सुलेमान	16
ऐसा ही था वह	26
दल्ली	35
वह मिली थी बस में	45
बांगड़ू	51
बाथरूम	58
सिकन्दर	66
नमक	72
पिकनिक	79
खानपान	85
बोहनी	94
मुन्नी	103
उड़ान	110
समय	115
पीठ	122
सवारी और सवारी	130

निर्मोही

बाबा की पुरानी कोठी। लम्बे-लम्बे किवाड़ों वाला फाटक, जहाँ पहुँच रेल की पटरी ट्राम की पटरी जैसी चौड़ी हो जाती। जब बन्द होता, ताँगों की कतार लग जाती कोठी के सामने। रेल क्रॉसिंग के पार झाड़बिरिख और कुछ दूर पर सौंताल। कभी इसका नाम शिवताल रहा होगा पर सब उसे अब सौंताल कहते। उसके पार जंगम जंगल। बीच-बीच में जर्जर टूटी दीवारें। कहते हैं वहाँ राजा सूरसेन की कोठी थी कभी। घर की छत पर मोरों की आवाज़ उठतीं—मेहाओ मेहाओ। जब तक हम दौड़े-दौड़े छत पर पहुँचते मोर उड़ जाते। लम्बी उड़ान नहीं भरते। बस सौंताल के पास कभी क़दम पर या कटहल पर बैठ जाते। सौंताल से हमारी छुट्टियों का गाथा-लोक बँधा हुआ था। शाम को ठण्डी बयार चलती। दादी हाथ का पंखा रोक कर कहतीं—जे देखो सौंताल से आया सीत समीरन। कभी आकाश में बड़ी देर से टिका एक बादल थोड़ी देर के लिए बरस जाता। दादी का आह्लाद देखने वाला होता, 'आज सिदौसी से मोर-पपीहा मल्हार गा रहे थे। मैं जानू मेह परेगौ।'

दादी दिन-रात सौंताल की रागिनी से बँधी रहतीं। बाजार में पहली-पहली कटहरी आई, हरी कच्च। दादी कुँजड़िन से पूछें— सौंताल की है न।

कुँजड़िन को गहकी करनी है, सत्त कमाने नहीं निकली है।

'हम्बै मैया'।

'और जे कचनार, जे लाली सेम? सब सौंताल की है न!

'हम्बे मैया। सारा झउआ उँहई भरायौ ए।'

दादी तरकारी लेकर आँगन में बैठ जातीं तख़्त पर। एक-एक तरकारी छाँटतीं-छीलतीं। उनकी पोथी का एक-एक पन्ना खुलता जाता।

'जे कचनार राजाजी ने लगवायौ हौ। उनकी रसोई में एक दिन पूरी ब्यालू कचनार की रँधे ही। कचनार की भुजिया, कचनार का रायता, कचनार का अचार,

बाजरे की बेड़मी। एक दिन शकरकन्दी का राज रहतौ। शकरकन्दी का हलवा, शकरकन्दी की खीर, शकरकन्दी की चाट, शकरकन्दी की पूड़ियाँ।'

दादी की निगाह में यह राजाजी की वैभवगाथा थी, पर हम तीनों बहनें इस विवरण से ज़रा भी प्रभावित न होतीं।

'बड़ा इकरंगा जीवन था राजाजी का। उनकी रानी तो ऊब से अधमुई हो जाती होंगी।' हम कहते।

'जे लो छोरियों, तुम्हें सुख में दुख दिखे, दुख में सुख दिखे। कौन चाल मेल की हो तुम?'

रात को हम छत पर छिड़काव करतीं। एक-एक कर सबके बिस्तर बिछातीं। एक ऊंची पटिया पर सुराही रखतीं, सुराही पर गिलास मूँदा मारतीं। भग्गो बुआ काले उदले में आलू की रसेदार तरकारी ला कर रखती। दादी कठौते में परांठे। मैं कचनार के रायते पर भुना हुआ पिसा जीरा छिड़कती। कटोरियाँ गिनती, एक दो तीन चार पाँच छह सात आठ। धत्त तेरे की। कटोरी थाली तो बस छः ले जानी है। मम्मी पापा तो आए नहीं हैं। तभी तो रोज़ खाट पर पड़ जाने के बाद दादी जागती रहतीं। जब फ्रंटियर मेल का इंजन अपनी भट्टा जैसी एक आँख चमकाता, चिंघाड़ता गुज़र जाता, उसके दो तीन मिनट बाद दादी जम्हाई लेतीं 'सो जा री छोरी! लगै आज भी बिद्दाभूसण नायं आयौ।'

बाबा अपनी खाट से कहते, 'ससुरे में छटांक भर भी ममता नहीं है माई बाप की। दिल्लीवारौ बनौ बैठो ए।'

दादी बमक पड़तीं, 'जे बताओ, तुमने कभी नेक ममता करी लड़कन की। कान खींचे, गेंटुआ दबाये, कभी तराजू दे मारें, कभी बाँट फेंके। कौन करम नायं किए। मेरे दोनों लालाए देस निकारा दे डारौ।'

बाबा आग बबूला हो जाते, 'बिरचो समझै नायँ। तेरे छोरान पे बाबूसाहबी छाई रही। पैंट बुशकोट पहरें, गिटपिट बोलें, कुर्सी तोड़ें। गद्दी पे बैठ बूरा तोलने में उनकी मैया मरै थी। एक कबिताई करे लगौ, दूसरे को साहबियत चाट गयी।'

दादी बिखरा दूध समेटतीं, 'अच्छा अच्छा बस करौ। तुम तो बर्र के छत्ते से छिड़ परौ हौ। नतनियाँ सुनेंगी, सरम करौ।'

'जब बेटे सगे नायँ निकरै तो नाती धेवते कौन किरिया करेंगे। कोऊ काम नायँ आयेगौ, समझी रहौ।'

बाबा तो पड़ी लगाकर सो जाते, दादी रात भर घुट घुट कर उमड़तीं-घुमड़तीं।

'जेई मारे निकर गए दोऊ भइया। न कभी उन्हें दुलराया न पुचकारा। बस दुर दुर करते रहे। ज़िन्दगी भर हर चीज़ बाँट तराजू से तोली। मैं कहूँ अजी प्यार

का मोल और तोल बतावै, ऐसी तराग कहाँ पाओगे। पर नायं, जे तो छोटे के कागज पत्तर कापी उठा उठा के चूल्हे में झोंके। बड़े की किताबें रद्दीवाले को बेच आये। दो दिन रोटी नहीं खाई मेरे लालों ने।'

मैं दादी के पैर दबाती। उन्हें थपकती कि किसी तरह वे सो जायँ। सुबह सौंताल की तरफ़ दादी के साथ जाती हुई कहती, 'दादी इस बार तुम हमारे साथ दिल्ली चलो।'

दादी निहाल हो जातीं। मुझे कमर से चिपका कर, मेरे बिखरे बालों पर हाथ फेरतीं 'बिल्कुल बाप पे गयौ है मेरौ लटूरबाबा। मैं जानूँ बिद्दाभूसण भी मुझे हुड़कता होगौ। जब बारहवीं में आगरे पढ़े था, रात में मेरी पाटी पर आकर पूछै, 'जीजी च्यौं रो रई हों?' मैं चुप।

'कान में दरद है?' मैं चुप। 'दाँत में दरद है?' मैं चुप की चुप।

'पैर दबा दूँ?' नई।

'जीजी सुबह तुम्हें डाक्टर के लै चलूँगौ, चुप हो जाओ।'

तभी तेरे बाबा अपने तखत पे से किल्ला उठें 'याके लिए तेरे पास डागडर की फ़ीस है तो मेरे को दे दीजौ। कातिक में आढ़त भरनी है काम आयेगी।' बिद्दाभूसण में ऐसी खटास भर जाती अगले ही रोज वह अपना बिस्तरा गोल कर लेतौ।

हमें बाबा से डर लगने लगता। शाम की सैर के बाद घर लौटने में दहशत होती। हम कहतीं 'दादी आज यहीं रह जायँ, घर ना जायँ।'

दादी कहतीं, 'घर तो जानौ ही परैगो। अपने द्वारे से हट के तो फूलमती भी नायँ जी, हम तुम कौन गिनत में।'

अन्नो कहती, 'देखो ये अर्जुन और क़दम के नीचे कैसी पत्तों की छैयाँ है, पीने को बावड़ी का मीठा पानी और खाने को झरबेरी के लाल लाल बेर।'

दादी तड़प जातीं, 'ऐ री अन्नो! अब की तो कह दिया, फिर कभी न कहियो जे बात।'

'क्यों दादी' मैं ज़िद करती।

'तुझे नायँ पतौ! बहू ने नायँ सुनायौ वा किस्सौ?'

हम वापसी के लिए चल पड़ते। दादी अपनी एक टाँग पर उचक उचक कर चलतीं। और किस्सा भी उचक उचक कर आगे बढ़ता।

'एक थी फूलमती। बाके ये बड़ी बड़ी आँखें, कोई कहे मिरिगनैनी कोई कहै डाबरनैनी। एक बाकी ननद लब्बावती। जेई सौंताल से लगी हवेली राजा सूरसेन की। राजाजी के सन्तरी मन्तरी ने भतेरा समझायो 'या बावड़ी ठीक नई, नेक परे नींव धरो' पर राजाजी अड़े सो अड़े रहे 'मैं तो यईं बनवाऊंगौ महल। एम्मे का बुरौ है।'

'राजाजी पीपल के पेड़ पर भूत पिसाच और परेत तीनों का बसेरौ ए। जैसे भी भीत उठवाओगे, पीपल की छैयाँ जरूर छू जाएगी, जनै उगती, जनै डूबती।' सन्तरी बोले।

बस इत्ती सी बात।

ये लो। राजाजी ने पीपल समूल उखड़वा दियौ।

राजा सूरसेन को अपनी रानी से बड़ी परेम हौ। रानी फूलमती बोली, 'राजाजी ऐसौ बाग बनाओ कि मैं पूरब करवट लूँ तो मौलसिरी महके, पच्छिम घूम जाऊँ तो बेला चमेली।' राजा ने ऐसौ ही कर्यौ। हैरानी देखो बेलों की जड़ सौंताल की मिट्टी में और फूल खिलें रानी के चौबारे।

राजकुमारी लब्बावती का विवाह हाथरस के कुँअर वृषभानलला के पोते से हो गया। अभी गौना नहीं हुआ था। नन्द-भाभी घर में जोड़े से बोलें, जोड़े से डोलें, सास बलैयाँ लेती, 'मेरी बहू बेटी दोनों सुमतिया।'

'पर तुम जानो जहाँ सौ सुख हों, वहाँ एक दुख आके कोने में दुबक कर बैठ जाये तो सारे सुख नास हो जायँ। सोई हुआ राजा की हवेली में।'

'कैसे?' अन्नो ने कहा।

'अरे वियाह को एक साल बीता, दो साल बीते, साल पे साल बीते, फूलमती की कोख हरी न भई।

'सास लाख झाड़-फूँक करावै, राजाजी ओझा-बैद बुलावें, नन्द किशन कन्हाई की बाललीला सुनावै, पर कोई उपाय नायँ फलै।'

'एक दिन लब्बावती को सुपनौ आयौ कि तेरे भैया ने पीपर समूल उपारौ, येई मारे महल अटारी निचाट परे हैं। एकास्सी के दिन सौंताल के किनारे फिर से तेरी भाभी पीपर लगायँ, रोज ताल में नहायँ, पीपर पूजै अन्न जल लें, तब जाके जे कलंक मिटै। फिर तू नौ महीनन में जौले जौले दो भतीजे खिलइयौ।'

लब्बावती ने सुबह सबको सुपना बखानौ। अगले ही दिन एकास्सी थी। सो सात सुहागनें पूजा की थाली सजाए, सोलहों सिंगार किये, सोने का कूजा डाबरनैनी फूलमती के सिर पर धरा कर पीपल रोपने चलीं। महल की मालिन का इकलौता बेटा सबके आगे-आगे रास्ता सुझाये। बाके हाथ में फड़वा खुरपी।

राजा महलन में से देखते रहे। रानी फूलमती ने लोट लोटकर पूजा की। आपै आप बावड़ी में उतर सोने का कूजा भरयौ और पीपर-मूर पे जल चढ़ायौ। फिर सातों सुहागनों ने असीसें उचारीं। सब की सब राजी खुशी घर लौटीं।

रोज सबेरे पंछी-पंखेरू के जगतें-मुसकते फूलमती, लब्बावती, दोनों जाग जातीं

और सौंताल नहाने, पीपर पूजने निकल पड़तीं। कभी राजाजी जाग जाते, कभी करवट बदल कर सो जाते।

फूलमती भायली ननद से कहती, 'तेरे भइया तो पलिका से लगते ही सोय जायँ। इनकी ऐसी नींद तो न कभी देखी, न सुनीं।

लब्बावती कहतीं, 'मेरे भइया की नींद को नज़र न लगा भाभी! जे भी तो सोच जित्ती देर जागेंगे तुम्हें भी जगाएँगे कि नायँ।'

डाबरनैनी फूलमती उलटी साँस भरती, 'हम तो सारी रात जगें, भला हमें जगाबे बारो कौन?'

लब्बावती को काटो तो ख़ून नहीं। बोली– 'क्या बात है?'

फूलमती बोली– अभी तुम गौनियाई नायँ, तुम्हें का बतायँ का सुनायँ। तोरे भैया तो जाने कौन सी पाटी पढ़े हैं कि मन लेहु पे देहु छटांक नहीं।' फिर फूलमती ने बात पलटी– 'तुम्हारी ससुराल से संदेसो आया है अबकी पूरनमासी को लिवाने आएँगे।'

लब्बावती ने भाभी की गटई से झूल कर लाड़ लड़ाया– 'कह दो बिन से, पहले हम अपने भतीजे की काजल लगाई का नेग तो ले लें तब गौना जायँ।'

माँ ने सुना तो बरज दिया, 'समधी जमाई राजी रहें। इस बार गौना कर दें, फिर तू सौ बार अइयौ, सौ बार जइयो, घर दुआर तेरौ।' बड़े सरंजाम से लब्बावती की बिदाई भई। गौने में माँ और भैया ने इत्तौ दियौ कि समधी की दस गाड़ी और राजाजी की दस गाड़ी ठसाठस भर गयीं। डोली में बैठते लब्बावती ने भाभी को घपची में भर लीनो– 'भाभी मेरी, मेरे भैया की पत रखना। पीपल पूजा, बावड़ी नहान का नेम निभाना। मोय जल्दी बुलौआ भेजना।'

फूलमती ननद के जाने से उदास भई। राजाजी ने कठपुतली का तमाशा करायौ, नन्दगाँव का मेला दिखायौ, पर रानी का जी भारी सो भारी।

सुबह-सबेरे अभी भी वह रोज सौंताल नहाये, पीपल पूजे तब जाकर अन्नजल छुए। अब इस काम में संगी-साथी कोई न रह्यौ। एक दिन रानी भोर होते उठी। एक हाथ पे धोती जम्पर धर्‌यो, दूसरे पे पूजा की थाली और चल दी नहाने।

उस दिन गर्मी कछू ज़्यादा रही कि फूलमती की अगिन। गले-गले पानी में फूलमती ख़ूब नहाई। अबेरी होते देख फूलमती पानी से निकरी। अभी वह कपड़े बदल ही रही थी कि वाकी नज़र झरबेरी पे परी। गर्मी में झरबेरी लाल-लाल बेरों से बौरानी रही।'

इत्ते में घर आ गया। अन्नो बोली, 'दादी तुम्हारी कहानी बहुत लम्बी होती है।'

दादी अपनी छोटी टाँग पर हाथ फेरते हुए बोलीं, 'जे कहानी नहीं जिनगानी है लाली! देर तो लगैगी ही।'

दादी घर पहुँच कर काम काज में लग गयीं। मुझे लगता रहा लो डाबरनैनी को दादी ने सौंताल पर गीला नंगा छोड़ दिया, जाने वह कब घर पहुँची। पर दादी को कहाँ वक़्त। कभी बटलोई चूल्हे पर धरें, कभी उतारें। कभी रोटी तवे पर, कभी थाली में। हम तीनों उनकी भरसक मदद करतीं, पर चौके में दादी के बिना कुछ होय ही ना।

दिन में दो बार मैंने और अन्नो ने याद दिलाई, 'दादी कहानी?'

दादी ने बरज दिया, 'ना दिन में ना सुनी जाती कहानी, मामा गैल भूल जायेगो।'

मैं चुप। मेरे चार मामा थे और अन्नो-शन्नो के तीन। सात लोग रास्ता भूल जायँ, यह कैसे हो सकता है।

रात की ब्यालू निपटते ही हम दादी को घेर कर बैठ गये। अन्नो उनकी टाँगें दबाने लगी। मैंने सिर दबाना शुरू किया। 'दादी फिर क्या हुआ?'

'अज्जे राम रे, मैं तो बहौत थक गई। देखो हुंकारा भरती रहना। कहीं भटक-भूल जाऊँ तो टोक देना नहीं फूलमती को न्याव नायँ मिलेगौ।'

'हाँ तो फिर क्या था। फूलमती ने न आगा सोचा न पीछा, बस बेर तोड़ने ठाड़ी है गई। उचक-उचक कर बेर तोड़े और पल्ले में डारै। वहीं थोड़ी दूर पर मालिन का लड़का पूजा के लिए फूल तोड़ रहौ थौ। तभी रानी की उंगरी मा बेरी का काँटा चुभ गयौ। फूलमती तो फूलमती ही, वाने काँटा कब देखौ। उंगरी में ऐसी पीर भई कि आहें भरती वह दोहरी हो गयी। मालिन के छोरे कन्हाई ने रानीजी की आह सुनी तो दौड़ा आयौ।

काँटा झाड़ी से टूट कर उंगरी की पोर में धँस गयौ। मालिन का छोरा काँटे से काँटा निकारनौ जानतौ रहौ। सो वाने झरबेरी से एक और काँटा तोड़ रानी की उंगरी कुरेद काँटा काढ़ दियौ। काँटे के कढ़ते ही लोहू की एक बूँद पोर पे छलछलाई। कन्हाई ने झट से झुक कर रानी की उंगरी अपने मुँह में दाब ली और चूस-चूस कर उनकी सारी पीर पी गयौ। छोरे की जीभ का भभकारा ऐसा कि रानी पसीने-पसीने हो गयी।

उधर राजा सूरसेन की आँख वा दिना जल्दी खुल गयी। सेज पे हाथ बढ़ाया तो सेज खाली। थोड़ी देर राजाजी अलसाते, अगड़ाई लेते लेटे रहे। उन्हें लगा आज रानी को नहाने पूजने में बड़ी अबेर है रही है। राजाजी ने वातायन खोला। सौंताल में न रानी न वाकी छाया। पीपल पे पूजा अर्चन का कोई निशान नहीं। रानी गयीं तो कहाँ गयीं। सूरसेन अल्ली पार देखें, पल्ली पार देखें। तभी उसे सौंताल के पल्ली पार झरबेरी के नीचे रानी फूलमती और मालिन का छोरा कन्हाई

दिखे। फूलमती की उंगरी कन्हाई के मुँह में परी ही और रानी फूलों की डाली सी लचकती वाके ऊपर झुकी खड़ी।

राजा सूरसेन को काटो तो ख़ून नहीं। थोड़ी देर में सुध-बुध लौटी तो मार गुस्से के अपनी तलवार उठाई। पर जे का! तलवार मियान में परे-परे इत्ती जंग खा गयी कि वामें ते निकरेंई नायँ। राजा ने भतेरा जोर लगायौ, तलवार ज्यों की त्यों। उधर डाबरनैनी फूलमती की उंगरी की पोर मालिन के छोरे के मुँह में परी सो परी।

राजा, परजा की तरह अपनी रानी को घसीट कर महलन में लावै तो कैसे लावै, बस खड़ा-खड़ा किल्लावै। उसने अपने सारे ताबेदारों को फरमान सुनायौ कि महल के सारे दुआर मूँद लो, रानी घुसने न पाय। कोई उदूली करै तो सिर कटाय।

रानी फूलमती नित्त की भाँत खम्म खम्म जीना चढ़ के रनिवास तक आई। जे का। बारह हाथ ऊँचा किवार अन्दर से बन्द। अर्गला चढ़ी भई। रानी दूसरे किवार पे गई। वह भी बन्द। इस तरह डाबरनैनी ने एक-एक कर सातों किवार खड़काये, पर वहाँ कोई हो तो बोले।

सूरसेन की माता ने पूछा, 'क्यों लाला आज बहू पे रिसाने च्यों हो?'

सूरसेन मुँह फेर कर बोले, 'माँ तुम्हारी बहू कुलच्छनी निकरी। अब या अटा पे मैं रहूँगो या वो।'

माँ ने माली से पूछा, मालिन से पूछा, महाराज से पूछा, महाराजिन से पूछा, चौकीदार से पूछा, चोबदार से पूछा। सबका बस एकैई जवाब-राजाजी का हुकुम मिला है जो दरवज्जा खोले सो सिर कटाय।

सात दिना रानी फूलमती अपना सिर सातों दरब्बज्जों पे पटकती रही। माथा फूट कर ख़ून खच्चर हो गयौ। सूरसेन नायँ पसीजौ... '

अन्नो ने भड़क कर कहा, 'ये क्या दादी, तुम्हारी कहानी में औरत हमेशा हारती है, ऐसे थोड़ी होती है कहानी।'

दादी ने कहा, 'अरे जे कहानी हम तुम नईं बना रहे, जे तो सुनी भई सच्ची कहानी है।'

मैंने कहा, 'आगे की कहानी मैं बोलूँ दादी?'

'नईं तेरे से अच्छी तो अन्नो बोल लेवे। चल अन्नो तू पूरी कर। मेरो तो म्हौंड़ो सूख गयो। एक पान का बीरा लगा दे।'

मैं भागमभाग दादी के लिए पान का बीड़ा लगा लाई। उस वक़्त अन्नो बिस्तर पर अपने दोनों हाथ सिर के पीछे कैंची बना कर लेटी हुई थी और कहानी चल रही थी।

'दादी फिर यह हुआ कि जैसे ही डाबरनैनी फूलमती को घर-दुआर पे दुतकार पड़ी, वह खम्म खम्म जीना उतर गई। सौंताल पर कन्हाई उसकी राह देख रहा था। उसने रानी का हाथ पकड़ा और अपनी कुटिया में ले गया। सात दिन में रानी अच्छी बिच्छी हो गई। मालिन ने दोनों की पिरितिया देखी तो बोली 'रे कन्हाई, राधा भी किशन से बड़ी ही, जे तेरी राधारानी ही दीखै।' डाबरनैनी वहीं रहने लगी। रोज सुबह मालिन और कन्हाई फूल तोड़ कर लाते, फूलमती उनकी मालायें बनाती।

इधर राजा सूरसेन उदास रहने लगे। माँ ने लब्बावती को बुला भेजा। लब्बावती ने भाई से पूछा, 'प्यारे भैया, मेरी राजरानी भाभी में कौन खोट देखा जो उसे वनवास भेज दिया।'

सूरसेन ने कहा, 'तेरी भौजाई हरजाई निकली। वह मालिन के बेटे के साथ खड़ी थी। दोनों हँस रहे थे।'

बहन बोली 'ये तो अनर्थ हुआ। अरे हँसना तो उसका स्वभाव था। अरे सूरज का उगना, नदिया का बहना और चिड़िया का चूँ-चूँ करना कभी किसी ने रोका है?'

राजा सूरसेन को लगा—उन्होंने अपनी पत्नी को ज़्यादा ही सजा दे दी।

सात दिन राजा ने उधेड़बुन में बिता दिये। आठवें दिन लब्बावती की विदा थी। लब्बावती जाते-जाते बोली, 'भैया, अगली बार मैं हँसते बोलते घर में आऊँ, भाभी को ले कर आओ।'

कई साल बीत गये। राजा रोज सोचते—आज जाऊँ कल जाऊँ। आख़िर एक दिन वे घोड़े पे सवार होकर निकले। साथ में कारिन्दे, मन्तरी और सन्तरी। जंगम जंगल में चलते-चलते राजाजी का गला चटक गया। घोड़ा अलग पियासा। एक जगह पेड़ों की छैयाँ और बावड़ी दिखी। राजा ने वहीं विश्राम की सोची। बावड़ी से ओक में लेके ज्योंही राजा पानी पीने झुके, किसी ने ऐसा तीर चलाया कि राजा के कान के पास से सन्नाता हुआ निकल गया। मन्तरी सन्तरी चौकन्ने हो गये। तभी सब ने देखा, थोड़ी दूर पर एक छोटा सा लड़का, साच्छात कन्हैया बना, पीताम्बर पहने खड़ा है और दनादन तीर चला रहा है। राजा कच्ची डोर में खिंचे उसके पास पहुँचे। छोरा क्या बूझे राजा-वजीर। वह चुपचाप अपने काम में लगा रहा।

राजा ने बेबस मोह से पूछा 'तुम्हारा गाम क्या है, तुम्हारा नाम क्या है?' नन्हें बनवारी ने आधी नज़र राजा के लाव लश्कर पे डाली और कुटिया की तरफ़ जाते-जाते पुकारा— 'मैया मोरी जे लोगन से बचइयो री।' लरिका की मैया दौड़ी-दौड़ी आयी। बिना किनारे की रंगीन मोटी धोती, मोटा ढीला जम्पर, नंगे पाँव, पर लगती थी एकदम राजरानी। उसके मुख पर सात रंग झिलमिल झिलमिल नाचें।

राजा ने ध्यान से देखा। अरे ये तो उसकी डाबरनैनी फूलमती थी।

सूरसेन को अपनी सारी मान मरयादा बिसर गई। सबक सामने बोला, 'परानपियारी तुम यहाँ कैसे?'

फूलमती ने एक हाथ लम्बा घूँघट काढ़ा और पीठ फेर कर खड़ी हो गयी।

तब तक बनवारी का बाप कन्हाई आ गया। राजा ने कारिन्दों से कहा, 'पकड़ लो इसे, जाने न पाये।'

कन्हाई बोला, 'जाओ राजाजी तुम क्या प्रीत निभाओगे। महलन में बैठ के राज करो।'

मन्तरी बोले, 'बावला है, राजा की रानी को कौन सुख देगा। क्या खिलाएगा, क्या पिलाएगा?'

कन्हाई ने छाती ठोंक कर कहा, 'पिरितिया खवाऊँगौ, पिरितिया पिलाऊँगौ। तुमने तो जाके पिरान निकारै, मैंने जामें वापस जान डारी। तो जे हुई मेरी परानपियारी।'

'और जे चिरौंटा?' मन्तरी ने पूछा।

'जे हमारी डाली का फूल है।'

राजा के कलेजे में आग लगी। मालिन के बेटे की यह मजाल कि उसी की रानी को अपनी पत्नी बनाया, वह भी डंके की चोट पर। उसने घुड़सवार सिपहिये दौड़ा दिये।'

दादी की ऊँघ हवा हो गई, 'अन्नो तू ऐंचातानी बहौत कर रई ए। आगे मैं सुनाऊँ।'

अन्नो की समझ में नहीं आ रहा था कि कहानी को कैसे समेटे। उसने हार मान ली, 'अच्छा दादी तुम्हीं करो खतम।'

दादी बोली 'हाँ कन्हाई और फूलमती बिसात भर लड़े। नन्हा बनवारी भी तान तान कर तीर चलायौ। पर तलवारों के आगे तीर और डंडा का चीज। सौंताल के पल्ली पार की धरती लाल चक्क हो गई। थोड़ी देर में राजा के सिपहिया तलवारों की नोक पे तीन सिर उठाये लौट आये।'

मैंने कहा, 'दादी तीनों मर गये?'

दादी ने उसांस भरी, 'हम्बै लाली। तीनोंई ने बीरगति पायी। येई मारे आज तक सौंताल की धरती लाल दीखै। वहाँ पे सेम उगाओ तो हरी नहीं लाल ऊगे। अनार उगाओ तो कन्धारी को मात देवै। और तो और वहाँ के पंछी पखेरू के गेटुए पे भी लाल धारी जरूर होवै। ना रानी घर-दुआर छोड़ती ना वाकी ऐसी गत्त होती।'

अन्नो और मैं एक साथ बोले, 'गलत, एकदम गलत। निर्मोही के साथ उमर काटने से अच्छा था वह जो उसने किया।'

सुलेमान

हम सब उसे प्यार से सुलेमान कहते थे। सुलेमान कौन था, इसकी हमें कच्ची-पक्की जानकारी थी। एक दोस्त का ख़याल था– सुलेमान एक बहुत दौलतमन्द शहंशाह था, जिसका खजाना कभी खाली नहीं होता था। दूसरे दोस्त का कहना था– सुलेमान को ख़ुदा की ऐसी बरकत हासिल थी कि वह जो चाहता, कर दिखाता था। ख़ुद मेरा ख़याल था कि सुलेमान सपनों का सौदागर था।

सुलेमान के पास बेशुमार सपने थे। इतने जितने भवानी प्रसाद मिश्र के पास बेचने के लिए गीत भी न होंगे। इतवार को दूरदर्शन पर इतने इश्तेहार भी न आते जितने सपने सुलेमान को आया करते। जैसे ही उसे कोई सपना आता, वह उसे लुटा देता। हम लोग भुक्कड़ की तरह उसके सपनों पर टूट पड़ते। वह अपनी कल्पना और प्रतिभा की मदद से कुछ दिन उन सपनों में रद्दोबदल करता रहता जितने दिन किसी की आँखों में उसका सपना तैरता रहता, वह उससे मिलता जुलता लेकिन जिस दिन वह अपने सपने की किश्ती डूबती देखता, वह उस दोस्त से मिलना बन्द कर देता। सपने के डूबने से दोस्त कम चोट खाता, सुलेमान ज़्यादा।

सुलेमान एक अच्छा इन्सान था। सपने बेचने से पहले उसने और बहुत कुछ बेचने की कोशिश की थी। वह बेहद जहीन था। नरम दिल और नाजुक। उसने बेशुमार किताबें पढ़ रखी थीं। उसे बहुत कुछ याद था नीत्शे से लेकर निर्मल वर्मा तक। ख़ुद वह ज़िन्दगी के थपेड़ों से वाकिफ़ था क्योंकि बरसों उसे अपनी प्रतिभा का मोल नहीं मिला। वह जिस इंटरमीडिएट कॉलेज में पढ़ा रहा था, वहाँ सबसे जूनियर था, हालाँकि वहाँ के सबसे सीनियर अध्यापक से भी ज़्यादा सीनियर उसकी लियाकत थी। क्लास उसे बहुत प्यार करती थी। लेकिन अपने साथियों और प्रिंसिपल से उसे कभी प्यार नहीं मिला। वे उससे सशंकित रहते और उसके काम में प्रायः नुक्स निकाला करते।

वह जानता था समाज में महज इंटरमीडिएट कॉलेज की नौकरी के सहारे

जिन्दा नहीं रहा जा सकता। एक अदद नौकरी करने वाले लोग आमतौर पर उससे भी ख़राब जीवन बिता रहे थे। उसके साथी छोटी-छोटी बातों में झूठ बोलते, न चाहते हुए भी अपने से बेहतर स्थितिवालों की खुशामद और जी-हुजूरी करते और पैसा-पैसा दाँत से दबाकर रखने की कोशिश में एक बेस्वाद जीवन जीते। वे किसी भी बात पर राय देते डरते और बोलने से पहले बहुमत टटोलते। सुलेमान को इस माहौल में बेहद तकलीफ़ होती। आख़िर एक दिन उसने नौकरी छोड़ दी। वह लखनऊ चला गया और छह महीने तक उसकी कोई ख़बर न मिली।

यकायक एक दिन जब वह शहर में नमूदार हुआ, उसके नक़्शे बदले हुए थे। उसके कपड़ों में कलफ था, जूते चमक रहे थे और चेहरा उनसे भी ज़्यादा। वह स्वदेशी कपड़े पहन, विदेशी सिगरेट फूँक रहा था। उसके तीन टेलीफ़ोन नम्बर थे और उसके घर तेरह अख़बार आने लगे थे।

दोस्तों में तहलका मच गया। दोस्त उससे मिलने के लिए आतुर हो गये। किसी को ठीक से यह पता नहीं था कि वह क्या करने लगा है। लेकिन सबको यकीन था कि वह कामयाब हो गया है। दोस्तों का ख़याल था कि वह सत्ता के गलियारों को नज़दीक से देख आया है। दोस्तों के सवालों का जवाब देने की बजाय वह उन्हें सलाह देने की स्थिति में था। उसके अन्दर अपने वतन के लिए बेहद मुहब्बत पैदा हो गयी थी। वह बात-बात में कहता, 'मेरा भारत महान'। दोस्त 'मेरा' शब्द पर एतराज करना चाहते लेकिन वह एतराज का जवाब भी इसी नारे से देता। उसने कहा, "मैंने तय कर लिया है कि अब ज़िन्दगी में तीन काम बिल्कुल नहीं करने हैं।"

"हीरामन की तरह।" कृष्ण कुमार ने कहा।

उसने इस टिप्पणी पर ध्यान नहीं दिया, "दरअसल जब आप पैंतीस के हो जाये तो यह तय कर लेना चाहिए कि आप क्या-क्या नहीं करना चाहते। नम्बर एक, नौकरी कतई नहीं करनी है। नम्बर दो, वक़्त नहीं गंवाना है। नम्बर तीन, कभी किसी को दुश्मन नहीं समझना है।'

दोस्त कायल हो गये। इनमें से एक भी ख़याल बुरा नहीं था। अफ़सोस कि दोस्त अभी इस तरह की कसमें लेने की हालत में नहीं थे। वे शर्मिंदा हुए कि वे ये तीनों काम करते रहे हैं, फिर भी सुलेमान उन्हें माफ़ कर रहा है।

सुलेमान ने अपनी जेब से कई कड़क नोट निकाले और पूरी महफिल के लिए सोलन का पानी मँगवाया। दोस्त निहाल हो गये। कहाँ तो एक सीलबन्द बोतल का दीदार दुश्वार था, कहाँ पूरी दो बोतल उनके बीच पड़ी थीं। उनमें से

कई का हाल तो यह था कि अब हुड़क उठने पर हौली में चुक्कड़ चढ़ाते और लुढ़कते-पुढ़कते जब घर पहुँचते तो बीबी की डाँट खाते।

जिसके घर पर बैठका जमा, उसके यहाँ एक से ग्लास भी नहीं थे। वहाँ दो लंबे दो ठिगने और दो किनारे टूटे काँच के ग्लास थे। सुलेमान ने ड्राइवर को भेज कर एक दर्जन बढ़िया ग्लास मँगवाये। बेमेल और टूटे ग्लास उसकी आँखों को बरदाश्त नहीं थे।

ये सब बड़े सादा लोग थे। इस वक़्त सुलेमान के आने से वाकई ख़ुश थे और उसके क़रीब होना चाह रहे थे। उनसे अपना जोश सँभल नहीं रहा था और वह बार-बार उफन कर ऊपर आ जाता।

"सुलेभाई, मैंने बहुत याद किया आपको एक दिन जब लोकनाथ में जलेबी ख़रीदी। आपको जलेबी पसन्द थी न।"

"मैंने मीठा खाना छोड़ दिया है।"

"फिर भी तुम मिठबोले हो।" एक ने कहा।

"सुलेमान, मुझे लगता है, मैं एक गड्ढ़े में गिरा हुआ हूँ और गड्ढ़ा दिन ब दिन गहरा होता जा रहा है। तुम्हारे हाथ का इन्तज़ार है।"

"मेरे दोनों हाथ दोस्तों के लिए हैं। मुझे आप सबका ख़याल न होता तो क्या मैं इस सैयाद शहर में आता?"

"मेरा अफ़सर बहुत खार खाने लगा है मुझसे, बात-बात में झिड़क देता है."

"कहो, उसका ट्राँसफ़र करा दें?"

"ग्रेट सुलेमान ग्रेट।"

"सुलूभाई, मेरा प्रमोशन जुलाई में होना था। विभागीय परीक्षा पास कर ली, इंटरव्यू भी सबसे बढ़िया हुआ पर पोस्टिंग ऑर्डर ही नहीं आ रहा है।"

"कहाँ अटका है?"

"सुनते हैं, लखनऊ में।"

"पता किया?"

"पता चला, फाइल अभी प्रोसेस में ही नहीं आयी है।"

"हूँ, देखना पड़ेगा। किसी से टाय तो नहीं है।"

"होनी नहीं चाहिए। मैं सबसे सीनियर था।"

"तो ऐसा है, मैं तुम्हें दो प्रमोशन एक साथ दिलाने का इन्तज़ाम करता हूँ, तुम्हारा निदेशक भी क्या याद रखेगा!"

एक दोस्त का हाल सबसे बुरा था। वह न तो नौकरी में था कि प्रमोशन माँगता, न व्यापार में कि परमिट। तरक्की की तड़प लेकिन उसमें भी जोर मार रही थी।

"सुषमा इस साल पच्चीस की हो गयी। न उसकी शादी का सिलसिला बन रहा है, न नौकरी का। लड़का अलग बी. ए. पास कर आवारागर्दी करता है। पत्नी को डॉक्टर ने दमा बता दिया है सो अलग।"

सुलेमान भावुक होने लगा, "यू मीन, मेरी वह सीता भाभी बीमार हैं, जिनके हाथ के परांठे मैंने बीसियों बार खाये हैं। वह भाभी, जिन्हें अनगिनत बार जगाकर मैंने चाय बनवायी है, मैं कल ही डॉक्टरों की पूरी टीम लखनऊ से रवाना करता हूँ। भाभी का इलाज मैं करवाऊँगा। अब आप इस विषय में बिल्कुल न बोलिए।"

दोस्त पशोपेश में पड़ गया। उसके हिसाब से पत्नी की बीमारी इतनी अहम् नहीं थी कि उसके लिए लखनऊ कानपुर एक किया जाये। वह सुलेमान की मदद अपनी नौकरी हासिल करने में लेना चाहता था। "मैं चाहता था कहीं सैटिल हो जाऊँ?"

उसने कहा, "आप अपना बॉयोडाटा मुझे दे दीजिए।"

जब सुलेमान लखनऊ वापस चला, उसका ब्रीफकेस दोस्तों के बॉयोडाटा से भरा हुआ था। जिनसे उसने नहीं माँगे, उन्होंने भी अपने बॉयोडाटा तैयार कर उसे दे दिये थे। दोस्तों के आगामी दिन उम्मीद और इन्तज़ार में कटने लगे। कमल आहूजा दफ़्तर में हेकड़ी से बैठने लगा, उसे यकीन था, उसे इकट्ठे दो प्रमोशन मिलने वाले हैं। घर के बाहर से जैसे ही कोई कार गुज़रती कृष्णकुमार लपक कर बालकनी से झाँकता, क्या पता डाक्टरों की टीम आ पहुँची हो। वे सब आपस में मिलते तो किसी न किसी तरह सुलेमान की चर्चा छिड़ पड़ती और वे उससे अपनी दोस्ती का सिलसिला याद करने लगते।

क़रीब दो हफ़्ते बाद एक दिन लखनऊ का एक डॉक्टर आकर सीता को देख गया। उसने रुटीन जाँच की और कुछ दवाएँ लिख दीं। उसकी बात से यह नहीं लगा कि सीता को कोई गम्भीर रोग है, कृष्ण कुमार डाक्टर के आने से इतना गद्गद् हो गया कि उसने दवाएँ ख़रीदना भी जरूरी नहीं समझा। उसे सुलेमान के अगले तोहफे का इन्तज़ार था। आख़िर उसका बॉयोडाटा सुलेमान के पास था।

हालाँकि डॉक्टर के चक्कर लगा लेने से सीता की तकलीफ़ में कोई अन्तर नहीं पड़ा था, पर दोस्तों के मनोबल में पड़ा, उन्हें लगा सुलेमान उन्हें भूला नहीं है। वे और भी शिद्दत से उसका इन्तज़ार करने लगे।

इन्तज़ार उतावली बढ़ाता है और आदमी को थका डालता है। अच्छे दिनों का इन्तज़ार आदमी की बुरे दिनों की बर्दाश्त की क्षमता को भी समाप्त करने लगता है। रजा और फजल के साथ भी यही हो रहा था। वे शहर की सँकरी अँधेरी गली में रहते थे। हर चार साला दंगे में उनके पुराने मकान की कुछ-न-कुछ

तोड़फोड़ जरूर हो जाती। जबकि वे बाबरी मस्जिद और पर्सनल लॉ जैसे मामलों पर जुबान न खोलते, फिर भी उन्हें डर लगा रहता, क्या पता कब पकड़कर बन्द कर दिये जायें। उनकी दिली ख्वाहिश थी, सुलेमान किसी तरह उन्हें लखनऊ में कोई छोटा-मोटा काम दिला दे तो उन्हें इस गली की चूहा ज़िन्दगी से निजात मिल जाये।

सुलेमान ने उनसे कहा था, वह ईद पर उनके घर आएगा, ईद आने वाली थी। रजा और फजल ने अम्मी को बीसियों बार ताकीद कर दी थी। इस बार सेवईं बहुत उम्दा बनाना। सुलेभाई ख़ास हमारे घर ईद मनाएँगे।

फजल ने कहा, ''पता नहीं, इस गली में सुलेमान भाई की मोटर घुस पायेगी या नहीं।''

रजा ने एक सुतली ली और नुक्कड़ पर जौहरी की दुकान के आगे खड़ी मोटर का नाप ले आया। फिर उसने गली की चौड़ाई की पैमाइश कर फजल को तसल्ली दी, ''मोटर बख़ूबी घुस जायेगी, फिर भी तीन फुट गुंजाइश है। ईद के रोज उन्होंने बड़ी तबीयत से सारा सामान ख़रीदा और लगातार अम्मी के आगे-पीछे लगे रहे'' 'सेवई में घी कम न डालना और बालाई सिर्फ़ सुलेभाई के लिए बचाकर रख लीजिए।'

अम्मी उनकी मर्जी के मुताबिक करती गयीं। लेकिन ईद गुजर गयी, सुलेमान नहीं आया। किसी ने कहा– सुलेमान को पंजाब का मसला सुलझाने के लिए भेजा गया है। किसी ने कहा– वह श्रीलंका में तमिल समस्या पर विचार करने गया हुआ है। पक्की तौर पर किसी को कुछ नहीं मालूम था, लेकिन दोस्तों का ख़याल था कि हर ऊँची उड़ान में वह शामिल है। अगर किसी नेता का कहीं पर धाकड़ भाषण होता, दोस्त कहते, यह सुलेमान से लिखवाया गया है। कभी कहीं कोई नेता जरा महीन या बौद्धिक बात कह देता तो दोस्त दावे से कहते कि आजकल सुलेमान उस नेता का सलाहकार है। कोई कहता, सुलेमान ने लखनऊ में मकान ख़रीद लिया है। कोई कहता, नहीं, सुलेमान को सरकार ने मन्त्री की हैसियत का बंगला एलॉट कर दिया है। उसे सरकार की तरफ़ से सुरक्षा गार्ड मिला हुआ है और डी.एम., सी.एम., पी.एम. तीनों के यहाँ कभी भी जाने की उसे खुली छूट है। कोई कहता– उसका रोज का खर्च दो सौ रुपये है। कोई कहता– दो हज़ार रुपये। अक्सर इन्हीं मुद्दों पर दोस्तों में बहस छिड़ जाती और बहस करते हुए वे बिल्कुल भूल जाते कि अभी कुछ दिन पहले तक सुलेमान उन्हीं की जमात का था, उन जैसा ही एक पढ़ा-लिखा आदमी जिसकी फकीरी उनकी बदहाली से अलग नहीं थी।

जिस तरह दोस्त उससे ऐश-ओ-आराम के बारे में रंगीन ख्वाब देखते, उसी तरह सुलेमान के मन में हमेशा फकीरी को लेकर बड़े रोमाँटिक ख़याल थे। अब जब अगले और पिछले कल का हौवा उसके लिए अर्थ खो चुके थे, उसे जीवन-जगत पर सम्यक् दृष्टि डालना भला प्रतीत होता। सुबह-सुबह जब वह घूमने निकलता राजनिवास कॉलोनी के आस-पास का शांत दृश्य उसे बहुत भला लगता। वह देखता हर बंगले के आगे, जींस और टी-शर्ट में नौकर, ड्राइवर कार की धुलाई-रगड़ाई कर रहे हैं, इक्का-दुक्का रिक्शों में रिक्शेवाले सवारी के इन्तज़ार में अलसाये पड़े हैं, बच्चे इस्त्री किये युनिफॉर्म में सजे हुए स्कूल के लिए रवाना हो रहे हैं, झाड़ू लगाने वाले मुस्तैदी से सड़क साफ़ कर रहे हैं। उसका मन गर्व और प्रसन्नता से भर उठता– एक ख़ुशहाल मुल्क को और क्या चाहिए। कितना प्रसन्न है यहाँ का आम आदमी। हर दो-तीन महीने में उसे महँगाई भत्ते की किस्त मिल रही है। उसके बच्चों के लिए अच्छी शिक्षा का प्रबन्ध है। उसके घर में बिजली-पानी जैसी अहम् सहूलियतें हैं। सबकी स्वास्थ्य रक्षा के लिए उच्च कोटि के अस्पताल और डॉक्टर हैं। यह सही अर्थों में आज़ाद भारत है। मेरा भारत महान। सुबह की ताजी हवा के साथ-साथ उसके फेफड़ों में राष्ट्र के लिए गर्व भर जाता और वह बड़े आश्वस्त क़दमों से घर की तरफ़ लौटता। दिन भर सत्ता के समीकरण, विपक्ष में सेंधमारी, प्रेस का प्रबन्ध जैसे कामों के टुकड़ों में वह अपना दिन तमाम करता और रात वक़्त-बेवक़्त घर लौटते हुए महसूस करता कि वह बहुत थक गया है। उसका मन देश के हर ख़ास आदमी के प्रति ममत्व से भर जाता। आम आदमी को ख़ुश रखने की चिन्ता में आज हर ख़ास आदमी किस कदर परेशान है। आधी-पौनी रातों में मीटिंगें बुलायी जाती हैं, फ़ोन खटखटाये जाते हैं। चिट्ठियाँ टाइप होती हैं। लोकतंत्र की सुरक्षा के लिए कितना कुछ होता है।

कार से उतर वह अपने ड्राइवर को टिप देता और कहता, "जाओ बाल बच्चों के साथ मजे करो।"

छह महीने बाद एक दिन फिर शहर में ख़बर हुई कि सुलेमान आज आया हुआ है। हालाँकि यहाँ उसका पुश्तैनी मकान था, वह वहाँ न ठहरकर एक आलीशान होटल में ठहरा। वहाँ उसने दो कमरे किराये पर लिये तो थोड़ी देर को हलचल मच गयी कि सुलेमान अपने ड्राइवर और गार्ड के लिए भी अलहदा कमरा लेता है। जल्दी ही होटल का लाउंज उससे मिलनेवालों से भर गया। इतनी भीड़ किसी मन्त्री के मुलाकातियों की भी नहीं लगती होगी, जितनी उस वक़्त सुलेमान से मिलने वालों की थी। सुलेमान को महत्वपूर्ण बनना आता और भाता था। जितना बड़ा आदमी

हो, उतना ही उसे इन्तज़ार करवाकर अतिशय विनम्रता के साथ कमरे में बुलवाना। देर के लिए खेद प्रकट करना। काम पहली फुर्सत में कर देने का आश्वासन देना। इन सब क्रियाओं में वह निष्णात हो चुका था। सत्ता के गलियारों में इस तरह के नाट्य व्यापार उसने देखे और पचाये थे। उसे अन्दाज़ा था कि कितने प्रतिशत आश्वासन और उम्मीद से एक जरूरतमन्द आदमी प्रसन्न होता है। साल छह महीने वह किसी भी ऐसे इन्सान को उम्मीद के डिस्नेलैंड में घुमा सकता था।

जो दोस्त सुलेमान से मिलने होटल पहुँचे, उनसे उसने कहा, "इस जगह मैं सिर्फ़ अजनबियों से मिलता हूँ। दोस्तों के घर मेरे लिए दरगाह से कम पाक नहीं हैं। शाम को मैं ख़ुद आऊँगा आपके दौलतखाने।"

दोस्त अपने-अपने काम कुर्तों की जेबों में डाल वापस लौट गये। रात होते ही सुलेमान आया सुरेश पांडे के घर पर। सारे दोस्त वहाँ पहले से मौजूद थे।

सपनों के सौदागर ने अपनी दाढ़ी पर हाथ फेरा और बड़े बौद्धिक अन्दाज़ में कहा, "दरअसल यह सोचना गलत है कि सार्थक राजनीति केवल विपक्ष में रहकर की जा सकती है।"

स्वागत भट्टाचार्य इस मण्डली में नया आया था। वह कमल आहूजा का दोस्त था। उसने प्रथम श्रेणी में राजनीति शास्त्र में एम. ए. किया था, और आजकल डी-फिल्. के सिनॉप्सिस के सिलसिले में कई क्रांतिकारी किताबें पढ़ रहा था। उसने सुलेमान की तेज़ी और तरक्की के बारे में तरह-तरह के चर्चे विश्वविद्यालय में सुन रखे थे। उसने कहा, "सार्थक एक अनेकार्थक शब्द है।"

"मैं इस वक़्त इस शब्द का उपयोग उसके सबसे उदात्त रूप में कर रहा हूँ?" सुलेमान ने कहा, "अगर पक्ष में बने रहने से मेरे चंद अजीज दोस्तों का भला हो जाये और पक्ष का भी कृष्ण—पक्ष कम हो जाये तो इसे मैं एक सार्थक प्रवेश कहूँगा।"

"सत्ता-समर्थकों के स्पष्टीकरणों ने 'सार्थक' शब्द को निरर्थक बना दिया है।"

"स्वागत शटअप, स्वागत शटअप।" कई आवाज़ों ने एक साथ कहा। स्वागत ने एक दर्शक मुद्रा बना ली और चुप बैठ गया।

"सुलेभाई, मेरे बायोडाटा का आपने क्या किया?" एक दोस्त ने पूछा।

सुलेमान के पास अद्भुत स्मरण शक्ति थी। उसे ख़ूब याद था कि उस बायोडाटा में क्या कमी थी।

"आपने उसमें यह नहीं लिखा आप क्या हैं और क्या होना चाहते हैं?"

"ठीक है, मैं बेकार नहीं हूँ। पर ठीक से नौकरी शुदाभी नहीं। प्राइवेट कॉलेज की नौकरी को आप क्या कहेंगे?"

“उन लाखों बेरोज़गारों के बारे में सोचिए, जिन्हें एक अदद प्राइवेट नौकरी भी नसीब नहीं है?”

“सुलेभाई, इस तरह बड़ी इनसिक्योरिटी लगती है। हर महीने तबीयत घबराती है।”

“साले, तुम्हें सरकार की गोद में गिरकर ही सिक्योरिटी हासिल होगी!” कृष्ण कुमार ने कहा, “यहाँ कभी साला प्राइवेट-पब्लिक कोई काम ही नहीं मिला।'

“कृष्ण भाई, सीता भाभी की तबीयत अब कैसी है?”

“पहले से बहुत बेहतर है, आपका भेजा हुआ डॉक्टर बहुत अच्छा था,” कृष्ण कुमार ने कहा। वह जल्द से जल्द अपने बॉयोडाटा के बारे में पूछना चाहता था। उसे यह भी असुविधा हो रही थी कि इतने दोस्तों के बीच उसे अपनी गोपन इच्छा बतानी पड़ेगी। वह सुलेमान के बिल्कुल क़रीब पहुँच गया और फुसफुसाकर बोला, “सुलेभाई, आपने कुछ किया?”

“हाँ, आपके बारे में मेरी गवर्नर से बात हो गयी है। इस वक़्त राज्य में तीन युनिवर्सिटियों के वाइस चांसलर बदले जाने हैं, नहीं, हटाये नहीं जा रहे, इनका टर्म पूरा हो रहा है। मैंने तीनों पैनेल में आपका नाम डलवा दिया है। इस वक़्त सब लोग जरा सूखा फ्रंट पर व्यस्त हैं। बहुत जल्द आपको कॉल आएगा। कृष्ण भाई, जब आपको कॉल आये तो मेरी लाज रख लीजिएगा। इनकार मत कीजिएगा।”

कृष्ण कुमार के चेहरे पर परमानंद का भाव आ गया। कहाँ तो वह किसी कॉलेज में लेक्चररशिप मिल जाने की हसरत पाले हुए था। कहाँ उसे तीन-तीन विश्वविद्यालयों के कुलपति पद का प्रस्ताव मिलने वाला था। उसे अपनी धमनियों में नया ख़ून दौड़ता महसूस हुआ।

रजा और फजल रुआंसे हो गये। उन्हें लगा इस खेप में कृष्ण और सुरेश भाई के काम तो हो गये, उनका काम जरूर टल जाएगा। दोनों बेरोज़गार थे। उन्होंने कहा, “सुलेभाई”, सुलेमान पर सोलन का पानी अपना सुरूर दिखा रहा था। वह सिगरेट हाथ में लिये लिये मसनद के सहारे बैठे-बैठे ऊँघ गया। तंद्रा में उसे लगा—वह एक बहुत ऊँचे सिंहासन पर आसीन है। उसके आसपास हीरे, जवाहरात, मोती, माणिक बिखरे हुए हैं। अपने दरबार में आने वालों पर वह भर भर मुट्ठी जवाहरात लुटा रहा है। अन्त में बस वह रह जाता है और उसका सिंहासन।

सुलेमान की नींद खुली तो सामने उसने दोस्तों के चिंतित चेहरे देखे। उसे अपने दोस्तों पर बड़ा प्यार आया। तकलीफ़ भी हुई कि ये क्यों इस कदर फकीराना अन्दाज़ में उसके इर्द-गिर्द बैठे हैं, उसे डपटकर क्यों नहीं कहते, “सुलेमान, तुम यह करते हो कि नहीं!” इनकी हेकड़ी उसे प्यारी थी।

''सुलेभाई, क्या हुआ आपकी तबीयत तो ठीक है?''

''सुलेमान, कुछ खा लीजिए।''

''सुलेमान।''

''सुलेमान।''

उसके मन में कुछ पिघलने लगा। ये दोस्त उसे प्यार करते थे। उन्हें उससे उम्मीदें थीं जो वह पूरी करना चाहता था। वह सोचता था कि एक दिन वह खुद इतनी ताक़त में आ जायेगा कि इन सबके काम चुटकी बजाते कर देगा। दोस्तों के इस संसार को वह उमर खैयाम की आँखों से देखता और वक़्त के हाथों से दुनिया की तस्वीर छीनकर बदलना चाहता। काश वह इन सबके सपने पूरे कर सकता!

''कितने प्यारे हैं ये लोग'', उसने सोचा, ''सब एक से एक टैलेन्टेड हैं, कोई लेखक है, कोई अध्यापक, कोई कलाकार। इनकी ज़िन्दगी कितनी साफ़ और सादा है। इनके अन्दर जीवन में कितनी ऊपर उठने की गुंजाइश है। इनसे बात करना हरिद्वार की गंगा में नहाने जैसा स्फूर्तिदायक है! लेकिन ये कितनी छोटी-छोटी चीजों के पीछे लगे हैं, ये रोटी, कपड़ा, मकान के अलावा और किसी दिशा में विकास के लिए प्रयत्नशील नहीं हैं। ये अपनी प्रतिभा नहीं पहचानते।''

इन दोस्तों के चेहरे जीवन के ताप से तंबिया गये थे। सुलेमान को ये सब अजीज थे। ये उसके जीते-जागते सपने थे। लखनऊ में उसने देखा था सत्ता पशुओं का यथार्थ और उनकी जड़ता। तब हर पल उसे ये दोस्त याद आते थे। उन्हें उपलब्धि के शुभ-लाभ में लगाकर वह अपने सुन्दर सपने तोड़ना नहीं चाहता था। सुलेमान को अगर कविता आती होती तो वह इन दोस्तों पर महाकाव्य लिख डालता। लखनऊ में बने सम्पर्क सलाद के समान थे। थोड़ी देर ध्यान न देने पर कुम्हलाकर अपरिचय में बदल जाते, जबकि यहाँ के ये सम्बन्ध अचार की तरह थे। हर बार चाहे जितने दिन बाद सुलेमान आता, मर्तबान के मुँह से कपड़ा हटाता और वही खरी, मुकम्मल और सुहानी ख़ुशबू उसे अभिभूत कर देती। ऐसे नेकदिल दोस्तों को टके टके के लाभ कराकर वह इस खुशबू को खोना नहीं चाहता था। इनके घरों के मुचड़े बिस्तरों में, मैले तौलियों और टपकती छतों में गहरा अपनापन था। वह आँख मूँदकर बता सकता था—कौन से दोस्त की चप्पल में कहाँ सिलाई है और कहाँ कील की मरम्मत।

क्यों बदलना चाहते हैं ये अपना जीवन? उसने खिन्न होकर सोचा। क्या इतना काफ़ी नहीं है कि ये अपने सपने देखते रहें और खुश रहें। इन्हें पता नहीं, कामयाबी एक कुत्ता-दौड़ है। इसमें पड़ा इन्सान अपना चेहरा तक नहीं चुन सकता।

सुलेमान का मन भारी हो आया। दोस्तों की निरीहता उसे अन्दर तक हिला रही थी। उसने कहा, ''यकायक मुझे याद आया। सुबह पी.एम. का सन्देश लेकर सी.एम. का एक आदमी घर आने वाला है। मुझे जाना होगा।''

''सुलेभाई, खाना तो खा लीजिए।''

''नहीं, डोंट वरी, पीने के बाद मैं वैसे भी कम खाता हूँ।''

सुलेमान की आँखें नींद और सुरूर से झप रही थीं और क़दम कुछ काँप रहे थे। दोस्तों के सहारे वह अपनी कार तक पहुँच गया।

''सुलेभाई, मेरा काम याद रखिएगा।''

''सुलेमान... मेरा...''

''सुलेमान मेरा...''

''आप सब मेरी अपनी धड़कन हैं। मैं आपको कैसे भुला सकता हूँ मेरे दोस्तो!'' सुलेमाान ने कहा।

डाइवर ने गाड़ी स्टार्ट की।

''वापस लखनऊ'', सुलेमान ने कहा और पिछली सीट पर नींद में अलसाया पसर गया। यह उसका सपने देखने का वक़्त था।

ऐसा ही था वह

जैसे ही विवेक घर में घुसा, पिता ने पूछा, 'रसीद लाये कि नहीं?'

तबियत भन्ना गयी।

पिताश्री का नाम कामताप्रसाद नहीं, रसीदप्रसाद होना चाहिए था। मोची से जूता भी सिलवाओ तो इन्हें उसकी रसीद चाहिए। यह नहीं पूछेंगे कि वह कितने घण्टे लाइन में खड़ा रहा, तब दवाएँ ख़रीदने का नम्बर आया। कितनी दवाएँ उस दुकान पर नहीं मिलीं। उनके लिए वह कितना भटका। उन्हें तो बस रोग है- रसीद। रसीद में यह सब नहीं लिखा है। रसीद उसकी पैण्ट की जेब में है, पर वह अभी नहीं देगा। बाकी पैसे वह दे चुका है, पर अब वह उनके स्वभाव के सड़ियलपन का एक बार फिर नये सिरे से अवलोकन करेगा।

लोग अपनी झख और ज़िद में कितने वाहियात हो सकते हैं, यह उसने अपने खानदान में देखा है। बिलचाई ने एक बार उसे मखाने चुराते हुए पकड़ा था, तब वह कैसी ज़ालिमदेवी लग रही थी। अपनी बिचली चाची को वह पुकारता था तो जल्दबाज़ी में बीच के कई अक्षर खा जाता था। उसने उन्हें बिलचाई कहना शुरू किया तो वे सभी के लिए बिलचाई हो गयी।

बिचले चाचा बैंक में काम करते थे। उन सबका मकान एक था, पर चूल्हा न्यारा था। अक्सर बिलचाई के चौके से देशी घी की सुगंध लहलहाती। उस वक़्त माँ मुँह सिकोड़ कर कहतीं, 'ये चोंचले तभी तक हैं, जब तक बाल बच्चे नहीं होते। एक बार टैने मैंने घूमने लगें, तब देखेंगे कैसे घी के चुचैमा परांठे सेकेंगी!'

एक दिन बिलचाई ने छत पर मखाने थाली में फैला कर फरैरे करने के लिए रखे। विवेक ने देखे तो कहा, 'अहा बताशे।'

माँ और बिलचाई वहीं बैठी स्वेटर बुन रही थीं। बिलचाई बड़प्पन से मुस्कराईं। माँ ने कहा, 'बताशे नहीं बुद्धू, ये मखाने हैं, इनसे खीर बनती है, पाग बनता है।'

'तुम तो चावल की खीर बनाती हो!'

'चावल की खीर तो सबसे अच्छी होती है,' माँ ने सगर्व कहा।

बिलचाई की मुस्कान देख कर विवेक को लगा माँ गलत कह रही हैं। मखाने की खीर निश्चित इससे बहुत अच्छी होती होगी।

धूप के साथ साथ माँ और बिलचाई छत पर से उतर गयीं।

विवेक ने मौका पा कर, झपट्टा मार कर, मुट्ठा भर मखाने उठा लिये। अभी वह मखाने मुँह में ठूँस ही रहा था कि बिलचाई ने नीचे टट्टर पर से देख लिया।

वे ऊपर दौड़ीं।

विवेक दूसरे जीने से सरपट नीचे दौड़ा।

वे उसका पीछा करती भागीं।

आख़िरकार नीचे के जीने में उन्होंने विवेक की कमीज़ पीठ से पकड़ ली और एक थप्पड़ मारा, 'मुँह खोल, चोट्टा कहीं का।'

तब इतनी समझ नहीं थी कि विवेक भागते हुए ही मखाने चबा डालता। वे उसके मुँह में वैसे ही दबे हुए पड़े थे, लुगदी बने।

अपनी मंज़िल पर वापस जाते जाते बिलचाई माँ को सुना गयी थीं, 'बच्चों की नीयत भरी रखनी चाहिए जीजी, यह नहीं कि वे जगह जगह मुँह मारते डोलें।' उस शाम उसे पिताश्री और माताश्री दोनों ने पीटा। तमाचों से मुँह सूज आया। उस रात मखाने तो क्या खाने के लाले रहे। उसे पीटने के बाद माँ ने घर की किल्लत और अपनी किस्मत को ख़ूब कोसा जहाँ उनके इकलौते बेटे को दो टके की चीज़ के लिए तरसना पड़ा।

माँ तो ऐसे ही रोती, खीझती, झींकती एक दिन काल के गाल में समा गयीं, रह गये पिता अपने स्वभाव के समस्त टेढ़ेपन और एक टांग की गृहस्थी के साथ।

पिता का जर्जर स्वास्थ्य विवेक को एक ओर विगलित करता तो दूसरी ओर विचलित। उसे लगता पिता इस डगमग गाड़ी के सारथी की भूमिका में एकदम अनुपयुक्त हैं। वह उनसे कहना चाहता, 'पिताजी आप आराम से कमरे में बैठ कर टी.वी. देखिए, अख़बार पढिए, पड़ोस में बतियाइए। घर की दौड़भाग मुझे करने दीजिए।'

पर पिता यह अवसर आने ही न देते। वह उसे बिना बताये छाता लेकर चल देते बैंक, अपना तिमाही ब्याज़ निकालने या डाकघर, अपनी और उसकी चिट्ठियाँ तलाशने। उन्हें लगता इलाके के डाकिये लद्धड़ है, काम की डाक वे क्या लाएँगे। अगर वह कहता कि नहाने के बाद वह ख़ुद डाकघर और बैंक चला जाएगा, वे 1940 में रटा हुआ मुहावरा उसे सुना देते, 'नाउ और नेवर। जब तक तुम तैयार होगे, बैंक बन्द हो जाएगी, डाकघर में छुट्टी हो जाएगी, क्या समझे।'

विवेक के चिन्ता भरे सरोकार तिरोहित हो जाते। पिता तर्क के लिये गुंजाइश

नहीं छोड़ते। अपने अड़ियलपन में से उन्होंने करो या मरो का जीवन-दर्शन निकाल लिया था। जीते जी वे किचकिच, कंजूसी और कटखनेपन की त्रिमूर्ति बन गये थे।

नियमित दवाएँ लेने के बावजूद पिताजी का रक्तचाप अनियमित था। किसी दिन उन्हें चक्कर आने लगते। उस दिन घर की तरकारी, दूध और डबलरोटी लाने का काम वे बेटे को सौंप देते। विवेक उनके लिए संतरे और सेब भी ले आता। वे गुस्से से पागल हो जाते, 'यह फलमंडी क्यों उठा लाया है तू! मुझे नहीं खाने ये राजे-महाराजे वाले फल। लाना ही था तो अमरूद ले आता।'

संतरे और सेव टोकरी में पड़े-पड़े सड़ जाते, पर पिता उन्हें मुँह नहीं लगाते। जितनी बार उनकी नज़र फलों पर जाती, वे गुस्से से बिलबिला उठते, 'फल खिलायेगा। अरे पहले नौकरी ढूँढ़ों, तनखा लाओ, तब ख़रीदो फल और मेवा। बाप के पैसों पर मज़ा करना बड़ा आसान होता है, क्या समझे!'

वे यह भी नहीं देखते कि विवेक ने फल सूख और सड़ जाने दिये हैं, पर मुँह नहीं लगाये हैं। वे लाल पेन्सिल से निशान लगा कर अख़बार में रिक्तियों के विज्ञापन रंग देते, 'विवक ऐसा कर आज तू सब काम छोड़ कर रेल भर्ती परिषद् का फॉर्म भर ले। मेरे पीले वाले थैले से सौ का नोट ले ले। पोस्टल ऑर्डर बनवाना होगा।'

ताज्जुब की बात यह थी कि वही पिता जो चवन्नी-अठन्नी का हिसाब मिलाने में घंटों माथापच्ची कर बैठते, बेटे की नौकरी के आवेदन पत्र और भरती-परीक्षा का खर्च ख़ुशी ख़ुशी करते। उन दिनों वे विवेक पर थोड़े नरम हो जाते।

विवेक कल्पना करता कि उसे नौकरी मिलते ही उसके पिता का स्वभाव पूरा पलटा खाएँगा। वे भी उसी तरह हँसमुख और मित्रवत् हो जायेंगे जैसे उसके कुछ दोस्तों के पिता हैं। वह पूरे हौसले से एक किलोमीटर लम्बी कतार में खड़ा होकर पोस्टल ऑर्डर बनवाता, आवेदन-पत्र भरता और रजिस्ट्री करने के बाद इन्तज़ार करता। उम्मीद से भरे इन दिनों में पिता रातों में लेटे-लेटे स्वगत कथन कर उठते, 'तेरी माँ चटपट चली गयी। तेरी नौकरी लग गयी तो मैं इत्ते बड़े मकान में भूत की तरह डोलूँगा!'

'मैं कहीं बाहर नहीं जाने का; मैं तो यही रहूँगा। नौकरी मिलती है तो मिले।'

पिता फिर भड़क जाते, 'नौकरी के लिए टिम्बकटू भी जाना पड़े तो जा। ऐसे कैसे गुज़र होगी, क्या समझे!'

वे दिन भर सवाक् स्वगत कथन करते रहते। अगर जमादारिन बिना झाड़ू लगाये, सिर्फ़ कूड़ा उठा कर जाने लगती वे उसे ललकारते, 'झाड़ू क्यों नहीं लगाई, हैं! आजकल कोई अपना काम नहीं करना चाहता।'

कमली खीझ कर झाड़ू आँगन में फिराती और बोल देती, 'बाबूजी कर तो देते हैं, इत्ता लम्बा बोलने की कौन जरूरत है।'

उसके चले जाने पर भी वे बोलते रहते, 'आज़ादी के बाद सबसे ज़्यादा आजादी कामचोरों को मिल गयी। धोबी कपड़े नहीं धोएगा, जमादार झाड़ू से परहेज करेगा, टीचर पढ़ाएगा नहीं, विद्यार्थी पढ़ेगा नहीं, डाकिया डाक नहीं बाँटेगा, आख़िर यह देश चले तो कैसे?'

विवेक को लगता जैसे हर बात उसे सुनाई जा रही है। वह गुस्से में सीढ़ियों का दरवाजा भड़ाम से भिड़ा, ऊपर, अपने कमरे में चला जाता।

पिता अपने गले का वॉल्यूम बढ़ा देते, 'ये खिड़की दरवाजे मुफ़्त में नहीं आते। छह छह सौ में एक दरवाज़ा लगा था। अब तो दो हज़ार में भी ना आवै, क्या समझे!' विवेक को ज़ुबान पर करेले जैसी कड़वाहट का एहसास होता रहता। वह मनाता कि छोटी मोटी ही सही, उसे बाहर कोई नौकरी मिल जाय तो वह कभी घर वापस न लौटे। उनकी इसी किचाइन से घबराकर कोई रिश्तेदार उनके घर का रुख न करता।

एक दिन पिता डाकघर से बड़े तैश में लौटे, 'लो बोलो यह भी कोई बात है। बेटे की रजिस्ट्री बाप को देने से इनकार कर रहा है डाकिया। एक तो वक़्त से डाक लाता नहीं है, ऊपर से अकड़ता है।'

थोड़ी देर में डाकिया रजिस्ट्री ले आया। विवेक ने हस्ताक्षर कर पत्र प्राप्त किया। पिता ने कहा, 'ला मुझे दे, मैं खोलूँगा।'

चिट्ठी खोलते ही उनका मुँह खुला का खुला रह गया। विवेक पुलिस सेवा में उप-निरीक्षक पद के प्रशिक्षण के लिए चुन लिया गया था।

डाकिया अभी भी खड़ा था। पिता ने उसे दस रुपये का नोट दे डाला, फिर वे बोले, 'सफल हुई मेरी साधना। अब मैं चैन से तेरी माँ के पास जा सकूँगा।'

विवेक ने कहा, 'कैसी बातें करते हो पिताजी, आपको तो मेरे साथ चलना होगा।'

पिता ने कहा, 'ना बेटे, मैं घर छोड़कर कहीं न जाऊँगा। यहाँ हमारे गृहस्थ की झाँकी है। यहाँ मैं अँधेरे में भी जानता हूँ कौन चीज़ कहाँ रखी है। इस घर में तेरा बचपन और हमारी ज़िन्दगी बीती है।'

'अकेले आप बीमार पड़ गये तो?'

'सारे डॉक्टर मेरी जान पहचान के जो हैं। पास में सी.एच.एस. है। तू ज़्यादा बहाने मत बना। चिट्ठी के हिसाब से तैयारी कर।'

ट्रेनिंग पर इस नये शहर में विवेक अपने को पूरी तरह घिरा हुआ पा रहा था।

कसरत, कवायद और क्लासरूम का घिराव उसे अच्छा भी लग रहा था। बेरोज़गारी के चौबीस साल बिता लेने के ब़ाद मिला यह अवसर दुर्लभ था। इसके बाद नौकरी का पक्का आश्वासन जो था।

अच्छी और नियमित खुराक से विवेक का शरीर भर और निखर आया था। अब पहले जैसा गुस्सा भी कम आता। वह और उसके साथी रात दस बजे तक ऐसे थक जाते कि बिस्तर पर लेटते ही गहरी नींद में गुम हो जाते। बहुत से ऐसे लड़के थे जिनके पिता भी पुलिसकर्मी रहे थे। सेना की नौकरी की तरह पुलिस-सेवा भी परिवार में परम्परा की तरह चल रही थी।

तभी गजियाबाद से वापस आये एक प्रशिक्षार्थी, दीपक यादव ने उसे बताया, 'मैं तुम्हारे घर गया था विवेक, पर वहाँ ताला लगा था। ऊपर शायद तुम्हारे किरायेदार रहते हैं, उन्होंने बताया अग्रवाल साहब तो अस्पताल में भरती हैं।'

विवेक धक् रह गया। उसके दिमाग़ ने विषमतम् सोच डाला।

'कौन से अस्पताल? उन्हें क्या हुआ?'

'वह आदमी ठीक से बता नहीं पाया। यही कह रहा था कि घर में वे बेहोश हो गये थे। पड़ोस के मित्तल साहब अपनी गाड़ी में उन्हें अस्पताल पहुँचा आये।'

विवेक की आँखों में पिता की जर्जर काया, जिद्दी हरकतें और एक पहिये का परिवार डोल गया। प्रशिक्षण के दौरान छुट्टी मिलने का प्रावधान न था, पर वह अपनी अर्जी दीपक को पकड़ा कर फौरन घर के लिये चल दिया।

मित्तल साहब से पता-ठिकाना लेकर विवेक यशोदा अस्पताल पहुँचा। पिता आई. सी.यू. के बेड नम्बर तीन पर निश्चेष्ट पड़े थे। विवेक का मन उमड़ा, उसने मुँह में रुमाल भर लिया।

नर्स ने आकर उनके दूसरे हाथ में भी सुई लगा कर एक और ड्रिप सेट से जोड़ दी। उनकी दोनों बाँहों में सुई लगी हुई थी।

पिता ने असहमति में अपनी बाँह हिलाने की कोशिश की। सुई की चुभन से उनकी तन्द्रा भंग हुई। सिस्टर ने रोका, 'हाथ हिलाना नहीं, सीधा रखिए।'

पिता ने पैर पटक कर असहमति जाहिर की।

सिस्टर ने विवेक से कहा, 'आप इधर खड़े रह कर देखिए पेशेंट हिले नहीं।'

पिता को इतना गुस्सा आया, उन्होंने सुई वाला हाथ मुँह की तरफ़ ले जाकर अपना ऑक्सीजन मास्क हटा दिया, वे चिल्लाने लगे, 'मुझे मुर्दा समझा है जो हिलूँ नहीं। दर्द होगा तो मैं बताऊँगा कराह कर। खाँसी आएगी, मैं ख़ाँसूँगा। मेरे घर का कोई सदस्य पास नहीं है, इसलिए तुम मिसबिहेव कर रही हो सिस्टर।'

विवेक से रहा नहीं गया। उसके मुँह से निकला, 'मैं आ गया पिताजी।'

अब उन्होंने बेटे की तरफ़ देखा। बग़ैर चश्मे सब धुँधला दिखायी दे रहा था, पर कद काठ विवेक का ही लगा।

पिताजी के होंठ एक बार सिकुड़े।

सिस्टर ने अस्फुट स्वर में विवेक से कहा, 'जब जब होश में आते हैं, चिल्लाते ही रहते हैं। आप इनको सँभालिए। ज़्यादा बोलना मना है।' सिस्टर चली गयी।

पिता ने जैसे अपने आप से कहा, 'श्मशान जैसे वॉर्ड में मुझे डाल दिया है, इससे तो जनरल वार्ड अच्छा।'

फिर उनकी चेतना पुत्र की तरफ़ मुड़ी, 'तू क्यों आ गया। किसने ख़बर दी तुझे। मित्तल सुनता नहीं है, मैंने मना किया था।'

विवेक की जुबान पर हर बात का उत्तर था, पर वह मौन रहा। उसे पता था बात में से बात निकलेगी और पिताजी का तनाव बढ़ेगा।

पिताजी का शिकायतों का पिटारा खुल गया। बाँह हिलाना उन्होंने बन्द कर दिया, पर ऑक्सीजन मास्क हटा कर वे बार-बार बोलते। साँस फूलने लगती तो इशारा करते 'मास्क लगा दो।'

विवेक किसी बहाने बाहर आया।

स्थिति की गम्भीरता यह थी कि अस्पताल में पिता रहना नहीं चाहते थे और घर में उनकी देखभाल करने को कोई नहीं था। डॉक्टर का कहना था कि आठ तारीख़ की रात उन्हें दिल का गम्भीर दौरा पड़ा था। दवाओं के सहारे उनका रक्तचाप नियंत्रण में लाया गया। डॉक्टर चार हफ़्ते का पूरा आराम बता रहे थे।

माँ के निधन के बाद रिश्तेदारों ने भी किनारा कर लिया था। इस हाल में नौकर पर भी उन्हें नहीं छोड़ा जा सकता था। विवेक ने फ़ैसला ले लिया। वह पिता की तीमारदारी के लिए रुकेगा, नौकरी मिले चाहे जाये।

पिता अब आई.सी.यू. से प्राइवेट वॉर्ड में भेज दिये गये थे। ड्रिप और पेथि. डीन की सुई लगनी बन्द हो गयी थी, पर दवाएँ दी जा रही थीं, देह कमज़ोर थी पर दिमाग़ चुस्त।

दोपहर में साबूदाना खाते हुए उन्होंने पूछा, 'छुट्टी ले कर आया है न? कै रोज़ की मिली?'

विवेक ने बताया वह अवकाश की अर्जी दोस्त के पास दे कर चला आया।

पिता बौखला गये, 'यह क्या मतलब हुआ। तू बिना छुट्टी के ट्रेनिंग से आ गया। तेरे दोस्त ने अर्जी अगर नहीं दी तो क्या होगा। इत्ता बड़ा हो गया तू विवेक, तुझे अक्ल कब आएगी?'

विवेक ने कहा, 'आप शांत रहिए। मैं जाकर देख लूँगा, पहले आप ठीक तो हो जाइए।'

पिता की बौखलाहट कम नहीं हुई बल्कि उसमें तैश शामिल हो गया। 'तू बड़ा एस. एस.पी. बन गया है न, जो देखेगा। कान पकड़ कर ट्रेनिंग से बाहर कर देंगे बच्चू। चप्पल चटकाते सारी उमर यहीं गांधीनगर में पड़े रहोगे। क्या समझे!'

'अच्छा आप ही बताइए, मैं क्या करता। आपकी बीमारी की सुनकर भी वहीं लेफ्ट राईट करता रहता। मेरे से रहा नहीं गया पिताजी।' विवेक का गला भर्रा आया।

पिता कुछ देर मौन रहे। साबूदाने की प्लेट अधखाई पड़ी रही। वे भी अपनी आवाज़ का सन्तुलन वापस पाने को संघर्ष कर रहे थे। उन्हें किसी के भी सामने टूटना पसन्द नहीं था। कठोरता उनका कवच भी था और कमान भी।

'और यहाँ आकर क्या कर लिया तूने! अपनी तसल्ली, बस। जो करना है डॉक्टर करेंगे, कि तू चौधराहट दिखाएगा।'

'आप सकुशल घर पहुँच जायँ तो मैं वापस चला जाऊँगा।'

'यों क्यों नहीं कहता कि ट्रेनिंग नहीं करेगा। मेरा तो बहाना है।'

सिस्टर उनका रक्तचाप लेने अन्दर आयी। विवेक बाहर खिसक गया।

सिस्टर ने उसे बताया, 'आज उनका ब्लडप्रेशर बढ़ा हुआ है। आप लोग बात बहुत करते हैं। जब आप नहीं होते तब यह कभी वॉर्डबॉय से, कभी डॉक्टर से बहस किया करते हैं। सुबह यह जब सो रहे थे, दो विजिटर आये। हमने उन्हें मिलने से रोक दिया। वे एक अख़बार पर अपना नाम लिख कर छोड़ गये। इनके उठने पर हमने दिखाया तो बड़ी जोर से हम पर बिगड़े। ऐसा पेशेंट तो कभी नहीं आया बाबा।'

विवेक ने कहा, 'सिस्टर दवा से आप रोग ठीक कर सकते हैं, स्वभाव नहीं बदल सकते।'

देर तक बाहर बेंच पर बैठा विवेक सोचता रहा— कैसे पिता को समझाये।

रात का खाना आठ बजे आया। खाने के साथ साथ विवेक अन्दर गया।

उसे देखते ही वे फिर उबल पड़े, 'अभी तक तू यहीं है। मैं पागल हूँ जो बक रहा हूँ।'

'जाता हूँ, पहले आप खाना तो खा लीजिए।'

'मैं खाना तभी खाऊँगा जब तू चला जायगा।' उन्होंने एक बार गहरी नज़र

से बेटे को देखा, फिर लेटे लेटे बोले, 'मैं बिल्कुल ठीक हूँ, फिक्र मत करियो। दो महीने बाद मैं ख़ुद आऊँगा तेरे पास।'

जब विवेक अस्पताल से बाहर निकला, उसकी चेतना में पिता के लिए चिन्ता, प्रार्थना और विस्मित गर्व सब गड्ड-मड्ड हो रहे थे। उसे अपने पर हैरानी थी। इतनी देर तक उसने कभी जीवन में पिता के विषय में नहीं सोचा था। उनके क्रोध से उसने हमेशा नफ़रत की। पर आज उसे लग रहा था, अस्पताल के प्राइवेट वॉर्ड के कमरा नम्बर आठ से कोई तार उसकी गाड़ी के पहिये से लिपटा उसके साथ सफ़र कर रहा है। इसी तार से बँधा बँधा वह माउंट आबू पहुँच गया। सारी बेचैनी के बीच एक तसल्ली यह होती रही कि पिता की आवाज़ की लपट संकेत दे रही थी कि इस आतिशदान में अभी बहुत आग है।

'वे अगले दौरे को भी डाँट कर भगा देंगे, देख लेना', विवेक अपने साथियों से कह रहा था।

तभी सिपाही ने आकर कहा, 'साब आपको बुला रहे हैं।'

यह प्रिंसिपल का बुलावा था। विवेक ने दीपक से पता कर लिया था। उसकी अर्जी अगले दिन प्रिंसिपल के ऑफ़िस में जमा हो गयी थी।

मन ही मन वह हज़ार उत्तर सोचता गया। वे ऐसे कहेंगे तो मैं ऐसे कहूँगा, वे वैसे कहेंगे तो मैं वैसे कहूँगा। वे चिल्लाएँगे तो मैं सॉरी कह दूँगा।

इस सब की नौबत नहीं आयी। प्रिंसिपल उसके इन्तज़ार में बैठे थे। अभिवादन के उत्तर में वे उठ कर उस तक आये और उसका कन्धा थपथपा कर बोले, 'बैठो।'

विवेक का मुँह अपने आप कहने लगा, 'सर, मुझे बहुत अफ़सोस है, आपकी इजाज़त के बग़ैर मुझे जाना पड़ा। मैं क्या करता सर।'

'तुम्हें एक बार फिर जाना होगा विवेक', प्रिंसिपल ने कहा।

'ओ नो सर। अभी तो मैं लौटा हूँ।' विवेक ने कहा। प्रिंसिपल वापस अपनी क़ुर्सी पर बैठ चुके थे।

'क्या तुम्हारे घर में और कोई नहीं है।'

विवेक के आशंकित हृदय को सहसा लगा कि अब तो वाकई घर में कोई नहीं बचा।

प्रिंसिपल ने धीमे स्वर में कहा, 'कल रात एक बजे अस्पताल में तुम्हारे पिता का देहान्त हो गया। शव मॉरच्युरी में रखा हुआ है। सुबह छः चालीस पर वहाँ से फ़ोन आया है।'

वे ही बोलते रहे, 'तुम अभी चले जाओ। यह मैं नहीं कह सकता कि तुम वहाँ कितने दिन लगाओगे।' थोड़ा रुक कर उन्होंने कहा, 'बीच में तुम वापस

आकर फिर जा सकते हो, यू नो हमारे यहाँ लास्ट राइट्स बड़े लम्बे होते हैं। वे आर्यसमाजी थे या सनातनधर्मी।'

विवेक तत्काल उत्तर नहीं दे पाया। उसने उन्हें कभी मन्दिर जाते या पूजा करते नहीं देखा था। परिवार में आचारगत रूढ़ियाँ ध्वस्त करने में भी उनकी कोई सार्थक भूमिका नहीं रही। उस आदमी का, जीवन में, बस एक ही धर्म था, अनुशासन। इसी के चलते विवेक इस वक़्त यहाँ आ गया जबकि उसे वहाँ होना चाहिए था।

पर यह समय उनके चरित्र-विश्लेषण का नहीं था। इस बार उसके पास ड्यूटी से छुट्टी थी, पर छुट्टी पर अवसाद। दोस्तों ने धैर्य बँधाया, पर वह सिर्फ़ रेलवे प्लेटफ़ार्म तक काम आया।

आगे भयावह विषमताएँ थीं। कहीं टिकटी और कफन के तत्काल प्रबन्ध में, कहीं हिण्डन घाट के मनहूस मैदान की सन्न हवा में लपकती चिनगारियों में, कहीं गढ़ मुक्तेश्वर तक की अस्थिविसर्जन यात्रा में। अजब हाल था विवेक के दिल-दिमाग़ का। पिता के मित्र परिचित उसे समझा रहे थे, अब जब ट्रेनिंग से छुट्टी मिल ही गयी है तो सब काम निपटा कर जाओ। इस बीच मृत्यु प्रमाण पत्र बनवा कर बैंक खाते भी बदलवा लो। मकान का भी कुछ इन्तजाम कर दो। सब तुम्हीं को करना है।'

विवेक सबकी सुन रहा था। पर सबसे ऊपर कोई और आवाज़ और उसकी डपट उसे साफ़ सुनाई दे रही थी। टिकटी पर जब पिता का शव बाँध दिया गया, विवेक को लगा ये सारी रस्सियाँ तुड़ा कर अभी उठ बैठेंगे और चिल्लाएँगे, 'फिर तू बैठ गया यहाँ आकर। काम में दीदा नहीं लगता। फौरन वापस जा, क्या समझा।'

दल्ली

निधि की शादी करने के बाद मदान दम्पति ने कहा,'लोग बेटी का ब्याह करने पर गंगा नहाते हैं, हम गंगा मैली नहीं करेंगे।' समिधा बोली, 'इससे अच्छा है भारत-दर्शन पर चलें।' घूमना उसका मनपसन्द काम है। लेकिन जाने कब दिमाग़ में यह जम कर बैठ गया कि घुमक्कड़ी का असली मजा अपने साथी के संग ही आता है। फ़िल्मों, रोमाँटिक उपन्यासों और अमर प्रेम कथाओं पर पनपा उसका दिल अभी दसवीं पास कान्ता कुमारी की तरह सोचता है। उसका बिस्तर-प्रेमी पति सफ़र के नाम से बिदकता है। अनुराग मदान को सफ़र के नाम पर गन्दे प्लेटफ़ार्म, घिचपिच भीड़ और जेबकतरे याद आते हैं।

'अख़बार पढ़-पढ़ कर तुम्हारे दिमाग़ का दिवाला निकल गया है।' समिधा ने कहा।

'तुम जड़ता के आनन्द में मगन-मन रहो। तुम्हारा बस चले तो तुम इसे रामराज्य कहो।'

'अच्छा यह बताओ अब तक सफ़र में कितनी बार तुम्हारी जेब कटी या कब तुमने खड़े-खड़े सफ़र किया?'

'इससे क्या? ये सब खतरे मौजूद तो हैं।' अनुराग बोला।

'अब ऐसी समस्या नहीं है, वातानुकूलित श्रेणी में भी जा सकते हैं। अब तो हम वरिष्ठ नागरिक हैं।' समिधा ने कहा

'तुम हो, मैं नहीं' अनुराग ने स्पष्ट किया। वे हमसफ़र ही नहीं, हमउमर भी थे। पत्नी साठ की होते ही रेलवे विभाग के लिए वरिष्ठ नागरिक बन गयी थी, पति को अभी पाँच साल प्रतीक्षा करनी थी।

समिधा को कोई कुंठा नहीं। बोली, 'ऐसा लग रहा है एक बार फिर लड़कपन लौट आया है। बारह साल तक आधी टिकट लगती थी। अब पौनी लगेगी।'

ताज्जुब यह था कि अनुराग सफ़र के लिए तैयार हो गया। उन्होंने सोचा था कि राष्ट्रगान के अनुसार 'पंजाब, सिन्ध, गुजरात, मराठा, द्रविड़, उत्कल, बंग'

सब घूम लिया जाय। सिन्ध अब नक़्शे से बाहर था। पंजाब, गुजरात, मराठा इतने प्रदेश देखने में ही दस दिन लग जायेंगे, इसलिए तय किया कि भारत दर्शन दो टुकड़ों में किया जाय।

निश्चय आरक्षण में बदला और इस वक़्त वे रेलवे स्टेशन पर थे।

कुली फोम के जूते पहने था। वह लम्बे, फुर्तीले डग भर रहा था। उनकी दोनों अटैचियाँ और थैला उसने आसानी से उठा लिया और प्लेटफ़ार्म नम्बर सात के लिए चलने लगा। थोड़ी देर वे उसके साथ क़दम मिलाने की कोशिश करते रहे, पर वे जल्द हाँफ गये। अब कुली आगे था और वे पीछे।

'कोई बात नहीं, पीछे से उस पर ज़्यादा नज़र रखी जा सकती है।' समिधा ने सोचा।

सीढ़ियों पर एक तरफ़ ऊपर की ओर चढ़ता हुआ रेला था, दूसरी तरफ़ उत. रता हुआ। भीड़ में सिर ही सिर दिखायी दे रहे थे। और सामान के चढ़ते-उतरते पिरमिड़ों की कतारें।

थोड़ी देर उन्हें अपनी बदरंग अटैचियाँ नज़र आती रहीं, फिर वे भीड़ में गड्ड-मड्ड हो गयीं।

दोनों की नजरें मिलीं। दोनों में डर था।

'क्या तुमने कुली का नम्बर पढ़ा था?' समिधा ने पूछा।

'उसने मौका कहाँ दिया। बस सामान उठाकर साबू की तरह चलता बना।'

'अब इस रेले में उसे कहाँ ढूढ़ेंगे।'

अपने डिब्बे तक पहुँचने में वे दोनों पसीना-पसीना हो गये। देखा कुली सामान समेत सिर घुमा कर उन्हें हेर रहा है।

समिधा ने कहा, 'क्यों भइया, गाड़ी तुम्हें पकड़नी है या हमें? तीर की तरह पहुँचे हो। देख तो लेना था सवारी कहाँ है?'

कुली ने कहा, 'बहनजी आपको तो एक गाड़ी पकड़नी है, मुझे तो दिन भर में बीस गाड़ी पकड़नी होती है। जल्दी पैसे निकालिए। गाड़ी चलने वाली है।'

कुलीं ने बर्थ के नीचे सामान नहीं लगाया। उठंग खड़ी कर दोनों अटैचियाँ रास्ते के बीच अड़ा कर उनके ऊपर बैग रखा और बीस रुपये ले कर चलता बना।

असली मरण था झुकना। झुकते समय बड़ी शिद्दत से याद आ जाता कि उम्र की चोरबत्ती है कमर। इसीलिए ई टी सी चैनल पर लगातार फ़िल्मी नाच-गाने देखकर समिधा बोल उठती, 'हाय ये लड़कियाँ कमर मटकाते-मटकाते कितनी थक जाती होंगी।' लोगों के पैरों के बीच किसी तरह अटैचियाँ ठेलीं और वे लस्त

होकर बैठ गये। इच्छा हो रही थी– तुरन्त लेट जायँ, साँस ज़रा सम पर आ जाय तो आँख खोलें, पर तभी टिकट चेकर आ गया।

आरक्षण पक्का था, पर उसे अपनी ड्यूटी निभानी थी। उसने एक-एक चीज जाँची, जन्म प्रमाण-पत्र, नाम और तारीख़। समिधा ने चेकर से कहा, 'मेहरबानी कर एक बर्थ नीचे की दे दीजिए, मैं चढ़ नहीं पाऊँगी ऊपर।'

'आप ख़ुद किसी से कहकर देख लीजिए।' कह कर चेकर आगे बढ़ गया।

जिन यात्रियों की निचली बर्थ थी वे झटपट लेट गये।

उनका लेटना इस दम्पति के लिए इस बात की टल्ली थी कि अब आप अपनी बर्थ पर जाकर आराम फरमाइए, गोया यहाँ से हटिए।

दोनों ऊपर की सीटों को ऐसे देख रहे थे जैसे वे हिमालय की चोटी पर स्थित हों। फिर अनुराग बगल की पैर-सीढ़ी से ऊपर चढ़ गया। चढ़ने के बाद वह नीचे उतर आया। उसने कहा, 'उतना मुश्किल नहीं है। चलो मैं तुम्हें मदद करूँ। '

समिधा ने कमर से दुपट्टा कसा, चप्पलें उतारीं और हिम्मत पहन ली। उसने पैर-सीढ़ी पर पहला क़दम रखा। पति ने कहा, 'देखो, गिर मत पड़ना। वैसे मैं नीचे खड़ा हूँ।'

तभी नीचे की बर्थ वाला यात्री अकबका कर उठ बैठा। उसने कहा, 'मैडम आप परेशान न हों, मैं ऊपर चला जाता हूँ।' उन दोनों ने कृतज्ञता जताई। यात्री अपना चश्मा, अख़बार और पानमसाले का डब्बा लेकर ऊपर चला गया।

अनुराग ने हमेशा की तरह चश्मा, वॉलेट और घड़ी समिधा को पकड़ाईं और सिर तक कम्बल ढक कर सोने की घोषणा जारी कर दी।

अब समिधा को नौ चीज़ों की चौकसी करनी थी। दोनों के चश्मे, बटुए और घड़ी तो थीं हीं, सीट के नीचे रखे सूटकेस और थैला भी। सुरक्षाचेन वह जानबूझकर नहीं रखती थी, क्योंकि उसे बाँधने की कसरत उससे नहीं होती। मन में यही आता कि अटैचियों में आख़िर ऐसा है ही क्या, कुछ जोड़ी कपड़े और कागज़-पत्तर बस। अनुराग कहता, 'मेरे कुरते इतने लम्बे और खुरदुरे हैं कि चोर उन्हें ले भी गया तो वापस कर जायेगा।'

पर देर तक नींद नहीं आयी। सामान की असलियत पता होने पर भी चोरी का डर एक स्वतन्त्र खतरा होता है। आजकल तो चोर रेल में चढ़ कर चोरी के साथ-साथ मारपीट भी कर जाते हैं। समिधा सोचने लगी कैसे होते होंगे रेल-चोर! वे कच्छा-बनियान गिरोह के होते होंगे या लोटा-चोर बिरादरी के! या इन्हीं सोते हुए यात्रियों में से कुछ लोग उठ कर अचानक लूटपाट शुरू कर देते हैं।

कुछ भी हो, रेल चोर होते तो होंगे जबर। डब्बे के दोनों तरफ़ के टॉयलेट

में से वॉशबेसिन के ऊपर का शीशा, टोंटी और मग नदारद थे। जहाँ-जहाँ लिखा था—'भारतीय रेल आपकी सम्पत्ति है, इसकी रक्षा स्वयं करें।' वहाँ-वहाँ चोरों ने कुछ न कुछ अवश्य उखाड़ा हुआ था।

समिधा को अपने पर हैरानी हुई। कहाँ तो उसने सोचा था—यात्रा में वह सिर्फ़ सुन्दर दृश्य, मधुर बातें और अच्छे अनुभव इकट्ठे करेगी। कहाँ वह निर्मूल आशंकाओं से घिरी हुई है। रात के सफ़र उसे नागवार लगते हैं। न बाहर का दृश्य दिखायी देता है न अन्दर का अनुभव। सबके सब यात्री एक से कम्बल ओढ़ कर लेटे हुए ऐसे लगते हैं जैसे लाशगाड़ी जा रही हो।

समिधा ने अपना कम्बल उघाड़ दिया। पानी पिया।

उसे लगा— भ्रमण अकेले करने का सुख इससे बढ़कर और बेहतर होता होगा। यह क्या कि दूसरे की इच्छा को आदेश समझो।

घर से चलते हुए अनुराग ने उसे घुड़का था। वह अक्सर उसे अग्रिम घुड़क देता।

'सफ़र में कोई प्रसाद कह कर कुछ दे तो खा मत लेना।

ज़हरखुरानों का किस्सा रोज़ अख़बार में आता है। नशे का लड्डू खिलाकर यात्रियों को लूट लेते हैं। तुम तो तैयार बैठी रहती हो। धोखा खाने के लिए!'

समिधा ने हमेशा की तरह मुँह लटका लिया। लड्डू और धोखे का रिश्ता वह आज तक नहीं बैठा पायी।

दिल्ली सकुशल पहुँच गये। इस बार प्लेटफॉर्म पर छाँट कर ऐसा कुली चुना जो शक्ल से थका-हारा लगे। उसे पहले ही समझा दिया, 'भई धीरे धीरे चलना।'

स्टेशन पर जगह जगह लगे भारत-दर्शन के पोस्टर मन को आह्लादित कर रहे थे। हर पोस्टर 'स्वागत' स्वागत बोल रहा था। स्टेशन इस वक़्त साफ़ सुथरा था। सुबह छह चालीस के वक़्त एक नया नकोर, प्रदूषणरहित दिन इन दोनों के सामने प्रस्तुत था और वे मन में अगली यात्राओं के सुहाने नक़्शे बना रहे थे।

अच्छी चाय की तलब लगी थी।

सीढ़ियों से ही कुछ लोग, साब टैक्सी, साब स्कूटर कहते पीछे लगे, पर अनुराग ने उन्हें मना कर दिया। पास ही के यात्री भवन जाना था। उसने कुली से कहा कि वह वहाँ तक पहुँचा दे।

'टाइम नहीं है', कुली ने कहा।

जैसे ही वे सीढ़ियों से नीचे उतरे, कुली को मय सामान, हथियाने के लिए दो तीन तरफ़ से लोगों ने घेर लिया। कुली असहाय सा, सामान के मालिकों की तरफ़ देखने लगा।

अनुराग से कहा, 'हमें कहीं नहीं जाना है, सामान छोड़ दीजिए।' सफ़ेद कोट पहने एक आदमी ने कहा, 'मोहन होटल चलिए साब, एकदम सामने है, फर्स्टक्लास कमरा, बाथरूम साथ में साब।'

'श्री कृष्णा लॉज चलिए साब, बिल्कुल नज़दीक है,' दूसरा बोला। कुली बोला, 'सामान गिन लीजिए साब, हमें पैसे दीजिए, हम जायें।'

समिधा बिगड़ी, 'यहाँ दलालों के बीच हमें फँसा कर तुम जा रहे हो।'

कुली ने पास खड़े पुलिस के सिपाही की ओर इशारा किया और पैसे लेकर चला गया।

अनुराग ने सिपाही से कहा, 'देखिये हमें यहीं, पास के यात्री-भवन में जाना है। होटलों के एजेंट परेशान कर रहे हैं। हमारे ठहरने की जगह हम तय करेंगे या ये। इन्हें मना कीजिये।'

सिपाही ने डंडा फटकार कर सबको भगाया। फिर बोला, 'आप वहाँ जाना चाहते हैं। तो कोई बात नहीं। पर मैं वहीं से आ रहा हूँ। वहाँ सारे कमरे बुक्ड हैं, जगह नहीं है।'

वरिष्ठ दम्पति ने गर्दन उठा कर उस भव्य इमारत को देखा। इतने कमरों वाले भवन में दो पर्यटकों के लिये क्या एक कमरा भी नहीं होगा।

एक मन हुआ सिपाही की बात मान लें। सरकारी आदमी है, सच ही बोल रहा होगा।

फिर सोचा—चल कर देख लेने में क्या हर्ज़ है।

रिक्शे में सामान रखवा कर यात्री-भवन पहुँचे। साफ़ सुथरा, हरा-भरा परिसर देख कर ही तबियत खिल उठी। पोर्च में एक मोटरबाइक खड़ी थी जिसके इर्द गिर्द दो तीन लोग पेपरकप में चाय पी रहे थे। अन्दर काउंटर खाली था।

उन दोनों ने थोड़ी देर प्रतीक्षा की।

खाकी कपड़ों में एक आदमी लाउंज की तरफ़ से आया। उसने कहा, 'यहाँ कोई कमरा नहीं है।'

'किसी ज़िम्मेदार आदमी से बात करवाओ', अनुराग ने कहा। वह बाहर पोर्च में आ गया। उसने मोटरबाइक के पास चाय पीते लोगों से कुछ कहा।

जल्द ही चाय पीने वाली सारी टुकड़ी ने अन्दर आकर काउंटर पर अपनी जगह सँभाल ली।

उनमें से एक ने रजिस्टर में देखते हुए पृष्ठ पलटे और चश्मा खिसकाते हुए कहा, 'इस वक़्त कोई कमरा उपलब्ध नहीं है।'

यात्री-भवन में पसरा सन्नाटा देख कर यकीन नहीं हो रहा था कि इसके सैकड़ों कक्ष इस समय भरे होंगे। न कोई आता दिख रहा था, न जाता।

'क्या एक भी कमरा नहीं होगा।'

'बताया न आपको।'

'ज़रा रजिस्टर देखें आपका,' अनुराग ने कहा तो पहली बार काउंटर कर्मचारी ने उसे गौर से देखा।

अनुराग का खादी का लिबास प्रायः लोगों को इस भ्रम में डाल देता कि वह ज़रूर कोई राजनेता है।

दूसरे कर्मचारी ने कहा, 'आप परेशान न हों सर। बगल में लालमहल होटल है। यहाँ से बड़े और शानदार कमरे हैं वहाँ। किराया भी वाजिब है। मैं रिक्शेवाले को समझा देता हूँ, वहाँ चले जाइए।'

इन दोनों को ग़ैर सरकारी होटलों से डर लगता था। पत्नी को सारी रहस्य-रोमाँच वाली फ़िल्में और कहानियाँ एक साथ याद आ जातीं। उनके लिए आज भी सरकार शब्द में सुरक्षा, विश्वास और सच्चाई निहित थी।

फिर लालमहल नाम ही काफ़ी तिलिस्मी लग रहा था।

समिधा ने कहा, 'देखिये, दस घण्टे बाद हमें फिर सफ़र करना है। हमारे पास पिछली, अगली यात्राओं के वैध टिकट हैं। कायदे से हमारा हक़ बनता है यहाँ।'

अब दूसरा कर्मचारी बोला, 'वातानुकूलित कमरा खाली नहीं है।'

'कोई बात नहीं, मौसम अच्छा है सामान्य कमरा भी चलेगा।' बड़े बेमन से कर्मचारी ने एक कार्ड उनके सामने पटक दिया। अनुराग ने कार्ड में विवरण भरा।

कर्मचारी ने कहा, 'आपको दो दिन का किराया देना पड़ेगा।'

'क्यों?' वे चौके।

'हमारा चेक-इन टाइम दस बजे है, आप पहले आ गये हैं।'

'हम पन्द्रह बीस मिनट इन्तज़ार कर लेते हैं।'

'पर आपकी गाड़ी का समय छह चालीस है सर।'

अनुराग ने कहा, 'आप दिखायें कहाँ लिखा है?'

काउंटर-कर्मी भड़क गया, 'आप इंस्पेक्शन पर नहीं आये हैं जो आपको कागज़ दिखायें।'

'दुनिया भर के होटलों में आने के वक़्त से किराया लिया जाता है, गाड़ी के वक़्त से नहीं।'

काफ़ी बहस और इन्तज़ार के बाद कमरा आवंटित हुआ। शुल्क जमा किया गया और काउंटर-कर्मी ने कहा, 'चार सौ नौ।'

वे सामान के लिए इधर-उधर सहायक खोजने लगे।

'सामान आपको ख़ुद ले जाना पड़ेगा', कर्मचारी ने बताया। किसी तरह वे सामान घसीट कर लिफ्ट तक लाये। चौथी मंज़िल पर आकर उन्होंने पाया कि कई गलियारे और मोड़ पार कर, अटैन्डेन्ट के हाउसकीपिंग पटल के पास 409 है।

आगे पीछे के गलियारों के सभी कक्ष खाली पड़े सायँ-सायँ कर रहे थे। गलियारों की छत में कबूतर फड़फड़ा रहे थे। फ़र्श पर हफ्तों पुरानी बीट चिपक कर सूख गयी थी। पूरी मंज़िल पर इन दो यात्रियों के सिवा कोई आहट नहीं थी।

सामान उठाना एक समस्या थी। उन दोनों को लग रहा था—यह समस्या सारे भ्रमण में साथ चलेगी। उन्होंने तय किया कि सामान नीचे क्लोक रूम में जमा कर दें।

सिर्फ़ थैला लेकर समिधा कमरे की तरफ़ चली।

सूटकेस लेकर अनुराग नीचे आया। क्लोकरूम के सहायक ने सामान घुमा-फिरा कर अच्छी तरह जाँचा और कहा, 'ये जमा नहीं हो सकते।'

'लेकिन क्यों?'

'इनमें ताले नहीं लगे हैं।'

'इनमें स्वचलित ताले लगे हैं जो सिर्फ़ नम्बर से खुलते हैं।'

'नियम है कि ताला ऊपर से लगाया जाय।'

सरकारी नियमों में पाँच रुपये का ताला पाँच सौ रुपये के ताले से ज़्यादा विश्वसनीय था।

लाचार होकर सामान वहीं छोड़ अनुराग ताला ख़रीदने बाहर लपका। ताले लग जाने के बाद, सामान की पर्ची बनाते हुए क्लोकरूम कर्मचारी ने पूछा, 'आपको कितने बजे जाना है?'

'दस बजे की गाड़ी है। नौ साढ़े नौ निकलेंगे।'

उसने कलम रोक दी, 'यह मुश्किल काम है। उस समय यहाँ से सामान नहीं ले सकते।'

'इसका क्या मतलब हुआ!'

'साढ़े नौ मेरा छुट्टी का समय है।'

'आपकी जगह कोई और लेगा, तभी न आप जायेंगे।'

'वह आदमी पटपड़गंज से आता है, कभी उसे देर भी हो जाती है। मेरी आख़िरी बस साढ़े नौ निकलती है। बेहतर होगा, आप अपना सामान अपने साथ ही रखें। कमरा आपके पास है।'

मज़बूरन अनुराग को सामान वापस घसीट कर लिफ्ट में लाना पड़ा।

एक-एक कर सूटकेस सरका कर कमरे तक लाये गये।

चौथी मंज़िल का सहायक गलियारे में पड़ी मेज पर बैठा पैर हिलाते हुए इस दृश्य का आनन्द लेता रहा।

अनुराग ने उससे कहा, 'हमारी सुबह की चाय और अख़बार दिलवा दीजिए।'

'वह तो एकदम सुबह मिलती है। अब चाय नहीं मिलेगी।'

'पर नीचे तो लिखा है।'

'वह एकदम सुबह आने वालों के लिए होता है। इस वक़्त साढ़े दस बजे हैं।'

समिधा ने कहा, 'यह कहाँ लिखा है कि साढ़े दस बजे आने वालों को चाय नहीं मिलेगी।'

'वह सब हम नहीं जानते। जो नियम हमें बताये गये हैं, हमने बता दिये।'

'आपकी शिकायत-पुस्तिका कहाँ है, दीजिए मैं उसमें लिखूँगा। यात्रियों के साथ पेश आने का वाहियात ढंग है आप लोगों का।'

सहायक ने बेफ़िक्री से कहा, 'शिकायत-पुस्तिका नीचे है, जाइए।' अब नीचे जाने की हिम्मत शेष नहीं थी।

थोड़ी देर सुस्ता लेने के बाद स्नानादि की सुध आयी।

टॉयलेट इतना छोटा था कि अगर समिधा ज़रा भी और पृथुल होती तो उसमें घुस न पाती। उसकी चिटखनी टूटी हुई थी।

अनुराग ने कहा, 'यहाँ और कोई नहीं है, तुम ऐसे ही चली जाओ।'

पर समिधा हल्की नहीं हो पायी। कोई दूसरा न खड़ा हो, फिर भी अपनी एक निजता होती है जिसे सुरक्षित रखने में चिटखनी की बड़ी भूमिका होती है।

यही हाल गुसलखाने का था। बालटी और मग थे, साबुन नदारद था। न चाहते हुए भी सहायक से कहना पड़ा। उसने बताया, 'अभी स्टाक में साबुन नहीं है।'

'इससे तो लालमहल ही चले जाते' समिधा ने झुँझला कर कहा। नहाना स्थगित कर वह फिर लेट गयी। अनुराग तो पहले ही सो गया था, उसकी भी आँख लग गयी।

नींद तीन बजे खुली। ज़ोर की भूख लग रही थी।

डाइनिंग हॉल का रुख किया। पूरा खाली पड़ा था। खाने का कहीं कोई चिह्न नहीं था। बाहर व्यंजन-तालिका अपनी घोषणाओं से न्योत रही थी। अन्दर सन्नाटा था।

पता चला भोजन का समय ढाई बजे समाप्त हो जाता है।

इस वक़्त भी चाय का कोई इंतज़ाम नहीं था।

फिलहाल बाहर का रुख करने लायक धजा नहीं थी।

भूख प्यास दबा कर वे लाउंज में बैठ कर टी.वी. में मन लगाने का प्रयत्न करने लगे।

टी. वी. के पर्दे पर तस्वीर की जगह सिर्फ़ धुँधली छायाएँ आ रही थीं। आवाज़ एकदम गायब थी।

वहाँ पोछा लगाने वाले फर्राश से पूछा, 'इसका रिमोट कन्ट्रोल कहाँ है?'

'नहीं है, कोई लेकर चला गया।'

'यह ऐसे ही चलता है!'

'हाँ।'

उकता कर उन्होंने सोचा शुद्ध पानी की एक बोतल लेकर पी जाय।

डाइनिंग हॉल के सहायक ने कहा, 'मैडम दस पन्द्रह मिनट बाद आइए। अभी बोतलें फ्रिज में लगायी हैं। ठण्डी होने पर मिलेंगी।'

'काउंटर से कूपन लायें?'

'नहीं, पानी कूपन पर नहीं है।'

सत्कार की सभी सम्भावनाएँ वे टटोल चुके थे। चुपचाप ऊपर आकर तैयार हुए और खाने की खोज में बाहर निकले।

स्टेशन परिसर में प्री-पेड टैक्सी लेने की सहूलियत थी। उस छोटे से कक्ष के ऊपर लिखा था—'निर्धारित दर से अधिक किराया लेना अपराध है। यात्री यहाँ सम्पर्क करें।'

कक्ष के बाहर पर्यटकों, यात्रियों की कतार थी। उनमें युवा विदेशी यात्री तो थे ही, खालिस देशी यात्री भी कम नहीं थे। बुकिंग विंडो में पर्ची काटने वाले की सीट खाली पड़ी थी। उसका पेन मेज़ पर खुला रखा था, कुर्सी पर कोट लटका हुआ था।

किसी ने कहा, 'चाय पीने गया होगा, अभी आ जायेगा।' एक यात्री ने कहा, 'बीस मिनट से मैं देख रहा हूँ, कोई नहीं आया इधर।'

'चाय पीने, पान खाने में बीस मिनट तो लगते ही हैं' किसी और ने राय दी।

नियम-प्रेमी यात्रियों की कतार लम्बी होती जा रही थी। अब वहाँ टैक्सी चालक, स्कूटर ड्राइवर मंडराने लगे थे। वे धीरे से मुसाफिर के पास आकर पूछते—उसे कहाँ जाना है। फिर वे एकमुश्त किराये का अन्दाज़ बताते। थकान से लस्त कई यात्री कतार छोड़ उनके साथ हो लेते। उन्हें वाहन में बैठा कर ड्राइवर तुरन्त दूसरी सवारी की खोज में लग जाता। इस तरह वह एक खेप में कई खेप का किराया कमा रहा था।

पीछे से एक सरदार ने कहा, 'ये दिल्ली तो एकदम दल्ली बण गयी है बाश्शाओ।'

सब हँस दिये। सबको पता था यहाँ गुस्से और शिकायत का कोई अर्थ नहीं है। यह भी पता था कि पूर्व-निर्धारित किराये की पर्ची काटने वाला जल्द आयेगा ही नहीं। हो सकता है वह यहीं कहीं खड़ा जग का मुजरा देख रहा हो।

भारत-दर्शन का शुभारम्भ बड़ा संदिग्ध हो रहा था। फिर भी वे हौसला नहीं हारे, हो सकता है आगे जाकर स्थितियाँ अच्छी हो जायें। फिर दिल्ली उनके नक़्शे में सिर्फ़ पड़ाव था, मुकाम नहीं। इससे पहले भी वे कई बार दिल्ली आये थे। हर बार उन्हें यही लगा कि यह अंधेर करने वालों का अभयारण्य है।

दस बजे की गाड़ी के लिए वे साढ़े नौ बजे बाहर आ गये। कहीं कोई वाहन नज़र नहीं आ रहा था।

तभी किसी विदेशी सैलानी को लेकर आई एक टैक्सी रुकी। टैक्सीवाले ने उससे साढ़े तीन सौ रुपये की माँग की।

सैलानी अपनी गिटपिट जुबान में उससे मीटर कार्ड की माँग कर रहा था। पता चला वह गलती से पहाड़गंज वाली तरफ़ उतर गया था। वहाँ से टैक्सी लेकर वह इस तरफ़ आया कि यात्री भवन में ठहर सके। 'इतनी सी दूरी के साढ़े तीन सौ कैसे हो गये?' अनुराग ने कह दिया।

'आप चुप रहो जी, आपसे तो नहीं माँगता ना', टैक्सीवाला गुर्राया, 'सही जगह पर पहुँचा दिया, यह क्या कम है।'

कुछ देर झिक-झिक के बाद सैलानी ने सौ-सौ के दो नोट उसे दिये।

मदान दम्पति टैक्सी ड्राइवर से कहना चाहते थे कि वह उन्हें सामने स्टेशन तक पहुँचा दे, पर वह तो किराया मिलते ही हवा हो गया।

वे देर तक इधर उधर बदहवास से वाहन तलाश करते रहे। उनके ठीक पीछे बड़े से लाल कपड़े पर सुनहरे अक्षरों में छपा बैनर लहरा रहा था, 'एक अक्टूबर अन्तर्राष्ट्रीय बुजुर्ग दिवस।' उनके आगे लम्बी सी होर्डिंग लगी थी : 'उत्तर रेलवे आपका स्वागत करता है। आपकी यात्रा मंगलमय हो।'

वह मिली थी बस में

गाड़ियाँ जीवन में, अवसरों की तरह हमेशा मुझसे छूटती रहीं। जब जब मैं समय पर स्टेशन पहुँची तो पता चला गाड़ी इतनी लेट आयेगी कि जाने और न जाने का फ़र्क़ मिट जायेगा। अगर कभी मुझे पन्द्रह मिनट की भी देर हुई तो उस दिन गाड़ी एकदम समय पर आकर छूट गयी। इधर रेल का पूछताछ कार्यालय काफ़ी चतुर हो गया है। फ़ोन से पूछो तो कहेगा, गाड़ी अपने समय पर आ रही है। स्टेशन पहुँचो तो हर पन्द्रह मिनट में अपनी रोनी आवाज़ में उद्घोषक उद्घोषणा करेगा- 'गाड़ी के पन्द्रह मिनट विलम्ब से आने की सूचना है।' यह समय पन्द्रह पन्द्रह मिनट खिसक कर कब एक घण्टे या उससे अधिक में खिंच जायेगा इसका हिसाब नहीं है। इसीलिए मेज़बान भी प्लेटफॉर्म की सीढ़ियों से ही विदा दे देते हैं। वे मेहमान का साथ ऐसे छोड़ देते हैं जैसे शवयात्रा का साथ छोड़ लोग कहते हैं- 'जाओ प्रिय, बस हमारा तुम्हरा साथ यहीं तक था।'

आज भी गाड़ी ढाई घण्टे लेट थी। प्लेटफ़ार्म पर भीड़ ने बाढ़ की शक्ल ले ली थी। अन्य गाड़ियों की भीड़ भी इस बाढ़ में सम्मिलित हो गयी थी। पता चला अभी और विलम्ब हो सकता है। अगली उद्घोषणा सुनने के बाद भीड़ ने छंटना शुरू किया। क्या पता गाड़ी आज आये ही न।

मैंने भी बस-अड्डे का रुख किया।

मन में हिसाब लगाया। गाड़ी आठ बजे आकर बारह बजे तक पहुँचायेगी। बस से दस बजे घर पहुँच जाऊँगी। पूरे दो घण्टे का फ़र्क़ पड़ेगा। घर में चिन्तित बैठे पति प्रमोद और मचलती कम्मू आँखों में छा गयी। दो घण्टे पहले पहुँच मैं दोनों को सँभाल लूँगी।

पौने छह बजे की बस थी। लेकिन कानपुर की पागल भीड़ और ट्रैफिक। चालीस मिनट तो चौराहा और रेलवे-क्रासिंग पार करने में निकल गये। बस से तेज़ तो घड़ी की सुइयाँ चल रही थीं। मेरी बेचैनी की रफ़्तार घड़ी से तेज़।

किसी तरह बस ने गति पकड़ी। खचाखच भरी बस में कुल पाँच महिला-सवारी

थीं। एक मेरी बगल में बैठी थी, गोद में बच्चा सँभाले। बच्चा गोद के नहीं सीट के काबिल था, पर कंडक्टर ने उसे डाँटकर गोद में पहुँचा दिया।

'बच्चे को कनिया लो, नहीं पूरा टिकस लगी।'

तीन चार साल का बच्चा माँ की गोद में चिपक गया।

दो तीन जगह बस ठहरी। यहाँ से चढ़ी सवारियों के साथ तरह-तरह का सामान चढ़ा। प्लास्टिक की बालटियाँ और मग, साइकिल के टायर ट्यूब, बिजली का सामान और कुछ बोरियाँ। ड्राइवर के पीछे वाली खाली जगह पूरी भर गयी। कंडक्टर इन सवारियों से किराये के अलावा रुपये लेता रहा।

मैंने अपनी सहयात्री से पूछा, 'कहाँ तक जाओगी।'

'सलेमसराय' उसने कहा, 'और आप?'

'इलाहाबाद,। कानपुर रहती हो?'

'नहीं, एकी दवा लेने आये रहे।'

'क्या हुआ है बच्चे को?'

'खाँसी आवत है कइयो रोज से। राजू की अम्मा ने वैद बताया था। एक खुराक पिलाई, उसी से कुछ टिकाई परी है।'

बच्चा निंदासा था। माँ ने उसे छाती से लगा कर आँचल से ढँक लिया।

चौडगरा पर बस ख़राब हो गयी। ड्राइवर, कंडक्टर दोनों उतर गये। उन्होंने बोनट खोल कर खटरपटर की, फिर देर तक उस पर झुके रहे। बीस मिनट हो गये, पर बस ठीक होने की कोई सूरत नहीं बनी। मैं डरने लगी। नौ तो यहीं बज गये। अभी फतेहपुर भी नहीं आया। पूरे बीस किलोमीटर आगे है। कब बस सुधरेगी, कब चलेगी। कई सवारियों ने उतर कर ड्राइवर से कहा कि वह किसी तरह धीरे-धीरे चल कर फतेहपुर पहुँचे, वहाँ कुशल मिस्त्री मिल जायेंगे।

ड्राइवर ने कहा, 'एक क़दम भी आगे चले तो एक्सीडेंट हो सकता है।'

एक दुकानदार जो कानपुर से हज़ारों का कपड़ा लेकर चला था, झल्ला पड़ा, 'यहाँ अँधियार में खड़े खड़े लुट जाबे तो के भरी?'

ड्राइवर ने एक संत की सादगी और ठण्डेपन से जवाब दिया, 'माल की भरपाई तो हो जाई, मुला जान की भरपाई के करिस।'

दस बजे किसी तरह बस ठीक हुई। 'जय बजरंगबली' के जयकारा के साथ बस चल दी। लेकिन फतेहपुर नाके पर आकर फिर खड़ी हो गयी। इस वक़्त वहाँ सिर्फ़ दो कुत्ते, तीन रिक्शे और एक अंग्रेजी शराब की दुकान हरकत में थीं। ड्राइवर, कंडक्टर दोनों नदारद थे। मैंने दूसरी तरफ़ के एक बेचैन यात्री से पूछा,

'कहाँ हैं ड्राइवर और कंडक्टर। अब क्यों देर लगा रहे हैं।' बस के कई यात्री हँसने लगे, 'ठेके पर जाकर पूछिए कहाँ घुसे हैं दोनों।'

हे भगवान! घर में प्रमोद तो आगबबूला हो रहे होंगे। वे घड़ी देखते जायेंगे और अपने अन्दर गोला बारूद इकट्ठा करते जायेंगे। मेरे पहुँचते ही विस्फोट होगा- 'धड़ाम।'

'तुमने क्यों कहा था तुम नौ बजे पहुँच जाओगी?'

'रेल की जगह बस क्यों पकड़ी। स्टेशन पर दो घण्टे बैठ नहीं सकती थीं?'

'पीछे से कम्मू कितना रोई, तुम्हें कोई परवाह है?'

'एक बार घर से निकलती हो तो लौटने की कोई चिन्ता नहीं रहती तुम्हें?'

'सारी राष्ट्रीय सेवा योजना तुम्हीं को करनी है जो दौड़ पड़ीं फाइल ले कर।'

इसके अलावा कुछ मौलिक, मारक आरोप भी प्रमोद ईजाद करेंगे, जिनकी काट इस थके हाड़ से वह कैसे करेगी।

पन्द्रह मिनट में ड्राइवर, कंडक्टर दोनों आ गये। मैंने ध्यान से उनके चेहरे देखे। उन पर गज़ब का इतमीनान था। देखने से शराबखोरी का कोई चिह्न नहीं मिला उन पर।

कई बार जैसे अब मुझे ताज्जुब होता है अपने आप पर। अपने से मैं कहती हूँ, अगर तुम परेशान हो तो पूरी तरह परेशान रहो न। यह क्या कि सड़क किनारे पेड़ों की पाँत पर हैडलाइट की पड़ती रोशनी का तिलिस्म भी देख रही हो, यह भी गिन रही हो कि कितनी सवारियाँ मूँगफली खा रही हैं और कितनी पान। ध्यान पैंड्यूलम की तरह घर-बाहर, घर-बाहर होता रहता है।

आगे की सड़क एकदम साफ़ और सीधी थी। कुछ महीने पहले यह निहायत ऊबड़खाबड़, आधा कच्चा आधा गड्ढेदार रास्ता था। आज यह एकदम पक्का, साफ़ और सुन्दर था।

सैनी पर कुछ सवारियाँ चढ़ीं, कुछ उतरीं। उतरने वालों के साथ काफ़ी सामान भी उतर गया, कपड़ों के थान, धोतियों की गाँठ, चायपत्ती के उट्टाउट्ट भरे थैले, प्लास्टिक की बालटियाँ और काँच की चादरें। कइयों ने उतरते समय कंडक्टर के हाथ पर बख्शीश रखी।

इसके बाद ड्राइवर, कंडक्टर फिर गायब हो गये।

'अब क्या हुआ? क्या कल सुबह इलाहाबाद पहुँचेंगे।'

बच्चे वाली औरत हँस दी। एक जानकार हँसी।

'काहे घबड़ियानी हो? सैनी में खवाई होत है। दूनों जन ऊ बैठ खावत हैं।'

'हमारी भूख-प्यास की कोई चिन्ता नहीं इन्हें?'

'का करैं। तुमरे लिये भुखाने रहें। इनका तो रोजौ का काम है। देर सबेर पहुँचा तो देइत हैं।'

'बस का निर्धारित समय क्या है?' मैंने जैसे बस को क्लास समझ कर सवाल पेश किया।

एक आदमी बोला, 'जबौ पहुँची तबौ समझौ, का नाम, निर्धारित टैम।'

एक अन्य आदमी ने अपनी लोई कस कर लपेटते हुए कहा, 'आपन देस में कौन ससुर का निर्धारित है। यह तक तो निर्धारित नहीं कि मौत कब आयेगी, कब नहीं। बस पहुँचबे की कौन कहे।'

एक ग्रामीण बड़ी देर से अपनी चादर में चुक्की-मुक्की मारे बीड़ी फूँक रहा था। बीड़ी पैर से रगड़ कर बोला, 'गन्ने की ख़रीद तक तो निर्धारित नहीं, बस पहुँचबै का का है। जब पहुँची तब समझौ।'

तीन सिपाही बस में धड़धड़ाते हुए घुसे। उन्होंने मुसाफिरों की तलाशी ली, तीन चार बार डंडे पटके और उतर गये। महिला मुसाफिरों को बख्श दिया गया। मन कृतज्ञ हो आया। आज भी हमारे यहाँ स्त्री होना कितना मायने रखता है। लोग मान कर चलते हैं कि स्त्रियों के पास कोई आपत्तिजनक सामान नहीं होगा।

आदमियों की जामा तलाशी दो तीन नाकों पर हुई। यह सुरक्षा का आतं. कवाद था।

अमावस की रात थी, गाढ़ी, ठण्डी और ठिठुरी। लेकिन पूरे रास्ते जैसे अंधेरे के खिलाफ बिजली ने संघर्ष छेड़ रखा था। जगह-जगह सड़क किनारे ढाबे थे। सबने ख़ूब सी ट्यूबलाइटें लगा रखी थीं। रोशनी में उनके सामने पड़ी चारपाइयाँ और लाइन से खड़े ट्रक आश्वस्त कर रहे थे कि यह रास्ता निर्जन नहीं है। कभी बस तक किसी छौंक की सुगन्ध पहुँच जाती तो भूख और ज़ोर मारने लगती।

थोड़ी दूर चल कर बस फिर रुक गयी। मैंने आवाज़ दी, 'ड्राइवरसाब अब क्या हुआ?'

ड्राइवर ने पलट कर देखा तक नहीं। इस बार कंडक्टर बैठा रहा। वह बस किराये का हिसाब सँभालता रहा और जिस जिस के बकाया पैसे देने थे, देता रहा। अपने काम में वह इस क़दर रमा हुआ था कि उससे किसी ने न पूछा कि ड्राइवर कहाँ है।

कलाई घड़ी से तेज़ मेरे मन की घड़ी चल रही थी। आगे पीछे और कोई वाहन नहीं था जो बस का विकल्प बने। सोनू की माँ ने अपने झोले से मूँगफली निकाल कर मुझे दी, 'लो इसे कहित हैं टैम पास।'

भूख के मारे मेरा भी बुरा हाल था, पर फ़िक्र ने घिग्घी बाँध दी थी। बस एक मूँगफली उठाई और मैं चौथी बार बोली, 'पता नहीं ड्राइवर कहाँ चला गया।'

सामने बैठे दो आदमी हँसे, 'जहाँ गये हैं वहीं ऊँघाई लग गयी होगी, कौन जाने।'

सोनू की माँ ने कहा, 'बस अबहिन ना चली। चलो इहाँ ढाबे में सो जावा जाय। सोनू भी निंदियाने हैं।'

मैं भय से जड़ हो गयी, 'यहाँ खुले में। एक तो ठण्डा। ऊपर से रात में कोई भी आकर दबोच ले तो।'

'के दबोचवे। गटई दबा देई।'

'जो दो चार आ गये तो?'

'देखो, जे सोनू के एक तरफ़ चिपट के हम सो जाब। एक तरफ़ तुम चिपट जाओ। मुला कौन माई का लाल इत्ता बेसरम हुई सकत है कि बच्चे से ओकी माँ छुड़ाबे।'

'मुझे तो डर लग रहा है।'

'ऐसन है तो लोहे की जंघिया पहिर के बाहर निकरा करो।

गाँव में फारिग होने जाओ तो कइयो दफा लबार लग लेइत हैं पीछे। हम तो कइयो दफ़े लाफा मारे हैं नासपीटों को।'

'कभी जबर मिल गया तो?'

'तो का। धो धा के आ जाइत हैं घरे। अरे कौनो चोट चपेट लगे तो मरा थोड़ो जाई। ई देही त देही है कौनो मसीन नहीं कि कल-पुरजा बदल लेयं।'

मैं दंग रह गयी। मुझसे उमर में कम ही लग रही थी, पर गजब का आत्मविश्वास और अदम्यता थी उसमें।

अचानक ड्राइवर मस्ती में झूमता झामता वापस आ गया।

मैंने चैन की साँस ली।

इस बार बस फर्राटे से चली।

ग्यारह से ऊपर का वक़्त हो रहा था। मैंने देखा सोनू की माँ एकदम सतर बैठी थी, निडर।

'तुम्हारे घर पर कौन-कौन है?'

'इसके बापू, उनकी माय और बहिनी, छुटकीवा।'

'गुस्सा नहीं करेंगे, इतनी रात में पहुँचोगी।'

'अबेर का हमने की। दबा दिलाकर सीधी आ रही हैं। आदमी जो बहोत नरम गरम करे तो हम तो दे देइत है एक झन्नाटा कनपट्टी पे।'

'हमारे घरवाले तो बहुत गुस्सा करेंगे। मानेंगे ही नहीं कि देर रास्ते में हुई।'

'सुनो, बैसन तो बड़ी मेमसाहब बनी हो। कटे बाल, रेशमी साड़ी। बोली भी

गिटपिट। पर हिम्मत के नाम पे निरी लीद हो', सोनू की माँ अपना मुचड़ा हुआ झोला समेटती हुई बोली, 'डरो ना, सही बोले में काम सही होत है।'

सुलेमसराय आ गया था। वह उतर गयी।

मुझे लगा सोनू की माँ जैसा बनने के लिए मुझे एक जनम और लेना होगा।

बांगड़ू

हालाँकि मौसम कोई ऐसा खुश्क नहीं था, सत्यदेव के होंठ सूखे हुए थे और गाल फटे। उसके सिर पर पीले रंग की टोपी थी और बदन पर खाकी निकर के ऊपर मैली बनियान। इस पीली टोपी से ही उसे पहचाना गया था। डाल्टनगंज से चाचाश्री ने फ़ोन पर बताया था, 'चीनू की उम्र का लड़का है। मैंने उसके सिर पर पीली टोपी रख दी है और कह दिया है कि इलाहाबाद स्टेशन आने पर पहनकर उतरे। तुम लोग उसे टोपी से पहचान लेना।'

वाकई स्टेशन पर मुसाफिरों की भीड़ में अनारक्षित डिब्बे से उतरते हुए सत्यदेव को पकड़ पाने में कोई मुश्किल नहीं हुई। विनोद ने उसे घर पहुँचा कर पत्नी के सुपुर्द किया, 'लो भाई चाचाश्री की भेजी सौगात। यह तो एकदम बांगड़ू है। इसे इन्सान बनाने में बरसों लग जाएंगे।'

करुणा सेवकविहीन गृहस्थी से इतनी बौखलाई हुई थी कि उसे यह हक्का-बक्का-सा मददगार भी वरदान लगा। चीनू ने चारों ओर घूमकर देखा और घोषित किया, 'बेकार है, इसके साथ तो क्रिकेट भी नहीं चलेगी।'

क्रिकेट के नाम से सत्यदेव की आँखों में हल्की-सी चमक आयी, 'आवेला आवेला।'

चीनू फ़ोन की घंटी सुन वापस अपने कमरे में चला गया।

करुणा को ढेर-सी दया उमड़ी। बारह घण्टे का सफ़र करके आया है यह लड़का। पता नहीं बैठने भर की जगह भी मिली थी या नहीं। थका होगा और भूखा भी। उसने डाइनिंग टेबिल से उठाकर दो केले उसे दिए।

सत्यदेव ने छिलके समेत केला चबा लिया।

'हैं...हैं... छिलका उतारकर खाओ', उसने समझाया।

वह नहीं समझा।

करुणा ने मेज पर से एक और केला उठाकर छिलका उतारने का ढंग बताया। पहले सोचा– इसे खुद खा ले। पर अपना वजन और मधुमेह का ध्यान कर उसने वह केला भी सत्यदेव को दे दिया।

बाद में करुणा हर आये गये को बता-बताकर हँसी, 'यह तो एकदम बांगड़ है। केला भी खाना नहीं आता इसे। मुझे तो रोज इसकी क्लास लेनी पड़ेगी।'

मुश्किल से बारह-तेरह साल का था सत्यदेव। पर उसके मुख पर बड़ा बुजुर्गाना भाव था। उतनी उम्र का चीनू अभी बिल्कुल अबोध बालकों की तरह ठुनकता रहता, पर सत्यदेव हर आदेश को सुनने के बाद कहता, 'हाऊ' और उस काम में जुट जाता।

अपने सारे अनाड़ीपन के बावजूद वह तेज़ी से काम सीख रहा था। ब्रश से कार्पेट की धूल निकालना, लम्बी झाड़ू से जाले छुड़ाना, बाजार से आलू-प्याज लेकर आना, बिस्तरों की चादरें ठीक करना- ये सब समयखाऊ और उबाऊ काम थे। करुणा की गृहस्थी पंद्रह साल पुरानी थी। अब उसके मन में एक छँटनी-. विभाग खुल गया था। वह सोच लेती, 'यह काम मेरा है, यह काम मेरा नहीं। वह काम मैं नहीं करूँगी, क्योंकि कोई भी पढ़ी-लिखी महिला नहीं करती। कपड़े धोना, फैलाना, उतारना, इस्त्री के लिए देना, वापस मिलने पर सबके कमरों में पहुँचाना, कितने वाहियात काम हैं। तकलीफ़ यह कि जिनके लिए ये सब करो, वे धन्यवाद भी नहीं कहते। तो फिर ऐसे नाशुक्र काम करने का क्या फ़ायदा। ठीक यही सवाल उसके मन में तब उठता, जब वह सबको गरम रोटी खिलाती। वह सोचती ये सब आवर्ती ज़िम्मेदारियाँ हैं, इनकी कोई समय-सीमा नहीं है। ऐसे तो मैं सिर्फ़ मिसरानी में तब्दील होती जाऊँगी। करुणा ने काफ़ी मेहनत से सत्यदेव को रोटी सेंकना सिखा दिया।

तीन महीने में ही सत्यदेव ने घर की दिनचर्या में अपनी जगह बना ली। उसमें समझ थी और सुथरापन। अभिव्यक्ति की सामर्थ्य उसकी बहुत कम थी। करुणा के परिवार में सत्यदेव की बेढब बानी हास्य रस का संचार कर देती। वह पलामू की बिहारी में हिंदी के कुछ शब्द लगा देता। पहनावा उसका ठीक कर दिया गया था, पर कपड़े उसे काटते। ज़्यादातर वह सिर्फ़ निकर पहनकर नंगे बदन काम में जुटा रहता। मेहमानों के आने पर उसे कमीज पहननी पड़ती। वह उनके जाने पर तुरन्त कमीज उतारकर रसोई की कील पर लटका देता। उसकी इन्हीं हरकतों के कारण सब उसे बांगड़ू कहते। उसे इस शब्द पर कोई ऐतराज नहीं था। अक्सर बांगड़ू कहे जाने पर वह ठी-ठीं हँसता और कहता, 'का है।'

शहर में सेवकों का अकाल हो चला था। अच्छी आमदनी वाले परिवारों को भी घर का कामकाज करने वाला आसानी से नहीं मिलता। करुणा मन ही मन अपने चचिया ससुर के प्रति कृतज्ञ होती, जिन्होंने सत्यदेव को भेजकर उसे स्थानीय सेवकों के नखरों से छुटकारा दिला दिया था। वह उसकी आज्ञाकारिता

की कायल थी, पर उसके अटपटेपन पर कई बार झल्ला जाती। वह कहती, 'देखो तुम ठीक से नहीं रहोगे तो हम तुम्हें वापस भेज देंगे।'

'ना जाब', सत्यदेव कहता और धूप में टांगें पसार कर बैठ जाता। करुणा यह सोचकर डर जाती कि इसे लू लग गयी तो घर के काम का क्या होगा। वह उसे मनाकर वहाँ से उठाती।

रक्षाबंधन के त्योहार पर घर में पूरी और खीर बनी। करुणा ने सत्यदेव को खाना देते हुए पूछा, 'सत्यदेव तुमने कभी खीर-पूरी खाई है?'

'हाउ। जब हमरी माई मरल रहली तब खइले रहलीं। दुई दिन खइली। आज केकर तेरही ह?'

करुणा की सास पंजाब से उन दिनों आयी हुई थीं। उसकी बात सुनकर बोलीं, 'फिट्टेमुँह, सड़ियां गल्लां करना बोत आंदा है तैन्नूं?

करुणा ने कहा, 'बच्चा है, वह क्या जाने कि खीर-पूरी कभी भी बन सकती है।'

एक अच्छी सुहागन की तरह करुणा ससुराल के रीति-रिवाज मनाने में संतोष का अनुभव करती। लेकिन उसके अन्तर्मन में अक्सर दो संस्कृतियों की उठा-पटक चलती रहती। कुछ रीति-रिवाज उसने माँ के घर में देखे थे, वे स्मृति बनकर दिमाग़ में टंगे हुए थे। कुछ पर्व-त्योहार ससुराल में पहली बार उसने देखे और उन्हें अपना लिया, वैसे भी उसका अन्तर्जातीय विवाह था। उसके जीवन में दो प्रकार की जीवन शैलियां गड्डमड्ड हुई रहती थीं। उसे मायके की जन्माष्टमी और ससुराल की बैसाखी दोनों प्रिय थीं। यही हाल हरतालिका तीज और करवाचौथ का था। इनमें से एक भी दिन की अवमानना उसे सह्य नहीं थी। उसे लगता– ये दोनों व्रत-पर्व सुहाग की अचल-अटल गारंटी हैं। विनोद अपने व्यवसाय के सिलसिले में अक्सर हवाई यात्राएँ करते। जब अपने शहर में भी होते तो गाड़ी बहुत तेज रफ़्तार से चलाते। अगर वे कभी घर लौटने में देर कर देते, करुणा का मन आशंका से डोल जाता। फिर वह अपने व्रत और पातिव्रत की निष्ठा की सोचकर आश्वस्त होने का प्रयास करती। यह कहा जा सकता था कि उसे विनोद की गाड़ी चलाने की क्षमता से ज़्यादा अपने दो-चार व्रतों की ताक़त पर भरोसा था।

इधर जबसे मधुमेह और उच्च रक्तचाप ने उसके स्वास्थ्य पर असर दिखाना शुरू कर दिया, करुणा को व्रत-उपवास में निर्जल-निरन्न रहने में कष्ट होने लगा था। ख़ासकर पानी के बग़ैर पूरा दिन बिताना यातनाप्रद था। विनोद स्वभाव से उदार थे। उसे भूख-प्यास से निढाल पड़ी देखकर कहते, 'देखो, मैं इतनी जल्द मरने वाला नहीं हूँ। तुम बेकार जान सुखा रही हो। चलो इकट्ठे खाना खाते हैं। वह क्या है, तुम्हारी तपस्या का मुझ पर बहुत वजन हो जाता है।'

करुणा पारम्परिक पतिव्रता की तरह उसके मुँह पर हाथ रख देती, 'प्लीज अब ऐसे कहिएगा भी नहीं। साल में तीन सौ तिरसठ दिन सबके होते हैं, दो तुम्हारे हिस्से के। ये मुझे सीधे स्वर्ग पहुँचायेंगे।'

विनोद आख़िर इन्सान ही थे। ख़ुश हो जाते। उन्हें लगता—इससे अधिक प्रतिवाद, हस्तक्षेप, करुणा की निजता पर हमला कर देगा।

जब टीवी पर समाचार चलते होते, कभी-कभी सत्यदेव कमरे में आकर खड़ा हो जाता। समाचार जिस तेज़ी से प्रसारित होते सत्यदेव समझ न पाता, पर उनके साथ चलते दृश्य-चित्र वह ध्यान से देखता। एक बार वह बोल उठा, 'ऊ देखा आपन लातेहार है।' वाकई में पलामू जिले के लातेहार की ही ख़बर थी, जहाँ पिछली रात नरसंहार हुआ था। एक साथ चौंतीस लोग मार डाले गये थे। विनोद ने कहा, 'सत्यदेव तुम्हारे गाँव में बहुत लोगों की हत्या हो गयी है, उसी की ख़बर है।'

सत्यदेव ठी-ठी हँस दिया, 'हमरे घरै तो पहले ही सब मर गएल। बाबूजी दुई बेर तो नाहीं मार सकत कौनो।'

'अब कोई नहीं है गाँव में।'

'मामा रहें, वो चले गयल धनबाद।'

छोटी-सी उम्र में अर्जित सत्यदेव की निस्संगता से विनोद और करुणा दहल उठे। पर वह वैसे ही निर्विकार भाव से रसोई में जाकर रोटी सेंकने लगा।

सुबह-शाम भोजन के समापन पर दाल-सब्जी, सलाद-चावल, कुछ न कुछ बच जाता। बचा हुआ खाना फ्रिज में रख दिया जाता। लेकिन सभी घरों की तरह यहाँ भी फ्रिज में रखी हुई चीज बासी मानी जाती। कोई भी प्राणी पिछली रात या पहर का बचा हुआ न खाना चाहता। अगले पहर ताजा भोजन बनता।

सत्यदेव को ताजा भोजन तो मिलता ही, साथ में पिछले दिन का बचा हुआ भोजन भी। अक्सर उसकी खाने की थाली वीआईपी थाली जैसी होती। उसमें कई कटोरियाँ ज़्यादा होतीं। कई बार करुणा ठण्डा बासी भोजन गर्म करने में आलस कर जाती। सत्यदेव को कोई फ़र्क़ नहीं पड़ता। वह बड़े आराम से रोटी के बड़े-बड़े कौर तोड़ता, चुटकी से पकड़ उनकी कुलिया जैसी बनाता और दालसब्जी में डुबा कर मुँह में रखता जाता। कभी उसे ज़्यादा भूख लगी होती तो कहता, 'हमरे पेट मा जिन्न हइऐ। ऊ बोलैला खाब-खाब।'

सब हंस पड़ते। करुणा बड़ी दरियादिली से परसों की बची सब्जी, दाल, खट्टा दही और दो-तीन रोटी और दे देती। उसे तसल्ली मिलती कि बिना विशेष यत्न किए, फ्रिज से अटर सटर साफ़ हो गया।

सत्यदेव के परिश्रमी स्वभाव के कारण घर में सभी के स्वभाव में थोड़ी आ. रामतलबी आ गयी थी। चीनू स्कूल से आकर बस्ता एक तरफ़ उछालता तो जूते दूसरी तरफ़। वह अपने कमरे में टीवी पर कार्टून फ़िल्म देखते हुए नाश्ता करता और वहीं प्लेट, चम्मच छोड़ देता। विनोद ने सुबह पौधों में पानी डालना, अब बांगड़ू के सुपुर्द कर दिया। ख़ुद करुणा की कर्मठता में फ़र्क़ आ गया। सत्यदेव तरकारी काटता, आटा गूँधता, रसोई साफ़ करता, चाय बनाता, तब जाकर करुणा उठकर रसोई की कमान संभालती। पहले वह हो चुके कामों पर एक समीक्षक दृष्टि डालती, फिर वह रसोई का रचना-पक्ष सँभालती। कभी वह सत्यदेव को अकारण डाँट देती। करुणा के स्वभाव में नरमी और सख़्ती का श्वेत-श्याम पक्ष था। ऐसा सिर्फ़ सत्यदेव के ही नहीं, परिवार में सभी के प्रति वह करती। बाकी लोग उसके मूड पहचान चुप लगा जाते। लेकिन सत्यदेव दुखी हो जाता। करुणा उठते ही चिल्लाती, 'सत्यदेव तुमने सारे घर में घसर-पसर चलकर पंजों के निशान डाल दिए। तुम इस तरह घर गँदा करोगे तो बाई कितनी बार साफ़ करेगी?'

सत्यदेव पोंछा लेकर पैरों के निशान मिटाने लगता पर फ़र्श पर कुछ निशान छूट ही जाते। दुखी होकर वह पिछवाड़े पड़े तख़्त पर चुपचाप बैठ जाता। उसके बैठते ही घर की गतिविधि भी बैठ जाती। दस काम अटक जाते- दरवाजा कौन खोले, प्याज कौन काटे, कुर्सियाँ कौन झाड़े, कपड़े कौन तहाये। तब करुणा आवाज़ लगाती, 'बांगड़ू! क्या नाम सत्यदेव लो अपनी चाय। जल्दी से चाय पीकर दूध ले आओ।'

इस अक्टूबर में करुणा की रक्तशर्करा की जांच हुई तो पाया गया कि उसके रक्त में ग्लूकोज की मात्रा बहुत ज़्यादा है और ब्लड-प्रेशर भी बढ़ा हुआ है। इस बीच जो परहेज और उपचार ढीले पड़ गये थे, फिर से कसे जाने लगे।

विनोद ने मुनादी कर दी, 'घर में मीठी चीजें बननी एकदम बन्द। कल से तुम दो किलोमीटर पैदल चलोगी। तीन बार आँख में दवा डालो और आलू-चावल किसी के लिए नहीं बनेगा। शाम की चाय में समोसे, दालमोठ सब बन्द करो।'

करुणा के लिए अपना ही घर जेल की तरह हो गया। कहां तो गृहणी के सर्वोच्च पद से वह स्वयं तय करती थी कि खाने में आज क्या बनेगा। कहां सारी कमान पति ने संभाल ली। चलो एक बार को मीठे व्यंजन स्थगित भी कर दो पर आलू, चावल, नमक पर बंदिश से तो खाना एकदम ख़राब हो जाएगा। उसने धीरे से चोर-रास्ता निकाला, 'चीनू खाना कैसे खाएगा। दाल-चावल के बग़ैर तो वह प्लेट को हाथ भी नहीं लगाता और सत्यदेव का भी यही हाल है।' कुछ दिन की सख़्ती बरतने के बाद विनोद इस ओर से थोड़े निरपेक्ष होकर अपने कारोबार में व्यस्त हो गये।

मधुमेह के साथ प्यास का कुछ ऐसा घनिष्ठ सम्बन्ध था कि करुणा दिनभर में दस-ग्यारह बोतल पानी पी जाती, फिर भी प्यास ख़त्म न होती। ऐसे में करवाचौथ का पर्व आया तो करुणा को लगा– इस बार व्रत वह कैसे निभायेगी। मज़बूरी में उसे सारे तर्क सूझे। उसे लगा वह अपने निमित्त किसी और को व्रत करवा दे तो कैसा रहे। आख़िर इतने लोग संसार में अपने धर्म-कर्म निभाने के लिए पण्डित-पुजारी को मध्यस्थ बनाते हैं। ख़ुद घर में बैठे रहते हैं, कोई और उनके निमित्त वैष्णव देवी में पुजापा चढ़ा आता है। उन सबका काम चल ही जाता है। फिर वह तो अस्वस्थ भी है। भगवान उसकी समस्या जरूर समझेंगे। उसने अपने आसपास देखा। घर में सत्यदेव के सिवा कोई भी नहीं था जो इस काम में मदद करता। उसने सत्यदेव से पूछा, 'सत्यदेव' क्या तुम भूखे रह सकते हो?'

'केतना दिन?'

'अरे बस आधा दिन। सवेरे से रात तक। चांद निकलने पर तुम्हें ख़ूब अच्छा खाना मिलेगा।'

'का मिली।'

'पूड़ी, कचौड़ी, पुआ, खीर, मिठाई और फल।'

करुणा ने लालच दिया। शगुन के व्यंजन तो उसे बनाने ही थे। उसने अपनी मज़बूरी समझाई, 'मेरी तबीयत ठीक नहीं है। तुम उपवास कर लो, हम पूजा कर लेंगे।'

सत्यदेव मान गया।

चतुर्थी के दिन उसने न चाय के लिए बेसब्री दिखायी, न पानी के लिए। सारे काम उसी रफ़्तार से करता रहा। करुणा ने कहा, 'थोड़ी देर सुस्ता लो।' उसने ध्यान नहीं दिया। रोज की तरह वह इस कमरे से उस कमरे तक भागता रहा।

चौथ का चाँद साढ़े आठ बजे निकला। करुणा ने आरती का थाल संभाला, चलनी में से चाँद निहारा और अन्दर आकर आवाज़ लगायी, 'बांगड़ू, क्या नाम सत्यदेव आओ प्रसाद लो, मुँह जूठा करो।'

सत्यदेव पिछवाड़े अपने तख्त पर बैठा कपड़ों की तह लगा रहा था। रसोई में आकर पहले उसने एक लोटा पानी पिया। वह अपनी परसी हुई थाली ध्यान से देखता रहा, फिर बोला, 'खीर?' मीठी चीज पर बंदिश के कारण करुणा ने खीर नहीं बनायी थी। उसने एक कटोरी दूध उसकी थाली में रखा।

सत्यदेव ने खाना शुरू किया। करुणा ने उसे और पूड़ी देनी चाही। उसने थाली पर हाथ ढंक लिया, 'ना खाब।'

'खा लो न, सवेरे से भूखे हो।'

‘हमका टटका नीक ना लागत। ठण्डी अलमारी वाला नीक लागेला।’

करुणा अपराध बोध से अन्दर तक हिल गयी। उसने मन में सोचा, अब से वह इसे गरम भोजन दिया करेगी।

‘एक बात बोलें’, सत्यदेव ने थाली माँजते हुए करुणा से कहा, ‘उपास हम करेलीं त पुन्न भी हमहिं के मिले का चाही। आपन तो दूनो जून खाय लेहली ना।’

‘हट ऐसा नहीं होता। जिसके नाम का व्रत है पुण्य उसी को मिलता है।’ करुणा ने बुरा मानते हुए कहा।

‘भगवान भी बेईमान हो गएल ह’, सत्यदेव कहते हुए पिछवाड़े बरामदे में चला गया।

करुणा ने रसोई की गैस और बिजली के स्विच बन्द करते हुए सुना, सत्यदेव अपने तख्त पर बैठा गा रहा था,

‘नून देबो मंगनी रे तेल देबो मंगनी
पिया के मंगनी न देब
हमरो बलमुआ फुलवा के जोखल
घटिहैं तो केकरा से लेब?’

बाथरूम

समय इक्कीसवीं सदी में जा रहा था, पर मथुरा के सतघड़ा में हड़प्पा काल से पहले की शौच और स्नान व्यवस्था थी। ये ऊँचे-ऊँचे मकान, पर न उनमें नहानघर, न ढंग का शौचालय। ये मकान उन परिवारों को मुआवजे के तौर पर दिए गये थे जो पाकिस्तान छोड़ते वक़्त अपनी जमीन जायदाद के कागज बचाकर ला सके थे। अपने ही वतन में, अपने ही लोगों द्वारा इन्हें नया नाम दिया गया—शरणार्थी और जगह-जगह बसा दिया गया। कुछ घर डेम्पियर पार्क से परे किशननगर में चले गये तो कुछ नानकनगर में, तीन घरों को सतघड़ा में बसाया गया। उन्हीं में हमारे मामा लोग भी थे। एबटाबाद में वे अपने पाँच दुकान-मकान छोड़कर आये थे, पर यहाँ उन्हें होली दरवाजे पर एक दुकान और एक यह मकान क्लेम में मिला। अजीब-सा ढाँचा था वह मकान। घुसते ही नीचे एक बहुत बड़ा हॉल। उसके अन्दर एक तरफ़ ऊँची-ऊँची पटिया वाला जीना। पहली मंज़िल पर एक आँगननुमा छत, जिसके पार दो हॉलनुमा कमरे। छत के दूसरी ओर एक खपरैल ढंकी कोठरी जिसे रसोई बना रखा था। सबसे ऊपर एक बड़ा कमरा और थोड़ी-सी खुली जगह जहाँ मुँडेर आधी टूटी हुई थी। जब कभी हम बच्चे ऊपर की सीढ़ियाँ चढ़ते, मामी नीचे से चिल्लातीं, 'छत पर मत जइयो, गिर जाओगे।' पूरे घर में नहाने-धोने का कोई कोना नहीं था। पहली मंज़िल की छत पर एक छोटा-सा नल ठुका था, जिसमें सुबह-शाम पानी आता। पहली और दूसरी मंज़िल की सीढ़ियों के बीच की जगह में एक पखाना था, जिसे जाजरू कहते।

दरअसल जिस शहर में यमुना जैसी नदी कलकल बहती हो, नहाने के लिए अलग से जगह बना कर जाया करना फिजूलखर्ची समझी जाती थी। मामियाँ रात को चाहे कितनी भी देर में सोयें, सुबह मुँह-अँधेरे उठतीं, गोल डोलची में कपड़े रखतीं और घाट की ओर निकल जातीं। हमारी नींद भी उनकी खटर-पटर से खुल जाती। अपनी शमीज और कच्छू लेकर हम बहनें भी उनके साथ चल

देतीं। नहाने से ज़्यादा मजा हमें बिसरांत घाट पर पड़े कछुए देखने में आता। पहली नज़र में कछुए एकदम गोल नज़र आते, चमड़े के चकले जैसे। पर जब कोई पुण्य कमाने वाला आटे की गोलियाँ बनाकर पानी में डालता, कछुए फौरन अपनी गर्दन बढ़ाकर गोलियाँ निगल लेते। जीजी और मैं यह देख-देख कर विस्मित होते कि इतनी पक्की पीठ और इतनी कोमल गर्दन का क्या जोड़ बैठाया गया है कछुओं में। आये दिन किस्से सुनने में आते– फलाने का बच्चा नहाने गया था, डूब गया। जब जमनाजी में लाश मिली तो आधी से ज़्यादा कछुओं ने खा ली थी। मामी शू, शू, कर कछुओं को हटातीं और हमसे कहती, 'सँभलकर नहइयो। बस एक डुबकी लगाकर निकल लो। नहीं तो हमारे मुँह पे कालिख लगेगी कि मामी के घर बेटियां आयी थीं, डूब गयीं।'

जमनाजी का जल अगम अगाध। पहला पैर जहाँ धरो, जर री नहीं कि दूसरा पैर भी वहीं धरा जाय। श्याम-सलोनी जलधारा के अन्दर रेती खिसकने से गहरे गड्ढे, भंवर और लहर का कोई गिनवैया ही नहीं था। ख़ुद पण्डे-पुरोहित चक्कर में पड़ जाते।

छुट्टियों में हमें मामा के घर आना अच्छा लगता। कितनी ऐसी चीजें और स्वाद थे जो नागपुर के धरमपेठ में नहीं मिलते थे। जमनाजी नहाकर जब हम घर लौटते तो मामी रास्ते में हमें कस्सो हलवाई की दुकान से तेल की कचौरियाँ दिलातीं, अधन्ने में दो, साथ में आलू की रसेदार तरकारी मुफ़्त। कभी-कभी गोले की गिरी वाले की रेहड़ी दिख पड़ती। वह ताजे गोले की गिरी के बड़े-बड़े चकपहिये बेचता—एक छेद वाले पैसे में दो। हमारे मौज-मजे की सारी दुनिया बस एक पैसे या अधन्ने में हासिल हो जाती। हम गिरी के छल्ले बांहों में पहनकर खेलते और कुछ देर बाद उन्हें कुतर डालते। वैसे गोले की गिरी, डब्बे के ऊपर की टीन का पतरा देने पर भी मिल जाती। दोपहर में मलाई बरफ वाला लकड़ी की सन्दूकड़ी में अपनी दुकान लेकर आता। ताजे हरे ढाक के पत्ते पर चह चाकू से उतार कर मलाई बरफ की पतली पर्तें इकन्नी में देता। आसमान में बादल घिरते ही, बड़ी मामी पिछले हॉल में हमारे लिए झूला डलवा देतीं और हमारा सावन आ जाता।

फिर इस बार तो हम और भी उमंग में थीं। हमारे सबसे छोटे मामा की शादी थी। पार्टिशन के बाद उनकी पढ़ाई अलीगढ़ में हुई थी और एम. एस-सी. पास करते ही वह शर्करा संस्थान में नौकरी पा गये। दोनों बड़े मामा ज़्यादा नहीं पढ़ पाये पर उन्होंने छोटे मामा को दिल खोल कर पढ़ाया। जब उन्हें सरकारी नौकरी मिली, मामा लोगों को बड़ा गर्व हुआ। हालाँकि छोटे मामा का वेतन अभी उतना

था जितना बड़े मामा दुकान में अपने सेल्समैन को देते, फिर भी वे अजय मामा के पद का महत्व पहचानते थे।

अजय मामा की शादी इटावा में तय हुई। कांता मामी ने कानपुर से बी. ए. किया था। वे होस्टल में रहकर पढ़ी थीं। सगाई के बाद भांजी मारने वाले हितैषियों ने उनके बारे में तरह-तरह की ख़बरें प्रचारित कीं– कांता छुरी-कांटे के बग़ैर खाना नहीं खाती, कांता सलवार कमीज पहनती है, कांता गिटपिट गिटपिट अंग्रेजी बोलती है। मामियों ने कहा, 'भई इटावा वालों को ना कर दो। हमें घर में बहू लानी है कि मेमसाब। उसके नखरे कौन झेलेगा।' मध्यस्थों ने आश्वस्त किया, ऐसी कोई बात नहीं है, लड़की बड़ी शालीन है।

शादी के बाद हम नई मामी को विदा कराकर मथुरा लाये। रास्ते में उनके साथ सिकन्दरा की सीढ़ियों पर फोटो खिंचवाई गयी। एक जगह बाजार पड़ा तो कांता मामी ने धीरे-से मेरे कान में कहा, 'मेरी बिन्दी गिर गई।' हम सब बिन्दी लेने उतरे। हमने इतनी बिन्दियाँ ख़रीदीं कि मामी महीनों बदल-बदल कर बिन्दी लगा सकतीं। हमने एक छोटा सा शीशा भी ख़रीदा।

जब हम कार में पहुँचे, हमने देखा मामी अपने कपड़े सँवार रही हैं और मामा अपने होंठ पोंछ रहे हैं। मौसाजी जो ड्राइवर की भूमिका निबाह रहे थे बोले, 'अजय बाबू कहो तो और बिन्दियाँ लेने चले जाएँ।' हँसी-मजाक में पता ही नहीं चला कब मथुरा आ गया।

घर में नयी बहू के स्वागत में बड़ी मामी ने उनके पाँव पखारे। उनका सादा शृंगार-विहीन व्यक्तित्व देखकर कांता मामी ने सोचा– घर की कोई बुजुर्ग सेविका है। उन्होंने पर्स से निकालकर दो रुपये का नोट परात में तैरा दिया। बड़ी मामी का चेहरा ऐंठ गया। यही हाल बिचली मामी का हुआ।

मुँहदिखायी की रस्म के लिए कांता मामी को हॉल कमरे की जाजम पर बैठा दिया गया, जहाँ पहले से ही मुहल्ले की औरतें ढोलक लेकर बड़ी देर से गा-बजा रही थीं। कांता मामी को सिर पर आँचल रखने का अभ्यास नहीं था। रेशमी साड़ी बार-बार सिर से खिसक जाती। मैंने कहा, 'मामी चिमटी लगा दूँ।' मामी ने इनकार कर दिया। बड़ी मामियों ने इसे भी अपनी अवज्ञा समझा।

पहले ही दिन उन्होंने मुँह बिचकाकर कहा, 'अब पढ़ी-लिखी बहुओं के पैर पड़े हैं, राम रच्छा करें।'

कांता मामी को जब गृहप्रवेश पर हुई अपनी भूल पता चली, वे दुखी हुईं। उन्होंने सौ का एक नोट अपने पर्स से निकालकर मेरे हाथ दोनों मामियों के लिए अन्दर भिजवाया जो उन्होंने एक रुपया मिलाकर वापस मेरे हाथ भिजवा दिया।

घर में रुपयों की कमी न थी। होली गेट पर दवाओं की दुकान अच्छी चलती थी। बल्कि दोनों मामा बिना डॉक्टरी पढ़े डॉक्टर साब के नाम से जाने जाते। आस पास के इलाकों के लोग उन्हें डाक्टर मान कर बीमारियाँ बताते और दवाएँ ख़रीद कर ले जाते। वे सब पेटेन्ट दवाएँ होतीं जिनसे शीघ्र आराम मिल जाता, पर यश दवा देने वाले को मिलता।

हॉल के कमरों के दरवाजे इतने बड़े थे कि वहाँ पर्दा डालने की कोई कोशिश कभी नहीं की गयी। मामी कहतीं, 'पर्दा किससे करें, सब अपने ही हैं।'

काफ़ी देर बैठ लेने के बाद कांता मामी ने मुझसे कहा, 'हमें बाथरूम जाना है, रास्ता बताओगी?'

मैं एकदम हकबका गयी। नयी मामी को कौन जगह बताई जाए। छत पर अभी मेहमानों की हलचल थी। जाजरू में रोशनी का कोई इन्तजाम नहीं था हर हॉल में कोई न कोई रिश्तेदार टिका था।

मैंने जाकर बड़ी मामी से कहा। बड़ी मामी ने मुँह चढ़ाकर कहा, 'कह दो इटावावाली से, इतना ही बाथरूम का शौक है तो अपने बाप से कहो, आकर बनवा दें। इत्ते बरस हमें इस घर में आये हो गये, हमने तो कभी बाथरूम नहीं देखा।'

मैंने कहा, 'मामी यह कोई रोकने की चीज तो है नहीं, बताओ क्या कहूँ उनसे।'

'चटाक्' मेरे गाल पर माँ के हाथ का तमाचा पड़ा।

मार खाकर दूसरे हॉल में जहाँ मेरा बिस्तर था, जाकर पड़ रही। पता नहीं कांता मामी की जरूरत को कैसे निपटाया गया।

सुबह का आलम भी खिंचा-खिंचा था। कांता मामी को पहली रात देवी देवताओं के कमरे में बिस्तर डालकर सुलाया गया था। अब वे नहाना चाहती थीं। बड़ी मामी ने उनसे बताया– कैसे वे समूची धोती लपेटे-लपेटे छत के नल पर नहा लेती हैं और फिर झुके झुके, कमरे के अन्दर आकर कपड़े बदल लेती हैं। या जमनाजी चली जाती हैं। कांता मामी ने कहा, 'मुझसे तो ऐसे नहाया नहीं जाएगा।'

अब!

मैंने कहा, 'मामी आप इस हॉल की मोरी पे नहा लो। मैं दरवाजे पर पहरा दूंगी।'

कांता मामी ने इनकार कर दिया। इतने खुले में नहाना उनके बस की बात नहीं। फिर कपड़े भी धोने हैं।

आख़िरकार दो खाटों के बिस्तर हटाकर उन्हें सीधी खड़ी किया गया। उन पर पुरानी चादरें डालीं इस तरह हॉल की मोरी के इर्द-गिर्द अस्थायी बाथरूम की रचना हुई और दो बाल्टी पानी रखकर नयी मामी नहायीं।

बिचली मामी बोलीं, 'अच्छी नौटंकी है यह। अब रोज-रोज इत्ता सरंजाम किया जाए तब तो महारानीजी नहाएंगी।'

अजय मामा अपराधी भाव से नजरें चुराते घूम रहे थे। उन्हें लगा उनकी पत्नी ने घर के शान्त वातावरण में अपनी चोंचलेबाजी से खलबली मचा दी है। उन्होंने तय किया कि अकेले में मिलते ही वे उन्हें घर की परिपाटी से परिचित कराएंगे। पर उनकी छुट्टियाँ ख़त्म होने को आयीं, नयी मामी से उनका मिलन ही नहीं हुआ। घर में हर उम्र का रिश्तेदार था और हर मेल का आलोचक। शादी के दस रोज बाद भी कोई इटावा में परोसे गये व्यंजनों के नुक्स गिनाता तो कोई वहाँ से मिले उपहारों में मीन-मेख निकालता। माँ और मौसी ने एक-एक भारी साड़ी और एक सौ एक रुपये से जब कांता मामी की मुँह दिखायी करनी चाही तो दोनों बड़े मामा ने उन्हें रोक दिया, 'अगर इनके फादर ने तुम लोगों के लिए भारी साड़ी दी होती तो हम तुम्हें देने देते। अब यह सब करके हम पर तो भार चढ़ाओ मत।'

कांता मामी ने तड़प कर सिर उठाया, जलती आँखों से बोलीं, 'मेरे फादर का नाम मत लीजिएगा नहीं तो ठीक नहीं होगा।'

'क्या ठीक नहीं होगा?' बिचले मामा ने चुनौती दी।

'मैं अभी वापस चली जाऊँगी और कभी वापस नहीं आऊँगी।'

मामा मुँह बिगाड़कर परे हट गये। नयी बहू के कौन मुँह लगे। सबको अन्दाज हो गया कि कांता मामी में ताने सुनने का ताव नहीं है।

बड़ी मामी कहती, 'और लाओ पढ़ी लिखी बहू, न नब के चले, न दब के रहे।'

मैं कांता मामी से प्रभावित हो रही थी। वे मुझसे किताबों की बातें करतीं, कहानी सुनातीं और रोज सुबह कहतीं, 'जब सब लोग पढ़ लें तो अख़बार मुझे ला देना।'

दोपहर को कांता मामी ने अपने ट्रंक में से दो चादरें निकाली, उनमें नेफा सिया और मुझसे बोलीं, 'डोरी मिलेगी कहीं?'

डोरी तो नहीं मुझे सुतली मिल गयी। उसे दुहरा कर मामी ने पर्दे बनाये और उस कमरे में दरवाजे पर लटका दिये जहाँ उनका लेटने-बैठने का इन्तजाम था।

अब जिसको उनके कमरे में जाना होता, वह खाँस कर अपना आगमन जताता।

कांता मामी अक्सर पढ़ती मिलतीं।

बिचली मामी ने कहा, 'यह इत्ता पढ़ती है, जरूर चश्मा भी लगाती होगी।'

वाकई कांता मामी के पर्स में सुन्दर सा चश्मा था।

चश्मा हमारे घर के लिए मर्दानी चीज़ था। यह माना जाता था कि मर्दों को लगातार पढ़ना-लिखना पड़ता है इसलिए वे चश्मा लगाते हैं। बल्कि नानी तो

कहा करती थीं— चश्मा फ़ैशन की चीज है। ऐसा कैसे हो सकता है, आँख पर काँच चढ़ाने से साफ़ दिखने लगे।

नहाने को लेकर कांता मामी का जेहाद जारी था। दो दिन की छुट्टी पर अजय मामा आये तो मामी ने ऐलान कर दिया, 'या तो नहाने-धोने का इन्तजाम करके जाओ नहीं तो मैं यहाँ नहीं रहूँगी।'

उनकी जिद पर कमरे के कोने में टीन का टपरा लगवाकर नहाने लायक छोटी-सी जगह बनायी गई। सुबह जब वे आंगन के नल से दो बाल्टी पानी ले जाकर अपने नहानघर में रखतीं, दोनों बड़ी मामियां मुँह बिचका कर हँसतीं। वे हम बच्चों को सुनाकर कहतीं, 'जिसे नंगा नहाने का शौक हो वह नहाए छुप-छुप कर। हमने तो कभी अपना आप उघाड़ा देखा ही नायँ।'

अगर हममें से कोई नहाने में आना-कानी करता, बिचली मामी हमारा कान उमेंठ कर धमकातीं, 'चल तुझे बाथरूम में बन्द करूँ। पड़ा रहना वहाँ दिन भर।'

अजय मामा ने अपनी पत्नी को लाख समझाया कि इस घर में कोई किसी से लुका-छिपा कर कुछ नहीं करता, पर मामी की एक ही टेक, 'मैं खुले में बैठ कर नहीं नहाऊँगी। आपकी इज्जत भी अजीब है जो गलत बातों को मानने से बनती है और न मानने से बिगड़ती है।'

घर के कामों से उन्हें कोई परहेज नहीं था। दिन का बड़ा भाग वे रसोई में मामियों के साथ बितातीं। उनके हाथ में गज़ब का स्वाद था। नाश्ते में वे नोनअजवाइन के मोटे खस्ता परांठे बनातीं और झागदार मीठी लस्सी। बड़े इसरार से वे दोनों बड़ी मामियों को गरम नाश्ता परोसतीं। बड़ी मामी बिचली से कहतीं, 'वैसे तो भतेरी अकल है, बस बाथरूम में घुस कर नंगी नहाय, यही नुक्स है।'

बड़े मामाओं को दुकान से आने में रोज ही देर हो जाती। कुछ दिन तो कांता मामी, बिचली मामी के साथ चौके में बैठी इन्तजार करती रहीं, पर फिर एक दिन उन्होंने मुझसे कहलवा दिया, 'नौ बजे के बाद खाना चौके में अंगीठी के ऊपर रखा मिलेगा, अपने आप ले कर खा लें।'

'अब इसकी तानाशाही चलेगी, इसके लिए हम दुकानदारी छोड़ कर आएंगे?' मामाओं ने कहा। देर रात तक चौके में बने रहने के कारण दोनों मामियों को भी कष्ट होता था। सोने में बहुत देर हो जाती और सुबह नहाने-धोने के चक्कर में बहुत जल्द उठना पड़ता। अब कांता मामी के विद्रोह से उनका थोड़ा हौसला बना। लेकिन वे परिवर्तन को अपनाने में ढुलमुल होती रहतीं। जब मामा कहते,

'इस नयी बहू ने तो घर की औरतों को बिगाड़ दिया है, सब सामने बोलने लगी हैं।' तो मामी कहती, 'जे तो है।'

दीवाली के बाद मौसम में खुनकी आ गयी और देखते-देखते सुबहें ठण्डी होने लगीं। ऐसे मौसम में मुँह अँधेरे छत के नल पर नहाना यन्त्रणा से कम नहीं था। कई बार तो हम बहनें बस हाथ-मुँह धोकर जल्दी से कपड़े बदल लेतीं और कहतीं, 'हम नहा लिए।'

एक दिन बिचली मामी जमनाजी नहाकर आयीं तो उन्हें तेज जुकाम हो गया। बहुत छींके आयीं और सिरदर्द होने लगा। मामा ने दवाई दी, पर ख़ास फ़ायदा नहीं हुआ। शाम तक बुखार चढ़ आया। डॉक्टर बुलाया गया। उसने दवाएँ दीं और हिदायत कि ठण्ड से बच कर रहें।

बिचली मामी को बुखार में भी चैन नहीं। वे नेम-धरम से रोज स्नान के बाद ही ठाकुरजी की पूजा कर अन्न-जल छूती थीं। सुबह होते ही उन्होंने जिद पकड़ ली, 'मेरी खटिया नल के पास ले चलो, मैं वहीं नहाऊँगी।'

सबने कहा, 'इतना बुखार हो रहा है, एक दिन नहीं नहाओगी, तो कौन काम रुके रह जायेंगे।'

मामी भी अड़ गयीं, 'ठीक है फिर कोई मेरे मुँह में न दवा डाले, न दाना। मेरा नेम न बिगाड़ना।'

सब परेशान। करें तो क्या करें।

कांता मामी सो कर उठीं। मैंने उन्हें बताया। वे फौरन बिचली मामी के कमरे में आयीं और माथा छूकर बोलीं, 'भाभी आप नहा भी लें और बिस्तर गीला न होय, तब तो दवा ले लेंगी न।'

'अरे ऐसा कैसे हो सकता है।'

'बिल्कुल हो सकता है,' कांता मामी ने कहा। वे एक बड़ी पतीली में गरम पानी ले आयीं। उन्होंने अपने ट्रंक से छोटे-छोटे दो तौलिये निकाले। एक को गीला कर वे मामी का बदन पोंछती, दूसरे से सुखा देतीं। इस तरह उन्होंने मामी की पूरी देह स्वच्छ कर दी, उनके लेटे लेटे ही बाल संवार दिए। फिर ठाकुर जी की डोलची उनके बिस्तर के आगे रख दी, 'लीजिए, पूजा कर लीजिए भाभी।'

बिचली मामी के लिए यह बड़ा क्रांतिकारी अनुभव था। अब तक के जीवन में उन्होंने सबकी सेवा की थी। किसी ने कभी उनकी सेवा करने के बारे में सोचा ही नहीं। स्पंज के बाद उन्हें लगा दुनिया बहुत आगे जा रही है। उन्होंने खुशी-खुशी पूजा की, फिर पथ्य लिया और दवा।

बड़ी मामी की जान में जान आयी। वे इतनी देर से तनावग्रस्त थीं कि बिचली अपनी जिद में कहीं प्राण न दे दे, जिद्दिन जो ठहरी।

चार दिन बिस्तर से लगी रह कर बिचली मामी स्वस्थ हो गयीं। जिस दिन बुखार टूटा, उन्होंने कहा, 'आज तो मैं नल के नीचे नहाऊंगी।' कांता मामी ने कहा, 'मैंने पानी गरम कर दिया है। अभी आपको कमजोरी है। मेरी बात मानिये। आप मेरे कमरे में बाथरूम में नहा लीजिए।'

'ना बाबा, मेरा दम घुट जाएगा। में बाथरूम नहीं जाऊँगी।'

हम बच्चों ने उन्हें समझाया, 'देखो मामी, जैसे बाकी कमरे वैसे बाथरूम। उसमें कोई हौआ थोड़े ही रहता है।'

बड़ी मामी ने कहा, 'बिचली चल दो-चार दिन इनकी बात मान ले। फिर तो हम दोनों जनी जमनाजी जाया करेंगी।'

थोड़े मान-मनौवल के बाद बिचली मामी बाथरूम में नहाने को तैयार हुईं।

बन्द बाथरूम में एक-एक कर कपड़े उतारना, पट्टे पर निर्वस्त्र बैठना, मंजन, साबुन, झांवा यथास्थान पाना और बिना गली पर नज़र गड़ाए, पूरा ध्यान अपनी देह और स्वच्छता पर केन्द्रित करना रोमाँचकारी था। एक बार वे आदतन झुक कर बदन पर पानी उंड़ेलतीं, दूसरे ही क्षण उन्हें ध्यान आता वे बाहर खुले में नहीं, बन्द कमरे में नहा रही हैं। उन्होंने झिझकते हुए अपनी निर्वस्त्र देह देखी तो उन्हें लगा वे किसी और को देख रही हैं। मैंने बाहर से आवाज़ लगाई, 'क्यों मामी अन्दर क्या सो गयीं।'

'अभी आयी।' मामी ने कहा और जल्दी से कपड़े लपेट कमरे में आयीं।

बड़ी मामी, कांता मामी और बच्चों के सामने उन्होंने कहा, 'जब से मैं पैदा भई, बस आज कायदे से नहाई हूँ। अरे कपड़े पहने-पहने नहाने का क्या मतलब है, कुछ नहीं। मैं कहूँ पूजाघर और चौके से भी जरूरी है नहानघर। कम से कम आदमी ऐड़ी से चोटी तक सुच्च तो हो जाए।'

इस बार अजय मामा कानपुर से घर आये तो उन्हें आंगन में ईंटों का ढेर दिखायी दिया।

'यह क्या?' उन्होंने अचकचा कर पूछा।

बड़ी मामी हँसीं, 'भई क्या कहवें उसे, बाथरूम बनने जा रहा है। अब सब घुस-घुस कर नहाएँगे, समझे।'

अजय मामा ने अपनी पत्नी को सम्बोधित किया, 'रोज नया बखेड़ा करती हो तुम!'

बड़ी मामी बोलीं, 'अरे इसने कुछ नहीं किया, इस बाथरूम के लिए सबकी सतामता है।'

सिकन्दर

सर्दियाँ सिर पर हैं। चारों तरफ़ शरदोत्सव मनाये जा रहे हैं। बड़े शहरों में ऊनी कपड़ों की नुमाइश लगी है। कहीं ग्यारह सौ की जैकेट, पन्द्रह सौ का स्वेटर और तीन हज़ार का कोट मिल रहा है। बाज़ार में इस साल मखमल की रजाइयों की भरमार है। ये देखने से ही इतनी नरम लगती हैं कि ओढ़ने पर तो बस इनमें पड़े रहने की ही इच्छा होती होगी। 'क्या फ़ायदा ऐसी चीज़ का?' माँ सोचती है, जो महंगी भी हो और आलसी भी बनाए।' सुबह हल्की ठण्ड लगते ही उसकी आँख खुल जाती है। अपनी दोहर बच्चों को उढ़ा कर वह उठ खड़ी होती है, बच्चों का नाश्ता तैयार करने, पानी भरने और चाय बनाने।

जैसे ही धूप चढ़ती है माँ की कार्यशक्ति प्रबल हो जाती है। धूप में नल के नीचे बैठ कर कपड़े धोये जा सकते हैं, सब्जी काटी जा सकती है, दाल-चावल बीने जाते हैं और स्वेटर बुने जाते हैं। 'भगवानजी ने धूप का इत्ता बड़ा स्वेटर तैयार किया है कि पूरी दुनिया इसमें समा जाय,' माँ सीपी से कहती।

सीपी कहती 'स्वेटर नहीं माँ, रजाई कहो रजाई। इत्ता बड़ा कोई स्वेटर नहीं होता।' सीपी के जनक इस गृहस्थी के मुखिया ए.जी. ऑफ़िस में नैत्यिक लिपिक हैं। उन्हें सैंतीस सौ पच्चीस रुपये तनखा मिलती है जो वे पूरी सच्चाई से पत्नी को पकड़ा देते हैं। कभी-कभार साइकिल मरम्मत के लिए वे बीस-पच्चीस रुपये माँग लेते हैं। अन्यथा उन्होंने अपनी आवश्यकताओं से अप्रतिम समझौते कर रखे हैं। वे इसी युनिवर्सिटी के पुराने ग्रेजुएट हैं। साहित्य में दिलचस्पी उनकी रग-रग में बसी है। उनकी तमन्ना लेखक बनने की थी, पर वे पाठक बन कर भी प्रसन्न हैं। मौसम, महँगाई और बाज़ार के प्रलोभन, सबका सामना करने के लिए उन्होंने कुछ सिद्धान्त बनाये हैं।

जब ठण्ड आती है वे कहते हैं, 'बच्चों दिनकर, नवीन पढ़ो और समझो उन्होंने किनके बारे में लिखा है, अरे हमारे तुम्हारे बारे में ही तो- 'माँ की छाती से चिपक ठिठुर जाड़े की रात बिताते हैं' या 'सिंहासन खाली करो कि जनता

आती है'। कविता पढ़ने में कोई पैसा खर्च नहीं होता, उल्टे ज्ञान की गरमी से दिमाग़ भर जाता है।'

गर्मियों में वे कहते- 'निराला पढ़ो, 'वह तोड़ती पत्थर इलाहाबाद के पथ पर।' टी. वी. पर किसी झटपट खाने का इश्तेहार आता तो पिता कहते, 'यह भी कोई खाना है, नूडल्स, जैसे कुलबुल कीड़े। बताओ बच्चों कीड़े खाओगे या गोल-गोल फूली फूली गरम रोटी!'

'रोटी' बच्चे एक स्वर में चिल्लाते और उस दिन का खाना दावत जैसा मज़ा देता।

फिर उन सबमें हर विज्ञापन का कार्टून खींचने की प्रतियोगिता चल पड़ती।

सीपी कहती, 'यह फेयरनेस क्रीम नहीं, चमड़ी उधेड़ने वाली क्रीम है।'

सुठई कहता, 'इसे लगाने से फ़ायदा हमें नहीं, उसे बनाने वाले को होता है।'

पिता कहते, 'विज्ञापनों का मकसद होता है बिक्री और मुनाफ़ा।' कभी सुठई मचल जाता, 'पापा मेरा कितना फिजूल सा नाम है सुठलोना? सब दोस्त मज़ाक उड़ाते हैं।'

पिता कहते, 'देखो तुम्हारी चुम्मी में नमक और चीनी दोनों मिलते हैं। हर बच्चे में ये दो सत् होते हैं, सुठ माने मीठा, लोना माने नमकीन। इसके मेल से तुम्हारा नाम हुआ सुठलोना।'

माँ कहती, 'कभी तो इनके भविष्य की सोचो। किसी की किताबें फट रही हैं। किसी की पैन्ट। कैसे होगा?'

इन प्रश्नों के उत्तर पति से न मिलने पर माँ उत्तर की तलाश में गली के मोड़ पर प्रयाग वुल सेन्टर चली गयी। वहाँ की मालकिन नौमी चौधरी दो रुपये गोले पर स्वेटर बुनवाती थी।

जिस दिन माँ पहला नया नकोर ऊन लेकर घर पहुँची, बच्चे चहक उठे, 'माँ पहले मेरा बनाना, नहीं पहले मेरा।' जब उन्हें असलियत पता चली वे एकदम सहम गये। किसी ने न फन्दे डालने की ज़िद की, न बुनाई करने की।

रसोई का बहुत सा काम सीपी ने संभाल लिया। यों तो वह बुन भी लेती है, पर हाथ-हाथ का फ़र्क़ आ जाता है। चौधराइन एकदम ताड़ जाती हैं और रुपया दो रुपया काट लेती हैं। इसलिए सीपी अब हाथ नहीं लगाती ही रहती।

चिक-चिक, पिक-पिक, माँ के हाथ में सलाइयाँ चलती रहती हैं। माँ बुनती रहती हैं, रात-रात जाग कर। जिस वक़्त वह नहीं बुनती, उस वक़्त भी उसके मन में उधेड़बुन लगी रहती है। जो ऊन बचेगा उसमें डोरा मिला कर सीपी का बिना बाँह का स्वेटर निकल आयेगा। पुराने दुशाले पर दोहर

चढ़ा कर मेरा काम चल जाएगा। अपनी रजाई फिर से पिंजवा कर इनकी रजाई तैयार करवा दूँ।

चाचा का बेटा प्रत्यूष सुबह नौ बजे नहा-धो कर आया है। उनके घर नया गीजर लगा है।

सुठई कहता है, 'इत्ती ठण्ड में नहा लिए।'

प्रत्यूष ने कहा, 'ठण्ड का क्या है। हर वक़्त घर में गरम पानी रहता है, जब मर्जी नहा लो।'

पिता ने सुना। माँ ने भी सुना। नहाने का पानी उनके घर में भी है पर एकदम बरफ। पानी गैस पर गर्म हो सकता है, पर इतनी गैस की खपत उनका बजट झेल नहीं पाता। पिता ने अपने कौशल से नया रास्ता निकाला, 'देखो जो पहले उठ कर नहा ले वही आज का सिकन्दर।'

बच्चों में होड़ लग गयी, 'पहले मैं, पहले मैं।'

मजबूरियाँ जब पड़ती हैं दारुण होती हैं। धीरे-धीरे उन्हीं मजबूरियों के बीच से मनोरंजन निकलता है।

यह पराजय नहीं है, पराजितों का शास्त्र भी नहीं, जीवन का शास्त्र है, संघर्ष के ताप से तपा हुआ।

पिता कहते, 'डिज़रैली ने एक जगह कहा है जो गुसलखाने में जाकर नल खोलकर ठण्डे पानी से नहा सकता है, वह दुनिया का मुश्किल से मुश्किल काम कर सकता है। यह तो साहस की परीक्षा है। बोली, बच्चों आज का सिकन्दर कौन बनेगा।'

'पहले मैं, पहले मैं', कहते दोनों छोटे बच्चे गुसलखाने में दौड़ जाते। लेकिन बड़ा बेटा दाँत पीसता, 'ये क्यों नहीं कहते कि हमारे घर में पानी गरम करने का इन्तजाम ही नहीं है।'

पिता हँसते, 'बेटे यों ही तुम्हें बागी नहीं कहते हम!'

वागीश का नाम बोलते बोलते बागीश हो गया था और फिर उसकी हरकतों के कारण, 'बागी'।

माँ कहती, 'चाचा के घर पर तो अरेरन पैसे हैं, ख़ूब ब्लैक की कमाई करें और उड़ायें, उनका क्या है।'

पिता कहते 'बच्चों के सामने यह सब नहीं बोलते। वे क्या जानें ब्लैक और व्हाइट।'

रात में घर में मूँगफली आती। रजाई में बैठ कर वे सब मूँगफली खाते। सुठई कहता, 'माँ प्रत्यूष चिलगोजे खाता है। कहता है—यह छोटी मूँगफली है।'

'तुझे छोटी मूँगफली खानी है या बड़ी?'

'बड़ी', वह कहता और चिलगोजे भूल जाता।

रजाई एक कम थी। सुठई और बागी एक रजाई में सोते। जब तक नींद न आती दोनों की कोशिश रहती कैसे दूसरे को ज्यादा से ज्यादा ओढ़ा दें। पर नींद आते ही रजाई का आदर्शवाद गड़बड़ा जाता। वह खींचमखींच मचती कि सुबह दो में से एक उघड़ा हुआ मिलता। माँ रोज कहती, 'बस आज तो रजाई बनवा कर ही चैन लूँगी।' पर रजाई का दाम आसमान पर। खादी की बनी बनाई रजाई पैंतीस प्रतिशत छूट के बाद भी चार सौ अठारह की थी। जर्जर चादरों में पुरानी रुई भरवाने का जोखिम मोल लेना ठीक नहीं था। माँ ने कहा, 'ऐसा है रात में तुम स्वेटर पहन कर सोया करो, कम से कम छाती दबी रहेगी।'

बागी ने कहा, 'जूते भी पहन लिया करें?'

'कैसी बात करते हो। देखो पंछी परेवा के पास अपने पाँख के सिवा कोई गरमी नहीं होती। तिनकों की छाँह और पत्तों का बिछौना, उसी में ख़ुश रहते हैं।'

पिता कहते, 'अरे हिरन को किसी ने स्वेटर पहने देखा है। गाय, बकरी, बछेड़ा सब कोई तो बिना गरम कपड़े के काट लेते हैं जाड़ा। तुम्हारे पास तो फिर भी हैं।'

बागी कहता, 'आप हमेशा अपने से नीचे का दृश्य दिखा देते हैं। अपने से ऊपर देखिये, आकाश कितना ऊँचा है। आप अपने पाँच फुट सात इंच में कितने बौने हैं!

'हमने तो इसी हाल में काट ली ज़िन्दगी, तुम्हीं कुछ करो अब', पिता कहते। उनके चेहरे का रंग कुछ फीका पड़ जाता।

बागी कहता, 'हाँ मैं करूँगा। आपकी तरह हारी हुई ज़िन्दगी नहीं जिऊँगा। जब मुझे नौकरी मिलेगी, घर का सारा पुराना सामान फेंक कर एकदम नया सामान ख़रीदूँगा। आपने दुनिया भर का कबाड़ इकट्ठा कर रखा है, इसे घर कहते हैं आप!'

पिता आहत हो जाते, 'जिसे तुम कबाड़ कहते हो उसमें हमारे सारे सपने शामिल हैं। यह घड़ी तुम्हारे जनम पर ली थी हमने। थोड़ी धीमे चलती है, पर चलती तो है। अगर याद रखो कि यह पन्द्रह मिनट पीछे है तो कोई दिक्क़त नहीं। यह कुर्सी सीपी के जनम पर आयी थी। कई बार बुनवाई गयी, पर अभी भी बैठने के काम आती है। यह डिक्शनरी, सुठई जब दो साल का था, मैंने ख़रीदी थी।'

'और यह रजाई?' सुठई पूछता।

'इसकी मत पूछो', माँ कहती, 'हमारी शादी पर आयी थी, तब से कइयौ बार भरी, कइयौ बार उधड़ी।'

बागी बी.ए. में पहुँचा था। पढ़ने मे जितना तेज़ था, उतना ही क्रिकेट में। उसके बिना कॉलेज की टीम कभी पूरी न होती। इधर भारत-पाक मैच शुरू होते, उधर गली-क्रिकेट की धूम मच जाती। भाई की देखादेखी सुठई भी क्रिकेट में लगा रहता। कॉलेज के लिए जब वह निकलता, किताबों के साथ गेंद भी होती।

इतवार को धर्मशाला में मैच होता। बागी और सुठई सुबह से खेल में लग जाते। जब वे थक कर घर लौटते माँ कहती, 'इत्ती देर में घर की सुध आयी है तुम्हें?'

बागी कहता, 'माँ दो टीमों के खेलने में वक़्त तो लगता ही है, टी. वी. पर देखो, खेलते-खेलते रात हो जाती है।'

'घर आने का कोई टाइम तो होना चाहिए। यह नहीं कि घर के दो काम करें।'

उस दिन भी मैच था।

बंगाली कॉलेज के मैदान में खड़िया का घेरा डाल कर पिच बनाया गया। एक छोटी गोल मेज से मिट्टी दबाई गयी। ऑफ़िस की दीवार पर स्कोर बोर्ड बनाया गया। थोड़ी देर में रोशनबाग से प्रतिद्वंद्वी टीम भी आ पहुँची। सबने तरह तरह के स्वेटर और जैकेट पहने हुए थे। वरुण ने विन्ड चीटर पहना था, गौरव ने चमड़े का जैकेट, जमील सफ़ेद स्वेटर पहन कर आया था, जिसके गले पर नीली धारी थी। दो बच्चों ने रंगबिरंगे बैगी स्वेटर पहने हुए थे। बागी ने अपना कॉलेज ब्लेज़र पहन रखा था। सुठई ने कई रंग का धारियों वाला पुराना स्वेटर पहना हुआ था। शौकत और पीकू के पास नार्थ स्टार के डेनिम जैकेट थे। सबको पता था, मैच गरमाते ही ठण्ड वंड सब भाग जायेगी।

इस मैच में भी बाकायदा ड्रिंक-ब्रेक होती थी। मिनरल वॉटर की जगह ये लड़के नल का पानी पीते और कॉलेज की सीढ़ियों पर दो घड़ी सुस्ताते। ड्रिंक-ब्रेक में पीकू ने कहा, 'सुठई, तुम्हारा स्वेटर तो बड़ा मजेदार है, कितने मेल का ऊन लगा है इसमें?'

दरअसल हर स्वेटर बुनने में माँ के पास थोड़ा सा ऊन बच जाता। उसी बचे खुचे रंग बिरंगे ऊन का माँ ने सुठई का स्वेटर बना दिया था। बीच बीच में थोड़ा पुराना पड़ा ऊन भी लगा दिया था। न हो तो कम से कम आठ नौ रंगों की धारियाँ थीं स्वेटर में।

शौकत बोला, 'भई हर टीम का ड्रेस अलग होना चाहिए जैसे भारत-पाक टीक का होता है।'

सुठई ने कहा, 'उन्हें तो कभी शराब की कम्पनी, कभी सिगरेट की कम्पनी ड्रेस देती है, हम उनकी नकल क्यों करें!'

पीकू ने कहा, 'नकल न सही पर कायदे के कपड़े तो पहनें।'

सुठई उखड़ गया, 'इसमें बेकायदा क्या है। गेम देखो, गेम बेकायदा हो तो कहो। यह स्वेटर मेरी माँ के हाथ का बुना हुआ है। तुम सबके स्वेटर-कोट से ज़्यादा गरम है यह। है तुममें से किसी के पास ऐसा स्वेटर! मैं यही पहन कर खेलूँगा नहीं तो मैं यह चला।' वह सचमुच जाने लगा तो बाकी लड़कों ने पीकू को दो धौल मार कर चुप कराया। फिर सुठई की मिन्नतें कर उसे रोका ।

बागी यह सब देख रहा था। उसका भाई उस समय उसे वीर योद्धा लग रहा था। शाम को वे घर लौटे तो बागी ने पिता से कहा, 'पापा आज सुठई पोरस बनते-बनते बचा।'

'वह कैसे?' बागी ने स्वेटर वाली घटना सुनाई। ताज्जुब की बात थी कि बोलते समय बागी का गला रुँधने लगा।

पिता ने उसकी पीठ पर हाथ फेरा 'बेटे पोरस बनने से डरना क्या। पोरस भी राजा ही था। उसने अपनी एक बात से हार को जीत में बदल दिया। सुठई ने मुक्का तान कर कहा, 'होगा पापा पर आज का सिकन्दर मैं ठहरा, मैं।'

नमक

सिस्टर, जिसे अस्पताल में ज़्यादा लोग शिश्टर कहते हैं, अभी-अभी अपने सफ़ेद बुर्राक युनिफॉर्म में, कमरे में आयी। उसने मेरी हथेली पर एक छोटी-सी पुड़िया रखी और मुस्करा कर बोली, 'यह आपका अक्खा दिन का नमक का डोज़ है। इससे ज़्यादा लेने का नहीं, ओ.के.?'

सफ़ेद कागज़ में एकदम चिट्टा यह थोड़ा-सा नमक है, जो मिकदार में दो ग्राम भी न होगा। नमक देख कर मुझे हँसी और रुलाई एक साथ आने को हुई। इस नादान केरलवासी कन्या को क्या पता कि होमियोपैथी दवा की खुराक जितना यह नमक मेरे खाने के नहीं, ज़ख्मों पर लगाने के काम आ सकता है। हम इलाहाबाद वाले इतना नमक तो मूँगफली के साथ चाट जाते हैं। जब लोकनाथ के निराला चाट भंडार पर खड़े हो जायँ तो चटपटे पर नमक-मिर्च डलवाने की होड़ मच जाती है। पहले एक चटोरी कहती है, 'अरे नमक तो जरको जनात नहीं, ए भगतजी चाट तनि चटका दो।'

दूसरी कहती है, 'हमरे पत्ते में दू बार पड़ गया का? जरा मिर्चा और खट्टी चटनी छोड़ो।'

चाट फिर चखी जाती है। अबकी बार मीठी चटनी कम लगती है। भगत चाटवाला बिना धीरज खोये सबकी चाट चटका देता है।

नमक को लेकर मेरा जीवन दर्शन अलग है। मुझे फौरन जूलियस सीज़र का ध्यान आता है जो अपनी सेना को वेतन के रूप में मुद्रा न देकर नमक से भुगतान किया करता था। इसी से सैलरी शब्द ने अपनी सार्थकता पायी। लैटिन भाषा में सेल का अर्थ है नमक। शेक्सपियर के नाटकों में बार-बार एक मुहावरा आता है, एनी मैन वर्थ हिज़ सॉल्ट। नमक इतना महत्वपूर्ण तत्व है कि वफा और जफा का फ़ैसला भी इसी के इर्द-गिर्द होता है। नमक हलाल और नमकहराम जैसे शब्दों का यही इतिहास होगा। खाने में नमक कम हो तो मुझे जीवन निस्सार लगता है। कॉलेज के दिनों में एक निबन्ध लिखा था कि संसार में अगर प्रलय

आ जाय और मुझे एक चीज़ बचाने की मोहलत मिले तो मैं सिर्फ़ नमक बचा कर रख लूँगी। तब किसी ने नहीं कहा था कि नमक ज़हर का काम करता है, इसे कभी न बचाना।

लेकिन इस वक़्त मैं क्या करूं। अपने शहर से इतनी दूर एक अटपटे अनजान शहर में आकर बीमार पड़ गयी हूँ। कल सुबह तक ठीक थी। रात में रक्तचाप ऐसा चढ़ा कि होश नदारद। कमरे में लद्द से गिरी। बेटू ने की होगी दौड़-भाग। किसी तरह टैक्सी में लाद कर यहाँ पहुँचाया होगा। सिस्टर ने बताया, 'मैडम आपका सन ऑल नाइट खड़ा रहा आपके पास। अभी हमें बता कर ऑफ़िस गया है।' मुझे विश्वास नहीं हुआ। मुझे लगा सिस्टर की बातें उसकी ड्यूटी का हिस्सा हैं। मरीज़ से मीठा बोल कर उसे बहकाये रखना। उसे नहीं पता जब कोई ज़्यादा मीठा बोलता है तो मुझे ज़्यादा कड़वा लगता है। गुस्से में रक्तचाप सुर्रीपटाखे सा सुर्र से ऊपर भागता है, थोड़ी देर वहीं टंगा रहता है, फिर नीचे उतरता है।

दरअसल मुझे इस साफ़ सफ़ेद कमरे से चिढ़ हो रही है। इतना साफ़ किसी कमरे को नहीं होना चाहिए। कफ़न सा सफ़ेद बिस्तर, सफ़ेद आलमारी, सफ़ेद स्टूल, सफ़ेद चिलमची, सफ़ेद टॉवेल। एयरकंडिशनर भी सफ़ेद। सब साले शोक मना रहे हैं क्या! और यह क्या कि मेरी तबियत ज़रा सी बिगड़ी कि सुपुत्रा पटक गये इस श्मशान में। बचपन में बेटू इतना बीमार हुआ, मैंने इसे खड़े से चुपाया। जिस चीज की ओर उंगली उठा दी, वही दिला दी। इसकी नींद सोयी, इसकी आँख जागी। कभी यह नहीं किया कि अस्पताल में दाखिल करवा आये और छुट्टी पायी।

जिसका डर था वही हुआ।

थोड़ी देर में बड़ी-सी ट्रे में संक्षिप्त-सा नाश्ता आया। मैस का सेवक सफ़ेद युनिफॉर्म में था। नाश्ते के ऊपर ढका नेपकिन भी सफ़ेद। मैंने चिढ़कर कहा, 'यह नाश्ते पर से कफ़न हटाओ।'

उसने सकपका कर नेपकिन हटाया। भरतनाट्यम नर्तकी की तरह मैंने दायें से बायें नज़र घुमा कर नाश्ते का जायजा लिया, फिर घुड़क कर कहा, 'तुम्हें पता है मैं अण्डा नहीं खाती, फिर क्यों लाये हो?'

'सॉरी मैडम, हमें ख़बर नहीं की गयी', उसने उबले अण्डे की प्लेट हटा ली। वह बाहर चला गया।

अब एक बार फिर नाश्ते पर नज़र डाली। डबलरोटी के चार स्लाइस थे, पाँच ग्राम मक्खन था, एक ग्लास दूध। एक गहरी प्लेट में सफ़ेद लुगदी जैसी कोई चीज़ भी थी। शायद दलिया।

हंसी और रुलाई फिर मेरे अन्दर घुमड़ी। नाश्ता देखने में ही इतना बेजान, बेस्वाद और बेमज़ा था कि हाथ लगाने की तबियत न हो।

मुझे अपने घर का विलासी नाश्ता याद आया, जिसकी रचना मेरे हाथों होती। सुबह की चाय के बाद मैं नाश्ते की तैयारी में लग जाती। आलू उबाल कर मैश करती, उनमें अनारदाना, नमक, हरी मिर्च, हरी धनिया, पिसा जीरा और प्याज़ मिलाती और आटे की दो लोइयों के बीच भरपूर पिट्ठी भर कर नरम-नरम परांठे सेंकती। फ्रिज में रखी मलाई से सफ़ेद मक्खन निकालती। घर का बच्चा-बच्चा तृप्त होकर नाश्ता करता और कहता, 'माँ अब पेट इतना भर गया है, दोपहर के खाने की छुट्टी समझो।'

खाना सिर्फ़ खाना नहीं होता। वह एक अनुष्ठान होता है। उससे परिवार की जीवन-शैली, परम्परा और प्रतिष्ठा का परिचय मिलता है। मैंने सुबह शाम इनका निर्वाह किया। इसीलिए जब मित्रों ने आश्चर्य जताया कि शादी के बाद मैंने पेंटिंग करना क्यों छोड़ दिया? मैंने कहा, 'देखो रसोई में मुझे उतना ही रस मिलता है जितना स्टूडियो में। मुझे विस्मय होता है कि कैसे चन्द मसाले, बर्तन और धीरज के जरिये हर स्त्री स्वाद का साम्राज्य खड़ा कर लेती है।'

सबको खिलाने के बाद जब मैं खाने बैठती मेरी प्लेट का वैभव सबसे निराला होता। सलाद की बजाय चटनी, अचार और करेले के बिना मैं कौर न तोड़ती। यह और बात है कि जब लगातार कई दिन चक्कर आये तो डॉक्टर ने इलाहाबाद में भी यही कहा, 'आपको उच्च रक्तचाप और मधुमेह दोनों हैं। आपके लिए नमक और चीनी दोनों ज़हर हैं।'

मुझे लगा था डॉक्टर फिजूल डरा रहा है। नमक और चीनी जैसी भोली भाली और ज़रूरी चीज़ें भला ज़हर हो सकती हैं? इनके बिना क्या रस और क्या रसोई! रक्तशर्करा जाँच की रिपोर्ट और रक्तचाप देख लेने के बाद मैंने बस इतना किया कि अचार चटनी करेलों पर थोड़ा प्रतिबन्ध लगा दिया। चीनी के बिना चाय नागवार लगी, पर धीरे-धीरे आदत पड़ गयी।

मेरी आशंका सही निकली। स्लाइस के लिए मक्खन फीका था, दलिया फीका था और दूध भी। 'हाउ मीन' क्या ये लोग थोड़ी-सी भी चीनी नहीं दे सकते। यह मरीज़ का नाश्ता है या कैदी का!

मेरा दावा है कि जो लोग देश में धड़ल्ले से चीनी खाते घूम रहे हैं, उन सबकी रक्त शर्करा जाँची जाय तो उनकी रिपोर्ट मुझसे भी ख़राब निकलेगी। पर वे तो खाते रहेंगे चीनी क्योंकि अरुण यह मधुमय देश हमारा। मुल्क के हर शहर में टनों मिठाई बनती है। सबकी सब रोज़ बिक जाती हैं। करवाओ उन सब खाने वालों की जाँच।

पाँच डॉक्टरों की टीम कमरे में दाखिल हुई। उनमें एक वरिष्ठ था, एक कनिष्ठ और तीन विद्यार्थी। वरिष्ठ डॉक्टर ने मेरे अभिवादन के बाद विद्यार्थियों को सम्बोधित किया। उसने बताया– मेरा केस कितना गम्भीर था और कैसे उसने मेरा रक्तचाप काबू में किया। एक विद्यार्थी ने मेरा रक्तचाप नापा। डॉक्टर ने कहा, 'अब तो आपका रक्तचाप एकदम नॉर्मल है।'

'तो मुझे भी नॉर्मल रहने दीजिए डॉक्टर। यह अलोना फीका नाश्ता फिंकवा दीजिए बाहर। इन्सानों वाला कुछ खिला सकते हैं तो भेजिए वरना घर जाने की इजाज़त दीजिए।'

'दिन भर में आप दो ग्राम नमक खा सकती हैं, बस। सिस्टर पेशेंट को आपने नमक का हिस्सा दिया था?'

अब तक नमक की पुड़िया मेरी मुट्ठी में पसीज गयी थी। मैंने झल्ला कर उसे जमीन पर फेंक दिया, 'यह नमक आपने जी जलाने को भेजा है। मेरा रक्तचाप नॉर्मल है और मैं नॉर्मल खाना खाना चाहती हूँ।' डॉक्टर कुछ नहीं बोले। उनके इशारे पर जूनियर डॉक्टर ने फिर रक्तचाप यंत्र की पट्‌टी मेरी बाँह पर कस दी। उसने दो दवाएँ लिखी, नर्स को समझाया और सारा दल मेरे कमरे से कूच कर गया।

शाम को साहिल तमतमाया हुआ कमरे में घुसा, 'ममा मैं क्या सुन रहा हूँ। आप डॉक्टर के साथ ज़रा भी सहयोग नहीं कर रहीं। सारे अस्पताल में लोग मज़ाक कर रहे हैं कि आपकी मदर तो बरातियों वाला खाना माँग रही हैं।'

'मैंने तो सवेरे से कुछ भी नहीं खाया', मैंने मरी हुई आवाज़ में एतराज किया।

'आपने विरोध में नहीं खाया। मैं क्या आपको जानता नहीं हूँ। आपको क्या पता रात को आपकी क्या हालत थी। डॉक्टर दुबे ने कहा, 'आप पाँच मिनट भी और देर से पहुँचते तो आपकी मदर को ब्रेन हैमरेज हो सकता था।'

'अब तो बी. पी. नॉर्मल है।' मैंने कहा, 'बेटू तुम दफ़्तर से आये हो। थोड़ा शान्त रहो। चाय वाय कुछ लो।'

'चाय-कॉफी मैंने छोड़ दी है,' साहिल ने कहा।

बच्चे के साथ चाय पीने का चाव चूर-चूर हुआ। कहाँ तो मैं सोच रही–थी वह मेरे सुझाव पर थर्मस में गरमगरम चाय लेकर आयेगा। कहाँ पता चला, उसने चाय ही छोड़ दी।

'तुम बहुत बदल गये हो,' मैं कहने जा रही थी।

'आप बहुत बदल गयी हैं,' बेटे ने मेरे ही मन का तार पकड़ लिया, 'पहले आप तमाम दुनिया की बातें करती थीं। अब आपका ध्यान सिर्फ़ खाने-पीने की

चर्चा में लगा रहता है।'

मैं हैरानी से उसे देखती रही। फिर मैंने आँखें बन्द कर लीं। बन्द आँखों के आगे स्मृति चित्र नाच गये। साहिल स्कूल जाते समय चाय माँगता और स्कूल से लौटने पर भी। अगर मैं चाय न बनाती तो यह पानी में बिस्कुट डुबो डुबो कर खाने लगता। तरह तरह की चटपटी चीजें इसका प्रिय भोजन थीं।

बच्चे बहुत जल्द आँगन पार कर जाते हैं। हम वहीं, बरामदे में ठिठके खड़े रहते हैं। उनकी आदतें फोटो अलबम की तरह हमारे अन्दर बन्द हो जाती हैं, जबकि वे चलचित्र की तरह आगे बढ़ते जाते हैं।

कमरे में कुछ और लोग आ गये थे, साहिल के दोस्त। वह उन्हें मेरी बीमारी के बारे में बता रहा था।

मेरे आँखें खोलने पर उसने सबका नाम बताया, 'ये हैं मिहिर, अनिल, अपूर्व और अभिषेक।'

मैं तुरन्त गृहणी के असमंजस में पड़ गयी, 'तुम अस्पताल आये हो, घर आते तो मैं तुम्हें कुछ स्पेशल बनाकर खिलाती।'

'फिर खाना', साहिल हँसा, 'ममा आप बीमार हैं और ये दोस्त आपका हाल लेने आये हैं। आप ठीक हो जायँ। पार्टियाँ तो होती रहेंगी।'

अभिषेक ने कहा, 'इस वक़्त तो आण्टी एकदम ठीक लग रही हैं।'

मैं उत्फुल्ल हो गयी, 'मैं बिल्कुल ठीक हूँ। ब्लडप्रेशर भी ठीक है। मुझे यहाँ से ले चलो।'

'डॉक्टर ने कहा है, कम से कम दो दिन वे आपका रक्तचाप ऑबजर्व करेंगे।' साहिल ने कहा।

'मैं यहाँ से भाग जाऊँगी। यह तो जेल से भी बुरी जगह है।'

सब हँस पड़े।

अभिषेक ने कहा, 'वैसे साहिल आजकल चक्कर यह है कि डॉक्टर हर चीज़ को संगीन बना देते हैं। मेरे बाबा का ब्लडप्रेशर तो आयुर्वेदिक दवाओं के सहारे ठीक चल रहा है।'

'वे क्या लेते हैं?' मैंने पूछा।

'पता नहीं, दो किस्म के अरिष्ट मिला कर बड़ी-सी बोतल में भर लेते हैं। शाम को जब पापा विस्की के दो पैग लेते हैं, बाबा दो पैग अरिष्ट ले लेते हैं। जब से यह शुरू किया है, उन्हें गुस्सा भी कम आता है। पहले गुस्से से बावले हो जाते थे।'

'मुझे भी घर ले चलो मैं यही इलाज कर लूँगी।'

'ममा आप यहीं रहेंगी, कहीं नहीं जायेंगी। मुझे आज रात ही मुंबई जाना

है। दो दिन में लौटूँगा। अकेले घर में कौन आपकी देखभाल करेगा।'

अब मेरी समझ में आया। इसे दौरे पर जाना है इसीलिए मुझे यहाँ लाकर पटक दिया है। जैसे बच्चों के लिए बेबी-सिटर का इन्तज़ाम होता है, माँ के लिए नर्स-सिटर दी जा रही है। मुझे अफ़सोस हुआ कि मैं नाहक बेटू की दिनचर्या बिगाड़ने के लिए यहाँ आ फँसी। वह सवेरे नौ से रात नौ तक काम में घिरा रहता है, ऊपर से दौरे।

चारों दोस्त वापस जाने के लिए बेचैन हो रहे थे। मैंने उन्हीं के सामने अपनी समस्या बेटू के आगे रखी।

'उसी समय इलाहाबाद के लिए भी गाड़ी जाती है, मैं भी घर चली जाऊँ तो तुम बेफिक्र हो कर काम करो।'

'यह घर नहीं है?' साहिल ने कहा।

'यह तो अस्पताल है।'

'आप बीमार हैं, इसलिए यहाँ हैं।'

'मैं अब बीमार नहीं हूँ। अपने शहर पहुँच जाऊँगी तो आधी बीमारी वैसे ही ठीक हो जायेगी।'

मेरी आवाज़ की दृढ़ता के आगे साहिल चुप होकर सोच में पड़ गया।

अभिषेक बोला, 'बुरा सुझाव नहीं है साहिल। पुरानी बीमारी में नई चिकित्सा कई बार ठीक नहीं रहती। तुम्हारे होमटाउन में डॉक्टर भी इनके जाने-पहचाने होंगे।'

अनिल ने कहा, 'मैं भी आज वाराणसी के लिए निकल रहा हूँ, आण्टी मेरे साथ चली जायेंगी। अपने एजेंट से कह कर मैं एक बर्थ की कोशिश करता हूँ', वह अपने मोबाइल फ़ोन से एजेंट का नम्बर मिलाने लगा।

दोस्तों ने कमान सँभाल ली। झटपट डिसचार्ज कार्ड बनवाया गया। डॉक्टर ने दवाओं की एक लम्बी, अपरिचित तालिका दी और मुझे विदा करते हुए कहा, 'मैडम याद रखिए, चीनी और नमक से दूर रहिए तो आप पूरे सौ साल जी सकेंगी।'

कहे बिना नहीं रह सकी मैं, 'डॉक्टर अलोने-फीके सौ साल लेकर मैं क्या करूंगी!'

साहिल का चेहरा तन गया, 'आपका कोई इलाज नहीं है।'

मैंने उसके कन्धे पर हाथ रखा, 'रिलैक्स बेटू, मैं अपना ध्यान रखूँगी। अभी तो तेरा ब्याह करना है, छोटू की नौकरी देखनी है, मरने की फुर्सत कहाँ है!'

बेटे और डॉक्टर की हिदायतों के घेरे से बाहर सफ़र के दौरान अच्छा लगा। खिड़की के गहरे कांच के पार भागता हुआ अँधेरा रहस्यमय था। अनिल इसी

कोच में दूसरे हिस्से में बैठा था।

अपने पिटे पिटाये पारम्परिक फ्रेम से बाहर आकर मैं तनावमुक्त थी। इस वक़्त मेरा ध्यान न नमक पर था, न चीनी पर। ऊपर से दिमाग़ समझा रहा था, 'अगर मनमानी करोगी तो भुगतेगा कौन! तुम्हीं न! दिल का दौरा पड़ जायेगा या लकवा मार जायेगा। एक दो दिन सेवा कर सब मुँह मोड़ लेंगे। फिर क्या करोगी। पड़ी रहना अपने गू-मूत्र में। सब कैलेन्डर में एक-एक दिन गिनने लगेंगे, कब तुम मरो कब उन्हें मुक्ति मिले!'

मृत्यु तो नियत और अटल है। पर मृत्यु पूर्व का अधमरापन! मुझे हमेशा अपनी सामर्थ्य पर नाज़ रहा है। एटलस ने तो सिर्फ़ एक पहाड़ उठाया था, मैं तो दसियों पहाड़ उठाती रही हूँ अपने कन्धों पर! जो काम कोई न कर पाये, उसे मैं अपना संकल्प बना लेती हूँ। मेरी आँखें मुंदने लगीं। बस इतनी चेतना थी कि गाड़ी चल रही है। बन्द आँखों के आगे तरह-तरह के रंगों की किरणें आ रही थीं। मैंने किरणों को वल्गा की भाँति पकड़ लिया। मेरा रश्मि-रथ बादलों के पार अन्तरिक्ष में चला जा रहा था। दिग-दिगन्त को गुंजाती, क्षितिज से विजय-दुन्दुभि सुनाई दे रही थी। मैं अपने गन्तव्य की ओर बढ़ रही थी।

तभी गाड़ी के रुकने पर नींद टूटी। मैंने उठ कर चाय-खाना तलाशने का कोई प्रयत्न नहीं किया। बेटू ने मेरे खाने की टोकरी में चुन-चुन कर फल और हैल्थफूड रखे हुए थे।

मैंने अपने को नये संकल्पों से लैस कर लिया। जिऊँगी, तभी न हिमाद्रि तुंग शृंग के ऊपर पहुँचने में कामयाब रहूँगी। अब से परहेज़ करना है। स्वास्थ्य के प्रति सावधान रहना है। बीमारी अबलापन की ओर ले जाती है, उस ओर नहीं फिसलना है। मैं ही फिसल गयी तो प्रबला कौन बनेगा।

पिकनिक

कोयम्बटूर से ऊटी तक नीलगिरि पर्वतों की शृंखला साथ-साथ चलती है। हम मुड़ें तो वह मुड़ जाती है, हम ठहरें तो वह ठहरी रहती है। नीले सिलेटी पहाड़, जैसे तमिलनाडु की नीली भंवें। समुद्र की नीलाभा से अलग नीला रंग है यह, यह गहरे नीले में हल्का सिलेटी मिला कर बनाया गया रंग है, चित्रकार के लिए चुनौती। क्योंकि अगर उसने नीलगिरि नीले बना दिये तो चित्र, विचित्र और व्यावसायिक लगेगा; अगर पर्वत सिर्फ़ सिलेटी दिखाये गये तो तस्वीर नकली और मनहूस लगेगी।

मेट्टुपाड़यम रोड पर जगह-जगह पतली पगडंडियाँ पर्वतों तक जा रही हैं, मानो सैलानियों से कह रही हों—'इधर आओ।'

आगे आते हैं सरो-वन, एक के बाद एक। सरो के लम्बे पेड़ जिनके एक तने से पूरी की पूरी बल्ली निकल आती है, घनत्व की जगह विस्तार का परिचय देते हैं। ये ऊँचे पेड़, जिनकी फुनगी और शाखाएँ देखने के लिए कार की खिड़की से सिर बाहर करना पड़ता है। सरो-वन ख़त्म होते ही ताड़-वन आरम्भ हो जाता है। ताड़ के पेड़ों का जमघट ऐसा लगता है जैसे हज़ार अमिताभ बच्चन खड़े हुए हैं, टाँगें ही टाँगें। इस हरियाले वैभव से मन इतना तृप्त और उत्फुल्ल हो जाता है कि अब कहीं और जाने की इच्छा नहीं है। कहाँ देखा है अपना मुल्क! सिर्फ़ भाषा नहीं, उसे हृदय से समझा जा सकता है।

निक्की नारियल देखकर मचल रही है 'वेन्नम, वेन्नम' यानी चाहिए, चाहिए। वह कोला नहीं पियेगी। वह नारियल की दीवानी है। अंजलि अपने उन्नाबी पल्लू से कंधा ढंकते हुए कहती है, 'बार-बार रुकेंगे तो ऊटी पहुँचने में रात हो जायेगी। ऊटी में आविन डेरी पर ठण्डा दूध पी लेना।'

'वेंडा, वेंडा' निक्की ठुनकती है। उसे नहीं पीना दूध। मैं बेटे के लिए चिन्तित हो जाती हूँ। उसके ज़िम्मे कोला की बिक्री है। नारियल के देश में कोला बिके तो कैसे! छह रुपये में हरा नारियल मिलता है, सवा बोतल मीठा पानी पियो।

नारियल वाला दाब से खुरच कर नरम मीठी गिरी निकाल देता है। नारियल का ही छिलका चम्मच की तरह थमा देता है।

उडगमंडलम जैसे मुश्किल नाम का क्या गज़ब सरलीकरण कर डाला अंग्रेजों ने। इस छोटे से पहाड़ी शहर को नन्हा सा स्मार्ट नाम दिया है– ऊटी।

जगह-जगह चिप्स बिक रहे हैं। कहीं लिखा है- केरल चिप्स, कहीं तमिलनाडु चिप्स।

'दोनों में क्या फ़र्क़ है?' मैं पूछती हूँ।

'केरल-चिप्स का मतलब है कच्चे केले के चिप्स और तमिलनाडु-चिप्स टैपियोका के होते हैं। टैपियोका बंडे जैसा कंद होता है।

'तुम तो दक्षिण के विशेषज्ञ हो गये हो!'

'होना पड़ता है माँ। जब तक आप यहाँ के समाज को, उस की आदतों को नहीं जानोगे तो बेचोगे क्या, खाक। मुझे एक-एक सड़क-छाप दुकान की जानकारी है, कहाँ कितने क्रेट की खपत है।'

'पर तुम्हारी स्पर्धा प्रकृति से है, समाज से नहीं। जहाँ नारियल-पानी के दीवाने हैं, उनका दिल कैसे माँगे मोर।'

'नहीं माँ, मेरी स्पर्धा 'टूट्सी' से है और उन सारी नकली बोतलों से जो किसी भी नाम से बिकती हैं। रेलवे स्टेशन, पिक्चर हॉल कहीं भी आप देखिए, लोग बस सील लगा ढक्कन देख कर ही कुछ भी पी डालते हैं। पता नहीं हमारे मुल्क में नाम के साथ प्रतिष्ठा का जोड़ कब बैठेगा।'

'इस ग़रीब मुल्क को साफ़ पानी चाहिए या तुम्हारा कोला।'

'दोनों। साफ़ पानी न मिले तो कोला पियो, सौ बरस जियो।'

बेटा मस्ती में है। उसने इस हफ़्ते का अपना विक्रय-लक्ष्य पूरा कर लिया है। ऊटी तक वह और जितना काम करेगा उसका मुआवजा अलग मिलेगा।

तमिलनाडु टूरिज्म डेवलपमेंट कॉरपोरेशन- टी.टी.डी.सी. के तमिलनाडु होटल में रुके हैं हम। ऊँची-नीची पहाड़ियों पर बड़े-बड़े कमरे। हर खिड़की से चीड़ और बुरुस के पेड़ नज़र आते हैं। कैक्टस की अनदेखी किस्मों से भरा पड़ा है परिसर। तमिलनाडु पैलेस को होटल की शक्ल दे दी गयी है। चाय पीने की बड़ी इच्छा है। पर यहाँ किसी को ढंग की चाय बनानी नहीं आती। यहाँ चाय में कई मसाले डाले जाते हैं, उसे कहते हैं मसाला टी। बेटे को इससे कोई फ़र्क़ नहीं पड़ता। चाय का ज़िक्र चलते ही वह कहता है, 'चाय की क्या ज़रूरत है, ठण्डा कोला पियो, हर जगह मिलता है, ताज़गी से भरपूर, सस्ता और स्वच्छ।'

'इतनी ठण्ड में ठण्डा कौन पीता है?'

'यही तो कोला की शान है। तुम्हें नहीं पता माँ इस छोटे से कस्बे में हम उतना व्यापार कर लेते हैं जितना आपके लखनऊ में होता है।'

मैं याद करती हूँ मेरा बेटा चाय का कैसा दीवाना था। स्कूल जाते वक़्त तो चाय पीता ही था, स्कूल से लौट कर भी चाय माँगता। अब अंजलि चाय नहीं पीती तो यह भी नहीं पीता।

अब तक मैंने मसाले सूखे, साबुत या पिसे देखे थे। यहाँ मसालों के पेड़ ऐसे दिखायी पड़ रहे हैं जैसे हमारे शहर में आम और जामुन के। मसाले तमिलनाडु की जान और शान हैं।

ऊटी के रास्ते से जरा हटकर कुन्नूर में चाय के बागान देखे। मीलों मील हरियाला विस्तार जहाँ मजदूर सपरिवार पत्ती तोड़ने का काम करते हैं। परिश्रम सब बराबर करते हैं पर मर्दों को मिलते हैं एक सौ बीस रुपए रोज़ और औरतों को सिर्फ़ नब्बे। दूर, एक परिवार ने इशारे से कहा, 'हमारी भी फोटो खींचो।'

पहाड़ी की सबसे ऊँची चोटी पर चाय की दुकान थी। पर यहाँ भी वही मिली, मसाला टी। उस दुकान से चायपत्ती, हींग, तेजपत्ता, जायफल, जावित्री ख़रीदने के बाद जब चलने को हुए तो सत्तर साल की बूढ़ी मालकिन मरियम्मा ने इशारे से सड़क पर रखी कुछ पौधों की जड़ें दिखलायीं। ये चायपत्ती के पौधों की जड़ें थीं जिन्हें नीचे से तराश कर एक स्टैंड का आकार दिया हुआ था। ऊपर काँच का टेबिल-टॉप लगा दो, बस टेबिल तैयार। कॉफी के पौधों की भी जड़ें रखी थीं। ये कुछ ऊँची थीं। दो जड़ें ख़रीदने पर एक डाइनिंग टेबिल बनती। कॉफी की जड़ ज़्यादा मजबूत थी।

रिवर व्यू कैफे में हम दूसरी मंज़िल पर बैठे दोसा खा रहे थे। मेरे मुँह से निकला 'वह देखो, आड़ू के पेड़।'

निक्की ने कहा, 'वॉट इज़ आलू दद्दा।'

अंजलि ने बताया, 'यह आड़ू नहीं है माँ, जायफल के पेड़ हैं- कैसे लदे पड़े हैं जायफल से।'

ताज़ा जायफल आड़ू जितना बड़ा था और हरा। ऊपरी खोल तोड़ने पर अन्दर से चमकीला फल निकला, जिसके उन्नाबी रेशों में जावित्री लिपटी हुई थी। कत्थई रंग के जायफल पर उन्नाबी रेशे वेंकटगिरि साड़ियों की रंग-योजना की याद दिला रहे थे। मुझे तो आज पहली बार पता चला कि जायफल जावित्री का अभिन्न सम्बन्ध होता है, एक के बग़ैर दूसरी का अस्तित्व ही नहीं। अन्य मेज़ों पर लोग दोसे के साथ कोला पी रहे थे। असित की आँखें जायज़ा लेती रहीं। आध घण्टे में अठारह बोतल तो दिन भर में कितनी। फिर वह काउंटर-क्लर्क से

बिक्री के आँकड़े लेने चला गया। उसके पिता ने सिर हिलाया, 'असित एक भी मिनट अपने बिज़नेस से अलग नहीं होता। पिकनिक पर आये हैं तो काम के तनाव ढीले होने चाहिए।'

अंजलि बोली, 'पापा ये तो बाथरूम में भी फ़ोन लेकर जाते हैं।'

पहाड़ पर दो ही दिनों में इतनी ताज़गी हमारे फेफड़ों मे भर गयी कि वापसी पर लग रहा था जैसे हम यहाँ दो हफ़्ते बिता कर जा रहे हैं। वापसी का रास्ता उतराई का था, और भी जोखम भरा। अंजलि ने कहा, 'गाड़ी मैं चलाती हूँ, तुम निक्की को देखो।'

निक्की पूरा रास्ता पहचानती थी। एक-एक मोड़ पर वह कहती, 'माइनस वन'।

उतार के बाद सीधी लम्बी मैट्टुपाड़यम रोड थी। आज सड़क पर रंगीन चहल-पहल थी। थोड़ी-थोड़ी दूर पर जयललिता के आदमकद से भी ऊँचे कट-आ. उट लगे थे, उसके चित्रों की बन्दनवारें सजी थीं और अनगिनत चिपके पोस्टरों में वह हाथ जोड़े सुन्दर सौम्य मुद्रा में खड़ी थी। जयललिता को इस सड़क से गुज़रना था।

अंजलि ने सड़क-किनारे एक गुमटी पर गाड़ी रोकी। 'प्यास लगी है?' असित ने पूछा।

'नहीं, नींद।'

'ओ माय गॉड। तुम्हें पता है स्टियरिंग व्हील के बस दो दुश्मन हैं, कुत्ता और नींद। संसार की सारी दुर्घटनाएँ इन्हीं से होती हैं।'

'कुत्ता सामने आ जाय तो तुम क्या करते हो?' मैंने पूछा।

'अव्वल तो कभी ऐसा हुआ नहीं; अगर हो तो मैं कुत्ते की बजाय अपनी जान बचाऊँ। तुमने सही मौके पर बता दिया, इस ख़ुशी में मैं तुम्हें कोला पिलाऊँ।'

'नींद भगाने के लिए तो कॉफी अच्छी रहेगी', मैंने कहा। मैं ख़ुद कॉफी पीना चाहती थी। काउंटर-गर्ल ने अफ़सोस से सिर हिलाया, 'सॉरी मैम, हमारे यहाँ सिर्फ़ कोला मिलता है।'

असित और उसके पिता ने चिढ़ कर मेरी तरफ़ देखा। हमारा ही परिवार अगर कोला से परहेज़ बरतेगा तो बिज़नेस का क्या होगा।

असित ने प्रचारक-मुद्रा में समझाया, 'आपके लिए चाय कॉफी अच्छी चीज़ नहीं है। ब्लड-प्रेशर, मधुमेह, मोटापा और न जाने क्या-क्या तो रोग आपने पाल रखे हैं, इनमें से दो तिहाई की जड़ है, चाय कॉफी। जबसे यहाँ आये हैं आप चाय कॉफी की रट लगाये हुए हैं, कुछ अपने पर रोक लगानी चाहिए।'

'मेरी बीमारियाँ तो अब जीवन-साथी की तरह जुड़ गयी हैं मुझसे।'

जीवन साथी, जो अब तक फूलों का मुआयना कर रहे थे, मुड़कर कटखने अन्दाज़ में बोले, 'मैं तुम्हारा ब्लडप्रेशर, मैं तुम्हारी डायबिटीज़।'

'यह तो मैंने नहीं कहा। मैंने मुँह खोला नहीं कि तुम बस आक्रमण कर देते हो।'

'लो, अब मैं हो गया हमलावर। भई अंजलि अब से थर्मस में चाय लेकर चला करो इनके लिए।'

निक्की ने आकर मेरा हाथ पकड़ लिया- 'कम दद्दा लेट्स गो।' उसके पीछे पीछे गुमटी की सेल्सगर्ल आयी, 'बेबी लो ठण्डा कोला।'

निक्की ने सिर हिलाया। सेल्सगर्ल ने इसरार के साथ उसे बोतल पकड़ायी और बोली, 'इसके साथ चॉकलेट फ्री।'

'वेंडा, वेंडा' (नहीं नहीं) कहती और मुझे खींचती निक्की बाहर निकल आयी।

अंजलि, असित और उसके पिता तृप्त होकर बाहर निकले। बीच में ट्रिगर जीन्स की वर्कशॉप पड़ी। वहाँ से निक्की के लिए जीन्स और जैकेट का सेट ख़रीदा गया।

दूर, सड़क पर अभी भी नीलगिरि धुँधले स्केच की तरह नज़र आ रहा था। लम्बे-लम्बे पेड़ों की पहरेदारी ख़त्म हो चली थी, पर रास्ता हरियाली से भरपूर था। सिर के ऊपर शाम को घर लौटती चिड़ियों की चहचहाहट हमारे साथ-साथ चल रही थी। इस संगति के आगे अच्छे से अच्छा म्यूजिक सिस्टम भी मात खा जाता।

सड़क के एक मोड़ पर कतार से कई नारियल बेचने वाले खड़े थे। एक बड़े से टोकरे में हरे-हरे नारियल रखे, हाथ में दाब पकड़े वे, दूर से, किसी नृत्य-नाटिका के मूक चरित्र नज़र आ रहे थे।

निक्की ने पैर पटकना शुरू किया, 'एनक टैंगयी वेन्नम मम्मा प्लीज।' (मुझे नारियल चाहिए)

असित ने डाँटा, 'कोई टैंगयी वैंगयी नहीं मिलेगा। तुमने कोला क्यों नहीं पिया?'

'कोला वेंडा, कोला वेंडा' (कोला नहीं चाहिए, कोला नहीं चाहिए) निक्की रोने लगी।

अंजलि परेशान हो गयी, 'पिला दो न इसे नारियल, प्लीज़।' असित ने एक जगह गाड़ी रोकी। निक्की को टेढ़ी रंगीन स्ट्रॉ डाल कर नारियल पेश किया गया तो हमारा भी मन मचल गया। असित के सिवा सबने नारियल-पानी पिया। एक तरह से नाश्ता पानी दोनों हो गये। मेरे नारियल में तो दूधमलाई जैसी नरम गिरी निकली। मैंने असित से कहा, 'तुम भी पी लो, सारी थकान मिट जायेगी।'

असित चिढ़ गया। दाँत पीसते हुए बोला, 'आयी हेट दिस ब्लडी कोकोनट।

यह बौड़म-सी चीज़ हमारे व्यापार का रोड़ा है। क्या है यह, न ढंग का साइज़ न सूरत, पर लोग इसे सिर चढ़ाये हुए हैं।'

'इसकी ठण्डक देखो, प्रकृति-प्रदत्त। कुछ भी कृत्रिम नहीं है इसमें।' पिता ने कहा।

'इस सड़क पर जितने टैंगयीवाले हैं, सबको हम कोला-स्टॉल दिला देंगे।'

'तुम एक नेचुरल चीज़ को नष्ट करोगे, और कुछ नहीं' मैंने कहा।

'नेचुरल माय फुट! आप नारियल से तेल निकालें, उसे बालों में चुपड़ें उससे चिप्स तलें। आप उसका पाउडर बना कर बेंचें, मिठाई बनायें। हम कुछ नहीं कहते। उसे कच्चा पिलाने की क्या ज़रूरत है। इसमें इतनी चर्बी होती है कि पीने वालों की, महीने भर में तोंद निकल आये। अरे, हम एक साफ़ सुन्दर कोल्ड-ड्रिंक आपको दे रहे हैं, उसी दाम में दे रहे हैं, शीतल करके दे रहे हैं, और क्या चाहिए?'

असित के भाषण से सब चुप हो गये, सिर्फ़ निक्की अभी भी नारियल के खोल में झाँक-झाँक कर मीठी गिरी ढूँढ़ रही थी।

मैंने सोचा— घर जाकर मैं बीस कप चाय पिऊँगी।

खानपान

पत्रकार मीनाक्षी को अपने चतुर्वेदी होने पर गर्व था, हालाँकि चार की कौन कहे, एक भी वेद उसने नहीं पढ़ा था। अलबत्ता हनुमान चालीसा इम्तहान के दिनों में रट ली थी और घर में जब-जब सुन्दरकांड का पाठ रखा जाता, वह उसमें एकाध घंटा बैठ कर दादी को खुश कर देती।

उनके घर में दो गाय और तीन बछड़े थे। दूध दही की भरमार रहती पर मीनाक्षी को दफ़्तर में चाय की लत पड़ चुकी थी। ख़बरों का अनुवाद करते समय, छोटे ग्लास में ढाबा मार्का चाय प्रेरणा और स्याही दोनों का काम देती।

इधर कई दिनों से उसकी तबियत गिरी-गिरी सी थी। घर में उसने बताया तो माँ ने दूध में बादाम और छुआरा उबाल कर पीने को दिया। दूध देखकर उसे उबकाई आती। पैर हर समय टूटते रहते। कभी जुकाम हो जाता, कभी खाँसी। हार कर वह डॉक्टर के पास गयी। डॉक्टर ने कुछ दवाएँ लिख दीं और कहा, 'अपना खानपान थोड़ा बदलो। तली-भुनी चीजें और चाय कम करो, रोज़ फल और अण्डे ज़रूर खाने चाहिए।' अण्डा खाने की बात उसे रोमाँचक लगी। उसने देखा था, उसके साथी कई बार उबले अण्डे खाया करते जबकि वह ज़रा सी भूख लगने पर हमेशा समोसे या कचौरी कैन्टीन से मंगाती। मीनाक्षी को लगा– हो न हो सेहत का राज़ इस अण्डे में ही है।

वैसे केक और पेस्ट्री वह कई बार चख चुकी थी। पर उसे इल्म नहीं था कि इनमें अण्डा पड़ता है। एक दिन जब वह सगर्व कह रही थी कि वह शुद्ध शाकाहारी है, आज तक कभी उसने प्याज़ लहसुन भी नहीं खाया, उसके साथियों ने कहा, 'वाह मीनाक्षी, वह जो केक-पेस्ट्री आपके उदर में समा चुकी है, काहे से बनती है, अरे शुद्ध अण्डे से।'

उसे लगा, अण्डा कॉफी लज़ीज़ चीज़ है, जिससे इतने अच्छे व्यंजन बनते हैं। ख़ूबसूरती यह कि पता भी नहीं चलता, इनमें क्या पड़ा है।

डॉक्टर की हिदायत से अण्डे का रुतबा उसके ज़ेहन में और भी बढ़ गया।

दिक्क़त यह थी कि मीनाक्षी चतुर्वेदी विशुद्ध रूप में अण्डा कैसे और कहाँ खाये।

घर में दादी का साम्राज्य था। उनके चौके में दाल चावल, रोटी, तरोई, परवल, भिंडी, लौकी, करेला सब था, पर प्याज़ तक निषिद्ध थी। पिताजी को एक-दो बार प्याज़ खाने का शौक चर्राया तो दादी ने एक जंग लगा चाकू और अलमूनियम की तश्तरी चौके से बाहर रख कर कहा, 'बहू ये किसन के कमरे में ताक पर रख दे। जब उसे प्याज़ खानी हो, वहीं काट कर खा ले। मेरे चौके में प्याज़ का छिलका भी उड़ कर आया तो मैं उस दिन अन्न नहीं छुऊँगी।'

प्याज़ के अलावा कुछ और तरकारियां भी उनके यहाँ निषिद्ध थीं। गोभी और बैंगन उनके यहाँ नहीं बन सकते थे। दादी का कहना था कि गोभी मल की खाद से पनपता है और बैंगन भुन जाने पर रंगरूप में कुछ और ही लगता है। गोभी के मौसम में इतने बड़े-बड़े गोभी के फूल बाज़ार में मिलते कि लगता जैसे हँस रहे हैं, 'आओ हमें ख़रीदो।' बैंगन बारहों मास मिलते, पर दादी की अवज्ञा करना किसी के वश में नहीं था। माँ उन्हीं के मार्ग निर्देशन में खाना बनातीं।

दादी शुरू में अपनी बहू से भी छूत मानती थीं। वे अपना खाना अलग बनातीं। उनके चौके का दृश्य यह होता कि एक कोने में माँ बनातीं तो दूसरे कोने में दादी। एक दिन कोठे पर से अचार का मर्तबान लाते दादी गिर पड़ी और उनकी टाँग की हड्डी टूट गयी। छह हफ़्ते के लिए उनकी टाँग पर प्लास्टर चढ़ गया। तब समस्या उठी, दादी क्या खायेंगी।

पिता ने लाख समझाया तुम्हारी अपनी बहू है, उसके हाथ का खाने से तुम भ्रष्ट नहीं हो जाओगी। पर दादी ने तीन दिन दूध पर गुज़ारे। चौथे दिन हार कर बोलीं 'बहू पराठा-पूरी बना दिया कर, किसी तरह निगल लूँगी। आख़िरीपन में यह भी बदा था।' माँ ने मुँह में बड़बड़ाते हुए उनका संकरा खाना बनाया। दादी ने परांठे स्टील की तश्तरी में रखकर उन पर लोटा भर पानी उंड़ेला। दही की कटोरी में भी पानी डाल कर दही निधार लिया, तब कहीं वे खाने बैठीं। दादी के शुचितावाद से सारा घर त्रस्त था। कभी उन्हें वहम हो जाता कि किसी बच्चे ने उनकी रामायण छू ली है। वे रामायण धो डालतीं। दादी के हाथ हमेशा कुछ न कुछ धोते-पोंछते रहते। उनकी धोती का आगे का हिस्सा हमेशा सीला रहता।

माँ कहतीं, 'हमें तो ये म्लेच्छ मानती हैं। सबसे सुच्ची तो बस ये हैं।'

पिता कहते, 'तुम क्यों बुरा मानती हो। वे हम लोगों के साथ भी ऐसा ही करती हैं। देखा नहीं, हम खड़े से उनसे बात करते हैं, कभी उनके तख़्त पर बैठ नहीं सकते।'

ऐसे घर में अण्डे का जिक्र कितना विस्फोटक होगा, यह मीनाक्षी जानती थी।

इस बीच मीनाक्षी ने अण्डे के गुणों की काफ़ी जानकारी इकट्ठा कर ली। पत्र पत्रिकाओं से इतना पता चल गया कि संतुलित भोजन में अण्डे का स्थान काफ़ी ऊँचा है। जब-जब उसके पाँव कमजोरी से टूटते, उसे लगता काश वह अण्डा खा सकती तो स्वास्थ्य सम्बन्धी उसकी सभी परेशानियाँ ख़त्म हो जातीं।

खाली वक़्त में वह बैठ कर उन सभी घरों की फेहरिस्त बनाती जहाँ जाकर अण्डा खाया जा सकता था। पर एक तो दफ़्तर के बाद उसके पास इतना वक़्त नहीं बचता कि वह कहीं जाय, दूसरे वे सब परिवार उसके माता-पिता के भी परिचित थे।

मुश्किल यह थी कि अख़बार के पन्नों पर तूफ़ान उठाने के बाद उसमें हिम्मत न बचती कि घर में अपनी बातों से तूफ़ान खड़े किये जायं। इन दिनों जब महिलाओं को संसद में तीस फ़ीसदी आरक्षण दिलाने के लिए नया विधेयक प्रस्तावित था, दहेज-उत्पीड़न के निराकरण के लिए नये सुझाव प्रस्तुत किए जा रहे थे, यौन-शोषण के खिलाफ आवाज़ बुलन्द की जा रही थी, मीनाक्षी चतुर्वेदी की समस्त चेतना एक छोटी सी क्रांति से उलझ रही थी। आस-पास के कई घरों में खानपान की विधि और विन्यास में परिवर्तन आते गये थे, खुल्लम-खुल्ला नहीं तो दबे ढंके तरीके से। उनके नौजवान बेटे बेटियाँ रेस्तराँ में जाकर सामिष भोजन का स्वाद चख चुके थे। मालविका मिश्रा ने एक बार कहा, 'कवाब कोई अजूबा नहीं है, बस चने की दाल में आलू की जगह थोड़ा इधर उधर कुछ होता है, एक बार चख कर देख, आलू की टिकिया भूल जायेगी।' उसके भैया-भाभी दोनों माँसाहारी भोजन के शौकीन थे। पर मीनाक्षी की भीरुता तो अभी अण्डे की चौखट पर अटकी हुई थी। उससे आगे के तजुर्बे तो वह सोच भी नहीं सकती थी। उसके खानदान को अपने खानपान के खालिसपन पर बड़ा गुरूर था।

इसी शुद्धतावाद के चक्कर में दो एक बार मीनाक्षी के प्रस्तावित विवाह की बात कुछ दूर चल कर लड़खड़ा गयी थी। प्रतापगढ़ के एक चतुर्वेदी परिवार के बड़े लड़के का रिश्ता उसके लिए आया, पर जाने किन स्रोतों से छानबीन कर दादी ने घोषित किया कि लड़का बम्बई में रह कर, मीट-मछली किसी चीज से परहेज़ नहीं करता। ऐसे पतित परिवार से उनका खानदान कैसे जुड़ सकता है। दूसरा रिश्ता बनारस का था। वहाँ मुश्किल यह थी कि लड़के को अमेरिका में नौकरी मिल गयी थी। माँ-बाप अपनी लाड़ली बेटी को सात समुन्दर पार कैसे कर दें जबकि वे तो उसे सरयू पार भी भेजने को तैयार न थे। घबरा कर बोले, 'घर से इत्ती दूर जाकर वह माँस-मदिरा सब चीज़ का परहेज़ त्याग देगा तब हमारी बेटी क्या करेगी?'

मीनाक्षी ने बहनों के सामने कहा भी, 'सिर्फ़ गंगाजल पीने वाला दामाद कहाँ से ढूँढ़ेंगे पिताजी?' एक चौखटा था जिससे बाहर निकलने को वह छटपटा रही थी पर उसके मन में निजी क्रांति का संकोच भी था। फिर यहाँ उसके पास छह साल पुरानी पक्की नौकरी थी, इसका मोह भी कम नहीं था। अनजान डगर उसके लिए आकर्षक तो थी, निरापद नहीं। उसकी इच्छा थी, इसी शहर में उसे एक अच्छा सा पत्रकार पति मिल जाय ताकि नौकरी और विवाह साथ निभ जायें। दो-एक सहयोगियों से उसकी मित्रता भी हुई, पर पता नहीं उनकी तपिश में कमी थी या उसकी कशिश में। विवाह का प्रस्ताव किसी ने भी नहीं रखा।

उसकी सहेली विभा उसे छेड़ती, 'तुम्हारे ममी पापा शाकाहारी दामाद के चक्कर में तुम्हें संन्यासी बना देंगे। कह नहीं सकती हो उनसे कि शादी सिर्फ़ शाकाहार पर टिकी नहीं रह सकती। इतनी शाकाहारी शादी करोगी तो बाल बच्चे कहाँ से आएँगे?'

मीनाक्षी को भी लगने लगा था कि जातिगत शुद्धतावाद भी एक किस्म का कारावास है, लेकिन उपयुक्त पात्र के अभाव में वह इस कारा को तोड़ भी नहीं पा रही थी। प्रेस कान्फ्रेन्सों में उसके पुरुष-साथी शान से शराब-कवाब उड़ाते जबकि महिला-साथी बस ठण्डी बोतल पी कर नोट्स लेकर आ जातीं।

उस दिन वह एलनगंज जा रही थी कि रास्ते में उसे विनीता चोपड़ा मिली। विनीता विमेन्स हॉस्टल में रहती थी और भूगोल से एम. ए. कर रही थी। यूनिवर्सिटी का सत्र ढाई साल पीछे चल रहा था इसलिए लगता यही था जैसे यह युगों-युगों से यहाँ रह रही है। विनीता आये दिन उससे इसरार करती, 'एक ख़बर हमारे होस्टल के रद्दी मेस पर भी छापो न। इतना ख़राब खाना मिलता है कि मेस में चूहे तक मर जाते हैं।'

'और सुनाओ तुम्हारा मेस कैसा है?' मीनाक्षी ने खैरियत पूछी।

'मत पूछो', विनीता ने कहा, 'आजकल मेस बन्द चल रहा है। मैगी खा-खा कर जान निकल गयी। कभी खिचड़ी डाल लेते हैं, कभी दूध-ब्रेड पर ही दिन बिता देते हैं।'

'ठीक है, इतवार को मैं आऊँगी, तब मिल कर खाना बनाएंगे।' मीनाक्षी ने कहा।

इतवार आया। मीनाक्षी स्नान-ध्यान-पूजा के बाद घर से निकली। उसने सोचा डाट के पुल से वह चार अण्डे ले चले। विनीता के कमरे में हीटर पर कुछ भी बनाया जा सकता है।

लेकिन अण्डे की दुकान तक पहुँच कर मीनाक्षी का हौसला जवाब दे गया।

वहाँ एक तरफ़ दड़बे में मुर्गियाँ कुड़कुड़ा रही थीं और दड़बे से बहुत दुर्गन्ध आ रही थी। दुकानदार लुंगी बनियान पहने बैठा था और एक पत्थर पर छुरी तेज़ कर रहा था। उसे देख कर बोला, 'कहो बहनजी, मुर्गी चलेगी या अण्डा।'

घबरा कर मीनाक्षी वहाँ से हट कर रिक्शा ढूँढ़ने लगी। होस्टल के गेट पर उतरते समय उसने देखा सामने, दुकान पर अण्डे रखे हुए थे। उसका मन ख़ुशी से नाच उठा। यहाँ परिचितों द्वारा देखे जाने का खतरा भी कम था। उसने दुकान पर जाकर ससंकोच कहा, 'चार।'

यह ऐसी दुकान थी जहाँ बिस्किट ब्रेड अण्डे के साथ-साथ विद्यार्थियों की ज़रूरत की सभी चीजें मिलती थीं। पता नहीं दुकानदार ने क्या समझा, बोला- 'एक ले लीजिए, चार क्या करेंगी।' और उसने सेनिटरी नेपकिंस का एक पैकेट पेश कर दिया।

मीनाक्षी घबरा गई। शर्म और ग़ुस्से से उसने कहा, 'समझ में नहीं आता, अण्डे माँग रहे हैं।'

दुकानदार ने फौरन गलती सुधारी, 'माफ़ कीजिए, लड़कियाँ ज़्यादातर यही ख़रीदने आती हैं।'

उसने कागज़ के लिफ़ाफ़े में चार अण्डे डाल कर काउन्टर पर रख दिये।

मीनाक्षी ने पैसे अदा किये, पर अण्डों का लिफ़ाफ़ा उठाते समय उसका चतुर्वेदीपन फिर सजग हो गया। अण्डों को हाथ कैसे लगाया जाय।

'इन्हें एक और लिफ़ाफ़े में पैक करो।'

दुकानदार ने एक और लिफ़ाफ़े में अण्डों का पैकेट डाल दिया।

'प्लास्टिक की थैली दो।'

अब तक दुकानदार को मीनाक्षी के सिड़ीपन का अन्दाजा लग चुका था। उसने आज्ञा का पालन किया और उसकी तरफ़ पीठ कर टी. वी. पर नज़र गड़ा दी।

मीनाक्षी बी-18 तक जाते हुए मन ही मन बातचीत का नक्शा बनाती गई। वह विनीता से कहेगी, 'चलो आज अण्डे खाये जायें।'

विनीता कहेगी, 'ऐसा करते हैं खिचड़ी बना लेते हैं, अण्डे लेने कौन जाय।'

मीनाक्षी कहेगी, 'मैं खिचड़ी बना देती हूँ, तुम ऑमलेट बनाओ। ये मैं चलते-चलते ख़रीद लाई थी।'

विनीता तीन अण्डे भी खा ले तो कोई बात नहीं। एक उसे मिलेगा न।

बी-18 पर पहुँच कर मीनाक्षी का कलेजा डूब गया। दरवाजे पर मरियल सा ताला लटक रहा था। ताले में चिट फंसी थी, 'सॉरी मीना, रायबरेली से भैया-भाभी आये हैं, उनके साथ दो दिन को घर जा रही हूँ।'

मीनाक्षी ने अपने को एक बेवकूफ़ स्थिति में फँसा पाया। हॉस्टल के गलियारे में रोज़ से ज़्यादा सन्नाटा था। अण्डों का पैकेट लिये-लिये वह फाटक तक आयी पर दुकानदार की बदतमीजी याद कर उसकी, अण्डे वापस करने की इच्छा न हुई। उसने वहीं लिफ़ाफ़ा फेंक दिया। अण्डे फूटने की हल्की सी आवाज़ आई, 'चट।'

हालाँकि साढ़े दस ही बजे थे, धूप चटक थी। सड़क के परली पार एक रिक्शा दिखा तो मीनाक्षी हड़बड़ी में सड़क क्रॉस करने लगी। उसके पास से दन्नाती हुई एक जीप निकली जिसका ड्राइवर बाहर मुँह निकालकर चिल्लाया, 'मैम होश में चला करो।'

मीनाक्षी बाल-बाल बचने के एहसास के साथ जब रिक्शे में सवार हुई, उसने सोचा—अगर वह आज दब जाती तो अपने अख़बार के तीसरे पेज की न्यूज तो अवश्य बन जाती। यानी भाग्य में आज न अण्डा था, न मौत। दोपहर के भोजन मे वही मरियल खाना था जो प्रतिदिन हुआ करता था, पर मीनाक्षी माँ पर भड़क गयी, 'सुबह छह बजे से चौके में घुसी रह कर यह बनाया है आपने। इतने अख़बार, मैगजीन आते हैं, कभी पलट लिया करो, नये तरीके से कुछ पका लिया करो, पर नहीं, पकेगा वही जो 1940 से पकता आया है।'

माँ तिनतिना गयी, 'सुबह अपना हुक्म सुना दिया करो, क्या खाना है। मैं अकेली चौके में मरूँ। यह तो नहीं होता कि इतवार को मेरा हाथ बँटाये। सारी उमर गुज़र गयी चूल्हे के आगे।'

मीनाक्षी खाने का नाम कर उठ गयी। उसने पढ़ने के लिए उपन्यास उठाया, मन नहीं लगा। उसे याद आया, वह बहुत दिनों से मिसेज़ सहाय से नहीं मिली। उनके घर जाया जा सकता है। उसने तय किया— शाम की चाय उनके साथ पी जाय।

चार बजे वह फिर घर से निकली। सुबह पहनी साड़ी मुचड़ी हुई लग रही थी। दूसरी पहनी और सोचा, आज बिना बात दो साड़ियों का कलफ ख़राब हो गया।

मिसेज सहाय का घर दूर नहीं था, पर मीनाक्षी चलते-चलते हाँफ गयीं। उसने सोचा— वहाँ पहुँच कर सबसे पहले ठण्डा पानी पियेगी, फिर उनसे पूछेगी आज क्या खाना बना था। मिसेज़ सहाय बड़ी स्नेही और उदार हैं, कभी उसे खाली पेट नहीं भेजतीं। उनसे वह इतनी बेतकक्लुफ है कि फ्रिज खोल कर देख सकती है, क्या है क्या नहीं। वह उनसे कह देगी, 'आण्टी आज ऑमलेट खिला दो।'

दरवाज़ा खोला, घर के छोटे लड़के बंटू ने जो काफ़ी बड़ा था, पर घर में उससे छोटा और कोई बच्चा न होने के कारण उसे छोटा ही माना जाता था। उसने तुरन्त बताया, 'ममी तो कॉलेज गयी हैं, पापा हैं।'

'आज इतवार को?'

'हाँ आज कॉलेज में आई. आई. टी. की प्रवेश-परीक्षा है।'

सहाय साहब सो कर अभी-अभी उठे थे। उन्होंने निंदासी आवाज़ में कहा, 'आज कैसे रास्ता भूल पड़ीं। क्या किसी ख़बर का पीछा करती आयी हो।'

'नहीं अंकिल। आज सिर्फ़ आप लोगों से मिलने आयी हूँ और अपने बदमाश भाइयों को देखने।'

घर की चहल-पहल में काफ़ी मन लगा। बंटू ने साबुनदानी में नाइट लैम्प बनाया था, फुटरूलर में डांसिंग लाइट्स और अब जूते के खाली डब्बे में ट्रांजिस्टर बनाने के चक्कर में था। बड़ा लड़का बंटू अपनी क्लास के साथियों के साथ सारनाथ घूमने गया हुआ था।

दोनों उत्पाती बच्चे उसके राखी बाँध भाई थे। अभी कुछ साल पहले तक हालत यह थी उन्हें राखी बाँधने उसे पूरे घर में दौड़-दौड़ कर इन्हें पकड़ना पड़ता था। अपनी-अपनी नौकरी में व्यस्त माता-पिता का इन बच्चों पर कोई नियंत्रण नहीं था।

तभी चाय की ट्रे लिये मालती कमरे में आयी। मालती इस घर की पुरानी मुँहजोर सेविका थी जो घर में आने-जाने वालों को बड़ी हिकारत से देखती थी। उसका ख़याल था कि ये सब लोग उसका काम बढ़ाने के लिए ही आते हैं।

मालती ने बड़ी बेदिली से एक और खाली प्याला लाकर खट से मेज़ पर रखा और कहा, 'हम जा रहे हैं बहनजी आयें तो बता देना खाना रसोई में रखा है।'

'हम इतनी दूर से आये हैं मालती, कुछ खिलाओगी नहीं।' मीनाक्षी ने मालती की खुशामद की।

'मठरी है, खा लो।'

'नहीं, हमारे लिए ऑमलेट बना दो, हमें डॉक्टर ने बताया है।'

मालती ने फ्रिज खोलकर देखा और घोषणा की, 'आज एक भी अण्डा नहीं है, तुम मठरी खा लो, अभी कल ही बनायी थी।'

सहाय साहब ने कहा, 'मालती तुम जल्दी से नीचे जाकर अण्डे ले आओ।'

बंटू ने कहा, 'हम ला देते हैं, हमें नीचे जाना है।'

बंटू को गये पन्द्रह मिनट बीत गये, उसका कोई पता नहीं लगा। मालती बिगड़ने लगी, 'तुम्हारे अण्डे के चक्कर में हमें तौ कैद हो गयी। हम जा रही हैं, अपने आप बनाओ, खाओ।'

मीनाक्षी को मिसेज सहाय पर खीझ आयी। उसे लगा– उनका गृह संचालन काफ़ी ख़राब है। उन्हें इसका कोई अहसास नहीं कि घर में क्या है क्या नहीं। बस सुबह तैयार होकर कॉलेज चल देंगी। बंटू को देखो, उसे ख़याल नहीं कि दीदी इन्तजार कर रही होंगी।

थोड़ी देर बाद बंटू अण्डे लेकर लौटा।

सहाय साहब ने डाँटा, 'कहाँ रह गये थे तुम? इतनी देर लगती है नीचे से अण्डे लाने में।'

'पापा अण्डे वाले नक्कन भाई का ट्रांजिस्टर ख़राब हो गया था, उन्होंने कहा बंटू भैया जरा देख दो।'

'इसे तो मरम्मत के लिए कोई कबाड़ मिल जाय सही।'

'अब मालती चली गयी है, अण्डा कौन बनाएगा!'

'पापा मैं बना दूँ। दीदी आप बैठो मैं अभी लाया।'

मीनाक्षी बंटू की मदद करने रसोई में आ गयी।

सिंक का नल बह रहा था, एक तरफ़ जूठे बर्तनों का बेतरतीब ढेर पड़ा था। मालती ने खाना बनाने के बाद चकला बेलन तक नहीं धोया था। महरी के इन्तजार में पूरी रसोई बिखरी लग रही थी।

मीनाक्षी को अपने घर का चौका याद आया, साफ़-सुथरा। क्या मजाल कि कोई चीज़ इधर की उधर पड़ी रह जाय।

पर बंटू की नज़र इस सब पर नहीं थी। वह प्याज़ छीलने की कोशिश में लग गया। जल्द ही उसकी आँखों में पानी आ गया। मीनाक्षी ने कहा, 'लाओ मुझे दो।'

बंटू ने एक-एक कर तीन ऑमलेट बनाए। पहला कुछ टूट गया था, पर बाकी दो एकदम सही आकार के थे।

टोमेटो सॉस और ब्रैड के साथ अन्ततः जब वे तीनों ऑमलेट खाने बैठे, मीनाक्षी का मन हुआ—अपने इस नटखट भाई को वह गले लगा ले।

लेकिन पहला ग्रास खाते ही उसका जोश काफूर हो गया। पता नहीं यह बंटू के हाथ का कमाल था या अण्डे का स्वभाव, ऑमलेट निहायत फीका, सादा और लिबलिबा लग रहा था। उसमें उतना कुरकुरापन भी नहीं था, जितना बेसन या आटे के चीले में होता है।

वह दो कौर खाकर अपनी प्लेट सिंक में रख आयी।

सहाय साहब ने पूछा, 'कहो, कैसा लगा ऑमलेट?

मीनाक्षी ने पछतावे के साथ जवाब दिया, 'अंकल यह तो गुनाह बेलज़्ज़त हो गया।'

'यह बताओ गुनाह ज़्यादा रहा या लज़्ज़त कम? और तुम कब से पाप-पुण्य की पण्डिताऊ भाषा में बोलने लगीं?'

'मेरा ख़याल है अंकल अण्डे की भी कैपसूल आनी चाहिए। मुझे याद है हमें बचपन में माँ कैसे कॉडलिवर ऑयल चम्मच भर-भर कर पिलाया करती थीं।

उसमें उनका ब्राह्मणत्व खंडित नहीं होता था। दादी भी उसे दवा मानती थीं। दवा के नाम पर हम लोग शेर का कलेजा भी खा सकते हैं पर सच्ची अंकल, हैं हम सब गीदड़ ही।'

मीनाक्षी की सारी तलखी फूट पड़ी। वह कैसे सुनाती कि सुबह से इस अण्डे ने उसे क्या-क्या नाच नचाये जबकि आज दिन भर का उसका स्कोर बस अण्डा ही रहा।

बोहनी

नया शोरूम बन कर तैयार था।

भोला महाजन ने दोनों बेटों को डांटकर समझाया, 'पैंतालीस लाख रुपए इस नयी दुकान मे घुस गये। इसी से निकालने हैं। छह रोज़ बाद धनतरेस है। समझ लो सारा शुभ-लाभ इसी में पता चल जायेगा। इससे बड़ा कोई त्योहार नहीं होता हमारा। अब मैं यह न देखूँ कि तुम लोग दुकान नौकरों पर छोड़ कर सिविल लाइंस का चक्कर लगाने निकल जाओ। लोग भले ही कहें– सुनार किसी का सगा नहीं होता। सच तो यह है कि सुनार का कोई सगा नहीं होता। पुराने से पुराना आदमी भी गच्चा दे जाता है। मैंने रत्ती रत्ती मर-मर कर कमाया है। तुम दोनों भाई स्कूल चले जाते। मैं पालथी मार कर गद्दी पर बैठा रहता। क्या तो दुकान थी तब! चौक के मोड़ पर नाली के ऊपर छोटी सी गुमटी थी। आगे कांच का छोटा सा शो-केस और गल्ला रखने को यह काला काठ का बक्सा। तब न मुनीम था, न चौकीदार। अकेले दम मैं सँभालता था सारा जोखम।'

'पापा नये शोरूम में ये दो चीजें ही खटक रही हैं। आपने चमचमाती तिजोरी के नीचे यह काला बक्सा रखवा दिया है और उसके बगल में शो-केस।'

'यह काला बक्सा नहीं कुबेर हैं कुबेर। तुझे क्या पता बीनू यह कितना भागवान है। अरेरन रकम इसमें आती रही। पिछवाड़े की झुग्गी बस्ती से तमाम औरतें आया करतीं। उनके झुमके झाले पायल जंजीर सब इसमें समा जाते। सूद पर पैसा ले जाती थीं बेचारी। ज़्यादा आसामिनें तो अपनी रकम छुड़ा ही न पातीं।'

बीनू और मनोज की रुचि अतीत गाथा सुनने में नहीं थी। वे वर्तमान के वैभव से संतृप्त थे। दोनों की शादियाँ हो चुकी थीं। उनकी पत्नियाँ अच्छी गृहणियाँ थीं। पर वीनू को यह बात कुछ निराश करती थी कि उसकी माँ, भाभी और पत्नी तीनों कार्बन कॉपी जैसी थी; एक सी गोरी, गुमान भरी और गुस्सैल। तीनों की देह स्थूल थी। तीनों उच्च रक्तचाप से परेशान रहती थीं और तीनों में जेवरों को लेकर ज़बरदस्त होड़ थी। ऐश्वर्याराय और शिल्पा शेट्टी को गहनों

की मॉडलिंग करते ये भाई देख चुके थे। मनोज तो नहीं, पर विनोद मुखर रूप से यह कहता था कि गहने सिर्फ़ उन्हीं महिलाओं के लिये होते हैं जिनका वजन और उम्र चालीस से नीचे हो।

मनोज हँस देता, यार दस पाँच बांट और बढ़ाओं नहीं तो सारी औरतें नंगीबुच्ची रह जायेंगी। बिजनेस अलग चौपट हो जायेगा।'

वीनू कहता, 'मैंने तुम्हें गोल्डन रूल बताया है।'

कुछ दिन तो वे दोनों दुकान पर दिल लगा कर बैठे। भोला महाजन का निर्देश भी था कि हर वक़्त दोनों भाई दुकान में मौजूद रहें। लेकिन जल्द ही दोनों भाइयों ने बारी बाँध ली। सुबह ग्यारह से चार मनोज शोरूम संभालता और चार से आठ विनोद। बीच में भोला महाजन कभी भी आ जाते। कोई भी भाई अपने शोरूम से बहुत दूर न होता या लकी कॉर्नर पर आइसक्रीम खा रहा होता या जैन पान भंडार पर पान के बीड़े बँधवा रहा होता। पिता को देखते ही वह वापस शोरूम पहुँच जाता और कहता, 'पापा आपके लिए स्पेशल पान लगवा कर लाया हूँ।'

भोला महाजन समझते सब थे, पर अब वे एक तरह से अवकाश ग्रहण कर चुके थे। उन्हें मन्द रक्तचाप की शिकायत थी। पहले उनका रक्तचाप बहुत ऊँचा-नीचा होता रहा था, इससे उनके हाथों का संतुलन प्रभावित हो गया। दायाँ हाथ हर वक़्त कांपता रहता। दूसरे उनके घरेलू पारम्परिक व्यावसायिक तरीके नये किस्म के ग्राहको के लिए अनुपयुक्त हो चुके थे। ज़्यादातर वे चुपचाप अपने काले बक्से के पीछे बैठे रहते, लेकिन उनकी आँखें सख्त मुआयना करती रहतीं। दुकान के अन्दर घुसते हुए ग्राहक की हैसियत वे फट से ताड़ जाते। आँखों ही आँखों में वे लड़कों को जता देते।

लगन और त्योहार के दिनों में ज़्यादा व्यापार होता। तब घूमने-फिरने की मस्ती भूल कर मनोज और विनोद पूरे समय भोला महाजन के साथ शोरूम में व्यस्त रहते।

इन तीनों के मुँह पान से भरे रहते। भोला ज्वेलर्स के शोरूम में आमने सामने की दीवारें तो शीशे की थीं ही, ऊपर की छत भी शीशे की थी। पान चुभलाते हुए उन तीनों की परछाइयाँ ऐसी लगतीं जैसे तीन बैल जुगाली में मगन हों। तीनों ने अपनी सीट के पास स्टील का पीकदान रख छोड़ा था। ग्राहक के आने पर पान थूकना पड़ जाता। उसके जाते ही नया बीड़ा मुँह में पहुँच जाता। सेवक धनीराम को हिदायत थी कि जब कोई पायेदार ग्राहक आये तो उसे तश्तरी में पान और पानी जरूर पेश किया जाय। सुबह शोरूम की झाड़पोंछ के बाद जब सारे बल्ब

और ट्यूबलाइट जला दी जातीं, तब शोरूम जगमगा उठता। हेलोजन बल्बों की रश्मियां, स्वर्णाभूषणों की चमक के साथ टकरा कर जादू-लोक रच डालतीं, कुछ इस तरह कि पहली बार अन्दर आने वाला ग्राहक हक्का-बक्का रह जाता। तब मनोज का परम्परागत अभिवादन, 'नमस्ते मैडम, आइये, आइये।' उनका स्वागत कर उन्हें आश्वस्त करता कि वे सही जगह आयी हैं। शोरूम लाख आधुनिक था, पर भोला महाजन कुछ टोटके अभी भी मानते थे। सभी व्यापारियों की तरह वे बोहनी को बहुत महत्व देते। उनका मानना था कि अगर दिन का पहला ग्राहक सध जाय तो दुकान का सारा दिन सीधा सधा रहता है। इसी तरह उनका ख़याल था कि दुकान बढ़ाने से पहले आख़िरी ग्राहक पर ख़ास ध्यान देना चाहिए। उसके सामने एक से ज़्यादा केस खोल कर नहीं सजाने चाहिएं।

पिछले कुछ महीनों से शहर में लूट और डकैती की वारदातें यकायक बढ़ गयी थीं। चार में से तीन डकैतियां जेवरों की दुकानों पर ही पड़ीं। ढर्रा सभी में एक सा था। डकैत जीन्ज़ टी शर्ट में, ग्राहक की शक्ल में दुकान में घुसे, रकम देखने के बहाने गहनों के केस खुलवाये, जेब से मोबाइल फ़ोन निकालने के साथ साथ कट्टा निकाला और दुकान के स्वामियों को आतंकित कर सारा माल समेट कर ले गये।

भोला महाजन जब ज़्यादा अस्वस्थ होते, शोरूम पर न जा पाते। बिस्तर से लेटे-लेटे वे बेटों को हिदायतें देते रहते, 'यह न सोचो कि तुम्हें सब कुछ आ गया है। अपने को बड़ा चंट समझते हो पर चोर-लुटेरे तुमसे ज़्यादा चंट हैं। यह विनोद तो एक आँख टीवी पर रख कर दुकनदारी करता है। किसी दिन ऐसा धोखा खायेगा कि पूछो मत।'

'कभी आज तक मेरी वजह से कुछ लुटा?' विनोद कहता।

'नहीं लुटा तो लुट जायेगा। कितनी बार तुम्हें बताया है, ग्राहक के आगे से केस उठाते समय ही माल की देखभाल करो। और आख़िरी ग्राहक पर तो ख़ास नज़र रखो।'

मनोज ने कहा, 'पापा आप परेशान न होइये। मैं जो हूँ न।'

मंगलवार को शोरूम दो दिन के अन्तराल पर खुला था। रविवार को तो साप्ताहिक बन्दी रहती ही थी, सोमवार को वैट के विरोध में सारा बाजार बन्द रहा था। आज भोला महाजन की तबियत कुछ सँभली हुई थी। वे भी ग्यारह बजे तक शोरूम में आ गये और मसनद के सहारे अपनी जगह पर बैठ गए। धनीराम ने शोरूम झाड़पोंछ कर चमका दिया। बिजली जलने पर शोरूम जगमगा गया। पर बारह छोड़ एक बज गये एक भी ग्राहक नहीं आया। भोला महाजन का नियम था बोहनी के बाद ही दोपहर के भोजन के लिए उठते।

'रोज़ तो बाजार बन्द रहता है ग्राहक आये भी तो कब,' वे बोले। विनोद ने कोई उत्तर नहीं दिया। वह घड़ी देखने लगा। उसका इरादा था कि कामधेनु में जाकर मैंगोशेक पिया जाय। वह मौका ढूँढ़ रहा था।

मनोज ने कहा, 'सोना दिन पर दिन महँगा हुआ जा रहा है, ग्राहक आयेगा तो बेचने वाला आयेगा, ख़रीदने वाला नहीं।' तभी दुकान का फाइबर ग्लास का दरवाज़ा ठेल कर दरबान ने तीन ग्राहकों को अन्दर प्रवेश दिया। तीनों महिलाएँ थीं, पर देखने से साफ़ मालूम हो रहा कि दो का जोड़ा अलग था। जो अकेली महिला थी, उसने अन्दर बढ़ते हुए बड़े आत्मविश्वास से नकियाये स्वर में कहा, 'आपके हियाँ कोई फोन नईं उठातां, क्यों?'

'आइये, आइये', भोला महाजन ने स्वागत किया, 'फ़ोन आज सवेरे से ख़राब है।'

भोला महाजन तीसरे काउंटर पर बैठ गये।

दोनों लड़कियाँ कुछ क्षण ठिठक कर पहले काउन्टर की कुर्सियों पर चली गयी। पहली वाली सलवार सूट में थी। उसका रंग दबा हुआ था, पर नक्श खुले हुए। वह बेहद दुबली बल्कि कमज़ोर दिख रही थी। उसके बाल तरतीब से खुले और तराशे हुए थे। शोरूम की जगमग रोशनी का असर उसकी काली, काजल रेखित आँखों पर पड़ रहा था और वे ख़रीदारी के चाव से चमक रही थीं। दूसरी लड़की ने हैडलूम की सूती साड़ी पहनी हुई थी। बालों का नीचा जूड़ा उसके व्यक्तित्व को गम्भीरता का पुट दे रहा था। विनोद ने उन्हें अपने काउंटर के सामने रखी कुर्सियों पर बैठने के लिये इशारा किया। साड़ी वाली लड़की ने कहा, 'चेन लेनी है, शुद्ध सोने की दिखाइयेगा।'

विनोद कहते-कहते ज़ब्त कर गया कि इस दुकान में सोने के अलावा और कोई धातु मिलती भी नहीं है।

अब पहली वाली लड़की ने जुबान खोली, 'देखिये, चेन बहुत मोटी न हो, नाजुक सी हो। हमारे लायक।'

बड़ी लड़की ने अपने चश्मे में से, छोटी की तरफ़ आँखे तरेरी, 'ज़्यादा बोलने की ज़रूरत नहीं है। पहले चीज तो देख लें।' विनोद ने पाया दोनों लड़कियों की आवाज़ में भी अन्तर था। छोटी की आवाज़ अभी कच्ची थी। जबकि बड़ी की आवाज़ अध्यापिकाओं जैसी गुरुगम्भीर ।

विनोद ने उनके सामने वह केस खोल कर रखा, जिसमें आधे से तीन तोले तक की ज़ंजीर रखी थीं।

चेन को देखने में भी वरिष्ठता-क्रम चल रहा था। बड़ी लड़की एक चेन को उलट-पुलट कर देखती, फिर उसे छोटी लड़की को देती।

छोटी लड़की एक छोटा-सा उच्छ्वास लेती, 'कितनी सुन्दर है न।'

बड़ी भृकुटि चढ़ा कर उसे देखती, फिर उसके हाथ से चेन लेकर वापस केस के हुक में फंसा देती।

अब वे आख़िरी हुक में फंसी जंजीरें देख रही थीं। ये नग एकदम हल्के और नाजुक थे। इनकी गढ़त बहुत बारीक थी। इनमें लटकन या पेन्डेन्ट भी छोटे और कलात्मक थे।

ये चेन देखते ही छोटी लड़की मचल गई, 'दीदी हम यही लेंगे कितनी प्यारी है यह।'

बड़ी लड़की ने हाथ में लेकर उसे परखा, फिर छोटी की ओर बढ़ाया।

छोटी ने प्रशंसा भरी नज़र चेन पर डाली और बड़े नरम स्पर्श से उसका हुक खोलने की कोशिश करने लगी।

विनोद ने इस बीच मुँह का पान थूक दिया था। हल्का होकर उसने कहा, 'लाइये मैं खोल दूँ।'

विनोद ने हुक खोल कर चेन छोटी लड़की को थमा दी। साथ ही शोरूम का सबसे सुन्दर, नक्काशीदार, शीशे का छोटा स्टैन्ड भी उसके आगे रख दिया। बोहनी की अपनी इस कमसिन ग्राहक के लिए मन में विनोद बड़ा लगाव महसूस कर रहा था।

छोटी लड़की की सांवली, सुराही-सी पतली, लम्बी ग्रीवा में चेन कुछ ऐसे सज गयी जैसे बस इसी के लिए इस आभूषण की रचना हुई हो। चेन का पेन्डेन्ट ठीक उस जगह ठिठक कर टिका था जहाँ से पहाड़ चढ़ाई चढ़ते हैं और घाटी गहराई उतरती है। हालाँकि यहाँ के उतार-चढ़ाव बनने में दो-एक साल की अभी देर थी।

विनोद ने कल ही टीवी पर हीरों के एक विज्ञापन में ऐश्वर्या को देखा था। उसे लगा हीरे से ज़्यादा सामर्थ्य सोने में है। यह दमकता भी है और दमकाता भी।

दर्पण में सज्जित ग्रीवा का दर्प छलका पड़ रहा था। लड़की ने दर्पण से थोड़ा हट कर देखा, फिर गर्दन बाँकी कर पहले बायीं, फिर दायीं चितवन से देखा। तीव्र रोशनी वाले बल्बों में चेन उसकी गर्दन में सूर्य की पहली किरण जैसी लग रही थी।

'कैसी लग रही है?' लड़की के मुँह से निकला।

उसके साथ की लड़की बड़े ध्यान से तीसरे काउंटर की कार्यवाही देख रही थी जहाँ दो-दो लोगों से भी एक ग्राहक सध नहीं रही थीं। विनोद ने कहा, 'बहुत फब रही है आप पर।'

लड़की किंचित मुस्करायी। उसकी आँखों में जैसे बल्ब जल उठे।

तभी बड़ी लड़की का ध्यान वापस अपने काम पर लौटा। उसने कहा, 'मुन्नी चेन उतरवा कर तुलवाओ तो, कि बस डाले रहोगी गले में!' छोटी लड़की ने तुरन्त आज्ञा का पालन किया।

विनोद ने उसके हाथ से चेन लेकर अपने काउंटर के नीचे रखे बैलेंस पर चेन तौली और तौल का मिलान उस छोटे से टैग से किया जो उसने चेन पेश करते समय निकाल लिया था। मिलान सही था।

'कितने भर है?' बड़ी लड़की ने पूछा।

'पांच ग्राम की है।'

'कितने की हुई?'

विनोद ने कैलकुलेटर पर कुछ नम्बर दबाये, नज़र उठा कर आज के भाव से गुणा भाग किया और कहा, 'अट्ठाइस सौ समझिए।'

'क्या?' बड़ी लड़की का मुँह अचरज से खुल गया, 'यह हल्की सी चेन अट्ठाइस सौ की? है क्या इसमें! फूँक मारो तो उड़ जाय।'

विनोद चुप बैठा देखता रहा कि छोटी लड़की की प्रतिक्रिया क्या होती है।

छोटी ने अफ़सोस से कहा, 'यह तो बड़ी महँगी है।'

विनोद ने और भी अफ़सोस से कहा, 'क्या करें। सोना इतना महँगा चल रहा है। पाँच हज़ार छू गया है आज।'

'यह चेन क्या आज बनी जो आज का दाम ले रहे हैं आप?' बड़ी लड़की ने दुकानदार को एक बार फिर लाजवाब करने की गरज़ से पूछा।

विनोद छोटी लड़की की तरफ़ ध्यान दे रहा था। उसे बड़ी लड़की की इंस. पेक्टर-मुद्रा अप्रिय लग रही थी।

'प्लीज़ ठीक दाम बताइए न,' छोटी ने इसरार किया।

'ठीक ही बताया है, पाँच ग्राम का पच्चीस सौ और बाकी तीन सौ की गढ़ाई।'

गढ़ाई तो हमने आज तक नहीं दी,' बड़ी लड़की ने हिमाकत दिखायी।

'वह तो देनी ही होती है। आप लोग गढ़ाई नहीं देंगे तो कारीगर क्या खायेंगे।'

बड़ी लड़की ने दलील ठोंकी, 'कारीगर को आप देंगे, ग्राहक इसका टैक्स क्यों भरेगा।'

विनोद ने गहनों के बाकी केस गिनती के साथ बन्द करते हुए सोचा-छोटी लड़की अगर एक बार और कहे तो वह सौ डेढ़ सौ कम कर देगा।

छोटी लड़की के चेहरे पर बेचैनी और मायूसी साफ़ नज़र आ रही थी। बड़ी लड़की ने चेन एक बार हथेली पर ली, 'ऐसा करते हैं, इसका पेन्डेन्ट निकाल

देते हैं, हमें नहीं चाहिए पेंडेंट। अब बताइए क्या वज़न हुआ।' बड़ी लड़की ने चेन में से फूल का छोटा सा पेन्डेंट निकालते हुए कहा।

विनोद ने चेन को फिर तौला। मुश्किल से आधे ग्राम का फ़र्क़ पड़ा था। उसने बताया।

बड़ी ने मुँह बिचकाया, 'लीजिए हमने पेन्डेंट हटा दिया फिर भी कोई फ़र्क़ ही नहीं पड़ा। ऐसे नहीं होता है।'

विनोद को ग्राहक के इस टुच्चेपन पर क्रोध आ रहा था, पर किसी तरह अपने पर काबू रख कर उसने कहा, 'मैडम आजकल चार रत्ती का भी पेन्डेन्ट बन जाता है। ऐसी चीज़ें फैशन में हैं।'

बड़ी ने कहा, 'हमने पहले ही आपसे हल्की चीज़ दिखाने को कहा था। हमें कोई शादी ब्याह वाला जेवर नहीं चाहिए।'

'हल्की ही तो दी है। पांच ग्राम से कम में क्या जंजीर बनेगी, आप ही सोचिए।'

इतनी देर में भोला महाजन ताड़ गये थे कि विनोद इस सौदे में कुछ ज़्यादा ही उलझ रहा है। उन्होंने ज़रा तुर्श लहजे में उसे आवाज़ दी, 'विनोद बाबू आप ज़रा आण्टी को जेवर पसन्द करवायें, मनोज बाबू आपका काउंटर देख लेंगे।'

यह एक तरह का आदेश था। भोला महाजन नाराजी के समय लड़कों को 'बाबू' जोड़ कर पुकारते। उन्होंने समझ लिया था कि पहले काण्उटर की ख़रीदार में जेब का दम नहीं है। उन्हें लगा उनका ढब्बुस छोटा बेटा कभी दुकनदारी के गुर नहीं सीखेगा। पाँच ग्राम वाले ग्राहक पर तिहाई घण्टे से जुटा हुआ है जबकि यहाँ तगड़ी आसामी हाथ आयी है। आसामी इस वक़्त भोला महाजन से कह रही थी, 'ज़रा और मोटी जंजीर दिखाइये लालाजी। गले में पड़ी दिखे तो सही कि कुछ पहना है।'

मोटी औरत के मोटापे में मैदे के लौंदे का ढीलापन और गोराई दोनों शा. मिल थीं। उसकी कमर और कूल्हों पर चर्बी के टायर इस कदर चढ़े थे कि वह किसी टायर-कारोबारी की बीवी नज़र आ रही थी। इस ठण्डे शोरूम में भी उसके ब्लाउज पर पसीने के छापे बने हुए थे। उसकी मिस्चिफ सुगंध और पसीने की गंध अजब घालमेल से पूरे शोरूम में फैल गयी थी। उसकी ग्रीवा, जिसके लिए इतनी देर से आभूषण का अनुसंधान हो रहा था, अलग से अपना अस्तित्व सिर्फ़ जंजीर के सहारे दिखा रही थी, अन्यथा वह ऊपर जाकर उसकी ठोड़ी के साथ और नीचे वक्ष-प्रदेश के साथ मिली हुई दिख रही थी। उसकी उम्र पचास से साठ के बीच कहीं खड़ी थी, मगर उस पर चर्बी का पर्दा पड़ा हुआ था।

भोला महाजन अब तक सेफ और काउंटर के बीच उठते-बैठते थक चुके

थे। सामने कई केस खुले रखे थे, पर ग्राहक को कोई भी आइटम पसन्द नहीं आ रहा था। भोला महाजन का एक पैर बीच बीच में सो जाता था, इससे वे बहुत परेशान थे।

मोटी औरत का ध्यान अब काउंटर के शीशे के नीचे लगी जंजीरों की तरफ़ चला गया।

'ये तो आपने दिखायी ही नहीं!' उसने कहा।

'ये आपकी शान के काबिल नहीं है बहनजी।' भोला महाजन ने कहा।

'आप हमें पुरानी चाल के गहने दिखा रहे हैं। नये डिज़ाइन दिखाइए।' भोला महाजन फिर काउंटर से उठंग हुए। मन ही मन वे दांत पीस रहे थे, 'एक घण्टे से ग्राहक वर्जिश करवा रही है, बोहनी की कसम कम से कम हज़ार का झटका दूँगा।'

मनोज अब तक पहले काउंटर पर आ गया था। इस समय छोटी लड़की पतली सोने की चेन हथेली पर रख उंगलियों से सहलाते हुए कह रही थी, 'सोना इतना महँगा क्यों है?'

मनोज सवाल के भोलेपन पर हँस दिया। तत्काल उसे अपने कत्थई पीले दाँतों पर शर्म आ गयी। यह पान की लत पिताजी से लगी लगी उस तक आयी थी।

मनोज ने मुँह ऊँचा कर पान संभाला और कहा, 'अभी क्या है, अभी तो और महँगा होगा।' फिर उसने विनोद को इशारा किया कि दूसरे ग्राहक पर ध्यान दे।

मन मार कर विनोद तीसरे काउंटर पर सरक गया। अभ्यासवश उसके हाथों ने पिता से नया केस लेकर नकचढ़ी ग्राहक से कहा, 'यह देखिए मैडम स्पेशल चीज़ दिखाता हूँ किसी और के ऑर्डर की है, पर आप ले जाइये, हम दूसरी बनवा लेंगे।'

ग्राहक के तेवर कुछ सीधे हुए। उसने चेन हाथ में ली।

वास्तव में इस चेन में तीन मोटी लड़ें ऐसे गुँथीं हुई थी कि यह नागमणि डिज़ाइन की विशिष्ट और पारम्परिक चीज़ बन गयी थी। जब कारीगर दिनेश यह चेन लाया था, भोला महाजन ने उसे डपटा था, 'यह गाय के गले की जंजीर क्यों बना कर लाया है तू?'

'अरे मालिक पिछले हफ़्ते तीन चार सेठानियों के गले में हमने इससे भी मोटी जंजीर देखी। यही डिजाइन। लोगों के पास पैसा बरस रहा है। इत्ते पैसे को कैसे सहेजते हैं? गहने गढ़ा के न!' भोला महाजन ने बेमन से वह मोटी चेन रख ली थी। साथ ही दिनेश को हिदायत दे दी कि अगर यह न बिकी तो इसका मेहनताना वे नहीं देंगे।

ग्राहक ने कहा, 'हां यह कोई चीज़ हुई।' उसने चेन का चौड़ा, मोटा अटकन

खोल कर चेन पहनी और गोल शीशे में उस पर हाथ थपथपा कर बोली, 'कैसी लग रही है।'

अभ्यासवश विनोद ने उत्तर दिया, 'बहुत फब रही है आप पर।'

आगे के काम बहुत मुस्तैदी से हो गये। चेन का वज़न चालीस ग्राम, चेन का दाम गढ़ाई समेत इक्कीस हज़ार, मखमल का आभूषण केस, सौ सौ के नोटो की दो गड्डियां, दो नोट पाँच सौ वाले।

ग्राहक ने लापरवाही से केस अपने बड़े से पर्स में डाला और हल्की-सी कराह के साथ उठ खड़ी हुई। एक बार बैठने के बाद उठना उसके लिए तकलीफ़देह होता था।

मनोज ने अपने काउंटर के सभी डब्बे सहेज लिये थे और उन्हें तिजोरी में यथास्थान रख रहा था।

लड़कियाँ जा चुकी थीं।

विनोद ने भाई से पूछा 'क्यों सौदा हुआ!'

'नहीं उनके पास उतने पैसे ही नहीं थे। वे एक हज़ार रुपए लेकर आयी थीं। मैंने उनसे कहा कि पाँच सौ में तो आजकल नकली चेन आती है, हज़ार में असली कहाँ से आयेगी।'

'फिर।'

'बड़ी वाली कुछ तेज़ लगती थी। वह छोटी वाली को डाँटने लगी कि तुझे क्या डॉक्टर ने कहा है कि असली सोना पहनो। उसने कहा वह सामने फैशन पॉयन्ट से पचास रुपये में चेन खरिदवा देगी।'

तभी पिता ने कड़कड़ाता हुआ सौ-सौ का नोट दोनों भाइयों को दिया, 'यह तुम्हारा इनाम। आज बोहनी अच्छी हुई है।'

विनोद को लगा आज बोहनी ख़राब हुई है।

भोला महाजन ने चाभियां मनोज के हवाले करते हुए भोजन के लिए घर जाने का रुख किया। जाते-जाते रुक कर वे बोले, 'बीनू तुम खामखा टाइम ख़राब कर रहे थे उस ग्राहक में। तुम्हें इतनी तो समझ होनी चाहिए कि पैसा सिर्फ़ अधेड़ और बूढ़ी औरतों के पास होता है। ये छोकरियाँ तो घर से मौज-मस्ती के लिए निकलती हैं। उसे क्या कहते हैं विन्डो शॉपिंग करके वक़्त काटती हैं। इन्हें कुछ ख़रीदना कहाँ होता है। बोहनी के समय सबको मुस्तैद रहना चाहिए।'

मुन्नी

दो साल की उम्र तक वह तीन जानलेवा बीमारियों से लड़-भिड़ चुकी थी, चेचक, काली खाँसी और गर्दनतोड़ बुखार। शायद यही क्रम था। सबसे पहले चेचक निकली। वह उस समय घुटुरन चलती थी। सरकते-सरकते आंगन पार वैद्यजी के मकान में पहुँच गयी, जहाँ उनके सातों लड़के लाइन से चेचक में पड़े हुए थे। किसी का मुँह दानों से लदा था, किसी की देह खुरंडों से भरी। बच्चों ने उससे, उसने बच्चों से कोई परहेज नहीं किया। वह देर तक उनके साथ खेलती रही।

वह तो माँ ने काम से निपट कर मुन्नी को ढूंढ़ा और वैद्यजी के घर तक आयी, तब उन्हें इस भयंकर खतरे का पता चला। पहले वह वैद्यजी से लड़ीं कि उन्होंने मुन्नी को क्यों नहीं रोका? फिर मुन्नी को घर ले जाकर उन्होंने ख़ूब झाड़ा पोंछा और मारा। फिर लाल दवा के घोल से उसके हाथ-पैर धोये। लेकिन रोग की मार इस सबसे तगड़ी थी। तीसरे दिन मुन्नी के पेट पर दाने निकल आये, चेहरे की रंगत बदली और तेज बुखार हो गया। इक्कीस दिन वह बेसुध पड़ी रही। शरीर की कोई ऐसी जगह न थी, जहाँ चेचक का प्रकोप न हुआ हो, आँख-नाक, कान, मुँह, यहाँ तक कि हथेलियाँ और तलुवे, तालू और जीभ तक पर दाने निकल आये। बाबू ने दो बार डाक्टर को दिखाया, लेकिन डाक्टर कुछ उपचार न कर सका। डाक्टर के अनुसार बच्ची अंधी, बहरी, गूंगी कुछ भी हो सकती थी। बाबू रातों में माँ से कहते, 'इससे तो अच्छा हो भगवान इसे मुक्ति दें, गूंगी-बहरी लड़की लेकर मैं क्या करूँगा?' लेकिन मुन्नी को इनमें से कुछ भी न हुआ, बस अभी वह पूरी तरह उठी भी नहीं थी कि काली खाँसी की चपेट में आ गयी। खाँसते-खाँसते मुँह लाल पड़ जाता, साँस उखड़ने लगती, यहाँ तक कि रोने की ताक़त भी न बचती उसमें। अपने एक कन्धे पर सिर लटकाए वह एक हाथ गाल पर रख सारी-सारी रात बस एक आवाज़ निकालती रहती औ... औं...औं। किसी ने उम्मीद नहीं की थी, वह कभी स्वस्थ होगी। जब भी माँ उसे

डॉक्टर के यहाँ ले जाती, घर भर के लोग मुँह बिचकाते– यह चली है अपनी रूपमती का लाड़-लड़ाने। लड़का होता तो जाने क्या हाल करतीं।

फिर बारी आयी घरेलू उपचार की। माँ कच्चे नारियल के दूध से नहलाती, कभी मसूर की दाल पीस उसमें दूध की मलाई डाल कर, उसका उबटन करतीं और बड़ी निराशा से अपनी बेटी को देखती। मुन्नी दो साल की होकर एक साल की भी नहीं लगती और उसके पैर इतने कमजोर थे कि वह घुटुरन चलने में भी असमर्थ थी। कमर पर एक तरफ़ मुन्नी को लटकाए-लटकाए माँ घर के सारे काम निपटातीं, फिर बुरी तरह झल्ला कर उसे पटक देतीं। मुन्नी दिन भर में कई बार मार खा जाती, कभी माँ से, कभी ताई से, तो कभी बड़ी बहन से। और तो और, दादी भी उससे चिढ़ने लगी थीं बिना यह सोचे कि अगर उन्होंने उसे चेचक का टीका लगवाने से न रोका होता तो शायद वह इस प्रकोप से बच जाती। उन दिनों मुन्नी को फोड़े-फुंसियाँ निकली हुई थीं। जब नगरपालिका का कर्मचारी चेचक का टीका लगाने आया, सब बच्चों को टीका लगवा दिया गया, पर उसे लेकर दादी लकड़ी की कोठरी में छुप गयीं, 'क्या फ़ायदा, दो घाव और कर जायेगा मरा। पहले ही छोरी का फुंसियों से बुरा हाल है।'

माँ के कहने पर कभी-कभी परिवार के बच्चे मुन्नी को अपने साथ उठा ले जाते। घर के पीछे दूर पेड़ों के झुरमुट के पार एक तालाब था, जहाँ झाड़ियों में बेर और मकोय ख़ूब फलते। मुन्नी को धरती पर बैठा बच्चे ख़ूब मकोय और बेर तोड़ते और खाते। फिर वे छुआ-छुअल्ली खेलते। खेलते-खेलते कभी दूर निकल जाते। एक बार ऐसे ही खेल-खेल में बच्चे घर पहुँच गये, मुन्नी को उठाने का उन्हें ध्यान ही न रहा। काफ़ी देर बाद जब माँ ने काम से फुर्सत पायी और बच्चों से पूछा, तो बच्चे एकदम हड़बड़ा गये। पता चलने पर माँ पगली की तरह नंगे पैर भागी ताल की ओर। उनके मन ने सब कुछ सोच लिया। मुन्नी डूब सकती है, उसे साँप काट सकता है, उसे कोई उठा कर ले जा सकता है।

लेकिन वहाँ पहुँच कर उनके सारे डर निर्मूल हो गये। मुन्नी बिल्कुल उसी जगह बैठी थी, जहाँ बच्चे उसे छोड़ गये थे। सिर एक कन्धे पर टिकाए गाल पर हाथ धरे वह अपना चिरपरिचित राग अलाप रही थी औं, औं...औं...औं।' बाकी बच्चे जो अभी तक मुजरिम की तरह मुँह लटकाए चुपचाप पीछे पीछे आ रहे थे, ताली पीट पीट कर हँसने लगे, 'मुन्नी मिल गयी, मुन्नी मिल गयी।'

साल बीतते मुन्नी का वज़न कुछ बढ़ चला। लेकिन वह अभी तक चल नहीं पाती थी। बच्चे अब उसे गोदी लेने में आनाकनी करते। माँ भी उसे ज़्यादा देर उठा न पाती। उनके ज़िम्मे घर के बेशुमार काम थे, दुखी होकर वे दोपहर बारह बजे के

दूध के साथ उसे थोड़ी-सी अफीम चटा देतीं। मुन्नी मजे से चार-पांच घण्टे सोती रहती। फिर तो जिस दिन मुन्नी को अफीम न मिलती, वह रो-रो कर घर सिर पर उठा लेती। बाबू कहते, 'इसे ग्राइपवाटर पिलाओ।' छह साल में मुन्नी ने पैर उठा कर चलने की कोशिश की। लेकिन वह बहुत धीरे धीरे चल पाती, पैर घिसटा कर। बाबू दूर के शहर में टीचर थे, छुट्टियों में घर आते। माँ के अलावा किसी की दिलचस्पी मुन्नी में नहीं थी। परिवार में सभी के बच्चे तन्दुरुस्त और गोलमटोल थे और वे सब स्कूल जाते। बाबू ने मुन्नी को एक किताब, एक स्लेट और बत्ती लाकर दे दी थी। उसे लेकर वह सारे दिन पढ़ने की कोशिश में आ..आ... करती रहती। अगर कोई बच्चा उससे स्लेट या बत्ती छीनने की कोशिश करता तो वह उसका हाथ पकड़ इतनी जोर से दाँतों से काटती कि वह हाय-हाय कर उठता। तंग आकर बच्चों ने उसके कई नाम रख दिए, 'काली माई 'कट-खन्नी' और 'चामुंडा।'

छुट्टियों में जब बाबू घर आये, उन्होंने बहुत मेहनत से मुन्नी को पढ़ना सिखाया। जिस उम्र में बाकी बच्चे कविताएं याद करने लगे थे, उस उम्र में मुन्नी ने वर्णमाला सीखी। लेकिन इससे फ़ायदा यह हुआ कि मुन्नी ने बहुत जल्द बहुत-कुछ सीख लिया। सुलेख तो वह ऐसा करती कि अच्छे से अच्छा विद्यार्थी भी वैसा न कर पाता। अब वह पैर घसीट कर चलने लगी थी। लेकिन उसकी चाल धीमी थी। घर से वह सब बच्चों के साथ निकलती, पर रास्ते में इतना पिछड़ जाती कि स्कूल की घंटी लगने के बाद तक भी न पहुँचती। हार कर उसके लिए एक दाई लगायी गयी जो आधा रास्ता पैदल सम्भालती और आधा रास्ता किसी तरह ढोकर स्कूल पहुँचाती। रात को खाना खा चुकने के बाद माँ और बाबू घूमने निकलते। बड़े चाव से वह मुन्नी को साथ लेते, पर थोड़ी देर बाद उसकी चींटी चाल से उकता जाते। तब एक बगल से माँ और दूसरी से बाबू उसे उठा कर दौड़ लगाते। मुन्नी मुँह से रेल की सीटी बजाती 'ऊ..'

शाम के समय गली-मुहल्ले के सारे बच्चे तिकोने पार्क में जमा होते खेलने को। जब तक उनका खेल जमने लगता, मुन्नी अपने पैर घिसटाती पार्क में पहुँच जाती। 'मुझे भी खिलाओ,' वह जिद करती।

'तुमसे भागा नहीं जाएगा।'

'क्यों नहीं, यह देखो,' मुन्नी उचक-उचक कर कंगारू की तरह दौड़ कर दिखाती।

बच्चे फिर भी न मानते।

तब मुन्नी उनके खेल के बीचोबीच धरना देकर बैठ जाती। नहीं उठेगी, नहीं उठेगी।

हार कर बच्चे कहते, 'अच्छा बाबा उठो, तुम भी खेलो।'

पता नहीं कैसे मुन्नी खेल में भी अव्वल रहती। दौड़ने की कमी वह छुपने से पूरी कर लेती। वह चाल ऐसे चलती कि दूसरा खिलाड़ी अपने आप आउट हो जाए।

प्राइमरी तक मुन्नी खटाखट पास होती गयी, बढ़िया नम्बरों से। अब हिम्मत कर बाबू ने उसका दाखिला एक कॉन्वेंट स्कूल में करा दिया। बड़े जोर सिफारिश से उसका नाम कॉन्वेंट स्कूल में लिखा गया। वह कॉन्वेंट घर से काफ़ी दूर था। मुन्नी को स्कूल बस में जाना पड़ता। पहले ही हफ़्ते बस में मुन्नी की अगल-बगल बैठी लड़कियों से लड़ाई हो गयी। ये लड़कियाँ खुद तो ख़ूब खुलकर बैठतीं और मुन्नी को बार बार धक्का देतीं। दो तीन दिन तक तो मुन्नी ने सहा, फिर एक दिन एक साथ अगल-बगल बैठी दोनों लड़कियों को ऐसे जोर से चिकोटी काटी कि वे हाय हाय करती सरक गयीं। उसके बाद किसी लड़की ने उसे बस में धक्का देने की कोशिश नहीं की। मुन्नी का यह लड़ैत तेवर हर जगह देखने में आता।

वह नाम को ही कॉन्वेंट था। दूसरे पब्लिक स्कूलों की तरह वहाँ भी बहुत-सी-बुराइयाँ थीं। प्रिंसिपल मदर बिनिग्ना ने मुन्नी को देखकर पहले मुँह बिचकाया, उसका इण्टरव्यू लिया, फिर बाबू से कहा, 'यह तो बोलती ही नहीं, पढ़ेगी कैसे?'

बाबू ने उसकी पिछली रिपोर्ट दिखायी। मदर असन्तुष्ट रही, 'इसे आप विकलांग बच्चों के स्कूल में डाल दीजिए, वहाँ यह ज़्यादा ख़ुश रहेगी।'

बाबू बिगड़ गये, 'मैं इसका पिता हूँ। मुझे ज़्यादा पता है या आपको? यह विकलांग नहीं है। इसे न पोलियो है न लकवा। बीमारी और कमजोरी से यह पैर घसीट कर चलती है। कुछ दिनों में ठीक हो जायेगी। आप किस आधार पर इसे प्रवेश नहीं दे रहीं?' मदर अपनी संस्था की जान को झंझट नहीं चाहती थी। बाबू के तेवर से सहम कर उन्होंने प्रवेश दे दिया, लेकिन उन्हें यह लड़की खटक गयी। मदर लगातार मुस्कराती थीं, फिर भी मुन्नी को कभी स्नेहशील नहीं लगीं।

क्लास का माहौल तो इससे भी अजीब था। उसकी क्लास टीचर एक फैशने. बल, ठिगनी, गोरी औरत थी। क्लास में घुसते ही मुन्नी को वह बेहद जालिम लगीं, क्योंकि उस वक़्त वह एक लड़की की हाथ की उंगलियों के बीच पेन्सिल दबा कर उसे सजा दे रही थीं। लड़की दर्द से तड़प रही थी, मगर मिस जोजफ बिना उसके आँसू देखे यातना पहुँचा रही थीं।

क्लास ने मुन्नी का सिलबिल रूप और मामूली कपड़े देख मुँह बिचका दिया। आगे की पंक्तियों में दूध-सी गोरी, मक्खन-सी चिकनी और रूई सी रेशमी बच्चियां बैठी थीं। मुन्नी को लगा कि वह किसी सुन्दर बगीचे में आ गयी है।

उसका मन हुआ, वह इन लड़कियों के गले लग जाए, इनसे दोस्ती करे, लेकिन उन लड़कियों के चेहरों पर चाव का कोई चिह्न नहीं था। मिस जोजफ ने मुन्नी से पूछा, 'योर नेम चाईल्ड?'

'मुन्नी', 'मीता', गलती से मुन्नी के मुँह से अपने दोनों नाम निकल गये!

सारी क्लास हँस पड़ी।

'कीप क्वायट' मिस जोजफ गरजीं। फिर उन्होंने मुन्नी से कहा, 'जाकर लास्ट रो के सेकिंड डेस्क पर बैठो।'

मुन्नी उर्फ मीता निर्दिष्ट सीट पर बैठ गयी। पीछे से श्याम पट देखने के लिए बार-बार उचकना पड़ता था। बीच में किसी न किसी लड़की का सिर होता तो टीचर का चेहरा भी बार-बार छुप जाता।

कुछ दिन इस स्कूल में जाकर मुन्नी ने पाया कि क्लास में पिछली बेंचों की दुनिया अगली बेंचों के कार्यकलाप से एकदम अलग थी। क्ल.ास की सबसे भोंदू लड़कियों को ही पिछली लाइन में बैठाया जाता। ये लड़कियाँ न होमवर्क करने में यकीन रखतीं, न क्लास वर्क में। आधा समय तो किस न किसी टीचर के हाथों सजा पाकर काटतीं, बाकी आधा समय वे कॉमिक पढ़तीं, चोरी छुपे इमली चाटतीं, खुसफुस करतीं और ऊबतीं। मुन्नी की स्पर्धा पहले ही महीने आगे बैठने वाली लड़कियों से शुरू हो गयी। उसे न सजा स्वीकार थी, न उपेक्षा। लेकिन अच्छे नम्बर पाकर भी उसने पाया उसे वह सराहना नहीं मिली जो उसका हक थी। यह तो कुछ दिन बाद ही समझ आया कि टीचर उन लड़कियों को ज़्यादा पसन्द करती थीं, जिनमें कई अमीर माँ-बाप की मन्दबुद्धि संतानें थीं। वे टीचर से प्राइवेट ट्यूशन लेतीं और टीचर आँख मूंद कर उन्हें न्यूनतम उत्तीर्ण अंक देकर पास कर देतीं। मुन्नी जैसी छात्रा की इस स्कूल में बिल्कुल पूछ नहीं थी। एक दो बार मुन्नी ने टीचर से अपनी सीट बदलने के लिए कहा। टीचर ने बेमन से कहा, 'हर लड़की आगे बैठना चाहेगी तो पीछे कौन बैठेगा, क्या मैं?'

स्कूल में सभी बच्चों को चेचक के टीके लगाये जा रहे थे। जब उसकी क्लास की बारी आयी, टीचर ने सभी लड़कियों को लाइन बनाकर जाने को कहा। कुछ नेता टाइप लड़कियों ने आपस में खुसफुस मन्त्रणा की और मुन्नी को लाइन में सबसे आगे खड़ा कर दिया। वे सब प्रिंसिपल के दफ़्तर की ओर चलीं, जहाँ डाक्टर के बैठने का इन्तज़ाम था। एक बार जिसे चेचक निकल चुके, उसे टीके की जरूरत नहीं होती है, यह बात मुन्नी बिल्कुल नहीं जानती थी। मदर की देखरेख में टीके लग रहे थे। डॉक्टर ने एक नज़र मुन्नी को देखा और हाथ से हट जाने का इशारा किया।

मुन्नी नहीं समझी।

तब मदर ने उसका गाल थपथपा कर कहा, 'तुम्हें इसकी जरूरत नहीं है माई चाइल्ड, गो बैक टू योर क्लास।'

पूरी लाइन की लड़कियाँ जोर से हँस पड़ीं, एक शैतानी-भरी चहचहाहट गूँज पड़ी। उनकी योजना कामयाब हुई। उन्हें मजा आ गया। मुन्नी पिटी हुई-सी क्लास में लौट आयी। उसे अभी भी यह बात समझ में नहीं आ रही थी कि डॉक्टर ने उसे टीका क्यों नहीं लगाया? क्या सिर्फ़ सुन्दर लड़कियों को डॉक्टर टीके लगाते हैं, उसने क्रोध से सोचा। लड़कियों की हँसी याद करके मुन्नी को रुलाई आ गयी। क्लास क्यों हँसी? यह क्या हँसी की बात थी? मदर ने उन्हें हँसने पर क्यों नहीं डाँटा? मुन्नी डेस्क पर सर रख कर बैठ गयी।

थोड़ी रुलाई के बाद आंसू सूख गये। उसकी जगह ले ली खूंखार गुस्से ने।

जब लड़कियाँ 'उई' 'आ' करतीं अपनी बाँह थामे क्लास में घुसीं तब तक मुन्नी एक अलग इन्सान बन चुकी थी। मुन्नी ने जलती आँखों से उन्हें देखा; काट खायेगी वह इन सबको, फाड़-फाड़ कर रख देगी, नाख़ूनों से नोच डालेगी, सिर पर उठा-उठा जमुना जी में पटक आएगी उन्हें। मुन्नी को कोई कमजोर न समझो।

जिस नेता टाइप लड़की ने कुछ देर पहले मुन्नी को लाइन में सबसे आगे खड़ा किया था, उसका नाम सूरज अहलूवालिया था और वह क्लास मॉनिटर थी। इस वक़्त वह बड़े ध्यान से अपनी गोरी बाँह पर बना नश्तर का निशान देख रही थी।

मुन्नी ने हाथ में डस्टर छुपाया हुआ था। कसकर उसने मॉनिटर की बाँह का निशाना लगाया और दूर से दे मारा डस्टर। सूरज अहलूवालिया बची, लेकिन डस्टर फिर भी होंठ पर लगा और मुँह से ख़ून बहने लगा।

क्लास में दहशत छा गयी। मुन्नी इस सबसे तटस्थ खड़ी रही। उसे इस हरकत का कोई अफ़सोस नहीं था।

तब तक एक लड़की जाकर टीचर और मदर दोनों को ख़बर कर आयी।

तत्काल मिस जोज़फ अपनी ऊंची एड़ी की सेंडिलें खट खट करती आयीं और मदर बिनिग्ना।

आकर वे मुन्नी पर चीखने लगीं, कभी इकट्ठी, कभी बारी-बारी से।

मुन्नी चुपचाप अपनी जगह पर खड़ी हो गयी। मिस जोजफ ने कहा, 'माय-माय' मीता डिड यू डू इट?' मदर ने सिर हिलाया, 'इतना जंगली और बेशर्म व्यवहार, ओ गॉड। इससे पता चलता है कि यह किस परिवार से आयी है। शो मी योर हैंड।'

नीम की कांपती हुई कमची मुन्नी के हाथ पर बरसी, 'स्विश, स्विश...'

और भी गम्भीर होकर मदर ने अपना थोबड़ा हिलाया, 'इतनी अच्छी स्टूडेन्ट का इतना गलत आचरण। मीता, चलो तुम सामने खड़े होकर क्लास से माफ़ी माँगो।' अब तक मुन्नी जलता शोला बन चुकी थी। 'मदर आप मेरे परिवार को कोस रही हैं, इन लड़कियों के परिवारों को भी देखें। क्यों, क्या इनके माँ-बाप यही सिखाते हैं कि दूसरी लड़कियों को अपने से नीचा समझो, उनकी हँसी उड़ाओं। मैं माफ़ी नहीं माँगूँगी।'

मदर ने दाँत पीस कर कहा, 'चुप रहो बदतमीज लड़की। तुम्हें माफ़ी माँगनी पड़ेगी वरना तुम इस स्कूल में नहीं रहोगी।'

मुन्नी ने कहा, 'पहले ये लड़कियाँ मुझसे माफ़ी माँगें, ये क्यों हँसी थीं?'

मदर गरजीं, 'माँगों, माफ़ी माँगो। नहीं तो और पिटोगी।'

मुन्नी ने अपना बस्ता समेट लिया।

'मुझे ऐसे स्कूल में पढ़ना भी नहीं है, जहाँ इतनी बेइन्साफ़ी हो।'

एक बागी की तरह मुन्नी क्लास से बाहर हो गयी।

उड़ान

आने के दिन से ही जाने का तनाव झेल रहे हैं वे चारों।

'पापा, मेरी सीट कन्फर्म नहीं है, वेटिंग लिस्ट में ग्यारह बारह नम्बर है। कुछ कीजिए, मेरा जाना बहुत ज़रूरी है।'

पापा चिन्तित हैं। आजकल मण्डल रेल प्रबन्धक कार्यालय में उनका परिचित कोई नहीं है। पहले एक साहित्य-प्रेमी जनसम्पर्क अधिकारी थे, कभी-कभी आ. रक्षण की व्यवस्था कर देते। अनजान लोगों से अहसान लेने की एकदम आदत नहीं है मिश्राजी को।

चम्मी कहती है, 'स्टेशन पर ही कुछ इंतज़ाम कर लेंगे, पापा को मत दौड़ाओ।'

साक़ी अड़ जाता है, 'नहीं, पापा इंतज़ाम करेंगे और आज ही करेंगे। यह इनका शहर है, जिसके चाव में ये कभी चैन से आकर मेरे पास चैन्नै में चार दिन नहीं रहे। एजेण्ट से कहिये, क्लर्क को घूस दीजिए चाहे धमकी, मेरा आरक्षण होना ही है आज।'

माँ कहती हैं, 'साकू बेटे न हो तो छुट्टी आगे बढ़ा ले। दो-चार दिन बाद की सीट मिले तब चला जाना।'

चम्मी परेशान आवाज़ में कहती है, 'देख रही हैं ममी! इन्हें यहाँ पानी तक तो पच नहीं रहा। आपके सारे टोटके फेल हो गये हैं।' जितनी बार साक़ी के पेट में मरोड़ उठता, माँ नीबू पर काला नमक, जीरा, कालीमिर्च खदका कर, लदर-पदर ऊपर चढ़ कर बेटे-बहू के कमरे में जाती।

जिस समय पेट ठीक रहता साक़ी का मूड बढ़िया हो जाता। वह कहता, 'ममा, चलो चम्मी को चौक दिखा लायें।'

वे तीनों निकल पड़ते। जगह-जगह यहाँ तक कि पान की दुकानों पर भी 'कोला' बिकते देख चम्मी चकित हो जाती। यह कहती, 'इंडिया ने तो कैनेडा को भी पीछे छोड़ दिया है।'

चम्मी की परवरिश **कैनेडा** की थी, पर इन्टरनेट की दोस्ती ने उसे और साकी को पति-पत्नी बना दिया।

दुकान पर जब भी वे कोई बढ़िया सामान माँगते जैसे साबुन या पाउडर, दुकानदार उन्हें विदेशी कम्पनी का सामान दिखाता।

साक़ी कहता, 'ओफ्फोह, इंडिया में क्या साबुन भी बनने बन्द हो गये?'

चौक की भीड़-भाड़ से घबराकर वे वापस चल देते। बेटे का मन दार्शनिक हो उठता, 'ममा, देखा आपने! यहाँ मैंने बीस साल बिताये, पर आज मुझे किसी ने पहचाना तक नहीं। होम टाउन एक झूठा शब्द है। आदमी का होम टाउन वही होता है, जहाँ वह रह रहा होता है।'

'तब तुम बच्चे थे, तुम्हारे साथ के बच्चे भी बड़े हो गये हैं, तुम भी उन्हें नहीं पहचान सकते।'

'यानी इस पूरे शहर में आपके और पापा के सिवा न कोई मुझे पहचानता है, न मैं उन्हें।'

'इतना काफ़ी नहीं है क्या?' माँ धीरे से पूछतीं।

'बिल्कुल नहीं। मुझे एक हँसता, खिलखिलाता सामाजिक जीवन चाहिए। यह मेरी सालाना छुट्टी है, कायदे से इसका हर दिन शत-प्रतिशत मनोरंजक होना चाहिए।'

माँ की समझ में नहीं आ रहा था, अपने उच्चाधिकारी बच्चे के मनोरंजन के लिए क्या किया जाए! उसे याद आया जब साक़ी छोटा था, घर में ही उछल-कूद कर अपना मन बहला लेता था। मिश्राजी शाम को व्हिस्की लेते थे। साक़ी सात बजते ही फ्रिज से बर्फ की ट्रे निकाल कर बर्फ आइसपेल में भर देता। ग्लास और बोतल आलमारी से निकाल कर टेबिल पर लगा देता। इसी वजह से इसका नाम 'साक़ी' पड़ गया।

पापा कहते, 'यह तो मेरा साक़ी है।'

माँ उसे बरजतीं।

साक़ी नहीं मानता। पिता के पास बैठ कर टी. वी. का रिमोट कंट्रोल दबाता रहता।

माता-पिता का सान्निध्य साक़ी का समूचा संसार था। दशहरे पर वह चौराहों पर लगे कटआउट देखता– राम, सीता, हनुमान के। वह पूछता, 'पापा, यह कितने फीट का है?'

मिश्राजी अन्दाज से बताते, 'पच्चीस फीट से कम क्या होगा।'

साक़ी कहता, 'मैं पापा-ममी का कटआउट बनाऊँ तो सौ फीट का बनेगा। मेरे पापा ममी बैस्टेस्ट और ग्रेटेस्ट हैं।

तबीयत फूल कर कुप्पा हो जाती मिश्राजी की। उनके पास न अच्छी नौकरी थी, न मकान पर उन्हें लगता संसार के सबसे भाग्यवान व्यक्ति वे हैं।

मिश्राजी ने आदर्श पिता बनने में जान की बाजी लड़ा दी। उन्होंने दारू और सिगरेट भी इसी चक्कर में छोड़ी कि 'ऋण-मेले' से जो स्कूटर उन्होंने साक़ी के लिए ख़रीदा था, उसकी किस्तों का भुगतान मुश्किल पड़ रहा था।

उन्होंने सोचा था, जब साकू को यह पता चलेगा कि पिता ने अपने दो सबसे प्यारे शौक़ उसके स्कूटर और फ़ीस के लिए कुर्बान कर दिये, वह निहाल हो जायेगा। पर जब साक़ी छुट्टियों में घर आया तो उसने इसकी कोई चर्चा ही नहीं की। वह अपनी क्लास के किस्से सुनाता रहा। उसे आर. के. स्वामी, थॉम्पसन में प्रशिक्षण के लिए जाना था, वह वहाँ की रणनीति बैठाता रहा।

माँ ने दबे स्वर में कहा, 'स्कूटर ठीक चल रहा है न!'

साक़ी ने कहा, 'ठीक तो है माँ, पर पेट्रोल बहुत खा रहा है। अब दिल्ली में तो काम भी नहीं आयेगा। अच्छा हो इसे बेच कर मोबाइल फ़ोन ले लें। कम से कम एक दूसरे की ख़बर तो मिलती रहेगी।'

माँ तय नहीं कर पायी कि इतनी उपयोगी, दो पहियों वाली बड़ी-सी चीज़ बेच कर तीन इंच का यह फिजूल-सा फ़ोन ख़रीदा जाये या नहीं!

मिश्राजी ने टिप्पणी करने से इनकार कर दिया, 'मैंने स्कूटर साकू को दिया, वह जाने, उसका काम जाने।

माँ ने अन्तिम प्रयास किया, 'साकू यह घर का पहला स्कूटर है। तेरे पापा ने जनम बिता दिया 'मोपेड' पर चलते। तेरे स्कूटर के लिए इनकी सिगरेट, दारू सब छूट गयी रे।'

'अच्छा हुआ माँ, ये तो ख़राब आदतें थीं। समझ लो कि इनकी उम्र के दस साल और बढ़ गये।'

माता पिता की समझ में नहीं आया कि बेटे के विचारों से वे सुखी हों अथवा दुखी। उसने त्वरा तत्परता और तैयारी के साथ व्यापार प्रबन्धन की पढ़ाई पूर्ण की और बिना एक भी माह गँवाये इस नामी कम्पनी में नियुक्त हो गया। पाँच साल में दो पदोन्नतियाँ पायीं और उसका वेतन छह से बढ़कर दस लाख वार्षिक हो गया। मिश्रा दम्पत्ति की मित्र मण्डली में साक़ी की सफलताएँ कुछ इस अन्दाज़ में दर्ज़ थीं– पाँच साल में चार पदोन्नति, वेतन आठ से बढ़ कर बारह लाख, उसके मकान का किराया पच्चीस हज़ार, उसका आयकर सवा लाख!

मिश्राजी और उनकी पत्नी की आँखों में साक़ी का भोला लड़कपन फोटो

की तरह बसा हुआ था। छात्र जीवन की उसकी प्रतिभा शील्ड और कप, पदक और प्रमाण-पत्र के रूप में काँच की आलमारी में सजी हुई थीं।

मित्र उन्हें ईर्ष्या से देखते, 'इतना कामयाब बेटा भी किस किस को मिलता है! एक हमारे सुपुत्र हैं, सुस्त, सिरफिरे, सड़ियल दिमाग़। न खटिया छोड़ें न शहर। हमारी छाती पर मूँग दलने के सिवा इन्हें क्या आता है!'

बड़ी दौड़ भाग के बाद बेटे बहू का आरक्षण हो पाया। पक्की टिकट हाथ में आते ही साक़ी की तबीयत कुछ ठीक होने लगी। अब माँ के हाथ का आलू का पराँठा और मकई मेथी की रोटी खाने की इच्छा जोर मारने लगी। चम्मी डर गयी, 'तुम बदपरहेजी कर लोगे तो फिर पड़ जाओगे। मेरी मानो दो दिन बचे है, सूप और डबल रोटी से काम चलाओ।'

चम्मी को अभी तक हिन्दुस्तानी खाने की आदत नहीं पड़ी थी। वह चावल, दाल, सूप और डबल रोटी को ही पर्याप्त मानती। जब भी कोई नया व्यंजन उसके सामने परोसा जाता, वह कहती, 'मैं गिनी पिग नहीं हूँ, मैं नहीं खाऊँगी।'

साक़ी ने बताया, 'पापा, मैंने एक कैरियर कन्सल्टेंसी से कह रखा था, उसका फ़ोन आया कि 'ब्रेडमास्टर्स' में मेरा इन्टरव्यू इतवार को है।'

पिता सुन कर उलझन में पड़ गये। माथे की तीन रेखाएँ कुछ गहरी हो गयीं।

'क्यों, क्या कहते हैं आप?' साक़ी ने पूछा।

'अभी तो तुम्हें तरक्की मिली है यहाँ। वेतन भी बढ़ा है। तुम्हें कम्पनी से कोई शिकायत भी नहीं है। फिर तुम क्यों छोड़ना चाहते हो इसे?'

'वह क्या है पापा, इस कम्पनी में जितनी डोर थी वह सारी की सारी मैं अपनी उड़ान में इस्तेमाल कर चुका हूँ। अब यहाँ मेरे ऊँचे चढ़ने की गुंजाइश ख़त्म है।'

'पर यहाँ तुम्हारा पाँच साल का परिश्रम है, सम्पर्क है, सद्भाव है।'

'इसीलिए इसे छोड़ना ज़रूरी है। नहीं तो ये सब मेरी उड़ान में बाधा बन जायेंगे।'

माँ घबरा गयी। बोलीं, 'आख़िर तुम कितना ऊपर उड़ना चाहते हो, डर नहीं लगता?'

'नहीं माँ, मेरे सामने आकाश का विस्तार हो और ढेर सारी डोर। फिर मेरी उड़ान देखना।' 'ब्रेडमास्टर्स बहुत मशहूर अन्तरराष्ट्रीय कम्पनी है। वहाँ मैनेजर श्रेणी का वेतन पन्द्रह लाख से शुरू ही होता है।'

'कुछ भी कहो, नई नौकरी में नई दिक्क़तें भी आएँगी। इस कम्पनी ने सब कुछ तो दे रखा हैं। इसके प्रति ईमानदारी भी तो कोई चीज है।'

‘इंडिया में यही बड़ी अजीब बात है कि गुण भी यहाँ दोष की तरह स्वीकार किये जाते हैं।’

यह अनिवासी बहू चम्मी थी।

माँ ने बात समेटी, ‘साकू, जो तेरी इच्छा हो कर, हम तो तेरे भले की ही सोचते हैं। यहीं महीने में पन्द्रह दिन दौरे पर रहता है। घर में रहता है तो कंप्यूटर में जुटा रहता है। कान फ़ोन पर, आँखें मॉनीटर पर, कभी आराम से रहने की नहीं सोचता तू!’

साक़ी ने प्यार से माँ की तरफ़ देखा! सच, मेरी माँ कितनी बुद्धू हैं! इन्हें कैसे समझाऊँ कि मेरे पेशे में आराम हराम है। एक जगह पड़े रहना आत्मघात।

कमरे में आकर साक़ी ने चम्मी से कहा, ‘अब से छुट्टी में घर नहीं आयेंगे। पापा ममी बहस करके मुझे उलझा देते हैं।’

‘मेरे पास ‘फॉर्चून’ वालों के हॉलिडे रिसोर्ट का पैकेज ऑफर है। तुम्हारा मन था घर आने का, इसलिए मैंने नहीं दिखाया।’

‘हाँ, पर यहाँ गोल गोल चलने वाली बातों से मैं इतना थक जाता हूँ, जितना वहाँ छत्तीस घण्टे काम से भी नहीं थकता।’

दो दिन पलक झपकते निकल गये।

साक़ी के मन में पिता की बातें चक्कर लगा रही थीं।

घर से विदा लेते हुए उसने कहा, ‘पापा, आपके जमाने में ईमानदारी बहुत बड़ा गुण माना जाता था, मेरे जमाने में समझदारी इससे बड़ा गुण है। और तो और वफादारी, ईमानदारी अब इन्सानों की नहीं, कुतों की खासियतें हैं और मैं किसी कम्पनी का वफ़ादार कुत्ता कहलाना कभी पसन्द नहीं करूँगा।’

मिश्राजी सन्न होकर अपने बेटे को देख सुन रहे थे, जो चलती गाड़ी से हाथ हिलाता हुआ जल्द दूर चला गया था। दोनों को ही एक-दूसरे की आकृति छोटी और धुँधली दिखायी दे रही थी।

समय

वे उन लोगों की जमात में से थीं जो पिछली शताब्दी में पैदा हुईं और मौजूदा शताब्दी में लश्टम पश्टम पहुँच गयीं, अपना पुराना ट्रांजिस्टर, टॉन्सिल्स का दर्द और जोड़ों की जकड़न लेकर। वे सोफे पर ऐसे बैठ जाती जैसे बिस्तर पर, पीछे रखी गद्दियाँ पीठ पीछे लगा कर, पैर फैला कर। इस तरह सुबह की चाय पीना उन्हें पसन्द था।

जो भी आ जाए उससे बतियाना उन्हें अच्छा लगता। वे कहतीं, 'पिछली सदी में मुझे बच्चे आण्टी कहा करते थे, इस सदी में भी आण्टी कहते हैं, क्या बदला, कुछ नहीं।'

अगर उनके घर के आँगन में इतने मीठे अमरूद का पेड़ न लगा होता तो यह तय है कि हम कभी वहाँ नहीं फटकते। पिछवाड़े की कच्ची जमीन पर बस एक ही पेड़ था जिस पर चींटे और अमरूद, चिड़ियों और बन्दरों के हमलों के बावजूद अपना अस्तित्व बनाये हुए थे। हम बगल के घर की छत से अमरूद के पेड़ पर बाँस मारते लेकिन वफादार अमरूद गिरता आण्टी के ही आँगन में। दस बीस फल गिराने के बाद हम बौखला जाते। अब आण्टी के यहाँ जाना ही पड़ेगा। उस वक़्त हमें यह नहीं सूझता कि मीठे अमरूदों के साथ साथ आण्टी का खट्टा प्रवचन भी सुनने को मिलेगा।

हम अपने आपको बहुत तेज़ और चालाक समझते थे।

अमन कहता, 'देखो हम गेट खोल कर अन्दर जायेंगे। कायदे से बन्द करेंगे। फिर हुमेरा उनकी कुर्सी के पास जाकर कहेगी, 'नमस्ते आण्टी।' नमस्ते-नमस्ते सब कहेंगे। फिर हुमेरा कहेगी, 'आण्टी पीछे अमरूद गिरे पड़े हैं, उठा लें।'

विनम्रता का नाटक कार्यान्वित किया जाता। पर आण्टी बीच में क्षेपक जड़ देतीं, 'दो बच्चे पीछे चले जाओ। देखो मेथी पालक की क्यारियों में पैर मत धर देना।'

अमन और मैं अन्दर लपकते। हुमेरा, फहद, प्रथम और सचिन खड़े के खड़े रह जाते, मन मार कर।

आण्टी कहतीं, 'बैठ जाओ बैठ जाओ। हाँ क्या बदला, कुछ भी नहीं।'

प्रथम कहता, 'आण्टी मेरा स्कूल बदल गया। सिविल लाइंस जाया करूँगा रोज़।'

सचिन कहता, 'आण्टी नाम इसका प्रथम है पर क्लास में प्रथम मैं आता हूँ, इस साल भी। आप पूछ लीजिए इसी से।'

'वेरी गुड', आण्टी कहती, 'मैं शताब्दियों की बात कर रही हूँ।'

फहद कहता, 'शताब्दी एक्सप्रेस।'

आण्टी कहतीं, 'शताब्दी एक्सप्रेस वाले तो तुम हो। सन् पंचानबे में पैदा हुए और 2002 तक मुझे तंग करने वाले हो गये। मैं तो देहरादून एक्सप्रेस हूँ, वह तब भी धीमी चलती थी, आज भी धीमी चलती है। क्या बदला कुछ नहीं।'

फहद में इतनी लम्बी बात सुनने की तसल्ली कहाँ। वह खड़ा होकर कैलेंडर की तस्वीरें देखने लगता।

तब तक हम लोग अमरूद बटोर कर आ जाते। सब बच्चे एक दूसरे को धक्का देते हुए बाहर भागते। आण्टी की हिदायत 'अरे फाटक बन्द करते जाना' का कभी पालन होता, कभी नहीं होता। इसलिए आण्टी की दिलचस्पी बच्चों से ज़्यादा उन लड़कियों और स्त्रियों में रहती जो कॉलोनी के घरों का काम कर लौट रही होतीं। वे फ्रिज के ठण्डे पानी के लालच में उनके द्वार पर ठिठक जातीं। अपने आप टपके हुए अमरूदों में भी उनका हिस्सा रहता। वे उन्हें आण्टी की जगह अंटी कहतीं, अंटीजी। अमरूद में बुड़का मारती हुई सोनी कहती, 'अंटीजी, इत्ते बड़े मकान में डर नहीं लगता आपको, इकल्ली रहती हैं।'

आण्टी फौरन झाँसी की रानी बन जातीं। तन कर कहतीं, 'बिल्कुल नहीं, मेजर साहब की बन्दूक रखी है मेरे पास।'

वैसे बड़े बेढब तरीके से सुरक्षित लगती थी यह बस्ती। गंगा के अल्लीपार, कछार शुरू होने से पहले नगर विकास प्राधिकरण ने आपात्काल में इस बस्ती के मकान बनवाये थे। उन दिनों सब कर्मचारियों, ठेकेदारों, अभियंताओं के मन में गिरफ़्तारी का भय समाया हुआ था। इसलिए इन मकानों में सीमेंट और बालू का अनुपात ठीक था। दरोदीवार भी इन अट्ठाईस साल में गिरे नहीं थे। यहाँ बरसात में न कहीं पानी भरता था, न मलेरिया फैलता।

लेकिन सुरक्षा सिर्फ़ इमारतों से नहीं आती। वास्तव में बस्ती की बायीं तरफ़ विशाल कब्रिस्तान था और दायीं तरफ़, कछार से पहले नगर श्मशान। दोनों तरफ़ मृत्यु के अभिलेखागार थे जिनके बीच हँसते गुलाबों के गुलदस्ते जैसी यह बस्ती

बसी थी। क़रीब साढ़े आठ सौ मकानों और पचासी दुकानों से बनी इस बस्ती में रहने वाले बड़ी शान से कहते, 'हमारी हिफाज़त ख़ुदा के बाशिंदे करते हैं।'

कोई अन्य उत्साही नागरिक कहता, 'नहीं ईश्वर और अल्लाह दोनों ख़ुद करते हैं।'

वैसे बस्ती ने सत्तर साल का एक प्राचीन चौकीदार भी रखा हुआ था जो रात बारह बजे तक सीटी बजा कर गश्त लगाता, बारह से चार तक सोता और चार बजे फिर सीटी बजाना शुरू कर देता, जब सुबह की सैर करने वाले घरों से निकलते। सब जानते थे कि यह चौकीदार केवल उनके जागते समय का चौकीदार है, पर उसका ऐसा होना सबकी स्वीकृति पा चुका था। यह चौकीदार कुछ साल पहले तक गंगाघाट पर कर्मकाण्ड करवाया करता था। दिन पर दिन जज़मानों के कंजूस होते जाने से उसने बस्ती की जन कल्याण समिति के अध्यक्ष के आगे हाथ जोड़े और चौकीदार की नौकरी हासिल कर ली। हर घर से उसे दस रुपये दिये जाते। वैसे पुराने पेशे की लत से मज़बूर कई बार वह पहली तारीख़ को तनखा लेते समय, पहले अपना एक हाथ आगे करता और कहता, 'तनखा।' फिर उस हाथ को पीछे कर दूसरा हाथ आगे कर कहता, 'कल पूर्णमासी थी, जजमान पुण्य कमा लें।'

बस्ती की सुरक्षा एक और तथ्य पर भी अभी तक निर्भर रही। यहाँ ज़्यादातर शिक्षक, लेखक और अवकाशप्राप्त कनिष्ठ कर्मचारी वर्ग ने मकान ले रखे थे। इन सभी का रहन-सहन बहुत मामूली किस्म का था। चोरों और डकैतों को लुभाने वाले संसाधनों का यहाँ घनघोर अभाव था।

आण्टी ने अपने घर में बाहर खुलने वाले दरवाज़े पर स्वचालित ताला लगवा रखा था। अकेले जीते जीते उन्होंने एक प्रणाली विकसित कर ली थी। और सुबह शाम के कई घण्टे वे बच्चों, पड़ोसिनों और सेविकाओं से बात करने में बिता देतीं। दोपहर में वे अख़बार और पत्रिकायें पढ़तीं। रात ठीक आठ बजे वे मुख्य दरवाजे पर ताला लगा देतीं। जो भी आगन्तुक उनके पास उस वक़्त बैठा होता उसे उठना ही पड़ता। वह ज़रा भी देर लगाता तो आण्टी कहतीं, 'अब आप जाएं। मेरे घर में रात आठ बजे के बाद लोग केवल उपग्रह चैनल से ही आ सकते हैं। नमस्ते।' लेकिन अगली सुबह दस बज कर दस मिनट पर आण्टी परेशान हो जातीं। उनके सामने रूबी, सोनी, सचिन जो भी होता, उससे कहतीं, 'यह लो, बिजली चली गयी अपने दफ़्तर। अब बैठे रहो हाथ पर हाथ धर कर। यह तो ऐसा लगता है जैसे हम पुरानी लोककथाओं में पढ़ा करते थे,

'जैसे ही राजकुमारी ने सेब में बुड़का मारा, वह चौदह बरस की गाढ़ी नींद में सो गयीं। उसके सोते ही बगीचे के परिन्दे, दरिन्दे, कारिन्दे, सब सो गये। तबलची की उँगलियाँ तबले पर थाप देतीं देतीं ठहर गईं, सारंगीवादक का सिर सारंगी पर झुका झुका सो गया, बाग में नाचनेवालियाँ नृत्यमुद्रा में खड़ी-खड़ी सो गयीं। सारा शहर जहाँ का तहाँ खड़ा रह गया, अबोल-अडोल। रसोई में महाराज की रोटी तवे पर पड़ी की पड़ी रह गयी, हमाम में राजा नहाते-नहाते सो गये। जो सड़क पर चल रहा था, चलते-चलते सो गया, जो घर में बैठा था, बैठे बैठे सो गया। सूरज, चाँद, सितारे, सब जहाँ थे, वहीं जम गये।'

बच्चे आण्टी के चुप रहते ही कह उठते, 'फिर क्या हुआ?'

आण्टी झिड़कतीं, 'मैं कहानी थोड़े ही सुना रही हूँ। वही मेल की यह मरी बिजली जाती है, मैं तो यह बता रही हूँ। एक बार गयी तो चार घण्टे, चौबीस घण्टे, चालीस घण्टे, जाने कब आय। वॉशिंग मशीन में कपड़े फँसे पड़े हों, ओवन में केक का ढिम्मा बन जाय, म्यूजिक सिस्टम में गाने की सीडी फँसी की फँसी रह जाय, बिजलीवालों को इस सबसे कोई मतलब नहीं।'

बातें उनकी सही होतीं, पर हम बच्चों में धैर्य कहाँ।

'ट्रिंग ट्रिंग' फ़ोन बजता। आण्टी घुटनों पर हाथ रख कर उठतीं, 'आ रही हूँ, सबर करो', वे कहते हुए फ़ोन तक पहुँचतीं।

'फ़ोन को आपकी आवाज़ कहाँ सुनाई देगी', हम कहते।

'बिल्कुल देगी, बच्चे जो कर रहे हैं।'

मौके का फ़ायदा उठा कर हम आँगन में अमरूद ढूँढ़ने पहुँच जाते। उसके बाद फाटक के बाहर भाग जाते।

आण्टी अकेले रहते-रहते एक पंछी के आने का समय जान गयी थीं। उनके कूलर के आस पास मनीप्लांट और बेगमबेलिया ने एक दूसरे से लिपट कर एक छोटा सा चंदोवा तान दिया था। वहाँ कूलर की गीली घास पर चिड़ियाँ आ बैठतीं। उनकी चूँ-चूँ चह-चह का कोरस गूँज उठता। वे खिड़की से देखती रहतीं, फूल और पत्तों की लटकन में झूलती कत्थई कलगी वाली बुलबुल, कूलर की टंकी से पानी पीती ग्रे रंग की गौरेया और मनीप्लांट के चौड़े पत्ते पर आराम फरमाती एक अनाम चिड़िया जिसकी दुम में नारंगी, हरा, नीला, पीला, हर रंग, कार की बैकलाइट-सा चमकता। वे प्लास्टिक के पंछी या इलेक्ट्रॉनिक तोते से खेलते बच्चों को मन ही मन सम्बोधित करतीं, 'अरे इन मरी हुई चिड़ियों में बटननुमा बैटरी लगा कर चूँ-चूँ सुनते हो। असली गाना सुनो।'

पड़ोसी बताते, 'मिसेज़ जोशी जानबूझ कर यहाँ पड़ी हुई हैं। इनका एक

बेटा दुबई में पढ़ाता है, दूसरा इंग्लैंड में। जोशी साब बारी-बारी से दोनों के पास जाते रहते हैं।

अनभिज्ञ जनों को ताज्जुब होता कि पति-पत्नी इस आयु में अलग अलग क्यों रहते हैं।

सुविज्ञ जन वही सब दोहराते जो उन्होंने सुन रखा था। बेटे दोनों को ले जाना चाहते थे, पर वहाँ मकानों में जगह कम थी। सहज ने कह दिया—एक दुबई रह ले दूसरा इंग्लैंड चला जाय। पर आण्टी तो बेटे पर उबल पड़ीं, 'यह तुम तय नहीं करोगे कि हम कहाँ रहेंगे। हम यहीं रहेंगे, आजाद और अकेले।' पर अंकल को इतनी मौलिकता बर्दाश्त नहीं हुई। वे चले गये। लोगों ने तरह-तरह से इस विषमता पर सोचा।

वानप्रस्थी आयु में अलग और अकेले रहना, इतना कठिन भी नहीं होता, यही सोच सबने तसल्ली कर ली। दो तीन साल में एक बार, बड़े या छोटे बेटे के साथ अंकल आते और उसी के संग लौट जाते। उनका यहाँ मन ही न लगता। बेटा कहता, 'माँ मकान बन्द कर तुम भी हमारे साथ चलो। वहाँ दिल न लगे तो लौट आना। कोशिश तो करके देखो न।'

आण्टी अंकल की मौनमुद्रा देखतीं और कहतीं, 'ना बाबा, इतनी दूर सिर्फ़ कोशिश करने जाऊँ, यह मुझसे नहीं होता। यहाँ मेरे पौधे मर जायेंगे, पंछी प्यासे रह जायेंगे, घर खंडहर बन जायेगा।'

'तुम्हारे लिए यह ईंट गारे का मकान ज़्यादा ज़रूरी है?' अंकल कहते।

आण्टी साभिप्राय, साभिमान दृष्टि अंकल पर डालतीं, 'यह मकान नहीं घर है, उससे जुड़ा पूरा जीवन है हमारा। इसमें हमारे दोनों बच्चों की किलकारियां हैं।'

अंकल कहते, 'हिन्दुस्तानी आदमी इसीलिए तरक्की नहीं करते। सब भावुक मूर्ख होते हैं।'

वापसी के लिए बेटे से भी ज़्यादा जल्दी अंकल को होती। पति-पत्नी, दोनों को एक दूसरे की उपस्थिति से असुविधा होती। वे चले जाते और आण्टी वापस अपनी प्रतिदिनता में मगन हो जातीं।

सुबह शाम की उनकी बैठकी फिर शुरू हो जाती।

रात को वे टीवी के छोटे पर्दे से बतियाती रहतीं। वे ग्लास भर कर चाय सामने रख लेतीं और गाने सुनती हुई कहती, 'ये हमारे ही ज़माने के गानों पर तुम कपड़े उतार कर नाच रही हो। क्या बदला कुछ नहीं।'

धारावाहिक देखते हुए उनके मुख से निकलता, 'तुम हिरोइन लोग दुख में

भी सजी रहती हो, सुख में भी। श्रृंगार करने के सिवा और कोई काम नहीं है तुम्हारे पास।'

बस समाचार वाचकों और वाचिकाओं को आण्टी इज़्ज़त देतीं। इधर उन्हें बैठे बैठे सोने की आदत हो गयी थी। टीवी चलता रहता और वे देखती-देखती सो जातीं।

हम बच्चों ने एक बार बताया, 'आण्टी रात भर आपका टीवी चलता रहा, आपने बन्द नहीं किया।'

'अच्छी फ़िल्में आ रही थीं। मैं एक के बाद एक देखती रही', आण्टी ने कहा।

न वे सच बोलने की स्थिति में थीं, न हम। आण्टी को अपना हारना कभी स्वीकार नहीं था।

रातों में कई बार झटके से उनकी नींद टूटती, उनका हाथ तुरन्त लेज़र टॉर्च पर जाता और वे उठ कर एक एक खिड़की, दरवाज़े की चिटखनी जाँचती। एक बार बिल्ली बर्तनों में खड-खड़ कर रही थी। आण्टी ने सीधे बिल्ली की आँखों में टॉर्च चमकायी। वह वहीं की वहीं अधर हो गयी। बिना पानी डाले उन्होंने बिल्ली को भीगी बिल्ली बना दिया।

अमन और फहद की अम्मी ने उस दिन पूछा, 'आण्टी आपके यहाँ तो कम्प्यूटर है। आप तो अंकल और बच्चों से इंटरनेट पर बात कर लेती होंगी, नेटचैट।'

आण्टी ने कहा, 'उन्होंने मुझे सिखाया तो था इंटरनेट खोलना और ई-मेल करना। पर लगता है कोई स्टेप भूल गयी हूँ। विंडो खुलती ही नहीं।'

अमन पास ही बैठा होमवर्क कर रहा था। सिर उठा कर बोला, 'बड़ा आसान है, मैं सिखा दूँगा। आण्टी आपकी ई-मेल मैं कर दिया करूँगा।'

आण्टी उखड़ गयीं, 'मुझे न ई-मेल करनी है, न ऊ-मेल। इस कम्प्यूटर ने तो मेरा वह हाल बना दिया जो अनपढ़ों का होता है। अब मैं कातिब को समझाऊँ कि यह लिखो, वह लिखो। मुझे बड़ा झंझट लगता है। कम्प्यूटर हुक्म मानने में जितनी देर लगाता है, उतनी देर में मेरे दिमाग़ का कम्प्यूटर तो दस चिट्ठियाँ लिख डाले।'

अमन की अम्मी ने बात सिलटाने की गर्ज से कहा, 'आण्टी आजकल कौन किसे चिट्ठी लिखता है। फ़ोन ही सबसे उम्दा चीज़ है।'

'नहीं सूफिया, फ़ोन को तुम अच्छा समझती हो। यह है बड़ी तबालत। हमेशा गलत समय बजेगा। जैसे ही मैं नहाने जाऊँगी कि ये किर्र किर्र कर मेरा उठना मुहाल कर देगा। खाने का पहला कौर तोड़ों तब यह बजेगा, नींद लगे तब यह बजेगा। सबसे ज़्यादा गुस्सा तब आता है कि जब तक मैं रिसीवर उठाऊँ यह गुम्मसुम्म। लाख मैं आवाज़ लगाऊँ अरे आती हूँ पर इसे सब्र कहाँ!'

अमन हँसने लगा, 'आण्टी आप मोबाइल फ़ोन ले लीजिए। आपकी सारी प्रॉबलम सही हो जायेगी। वह आपके साथ बाथरूम चला जायेगा, बैंक चला जायेगा, यहाँ तक कि बिस्तर में भी दुबक जायेगा।'

'ना बाबा मैं धाई। वैसे ही घर में एक फ़ोन मुझे नचा डालता है। दूसरा पिल्ला और पाल लूँ।' सूफिया हँसी, 'आँटी आपके परिवार में सबके पास मोबा. इल फ़ोन है।'

'यह क्या अच्छी आदत है। यहाँ आते हैं सहज और सजल। मेरे से बात अभी आधी मुँह में होती है कि यह मोबाइल चूहे जैसा चीं चीं कर पड़ता है। कोई पूछे इनकी दुनिया से, क्या ये दो घड़ी अपनी माँ से बात नहीं कर सकते। कोई न कोई काम उसी वक़्त आ पड़ेगा।'

'यह तो आज ज़िन्दगी में शामिल हो गया है आण्टी।'

'अरे सूफिया यह तो मौत में भी शामिल हो गया है। अभी उस दिन एक शोकसभा में गयी थी मैं। लगता था हर एक की जेब में सेल फ़ोन छुपा हुआ था। बारी बारी से पीं पीं, टीं-टीं, कूँ-कूँ होती रही इनकी। मरे हुए को दो घड़ी चुप रह कर याद करना दूभर कर दिया इन फ़ोनों ने। मुझे ऐसा लगा जैसे पिछली सदी में लोग छोटे बच्चे लेकर जब सिनेमा देखने पहुँच जाते थे, ऐसा ही होता था। कभी एक की गोद का बच्चा काँ-काँ करता, कभी दूसरी की गोद का। बाकी देखने वाले चिल्लाते, 'बच्चे को चुप कराइये।' इसी तरह वहाँ शोकसभा में जिसका मोबाइल बजे वही बाहर को भागे। धीरे धीरे ऐसा हो गया बाहर लोग ज़्यादा थे, अन्दर, कम। जिसे देखो कान से चूहा चिपकाये हूँ हूँ किये जा रहा है। सूफिया ने कहा, 'यह तो बहुत बुरी बात है। शोकसभा में मोबाइल बन्द कर देना चाहिए।'

'मैं तो कहूँ ऐसे लोगों को शोकसभा में आना ही नहीं चाहिए जो एक मिनट अपनी दुनिया से फुरसत नहीं निकाल सकते।'

'आण्टी अगर ऐसी शर्तें लगाई जायें तो कोई किसी की गमी ख़ुशी में शामिल न हो। आपको भी सोचना चाहिए कि यह इक्कीसवीं सदी है। यहाँ सब अपनी तरह से जीना चाहते हैं।'

'तो फिर जियो, सवाल यह उठता है कि मैं भी तो अपनी तरह से जी सकूं।'

आण्टी उठ दीं। अपनी घर की तरफ़ जाती हुईं वे एक ऐसा समय लग रही थीं जो तेज़ी से तत्कालीन होता जा रहा था।

पीठ

वह आइमैक्स एडलैब्स के विशाल गुम्बद छविगृह के परिसर में, 'एडोरा' के शोरूम में, तस्वीर की तरह, एक स्टूल पर बैठी थी। उसके चारों ओर तरह-तरह के विद्युत उपकरण चल-फिर रहे थे, जल-बुझ रहे थे। स्वचालित सीढ़ियाँ और पारदर्शी लिफ्ट को एक बार नज़रअन्दाज़ कर भी दिया जाय पर विद्युत झरने पर तो गौर करना ही पड़ा जो अपनी हरी रोशनी से उसे सावन की घटा बना रहा था।

कैफे की कुर्सी पर टिका-टिका हर्ष उसे बड़ी देर तक देखता रहा। उसे लगा उसके सामने 4 ग 6 का कैनवस लगा है, जिस पर झुका हुआ वह इस ताम्र-सुन्दरी का चित्र बना रहा है। पहले वह हुसैन की तरह लम्बी, खड़ी, तिरछी बेधड़क रेखाएँ खींचता है, फिर वह रामकुमार की तरह उसमें बारीकियाँ भर रहा है।

लेकिन बारीकियाँ भरने के लिए, अपने मॉडल को नज़दीक से जानना होता है।

वह कैफे से उठा।

एकदम सीधे उस तक पहुँचने की हिम्मत नहीं हुई।

वह गुंबद परिसर में बेमतलब घूमता रहा।

उसने नरम चमड़े के मूढ़ों पर बैठ कर देखा। दूर से ये मूढ़े विशाल गठरी जैसे लग रहे थे, लेकिन बैठते ही ये आरामकुर्सी में तब्दील हो गये। ज़्यादा महँगे भी नहीं थे। लेकिन यह तय था कि ये जगह बहुत घेरते।

हर्ष को अपना कमरा याद आया जो इतना छोटा था कि वह कभी वहाँ लाइफ़साइज तस्वीर पर खुल कर, फैल कर काम नहीं कर पाया। वह सोचता रहा—लड़की के पास जाय या न जाय।

उसे दर्शन की याद आयी। दर्शन को कहानियाँ, नाटक लिखने का शौक था। पहले पहल वह विशुद्ध स्वांतः सुखाय लिखा करता था। फिर मित्रः सुखाय लिखने लगा। अब तो बाक़ायदा बहुजन हिताय, बहुजन सुखाय लेखन करता और प्रसार-भारती की गोद में खेलता है।

कितना अजीब है कि बी.ए. किये हमें चार बरस बीतें या चालीस, हम उन

दिनों के दोस्तों को इतनी भावुकता से याद करते हैं। वे दिन, वे दोस्त, किसी पुरानी फ़िल्म की तरह, हमारी आँखों में चलते-फिरते ज़िन्दा होते जाते हैं। उनकी स्मृतियाँ हमें स्पंदित करती रहती हैं। उसी परिसर में थोड़ा आगे, बच्चों के लिए खेल-पार्क था। यहाँ विद्युत-चालित पागल गति के खिलौने थे, दुश्मन टैंकरों को मार गिराने वाली कड़कड़ाती बन्दूकें और गनगनाती मोटरसाइकिलें। इन वीडियो खेलों में गति नहीं गति का संभ्रम था। बच्चों के मनोरंजन में कौतुक, विस्मय, सौन्दर्य संगीत के लिए कोई स्पेस नहीं थी। भारी बक्सों में विकृत आवाज़ें और दृश्य भरे हुए थे। बच्चों के मूढ़ माँ बाप उन्हें इन खेलों में व्यस्त कर गर्व और आनन्द से मुस्करा रहे थे।

स्वचालित सीढ़ियों के नीचे फव्वारा था और छोटा सा तालाब। तालाब के ठीक सामने वह स्टॉल था जिसके स्टूल पर वह लड़की बैठी थी, निश्चल।

हर्ष को अफ़सोस हुआ कि वह अपनी स्केचबुक साथ नहीं लाया। 'एडोरा' में बिजली से चलने वाले घरेलू उपकरणों की प्रदर्शनी लगी थी। स्टॉल में दो लड़के दायीं और बायीं ओर खड़े थे।

हर्ष बेमतलब महारानी मिक्सी का वह कागज़ पढ़ने लगा जिसमें संजीव कपूर हँसते हुए न्योत रहा था- 'खाना खजाना की शान, महारानी मिक्सी से पिसी दालें और मसाले।'

उसके हाथ में कागज़ देखते ही ताम्रसुन्दरी हरकत में आयी। स्टूल से उतर वह मिक्सी काउंटर पर पहुँची। उसने अपनी बड़ी बड़ी आँखें उठा कर हर्ष को देखा और बोली, 'यह हमारा सबसे अच्छा उत्पाद है। इसमें कड़ी से कड़ी चीज़ भी मिनटों में पिस जाती है। मैं आपको हल्दी पीस कर दिखाऊँ!'

'नहीं, नहीं', हर्ष कहना चाहता था, पर तब तक लड़की ने हल्दी की गांठें डाल कर मिक्सी चला दी।

हाथ के इशारे से हर्ष ने उसे रोका। उसे बताया कि नून, तेल, हल्दी की उसके जीवन में, फिलहाल कोई जगह नहीं।

लड़की कपड़े धोने का उपकरण दिखाने लगी।

'देखिये, यह सामने से खुलने वाली मशीन है। इसमें कपड़े ऐसे धुलते हैं', उसने हाथों से मूक अभिनय किया।

हर्ष को हँसी आ गयी। क्या यह लड़की उसे अपना सम्भावित ग्राहक समझती है। वह तो गुणग्राहक की भूमिका में आया है। उसने कहा, 'जब कपड़े मैले हो जाते हैं, मैं नये ख़रीद लेता हूँ।'

'क्या आप इतने अमीर हैं?' लड़की की आंखें कुछ फैल गयीं।

'नहीं मैं इतना आलसी हूँ।'

लड़की ने एक क्षण दिलचस्पी से हर्ष को देखा, फिर वह वापस स्टूल की तरफ़ जाने लगी।

हर्ष को लगा—उसे तत्काल कुछ करना होगा। वह यकायक बोल पड़ा, 'क्या आप मेरे साथ कॉफी पीना पसन्द करेंगी, यहीं सामने।'

उसकी आशा के विपरीत लड़की ने कहा, 'हाँ प्लीज़, मैं बहुत ऊब रही हूँ।'

'यहाँ की बिक्री?' हर्ष ने पूछा।

'बिक्री करना मेरा काम नहीं है। मैं सामान का प्रदर्शन करती हूँ। बिक्री वाले लड़के यहाँ खड़े हैं', उसने दोनों लड़कों की तरफ़ इशारा किया।

लड़की ने अपना पर्स स्टूल से उठाया। लड़कों से कहा, 'दस मिनट के लिये जाती हूँ, ठीक है।'

लड़कों ने गर्दन हिला दी।

हर्ष को लगा, लड़की खुली किताब है। पहली मुलाकात में सब कुछ बता दिया। नाम : इन्दुजा, शिक्षा : बी.एससी., काम : प्रत्यक्ष प्रचार।

'अर्थात् मॉडलिंग!' हर्ष ने कहा।

'बिल्कुल नहीं। मैं मटक-मटक कर रैम्प पर कैटवॉक कभी न करूं', लड़की को मॉडल शब्द से परहेज़ था।

'हम कलाकारों की दुनिया में मॉडल इतना ख़राब शब्द नहीं समझा जाता। हमारे लिए तो सारी दृष्टि ही मॉडल है।'

'सिर्फ़ भू-दृश्यों के लिए। आजकल कौन बनाता है भू-दृश्य। आपकी दुनिया में मॉडल का मतलब आज भी सजीव नग्न आकृति है। आपके यहाँ मॉडल और नग्नता पर्यायवाची शब्द हैं।'

हर्ष ने लड़की को जैसा समझा, उससे वह कहीं ज़्यादा सचेत निकली। उसने कहा, 'आपके दस मिनट हो गये हैं। आप फिर कभी मिलें तो मैं आपको बजाऊँ कि पेंटिंग की ख़ूबसूरती और खुसूसियत क्या है।'

इन्दुजा ने कहा, 'ठीक है हर्ष।'

हर्ष चौंका, 'आप मेरा नाम जानती हैं।'

'हाँ। जहाँगीर आर्ट गैलरी में आप अपनी एकल प्रदर्शनी में अलग और अकेले खड़े थे। तब मैंने आपकी तस्वीरें देखीं थीं।'

हर्ष बहुत ख़ुश हो गया।

'देखता हूँ विज्ञान की पढ़ाई ने कला के दरवाज़े आपके लिए बन्द नहीं किये।'

'दरवाज़े तो सिर्फ़ रोज़गार के बन्द पड़े हैं।'

‘मगर यह काम जो कर रही हैं?’

‘यह तो दस दिन का काम है। पाँच हज़ार का अनुबन्ध है। पाँच सौ रुपये रोज़, इसके बाद छुट्टी।’

‘फिर क्या करेंगी?’

‘किसी और चीज़ का प्रचार करूँगी। प्रस्ताव आते रहते हैं।’

‘कल आयेंगी?’

‘बताया ना, दस दिन का कैम्प है। आज तो दूसरा ही दिन है।

जानकारी छोटी थी, पर हर्ष को बड़ी लगी। इतनी बड़ी कि उसे दर्शन को बताने की जल्दी हो गयी।

दर्शन घर पर अगली स्क्रिप्ट पर काम कर रहा था। हर्ष का तरोताज़ा, क्लीन शेव्ड चेहरा देख कर बोला, ‘लाइन मारने जा रहे हो या लाइन मार कर आ रहे हो।’

हर्ष ने भवें सिकोड़ी, ‘हर हफ़्ते सड़ियल सीरियल लिखते-लिखते तुम्हारी भाषा बरबाद हो रही है। लाइन मारना क्या होता है बोलो।’

दर्शन सकपका गया। जबसे वह हफ्तावार लेखन करने लगा था, पैसा तो उसके ऊपर बरस रहा था, पर उसके आत्मविश्वास में कमी आई थी। हालाँकि उसकी निरीक्षण-दक्षता और विसंगति-बोध पहले से तेज़ हुआ था, उसे हमेशा लगता कि कल कोई बेहतर लिक्खाड़ आ कर उसके साम्राज्य पर कब्ज़ा जमा लेगा।

हर्ष अपने क्षेत्र का फ्री लांसर था। पेंटिंग में उस पर न कोई नियम थोपे जा सकते थे, न शर्तें। अब तक उसे नौकरी में बाँधने के समस्त प्रयास विफल सिद्ध हुए थे। एक बार बम्बई शिपिंग कारपोरेशन की कलाप्रेमी मालकिन ने बड़े इसरार से उसे अपने सुसज्जित बँगले में एक कमरा दे कर कहा था, ‘हर्षजी मैं चाहती हूँ आप मेरे घर को एकदम शांतिनिकेतन बना दें। इसकी हर दीवार पर आपका हस्ताक्षर सहित चित्र सजे।’

उसने चित्रकार के लिए नई नकोर कैनवस, तूलिका और रंग मँगा दिये।

हर्ष तीसरे ही दिन वहाँ से भाग आया, अधूरी तस्वीर वहीं छोड़कर। साथी कलाकारों ने पूछा, ‘क्या हुआ यार? मालकिन ने तुम्हारी ईगो से छेड़छाड़ कर दी क्या?’

हर्ष ने सिगरेट का टोटा ज़मीन पर रगड़ कर बुझाते हुए कहा, ‘नहीं यार, पर इतने चिकने वैभव में पेंटिंग तो क्या मुझे पॉटी भी नहीं उतरती। वह मेरी दुनिया नहीं। दो रातों से सो ही नहीं पाया।’

इरफान उसे जानता था। उसने कहा, ‘तुम्हें नींद तभी आती है, जब पन्द्रह बीस मिनट अपने कमरे का झड़ता पलस्तर टकटकी लगा कर देखते रहो।’

'कसम से मुझे अपना कमरा बड़ा याद आया।'

ऐसे बेढब आदमी से, बड़े ढब से बात करनी होती है, दर्शन को इसका एहसास था।

'सॉरी यार, मामला गम्भीर है क्या?'

अगले दिन दर्शन को ताम्र-सुन्दरी दिखायी गयी। तय हुआ हर्ष आगे बढ़े।

महीने भर हर्ष ने बहुत काम किया। दो तस्वीरें पूरी और एक अधूरी बनाई। दोनों तस्वीरों के ग्राहक भी फौरन मिल गये। वह रोज़ आयमैक्स गुम्बद छविगृह जाता रहा और बाद में दादर स्टेशन पर मँडराता रहा क्योंकि इन्दुजा दादर में रहती थी। जल्द उसने दोस्तों को ख़बर दी कि वह इन्दुजा से शादी करेगा।

इन्दु शायद इतनी जल्दबाज़ी पसन्द न करती, पर उसके घर वाले उसकी शादी के बारे में सोचना बन्द कर चुके थे। वे उससे छोटी लड़की की सगाई कर चुके थे और अब लड़के की शादी की तैयारी में थे। वे इन्दुजा को समझाते, 'तुम इतना कमाओ कि तुम्हें शादी ब्याह की परवाह ही न रहे। पाँच सौ रुपए रोज़ में जो मर्जी करो। शादी में सौ झंझट हैं।'

इन बातों से इन्दुजा भड़की हुई थी। फिर हर्ष जैसा सुदर्शन विकल्प जो मिल रहा था।

दर्शन ने पग पग पर इन प्रेमियों का साथ दिया। वह अपनी छोटी सी कार, बड़े से फ्लाइओवर के नीचे मामा लाँड्री के पास पार्क कर, दादर में दिन भर इन्तजार करता रहा कि कब इन्दुजा घर से भाग कर आये और वह उसे गंतव्य तक पहुँचाये। अदालत से विवाह प्रमाणित हो जाने के बाद दर्शन ने ही इन्दुजा के घर तार किया। वकील की सलाह के मुताबिक दर्शन इन्दुजा के घर पर भी स्वयं सूचना देने गया कि उसकी शादी हो गयी।

अगले कुछ महीने दोस्तों ने हर्ष का नाम हर्षातिरेक रख दिया। उसका सारा ढब ही बदल गया। अब उसके घर वक़्त बेवक़्त बियर-बैठक नहीं हो सकती थी। दोस्तों के घर उसके चक्कर कम हो गये। कला-वीथियों में कभी सब टकरा जाते। हर्ष कहता– वह जल्द उनकी गप्प-गोष्ठी में शामिल होगा, पर आजकल एक पीस पर काम चल रहा है।

'मास्टरपीस!' दर्शन पूछता।

'यह तुम्हारे हिन्दी लेखन की दुनिया नहीं, जिसमें जो भी, जब भी लिखा जाता है, मास्टरपीस ही होता है।' हर्ष हँसता।

लेकिन मन ही मन उसे एहसास होता कि दोस्त, बहुत गलत भी नहीं कह रहे। जिस पीस पर वह काम कर रहा था, वह उसके लिए ख़ास मायने रखता था।

इस तस्वीर की शुरुआत में एक इतिहास था।

इन्दुजा की तांबई रूप राशि का ऐश्वर्य उसे दिन पर दिन रस-सिंक्त करता जा रहा था। इन्दुजा को भी हर्ष के संग एक-मन एक-प्राण की अनुभूति बनी हुई थी। गर्मियों की एक रात उमस से घबरा कर इन्दुजा ने एकदम महीन मलमल का कुरता पहन लिया, बिना अन्तःवस्त्रों के। षटकोणीय लैम्पशेड की आड़ी-. तिरछी किरणें उसकी पीठ को जगमगा गयीं। उसकी तांबई त्वचा पर सुनहरी प्रकाश-रश्मियाँ खो खो खेल रही थीं। उस वक़्त हर्ष की उपस्थिति और अपनी देह की अवस्थिति से निसंग वह कुरते को आगे का हिस्सा उठा कर अपने को हवा कर रही थी।

नहीं, हर्ष तुरन्त काग़ज़ पेंसिल लेकर नहीं आया। उस क्षण तो वह तपे हुए तांबे का स्लोप निहारता रहा। उस स्लोप में मेरु-दण्ड की दो-तीन हड्डियाँ उभरी हुई थीं, जैसे दो तीन पड़ाव।

इन्दुजा ने घूम कर हर्ष को देखा। जैसे उसे पता चल गया कि हर्ष क्या सोच रहा है। उसने कुरता नीचे किया और कहा, 'इस बार कूलर ज़रूर लगवा लो। कमरा भट्ठी की तरह तप रहा है।'

'मैं भी।'

'लेकिन मैं नहीं। मैं नहाने जा रही हूँ।'

इन्दुजा कमरे से चली गयी पर उसकी छवि हर्ष की आँखों में समा गयी। बगल के अधकमरे में उसने स्टूडियो बना रखा था। वहाँ बेतरतीब कागज़, हार्डबोर्ड, रंग, ब्रश पड़े रहते। थिनर की गंध हमेशा इस कमरे में कैद रहती। यहाँ बिछी दरी में भी तरह-तरह के रंगों के निशान पड़े थे। एक कोने में मेज़ पर चारकोल के टुकड़े, प्लास्टर ऑफ पेरिस की छोटी थैली और रंग पुती शीशी में पानी रखा था।

आधार चित्र बनाने में हर्ष को देर नहीं लगी।

रंग और रेखाओं के विवरण में बहुत सावधानी बरतनी थी।

हर्ष रात भर चित्र में लगा रहा।

इन्दुजा एक बार आ कर देख गयी।

आधी रात जब उसकी नींद खुली, वह फिर स्टूडियो में आयी।

अब तक चित्र स्पष्ट हो गया था।

उसने एतराज़ किया, 'देखो, तुम्हें पता है, मुझे मॉडलिंग से चिढ़ है। तुमने मेरा चित्र क्यों बनाया।'

'इन्दु इस पीस में मेरे सत्ताईस सालों के संस्मरण हैं।

हर्ष ने कई सैशन में चित्र में कुछ परिवर्तन किये। स्मरण-शक्ति ने उसका

साथ दिया। अब यह पीठ अकेली इन्दुजा की नहीं थी, इसमें कई पीठों की स्मृ. तियां आ मिली थीं। इस पीठ में माधुरी दीक्षित की पीठ थी, स्मिता पाटिल की पीठ थी, यह पीठ कमनीय से अधिक कोमल थी, कोमल से अधिक कृश थी। इसमें निराला की क्लासिक कविता 'वह तोड़ती पत्थर' वाली मजदूरनी की भी पीठ थी। यह कई-कई सुधियों की पीठ थी। पूरे कैनवस पर यह अकेली, लम्बी, सांवली आकृति थी जो उतान भी थी और ढलान भी।

यह तस्वीर एक साकार स्वप्न की तरह बनी। जिस दिन राष्ट्रीय कला-वीथी में अन्य चित्रों के साथ इसे प्रस्तुत किया गया, बाकी चित्र जैसे अनुपस्थित हो गये। स्वयं उसके साथी कलाकार हर्ष की सराहना किए बग़ैर न रह सके। कला समीक्षकों ने अख़बारों में हर्ष की चित्रकला में अमृता शेरगिल से लगाकर जतिन दास तक से आगे की सम्भावनायें ढूँढ़ीं। और तो और कला-वीथी के बाहर 'पीठ' चित्र के फोटो प्रिंट बिकने लगे।

शहर के सबसे अमीर उद्योगपति ने कई लाख में चित्र ख़रीद लिया।

दोस्तों ने दावत माँगी।

सूर्या में पार्टी रखी गयी। इस शाम के लिए इन्दुजा ने सलमे जड़ी काली ड्रेस चुनी और हर्ष ने क्रीम कलर का कुर्ता सेट। पार्टी में सब कुछ बेहतरीन रहा।

रुखसत होते रात के एक बज गये। नवरोज़, इरफ़ान, दर्शन ने बड़ी मुबारकें दीं। तभी दर्शन ने कहा, 'हर्ष इस मास्टरपीस का श्रेय तुम्हें नहीं, तुम्हारी मॉडल को जाता है।'

'मैंने मॉडल कहाँ इस्तेमाल किया?' हर्ष ने विस्मय दिखाया।

'हम भी समझते हैं दोस्त। यह इन्दुजा की पीठ है, शत प्रतिशत।'

'मुझे तो पता भी नहीं, बाय गॉड', इन्दुजा ने आश्चर्य दिखाया।

'तुम उधर के मेहमानों पर ध्यान दो', हर्ष ने इशारे से इन्दुजा को हॉल के दूसरे कोने में भेज दिया।

घर लौट कर इन्दुजा ने कपड़े बदलते हुए कहा, 'आज अपनी सहेलियों से मिल कर बड़ा अच्छा लगा। ये सब मेरे साथ मीडिया पब्लिसिटी में थीं। सोचती हूँ मैं भी फिर काम शुरू कर दूँ। घर में बोर होती रहती हूँ।'

'नहीं' हर्ष ने कुछ कठोरता से कहा, 'तुम कहीं नहीं जाओगी।'

इन्दुजा ने शरारत से कहा, 'प्यार मुहब्बत में सात लीवर का ताला नहीं लगाया जाता हर्ष। मैं तो वह प्रत्यक्ष प्रदर्शन वाला काम बड़ा मिस करती हूँ।'

हर्ष ने उसे पकड़ कर झिंझोड़ दिया, 'तुम्हें प्रदर्शन का चस्का लगा है। बताओ दर्शन से तुम्हारा क्या रिश्ता है? उसने कैसे जाना यह तुम्हारी पीठ की तस्वीर है!'

'पागल हो, मैं क्या जानूँ। दर्शन तुम्हारा दोस्त है। मैं क्या तुम्हारे दोस्तों को पीठ दिखाती फिरती हूँ?'

'हो सकता है उसने तुम्हें नहाते देख लिया हो, लापरवाह तो तुम हो ही।'

'हर्ष तुम मनोरोगी की तरह बोल रहे हो। बाथरूम में दरवाज़ा नहीं है, पर पर्दा तो है न। और सारे दिन तो तुम घर पर ही होते हो।'

हर्ष पर कोई तर्क असर न कर सका। वह विषादग्रस्त हो गया। सफलता के बावजूद वह गुमसुम रहने लगा। लोग इस मौन को उसकी संवेदना और गरिमा से जोड़ रहे थे। आये दिन पत्रकार उसका साक्षात्कार लेने आते। वह अपनी अन्य सभी तस्वीरों पर बोलता लेकिन पुरस्कृत तस्वीर पीठ पर चुप लगा जाता। उसे लगता—मीडिया उसका जीवन उघाड़ने का षड्यंत्र रच रहा है।

सवारी और सवारी

डब्ल्यू.एच. यानी विमेंस हॉस्टल। विश्वविद्यालय से सटा हुआ और सम्बद्ध। पहले सिर्फ़ एक इमारत थी। अब उसी परिसर में तीन इमारतें बन गयीं। साथ ही एक लम्बी कतार में सात लम्बे कमरे बने हैं। इन्हें विमेंस कॉलेज कहा जाता है। विश्वविद्यालय की लड़कियों की कक्षाएँ यहाँ लगती हैं। शहर के जो अभिभावक सहशिक्षा के नाम पर सहमते या बिदकते हैं, विमेंस कॉलेज के नाम पर लड़कियों को विश्वविद्यालय आने की अनुमति दे देते हैं।

मुख्य सड़क पर बायें हाथ को डब्ल्यू.एच. का चौड़ा-सा फाटक है, दाहिने हाथ का रास्ता एलनगंज को जाता है। हॉस्टल के सामने कुछ दुकानें चल निकली हैं, जिनमें फोटोस्टेट, पी.सी.ओ. और फोटो स्टूडियो काफ़ी आगे हैं। स्टेशनरी की भी एक गुमटी है। थोड़ा हट कर दवा की दुकान है, जिसमें सबसे ज़्यादा बिक्री सेनिटरी नेपकिंस की है।

फाटक हरदम बन्द रखा जाता है। उसमें एक खिड़का लगा है। छात्राएँ उसी से अन्दर जाती हैं। लेकिन इधर बहुत सी लड़कियों ने मोपेड और स्कूटर ले लिये हैं। उन्होंने फाटक बन्द होने पर बड़ा कोहराम मचाया। गाड़ी कहाँ खड़ी करें। वाहन परिसर सवेरे ही भर जाता है। आख़िरकार विश्वविद्यालय ने फाटक पर सुरक्षा कर्मचारी तैनात कर दिया। शुरू में वह छात्राओं को परिचय पत्र दिखाने पर ही अन्दर जाने देता था, पर जब से उसकी नौकरी स्थायी हुई है, उसने यह काम शिथिल कर दिया है।

फाटक पर छह सात मोटरबाइक तो खड़ी, ठिठकी मिलती ही हैं। बाइक का सवार आतुर नज़रों से फाटक देखता है, फिर कलाई पर लगी घड़ी। फिर वह जेब से निकाल अपना मोबाइल फ़ोन कान पर लगा देता है। इसके बाद लड़की का आना और मोटरबाइक का जाना जल्दी निपट जाता है। फाटक के बायें चार-पाँच रिक्शे भी खड़े रहते हैं।

एलनगंज की तरफ़ से दो भारी थैले किसी तरह ढोती हुई एक महिला सड़क पार कर गनपत के रिक्शे तक आयी और बोली, 'घंटाघर, क्या लोगे?'

गनपत ने अभी बीड़ी सुलगाई थी। उसने गर्दन हिलाई, 'खाली नहीं है।'

महिला भड़क गयी, 'रिक्शे में तुम खुद लद कर बैठे हो और कह रहे हो खाली नहीं है।'

गनपत ने जवाब नहीं दिया।

महिला दूसरे रिक्शे की तरफ़ बढ़ गयी।

सवारी चली गयी तो पीछे के रिक्शे का भाईलाल बोला, 'जब चिड़िया बैठाने को मिले तो गनपत हाथी क्यों बैठायेगा, है न गनपत?'

गनपत चुपचाप बीड़ी के सुट्टे खींचता रहा। भाईलाल के मुँह कौन लगे।

लेकिन बात गलत भी नहीं थी। गनपत को दो बजने का इंतज़ार था।

दस-बीस मिनट और बीतने पर लड़कियों का काफ़ी बड़ा रेला बाहर निकला।

नीले और गुलाबी दुपट्टे वाली दो लड़कियाँ पहले इधर-उधर देखती रहीं।

गनपत रिक्शा पीछे कर ही रहा था कि एक ने कहा, 'वह रहा सवेरे वाला रिक्शा।'

सवारियाँ बैठा कर जब गनपत चला, उसे लगा रिक्शे में बोझ तो कुछ है ही नहीं। पैडल इतना हल्का चल रहा था कि उसे ब्रेक पर हाथ रखना पड़ रहा था।

गनपत अबोध नहीं है। इन सर्दियों में सत्ताईस का हो जायेगा। उसे पता है दोनों अलग घर की लड़कियाँ हैं। मिलजुल कर रिक्शा करती हैं। कोतवाली पहुँच कर दोनों अपने अपने पर्स से तीन तीन रुपये निकालेंगी और उसे छह रुपये किराया देंगी। वैसे चौक का किराया इधर दस रुपये हो गया है। ख़ुद गनपत दस रुपये से कम नहीं लेता।

पर यह नीले दुपट्टे वाली लड़की का अहसान है गनपत पर। कुछ दिन पहले जब सवेरे दस बजे के ट्रैफिक जाम में गनपत का रिक्शा फँसा हुआ था, यातायात पुलिस के सिपाही ने पीछे से रिक्शे पर डंडा बरसाया। रिक्शे के हुड की कमानी टूट गयी और हुड एक तरफ़ से लटक गया। उसी ट्रैफिक जाम में पैदल फंसी यह नीले दुपट्टे वाली लड़की बोल पड़ी, 'आगे-पीछे तमाम गाड़ियाँ फँसी हैं और आप इस रिक्शेवाले पर ज़ुल्म ढा रहे हैं। आगे जाकर गाड़ियों को चलता क्यों नहीं करते।'

सिपाही सकपका कर सटक गया।

गनपत ने कृतज्ञता से लड़की की तरफ़ देखा। लड़की ने कहा, 'यूनिवर्सिटी चलोगे?'

गनपत ने सवारी बैठा ली। न पैसे तय किये, न दूसरी सवारी ढूँढ़ी। लड़की ने विश्वविद्यालय के विमेंस कॉलेज के फाटक पर उतर उसके हाथ में पाँच रुपये रख दिये।

बाद में उसके कई साथियों ने एतराज़ किया, 'तुम रेट बिगाड़ रहे हो गनपत।'

गनपत नहीं माना। धीरे से कहा, 'समझो, हमारे घर की सवारी है। बस यही एक चक्कर हम मनमर्जी करते हैं।'

लड़की पहले ही कह चुकी थी कि वह पाँच से ज़्यादा नहीं दे सकती।

हफ्ता बीतते न बीतते उसकी एक सहेली भी उसके साथ जाने लगी। अब वे मिल कर छह रुपये देने लगीं। यह भी बहुत कम मजदूरी थी, पर गनपत ने सोचा– रोज़ का लगा बँधा काम है और सवारी भी फूलों जैसी। साफ़, सुथरी, चौड़ी सड़कों से यूनिवर्सिटी पहुँचने में पन्द्रह मिनट भी खर्च न होते।

लड़कियाँ रिक्शे में बैठ दुनिया भर की बातें करती जातीं। गनपत को लगता उसकी पीठ के पीछे चिड़ियाँ चहचहा रही हैं। कभी वे फ़िल्मों की बात छेड़ देतीं तो कभी धारावाहिकों की। सुबह के समय वे कुछ सुस्त होतीं, उस वक़्त उनकी बातों में माँ-बाप की बदमिजाजी और बदसलूकी के किस्से होते। लेकिन दोपहर को वापसी के समय वे ख़ुश नज़र आतीं। कभी वे क्लास में की गयी कोई शरारत दोहरा कर हँसने लगतीं, कभी अपनी पढ़ाने वालियों का मज़ाक उड़ातीं। कभी वे गम्भीर हो जातीं। इम्तहान के दिनों में दोनों रिक्शे में, रास्ते भर पढ़ती जातीं।

जेठ बैसाख की गर्म हवायें शुरू हो गयी थीं जब उन लड़कियों ने गनपत से कहा, 'गनपत अब हमारी परीक्षा हो गयी हैं। दो महीने, तीन महीने जब रिज़ल्ट आयेगा तब हम यूनिवर्सिटी जायेंगी। तब तक तुम्हारी छुट्टी।'

हालाँकि गनपत को लड़कियों के नाम पता चल गये थे, वह उन्हें बस 'जी' कहता था।

उसने कहा, 'जी शाम को कहीं जाना वाना हो तो आ जाया करें।'

संगीता ने कहा, 'यूनिवर्सिटी के सिवा और कहीं जाने की इजाज़त ही कहाँ है?'

रचना बोली, 'तुम तो फिर भी कभी कभी माँ के साथ सिविल लाइंस चली जाती हो, यहाँ तो वह भी नसीब नहीं।'

गनपत चुपचाप चला गया। उसे लगा इतने अच्छे घरों में रहने वाली, अच्छे कपड़े पहनने वाली लड़कियाँ भी आजादी को तरसती हैं जबकि उसे गाँव में उसकी बहनों के पास और कुछ हो न हो, टोले में घूमने फिरने की आजादी तो है। या हो सकता है, वे भी अपने को गुलाम महसूस करती हों।

इन दिनों गाँव में खेतों पर अच्छी मज़दूरी मिल जाती थी। कटाई मड़ाई

के काम में अनाज ऊपर से मिलता। गनपत रिक्शा मालिक के यहाँ जमा कर, गाँव चला गया।

जब वह वापस शहर पहुँचा, स्कूल कॉलेज खुल चुके थे। सुबह सुबह हर रिक्शे में रंग बिरंगी युनिफॉर्म में बच्चे ही बच्चे लदे मिलते। गनपत को भी दो खेप बच्चे पहुँचाने का बँध काम मिल गया। इस बीच रिक्शे के रेट और बढ़ गये थे। यह अजब मगर सच बात थी कि जब-जब शहर में आटे का दाम बढ़ता रिक्शे का किराया भी उसी अनुपात में बढ़ जाता।

साथी रिक्शेवाले मज़ाक उड़ाते, 'आटा चाहे पन्द्रह रुपये किलो हो जाय, अपना गनपत पाँच रुपल्ली में सवारी ढोता रहेगा, वह भी चौक से यूनिवर्सिटी!'

गनपत ने सोचा था—इस बार हिम्मत कर लड़कियों से कहेगा, 'इतने में नहीं पर बड़ता जी।'

एक शाम वह कोतवाली के पीछे सवारी उतार कर, अड्डे पर खड़ा था। अचानक उसने देखा उसकी पुरानी सवारी के साथ एक मोटी थुलथुल औरत उसी के रिक्शे की तरफ़ बढ़ी आ रही है।

'सिविल लाइंस, कित्ते पैसे?' मोटी औरत ने पूछा।

संगीता की तरफ़ हल्की सी नज़र डाल कर गनपत ने कहा, 'समझ कर दे देना जी।'

'नहीं अभी बता दो, बाद में तुम लोग झगड़ा करते हो।'

मोटी औरत ने त्योरी चढ़ाई।

संगीता ने झेंपते हुए कहा, 'झगड़ा नहीं करेगा ममी, यह हमारा पुराना रिक्शेवाला है।'

वे दोनों रिक्शे में बैठ गयीं। रिक्शा काफ़ी भारी चल रहा था, ऊपर से बिजलीघर के पास की चढ़ाई। गनपत को लगा— आज फूल की जगह वह पत्थर ढो रहा है। वह पूरा ज़ोर लगा रहा था पर रिक्शे की रफ़्तार सुस्त बनी रही। मोटी औरत ने पीछे से डपटा, 'यह रिक्शा चला रहे हो या बैलगाड़ी। जल्दी चलो, देर हो रही है।'

लड़की ने टोका, 'माँ, यहाँ चढ़ाई पड़ती है देख तो रही हो।'

माँ ने कहा, 'तू वकालत मत किया कर। कान खोल कर सुन मेरी बात। घर में तो काम की बात करना मुहाल है। तेरे पापा हर बात में अड़ंगा फंसाते हैं। साड़ियाँ तो सब मिल मिला कर ग्यारह हो गयीं। अब कोई हल्का सा सेट ले लेते हैं। लड़के वालों का क्या है। जितना भी दो उनका पेट कभी नहीं भरता।'

गनपत के कानों में बात पड़ी। उसे झटका-सा लगा। उसका पैर पैडल पर

से फिसल गया और रिक्शे की चेन उतर गयी। यह तो लड़की की शादी की बात लग रही थी।

मोटी औरत फिर डपटने लगी, 'इस तरह तुम एक घण्टे में सिविल लाइंस पहुँचाओगे।'

'राणा ज्वैलर्स' पर उतर कर दोनों ने घड़ी देखी। गनपत ने एक क्षण संगीता की तरफ़ देखा। संगीता आशंका से कभी दुकान की तरफ़ देख रही थी तो कभी माँ के पर्स की तरफ़।

मोटी औरत ने कहा, 'क्यों भई रिक्शेवाले, क्या दे दें।'

गनपत ने माथे का पसीना पोंछते हुए कहा, 'बारह रुपए।'

'बाप रे तुम्हें दूना किराया माँगते हुए शर्म नहीं आती', मोटी औरत चिल्लाई, 'कैसे रो रो कर तो रिक्शा चलाया तुमने!'

गनपत ने ऐंठ कर कहा, 'चार सवारी जितनी मेहनत करनी पड़ी है।'

मोटी औरत ने पर्स से निकाल कर दस का एक नोट गनपत की तरफ़ फेंका और संगीता के सहारे दुकान की सीढ़ियाँ चढ़ने लगी।

गनपत सड़क की भीड़ में समा गया।

□□

इस संस्करण की [illegible] प्रतियाँ प्रकाशित की जा रही हैं।

ऑपरेशन
ब्लैकहोल

ऑपरेशन ब्लैकहोल

महावीर राजी

वाणी प्रकाशन

वाणी प्रकाशन
4695, 21-ए, दरियागंज, नयी दिल्ली 110 002

शाखा
अशोक राजपथ, पटना 800 004

फ़ोन : 91 11 23273167 फ़ैक्स : 91 11 23275710

www.vaniprakashan.in
vaniprakashan@gmail.com
sales@vaniprakashan.in

OPERATION BLACKHOLE
by Mahavir Raji

ISBN : 978-93-87889-43-9
Collection of Stories

प्रथम संस्करण

मूल्य : ₹ 395

सिटी प्रेस, दिल्ली-110 095 में मुद्रित

वाणी प्रकाशन का लोगो मक़बूल फ़िदा हुसेन की कूची से

दूरदराज तक फैले सहृदय पाठकों
एवं
आत्मीय मित्रों तथा सुधीजनों को...

जिन्होंने मेरी अनगढ़ रचनाओं को स्वीकार कर अपना स्नेह दिया और बहुमूल्य सुझावों, समीक्षाओं तथा संवादों के जरिए मुझे बेहतर सृजन के लिए निरन्तर प्रोत्साहित किया...

अनुक्रम

भाग्य विधाता
9

ऑपरेशन ब्लैकहोल
29

बाघ
44

दस क़दमों का फासला
55

तन्त्र
68

दूसरा वामन अवतार
78

सूखा
92

क़द
110

तुम्हारे हिस्से में
124

पानीदार
135

भाग्य विधाता

भूमिका : जमाने के अराजक रुख को देखते हुए और धाकड़ अग्रजों की नेक सलाह के मद्‌देनज़र लीजिए साहब, चिपका दिया मैंने भी चमकदार 'बोड़ला' डिस्क्लेमर का अपने लिखे के भाल पर कि जो भी लिखा है नीचे, कोरी कल्पना और निरी बकवास है और बकवास के सिवाय कुछ नहीं। तिस पर भी कुछेक सिरफिरे बुद्धिजीवियों को चिलकते दिख जाएँ पिपिंग टॉम से यदि सच के दो-चार छींटें इसमें, तो माफ कर दें ये जानकर कि कभी-कभी दो कहानियाँ जिस तरह प्रतिलिपि नज़र आने लगती हैं एक-दूसरे की या दूर-दूर जन्मी अजनबी शक्लें हू-ब-हू दिख जाती हैं एक जैसी, किसी मासूम संयोग के कारण ही हुआ होगा वैसा यहाँ भी और (बद) नीयत का कतई हाथ नहीं इसमें। ठीक...?

अब प्रवेश करते हैं लिखे की अशोक वाटिका में...

मिशन गाँव फुरफुरिया खेड़ा, तहसील अहमदनगर, जिला रमैनी...पूरी तरह ए.सी. तकनीक का कवच ओढ़े चमचमाती बोलेरो जब पार्टी मुख्यालय से रवाना हुई तो सुबह के लगभग सात बज रहे थे। उतरते अगहन की पुखराजी धूप इस छोर से उस छोर तक पूरा फैलाव लेकर प्रकृति की अदृश्य अलगनी पर टँगी पूरे लय में लहरा रही है। वरिष्ठ नेता यादवजी हाथ हवा में लहराकर विदाई देते हुए एक बार फिर हिदायत की चाबुक फटकारते हैं—"देखिए शुक्लाजी, किसी तरह का गफलत नहीं होना चाहिए। ऐसा नाजुक टारगेट का जिम्मा पहली बार दिया गया है आपको। खुद जननायक सर के निर्देश पर। जननायक सर का विशेष नज़र है आप पर। खुद को साबित करने का अच्छा मौक़ा है आपके पास।"

"बिल्कुल यादवजी! निसफिकिर रहिए। हमें अपनी जिम्मेवारी का पूरा एहसास है साहब..."

"सारा सामान लोड करवा लिए न?"

"जी...जी...अच्छा परनाम...बाय..." शुक्लाजी भी खिड़की से हाथ निकालकर लहरा देते हैं।

गाड़ी हल्की गुर्राहट भरती गतिमान होकर रोड पर आ जाती है और रफ़्तार सम करती सरपट दौड़ने लगती है। तब जाकर उन्हें चैन पड़ता है।

विशालकाय हिप्पोपोटसनुमा बोलेरो में सिर्फ़ दो जन बैठे हैं। ड्राइवर जगदीश को छोड़कर! एक तो हैं–शुक्लाजी। पार्टी मुख्यालय में छुटभैया नेता, पर खुद को बड़ी तोप से कम नहीं समझते। राजनीति के अखाड़े में दंड पेलते पन्द्रह साल बीत गये। एम.पी. या एम.एल.ए. की कौन कहे, अभी तक निगम चुनाव के लिए भी टिकट हासिल करने में सफल नहीं हो सके हैं। मन कोफ्त से चिड़चिड़ाया रहता है। उनके समकालीन कई मित्र, जैसे खुद यादवजी भी, कितना तो आगे निकल गये। इस बार जननायक सर की जौहरी नज़र उन पर पड़ ही गयी। हीरे की परख हर कोई ऐरा-खैरा थोड़े ही न कर सकता है। एक जिम्मेदार प्रोजेक्ट उनके हवाले कर दिया। चिड़चिड़ाये मन के नीरव अन्धकार में आशा की एक छोटी लौ टिमटिमाने लगी है। इस टारगेट को सफलतापूर्वक सम्पन्न कर दिया तो निश्चित रूप से आगामी विधानसभा चुनाव का टिकट उन्हें मिल जायेगा। टिकट पा जाने की उत्तेजना अभीए से रोम-रोम से चिलकने लगती है।

पास बैठे दूसरे व्यक्ति मिथिलेशजी हैं। उम्र पचास के पेटे में। मानव-संसाधन मन्त्रालय में अफ़सर हैं। एच.आर. में एम.बी.ए. के डिग्री होल्डर! पर चूँकि डिग्री किसी अनाम से सी ग्रेड के बी-स्कूल से जुगाड़ी हुई है और चूँकि उनकी शिक्षा-दीक्षा भी गाँव, कस्बे तथा छोटे शहर के गुरुकुली पृष्ठभूमि से है, उन्हें नौकरी की शुरुआत नीचे ग्रेड से करनी पड़ी है। धीरे-धीरे प्रमोशन की सीढ़ियाँ तय करते हुए वे अफ़सर की कलंगी धारण कर लेने के बावजूद, नौकरी के शुरुआती दौर में उनके भीतर जन्मा 'बाबू' का प्रेत अब भी पूरी तरह सजग और सक्रिय है जो रसूख वाले किसी भी व्यक्ति का सामना होते ही चापलूसी के धारदार नौकरशाही हथियार से उन्हें अपने पक्ष में कर लेने के लिए पूँछ फटकारने लगता है।

इसी बीच जगदीश रिमोट का इस्तेमाल करते हुए गाड़ी की खिड़कियाँ बन्द करके एयर कंडीशनर चालू कर देता है। मिथिलेशजी कनखी से शुक्लाजी की ओर देखते हैं। पलकें ढलकी हुई हैं, जैसे किसी गम्भीर चिन्तन में लीन हों।

"किस सोच में डूबे हुए हैं सर...?" मिथिलेशजी से रहा नहीं जाता तो संवाद सूत्र जोड़ने की गरज से हिनहिना उठते हैं। इस वक़्त शुक्ल जी की बन्द पलकों के स्याह स्क्रीन पर एम.एल.ए. का भावी चुनाव जीत जाने के बाद निकले विजय-जुलूस के रोमांचक कोलाज का लारवा आकार ग्रहण कर रहा था। खुली

जीप में साथियों के बीच हाथ जोड़े खड़े 'माला' माल शुक्लाजी! ढोल, ताशा और बैंजो के ढम ढमा ढम के बीच जयकारे के समवेत् स्वर! चारों ओर प्रशंसकों का जनसमूह।

मिथिलेशजी की पुकार पर तन्द्रा भंग हो जाती है, आँखें खोल देते हैं। चेहरे पर कोलाज का सम्मोहन किसी ख्यात कॉस्मेटिक कम्पनी की खुशबूदार फेसक्रीम की तरह पुता हुआ है।

"लगता है, किसी सुहाने सपने में खोए हुए थे..." क्रीम की खुशबू हवा में तैरती मिथिलेशजी के नथुनों में दस्तक देती है तो वे हँस पड़ते हैं।

"बस ऐसे ही..." शुक्लाजी ठहरे घाघ नेता; न्न...अभी बात खोल देने से ख़तरा हो सकता है। अतः हो-हो करते हुए मिथिलेशजी के प्रश्न को फाख़्ता की तरह उड़ा देते हैं—"हम सोच रहे हैं कि आज एक एतना एडवांस जमाना में जहाँ भूमंडलीकरण है, जहाँ कम्प्यूटर-इंटरनेट है, जहाँ बड़े-बड़े मॉल, प्लाजा और फ्लाईओवर हैं, बहुराष्ट्रीय कम्पनियों की आवाज़ाही है, चाँद, मंगल और शुक्र पर बस्ती बनाने का कवायद हो रहा है...ऐसे विशिष्ट युग में गाँव नाम का चीज़ या उसका कनसेप्ट अभी तक बचा हुआ कैसे है?"

"अद्भुत सर...क्या मौलिक चिन्तन है...!" मिथिलेशजी के भीतर का 'बाबू' चापलूसी का हथियार सँभाले फनफना उठता है—"पहले की बात छोड़ दें तो अब गाँव में धरा ही क्या है? धूल-धक्कड़, पोखरा-डबरा, गाय-भैंस, खेत-खलिहान, बागुड़, छप्पर-मड़हे और ढेर सारा निरर्थक कूड़ा-करकट! इन सब के बीच प्रेत की तरह डोलता किसान या खेतिहर नाम का मनहूसजीव...हँह!" मिथिलेशजी के मुँह से झर रहे एक-एक शब्द से गाँव के प्रति घनघोर वितृष्णा चू रही है। ज़ाहिर है, ऐसा कहने का आत्मबल उन्हें शुक्लाजी के बीज वाक्य से ही मिला है।

"जब बहुत छोटे थे...एही कोई दू-तीन साल के, गाँव तभीए छूट गया था। शहर आ गये ननिहाल में। वहीं पले-बढ़े। फिर राजनीति की आपाधापी में गाँव जाने का मौक़ा ही नहीं मिला। बावजूद इसके, विरोधी खेमे का कोई माई का लाल ई दावा नहीं कर सकता कि हम गाँव से जुड़े हुए नहीं हैं..." शुक्लाजी के चेहरे पर रहस्यमय मुस्कान फुदकने लगती है।

"बिल्कुल सर...! गाँव से जुड़ने के लिए अब गाँव जाना ज़रूरी थोड़े ही रहा। दसियों फ़िल्मों और बीसियों धारावाहिकों में गाँव के भरपूर दृश्य गुँथे रहते हैं। जब गाँव से जुड़ने का मन चाहा, इनका सी.डी. चला लें बस!" मिथिलेशजी चटकारे लेते हुए रहस्यमय मुस्कान को कुशल विशेषज्ञ की तरह डीकोड कर देते हैं तो शुक्लाजी ठहाका लगाते हँस पड़ते हैं—"बिल्कुल...! हमारे नार्थ बेल्ट

में गाँव-देहात में एगो रिवाज है—हर बखत कन्धे पर गमछा झुलाए रखना जो अक्सर ही मैला चीकट रहा करता है..."

"सर...कहीं ये अमरीकियों की नकल तो नहीं?" मिथलेशजी के ज़ेहन में अचानक एक नया आइडिया कौंध पड़ता है—"वहाँ गले में टाई बाँधते हैं, जिसकी देखा-देखी यहाँ कन्धे पर गमछा रखने लगे हों! अरे साहब, रखना ही है तो कोई बढ़िया अंगवस्त्र रखो न। जैसे अपने चिदम्बरम साहब रखते हैं या फिर करुणानिधि साहब रखते हैं। कभी की पढ़ी एक पंक्ति याद आ रही है सर—भाषा में भदेस हूँ, इतना कायर हूँ कि उत्तर प्रदेश हूँ। अब उत्तर प्रदेश की जगह बिहार, झारखंड, एम.पी. कुछ भी जोड़ लें..."

गाँव के प्रति इतनी वितृष्णा, घृणा और नफरत भरे उद्‌गार के बाद यहाँ आकर जैसे शब्द चुक गये हों, संवाद थम जाता है! कुछ क्षणों के लिए मौन के प्रेत को भरतनाट्यम करने के लिए गाड़ी के भीतर खुला मैदान मिल जाता है। शुक्लाजी की पलकें फिर से ढलक जाती हैं। मिथिलेशजी कनखियों से देखते हैं उनकी ओर, न जाने भविष्य के किस चमत्कारी संयोग से आज के इस छुटभैया नेता के भाग्य का छींका टूट जाए और यह किसी मन्त्रालय के कैबिनेट पद या किसी निगम-आयोग के चेयरमैन की कुर्सी पर काबिज हो जाए! वे चापलूसी का कोई मौक़ा खोना नहीं चाहते।

मिथिलेशजी पास रखे बास्केट से माजा की ठंडी बोतलें निकालकर शुक्लाजी की ओर बढ़ा देते हैं—"लीजिए सर...मूड ठीक हो जाएगा।"

गाड़ी अपनी रफ़्तार से गन्तव्य की ओर दौड़े जा रही है। ऊपर आसमान दर्पण की तरह साफ है और इसके विस्तृत 'रन-वे' पर बादलों के नन्हे शावक और पक्षियों के नटखट चूजे धमा-चौकड़ी मचाने में व्यस्त हैं! रोड के दोनों ओर पेड़-पौधे, घर-बार और दुकानें इत्यादि के परिदृश्य तेज़ी से पीछे छूटते जा रहे हैं।

"हूँऽऽऽ..." माजा का रसीला पेय बूँद-बूँद कंठ में उतरता है तो ज़ेहन में ठुँस आयी गाँव की लिजलिजी मनहूसियत शनैः-शनैः तिरोहित होने लगती है। मन रुई की तरह हल्का हो जाता है। माजा खत्म करके शुक्लाजी लम्बी निःश्वास छोड़ते हैं, मानो पुराने जमाने के स्टीम इंजन ने रवानगी के समय फालतू स्टीम छोड़ी हो। फिर होंठों पर शातिर मुस्कान लाते हुए हिनहिनाते हैं—"अब तनी बात का दूसरा पहलू पर गौर करें मिथिलेशजी! परिस्थितियाँ ऐसी बन गयी हैं कि गाँव हम राजनेताओं के लिए मजबूरी हो गया है, काहें जें सत्ता तक पहुँचने का रास्ता गाँवों की कच्ची-पक्की पगडंडियों और छप्पर-मड़हों के बीच से होकर गुजरता है ससुर। हमारे भारत के बहुसंख्यक भाग्य विधाता आज भी मनहूस गाँवों में न रहते

हैं। उनका पूजा-अर्चना किये बिना लाल किले पर काबिज होना मुमकिन नहीं।''

शुक्लाजी खिलखिलाकर हँस पड़ते हैं। इस हँसी में निष्ठावान शागिर्द की तरह मिथिलेशजी योगदान देना नहीं भूलते। दोनों के सम्मिलित ठहाकों में हिकारत और तिरस्कार का ऐसा तीखा छौंक रहता है कि उसकी गन्धाती बास बन्द खिड़कियों के बावजूद बाहर रेंग जाती है और बोलेरो के ऊपर उड़ रहे चितकबरे कबूतरों को असहज करने लगती है।

मिथिलेशजी आनन-फानन बास्केट में से हॉट-पॉट निकालते हैं। फिर गर्म समोसे और पावभाजी का चटाखेदार नाश्ता शुरू हो जाता है।

''आपको पता है मिथिलेशजी, हम किस गाँव के किस महान आदमी के घर जा रहे हैं?''

नाश्ता उदरस्थ हो चुकता है। फिर दस मिनट का अन्तराल! भरे-भरे रक्ताभ चेहरे पर तौलिया फिराते हुए शुक्लाजी अचानक दस्ती बम की तरह यह प्रश्न मिथिलेशजी की ओर उछाल देते हैं तो मिथिलेशजी अकबका जाते हैं। फिर पास रखे लैपटॉप को गोद में खींचने लगते हैं।

''लैपटॉप रहने दें, हम बता रहे हैं...'' शुक्लाजी मिथिलेशजी की आँखों में झाँकते हैं—''हम जा रहे हैं गाँव फुरफुरियाखेड़ा के दलित बस्ती में रहने वाले श्रीमान घुरबिन राम के रंगमहल में। हमारे जननायक सर आगामी काल इस महान आदमी के यहाँ पधार रहे हैं। यहाँ कुछ घंटे बिताएँगे। नाश्ता-पानी लेंगे, हालचाल पूछेंगे इनका। इनका गोड़ पूजेंगे और इस सारे उत्सव को चैनेल पर दिखाया जाएगा।''

''इस्स...कितनी कठिन अग्निपरीक्षा से गुजरेंगे हमारे जननायक सर! सत्ता की लालसा जो न करा दे! अन्यथा घुरबिन राम जैसे तैंतीस कोटि देवता तो उनके यहाँ झाड़ू-पोंछा में लगे होंगे सर...''

कुछ क्षणों का असहज मौन...फिर शुक्लाजी आहिस्ते से दाहिना हाथ मिथिलेशजी के कन्धे पर धर देते हैं और आह भरते हुए हिनहिनाते हैं—''जन नायक सर का अग्निपरीक्षा तो दिख गया आपको, पर हमारा? उच्च साकलदीप ब्राह्मण कुल में जन्मे हम! कभी सपने में भी नहीं सोचे थे कि एक दिन चमकटवा बिरादरी के मडहे में जाना होगा। उफ, कैसा धार्मिक पतन हो रहा है हमारा।''

''सचमुच सर...'' मिथिलेशजी को तुरन्त अपनी गलती का एहसास हो जाता है। झट उनकी आह में अपनी टीस का कॉकटेल मिला उठते हैं—''आपकी तो सीता मैया वाली से भी विकट अग्नि परीक्षा है सर...''

फिर कुछ क्षणों का असहज मौन...!

''लेकिन सर, इस टारगेट को लेकर बड़ा ही डर लग रहा है। इन भुच्च

गँवारों को अदब-कायदा, शिष्टाचार और बड़े सम्मानित लोगों के सामने पेश होने का तौर तरीका सिखाना बहुत ही कठिन है। कैसे कर पाएँगे हम ये सब? कहीं इ चमकटवा जननायक सर की शान में कोई गुस्ताखी कर बैठा तो...तो सारी जिम्मेदारी हम पर ही आएगी।"

"डरिए नहीं भाई, हम हैं न!" शुक्लाजी घनी मूँछों के बीच मुस्कुराते हैं—"अरे, एच.आर. में एम.बी.ए. किया है आपने? एच.आर. में तो लोगों को पटाना ही न सिखाया जाता है? पहले खूब प्यार से बताएँगे-समझाएँगे। न हो तो ससुर को डेमो भी करके दिखा देंगे। तिस पर जो उसकी खोपड़ी में शिष्टाचार की ये महीन बातें न घुसीं तो...तो तुलसी बाबा लिख गये हैं न रमायन में—ढोर गँवार शूद्र अरु नारी, इ सब ताड़न के अधिकारी...हा हा हा..."

"माने...?" मिथिलेशजी कुछ न समझते हुए पलकें झपकाते हैं।

"माने आप समझते रहिए। इतने बड़े अफ़सर हैं..."

शुक्लाजी की पलकें फिर से ढलक जाती हैं। मिथिलेशजी उनके कहे के निहितार्थ को विश्लेषित करने में लग जाते हैं। नज़रें विंड स्क्रीन के मध्य में पतली सूत से झूल रही बार्बी डाल पर टिक जाती हैं। देखते-देखते एक मेटामॉरफॅसिस घटता है और डॉल एक बड़े सलीब में रूपान्तरित हो जाती है। सलीब पर टँगा है एक यक्ष प्रश्न। भारत भाग्य विधाता! भाग्य विधाता कौन हैं? गाँव-देहात में खेत-खलिहानों के बीच धूप-बरसात में हाड़-तोड़ मेहनत करके देश के लिए अन्न उपजाते, छप्पर-मड़हे में गरीबी, जलालत और अभावों की ज़िन्दगी जीने वाले प्रेतनुमा मनहूस दलित कमज़ोर और पिछड़े वर्ग के लोग...या फिर खाए-अघाए, कोठी-महलों में रहने वाले, ए.सी. चेम्बरों में बैठकर अबूझ आँकड़ों की बाजीगरी से देश को चमकाने का ढोंग करते दागी, माफिया, चरित्रहीन और घोटालेबाज राजनेतागण...! अचानक ज़ेहन में कभी की पढ़ी एक पंक्ति कौंध उठती है—"राष्ट्रगान में कौन भला वह, भारत भाग्य विधाता है..."

कौन...? कौन...? "कौन" ईको बनकर बोलेरो के आकाश में चमगादड़ की तरह पंख फड़फड़ाने लगता है।

दलित किट : सब फिट ही फिट
उर्फ : ये बिग बॉस का मामला है...

गाँव फुरफुरियाखेड़ा पहुँचते-पहुँचते दस बज जाते हैं। दोनों जन बातचीत में इस क़दर मशगूल हैं कि गाँव में कब प्रवेश कर गये, पता नहीं नहीं चल पाया। जब बोलेरो की बन्द खिड़कियों के पारदर्शी शीशे के पार धूल-धक्कड़ के ताने-बाने से भीनी-भीनी मटमैली चदरिया लहराती नज़र आने लगती है, टाली, खपड़ा

और फूस के मड़हे नज़र आने लगते हैं, पोखर-डबरे, गाय-भैंस, सूअर-बकरियाँ और इन सबकी लिंडियाँ दिखने लगती हैं तथा खेत-खलिहान व इनमें विचरते किसानों-खेतिहरों के परिदृश्य उभरने लगते हैं, तब पता चलता है कि अरे, हम गाँव में प्रवेश कर गये भैया!

गाँव के चेहरे पर शहर की नोच-खसोट का असर स्पष्ट गोचर हो रहा है। कच्चे-पक्के टपरों व गुमटियों में सैलून, लांड्री, चाय-घुघनी, सिंघाड़ा व गुड़ की जलेबी, सस्ते शृंगार प्रसाधन वगैरह की दुकानें खुल गयी हैं।

राह में किसी दबंग अगड़े के बाग में लगने वाला बरदाही साप्ताहिक हाट दिखता है। दो-चार बाईक और कुछेक बोलेरो-सूमो भी साँय-साँय करती गुजर जाती हैं। सम्भवतः गाँव का कस्बाई हिस्सा था यह। बोलेरो इन सबको अलविदा कहती और आगे बढ़ती है तो अब परिदृश्य बिखरा-बिखरा व छितराया नज़र आने लगता है। कच्चे-पक्के रिहायशी टपरे और कोठरियाँ। दूर-दूर तक फैले खेत-खलिहान, इनके बीच परिवार के सदस्यों के साथ काम करते किसान-हलवाहे! नीम, जामुन, आम, बरगद, पीपल तथा अन्यान्य अनाम प्रजाति के पेड़! मानो गाँव की चौकीदारी को तैनात पहरेदार हो! इन बेजान पहरेदारों में चींचीं के मधुर कलरव से प्राण फूँकते रंग-बिरंगे पक्षियों के झुंड!

सामने बड़ा-सा पोखर दिखता है तो शुक्लाजी जगदीश को गाड़ी रोकने का संकेत देते हैं। गाड़ी एक मधुर हिचकोले के साथ ठहर जाती है। दोनों जन गाड़ी से उतरते हैं तो बाहर की खुली हवा के थपेड़े उनके बदन पर चढ़े ए.सी. के शीतल लेप को खरोंच फेंकते हैं। पोखर में पाँच-सात भैंसें गरदन तक पानी में डूबी समवेत् स्वर लय में जुगाली के महान काम में इस क़दर लीन हैं कि इनके आगे ढोल-ताशी की दुन्दभी भी बजे तो समाधि भंग होने वाली नहीं इनकी। पोखर में कुछ आगे महिलाएँ आधे-अधूरे वस्त्रों में बरतन-भाँडे साफ करने और नहाने में व्यस्त हैं। पास ही नंग-धड़ंग बच्चे पानी में छप-छप करते जल-केलि कर रहे हैं।

पोखर के सहारे-सहारे एक खड़ंजा दूर तक रेंग गया है। खड़ंजे से गुजरते इक्का-दुक्का राहगीर ठिठककर दूर से बोलेरो को निहारते हैं, फिर कछुए की तरह स्वयं में सिमटकर कन्नी काटते खिसक जाते हैं। गाँव की सभी बोलेरो, सूमो और बाईक ब्राह्मण, ठाकुर, यादव परिवार के पास हैं जो इनकी खूब जानी पहचानी हैं। परन्तु यह बालेरो नयी है। गाँव में अनजान नयी बोलेरो...यानी कि गाँव के किसी मनई पर भारी आफत!

"ऐ भैया...ज़रा सुनिए," अन्त में शुक्लाजी दूर से गुजरते हुए एक ग्रामीण को संकेत से पास बुलाते हैं।

"जी हुज़ूर..." ग्रामीण कन्धे पर के गमछे को सहलाता भारी क़दमों से पास आता है।

"चमटोला के घुरबिन राम का घर किधर है...?"

ग्रामीण को जैसे साँप सूँघ जाता है। मुँह से बोल नहीं फूटते। नयी अनजान बोलेरो! फनाफन कपड़े पहने अफ़सरनुमा लोग! तहसील के मुलाजिम, थानेदार या बैंक का कर्जा वसूलने वाले लठैत हुए तो? इस बाबद गाँव वालों के बीच परस्पर अघोषित समझौता प्रचलित है कि ऐसे लोगों को गाँव के किसी भी मनई का सही पता न बताया जाये।

"डरो नहीं भाई..." शुक्लाजी उसके धर्मसंकट को भाँप लेते हैं—"जैसा तुम सोच रहे हो वैसा कुछ भी नहीं है। हम राजधानी से आये हैं। गाँव में चल रही योजना का ज़ायज़ा लेने। इसके अलावा हमारी पार्टी ने घुरबिन राम को सम्मानित करने का फैसला लिया है। यही बताने आये हैं।"

सम्मान देने की बात पर ग्रामीण आश्वस्त तो होता है पर मन के भीतर ईर्ष्या का स्फुलिंग सुलग उठता है। घुरबिन जैसे चमकटवा में सरकार को ऐसा क्या दिखा कि उसे सम्मानित करने पर उतावली हो उठी जबकि मैं ग्राम पंचायत का सक्रिय सदस्य हूँ और जाति के स्तर पर उससे एक सीढ़ी ऊपर भी! स्फुलिंग भुने जा रहे चने सा उछलकर बाहर आ जाता है—"सम्मान...? ऊ चमकटवा में ऐसा कौन खास बात है सर कि उसका सम्मान को सोच रहे हैं आप?"

"अब ई बात तो भैया हमारे जननायक सर ही बता सकते हैं। वैसे तुम कौन जाति के हो?"

"हम धोबी हैं..." ग्रामीण के लहजे में अकड़ घुली हुई थी—"घुरबिन से एक सीढ़ी ऊपर! ऊ ससुर हरिजन हैं, हम दलित...!"

गाँव के धुर उत्तरी छोर पर बसा चमटोला। चमकट बिरादरी के सात-आठ घर हैं। सरकारी अफ़सरों के आने की ख़बर हवा की गति से घुरबिन के पास पहले ही पहुँच चुकी है। चमचमाती बोलेरो और उससे उतरते दो दिव्य पुरुष! ऐसे दृश्य आमतौर पर टोले वालों के लिए आतंक और दहशत से भरे हुए होते हैं क्योंकि बोलेरो से उतरने वाले या तो कर्ज वसूलने वाले बैंकों के रंगदार होते हैं या तहसील या थाने के अफ़सर! पर आज बात कुछ अजूबा है। कुछ पल के लिए घुरबिन के मड़हे के पास पड़ोसियों का मजमा जुट जाता है। शुक्लाजी मजाकिया सुर में फटकार दिलाते हुए उन्हें हटा देते हैं।

फूस डला मड़हा! सामने ओसारा! ओसारे में दरवाज़े के पास मैला चीकट बोरा! पाँव पोंछने के लिए! एक सिरे से दूसरे सिरे तक लम्बी तनी अलगनी पर

चमगादड़ की तरह झूलते ताज़ा धुले कपड़े! एक ओर जलाबन के लिए झाड़ियों एवं टहनियों के गट्ठा! पास ही कमाए चमड़े की पाँच-सात खालें!

मड़हे के पीछे खपरैल वाली दो कोठरियाँ! बीच में छोटा-सा आँगन! आँगन के पूर्वी कोने में नाबदान! नाबदान के पास जूठे बरतन! पास ही पानी से भरी बाल्टी! पश्चिम तरफ़ हाथ भर ऊँचे चबूतरे पर तुलसी का बिरवा! उसकी बगल में बबूल-बेहया की झाड़ियों से घेरकर बना सूअरबाड़ा जिसका मुँह बाहर की तरफ़ खुलता है। बाड़े के भीतर घुर्र-घुर्र करते कुछेक घेंटें!

''आइए हुजूर...'' घुरबिन दोनों को मड़हे के भीतर ले आता है। भीतर एक ओर झिलंगी खटिया पड़ी है। खटिया पर लाश की तरह निर्जीव-सी बिछी है चीकट कथरी। कथरी को घिन से परे सरकाते हुए दोनों खटिया पर बैठ जाते हैं! मड़हे के भीतर कैसी तो कसैली बू रसायन की तरह फैली हुई है। दोनों का दिमाग़ सनक जाता है। ऐसे उबकाई वाले माहौल में जननायक सर एक पल के लिए भी कैसे ठहर पाएँगे! पर न...! मजबूरी जो है! सत्ता की!

''तुम तो बड़े बड़भागी निकले रे घुरबिन भाई...!'' मिथिलेशजी घुरबिन की पीठ पर धौल जमाते हुए हिनहिनाते हैं।

''बड़भागी?'' घुरबिन के सूखे पपड़ाए होंठों पर नन्ही गौरया की तरह मासूम-सी मुस्कान फुदककर आ बैठती है।

''हाँ भैया...समझो कि साक्षात् भगवान ही आ रहे हैं शबरी का बेर ख़ाने! पर रहने दो। तुम शम्बूक लोग शबरी और रामचन्दर महाराज का माहात्म्य नहीं बूझ पाओगे। हमारे जननायक सर के मन में दलित, हरिजन और कमज़ोर वर्ग के लिए बड़ा हमदर्दी और दया भरा है! तभीए तो देश सेवा के इतना व्यस्त कार्यक्रम के बावजूद तुम लोगों का हालचाल मालूम करने के लिए महीना-बीस दिन पर किसी न किसी दलित बस्ती के मड़हे में दो-चार घंटे या पूरी रात बिताया करते हैं। वहाँ नाश्ता-पानी करते हैं और उनका दुख-दर्द सुनते हैं! इस बार संयोग से उनका कृपा दृष्टि तुम्हारे ऊपर पड़ गया है। समझो कि सात पुश्तों का दलिद्दर दूर हो गया। जो चाहे माँग लेना...''

''हमारा वजीफा पास हो जाता सर तो आगे खूब पढ़ना चाहता हूँ हम...'' घुरबिन का आठ साल का बेटा तपाक से बोल पड़ता है। घुरबिन उसको डपटकर चुप करा देता है।

''मिथिलेशजी, लैपटॉप में नोट किया जाए ई बात...'' शुक्लाजी बायीं आँख दबाकर अजीब का संकेत देते हैं तो मिथिलेशजी लैपटॉप के माउस पर अँगुली फेरने का ढोंग करने लगते हैं।

“दू बीघा का छोटा-सा चक था हुजूर। ओह में खीरा, ककड़ी, मकई या सोयाबीन उपजा लेते थे। तीन साल पहले बीज-खाद के लिए ग्रामीण बैंक से करजा लिया रहा। फिर लगातार सूखा पड़ने से फसल बरबाद हो गया साहेब। मिलीभगत से बैंकवाले चुपचाप खेत निलाम करके परभू जादो के नाम चढ़ा दिये।”

“नोट किया जाये मिथिलेशजी...” फिर वही अबूझ संकेत! लैपटॉप पर अँगुली फ़ेरने का ढोंग!

“मनरेगा में जॉब कार्ड नहीं बनाया?” मिथिलेशजी पूछते हैं।

“बनाया हुजूर! दुन्नो का! वहाँ भी सब गोलमाल है। काम कभी मिलता है, कभी नहीं। छह महीना पहले बभनोट में एगो पोखरा का जिर्णोद्धार का काम हुआ रहा। छब्बीस दिन का मजूरी अभी भी बकाया पड़ा है साहेब। परधानजी कह रहे हैं जे हाजिरी बनाकर ऊपर भेज दिया। जब आएगा, तभे मिलेगा। पूरा धाँधली है देवता। बीडीओ, सीडीओ, तहसीलवाले और परधानजी—सब मिलकर बन्दरबाँट कर रहे हैं। सुना है, गाँव में कई जगह खड़ंजे का काम हुआ, पर सिरिफ कागज पर। पैसा हवा में उड़ गया। कोई सुनने वाला नहीं...”

“बड़ी गरीबी में जी रहे हैं साहेब...” पहली बार घुरबिन की मेहरारू रसभरिया मुँह खोलती है। दोनों महानुभावों की पोस्टमार्टमी नज़रें रसभरिया पर टिक जाती हैं। साँवला गदराया बदन और भरी-भरी छातियाँ! ब्लाउज के गले से पिपिंग टॉम-सी झाँकती छातियों के बीच की गहरी उपत्यका! नज़रें उपत्यका में धँसने लगती हैं—“का बताएँ? चावल-गेहूँ कभी-कभी ही मिल पाता है। सावाँ-कोदो का भात और बेझरी-मकुनी का रोटी से पेट भराई करते हैं। तरकारी में आलू मिला तो मिला। नहीं तो लपसी या पसावन से काम चलाते हैं। नून तेल लकड़ी का जुगाड़ बड़ा मुश्किल से ही हो पाता है हुजुर...”

“नोट किया जाए मिथिलेशजी...” एक बार फिर वही खूबसूरत ढोंग!

“सर, पटना वाला मध्याह्न भोजन घटना की तरह हमारे स्कूल में भी तरकारी में एगो मरा हुआ साँप निकला। उसके बाद भोजन देना ही बन्द कर दिये। पर लोग कह रहे हैं कि स्कूल के नाम पर राशन पहले की तरह उठ रहा है अभी भी...” घुरबिन का बेटा फिर उत्साही टिप्पणी करता है तो घुरबिन उसे चुप करा देता है।

“बस हुजूर, ज़्यादा कुच्छो नहीं चाहिए। दू टेम का दाल-रोटी, पक्का मड़हा, अपना वाला दुबिधिया, शौचालय, मिट्टी का तेल, वजीफा...इ कुल मिल जाए तो निहाल ही हो जाएँ।”

“नोट किया जाय मिथिलेशजी...”

कुछ क्षणों का मौन ब्याप जाता है। सब चुप हो जाते हैं। मिथिलेशजी लैपटॉप बन्द

करके लेदरकेश में भर लेते हैं। शुक्लाजी बेग से मिनरल वाटर की बोतल निकालकर कुछ बूँदें कंठ में उड़ेलते हैं, फिर हुंकारा भरते हुए बोलते हैं–"हमने तुम्हारी सारी शिकायतें नोट कर लीं घुरबिन भाई। ये जननायक सर तक पहुँचा दी जाएँगी। अब तुम हमारा बात ध्यान से सुनो। जननायक सर जैसा एगो बड़ी हस्ती तुम्हारा मड़हा में आ रहे हैं तो उनके सामने ऐसे ही बगलोल की तरह तो पेश नहीं न हो सकते। थोड़ा अदब कायदा, थोड़ा सलीका, बैठने-खड़ा होने और बोलने-बतियाने का तौर तरीका व शिष्टाचार ज़रूरी है। वही बताने-सिखाने आये हैं ताकि उनका शान में कोई गुस्ताखी न हो जाए। अरे भाई, मड़हे के भीतर का तमाशा पूरा देश देखेगा चैनेल पर।"

"जी साहेब..."

"यह जननायक सर का दलित किट है..." बड़े-से कार्टून को खोलकर उसमें रखी चीज़ें एक-एक करके निकालते हैं मिथिलेशजी। पहले कथरी! फिर जिंक एल्यूमिनियम और काँसा की बनी थाली, कटोरी, चम्मच और गिलास! मिनरल वाटर की बोतलें। अन्त में हॉट-पॉट का डब्बा! बरतन और कथरी का रंग-रूप और लुक इस तरह से तैयार किया गया है कि वे हू-ब-हू किसी हरिजन घर में बहुत दिनों से प्रयुक्त हो रहे सामानों जैसे पुराने और घिसे प्रतीत हो रहे हैं।

"दलित हरिजन प्रेम के खातिर जननायक सर को हर दूसरे-तीसरे महीने किसी न किसी दलित बस्ती में जाना पड़ता है न। सो पार्टी ने उनके लिए स्पेशल दलित किट ही बना दिया है।" शुक्लाजी व्याख्या करते हैं, "ताकि किसी तरह का रिस्क न रहे। हॉट पॉट में गरम घुघनी रखी है। इन्हीं कटोरी-गिलास में घुघनी पानी लाकर देना है उनको। बूझ रहे हो न? सारा सामान भीतरी छप्पर में अलग से रख दो।"

रसभरिया सारा सामान भीतर रख आती है।

"अब सबसे अहम मुद्दा...उनके सामने होने का सलीका!"

"जी देवता..." घुरबिन हाथ जोड़ देता है।

"तुम रसभरिया के साथ ओसारे में मुस्तैदी से खड़े रहोगे। जैसे सर गाड़ी से उतरकर ओसारे तक आएँ, दोनों जन गोड़ छूकर परनाम करोगे। मिथिलेशजी, डेमो करके दिखाया जाय..."

"हाँ सर!"

शुक्लाजी ओसारे से नीचे उतरकर "सर" की भूमिका ले लेते हैं। मिथिलेशजी घुरबिन के संग ओसारे में खड़े रहते हैं। जैसे ही शुक्लाजी ओसारे में आते हैं, दोनों जन घुटनों के बल झुककर उनके गोड़ छूते हैं।

"न...न...घुरबिन भाई! कमर थोड़ा और झुकाना होगा। शरीर तना हुआ दिख रहा है।"

एक बार फिर से रिहर्सल! कुछ दिन से घुरबिन की कमर में दर्द आया हुआ है। चिनक का! बड़ा झाड़-फूँक कराया। लहसुन वाला तेल की मालिश भी की। पर कोई फायदा नहीं। ज़्यादा झुकने की चेष्टा करता है तो बदन असन्तुलित होकर लड़खड़ा जाता है। शुक्लाजी हत्थे से उखड़ जाते हैं—"ऐसे नहीं चलेगा। हमारे जाने के बाद खूब प्रेक्टिस कर लीजिएगा।"

"सर जो पूछें, सिर्फ़ उसी का हाँ या ना में जवाब देना। अपनी तरफ़ से कुछ नहीं कहना है। तुम्हारी सारी शिकायत और दुख-दर्द का किस्सा हम पहले ही उन तक पहुँचा देंगे न..." मिथिलेशजी क़दमताल मिलाते हैं।

"जी हुज़ूर..."

"खैनी खा-खाकर दाँत कैसे करिया गया है। पोखरा की मिट्टी से सिरिफ दाँत ही नहीं, चेहरा-मोहरा भी चमका लीजिएगा।"

"जी।"

"और चेहरे पर ऐसे सख्ती के भाव क्यों हैं भाई?" मिथिलेशजी घुरबिन की आँखों में झाँकते हुए फनफनाते हैं—"नहीं चलेगा। ऐसा दिख रहा है मानो भीतर ही भीतर आक्रोशित हो। न...न... चेहरे पर थोड़ी नरमी लाओ। दीन-हीन और याचक होने के भाव, समझे?"

"जी साहेब..." घुरबिन कुछ भी नहीं समझ पाता कि साहेब लोग क्या कह रहे हैं। जो मनई पहले से ही दीन-हीन हैं, उसको दीन-हीन दिखने के लिए नाटक करना पड़ेगा? वह रोबोट की तरह "जी साहेब...जी हुज़ूर..." दुहराता चला जाता है।

"बल्कि रसभरिया को आगे रखना। ऊ ज़्यादा समझदार लग रही है।" शुक्लाजी की उचटती नज़रें ससुरी छुट्टे साँड़ की तरह सीधे उपत्यका की ओर दौड़ने लगती हैं—"ठीक...?"

"जी साहेब..." इस बार रसभरिया जवाब देती है—"कोई भूल नहीं होगा।"

लगभग साढ़े बारह बोलेरो जब वापस लौटने के लिए रवाना होती है तो दोनों के चेहरे गोभी के ताज़ा फूल की तरह खिले रहते हैं।

"सब कुछ आसानी से निपट गया न?" शुक्लाजी ठहाका लगा उठते हैं। विजयोल्लास से दिप दिप करता ठहाका—"आप बेकारे डर रहे थे।"

"हाँ सर, सब आपके अनुभव और कुशलता की बदौलत ही सम्भव हो सका है"—मिथिलेशजी मस्का लगाते हैं—"आपकी धमकी के असर से घुरबिन राम रात भर शिष्टाचार का प्रेक्टिस करते रहेंगे..."

"एगो बात आपने नोट किया कि नहीं?" शुक्लाजी अपना श्रीमुख पूरी तरह

मिथिलेशजी की ओर घुमाकर रहस्यमय ढंग से फुसफुसाते हैं—"दलित-हरिजन घर की औरतों के कसे-कसे आबनूसी बदन के साँवले जादू के सामने बोलीऊड की सोनाक्छी और दीपिका का सफ़ेद सौन्दर्य पानी भरता है ससुर! हो हो हो।"

"हा...हा...हा!" शुक्लाजी की हो हो की कढ़ी में अपने हा हा हा हा का करारा बघार डालने से भला क्यों चूकते मिथिलेशजी। बघार डली कढ़ी की चटपटी खुशबू बोलेरो के आकाश में किसी रसायन की तरह इस कोने से उस कोने तक सरसरा जाती है।

रात को घुरबिन खटिया पर आता है तो देर तक नींद नहीं आती। कलेजा अजीब-सी आशंका से धक-धक कर रहा है। बगल में किशुन सो रहा है। खटिया के पास नीचे कथरी बिछी है जिस पर रसभरिया लेटी है।

घुरबिन से रहा नहीं जाता तो मेहरारू को हाँक लगाता है—"का हो किशुन माय...सो गया का?"

"न...नहीं तो" रसभरिया उठ बैठती है—"देश का सबसे बड़ा नेता कल हमरा मड़हा में आ रहे हैं, देह का रोआँ रोआँ थरथरा रहा है..."

कुछ क्षणों के लिए खामोशी का प्रेत नाचता रहता है दोनों के बीच। दोनों के ज़ेहन में झंझावात चल रहा है। दोनों ही कुछ कहना चाहते हैं, पर सूत्र नहीं मिल रहा।

"सिर्फ़ एक दिन का बात और है, फिर बाबा साहेब का किरपा से सारा दलिदर दू हो जाएगा..." आखिरकार घुरबिन ही चुप्पी तोड़ता है। उसकी आवाज़ में कुछ अप्रत्याशित हासिल हो जाने की खनक घुली है।

"बप्पा, हमरा वजीफा पास हो जाएगा न?" किशुन भी उत्तेजना से भरकर उठ बैठता है।

"दू बिघहिया जो परभू जादो के चंगुल से छूट जाये तो जान में जान आये..."

"तसल्ली रखो न। सब ठीक होगा। सारा बात अफ़सर लोग नोट कर ले गये हैं, देखा नहीं?"

खामोशी का प्रेत फिर से आ टपकता है दोनों के बीच। दोनों की आँखों के कोटरों में एकमुश्त सतरंगी सपने हमिंग बर्ड की तरह चीं-चीं करते आ दुबकते हैं।

"हे जी, एगो बात कहें?" रसभरिया खटिया के पास सरक आती है और घुरबिन के बालों में अँगुलियाँ फिराने लगती है।

"कहो न रे..."

"जब बड़का मालिक चलकर हमरा मड़हा में आ ही रहे हैं तो अपना दुख-दर्द और तकलीफ खुदे काहें नहीं कह देते हो उनसे? एहमें बीच का आदमी का कौन

काम? ऐसा मौक़ा फिर कभी नहीं मिलेगा। साहस सँजोकर आगे बढ़ जाना और सब कुछ उनसे कह डालना...''

''पर...पर अफ़सर लोग का शिष्टाचार और सलीका वाला बात...'' घुरबिन हकला जाता है।

''गोली मारो उनको। बड़का मालिक दयालु हैं। हरिजन और दलितों के लिए उनके हिया में प्यार है। तभीए न हमरा मड़हा में आ रहे हैं। अपना दुख और कष्ट के बारे में उनसे कहना कौनो अपराध थोड़े ही न है।''

खामोशी का प्रेत एक बार फिर से प्रकट हो जाता है और इस बार पूरे मड़हे को अपनी गिरफ्त में बाँध लेता है। मड़हे में मुट्ठी भर साँसों की मद्धम सरगम प्रेत के संग क़दम ताल मिलाने लगती है।

भारत भाग्य विधाता

उर्फ : दोनों हैं आमने सामने

दूसरे दिन लगभग दो बजे अपराह्न लालबत्तियों का माँग टीका लगाए तथा हवा में तीखी सायरन छोड़तीं कुछ विशिष्ट गाड़ियाँ गाँव फुरफुरियाखेड़ा में प्रवेश करती हैं तो रोज़ की तरह अलसाया-ऊँघता गाँव पूँछ फटकारता कान खड़े करता एकदम से जाग पड़ता है।

आगे चल रही पायलट गाड़ी में शुक्लाजी और मिथिलेशजी बैठे हैं और अभियान का नेतृत्व कर रहे हैं।

कुछ ही देर में गाड़ियाँ पहले पक्के रोड, फिर खड़ंजों व कच्ची पगडंडियों की लक्ष्मण रेखाओं से घिरे खेत-खलिहान व विभिन्न मोहल्लों में से गुजरती चमटोले के पिछवाड़े खड़े घुरबिन के मड़हे के सामने आ लगती हैं।

सुरक्षाकर्मियों और मीडिया से घिरे जननायक सर गाड़ी से उतरते हैं और हाथी सी चाल से मड़हे की तरफ़ बढ़ जाते हैं। ओसारे में पूर्व निर्देशानुसार घुरबिन रसभरिया के संग हाथ जोड़े खड़ा है। जननायक सर के ओसारा चढ़कर दरवाज़े पर आते ही दोनों जन घुटनों के बल बैठकर उनके पाँवों पर झुक जाते हैं।

''न...न...भाई...'' जननायक सर घुरबिन को उठाकर गले से लगाने का उपक्रम करते हैं। नज़रें पास खड़ी रसभरिया की ओर जाती हैं तो ब्लाउज के गले से झाँकती उपत्यका के ताप से चुँधिया उठती हैं। इसको भी गले लगा लें? न्न...न्न। नज़रों के कान उमेठते हिनहिनाते हैं—''आप उम्र में बड़े हैं, पैर न छुएँ।''

घुरबिन का कलेजा जुड़ जाता है। आ हा हा...देश का एतना बड़ा मलकार! उसके जैसा दू कोड़ी के मनई को गले से लगा रहा है।

झिलंगी खटिया पर चीकट पैबन्दी कथरी की जगह 'किट' वाली कथरी बिछी है। हू-ब-हू घुरबिन की पुरानी कथरी जैसा लुक! जननायक सर खटिया पर बैठते हैं तो खटिया भी अपना दुखड़ा सुनाने की बेताबी में किंकिया उठती है।

"कैसे हैं घुरबिन भाई..." जननायक सर फिर से घुरबिन की ओर देखते हैं जो सुरक्षाकर्मियों की वजह से ज़रा दूर छिटक गया है। पास ही रसभरिया खड़ी है। इस बार नज़रों पर लगाम पूरी तरह कसे हुए हैं। बड़का मलकार को इतना नज़दीक पाकर घुरबिन इस क़दर अभिभूत है कि मुँह से बोल नहीं फूटते।

"सर..." तभी शुक्लाजी बात को लपक लेते हैं—"इनका सारा शिकायत नोट कर लिया गया है।" फिर घुरबिन से आदेशनुमा लहजे में कहते हैं—"अरे भाई, सर के लिए कुछ नाश्ता-पानी का जुगाड़ किए हैं कि नहीं?"

रसभरिया भीतर खप्पर की तरफ़ दौड़ जाती है। जननायक सर चेहरे पर विजयी भाव लिए मुस्कुराते हैं—"हमारे मन में दलितों और कमज़ोर तबकों के लिए कितना प्यार और सम्मान है, हम बता नहीं सकते। व्यक्त कार्यक्रम के बावजूद चेष्टा करते हैं कि उनके मड़हे में कुछ समय बिताएँ। उनकी समस्या से रू-ब-रू हों, उनका आशीर्वाद लें।"

जाहिर है, यह प्रवचन घुरबिन के लिए कम, मीडिया के मार्फत जनता के लिए ज़्यादा था।

"पिछड़ों और दलितों के हित में बेशक अभी ढेरों योजनाएँ चल रही हैं। रोज़गार गारण्टी योजना, सड़क योजना, विद्युत योजना, आवास योजना, विधवा पेंशन, बुढ़ापा पेंशन, विकलांग पेंशन, मध्याह्न भोजन वगैरह वगैरह। हम सत्ता में आये तो इस लड़ी को आगे बढ़ाते हुए ढेरों नयी परियोजनाओं के मनके जोड़ेंगे इसमें..."

जाहिर है, यह प्रवचन भी घुरबिन के लिए कम, मीडिया के मार्फत जनता के लिए ज़्यादा था। शनैः-शनैः प्रवचन के सालन में उपलब्धियों और विकास के जादुई आँकड़ों का छौंक पड़ने लगता है।

"इतनी सारी योजनाएँ। हर योजना के लिए करोड़ों करोड़ रुपयों का आवंटन।"

दूर खड़ा घुरबिन पलकें झपकाता मन ही मन हिसाब लगाता है...करोड़ रुपये कितने होते हैं भाय? एक सौ, दू सौ, कई सौ! हे भीम बाबा, ऐसा कुछ करिए कि बड़का मलकार इन रुपयों में से एकाध सौ हमरा झोली में डाल दें।

जननायक सर के ज़ेहन से घुरबिन और उसके यहाँ पिकनिक की बात फाख्ता की तरह उड़ चुकती है। मड़हा लाल किले की प्राचीर में तब्दील हो उठता है जहाँ से वे देश को सम्बोधित कर रहे हैं। इस बार सम्बोधन में अबूझ से भारी भरकम

तकनीकी शब्दों का रसायन मिला होता है–"जीडीपी...आधारभूत संरचना... सामाजिक न्याय...मुख्य धारा...खाद्य सुरक्षा...गरीबी रेखा...काला धन...भ्रष्टाचार..."

जाहिर है, यह प्रवचन भी घुरबिन के किसी काम का नहीं होता और वह बकलोल सा पलकें झपकाता चुपचाप जननायक सर को निहारते रह जाता है।

तभी रसभरिया एल्यूमिनियम की थलिया लिए मड़हे में आती है। थलिया में 'किट' वाली जिंक की कटोरी और कांसे का गिलास है। कटोरी में मसालेदार घुघनी! गिलास में मिनरल वाटर! दोनों ही 'किट' वाले! घुघनी की लजीज खुशबू पखेरू की तरह पूरे मड़हे में घुमेरे घालने लगती है।

"अरे वाह, घुघनी! लाइए...लाइए...हमें बहुत पसन्द है, खास करके किसी हरिजन भाई के घर की बनी!" इसके पहले कि रसभरिया जननायक सर तक पहुँच पाती, शुक्लाजी आगे बढ़कर थलिया लपक लेते हैं।

"आ हा हा...अद्‌भुत स्वाद है" चम्मच भर घुघनी मुँह में डालकर चहक पड़ते हैं सर 'भौजी के हाथ में तो जादू है भाई!"

अभी तक घुरबिन और रसभरिया को जननायक सर के नज़दीक जाने का मौक़ा नहीं मिल सका था। जैसे ही वे आगे बढ़ने की चेष्टा करते, बीच में सुरक्षा अधिकारी या शुक्लाजी-मिथिलेशजी राहू-केतु की तरह टपककर उन्हें पीछे ठेल देते। घुरबिन के ज़ेहन में अजीब-सा अन्धड़ अँखुआने लगता है। जननायक सर कष्ट उठाकर हमसे भेंट-मुलाकात की खातिर आये और हम ही को साजिश के तरह उनसे दूर रखा जा रहा है। न्न! ऐसा मौक़ा बार-बार थोड़े ही न आएगा। किसी तरह साहस जुटाकर अपना मन की बात उनसे कह ही देना होगा।

घुरबिन रसभरिया की आँखों में झाँकता है। रसभरिया पलकें झुकाकर "हाँ" का संकेत देती है। घुरबिन दिल की धड़कनों पर काबू रखते हुए खटिया की ओर बढ़ने की जुगत भिड़ाता ही है कि शुक्लाजी उसकी हरकत को भाँप लेते हैं और उसे ठेलते हुए पिछवाड़े वाले छप्पर में ले आते हैं।

"ई का हो रहा है?" लहजे में पूरी तल्खी संश्लिष्ट रहती है।

"बड़का मालिक से दिल का बात कहना चाहते हैं देवता..." प्रत्युत्तर में मासूम गिड़गिड़ाहट!

"दिल का सारा बात नोट करके पहले ही उन तक पहुँचा दिया गया है..."

"फिर भी...जब मालिक हमरा घर तक आये हैं तो मुदा दु ठो बात कर लेने में कौन हरजा है..." रसभरिया हाथ जोड़ देती है।

"हरजा है" मिथिलेशजी भरपूर नज़रों से उसे घूरते हुए फनफनाते हैं–"शिष्टाचार और सलीका सिखाने की कल की सारी मेहनत बेकार गयी..."

"बेशक अनपढ़ गँवार हैं हम, पर हाथ बाँधकर दु ठो बात कर लेने का सलीका आता है साहेब..."

"बोले रहे, तनकर नहीं थोड़ा झुककर दोहरा होकर खड़ा रहना..."

"कमर में चिनक का दर्द आया हुआ है देवता। ज़्यादा झुकने से टीस मारता है।" रसभरिया सफ़ाई पेश करती है।

"बोले रहे, पोखरा का माटी से चेहरा-मोहरा चमका लेना। कैसा तो महक रहा है बदन! हँह!!"

"नहीं देवता, माटी से मल-मल कर खूब सफा किए देह को। पर भगवान का दिया रंग-रूप बदल थोड़े ही जाएगा।"

"बोले रहे, सर के सामने बढ़िया कुरता पहिनकर पेश होना। कैसा तो बिजूखा जैसा दिख रहे हो।" मिथिलेशजी के स्वर में हिकारत भरी हुई है।

"हमारे पास यही कुरता सबसे निक है हुजूर..." सालों पहले बुधवारी हटिया से खरीदा था कुरता। उस वक़्त काया कसी-गठी थी। अब अपेक्षाकृत कृश बदन पर ढीला और बेडौल लग रहा है। पर दूसरा विकल्प भी तो नहीं है।"

"बोले रहे, गमछा नहीं रखना कन्धे पर, पर तुम लोग..."

"गमछा एकदम सफा है देवता। गमछा तो हमरी संस्कृति और देशी रिवाज का पहचान है। कैसे हटा सकते हैं इसको...?"

"न्न...कोई रिस्क नहीं ले सकते। माओवादी खूब घूम रहे हैं गाँव में। उनके या विपक्ष वाले के बहकावे में कुछ उल्टा-सीधा हरकत कर डाले तो?"

कुछ क्षणों के लिए जैसे वक़्त ठहर जाता है। अब तक की कवायद से घुरबिन समझ जाता है कि ये छुटभैया अफ़सर उसे बड़का मालिक के पास आसानी से नहीं जाने देंगे। अचानक वह चीते की-सी फुर्ती से उछाल भरता है और मछली की-सी फिसलन लिए दोनों के बीच से फुर्र से निकलकर मड़हे की ओर दौड़ जाता है। शुक्लाजी अकबका जाते हैं और लम्बे-लम्बे डग भरते उसके पीछे लपकते हैं। इसके पहले कि घुरबिन खटिया तक पहुँच पाता, शुक्लाजी उसे कन्धों से पकड़ लेते हैं। खींचतान और पकड़ा-पकड़ी के दाँव-पेंच में चर्र की आवाज़ होती है और बायें कन्धे के पास से आधा कुरता बटनों को तोड़ता शुक्लाजी के हाथ में चमगादड़-सा झूल जाता है।

घुरबिन के गले से कातर चीख़ निकल पड़ती है। आबनूसी बदन पर उगे रीछनुमा बाल बेदर्द हो जाते हैं। खटिया पर बैठे दिव्य प्रवचन से मीडिया को उपकृत कर रहे जननायक सर की एवं अन्यान्य लोगों की उत्सुक नज़रें उस ओर उठ जाती हैं। पर सारा कुछ पलक झपकते हो जाता है और शुक्लाजी उसे

आनन-फानन छप्पर में घसीट लाते हैं। पहले गमछे से उसका मुँह बाँध दिया जाता है। फिर दोनों जन लात-घूँसों से उसकी पिटाई शुरू कर देते हैं। रसभरिया फटी-फटी आँखों से सब कुछ देखती रह जाती है। उसमें इतनी जान भी शेष नहीं कि आगे बढ़कर घुरबिन को पिटाई से बचा सके।

बाहर प्रवचन पूरे शबाब पर है...

"हम दलित व हरिजन भाइयों को सामाजिक न्याय और सम्मान दिलाकर रहेंगे, उन्हें मुख्यधारा में शामिल करने को प्रतिबद्ध हैं..."

भीतर ज़मीन पर लुढ़के अधमरे घुरबिन के मुँह से गों-गों की किंकियाहट टपक रही है।

"सच तो यह है कि हमारे देश में असली भाग्य विधाता टाटा बिड़ला मित्तल जैसे पूँजीपति नहीं, गाँव-देहात में रहने वाले करोड़ों हरिजन-दलित और कमज़ोर-पिछड़े वर्ग के गरीब किसान, खेतिहर और मजदूर लोग ही हैं।"

थोड़ी देर में शुक्लाजी और मिथिलेशजी मड़हे में आते हैं तो प्रवचन का समापन करते हुए जननायक सर पूछ बैठते हैं—"ये शोरगुल कैसा था शुक्लाजी?"

"सर, हमसे एक महत्त्वपूर्ण बात छुपाया गया है। घुरबिन राम को पागलपन का दौरा पड़ता है और जब भी ऐसा दौरा पड़ता है, वह भयानक रूप से अहिंसक हो उठता है। अभी थोड़ी देर पहले वैसा ही दौरा पड़ा था उस पर..."

"ओह..." जननायक सर मुस्कुराते हैं। भारी से भारी मुसीबत में भी चेहरे पर शान्त सौम्य मुस्कुराहट बरकरार रखने का अभ्यास हो गया है उन्हें—"तो पहले न कहना चाहिए था। हम अपने प्रभाव का उपयोग करके प्रधानमन्त्री राहत कोष से पाँच लाख रुपये का अनुदान दिला रहे हैं। इनका इलाज देश के सबसे बड़े अस्पताल 'एम्स' में कराया जाए, देश के महत्त्वपूर्ण भाग्य विधाता हैं भाई।"

तालियों की गड़गड़ाहट से मड़हा गूँज उठता है।

समारोह का समापन सफलतापूर्वक हो जाता है। कारवाँ अपने पीछे गुवार छोड़ता धीरे-धीरे कच्ची पगडंडियों और खड़ंजों से गुजरता पक्के रोड की ओर बढ़ जाता है। तब जाकर रसभरिया को होश आता है। घुरबिन के मुँह से बँधा गमछा खोल उसे खटिया पर लाकर लिटा देती है और चोटों पर हल्दी चूने की पुल्टिश लगाने की तैयारी में जुट जाती है।

और अन्त में...

उस दिन देर रात तक और दूसरे दिन भी लगभग सारे चैनल घुरबिन के मड़हे में बिताये जननायक सर के चुनिन्दा दृश्यों की वीडियो क्लिपिंग के टुकड़ों

को निरीह दर्शकों पर गुगली की तरह बरसाते रहते हैं। घुरबिन को गले से लगाते जननायक सर। झिलंगी खटिया पर बिछी हरिजनी चिकट कथरी पर पालथी मारकर बैठे जननायक सर! जिंक एलूमिनियम की कटोरी में हरिजनी घुघनी खाते जननायक सर! देश की जनता अस् अस् कर उठती है।

तीन दिन बाद! एक बार फिर शुक्ल जी और मिथिलेशजी की जोड़ी बोलेरो हाँकती घुरबिन के मड़हे पर आती है। घुरबिन और रसभरिया के चेहरों पर उन्हें देखकर उत्साह की बजाय आतंक की झाइयाँ उभर आती हैं। पर मन के भीतर किसी कोने में एक क्षीण सी आशा भी टिमटिमाती है कि सम्भव है बड़े मालिक ने रुपये-पैसे की कुछ सहायता भेजी हो।

दोनों जन हाथ जोड़ते हुए उन दोनों महानुभावों की अगवानी करते हैं। ''कैसे हैं घुरबिन भाई?'' दोनों को भरपूर नज़रों से निरखते हुए हिनहिनाते हैं शुक्लाजी। निरखने की इस प्रक्रिया में चुलबुली नज़रें लगाम छुड़ाती रसभरिया की तरफ़ कुछ ज़्यादा ही झुकने लगती हैं।

''सब आप लोगन का किरपा है देवता।''

''उस दिन हाथ ज़रा ज़ोर से चल गया था। माफ कर देना भाई। हम मजबूर थे, क्योंकि ऊपर से ऐसा ही आदेश था।''

दोनों जन चुप रहे। कहने को कुछ था भी नहीं।

''हमारे जननायक सर को आप लोगों की भारी फिकिर है। एक बार बस गद्दी तक पहुँच जाएँ। फिर देखना...''

''जी हुजूर...''

''हम सर का हरिजन किट लेने आये हैं।''

''जी साहेब...'' रसभरिया भीतरी छप्पर से सारा सामान ले आती है...सब कुछ साफा करके रखे हैं।''

''इसके अलावा तुम्हारा खटिया और गोड़ पोंछना भी ले जाएँगे अपने साथ...'' मिथिलेशजी मुस्कुराते हुए कहते हैं।

''गोड़ पोंछना...'' घुरबिन गोड़ पोंछना के नाम पर अकबका जाता है।

''अरे भाई, ओसारे में दरवाज़े के पास गोड़ पोंछने के लिए जो बोरा पड़ा है, वही। इस बोरे में हमारे जननायक सर के गोड़ का स्पर्श हुआ है न।''

''दोनों चीज़ पार्टी संग्रहालय में स्मृति चिह्न के रूप में रखी जाएँगी। बाकायदा दोनों पर चिट लगेगा—गाँव फुरफुंरिया खेड़ा, तहसील अहमदनगर, जिला रैनी की दलित बस्ती के श्री घुरबिन राम के मड़हे की खटिया और पाँव पोंछ। दलित प्रेम के चलते कुछ घंटों के यहाँ पड़ाव के दौरान जननायक सर ने इसी खटिया पर

बैठकर घुरबिन राम से दलित हित पर विचार-विमर्श किया था और इसी पाँव पोंछ पर अपने पाँव पोंछे थे।''

''पर मालिक, हमारे पास सिरिफ यही एगो खटिया है।'' घुरबिन गिड़गिड़ा उठता है।

''उफ्...'''' मिथिलेशजी मीठी झिड़की देते हुए उसका कन्धा थपथपाते हैं... ''थोड़ा सब्र नहीं रख सकते? एक बार उन्हें सत्ता पर आ जाने दो, फिर देखना...''

गोड़ पोंछना और खटिया को बोलेरो की डिक्की में ठूँस दिया जाता है। स्मृति चिह्न!... मड़हा विधवा की माँग की तरह कैसा तो सूना और उजाड़ नज़र आने लगता है।

कुछ दिनों बाद घुरबिन राम को देश के सबसे बड़े अस्पताल 'एम्स' में ले जाया जाता है—कागज कलम पर! पन्द्रह दिनों तक आइसीयू में दाखिल रहता है घुरबिन—कागज कलम पर। एम्स के पाँच विशेषज्ञ डॉक्टरों की टीम उसके इलाज में जुट जाती है—कागज कलम पर! लगभग एक माह के धुआँधार इलाज के बाद पूरी तरह स्वस्थ एवं ताज़ा दम बनाकर उसे बाकायदा फुरफुरिया खेड़ा के उसके मड़हे के सुपुर्द कर दिया जाता है—कागज कलम पर! कागज कलम पर जमा खर्च दिखलाकर नेता, उपनेता और अफ़सरों द्वारा पाँच लाख की राशि का औपचारिक रूप से अन्तिम संस्कार कर दिया जाता है।

वैसे तो समय कपूर की तरह उड़ता चला जा रहा है। पर घुरबिन राम के लिए जैसे समय ठहर-सा गया है। उठते-बैठते, सोते-ज़ागते घुरबिन और रसभरिया की आतुर निगाहें दरवाज़े पर टिकी रहती हैं। ज़रा-सा खटका होते ही दौड़कर बाहर आते हैं कि जननायक सर का भेजा कोई सौगात तो नहीं आया है उनके लिए इतना बड़ा नेता मड़हे में आकर उससे भेंट करके गया है, मामूली बात थोड़े ही है?

इन दिनों गाँव के स्कूल में नया मास्टर आया हुआ है—राम रतन पासवान। घुरबिन राम की हरकत पर खिलखिलाकर हँसता है—''अरे भैया, हम दलितों-हरिजनों के विकास के लिए विभिन्न योजनाओं के मद में अरबों खरबों रुपये ऐसे कार्टून में भरकर लदान किये जाते हैं जिसके तल में छेद है। इस छेद के बारे में सर को पता है। ऐसा एक रणनीति के तहत जानबूझ कर किया जाता है ताकि एक तीर से कई शिकार किये जा सकें...यानी कि एक ही साथ मन्त्री-सन्त्री, नेता-उपनेता, छोटे-बड़े अफ़सर, तहसील और पंचायत के अधिकारियों को उपकृत करने के बाद अन्त में जब कार्टून गाँव पहुँचता है तो उसमें चूहे की पूँछ जितनी रकम रह जाती है! हा हा हो!

क्या सचमुच ऐसा ही हो रहा है? आप लोगों की क्या राय है?

ऑपरेशन ब्लैकहोल

'यहाँ सो रहा है वह व्यक्ति जिसका नाम पानी पर लिखा था...'

—अपनी समाधि के पत्थर पर जॉन कीट्स द्वारा
खुद का लिखा मृत्यु-आलेख

समय : पूर्वाह्न 11 बजे

हादसा या खुल जा सिम सिम...

राजधानी से तकरीबन दो सौ किलोमीटर दूर के एक कस्बाई गाँव में औचक हुए इस दर्दनाक हादसे की ख़बर ने पंख फड़फड़ाते हुए प्रकाश की गति से दौड़ते-हाँफते राजधानी के टीवी न्यूज चैनलों के लकदक ए.सी. दफ्तरों में दस्तक दी तो चैनेल सुप्रीमो के कान तो खरगोश के कानों की तरह खड़े हुए ही, आँखों की पुतलियाँ भी अजीब-सी अलौकिक खुशी से दीप्त हो उठीं।

'इस वक़्त' चैनेल का अत्याधुनिक सुसज्जित शानदार ऑफ़िस। एम.डी. दमानी साहब का बड़ा-सा शीतताप नियन्त्रित कक्ष! बायीं दीवार पर छिपकलियों से चिपके छह-छह मॉनीटर!

दमानी साहब एक बड़ी एम.एन.सी. से भावी कॉन्ट्रक्ट को लेकर गुफ्तगू में मशगूल हैं कि इंटरकॉम का चोंगा च्यूंटी काट लिए किसी बच्चे की तर्ज पर ज़ोरों से किंकिया उठता है। एक विरक्ति-भाव से ही दमानी साहब किंकियाते बच्चे को घूरते हैं, फिर बुजुर्ग की तरह उसे पुचकारते हुए रिसीवर उठा लेते हैं।

सिर्फ़ दो-चार पल के ही संवाद कानों में टपके होंगे कि दमानी साहब कुर्सी पर उछल ही तो पड़ते हैं—'क्या...?'

उछलने के क्रम में देहयष्टि पर चढ़ी चर्बी की कई-कई परतों की दरारों में रोमांचक थिरकन फूट उठती है जो कुछ देर तक तो वहीं वृत्ताकार घुमेरे घालती धमाल मचाये रहती है, फिर अधोमुख होकर 'फुस्स' की आवाज़ करती कक्ष के वायुमंडल में विलीन हो जाती है। इस पूरी कवायद के दौरान 'क्या...' हर्ष और आश्चर्य के चटपटे बघार से सराबोर होकर रबर की तरह लम्बा खिंच जाता है।

"कन्फर्म्ड?" दमानी साहब आश्वस्त हो जाना चाहते हैं।

"ऑफ कोर्स सर!" इंटरकॉम पर मैनेजिंग एडिटर तिवारी जी हैं—"हादसे के प्राइमरी वीडियो फुटेज आ भी गये हैं और ब्रेकिंग न्यूज की पट्टी के साथ बार-बार आवृत्त करते हुए हमने उन्हें दिखाना भी शुरू कर दिया है। ज़रा मॉनीटरों की ओर तो नज़रे-इनायत करें सर...।" फिर एक उन्मुक्त खिलखिलाहट!

दमानी साहब की नज़रें त्वरित गति से मॉनीटरों की ओर उठ जाती हैं। चमचमाते स्क्रीन पर पहले ब्रेकिंग न्यूज की पट्टियाँ, फिर हर्फ़ 'तीस फीट गहरे बोरवेल में गिरा पाँच साल का मासूम बच्चा!' 'सरकारी अफ़सरों और नौकरशाह की लापरवाही की एक और क्रूर मिशाल!'

"देखा सर...?" तिवारी जी चहकते हैं।

"अरे! यह तो कुछ साल पहले प्रिन्स नाम के छोकरे के साथ हुए हादसे जैसा ही लग रहा है तिवारी जी!" दमानी साहब की आवाज़ ख़ुशी से लरज जाती है।

"बिल्कुल उस जैसा ही! तीन घंटे हो चुके हैं हादसे को हुए। मीडिया वालों ने ढोल पीटते हुए हादसे को इस तरह फोकस में ला दिया है कि बच्चे को गड्ढे से निकालने के लिए रेस्क्यू ऑपरेशन शुरू करने के अलावा और कोई चारा नहीं है सरकार के पास। बल्कि ऑपरेशन अब तक शुरू भी हो गया होगा...।"

"यानी तिवारीजी, प्रिंस वाले हादसे की तर्ज़ पर ही एक और नया गड्ढा खोदने की क़वायद! यानी सेना और पुलिस के जवानों की रेलमपेल, रेस्क्यू उपकरणों की आमद! छोटे-बड़े नेताओं और मन्त्रियों की आवाज़ाही! यानी पूरे दो दिनों का निरन्तर चलने वाला सनसनीपूर्ण अभियान! अरे साहब, आप घटनास्थल के नवीनतम विजुअल्स का प्रसारण ज़ारी रखें। आगे की स्ट्रेटेजी बस कुछ ही मिनटों में फाइनल कर ले रहे हैं हम, ओ.के.?"

लाइन कट जाती है। लाइन कटते ही पलकें रोमांच के अतिरेक से स्वयमेव ही ढलक जाती हैं। मुँदी पलकों के स्याह स्क्रीन पर टीआरपी और रेवेन्यू का खरगोश ऊँची कुलाचें भरता चिलक उठता है।

आनन-फानन चैनेल के तीन सर्वाधिक महत्त्वपूर्ण अधिकारियों का जमावड़ा होता है उनके कक्ष में। मार्केटिंग एवं ब्रांडिंग मैनेजर मिथिलेशजी, गेस्ट कोओर्डिनेटर सलमान अंसारी एवं चैनेल हेड सुनील गुप्त।

"सुना आप लोगों ने?" दमानी साहब की आवाज़ में थरथराहट संश्लिष्ट है—"रेस्क्यू ऑपरेशन में निश्चित रूप से पैरेलल गड्ढा खोदने का निर्णय लिया जाएगा। दो दिनों के पहले ख़त्म नहीं होने वाला ये अभियान। पूरे दो दिन! इमोशन और सेंटिमेंट वाले हमारे महान देश के महान लोग साँस रोककर इस

अभियान का लाइव प्रसारण देखने में जुट जाएँगे, हाँ!'' उपलों जैसे होंठों के बीच मुस्कराते और पुतलियों को पकौड़ी की तरह नचाते दमानी साहब विश्वस्त मुलाजिम मिथिलेशजी की ओर मुड़ जाते हैं और पहेलीनुमा प्रश्न गुगली की तरह उछाल देते हैं उनकी ओर, ''ऐसी हालत में हमारे 'इस वक़्त' को क्या करना चाहिए, बताइए तो...?''

''टीआरपी और रेवेन्यू दोनों ही स्तरों पर हाई जम्प सर!'' जवाब आने में एक क्षण भी नहीं लगता।

''जस्ट एमेजिंग।'' दमानी साहब उत्तेजना में मेज़ पर हथेली मारते हैं, ''अब दो काम तुरन्त! पहला...घटना स्थल के लिए ओ बी वैन और कैमरा टीम की रवानगी। टीम के साथ अपने तेज-तर्रार रिपोर्टर्स दें। पूरा कवरेज होना चाहिए। हर ओने-कोने के जीवन्त दृश्य। भीड़ में शामिल चेहरों के उतार-चढ़ाव, खीझ, आक्रोश। सब कुछ कैमरे की ज़द में हो। दूसरा, स्टूडियो में भी एंकरिंग ऐसी कलात्मकता से करवाएँ कि दर्शक सिर्फ़ और सिर्फ़, 'इस वक़्त' चैनेल से ही चिपककर रह जाएँ।''

''राइट सर! सब कुछ वैसा ही हो रहा है। ओ.बी. वैन और कैमरा टीम रवाना हो चुकी है,'' सुनील गुप्ता रिपोर्ट देते हैं, ''टीम के संग स्वप्निल और प्रियंकर को भेजा गया है। कुछ ही मिनटों में प्रसारण शुरू हो जाएगा। यहाँ न्यूज रूम में एंकरिंग का जिम्मा शशांक और हेमन्त सँभालेंगे। क्या ग़ज़ब का नियन्त्रण है भाषा पर दोनों का ही, लहजे में आरोह-अवरोह का छौंक देकर एक सम्मोहन ही खड़ा कर देते हैं सर...।''

''गेस्ट कोओर्डिनेशन को लेकर निश्चिन्त रहें सर। मुझे अपनी जिम्मेदारियों का पूरा एहसास है। परिचर्चा के लिए चार-चार लोगों के पैनेल बनाकर नाम भी तय कर लिया है मैंने।'' अंसारी साहब दमानी सर को आश्वस्त करते हैं।

''वेरी गुड फ्रेंड्स!'' फिर मिथिलेशजी की ओर मुड़ जाते हैं दमानी साहब—''नाऊ हरी अप मिथिलेशजी, इसके बाद आपका रोल बहुत महत्त्वपूर्ण है। इस लाइव प्रसारण की मार्केटिंग और ब्रांडिंग। टॉप के बीस एम.एन.सी. क्लाइंट्स के नाम शॅर्ट-आउट करें और उन्हें तुरन्त ऑफ़िस में आने का न्यौता भेजें। राईट नाउ...।''

सारे अधिकारी अपने-अपने काम में जुट जाते हैं। नवीनतम आधुनिक उपकरणों के पूरे ताम-झाम से लैस 'इस वक़्त' की टीम घटनास्थल पर पहुँच चुकी है। वहाँ से लाइव विजुअल्स आने शुरू हो भी गये हैं। घटनास्थल पर स्थानीय प्रशासन के वरिष्ठ अधिकारियों और सेना व पुलिस के जवानों की भीड़ है। घटनास्थल की दूर तक घेराबन्दी कर दी गयी है। बड़े-बड़े दैत्याकार ड्रिलर,

डॉजर, क्रेन एवं अन्यान्य मशीनें एक के बाद एक पहुँच रही हैं। डॉक्टरों और सहायकों की चिन्तातुर चहलक़दमी तथा कारों, जीपों एवं एम्बुलेन्स की डरावनी सायरनों से पूरा परिदृश्य सहमा हुआ है। पूरी क़वायद का सिर्फ़ एक ही मक़सद है—किसी भी तरह बच्चे को जीवित बचा लेना। कैमरे को क्रेन के सहारे बोरवेल के भीतर दूर तक लटकाया जाता है। सिर्फ़ और सिर्फ़ साँय-साँय करता भयावह अँधेरा। पतली अन्धी सुरंग के भीतर किस जगह अटका हुआ है बच्चा, कुछ भी सुराग नहीं मिल पाता। रेस्क्यू टीम पुराने बोरवेल के समानान्तर पास में ही नया गड्ढा खोदने में जुट गयी। दूसरा कोई विकल्प नहीं। नये गड्ढे में उतरकर सुरंग काटते हुए पुराने बोरवेल से बच्चे को निकाला जाएगा। बैरिकेड के बाहर स्थानीय लोगों का रेला खड़ा है।

टिक-टिक, टिक-टिक! घड़ी की सूइयाँ अपनी रफ़्तार से चक्राकार आगे बढ़ रही हैं। तीस मिनट का समय चुटकी बजाते निकल जाता है। ठीक तीस मिनट के अन्तराल पर देश की बड़ी ख्यात एमएनसी के विज्ञापन अधिकारियों की कारें 'इस वक़्त' भवन के बाहर आकर लगने लगती हैं। लकदक सूट-टाई में सजे एवं हाथों में चमगादड़ की तरह ब्रीफकेस लटकाये दमानी साहब के कक्ष की ओर बढ़ रहे हैं वे लोग।

"लुक एट द मॉनीटर्स फ्रेंड्स!" औपचारिक अभिवादन के बाद अधिकारियों का ध्यान दीवार पर चिपके मॉनीटर्स की ओर खींचते हैं दमानी साहब—"यहाँ से थोड़ी दूर के एक क़स्बे में तीस फीट गहरे बोरवेल में एक बच्चा गिर गया है। उसको बचाने का काम युद्ध स्तर पर शुरू हो चुका है। कुछ साल पहले हुए प्रिंस वाले हादसे की याद तो होगी ही आप लोगों को? ठीक उसी की तर्ज़ पर रेस्क्यू ऑपरेशन...।"

मॉनीटर पर घटनास्थल अपने पूरे दृश्यबन्दों के साथ उपस्थित है। मशीनें, जवान, अधिकारीगण, डॉक्टर, एम्बुलेन्स, टेंट, जन सैलाब...सबकुछ जीवन्त। दमानी साहब का चेहरा विजयोल्लास से खिला हुआ है, "एक-एक लम्हे के लाइव प्रसारण की व्यवस्था की गयी है। साथ में राउंड-द-क्लॉक पैनेल डिसकशन का दौर। हर दस मिनट के प्रसारण के बाद पूरे पन्द्रह मिनट का लम्बा ब्रेक...!"

"वंडरफुल मि. दमानी!' आमन्त्रित अधिकारियों के होंठ बेशक़ बन्द हैं, पर बन्द होंठों के पीछे से मुसकान की किरणें 'पिपिंग टॉम'-सी चिलकने लगती हैं।

"बस, इस बार ब्रेक के रेट कुछ अलग होंगे...।"

"अलग?" 'सैनिटरी पैड' वाले मि. बाटलीवाला चिंहुक उठते हैं—"पहेली नक्को दमानी साहब! जो भी बोलने का, साफ़ बोलने का।"

“आपके रेट तो पहले ही ज़्यादा हैं...।” एक और हल्का-सा विरोध।

“उफ मि. बाटलीवाला एंड मि. अग्रवाल। आप लोग भी न खाली-पीली...,” दमानी साहब खिलखिला कर हँस पड़ते हैं, “सेंटिमेंट और इमोशन वाला अपुन का महान देश! पाँच साल के बच्चे का गहरे बोरवेल में गिर जाने का मायने समझते हैं? बोले तो ऑपरेशन लाइव टेलिकास्ट शुरू होते ही देश का हर परिवार, ख़ासकर के मिडिल और लोअर मिडिल क्लास का आपका कंज़्यूमर ग्रुप, सारा काम-धन्धा छोड़कर ‘इस वक़्त’ चैनेल से चिपक कर बैठ जाएगा। पल-पल का कवरेज देखने को! इन लोगों के मगज़ में अपने प्रोडक्ट को ठेल देने का इससे अच्छा मौक़ा और कब मिलेगा? एक तरफ़ आपका अल्टिमेट कंज़्यूमर! दूसरी तरफ़ आपका रंग-बिरंगा प्रॉडक्ट! दोनों को जोड़ने के वास्ते हमारा चैनेल! ऐसे में रेट कुछ अलग होने को माँगता कि नईं, अयं?”

“ठीक है बब्बा, ठीक है। अब रेट भी जल्दी से खोल दो न साईं।”

कुछ पलों का सस्पेन्सनुमा मौन! दमानी साहब अधिकारियों के चेहरों का विहंगम दृष्टि से अवलोकन करते हैं। फिर खिली-खिली आवाज़ हवा में तैर जाती है—“दस लाख प्रति दस सेकेंड।”

अधिकारियों की आँखें विस्मय से फैल जाती हैं। यानी सामान्य दिनों के रेट से एकदम डबल! यह तो बहुत ज़्यादा है। इस बार मोर्चा मिथिलेशजी सँभाल लेते हैं। “अरे साहब, जब आमिर ख़ान ‘सत्यमेव जयते’ जैसे लिजलिजे प्रोग्राम में ये रेट वसूल सकता है तो...तो ऐसे सेन्सेटिव हादसे और रेस्क्यू ऑपरेशन की तो बात ही और है। पूरा देश साँस रोककर देखेगा। इसके अलावा हमारे चैनेल की टीआरपी पर भी ग़ौर फरमाइए। लाइव कवरेज और पैनेल डिबेट के लिए हमें भी तो काफ़ी मशक़्कत करनी पड़ेगी।” मिथिलेशजी अधिकारियों को आश्वस्त करने में पूरा कौशल लगा देते हैं। कॉफी-स्नैक्स का दौर चलता है। चुस्कियों और चटखारों के टुकड़े रूई की चिन्दियों की तरह कक्ष के आकाश में मँडराने लगते हैं।

पर रेट में कोई भी फेरबदल नहीं होता। ज़्यादा सोच-विचार का वक़्त भी नहीं है। देखते-देखते टाइम-स्लॉट की छीना-झपटी शुरू हो जाती है। पूरा स्लॉट मिनटों में बुक हो जाता है। दमानी साहब की आँखें उत्तेजना से मुँद जाती हैं। इस छोटे से हादसे ने तो एक ही झटके में करोड़ों का रेवेन्यू डाल दिया झोली में! यानी खुल जा सिमसिम!

समय अपराह्न 2 बजे

बहस दर बहस

हादसे को पाँच-छह घंटे बीत गये हैं, समय अपनी रफ़्तार से निरन्तर आगे बढ़ रहा है। सेना और पुलिस के जवान बड़ी-बड़ी दैत्याकार मशीनों को लेकर नया समानान्तर गड्ढा खोदने में जुट गये हैं। डॉक्टरों की देखरेख में मूल बोरवेल के भीतर ऑक्सीजन और तरल खाद्य की नलियाँ डाली जा रही हैं। कई-कई हाई रेंज के कैमरे भी नीचे लटकाए गये हैं, पर बच्चे का कोई भी सुराग अभी तक नहीं मिल सका है।

पूरे अभियान के लाइव विजुअल्स और फुटेज धाराप्रवाह 'इस वक़्त' चैनेल पर प्रसारित हो रहे हैं। स्टूडियो में इस वक़्त समूह परिचर्चा का दौर चल रहा हैं। एंकरिंग शशांक सँभाले हुए हैं। हादसे को केन्द्रित करके प्रतिभागियों से तीखे उद्दीपक प्रश्न पूछे जा रहे हैं। तिलमिला देने वाली टिप्पणियों से माहौल गरमाया हुआ है।

''सरकारी स्तरों पर लापरवाहियों और ग़ैर-ज़िम्मेदाराना हरकतों की बाढ़-सी आयी हुई है इन दिनों। विभाग के लोग ज़रूरत पड़ने पर गड्ढे खोद तो देते हैं, फिर दायित्व के प्रति उदासीन होते हुए उन्हें बन्द करना भूल जाते हैं। इस वक़्त परिचर्चा में हमारे साथ शामिल हैं मि. रमाकान्त बनर्जी जो यूनिवर्सिटी लॉ कॉलेज में कानून के वरिष्ठ व्याख्याता हैं और शिक्षक संघ के सचिव भी हैं। श्रीमती सुधा अग्रवाल, आरटीआई की कर्मठ जुझारू एक्टिविस्ट, तथा डॉ. आशुतोष शहर के जाने-माने आई सर्जन और सामाजिक कार्यकर्ता। सबसे पहले मि. बनर्जी, आप इस मुद्दे पर क्या कहना चाहेंगे?''

''गड्ढों को न ढकने की लापरवाही मेरी नज़र में 'एटेम्प्ट टु मर्डर' से कतई कम नहीं। इस तरह की नृशंस उदासीनता की कोई माफ़ी नहीं हो सकती। दोषी अधिकारियों को कड़ा से कड़ा दंड मिलना ही चाहिए।''

''डॉ. आशुतोष, हम आपकी राय जानना चाहेंगे...।''

''बनर्जी साहब से मैं पूरी तरह सहमत हूँ। ऐसी घोर लापरवाहियों का समुचित दंड तो होना ही चाहिए। पर यक्ष प्रश्न तो यह है कि उन्हें दंडित करेगा कौन? ऐसे संगीन मौक़ों पर सरकार मौन साध लेती है। अभी-अभी कोयला आबंटन स्कैम पर संसद में हुए बवाल को हमने देखा। सभी आरोपों पर मौन साधते हुए हमारे पी.एम. साहब ने एक शेर पढ़ दिया और सारे दायित्वों से पल्ला झाड़ लिया। किसी की कर्तव्यविमुखता पर मौन साधकर निष्क्रिय बने रहना एक क़िस्म से उसका समर्थन करना ही न हुआ। उसके बाद शनैः-शनैः जब जन आक्रोश

भड़कने लगता है तो हमारे नेता और प्रशासन मिलकर कानून और व्यवस्था की नाकामियों पर पर्दा डालने वाले बेतुके व हास्यास्पद बयान देने लगते हैं।''

''मिसेज़ अग्रवाल...।'' शशांक सुधा जी से सम्बोधित हो जाते हैं।

''जी हाँ। बिल्कुल ठीक।'' सुधाजी की आवाज़ में तल्खी संश्लिष्ट हो जाती है, ''बयानों के बाद सरकारी स्तर पर छोटी-सी नौटंकी होती है जिसमें एकाध छोटे अधिकारियों का तबादला करते हुए जनता के हाथों में न्यायिक जाँच का झुनझुना थमा दिया जाता है और मुआवजे की लिजलिजी घोषणा कर दी जाती है। उसके बाद सब कुछ ख़त्म। बेफ्रिकी की नींद। यही हमारी सरकार और व्यवस्था का चरित्र हो गया है।''

''यहाँ मैं आप सभी को थोड़ी देर के लिए रोकना चाहूँगा। हमारी विशेष संवाददाता मुग्धा हमसे जुड़ गयी हैं जो इस वक़्त पी.डब्ल्यू.डी. मन्त्री श्री जायसवाल जी के साथ हैं। जी मुग्धा...।''

''जी शशांक, इस वक़्त मैं मन्त्री महोदय के साथ हूँ। सर, ऐसी जानलेवा लापरवाहियाँ अतीत में कई बार हो चुकी हैं। खुले व अनढके बोरवेल के गड्ढों में गिरकर मासूमों की जान चली जाती है। प्रिन्स वाला भयानक हादसा लोगों के ज़ेहन में अभी भी ताज़ा है। अधिकारियों की कार्य-संस्कृति में किसी भी तरह का बदलाव नज़र नहीं आता। आप क्या कहेंगे इस मुद्दे पर...?''

''अरे भाई...।'' पके टमाटर-सा रक्ताभ और गोभी के फूल-सा खिला चेहरा। होंठों पर स्मित हास। शिकन-विहीन निश्चिन्त भंगिमा। बेलौस खनकती आवाज़, ''एक शेर याद आ गया इस मौक़े पर, 'और भी ग़म हैं ज़माने में मोहब्बत के सिवा'। इतने बड़े प्रान्त में इस तरह की छोटी-मोटी घटनाएँ तो होती ही रहेंगी। हम इन छिटपुट चीज़ों को देखें कि सरकार चलाएँ, आप ही बताइए? सरकार चलाना गुड्डे-गुड्डी का खेल है? इन सबके बावजूद जनहित में जो बेशुमार योजनाएँ चलायी जा रही हैं, जनता को उनके बारे में जागरूक करें न! आप मीडिया वाले भी बस छोटी-छोटी बातों का बतंगड़ बनाने में लग जाते हैं, हुँह!''

''लेकिन सर, खुले अनढके बोरवेल में गिर जाने से एक परिवार का कुल दीपक बुझ जाने के क़रीब है। उस परिवार में जो रोना-धोना मचा है, वह छोटी-सी बात लग रही है आपको?''

''आप मेरे वक्तव्य को तोड़-मरोड़ कर पेश करने जा रही हैं।'' मन्त्री महोदय घबराकर तुरन्त पैंतरा बदल देते हैं, ''मैंने ऐसा कब कहा? सरकार अपना काम कर ही रही है। सम्बन्धित अधिकारियों का तुरन्त प्रभाव से तबादला कर दिया गया है। हादसे की जाँच के लिए विभागीय कमिटी भी बैठा दी गयी है।

और तो और पीड़ित परिवार को पूरे पाँच लाख के मुआवज़े का ऐलान भी कर दिया गया है। रेस्क्यू कार्य युद्ध स्तर पर हो ही रहा है। अब आगे क्या फाँसी पर चढ़ जाएँ?"

मुग्धा से सम्पर्क टूट जाता है। शशांक पुनः स्टूडियो में बैठे प्रतिभागियों से मुखातिब हो जाते हैं।

"मन्त्रीजी का बयान सुना आप लोगों ने। सुधाजी, पहले आपकी प्रतिक्रिया...?"

"किस क़दर संवेदनहीन और फासीवादी बयान दिया है मन्त्रीजी ने! मन्त्री जी के शेर पर एक शेर मैं भी कहूँ... 'किसी की जान गयी, किसी की अदा ठहरी।' इनके विभाग की लापरवाही की वजह से एक माँ की गोद उजड़ जाने को है। एक हँसते-खेलते मासूम की जान पर बन आयी है और यह बात मन्त्रीजी को मामूली लग रही है।"

"अगर ऐसा ही हादसा ख़ुदा न ख़ास्ता इनके परिवार के किसी बच्चे के साथ हुआ होता तो...?, डॉ. आशुतोष तेज़ी से हस्तक्षेप कर उठते हैं। "तो भी क्या वे ऐसा बयान देते?"

"महत्त्वपूर्ण बात तो यह है कि घटना की जाँच के बाद क्या भविष्य में कभी उसका संज्ञान भी लिया जाता है? जाँच कमिटी और उसकी रिपोर्ट पता नहीं किस धुँधलके में बिला जाती है।"

"दरअसल ऐसी नाकामियाँ हर स्तर पर मौजूद हैं," मि. बनर्जी की संजीदा आवाज़ उभरती है, "नेताओं, मन्त्रियों, नौकरशाहों, प्रशासनिक अधिकारियों के स्तर पर! हम बुद्धिजीवी भी इससे परे नहीं। अपनी नाकामियों को ढकने की व्यवस्थित परिपाटी-सी बन गयी है और यह अत्यन्त ख़तरनाक स्थिति है।"

राजधानी से फिर से एक वरिष्ठ संवाददाता अरविन्द स्टूडियो से जुड़ जाते हैं।

"हमारे विशेष संवाददाता अरविन्द इस वक़्त सचिवालय से हमारे साथ जुड़ गये हैं। देखें, वे हमें क्या महत्त्वपूर्ण जानकारियाँ देते हैं। जी अरविन्द...।"

"जी शशांक, मैं इस वक़्त गृहमन्त्री के पास हूँ...।"

मॉनीटर पर मन्त्री महोदय को घेरे हुए विभिन्न चैनलों के संवाददाताओं के विजुअल्स थिरकने लगते हैं।

"सर, स्थानीय निवासियों का कहना है कि प्रशासनिक और पुलिस अधिकारियों का रवैया काफ़ी टालमटोल और उदासीनता वाला रहा। हादसे की ख़बर देने के बाद भी अधिकारिक स्तर पर कार्यवाही काफ़ी देर से शुरू हुई...।"

"अरे भाई...। चेहरे पर तनिक भी विचलन नहीं, लहजे में तनिक भी उत्तेजना

नहीं। निर्विकार निश्चिन्तता के भाव में निर्लज्ज मुस्कान घोलकर शब्दों को चबाते हुए बिलम्बित लय में उवाचते हैं वे—हम जिन्न थोड़े ही हैं?"

मन्त्रीजी की चुटकी पर कुछ बुद्धिजीवी क़िस्म के रिपोर्टर भी हँसी में उनका साथ देते हुए हें...हें...कर उठते हैं।

"हर चीज़ की संवैधानिक प्रक्रिया होती है। उन प्रक्रियाओं को पूरा करने के बाद ही कोई कार्यवाही सम्भव है न!"

"भले ही उन पेंचदार प्रक्रिया के जाल में उलझकर किसी की जान ही क्यों न चली जाय?" पत्रकारों की भीड़ में से एक ढीठ प्रश्न उछलता है। मन्त्रीजी टेढ़ी भृकुटी के साथ उस ओर गरदन मोड़ते हैं—"अब इसमें हम क्या कर सकते हैं? क़ानून के सामने तो हर कोई, बराबर है, चाहे मन्त्री हो या सन्त्री।"

संवाददाता से सम्पर्क विच्छिन्न हो जाता है।

"क्या वाक़ई...?" मिसेज़ अग्रवाल तमक उठती हैं; "क्या वाक़ई हमारे देश में क़ानून सबके लिए ब़राबर होता है?"

"सदी का सबसे बड़ा जोक।" एक सम्मिलित ठहाका गूँज उठता है।

समय : अपराह्न बजे

मस्त मस्त : पार्टी

मिथिलेशजी हड़बड़ाते से कार से उतरकर फ़्लैट की ओर बढ़ जाते हैं। चेहरा विजयोल्लास से दमक रहा है। इस औचक हादसे की मार्केटिंग के कार्य को बड़ी ही कुशलता से सँभाल लिया है उन्होंने और बॉस उनके कार्य से ख़ूब प्रसन्न हैं।

बड़े से ड्राइंगरूम रूम का शानदार सज्जित हॉल! सामने नक़्क़ाशीदार वाल-पैनेल पर पचहत्तर सेंटीमीटर वाला विशाल हिप्पोपोटसनुमा टीवी सेट रखा है। मॉनीटर पर 'इस वक़्त' चैनेल भरतनाट्यमी धमाल मचाए हुए हैं। घटनास्थल के एक-एक दृश्य स्पष्ट और जीवन्त थिरक रहे हैं। यत्र-तत्र कुकुरमुत्ता की तरह उग आये टेंट! दैत्याकार अजीबोग़रीब मशीनें! सेना व पुलिस के जवानों के टिड्डी दल! हाथों में कैमरा झुलाए मलवों में से गिद्ध की तरह टी.आर.पी. के टुकड़े ढूँढ़ते विभिन्न चैनलों के रिपोर्टरों की फ़ौज! पूरे परिदृश्य को अबूझ वृत्ताकार लक्ष्मण रेखा में घेरे तमाशबीनों का हाहाकार करता पारावार!

स्टूडियो में इस वक़्त एंकरिंग की बागडोर सँभाले हुए हैं—प्रियंकरजी।

"कुछ श्यूडों क़िस्म के बुद्धिजीवी हम मीडियावालों पर आरोप लगाते हैं कि हमें सामाजिक सरोकार से कोई मतलब नहीं होता...वग़ैरह वग़ैरह।" नाटकीय अन्दाज़ में, लहजे में आरोह-अवरोह का छौंक देते हुए प्रियंकर मुस्कराते हैं,

''ऐसी बात क़तई नहीं है। इस वक़्त चैनेल की पहल से ही इस दर्दनाक हादसे को राष्ट्रीय फ़लक पर स्थान मिल सका है। हम वहाँ चल रहे ऑपरेशन के हर पल को आप तक पहुँचाने के लिए कटिबद्ध हैं। लीजिए...अभी-अभी हमारे विशेष संवाददाता कामेश्वर जो उस मनहूस बोरवेल के बिल्कुल पास खड़े हैं, हम से जुड़ गये हैं। जी कामेश्वर, थोड़ी देर पहले आपने कहा था कि बोरवेल की अतल गहराई में गिरे बच्चे की अँगुलियाँ कैमरे की ज़द में आयी थीं। कैमरे को और नीचे जाने दें। और और नीचे! हमारे दर्शक बच्चे की अँगुलियों को देखने के लिए एक्साइटेड हैं।''

''जी प्रियंकर, थोड़ी देर पहले ही बच्चे की अँगुलियाँ कैमरे की ज़द में आयी थीं, हालाँकि कहना मुश्किल है कि अँगुलियाँ पैर की थीं या हाथ की। हम फिर से उस दृश्य को कैमरे में पकड़ने की कोशिश कर रहे हैं... ।''

''जी कामेश्वर, आप कोशिश ज़ारी रखें। तब तक हम ले रहे हैं एक छोटा-सा ब्रेक। हमसे जुड़े रहिए। कहीं मत जाइएगा। हम थोड़ी देर में ही लौट कर आ रहे हैं...बच्चे की अँगुलियों के विजुअल्स के साथ... ।''

पलक झपकते मॉनीटर पर का परिदृश्य बदल जाता है और वहाँ विज्ञापनों की झड़ी लग जाती है। ड्राइंगरूम में ख़ासी भीड़ जुटी हुई है। मिथिलेशजी के बेटी-बेटे। सी.ए. एवं एम.बी.ए. के स्टूडेंट। उनके दोस्त। मिसेज़ शैल की पड़ोसनें एवं सहेलियाँ। पचहत्तर सेमी. वाले बड़े मॉनीटर पर देखने का मज़ा ही कुछ और होता है न!

''वाव...एकदम किटी-पार्टी का-सा सीन है बेटे।'' मिथिलेशजी की गर्वोन्नत आँखों में ख़ुशी दमक रही है। सामने सेंटर टेबल पर एलाइवा मल्टीग्रेन बेक्ड, बोर्न बॉन कैफिसिनो, स्नीकर्स, और स्नैकर्स, डार्क फैंटेसी चोको फिल्स, कुरमुरे मान्स्टर्स पॉज इत्यादि के सतरंगी पैकेटों के ढेर लगे हुए हैं।

तभी मिसेज़ शैल हाथ में बड़ी-सी ट्रे लिए हॉल में प्रवेश करती हैं। ट्रे में कट-ग्लास की छोटी-छोटी कटोरियाँ हैं। कटोरियों में खीर! बादाम और किशमिश के टुकड़ों से ओत-प्रोत। खीर की मादक भीनी ख़शबू तेज़ इत्र की तरह हॉल के आकाश में पसर जाती है।

''वंडरफुल! कमाल ही कर दिया तुमने तो शैल! सारे दिन मॉनीटर पर धूल-धक्कड़, मशीनों की चिल्लपों, जवानों की भागदौड़, डॉक्टरों, नर्सों की अफ़रातफरी देखते-देखते उबकाई आने लगी थी। लग रहा था, वहाँ की धूल-गुबार मॉनीटर में से रिसकर नथुनों में घुसी जा रही है। ऐसे में बादाम-किशमिश वाली शाही खीर! वाह, मोगाम्बो खुश हुआ!'' इक झन्नाटेदार कहकहा फूट जाता है।

पाँच मिनटों तक धुआँधार विज्ञापनों का दौर! दीपिका, बिपाशा, कैटरीना, करीना, सोनाक्षी, प्रियंका, विद्या व अन्यान्य अनाम सुन्दरियों के पँचानबे प्रतिशत अनावृत्त बदन! बदन के उद्दीपक आरोह-अवरोहों के साथ एकाकार होते न जाने किन-किन राष्ट्रीय-अन्तर्राष्ट्रीय ब्रांडों के प्रख्यात उत्पादों के चुँधियाते विजुअल्स। अन्त में 'सेट-वेट' और 'वी जॉन मस्ती' के उत्तेजनात्मक 'खुले' स्प्रे की बौछार!

कक्ष में फैली एकरसता कपूर की तरह उड़ जाती है और सारे लोग तरोताज़ा हो उठते हैं।

तभी बेटे का मोबाइल घनघना उठता है।

"अरे यार, कहाँ है तू? अगले सेमेस्टर की सबसे महत्त्वपूर्ण क्लास है आज! हार्वर्ड यूनिवर्सिटी के विजिटिंग प्रोफ़ेसर का लेक्चर। हरी अप, कम ऑन!"

"सॉरी...टीवी पर के इतने थ्रिलिंग और एक्साइटिंग टेलिकास्ट को छोड़कर आने का मन नहीं हो रहा।" फ़ोन काट कर बेटा 'स्नीकर्स' का पैकेट खोलकर चुभलाने लगता है।

तमाम लोगों की नज़रें मॉनीटर पर केन्द्रित हैं। उफ, बच्चे की अँगुलियों के विजुअल्स क्यों नहीं आ रहे अब तक?

समयः शाम 7 बजे

ऑपरेशन ब्लैकहोल

'इस वक़्त' के स्टूडियो का न्यूज़ रूम। बुलन्द और स्पष्ट उच्चारण में नाटकीयता का छौंक डालते हुए इस वक़्त हेमन्त उलझे हुए हैं—एंकरिंग में। पैनेल डिबेट के साथ-साथ बॉक्स में घटनास्थल से लाइव प्रसारण भी! अपनी वाक्पटुता से दर्शकों को सनसनी और रोमांच से भर देने में हेमन्त का कोई सानी नहीं।

पुराने गड्ढे के बगल में नया गड्ढा खोदा जा चुका है। अब जल्द ही रेस्क्यू टीम के विशेषज्ञ-इंजीनियर नये गड्ढे में उतरेंगे और नीचे-नीचे क्रॉस सुरंग काटते हुए पुराने बोरवेल में प्रवेश करके बच्चे को जीवित बचा कर ले आने का प्रयास करेंगे।

मॉनीटर पर सीधा प्रसारण निरन्तर ज़ारी है। वही सेना के जवानों की आपाधापी। वही माटी के टीले, हवा में उड़ती धूल, मशीनों की गड़गड़ाहटें तथा जीपों व एम्बुलैन्सों की तीखी सायरनें। पूरे परिदृश्य पर बेचैनी से भर देने वाले अजीब से सन्नाटे का कफ़ननुमा चँदोबा।

कैमरा मुस्तैदी से जूम करता बारीक़-से-बारीक़ ब्योरों को प्रेषित करने में लगा है। "सामाजिक सरोकार की प्रतिबद्धता को बरक़रार रखते हुए हमारा चैनेल

'इस वक़्त' घटना स्थल पर चल रहे रेस्क्यू अभियान का सीधा प्रसारण आप तक निरन्तर पहुँचाने में लगा हुआ है...।" हेमन्त धाराप्रवाह बोल रहे हैं। तभी विशेष संवाददाता अरविन्द घटनास्थल से स्टूडियो के साथ जुड़ जाते हैं। हेमन्त उत्साहित होते हुए अरविन्द से पूछते हैं—"जी अरविन्द, आप बच्चे के पिता से हमारे दर्शकों को कब मिलवा रहे हैं? हमारे दर्शक उन्हें देखने को बेहद उत्सुक हैं...।"

"जी हेमन्त, हम इस वक़्त उन्हीं के घर के मुख्यद्वार के बाहर खड़े हैं। बच्चे के पिता स्थानीय डिग्री कॉलेज में हिन्दी के प्रोफ़ेसर हैं—डॉ. चेतराम जाटव।"

पुरानी शैली का सिर्फ़ निचले तल पर बना मकान। मकान के बाहर पुलिस के सिपाहियों की सुरक्षा गारद! कैमरा मुख्य दरवाज़े से अन्दर की ओर प्रवेश कर जाता है। दरवाज़े से सटा दसेक फीट लम्बा गलियारा! गलियारा पार करते ही चौक जैसा खुला दालान। दालान के तीन ओर कमरे। चौथी तरफ़ बाड़ा। ऊँची जगत वाला कुआँ। कुएँ के पास कमर तक के चबूतरे पर तुलसी का बिरवा। ख़ूब हरा-भरा! कुछ आगे खूँटे से बँधी चितकबरी गाय! इन सबके पीछे भुरभुरी मिट्टी वाली दूर तक फैली कच्ची ज़मीन जिसमें से फूलों एवं सब्ज़ियों के नवजात पौधे 'पिपिंग टॉम' से झाँक रहे हैं।

बल्ब की पीली मटमैली रोशनी में पूरा दालान और दालान के सारे परिदृश्य पीलियाग्रस्त जैसे पीले-पीले नज़र आ रहे हैं।

मिथिलेशजी के ड्राइंगरूम में बैठे हुजूम की साँस थमने-थमने को हो रही है। सारे लोग धड़कते दिलों के साथ प्रोफ़ेसर साहब के कक्ष में प्रवेश की उत्तेजनात्मक बाट जोह रहे हैं। एक-एक पल रोमांचक, सनसनी से भारी हुआ जा रहा है। च...च्च...! इस भयानक हादसे के बाद कैसे भाव खिंच आये होंगे प्रोफ़ेसर साहब के चेहरे पर, अयं? कैसा महसूस कर रहे होंगे वे? थरथराहट और सुरसुरी के अतिरेक में होंठ स्नीकर्स और कुरमुरों को और भी तेज़ी से चुभलाने लगते हैं। ये संवाददाता भी न! रूम में प्रवेश क्यों नहीं कर रहा? कब तक दालान में ही सैर करता रहेगा?

और ज्जा! तभी मॉनीटर पर हेमन्त की खनखनाती घोषणा उभरती है—"वक़्त हो गया है एक छोटे-से ब्रेक का। हम यूँ गये और यूँ लौट कर आये। हमसे जुड़े रहें। कहीं न जाएँ।"

ड्राइंगरूम का आकाश सिसकारियों की एकमुश्त चिन्दियों से भर जाता है। उत्तेजना के ऐसे चरम बिन्दु पर लाकर ब्रेक लेना ज़रूरी है? लानत है चैनेल वालों पर! स्क्रीन पर विज्ञापनों की लम्बी शृंखला थिरकने लगी है। उत्पादों से भी ज़्यादा नाम-अनाम सुन्दरियों के अनावृत्त देहों के उत्तेजक पठारों एवं

कन्दराओं की चुँधियाती नुमाइश। अन्त में 'सेट वेट' और 'वी जॉन मस्ती' का सनसनाता स्प्रे!

घटनास्थल से स्टूडियो के तार फिर से जुड़ जाते हैं।

"जी हेमन्त, हम डॉ. जाटव के कक्ष के भीतर खड़े हैं..." कैमरा वक़्तव्य के अनुसार ज़ूम करता हुआ कक्ष के भीतर के दृश्यों पर रेंगने लगता है।

पुरानी दीवारों पर लट्टू मार्का चटख हरे रंग की कलई। यत्र-तत्र झूलते देवी-देवताओं के कैलेंडर। कोने में मेज़ और दो कुर्सियाँ, मेज़ पर किताबों व पत्रिकाओं का अम्बार! दूसरे कोने में पुराना पलँग! पलँग के पास निवाड़ वाली खाट! खाट पर बिस्तर-तकिए!

पलँग पर बैठे हैं प्रोफ़ेसर साहब। उनके दायें-बायें दो मित्र भी! खाट पर भी कुछ लोग विराजमान! औरतें दूसरे कमरे में!

कमरे के इस कोने से उस कोने तक के पूरे 'रन वे' पर सन्नाटे के खेल में क़ैद मार्मिक चीख़ें, कबूतर के नुचे-पंखों की तरह छितरायी हुई हैं—और इन मनहूस चीख़ों को बिना कान वाला कोई मिनख भी सिर्फ़ आँखों के माध्यम से ख़ूब सुन सकता है।

कैमरा शनैः शनैः कछुए की तरह हाथ-पाँव समेटता पलँग पर बैठे प्रोफ़ेसर और उनके साथियों पर केन्द्रित होने लगता हैं

"सर, आपका बेटा खुले बोरवेल की तीस फीट गहराई में जा गिरा। युद्ध स्तर पर बचाव कार्य ज़ारी हैं। हमारे दर्शकों को बताएँगे, इस वक़्त आप कैसा महसूस कर रहे हैं?" अपनी समझ से प्रश्न की अत्यन्त चमत्कारिक गुगली फेंकी थी अरविन्द ने। कैमरा प्रोफ़ेसर और उनके मित्रों के चेहरों की एक-एक भंगिमा को सूक्ष्म तरंगों में रूपान्तरित करता हवा में घोलने में रत है।

कुछ पलों का असहज तिलमिला देने वाला मौन! फिर जैसे गहरे कुएँ के भीतर से थरथराती आवाज़ गूँजी हो, प्रोफ़ेसर फुसफुसाते हैं, "बड़ा अच्छा महसूस कर रहे हैं भाई। बड़ा ही अच्छा!"

"खूब प्रोफ़ेसर साहब!" अरविन्द खिसियानी हँसी हँस देता है। "ऐसे मातमी माहौल में भी मज़ाक़?"

"मज़ाक़?" प्रोफ़ेसर के पास बैठ चंदगीराम तीखी आवाज़ में फनफना उठते हैं, "अरे मज़ाक़ तो थम मीडिया वाले कर रहे हो हमारे साथ! म्हारे कलेजा का टुकड़ा गहरे बोरवेल में गिरकर जीवन और मौत से जूझ रहा है और थम दर्शकों को ख़ुश करने के लिए हमसे पूछ रहे हो—कैसा महसूस कर रहे हैं, हुँह!"

"ऐसी बात नहीं सर...," चेहरे पर हड़बड़ाहट-भरी अस्थिरता, 'हम मीडिया

वाले भी सामाजिक सरोकारों से बँधे हैं। हमारे 'इस वक़्त' चैनेल के प्रयास का ही नतीजा है कि ये हादसा राष्ट्रीय फ़लक पर फोकस में आ सका।''

''बेशक़ ऐसा आपके चैनेल ने ही किया होगा...।'' खाट पर बैठे युवा सरपंच चीख़ ही तो पड़ते हैं। ''पर इसके पीछे नीयत क्या है? सरोकार या कारोबार! हादसे को शानदार प्रॉडक्ट में तब्दील करके ऊँची बोली पर बेचना! कैसा सरोकार है ये कि ऐसे हृदय विदारक माहौल में भी आप मीडिया वाले हाथों में कैमरा लटकाये हादसे के मलबे में से टी.आर.पी. के फुटेज़ ढूँढ़ने में बावले हुए जा रहे हैं...?''

फिर से कुछ असहज पलों का तिलमिला देने वाला मौन! तेज़-तर्रार अरविन्द की बोलती बन्द हो जाती है। वह समझ नहीं पाता, अगला सवाल क्या पूछे।

''सरकारी नृशंसता की भी हद हो गयी...।'' एक अन्य मित्र का आक्रोश भी फट पड़ता है—''जो हमारी आँख का तारा है और हमारे कुल का दीपक है, उसके जीवन का रुपया-पैसा में मूल्यांकन! नाम भी कैसा दिया है—मुआवज़ा! सरकार हमें पाँच लाख दे रही है न? हम सरकार को दस लाख देने को तैयार हैं, बस लौटा दे हमारे लाडले को।''

कक्ष में श्मशानी मौन का झीना चँदोबा तन जाता है। चँदोबे पर टुकड़े-टुकड़े टपक रही है ऊपर लटके पंखे की घिर्र-घिर्र की किंकियाती आवाज़—टप् टप्!

''ब्रिटिश टीवी के सबसे वाहियात प्रोग्राम 'बिग बॉस' की एक प्रतिभागी थी—जेड गुडी। उनकी कैंसर से असमय मौत हो गयी। आपको मालूम है मरने से पहले उसने अपनी मौत को टीवी पर दिखाने के अधिकार करोड़ों में बेचे थे? अगर हमें पैसा ही चाहिए होता तो हम भी इस हादसे को टीवी पर दिखाने के करोड़ों की माँग कर सकते थे कि नहीं? मुआवज़े की बात करते हैं!''

''मुझे लगता है, हम मुद्दे से भटक रहे हैं...।'' अरविन्द के अवचेतन में बॉस की फटकार टनक जाती है—सावधान, मामला बिगड़ रहा है।

''मित्रों ने ठीक ही कहा,'' अचानक प्रोफ़ेसर जाटव खड़े हो जाते हैं—''पूँजीवाद और बाज़ारवाद के दैत्य ने मिलकर मेरे बेटे के इस हादसे को एक उत्पाद में तब्दील कर दिया है। इसे कॅमोडिटी बना दिया। कॅमोडिटी ही नहीं बनाया, तथाकथित सरोकार की आड़ में हादसे का उत्सवीकरण भी कर दिया। सनसनी, सिहरन और रोमांच पैदा करता एक शानदार उत्सव!'' प्रोफ़ेसर के चिथड़े-चिथड़े शब्द रुई के फाहों की तरह कक्ष में तैरने लगते हैं। ''नुडल्स और कुरकुरे चबाते हुए यहाँ के विजुअल्स देख-देखकर एक्साइटेड होते लोग! ऐ विंडफॉल सेलिब्रेशन!''

धीरे-धीरे कक्ष के बाहर की ओर क़दम बढ़ाने लगते हैं प्रोफ़ेसर। सभी साथी भी साथ हो लेते हैं। मकान की दहलीज़ लाँघकर टीलों, टेंटों और मशीनों के

बीच से गुज़रते हुए नये खुदे गड्ढे के पास आ जाते हैं। पीछे-पीछे अपने-अपने कैमरा टीमों के संग रिपोर्टरों की फ़ौज भी।

अतल गहराई वाले नये सुरंगनुमा गड्ढे की ओर देखते हुए प्रोफ़ेसर फफक-फफक रो ही तो पड़ते हैं। बड़ी देर से थमा आँसुओं का सैलाब किसी भी तटबन्ध की किसी भी लक्ष्मण रेखा को मानने से इनकार कर देता है। सरपंच और चंदगीराम उनकी पीठ पर हाथ फेरने लगते हैं।

''दरअसल देश के कोने-कोने में छितराये इन खुले अनढके बोरवेल, कुएँ ओर गड्ढे जो आप देख रहे हैं न? ये साधारण बोरवेल या गड्ढे नहीं हैं। वैश्वीकरण के मानसपुत्र पूँजीवाद द्वारा ब्रह्माण्ड के ब्लैकहोल्स के तर्ज़ पर ही बनाये गये वैसे ही पॉवरफुल ब्लैकहोल्स हैं। इनका गुरुत्वाकर्षण भी उन ब्लैकहोल्स जैसा ही दुर्दान्त शक्तिशाली है। इस क़दर शक्तिशाली कि देश की जल, जंगल, ज़मीन, जैसी प्राकृतिक सम्पदा; कोयला, लोहा, बॉक्साइट, तेल जैसे दुर्लभ खनिज; खेत-खलिहान उद्योग, सब कुछ बूँद-बूँद इनके अतल गर्भ में समाते चले जाएँगे। सब कुछ शेष हो जाएगा! सब कुछ! समझ रहे हैं न आप लोग?''

प्रोफ़ेसर खिलखिलाकर हँस पड़ते हैं, फिर हँसते ही चले जाते हैं। विक्षिप्तों जैसी अट्टहास! फ्लड लाइटों की चुँधियाती रोशनी में पूरा परिवेश ऐसा दिख रहा है मानो किसी पुरानी भुतहा खँडहर के अष्टावक्री गलियारों में से कुछ शातिर प्रेत बाहर निकलकर किसी गम्भीर विमर्श में लीन हों।

''सबकुछ ब्लैकहोल्स में समा जाएगा। बची रहेंगी तो सिर्फ़ पूँजी और बाज़ार। हा...हा...हा...।''

अचानक प्रोफ़ेसर जाटव साथियों की आँखें ही आँखों में अबूझ-सा संकेत देते हैं। पलक झपकते सारे लोग कैमरामैनों पर पिल पड़ते हैं और विद्युत गति से कैमरों के स्विच ऑफ कर देते हैं।

''हा...हा...हा...ब्लैकहोलस।''

स्विच बन्द होते ही सारे न्यूज़ चैनलों के स्टूडियो में मॉनीटरों पर एकबारगी स्याह कफ़न की यवनिका पड़ जाती है, मानो वे ब्लैकहोल्स के गुरुत्वाकर्षण के ज़द में आ गये हों।

उसके बाद...प्रोफ़ेसर के साथी कुछ समझ पाते, जाटव साहब भरतनाट्यमी मुद्रा में नाचते-झूमते अट्टहास करते नये गड्ढे की ओर बढ़ते हैं और उसकी अतल गहराई में छलाँग लगा देते हैं।

बाघ

अचानक वातावरण में एक महीन भयाक्रान्त चीख़ अमावस के घुप्प स्याह आकाश में बिजली की महीन लकीर की तरह दूर तक कौंधती चली गयी—"पा ऽऽ पा ऽऽ...सेव मी ऽऽऽ..."

आसपास और दूर-दूर तक अकेले या फिर दो-दो चार-चार के समूह में सैलानी खिले-खिले मूड में उसी तरह निश्चिंत से चहलक़दमी कर रहे थे जिस तरह निर्वाचित होते ही सांसदगण आम जनता की पीड़ा और दुख-दर्द से बेफ़िक्र होकर संसद के गलियारे में और शाही कैंटीन में मटरगश्ती किया करते हैं। चीख़ ने एकबारगी उनका ध्यान अपनी ओर खींचा तो कुछ ने वहीं खड़े-खड़े मुर्गे की तरह गरदन तानकर स्थिति का जायज़ा लेने की चेष्टा की और कुछ उत्साहीजन नये मनोरंजन की टोह में चीख़ की दिशा में दौड़ पड़े। दौड़कर पास आने वाले सैलानियों को जो नज़ारा देखने को मिला, वो उन सबकी सिट्टी-पिट्टी गुम कर देने के लिए काफ़ी था।

बाघ का विशाल पिंजड़ा! सीखचों के पास खड़ी एक युवती की कुहनी सीखचों के भीतर खड़े बाघ के भयानक जबड़ों में फँसी हुई थी और बाघ उसे भीतर की ओर खींचने की चेष्टा कर रहा था। युवती की पूरी देह खिंचाव के कारण सीखचों से आ सटी थी। उसकी आँखें भय से विस्फारित हो गयी थीं और चेहरा रक्तहीन सफ़ेद! बदन थर-थर काँप रहा था और वह पूरी ताकत लगाकर स्वयं को सीखचों से दूर करने का प्रयास कर रही थी। बाघ और उसके बीच मुश्किल से एक-डेढ़ फीट का फासला था और इस छोटे से फासले के बीच में मज़बूत सलाखें नहीं होतीं तो बाघ युवती को खींचता कभी का भीतर बनी माँद में ले गया होता। युवती ने सिर्फ़ एक पल के लिए...एक पल भी नहीं, पल के सौवें हिस्से के लिए अपनी भयभीत लड़खड़ाती नज़रें बाघ के थोबड़े पर डाली होंगी। जबड़े की ललछौंह खोह के किनारे-किनारे नुकीले दाँत, बड़े-बड़े छेदों वाले विशाल नथुने, फड़फड़ाती हुई मूँछें, बड़े चमकदार कंचों की तरह भयानक आँखें

और पूरे बदन पर और चेहरे पर सफ़ेद-पीली-काली आड़ी-तिरछी रेखाओं का सघन जाल! पल के उस सौवें हिस्से में ही सारी की सारी चीज़ें संश्लिष्ट होकर युवती की पुतलियों से आ चिपकी थीं। युवती ने इसके पहले बाघ को इतने करीब से, सिर्फ़ डेढ़ फीट के फासले से कभी नहीं देखा था। थोड़ी देर पहले ही चीते और सिंह जैसे खूँखार जानवरों को देखती हुई आयी थी। अपने-अपने पिंजड़ों के भीतर ये जानवर दस-पन्द्रह फीट दूर ही खड़े थे।

बाघ के जबड़ों से अजीब तरह की कसैली बू आ रही थी और युवती को उसकी भभकती साँसों का तीखा स्पर्श भी महसूस हो रहा था। युवती ने मुँह दूसरी ओर फेर लिया और बचाव के लिए ज़ोर-ज़ोर से चिल्ला रही थी। वह शहर के सम्भ्रान्त कानवेंट स्कूल की बारहवीं कक्षा में विज्ञान की छात्रा थी। चीख़ने चिल्लाने के क्रम में मुँह से जो लफ़्ज़ निकले, वे पहले अंग्रेज़ी के थे, फिर हिन्दी के हुए और अन्ततः देसी ज़बान के होकर रह गये—''पापा ऽऽऽ...सेभ भी! टाइगर विल किल! ओ गॉड! बचाइए पापा! बाघ ने मुझे पकड़ लिया! पापा, हमरा बचाय लो। बाघ हमका मार देई...!''

जनवरी माह का प्रथम सप्ताह! नये साल के जश्न का हैंगओवर अभी तक लोगों के ज़ेहन में धमाल मचाए हुए था। वातावरण में किसी तेज़ रसायन की तरह कनकनी ठंड घुली हुई थी और इस रसायन पर सूरज भगवान ने गुनगुनी धूप का चमकीला पुखराजी चँदोबा तान दिया था।

चिड़ियाखाने की सैर को आयी हुई युवती पिंजड़े से सटकर खड़ी मोबाइल पर बात कर रही थी। मोबाइल पर दूसरी ओर सम्भवतः उसका ब्वॉयफ्रेंड था। उस वक़्त पिंजड़े के भीतर कोई बाघ नहीं दिख रहा था। सिर्फ़ बाघिन थी जो सलाखों से काफ़ी दूर भीतर बनी माँद के मुहाने पर अलसाई-सी बैठी थी।

तीन इंच बाय दस इंच के आयतों से गुँथा विशाल पिंजड़ा! खड़ी सलाखें तीन-तीन इंच और आड़ी दस-दस इंच के फासलों पर जड़ीं! युवती के मोबाइल थामे हाथ की कुहनी टेक के लिए सामने की आयत पर जा टिकी। संयोग से उस आयत की दाहिनी ओर की खड़ी सलाख ज्वाइंट के पास से दरकी हुई थी और किसी मनचले 'खली' टाइप दर्शक ने शौर्य प्रदर्शन की सनक में इस दरकी हुई सलाख को दबा कर इस क़दर चिटका दिया था कि आयत का निचला हिस्सा सिनेमा हॉल के टिकट काउंटर के मोखे जैसा चौड़ा हो गया। कुहनी को वहाँ खुला स्पेस मिला तो अनायास भीतर की ओर कुछ और सरक गयी। युवती ब्वॉयफ्रेंड से चुहल में इस क़दर मदहोश थी कि पता ही नहीं चल सका कि मायावी यक्ष की तरह अचानक एक बाघ पिंजड़े के भीतर कब और किधर से प्रगट हो

गया और दबे पाँव आकर एकदम झपट्टा मारते हुए कुहनी को जबड़े में दबोच बैठा। युवती ने 'मुस्टैच' जीन्स की पूरी बाँह वाली जैकेट पहनी हुई थी। जीन्स का कपड़ा मोटा था, फिर भी युवती को बाघ के पैने दाँतों का दबाव त्वचा पर महसूस हो रहा था। बाघ कुहनी को जबड़े में दबोचे पूरी ताकत से भीतर की ओर खींच रहा था। युवती भय से बुरी तरह हदस गयी थी और चीख़ती हुई पूरी ताकत से स्वयं को पिंजड़े से दूर करने का प्रयास कर रही थी। उसकी देह सूखे पत्ते की तरह थर-थर काँप रही थी।

युवती की कातर चीख़-पुकार के साथ-साथ इस असामान्य दृश्य से आकर्षित होकर पलक झपकते सैलानियों की भीड़ पिंजड़े के पास सिमट आयी। देखते ही देखते वहाँ अजीब-सा हड़कम्प मच गया। उत्तेजना से सनसनाते लोग एक-दूसरे को धकियाते-ठेलते पिंजड़े के नज़दीक आकर नज़ारे को करीब से देखने को बेताब हो उठे।

"या अल्लाह! बच्ची को बाघ ने पकड़ लिया!" एक बुजुर्ग मौलवी जो युवती के पास खड़े थे, आपा खोकर बेतरह किंकिया उठे—"अरे, इसे छुड़ाओ जल्दी...."

मौलवी की किंकियाहट के जवाब में कुछ दर्शकों को सरल सा उपाय यही सूझा कि वे हाथों को हवा में लहराते हुए, "ज्जा...हट्ट..." जैसी हुंकारों की गुगलियाँ बाघ की ओर उछालने लगे। पर बाघ कोई बकरी का बच्चा तो था नहीं जो इन लिलिपुटी भभकियों से डर जाता।

पिंजड़े के पास हाहाकार और आतंक का जलजला बढ़ता गया। लोग अकबकाए से एक-दूसरे की ओर सवालिया निगाहों से देख रहे थे कि अचानक आ पड़े इस संकट से युवती को कैसे बचाया जाये। दहशत और पीड़ा से संश्लिष्ट युवती की मर्मान्तक चीख़ें कबूतर के नुचे पंखों की तरह हवा में छितरा रही थीं। पिंजड़े के पास की कायनात का हिस्सा, उस हिस्से में खड़े पीपल, बरगद और गुलमोहर के पेड़, पेड़ों पर बैठे मासूम पखेरू और पखेरुओं के ऊपर के आकाश में कुलाचें भरते बादलों के टुकड़े—सब के सब इस औचक हादसे से धक् से रह गये थे और साँस रोक कर बेबस निगाहों से युवती के पक्ष में किसी चमत्कार का इन्तज़ार कर रहे थे।

"बाघ जैसे खूँखार जानवर के पिंजड़े की हालत देखिए, हँह! सलाख टूट गयी और जू के किसी भी कर्मचारी को ख़बर ही नहीं!" आक्रोश से तिलमिलाती एक टिप्पणी उछली।

"इन्हें सिर्फ़ तनख़्वाह चाहिए, दर्शकों की सुरक्षा गयी भाड़ में।" दूसरे दर्शक की प्रतिटिप्पणी!

भीड़ में जहाँ एक ओर लिजलिजी संवेदना और सहानुभूति खदबदा रही थी, वहीं दूसरी ओर कुछ लोगों के ज़ेहन में हादसे से परपीड़क लुत्फ उठाने की लालसा भी फूत्कार रही थी। रुपहले पर्दे पर लोगों ने बाघ के साथ हीरो का नकली मल्लयुद्ध दसियों बार देखा था। पर आज लगभग उसी तरह का असली युद्ध मुफ़्त देखने को मिल रहा था।

"अरे भैया, बाँस या रॉड जैसी कोई लम्बी चीज़ खोजिए न। उससे कोंचने से शारद बाघ लड़की को छोड़ दे..." भीड़ में से एक सुझाव उछला तो सहानुभूतिपरक कई उत्तेजित क़दम बाहर की ओर लपक गये।

युवती के पिता कृष्णकान्त त्रिपाठी स्टेट बैंक के प्रबन्धक थे। इस वक़्त वे हादसे से बेख़बर थोड़ी दूर आगे बायीं ओर बने वनमानुषों के खाँचे के पास खड़े थे। उनके साथ उनके पुराने मित्र, सहपाठी और लम्बे समय तक होस्टल में साथ रहे पशुपतिनाथ सिंह थे। पशुपतिनाथ जी आईपीएस अधिकारी थे।

"देख लो त्रिपाठी, इतिहास पूरे तेवर के साथ स्वयं को दुहराता है। किसी ज़माने में औरंगज़ेब ने अपने पिता को क़ैद करके सलाखों के पीछे डाल दिया था। आज अपने स्वार्थ के लिए हम लोगों ने अपने पूर्वजों को पिंजड़ों में क़ैद करके रखा हुआ है!" पशुपतिनाथ ने वनमानुषों की ओर संकेत करके चुटकी ली।

"नये साल पर इन्हें हमारा सलाम!" त्रिपाठी जी भी मुस्कुरा दिये।

युवती की क्षत-विक्षत चीख़ें हवा में कलाबाजी खाती उनके सिर के ऊपर तक चली आयीं तो बेटी के आवाज़ पहचानने में त्रिपाठी जी को एक पल भी न लगा—"अरे...ये तो बिटिया की चीख़ है पशुपति!"

दोनों चीख़ की दिशा में सरपट दौड़ पड़े। बाघ के पिंजड़े के पास लोगों का हुजूम और कोलाहल देखकर दोनों का माथा ठनका तो भीड़ को चीरते सलाखों के पास चले आये, त्रिपाठी जी को देखते ही माधुरी बाँह उनकी ओर बढ़ाती ज़ोरों से चिल्ला उठी—"पापा...हमको बचा लीजिए!"

"घबड़ाना नहीं बेटी..." त्रिपाठी जी ने बेटी की हालत देखी तो धक् से रह गये। "कुछ नहीं होगा। हम आ गये हैं न।" फिर सलाखों से सुरक्षित दूरी रखते हुए हाथ हवा में उछाल-उछाल कर बाघ से लड़की को छोड़ देने की गुहार करने लगे।

इसी बीच जो लोग बाँस या रॉड की तलाश में गये थे, तेज़-तेज़ साँसें लिए लौट आये।

"बाँस या रॉड जैसी लम्बी कोई चीज़ नहीं मिली। इधर-उधर दूर तक देखा।" एक ने हाँफते हुए कहा।

''मुझे भी नहीं मिली। पर मैंने ज़ू के ऑफ़िस जाकर रेस्क्यू टीम को तुरत भेज देने के लिए कह दिया है। टीम आती ही होगी।''

''पशुपति, कुछ करो न। प्लीज़...'' त्रिपाठी जी ने पशुपतिनाथ को झिंझोड़ते हुए भर्राए कंठ में कहा—''तुम पुलिस के जवान हो यार।''

''हाँ त्रिपाठी, मैं पुलिस में हूँ। पर इस वक़्त स्टडी लीव पर हूँ न। सर्विस रिवाल्वर नहीं है पास में। नहीं तो बेशक शूट कर देता इस नामुराद को।'' सिंहजी अफ़सोस ज़ाहिर करते हुए हिनहिना दिये। उन्हें कतई समझ में नहीं आ रहा था कि एक निहत्था पुलिस अफ़सर बेचारा ऐसी हालत में कर भी क्या सकता है भला?

पूरे हादसे को मुश्किल से तीन-चार मिनट या अधिकतम दस मिनट ही बीते होंगे, पर इन्हीं कुछ मिनटों में भय और आतंक, रोमांच और दहशत तथा पीड़ा व तनाव के कितने-कितने शेड्स हवा में घुल गये थे। पिंजड़े के बाहर भीड़ में हड़बोंग मचा हुआ था और आक्रोश व विरोध के वर्क में लिपटी छोटी-छोटी टिप्पणियाँ रुई के फाहों की तरह हवा में मँडरा रही थीं। किसी के भी समझ में नहीं आ रहा था कि बाघ की पकड़ से युवती को मुक्त कैसे कराया जाये।

एक ही स्थिति में जबड़े को देर तक कुहनी पर गड़ाए रखने से बाघ कुछ असहज होने लगा था। कुछ तो कुहनी की तिकोनी हड्डी के कारण और कुछ हड्डी पर पड़े जीन्स के मोटे आवरण के कारण, सम्भवतः कुहनी छूटने लगी थी। उसकी छितराई मूँछें क्रोध से फड़फड़ा उठीं। उसे जबड़े की मुद्रा बदलने की तलब होने लगी। तभी अचानक निमिष मात्र में उसने जबड़े को तनिक ढीला करते हुए कुहनी को आगे तक लपक लिया। इस छोटे से पलांश में बाँह को बाहर खींच लेने का सुनहरा मौक़ा था युवती के लिए। पर वह इस मौके का फायदा न उठा सकी। नीम बेहोशी के कारण बदन पहले से ही निढाल था उसका। दर्द से पूरी कुहनी टीस रही थी और वहाँ से ख़ून टपक रहा था। खींचतान के द्वन्द्व में जैकेट के ऊपरी बटन खुल गये थे और भीतर की गुलाबी टी-शर्ट तथा टी-शर्ट के पीछे से वक्षों के बीच की गहरी उपत्यका 'पिपिंग टॉम' सी झाँकने लगी थी।

माँद के पास अलसायी बैठी बाघिन को पिंजड़े के समीप सैलानियों की अस्वाभाविक भीड़ को देखकर दाल में कुछ काला नज़र आया। पहले तो उसने थर्रा देने वाली दहाड़ मारी, फिर सलाखों की ओर बढ़ चली। सलाखों के पास खड़े दर्शक एक-दूसरे को धकियाते पीछे हटने लगे। त्रिपाठी जी और सिंहजी भी युवती को सलाखों के पास छोड़कर कई क़दम पीछे हट गये। युवती हवा में हाथ लहराती चीत्कार कर उठी—''पापा...प्लीज़ डॉण्ट लीभ मी एलोन।'' पर हवा में लहराता हाथ हवा में नाचता ही रह गया और उन्हें थामने के लिए दोनों

जन तभी पास आये जब बाघिन सींग-पूँछ समेट कर गजगामिनी-सी माँद की ओर लौट गयी।

''हम कहीं भी तो नहीं गये बेटी। तेरे पास ही तो हैं। बस, रेस्क्यू टीम पहुँचने वाली ही है...'' थूक गटकते हुए त्रिपाठीजी ने कहा—''अभी छुड़ा लेंगे।''

'तीसरी आँख' चैनल के मयंक मिश्रा कैमरामैन को साथ लिए 'स्नेक गार्डेन' के पास सैलानियों से नये साल की उम्मीदों व आकांक्षाओं पर इंटरव्यू ले रहे थे।

''बीते साल की चुनिंदा उपलब्धियाँ क्या रहीं, हमारे दर्शकों को बताएँगे सर!'' एक सैलानी के पास माइक्रोफ़ोन सरकाते हुए मिश्रा ने प्रश्न दागा।

''राजा, कलमाडी, कनिमोझी, मारन, आदर्श वगैरह के साथ ये ससुरी महँगाई डायन...!'' सैलानी के होंठों पर वक्र मुस्कान तैर रहीं थी—''और इन सब में अन्ना हज़ारे एवं रामदेव का कॉकटेल!''

तभी मिश्रा की छठी इन्द्रिय ने फड़फड़ाना शुरू कर दिया। अजीब-सी बू...? वैसी ही जैसी किसी सनसनीपूर्ण लीड स्टोरी से आती है! कैमरामैन को लेकर कोलाहल की दिशा में दौड़ पड़ा। पिंजड़े के पास जमा भीड़ को चीरते हुए सलाखों के पास आया तो बाँछें एकदम से खिल उठीं।

''अरे वाह!'' मिश्रा कैमरामैन के कानों में फुसफुसाया—''एकदम फड़कती हुई फर्स्ट हैंड लीड स्टोरी है राजू। झाबरमल झुनझुनवाला के सिर पर दे मारेंगे तो अपना प्रोमोशन पक्का समझो। बस, बाघ और लड़की—दोनों के चेहरों की बारीक से बारीक रेखाओं को कैमरे की जद में लेना है। आँख से झरते आँसू...! नथुनों की फड़फड़ाहट...! चीत्कार करती मुद्राएँ! कैमरे को गले से नीचे उतारते हुए दिल की धक्-धक् को भी क़ैद करना कि दर्शक अस-अस पर उठें। ओ.के.?''

मिश्रा ने दायें-बायें भीड़ का जायज़ा लिया। वह इस जुगत में था कि किसी तरह चीख़ती-चिल्लाती नीम बेहोश माधुरी के मुख से एकाध वाक्य उगलवा ले। इस नाज़ुक वक़्त का एक वाक्य भी चैनल के दर्शकों को सनसनी से भर देगा। निहायत ही पेशेवराना अन्दाज़ में माइक्रोफ़ोन को भय से चीत्कार करती माधुरी की ओर सरकाने का प्रयास किया ही था कि पशुपतिनाथ जी ने उसके इरादे को भाँप लिया—''क्या हो रहा है ये? इस संकट की घड़ी में बजाय मोरल सपोर्ट देने के सनसनी तलाश रहे हैं? प्लीज़ रिमूभ द माइक्रोफ़ोन।''

मिश्रा सहम गया। थोड़ा संयम रखना होगा। अच्छी-खासी लीड स्टोरी कहीं हाथ से निकल न जाये।

''सर, लगता है, माँ शेरावाली कुपित हैं। ऐसे समय के लिए गुरु महाराज का दिया सिद्ध मन्त्र है मेरे पास। एकदम गारन्टिड फल देने वाला। अभी इस

नामुराद पर फूँकता हूँ।'' होंठों के बीच बुदबुदाहट समेटे मिश्रा पूरी गम्भीरता के साथ किसी दिव्य मन्त्र के पारण में लग गया।

भीड़ का हिस्सा बना सलाखों से कुछ दूर भीड़ में एक युवक खड़ा था। भीड़ में जगह बनाता उत्तेजित क़दमों से चलता हुआ वह त्रिपाठीजी के करीब चला आया—''इस तरह हाथ पर हाथ धर कर खड़े रहने से कुछ होगा अंकलजी? लड़की की जान ख़तरे में है। बाघ कभी भी पैंतरा बदल कर बड़ा हमला कर सकता है।''

''हम समझ रहे हैं भाई...'' त्रिपाठीजी की आवाज़ भर्रायी हुई थी। आँखों में पानी रिस आया—''पर किया भी क्या जाए? अब तो रेस्क्यू टीम का ही...'' आगे के शब्द कंठ में फँसे रह गये।

''रेस्क्यू टीम को तो अब तक आ जाना चाहिए। ख़बर दिये काफ़ी देर हो गयी।'' भीड़ से आवाज़ उभरी।

''सब साले कामचोर एवं लापरवाह हैं। जब तक सिटीजन चार्टर का चाबुक नहीं पड़ेगा, सुधरने वाले नहीं...'' एक तीखी फनफनाहट!

''पर इस तरह माँ शेरावाली के भरोसे छोड़ देने से भी तो नहीं चलेगा। कुछ तो करना ही होगा हमें।'' युवक का चेहरा तमतमाया हुआ था। वह आगे बढ़कर माधुरी के बिल्कुल करीब जा खड़ा हुआ। उससे एकदम सटकर! बाघ की भभकती साँसों का स्पर्श होने लगा था उसे। उसकी चौकन्नी निगाहें बाघ के जबड़ों पर टिकी थीं। जबड़ों के भीतर से झाँकती ललछौंह गुहा, नुकीले दाँत और काली-पीली धारियों के झुरमुटों के बीच नगीने-सी जड़ीं डरावनी आँखें! पूरा बदन भय की झुरझुरी से सिहर गया। पर माधुरी की तार-तार मर्मान्तक चीखें भीतर तक उतरकर उद्वेलित भी कर रही थीं।

युवक ने आनन-फानन एक निर्णय लिया। निर्णय ले लेने पर आँखों में चीते की सी फुर्ती भर गयी। पिंजड़े के भीतर का फ़र्श बाहर की ज़मीन से एक फुट ऊँचा था। युवक माधुरी की थर-थर काँपती देह से छिपकली-सा जा चिपका और सलाखों को पकड़ कर उचकते हुए दोनों पाँव भीतर के फ़र्श पर टिका दिये। आयत की टूटी हुई जो सलाख नीचे से मुड़ी हुई थी, उसे ऊपर से भी दबा कर चौड़ी जगह बनाई। उसका बदन बाघ के थोबड़े के बिल्कुल करीब था। लोगों के रोंगटे खड़े हो गये। भय से त्रिपाठीजी और सिंहजी पिंजड़े से कुछ दूर खिसक गये। युवक ने सीधी बाँह को आयत में बन गये बड़े से खोह से भीतर डाला और हथेली को मज़बूती से मुक्के की शक्ल में बाँध कर एक के बाद एक ताबड़तोड़ बाघ के जबड़ों, नथुनों और माथे पर हथौड़े की तरह पटकने लगा—धप्...धप्...धप्...! मुक्के पटकते हुए उसकी आँखों में अजीब-सा जुनून सुलग रहा था। आत्मविश्वास भरा दुस्साहसिक जुनून!

सब कुछ पलक झपकते हो गया। लोग साँस रोके उसका कारनामा देख रहे थे। मुक्के के आठ-दस ज़ोरदार प्रहार पड़ते ही बाघ दर्द से तिलमिला उठा। माधुरी की कोहनी पर उसकी पकड़ ढीली पड़ने लगी। माधुरी ने झट से बाँह बाहर खींच ली। ख़ून की पतली लकीर फ़र्श पर बनती चली गयी। शिकार को इस तरह निकल जाते देख बाघ की किटकिटाहट बढ़ गयी। पैंतरा बदल कर दहाड़ मारते हुए उसने युवक की बाँह पर झपट्टा मारा। युवक सतर्क तो था ही, इसके बावजूद उसकी बाँह और हथेली पर गहरी खरोंचें आ ही गयीं। बाँह का मांस बुरी तरह नुच कर बाहर निकल आया। एक पलांश की भी चूक हुई होती तो निश्चित था कि युवक की बाँह बाघ के जबड़ों में समा जाती। एक बेहद लोमहर्षक क्षण था वह। युवक पलक झपकते ऊँचे फ़र्श से ज़मीन पर कूद गया। पर कूदते हुए उत्तेजना और आवेश के अतिरेक से क़दम असन्तुलित होकर लहरा गये और वह पीठ के बल धड़ाम से गिर पड़ा।

त्रिपाठीजी और पशुपतिनाथ झट से आगे बढ़े और युवक को सहारा देकर उठाया। अपने से लिपटाते हुए त्रिपाठीजी की आँखें छलछला आयीं—''शाबास बेटे। तुमने तो कमाल ही कर दिया।''

''वंडरफुल।'' भीड़ में भी खुशी की हिलोर उठने लगी—''इस सीन को देखकर मुझे राजा भरत और बाघ के बीच का पौराणिक युद्ध याद आ गया है। अद्‌भुत!''

''कौन कहता है कि आज की नयी पीढ़ी संवेदनशील, भावुक और तात्कालिक रूप में साहसी निर्णय लेने में सक्षम नहीं?'' दूसरे सैलानी ने युवक की पीठ थपथपाते हुए कहा।

''एक बड़े शानदार इनाम का हक़दार है यह!''

''बेशक! मैं इसे ग्यारह हज़ार का पुरस्कार देने की घोषणा करता हूँ।'' युवक को फिर से अपने से लिपटाते हुए त्रिपाठीजी की आवाज़ लरज रही थी। उन्होंने एक पल की देर किए बिना इनाम का ऐलान कर दिया।

भीड़ छँटने लगी। तमाशा ख़त्म हो चुका था। मिश्रा खुश था। एक फड़कती हुई लीड स्टोरी जो हाथ लग गयी थी। इसी तरह की दूसरी सनसनी की तलाश में कैमरामैन को लेकर वह ज़ू के भीतरी हिस्से की ओर लपक गया। तभी परिदृश्य में रेस्क्यू टीम का पदार्पण हुआ। टीम के लिए अब करने को कुछ बचा नहीं था। डॉक्टर ने माधुरी और युवक के ज़ख़्मों की मरहम-पट्टी करके उन्हें ज़रूरी इंजेक्शन और दवाएँ दे दीं। युवक की पीठ में चोट आ जाने से भयंकर दर्द था और वह ठीक से खड़ा भी नहीं हो पा रहा था। पीठ पर पेनकिलर स्प्रे कर दिया गया।

''बस, दो-तीन घंटे के रेस्ट से दर्द चला जाएगा।'' डॉक्टर ने सलाह दी।

ज़ू के गेट पर त्रिपाठीजी की कार खड़ी थी।

''मैं ठीक हूँ अंकलजी। ऑटो पकड़ कर घर चला जाऊँगा...'' युवक को कार में बैठने को कहा गया तो वह मुस्कुराया, पर उसकी मुस्कुराहट में दर्द की तासीर स्पष्ट दिख रही थी।

''न...न...बेटे'', त्रिपाठीजी ने उसे कार में खींच लिया—''तुमने अपनी जान पर खेल कर माधुरी की जान बचाई है। हम बहुत आभारी हैं तुम्हारे। दो घंटे की रेस्ट ले लेने से काफ़ी राहत मिलेगी। डॉक्टर ने भी यही कहा है न। उसके बाद गाड़ी तुम्हें घर छोड़ आएगी...'' त्रिपाठीजी की आवाज़ कृतज्ञता से थरथरा रही थी। ज़ेहन से हादसे का हैंगओवर अभी भी मिटा नहीं था और बदन उन लोमहर्षक क्षणों को याद करके रह-रह कर झुरझुरी से भर उठता।

''तुम्हें इनाम भी तो देना है भैया।'' पशुपतिनाथ जी ने स्नेह से उसका कन्धा थपथपाया।

वाचमैन की सहायता से युवक को ड्राइंगरूम में लाकर सोफ़े पर लिटा दिया गया। नीम बेहोशी की तन्द्रा में युवक ने अति आग्रह करने पर जैसे-तैसे चाय-नाश्ता गटका।

''अब तुम दो घंटे की नींद ले लो, ठीक?'' पशुपतिनाथ जी ने उसके सिर के नीचे तकिया लगाते हुए कहा—''और हाँ, तुमने अपने बारे में कुछ बताया ही नहीं कि कहाँ रहते हो और क्या करते हो?''

''मेरा नाम हीरालाल बाल्मीकि है अंकल! तेरह नम्बर वार्ड में सफ़ाई कर्मचारी की ड्यूटी से लगा हुआ हूँ। मटियाबुर्ज के डोमपाड़ा के पास नयी बनी कॉलोनी में घर है...'' युवक के मुँह से टुकड़ों-टुकड़ों में कराहते बोल फूटे और फिर वह दर्द के आवेश में नींद की अतल गहराई में डूब गया।

त्रिपाठीजी, उनकी पत्नी माया और पशुपतिनाथ—तीनों की नज़रें हक्का-बक्का रह गयीं। बाल्मीकि? सफ़ाई कर्मचारी...? डोमपाड़ा...?

उनके चेहरे गम्भीर होते चले गये। माधुरी की जान बच जाने से उत्पन्न हुई नैसर्गिक खुशी पलक झपकते तिरोहित हो गयी। उनके भीतर ईर्ष्या, घृणा, अपमानबोध और पराजय के मिले-जुले भाव धुआँ उठे। लगा, जैसे मेहतर के इस लौंडे ने मामूली-सा करतब दिखाकर न केवल उनके सवर्ण दर्प व पौरुष की खिल्ली उड़ाई है, अपितु भरी भीड़ के सामने उन्हें नंगा करके रख दिया है। लगा, जैसे सामाजिक समरसता के नाम पर सवर्णों को नीचा दिखाने का जो फैशन दलितों के बीच इन दिनों चल पड़ा है, उसी से प्रेरित होकर इस छोकरे ने पूरी

पब्लिक के सामने उन्हें अपमानित करने के लिए एक साजिश के तहत ही इस मदारीनुमा कारनामे को अंजाम दिया है।

थोड़ी देर तक तीनों के बीच असहज मौन प्रेत की तरह नाचता रहा। फिर त्रिपाठीजी ने लम्बी निःश्वास छोड़ी—"मुझे तो अभी भी विश्वास नहीं हो रहा पशुपतिनाथ। इट इज़ जस्ट इम्पॉसिबुल!"

"सचमुच त्रिपाठी, ऐसे रोंगटे खड़े कर देने वाला कारनामा एक मेहतर का लड़का कर सकता है? निश्चित रूप से इस ससुर की देह में किसी क्षत्रिय अथवा तेज़स्वी ब्राह्मण का ख़ून दौड़ रहा होगा।"

फिर कुछ असहज क्षणों का असमंजस भरा मौन!

"उफ...! मैंने तो आवेश में इसे कई बार अपने से चिपटा भी लिया था यार! कैसे तो एक अजीब से लिजलिजेपन के अहसास से पूरा शरीर गमक रहा है। आय वाण्ट टु टेक बाथ फर्स्ट। जब तक नहा न लूँ, चैन नहीं पड़ेगा।" त्रिपाठीजी हिनहिनाये।

थोड़ी देर बाद तीनों गहन मन्त्रणा के लिए भीतरी कक्ष में इकट्ठे हुए।

"अब इसको जल्द से भगाइए यहाँ से।" माया ने फुफकार छोड़ी।

"मम्मी, इसकी पीठ में काफ़ी तेज़ दर्द है। दो घंटे रेस्ट लेने के लिए कहा है डॉक्टर ने।" माधुरी ने हकलाते हुए आपत्ति जताई।

"दर्द-वर्द सब ढोंग है बेटी! पशुपतिनाथ जी हिकारत से बोले—"वैसे भी मेहतर चमार जैसे दलित वर्ग के लोगों को दुख-दर्द और पीड़ा-आनन्द का अहसास उस शिद्दत से नहीं होता जिस शिद्दत से हम सवर्णों को हुआ करता है। ये सब मामूली बात है इन लोगों के लिए।"

फिर कुछ असहज क्षणों का असमंजस भरा मौन!

"और बख्शीश...?" फिर त्रिपाठीजी मिमियाये। उनके लहजे में अपराधबोध की बौखलाहट संश्लिष्ट थी—"पता नहीं क्या हो गया था, मैंने हड़बड़ा कर सब के सामने ग्यारह हज़ार इनाम देने का ऐलान भी कर डाला है।"

"मेरा कीमती टी-सेट और सोफ़े का ख़ूबसूरत कवर इस मरदूद ने नष्ट कर दिया, उसका कुछ नहीं?"

"मम्मी प्लीज़...! इसने अपनी जान जोखिम में डालकर मेरी जान बचाई है। अगर इसने तुरन्त कार्रवाई न की होती तो पता नहीं क्या हो जाता। मैं यहाँ जीवित खड़ी भी रहती है या नहीं..." माधुरी किंकिया उठी।

"तुम कुछ ज़्यादा ही भावुक हो रही हो।" त्रिपाठीजी उठकर माधुरी के

पास चले आये–"देखा नहीं? बिल्कुल उसी क्षण रेस्क्यू टीम भी आ पहुँची थी। कार्रवाई तो होनी ही थी।"

साहब लोगों के निर्देश पर वाचमैन ने युवक को झिंझोड़ कर उठा दिया। युवक आँखें मलता उठ गया पर पूरी तरह तन कर खड़ा नहीं हो पाया और दर्द की वजह से कमर दोहरी ही रही।

"अब ठीक है न?" त्रिपाठीजी ने व्यंग्य से पूछा।

"हाँ अंकलजी। सब ठीक है। अब हम चलते हैं।" युवक जाने के लिए प्रस्तुत हो गया। अनायास ही उसकी नज़रें माधुरी की नज़रों से गुँथ गयीं। माधुरी की आँखों में उसके लिए अशेष कृतज्ञता के भाव थे।

"अचानक गाड़ी ख़राब हो गयी भैया! ये रख लो। ऑटो और दवा-दारू के खर्च के लिए..." पशुपतिनाथ जी ने पाँच सौ का एक नोट उसकी ओर बढ़ा दिया।

"न...न...अंकलजी, इसकी कोई ज़रूरत नहीं है।"

युवक ने एक झटके से क़दम बाहर की ओर बढ़ा दिये, उसके होंठों पर सरल हास था। चेहरे पर खिलंदड़ा बिंदासपन! सोच में बख्शीश की बात दूर-दूर तक कहीं भी नहीं थी, न ही साहब लोगों के अबूझ-उखड़े व्यवहार से उत्पन्न कचोट का अहसास! बस, न जाने उसे सिर्फ़ ऐसा क्यों लग रहा था कि कुछ क्षण पहले वह बाघों के संग एक विशाल पिंजड़े के भीतर क़ैद बैठा था और अब पिंजड़े से बाहर निकलकर अपनों के बीच आ गया है।

दस क़दमों का फासला

ट्रेन ने 'पोंऽऽऽ...पोंऽऽऽ' करके पहले तीखी सीटी हवा में फेंकी, फिर फुफकारते हुए गन्तव्य की ओर क़दम बढ़ा दिये। सीटी की कर्कश आवाज़ हवा में कलाबाजी खाती हुई खिड़की की राह डिब्बे में घुसी और उसके कलेजे के भीतर उतरती चली गयी। आवाज़ की थरथराहट से शरीर निर्जीव, सर्द और स्पन्दनहीन होने लगा। किसी शव की मानिंद! शिथिल! आँखें तली जा चुकी मछली की आँखों की तरह पथरायी व बेजान! देर से रोका हुआ आँसुओं का सैलाब इन आँखों में भरभरा कर उतर जाना चाहता था, पर पपोटे फड़फड़ा नहीं पाये। वह भय से सिहर उठा। ज़ेहन में फ्रेंज काफ्का की कहानी 'मेटामॉरफॅसिस' का नायक कौंध गया। कहीं उसके भीतर भी तो किसी तरह का रूपान्तरण नहीं घटने लगा...?

दुर्घटना की सूचना उसे सुबह ही लग गयी थी। आज साक्षात्कार था उसका। ठीक दस बजे कम्पनी के कार्यालय में हाजिरी लगा देनी थी। दस के बाद कभी भी उसका नाम पुकारा जा सकता था। साक्षात्कार की उत्तेजनात्मक बेचैनी के कारण नींद भोर में ही खुल गयी थी। वस्तुतः नींद आयी ही कहाँ थी? खुली आँखों की नींद भी भला नींद होती है। वह लॉज के बेड पर लेटा हुआ अधखुली आँखों के कोटरों में खरगोश की तरह दुबक आये नौकरी पा जाने के ख़्वाब को हल्के-हल्के सहला रहा था कि मोबाइल की घंटी बज उठी।

''दादा, माँ की ट्रेन का प्रधान खंटा के पास एक्सीडेंट हो गया। भयानक एक्सीडेंट! पता नहीं, माँ की क्या हालत हुई होगी। बहुत डर लग रहा है। तुरत आ जाओ।'

काजल का फ़ोन था। आवाज़ भय से सूखे पत्ते की तरह थरथराती हुई। एक्सीडेंट की बात सुनकर वह स्तब्ध रह गया। आँखों के कोटरों में दुबका खरगोश पलक झपकते हवा में अदृश्य हो गया। अनिष्ट की आशंका में पलकें मुँद गयीं और मुँदी पलकों के स्याह स्क्रीन पर चिलकने लगे कई-कई कोलाज...दामोदर नदी के पार्श्व में बसा 'कुमारधुवी' का अन्दरूनी ग्रामांचल! छोटी-छोटी कच्ची

पगडंडियों की लक्ष्मण रेखाओं से घिरे फूस, खपरैल व टाली के कोठरीनुमा घर! बकरियों, सूअरों और मुर्गियों की ममसायी गन्ध से गन्धाता परिवेश! दूर-दूर तक मेंगनियों की तरह फैला ईंट-भट्ठों व हार्ड-कोक चिमनियों का अबूझ संजाल! इनके आगे जहाँ-तहाँ 'पिपिंग टॉम' सी झाँकती इ.सी.एल. तथा बी.सी.सी.एल. के 'काले हीरों' की खदानों की शृंखला! इनके भी और आगे क्षितिज को अपने मज़बूत कन्धों का सहारा देतीं अडिग पहाड़ियों की लम्बी क़तारें! पूरे वातावरण पर हर वक़्त धुँआते कुहासे का तिलिस्मी आवरण।

पाँचवीं के बाद काजल की पढ़ाई छूट गयी थी। अब वह आसपास के बाबुओं की कालोनियों में चौका-बासन का काम करती है और खाली समय में रेलवे लाइन के दोनों तरफ़ बिखरी राख की ढेरियों में से कोयला बीना करती है। अठारहवाँ चल रहा है उसका। बाबा ने उसकी शादी के लिए बहुत प्रयास किए पर बात कहीं भी बन नहीं पायी और वधू के शृंगार में उसे देखने की अभिलाषा लिए-लिए ही वे अन्तिम यात्रा पर कूच कर गये।

और माँ? माँ रोज़ सुबह छह-पैंतीस की लोकल से एक घंटे का सफ़र तय करके धनबाद शहर के लेबर चौराहे को गुलज़ार करने चल देती है। कैसा भी काम। कितना भी मेहनताना! काटना, तोड़ना, ढुलाई, कुलीगीरी, मिस्त्री के हेल्पर का काम मिल गया तो लौटना शाम को होता। नहीं मिला तो क्लीन बोल्ड होकर दस-पचास वाली लोकल से बाइज़्ज़त बैक टु पैविलियन! आज भी रोज़ाना की तरह छह पैंतीस की लोकल से निकली थी। धनबाद के पहले प्रधान खंटा के पास ट्रेन एक्सीडेंट के चपेटे में आ गयी। एक्सीडेंट के बाद उस भयावह परिदृश्य में क्या हालत हुई होगी उसकी, सोचकर ही बदन झुरझुरी से भर उठा।

पूरा बदन और चेहरा पसीने से चुहचुहा आया तो वह लॉज के रूप से निकलकर बाहर कोरीडोर में आ गया। दिमाग़ में भयानक झंझावात चल रहा था। क्या करे वह? क्या? इंटरव्यू छोड़कर सिंग-पूँछ समेट ले और इसी वक़्त लौट चले? तुरन्त रवाना हो भी जाय तो वहाँ पहुँचने में चार-पाँच घंटे लग ही जाएँगे! उसके पास पौराणिक जटायु या लालपरी की तरह के जादुई डैने थोड़े ही हैं कि उड़ान भरी और कुछ मिनटों में गन्तव्य पर!

कशमकश की अवस्था काफ़ी देर तक ज़ेहन में नाचती रही। बेचैनी असह्य हो उठी तो रूम में चला आया वह। चेहरे पर ठंडे पानी के छींटे मारे! पानी के ठंडेपन ने चेहरे पर तो ठंडेपन का लेप लगाया ही, दिमाग़ के भीतर की लपटों को भी ठंडा करने में योग दिया। कितनी मुश्किल से तो साक्षात्कार का मौक़ा हासिल हुआ है। नौकरी-रूपसी सोलह शृंगार करके सिर्फ़ दस क़दमों के फासले

पर खड़ी है—खुद को बाँहों में भर लेने को आतुर आमन्त्रण देती हुई! अति भावुकता की सनक में उसे दुत्कार कर भगा दे? साक्षात् मौत की तुलना में अभावों व जलालत की मौत कितनी पीड़ादायक होती है, वही जानता है। धीमे ज़हर की मानिंद पल-पल दंश मारती!

फिर...तुरत लौट जाने से स्थितियाँ बदल जाएँगी? वहाँ तो जो अघटन घटना था, घट ही चुका है। कुछ घंटा पहले या बाद में वहाँ पहुँचने से क्या फ़र्क़ पड़ेगा भला? जो भी हश्र अन्य सवारियों का हो रहा होगा, माँ का भी हो जाएगा। पर इस सम्भावनाशील साक्षात्कार को भावावेश में खो देना मूर्खता ही होगी न!

उसने वहीं निर्णय लिया जो सर्वथा व्यावहारिक था। इंटरव्यू तीन बजे शेष हुआ। तीन बजे तक माँ के ख़यालों को ज़ेहन में रिसने से निर्ममतापूर्वक रोके रखा। इंटरव्यू समाप्त होते ही खूँटा छुड़ाए बैल की तरह स्टेशन की ओर दौड़ पड़ा। अब ट्रेन में बैठ गया तो भीतर ही भीतर 'मेटामॉरफॅसिस' जैसे ही किसी रूपान्तरण का अजीबोग़रीब एहसास...

यह ज़िन्दगी : क्रमशः में ढलता हुआ लम्बा सोप ओपेरा

बाबूजी एकाउण्ट्स विभाग में मुलाजिम थे। पूरे बीस साल तक इस संस्थान में सेवा देते रहे थे। तीन साल पूर्व रिटायर हुए तो काफ़ी दौड़-धूप की कि किसी तरह मुन्ने को वहाँ जॉब मिल जाय। बाबूजी की ईमानदारी और निष्ठा की धाक थी विभाग में। निष्ठा न केवल संस्थान के प्रति, अपितु विभागीय बॉस मि. भटनागर के प्रति भी। अतः इस निष्ठा का सम्बल तो था ही, मुन्ने की अकादमिक उपलब्धियों का भी पूरा भरोसा था।

बाबूजी प्रायः रोज़ ही ऑफ़िस आवर्स के बाद भटनागर साहब के बँगले चले जाते और उनके बच्चों को ट्यूशन दिया करते। साहब के आदेशनुमा अनुरोध को नकारने की क्षमता नहीं थी उनमें। इसके अलावा ऐसा करते हुए भीतर गहरे में यह विश्वास भी कुकुरमुत्ते की तरह फूटने लगा था कि साहब भविष्य में मुन्ना का भविष्य भी सँवार देंगे। साहब के बच्चों को शिक्षित-दीक्षित करने की धुन में बाबूजी लगभग भूल चुके थे कि उनके अपने बच्चों को भी ट्यूशन की ज़रूरत पड़ती होगी। वहाँ समय का कतई ध्यान नहीं रहता और घर लौटने में काफ़ी देर हो जाती। लौटते तो शरीर थकान से पस्त रहता। सीधे बैठकर ख़ाना खा सकें, इतनी भी ऊर्जा शेष नहीं रहती।

संयोग ऐसा हुआ कि बाबूजी के रिटायरमेंट के कुछ माह पहले ही भटनागर साहब स्टाफ सेलेक्शन बोर्ड के अध्यक्ष पद पर आ गये।

काफ़ी दिनों तक तो साहब व्यस्तता का ढोंग करते हुए बाबूजी से मिलने से ही कतराते रहे। अन्ततः बढ़ते तकाजों से खीझ कर मिलने का समय देना पड़ा था। नियत समय पर नियत दिन बाबूजी समस्त अकादमिक प्रमाण-पत्रों के साथ उसे साहब के बँगले पर ले गये। इधर-उधर की भूमिका के बाद ज्योंही बाबूजी ने उसकी नौकरी की चर्चा छेड़ी कि भटनागर साहब भड़क ही तो उठे—"आप भी अजीब हैं मि. राम। नौकरी क्या पेड़ पर लटका हुआ फल है कि तोड़ा और आपके सुपुत्र को थमा दिया। हँह! इसके लिए प्रोपर चैनल से आना पड़ता है। रूल्स हैं रेग्यूलेशन्स हैं।" उत्तर में बाबूजी कहना चाहते थे कि आपका निकम्मा बेटा जिसने बी.ए. में दो बार फेल किया और जिसका अनुशासन तथा शिष्टाचार से दूर-दूर का वास्ता नहीं, पी.आर.ओ. के मयूर सिंहासन पर किस रूल के तहत बैठ सका, बतला सकेंगे? पर कह नहीं सके। इसके विपरीत उन्होंने उकड़ूँ बैठकर साहब के पाँव पकड़ लिए—"सर, मैंने पूरी निष्ठा एवं ईमानदारी से आपकी सेवा की। ईमानदारी और निष्ठा के मामले में मुन्ना मुझसे भी दो क़दम आगे जाएगा। प्लीज़ सर...आप चाहेंगे तो इस गरीब का भविष्य सँवर जाएगा।" बाबूजी की कातर गिड़गिड़ाहट पर वह भीतर ही भीतर तिलमिला उठा था। एक अदद नौकरी के लिए सारी मर्यादाओं को इस क़दर धूल-धूसरित कर देना होगा यह तो कल्पना में भी नहीं था।

साहब कुछ क्षणों के लिए निर्निमेष उसके चेहरे को तौलते रहे। सम्भवतः सोच रहे हों कि यह गबरू जवान भी अपने बाप की तरह उनके अफ़सर बेटों की निष्ठापूर्वक सेवा कर सकेगा या नहीं? फिर एक निःश्वास छोड़ते हुए बाबूजी की पीठ थपथपायी—"ओह मि. राम, आपने तो मेरी बोलती बन्द कर दी। आपकी सेवा से ख़ूब प्रसन्न हैं हम। चलिए, एकाउंट्स विभाग में आपके बेटे को लगा दिया। ख़ुश? बस ज़्यादा बड़ा नहीं, सिर्फ़ दो लाख का छोटा-सा सूटकेस चाहेंगे इसके बदले। जानते हैं, इस संस्थान में नौकरी, वह भी पिउन और वाचमैन स्तर की, के लिए तीन-तीन चार-चार लाख वाला भारी भरकम सूटकेस लिए चक्कर लगा रहे हैं लोग हमारे आगे-पीछे?"

बाबूजी को काटो तो ख़ून नहीं। एकदम सन्न ही रह गये। फिर कातरता से मिमियाए—"बहुत ग़रीब हैं हम। खर्चे जो भी पैसा मिला सेवानिवृत्ति पर, कुछ बड़ी बिटिया की शादी पर और कुछ इसकी पढ़ाई पर खर्च हो गया। फर्स्ट क्लास की अकादमिक डिग्री के अलावा कुछ भी नहीं है हमारे पास। दया करें सर...।"

बाबूजी की गिड़गिड़ाहट क्रमशः तेज़ होती गयी, पर भटनाकर साहब के चिकने घड़े पर किसी भी तरह की कोई बूँद भला कैसे ठहर पाती?

"नो मर्सी इन मनी मैटर मि. राम। सूटकेस लाइए और नियुक्ति पत्र ले जाइए, ओ.के.?" चेहरे पर बेहया हिनहिनाहट!

साहब की तकरीर को सुनते हुए उसके मस्तिष्क की शिराएँ विस्फोट की सीमा तक तन गयीं। इच्छा हुई, आगे बढ़कर साहब को कॉलर से पकड़ कर हवा में उठा ले और पूछे—'भ्रष्टाचार और अनीति में कंठ तक डूबे आप जैसे अफ़सर भला ईमानदारी और उपकार का मूल्य क्या समझेंगे? अरे, उपकार तो मेरे बूढ़े पिता ने किया है आप के ऊपर! लगातार कई सालों तक तुम्हारे बच्चों को निःशुल्क ट्यूशन देकर! ऑफिस आवर्स के बाद के वे अनमोल क्षण जिन पर सिर्फ़ और सिर्फ़ हम बच्चों का और माँ का अधिकार होना चाहिए था तुम्हें खैरात में दे दिया। अरे, जोड़ सकें तो जोड़ लें, उन कई-कई सालों की निष्कपट सेवा का कुल वेल्यू किसी भी बड़े से बड़े सूटकेस पर भारी पड़ेगा।'

उसके बाद रोज़ सबेरे प्रमाण-पत्रों की फ़ाइल को काँख में दबाकर घर से निकल पड़ना एवं शाम हुए हताशा और पराजय की मोटी परतों का परचम चेहरे से चिपकाए बैक टु पैविलियन! मानो यह स्थायी भाव ही बन गया हो ज़िन्दगी का। रात-रात भर जाग-जागकर प्रमुख जॉब पत्रिकाओं के वान्टेड कॉलमों पर रिसर्च! चुनिन्दा रिक्तियों के लिए आवेदनों का प्रक्षेपण! एकदम मिसाइल की तर्ज पर! सब कुछ एक मशीनी तरीके से ही होता। आवेदन प्रेषित करते वक़्त ज़ेहन में आशा व निराशा की अजीब सी द्वन्द्वात्मक स्थिति बनी रहती। लिखित परीक्षा की सूचना आते ही मन सूरजमुखी सा खिल उठता। नौकरी-रूपसी कुहासे की सघन परतों के पीछे से झलक दिखलाने लगती। लिखित परीक्षा के बाद साक्षात्कार का आमन्त्रण! 'वह' हँसती-खिलखिलाती दस क़दमों के फासले पर आ खड़ी होती। रोमांच से खनखनाता दिल उछल कर कंठ तक आ जाता।

बस, यहीं गाड़ी अटक जाती। इस छोटे से फासले को तय करके रूपसी को बाँहों में भर लेने का सौभाग्य अभी तक नहीं मिल पाया। साक्षात्कार ख़राब हो रहा हो, ऐसी बात कतई नहीं होती। हर साक्षात्कार के बाद प्रत्यक्ष या परोक्ष रूप से सूटकेस की माँग रस्मी बम की तरह सामने आ गिरती। सूटकेस यानी दो-ढाई लाख की नगद राशि! कहाँ से जुटाए इतने पैसे? भटनागर साहब के इनकार के बाद बाबूजी को ऐसा भयंकर शॉक लगा कि एक बार जो बिस्तर पकड़े तो फिर उठ न सके। महीने भर बाद ही पक्षाघात की गाज गिरी। जो भी थोड़ी-सी जमा पूँजी थी, बूँद-बूँद करके इलाज के ब्लैकहोल में समाती चली गयी। छह माह की गहन यातना के बाद बाबूजी अन्तिम यात्रा पर निकल गये...अपने पीछे घर को पूरी तरह खोखला छोड़ कर!

उसके बाद...? उसके बाद सारे समीकरण तेज़ी से उलट-पुलट होते चले गये। काजल की शादी की बात स्वयमेव ही ठंडे बस्ते की अतल गहरायी में जा दबी। राख की ढेरियों से कोयला बिनने की उसकी विवशता और इस उम्र में माँ का धनबाद शहर के लेबर चौराहे की भीड़ में शामिल होने का दुस्साहसिक निर्णय पानीपत की प्रसिद्ध ऐतिहासिक लड़ाई की तरह ही ज़ेहन की स्लेट पर अंकित हो गये थे। तीन साल की लम्बी संघर्षपूर्ण यात्रा का एक-एक लम्हा आँखों के सामने जीवन्त मछली की तरह फड़फड़ा रहा है। इस यात्रा के दौरान संघर्ष के कितने-कितने शेड उसने देख लिए! पर इस लम्बी यात्रा का हासिल क्या रहा? शून्य! द बिग जीरो! स्थिति आज भी वही है जो तीन साल पहले थी। दिनचर्या भी लगभग वही! वान्टेड कालमों पर देर रात तक रिसर्च! चुनिन्दा रिक्तियों के लिए आवेदन! लिखित टेस्ट की शौर्यपूर्ण सफलता! साक्षात्कार की अग्निपरीक्षा! सूटकेस की बेहया माँग और फिर उम्मीदों की टिमटिमाती लौ का उस परीक्षा की अग्नि में हो जाना स्वाहा! 'इतिश्री रेवा खंडे एक और अध्याय समाप्तः' के साथ फिर से नयी पहल! रूपसी हर बार दस क़दमों के फासले तक आकर मुँह चिढ़ाती लौट जाती। वह हसरत से उसको देखते रह जाता। वस्तुतः नौकरी के लिए उसके प्रयास उस सोप ओपेरा की तरह हो गये थे जो 'क्रमशः' में ढलता हुआ अनन्त समय तक चलता रहता है।

सकारात्मक सोच (पोजिटिव एटिट्यूड) : किस चिड़िया का नाम है भाई...

रेलवे अस्पताल पहुँचते-पहुँचते रात के आठ बज गये। अस्पताल की विशाल इमारत का हर ओना-कोना घायलों, उनकी चीख़-पुकार और उनके रिश्तेदारों की आकुल आपाधापी से भरा पड़ा था। कहीं भी तिल रखने की जगह नहीं थी। आहतों को शय्याओं के अलावा बरामदे, कोरिडोर तथा आँगन, जहाँ भी जगह मिली डाल दिया गया था। प्रधान खंटा के पास ट्रैक पर काफ़ी दूर तक फीशप्लेट हटी हुई थी जिससे छह-पैंतीस वाली लोकल के पाँच डिब्बे उलटकर पास की डाउन ट्रैक पर गिर पड़े। तभी डाउन ट्रैक पर पूरे वेग से आ रही मिथिला एक्सप्रेस ने उन बोगियों के परखचे उड़ा दिये थे। उफ्, कैसा हृदय-विदारक दृश्य रहा होगा। सोचकर ही झुरझुरी भर गयी पूरे बदन में।

माँ उन बदनसीब पाँच बोगियों में से ही किसी एक बोगी में थी। एक घंटे की सघन खोज के बाद वह माँ तक पहुँच ही गया। ऊपरी माले के 17 नं. बेड के पास ज़मीन पर ही लिटाया गया था उसे। अर्द्ध चेतन अवस्था। कलाई, नाक और मुँह पर केंचुओं के मानिन्द लम्बी-लम्बी ऑक्सीजन व सेलाइन की नलियाँ

पैबस्त! बायाँ पाँव और दायीं बाँह मोटी पट्टियों से आवृत। दुर्घटना ने माँ के दैहिक भूगोल को पूरी तरह बदल कर रख दिया था। झुर्रियोंदार चेहरे पर पट्टियों एवं नलियों के पैबन्द सहानुभूति एवं करुणा की बजाय जुगुप्सा व वितृष्णा के भाव जगा रहे थे।

तभी सामने से डॉक्टर व नर्सों की टोली मुआयने के लिए आती दिखी। मैले ही सही, बदन के कुरते-पाजामा को देखकर डॉक्टर उसे नेता समझ बैठा। कुरता-पाजामा खद्दर के जो थे।

"सॉरी यंग मेन, स्थिति एक अनार और सौ बीमार वाली है। मरीज़ ज़्यादा, बेड कम। इसीलिए इन्हें ज़मीन पर...।" डॉक्टर ने पूछने के पहले ही सफ़ाई पेश कर दी।

"पेशेंट मेरी मदर हैं डॉक्टर।"

"हालत काफ़ी नाज़ुक है। दायें पाँव में गहरे ज़ख़्म आये हैं। लोहे की नुकीली प्लेट अन्दर तक धँस गयी थी। टिटनेस फैल रहा है। दवा दे दी गयी है। कल सुबह तक ऑबजर्ब करेंगे। टिटनेस कण्ट्रोल नहीं हुआ तो...तो ऑपरेशन करना पड़ेगा।"

"ऑपरेशन...?" ऑपरेशन के नाम पर ज़ेहन दहशत से भर उठा।

"जी हाँ...घुटने के पास से पाँव को काट देना पड़ेगा। नो अदर वे...। अभी पर कुछ नहीं कहा जा सकता। सुबह तक इन्तज़ार करें।"

डॉक्टर ने सान्त्वना में उसके कन्धे थपथपाये और चला गया। माँ के पास ही कोने में डरी-सहमी काजल बैठी हुई थी। होंठ तनाव और भय से पपड़ियाए हुए थे। घर लौट जाने का तो सवाल ही नहीं था। दोनों को वहीं छोड़कर वह बाहर कम्पाउण्ड में चला आया। बाहर पूरे वातावरण पर स्याह कफ़न का चँदोबा तना हुआ था। चँदोबे के नीचे की चहल-पहल क्रमशः स्खलित होती जा रही थी। मरीज़ों के रिश्तेदार अपने-अपने घरों को लौटने लगे थे। देखते-देखते उसके जैसे दो-चार आवारा लोगों को छोड़कर सारा कम्पाउण्ड लगभग सूना हो गया। गहरे तनाव के बावजूद स्मृतियों के ढेर तले दबी कभी की पढ़ी हुई कविता की दो पंक्तियाँ मन में गेहुंअन सी फुफकार उठीं—'शैशव से अब तक के सँजोए सपनों के मलबे तले देखो किसी मुर्दे सा ही दफना हुआ है हर कोई...।' वह विक्षिप्त-सा हँस पड़ा। सचमुच...इस वक़्त ऐसा ही लग रहा था मानो कफ़ननुमा स्याह चँदोबे के नीचे कुछ प्रेत क़ब्रों से बाहर आकर इधर से उधर मँडरा रहे हों।

एक तो वैसे ही लम्बी बेकारी से उत्पन्न हताशा और क्षोभ एवं दो जून की रोटी के लाले। ऊपर से माँ की अपाहिजी! यानी कि करेला और वह भी नीम

चढ़ा! दीवार से लगी लम्बी बेंच पर बैठकर मोबाइल निकाला। कलंगी की तरह एंटेना लगा पुराने मॉडल का मोबाइल। समय देखा। बारह बज रहे थे। अरे बारह बज गये! इतनी जल्दी! उसने चौंकने का अभिनय किया जैसे कि बारह को इतनी जल्दी नहीं बज जाना था। बाहर का स्याह सन्नाटे में लिपटा कुहासा बूँद-बूँद करके उसके भीतर उतर रहा था। जैसे-जैसे भीतर कुहासा भरता जा रहा था वैसे-वैसे ही मस्तिष्क में घुमेरे घाल रहा झंझावात भी गति पकड़ता जा रहा था। कब तक चलती रहेगी यह कवायद ज़िन्दगी में? किस तरह हासिल होगी एक अदद नौकरी? हर जगह तो सूटकेस और सिफ़ारिश की माँग दस्ती बम की तरह पटक दी जाती है। उसके जैसे हालत हैं, बचे-खुचे बर्तन-भाँडे एवं अन्य चीज़ों को भी बेच दिया जाय तो आठ-दस हज़ार से ज़्यादा नहीं जुट सकेंगे!

इस बार के साक्षात्कार का समापन भी उन्हीं 'ऋचाओं' के साथ हुआ था। उसके अनुनय-विनय एवं गिड़गिड़ाहट पर द्रवित होने का ढोंग करते हुए एम.डी. कुटिल मुस्कान बिखेरते हुए हिनहिनाया था—'ठीक है मि. राम। आपकी शालीनता से हम प्रसन्न हैं। चलिए यह जॉब हमने आपको एलॉट किया। ख़ुश?'

वह खुशी से उछल पड़ना चाह रहा था। क्या सचमुच...? पर पिछले अनुभवों ने ब्रेक लगा दिया...। देखें, इसके बाद 'मोगाम्बो' साहब क्या फरमान करते हैं। 'आपकी हालत को देखते हुए हमने सिर्फ़ दो लाख का सूटकेस लेने का निश्चय किया है। अन्यथा तो तीन-तीन चार-चार लाख वाले सूटकेस क़तार में खड़े हैं। दस दिन की मोहलत दे रहे हैं हम। मोहलत नहीं, ग्रेस पीरियड, ठीक? दस दिनों के भीतर सूटकेस इस पते पर पहुँच गया तो नियुक्ति पत्र हाथों-हाथ ले लें। ग्यारहवें दिन जॉब दूसरे उम्मीदवार के खाते में चली जाएगी। इज़ दैट क्लीयर?'

हू-ब-हू वे ही शब्द! लगा कि किसी गहरी साजिश के तहत देश के हर एम.डी., हर जी.एम. ने मि. भटनागर के संग इस मुद्दे पर हाथ मिला लिया हो। हँह! दस दिनों में से दो दिन तो निकल ही गये। शेष आठ दिन भी मुट्ठी में बन्द रेत की तरह देखते-देखते रिस जाएँगे। रूपसी इस बार भी दस क़दमों के फासले तक आकर मुँह चिढ़ाते हुए दूर भाग जाएगी।

उसके बाद क्या होगा? होंठों पर वक्र मुस्कान उभर आयी। फिर से आवेदनों का प्रक्षेपण! फिर से लिखित टेस्ट की अग्निपरीक्षा! फिर से साक्षात्कार का बुलावा! फिर से सूटकेस की गुगली! और फिर से पिन चुभे बैलून की तरह सब कुछ फुस्स! किसी सोप ओपेरा की तरह 'क्रमशः' में ढलती हुई अनन्त समय तक चलती रहने वाली एक मनहूस कवायद!

मौसम भी मिजाज़ के हिसाब से ही एहसासें जगाता है। सारी रात करवटें

बदलते कट गयी। सुबह उठा तो सिर भारी था। आँखें रक्ताभ! जून की गर्मी में भी भोर की शीतल बयार काँटों सी चुभ रही थी। सुबह नौ बजे गहन चेकअप के बाद डॉक्टरों ने निर्णय लिया था कि पाँव के ज़ख़्म से टिटनेस को निरस्त करने के लिए तुरत ऑपरेशन करना ही पड़ेगा। ऑपरेशन से टिटनेस हट गया तो ठीक, अन्यथा पाँवों के संक्रमित हिस्से को काट कर अलग कर दिया जाएगा। बूढ़ा शरीर, कमज़ोर काया! इस मेजर ऑपरेशन की त्रासदी और दंश को किस तरह झेल सकेगी। कुछ भी कहना मुश्किल है।

ठीक ग्यारह बजे माँ को स्ट्रेचर पर लाद कर ऑपरेशन थियेटर में ले जाया गया। थियेटर का दरवाज़ा बन्द होते ही बाहर कलंगी सा जड़ा लाल बल्ब झक से जल उठा। बल्ब की रक्ताभ लालिमा रीढ़ की हड्डियों में से गुज़रती हुई पूरे बदन को झनझना गयी।

प्रतीक्षा और प्रतीक्षा! प्रतीक्षा की घुटन को कम करने के लिए चहलक़दमी करता हुआ वह बाहर आ गया। कहते हैं, व्यक्ति को हमेशा सकारात्मक सोच रखनी चाहिए। पोजिटिव एटिट्यूड! ख़ूब! जब नियति की ओर से एक के बाद एक लगातार असफलताओं के बाउंसर फेंके जा रहे हों तो कोई कमबख़्त सकारात्मक सोच की शिखंडी ढाल को कब तक थामे रख सकेगा? उसने सूखी हँसी के साथ सिर को झटक दिया।

"मि. राम...", लगा, कानों के पीछे कोई फुसफुसा रहा हो—"प्लीज़, सकारात्मक सोच न त्यागें...।" पीछे मुड़कर देखा, मोपास की कहानी 'ला होरला' का अदृश्य भूत था। एक बार फिर उसकी हँसी छूट गयी। ठीक है भूत भाई! तुम्हारी बात मान लेते हैं। उसने आँखें मूँद लीं। मुंदी पलकों के भीतर एक मादक सपने का लारवा आकार ग्रहण करने लगता है...

कोई देवदूत आकाश से उतरता है और रात के नीरव क्षणों में रख जाता है उसके सिरहाने दो लाख का भारी भरकम सूटकेस! दूसरे दिन तेज़-तेज़ जाकर वह सूटकेस को एम.डी. के टकले सिर पर दे मारता है। नियुक्ति पत्र थरथराते हाथों में!

आ हा हा हा! क्या ख़ूब!

एकाउंट्स अफ़सर का गरिमामय पद! पाँच अंकों की भारी भरकम तनख्वाह! शानदार ए.सी. केबिन!

आ हा हा हा! क्या ख़ूब!

शानदार भव्य बँगला! सुन्दर सी प्यार करने वाली पत्नी! काजल का धूमधाम से ब्याह!

आ हा हा हा! क्या ख़ूब!

बाहर घर पर खड़ी चमचमाती इंडिगो को देखकर दोस्त ईर्ष्या करते हैं। आ हा हा हा! क्या ख़ूब!

...कि अचानक ठोकर लगने से लड़खड़ा गया वह! गिरते-गिरते बचा। सारी पोजिटिव सोच एक झटके में चमचमाती इंडिगो से निकलकर कोने में पड़ी डस्टबिन में जा गिरी और यथार्थ पूरी नग्नता के संग सामने प्रगट हो गया। स्याह कफ़न के तले प्रेत की तरह मँडराती ज़िन्दगी। इस ज़िन्दगी में दो लाख का जुटना नामुमकिन है और इस तरह राधा का नाचना भी नामुमकिन!

माँ...अब तेरा सहारा!

अस्पताल के मेन गेट के पास दीवार के सहारे चाय की गुमटी थी। गुमटी के काउंटर पर रखे टी.वी. पर समाचार चल रहे थे। धाकड़ नेताओं की एक-दूसरे की टाँग खिंचाई तथा उनके हगने-मूतने-खाँसने के मुख्य समाचारों के बाद रेल दुर्घटना से सम्बन्धित समाचार हवा में टुकड़े-टुकड़े तैरने लगे। दुर्घटना की भयावहता पर रेलमन्त्री के शोक-संवेदना का मर्सिया! जाँच कमीशन की तात्कालिक घोषणा! दोषियों को दंड का खोखला आश्वासन! और अन्त में—'दुर्घटना में घायलों को पचास हज़ार रुपये, आंशिक अपाहिज होने वाले को एक लाख तथा मृत यात्री के आश्रित को दो लाख रुपये के मुआवज़े की घोषणा की जाती है।'

वह स्तब्ध रह गया। ऑक्सीजन-सेलाइन की केंचुल-नलियों से आच्छन्न माँ की झुर्रियोंदार कृश-काया ज़ेहन में कौंध गयी। अशक्त जर्जर शरीर पर गम्भीर शल्य-क्रिया। डॉक्टरों ने आशंका व्यक्त की थी कि कुछ भी अप्रत्याशित घट सकता है। उसकी आँखों में लोमड़ी की सी कुटिलता ठुँस गयी। दिमाग़ के अन्धकुप्प में नायाब स्फुलिंग कौंध गया। तेज़-तेज़ क़दमों से दौड़ता हुआ वह ऑपरेशन थियेटर की ओर लौट पड़ा। चाल में उत्तेजना भर गयी। भीतर गहरे में एक अरसे से दरक कर कण-कण में विखंडित अस्तित्व संश्लेषित होकर जुड़ने की प्रक्रिया में लग गया। माँ चाहे तो उसकी ज़िन्दगी सँवर सकती है। उसके टूटे-फूटे सपने मुकम्मल आकार में ढल सकते हैं। अभी तो ऑपरेशन शुरू भी नहीं हुआ होगा। दस-पन्द्रह मिनट तो मास्क-दस्ताने पहनने में ही लग जाते हैं। डॉक्टर सिर्फ़ कुछ मिनटों के लिए किसी काम के बहाने थियेटर से बाहर आ जाए तो वह सब कुछ 'सेट' कर देगा।

रोमांच और उत्तेजना से पूरी देह पसीने-पसीने हो उठी। सीढ़ियाँ चढ़ते हुए नज़रें दीवार पर टिकट की मानिन्द चिपकी छिपकली पर चली गयीं। छिपकली

से कुछ ही दूर पर एक तिलचट्टा रेंग रहा था। छिपकली तेज़ी से तिलचट्टे पर झपट्टा मारती है। तिलचट्टा पैंतरा बदलकर भागता है। छिपकली भी तेज़ी से पीछा करती है। उसकी साँसें थम जाती हैं। हवा में सस्पेंस घुल जाता है। अन्ततः तिलचट्टा छिपकली के जबड़ों में फँस ही गया। कुछ देर की छटपटाहट और फिर सब कुछ शान्त! उसकी आँखों में बिल्ली की सी चमक ठुँस गयी।

थियेटर का दरवाज़ा बन्द था। सिरे का बल्ब जला हुआ। बेचैनी से हाथ मलता हुआ वह पास की बेंच पर बैठ गया। काश, डॉक्टर एक बार सिर्फ़ कुछ क्षणों के लिए बाहर निकल आये। वह 'काम' को शत-प्रतिशत निश्चितता में बदल देगा। उसकी चातकी आँखें बन्द दरवाज़े पर टिक गयीं।

तभी एक झपाका हुआ। पलकें स्वयमेव ढलक गयीं, थियेटर का दरवाज़ा बड़े स्क्रीन में तब्दील होता चला गया। स्क्रीन पर कौंधने लगे कुछ अजूबे कोलाज...

नवें माह की असह्य प्रसव वेदना! गुब्बारे से फूले पेट के भीतर दुबका भ्रूण भरतनाट्यमी मुद्रा में हाथ-पाँव उछालने लगता है तो माँ की चीख़ फूट जाती है—आह...

'मैंने कहा था, हमें नहीं चाहिए और बच्चे। एबार्शन करा लो। नहीं मानीं तुम। अब भुगतो... हँह!' पिता का प्यार भरा उलाहना!

'भुगत लूँगी। ज़रा सोचो, बुढ़ापे का एक सहारा चाहिए कि नहीं हमें? देख लेना, लड़का ही होगा और हमारी ज़िन्दगी को ख़ुशियों से भर देगा...।' दर्द की वेगमय लहरों के बीच भी माँ खिलखिला पड़ती है। उसके बाद! ऑपरेशन थियेटर के कोहकाफ में प्रवेश! कोहकाफ की श्मशानी ख़ामोशी! सिजेरियन् की त्रासद यात्रा। मौत की दहलीज का भयावह स्पर्श! जैसे ही मुन्ना 'हुआँ...हुआँ...' की किलकारी मारता गर्भ की गुफ़ा से बाहर आता है कि सारी पीड़ा और वेदना भुलाकर उसे चुम्बनों से सराबोर कर देती है माँ।

कोलाज बदलता है...

ऑपरेशन थियेटर की श्मशानी ख़ामोशी! अष्टावक्री टेबल पर पड़ी है माँ की क्षत-विक्षत देह! ऑपरेशन शुरू होने वाला ही है कि वह धड़धड़ाता भीतर आ जाता है।

'माँ...तुमने जन्म दिया है न? और ज़िन्दगी भी...?' माँ के कान के पास मुँह—'अब इसको सँवार देने का दायित्व किसका है, बोल तो?' 'एक बेटे के रूप में तेरी कोई ज़िम्मेदारी नहीं?' माँ के होंठ फड़फड़ाते हैं। पिता से की गयी कभी की ठिठोली कि हमारी ज़िन्दगी ख़ुशियों से भर देगा मुन्ना, याद आ जाती है। ठिठोली!

'बस...बस...' वह तमतमा जाता है—'भावुक होने का समय नहीं है यह। तुझे वही करना होगा जो मैं चाहता हूँ। मैं क्या चाहता हूँ, तू खूब जानती है। ठीक?' बाहर निकलते हुए वह एक बार फिर से चेतावनी देना नहीं भूलता।

अचानक खटका हुआ और तिलिस्म टूट गया। पूरा चेहरा पसीने से भींगा हुआ था। आँखें फाड़ कर मोबाइल की घड़ी को निहारा। अरे! दो घंटे बीत गये। हड़बड़ा कर बेंच से उठ खड़ा हुआ। थियेटर का दरवाज़ा अभी भी बन्द था...यानी कि ऑपरेशन चलते दो घंटे बीत गये। डॉक्टर को बाहर निकलने की ज़रूरत महसूस नहीं हुई। कहीं उसके ख़िलाफ़ किसी षड्यन्त्र में तो नहीं लगे हुए हैं ये लोग?

तिलिस्म का हैंगओवर अभी भी ज़ेहन में घुमेरे घाल रहा था। प्राण हलक में आ गये। धड़कनें बेकाबू हो उठीं। एक जगह स्थिर खड़ा रहना मुश्किल लगा तो बेचैनी से चहलक़दमी करने लगा। माँ के स्वभाव से परिचित है वह। मन बार-बार आश्वस्त कर रहा था कि माँ अपने 'कर्तव्य' को कभी नहीं भूलेगी और उसका वात्सल्य मुन्ने को धोखा नहीं देगा।

ज्जा... बेताल फिर से जा लटका डाल पर

तभी उसकी नज़रें प्रतीक्षारत परिजनों की भीड़ में दस क़दमों के फासले पर खड़ी एक युवती पर चली गयीं। वह चिहुँक उठा। अरे, यह तो सपना है! सपना!! एक अरसे बाद दिखी थी आज। सपना को देखते ही अतीत की स्मृतियाँ रुई के छोटे-छोटे फाहों की शक्ल में विखंडित होकर आँखों के आगे उड़ने लगीं...

बस्ती के उत्तरी छोर पर की भुड़भुड़िया नदी और नदी के किनारे का इकलौता गुलमोहर! गुलमोहर गवाह है कि इसकी छाँव तले घंटों उसकी बाँहों में मदहोश पड़ी रहा करती थी यही सपना। इसी की साक्षी में सपना के अंग-अंग पर पागलों की तरह चुम्बनों की अल्पना रची थी उसने! उसके संग मिल कर कसमों-वादों के ताने-बाने से भविष्य के सतरंगी सपने बुने थे। पूरे तीन साल उसके प्यार का जादुई सम्मोहन ज़ेहन में तैरता रहा था। अचानक एक शाम अपनी मासूम किन्तु ज़हरीली मुस्कुराहट से इस सम्मोहन को तार-तार करते हुए उसने घोषणा की—"राम...कल मेरी मँगनी है।"

"मँगनी...?" वह रक्त निचोड़ लिए गये किसी लाश की तरह स्तब्ध ही रह गया—"क्या कह रही हो तुम?"

"हाँ...। परिवार की मर्यादा के हित में हमें एक-दूसरे को भूल जाना होगा अब। यही उचित रहेगा।" स्पष्ट निर्णयात्मक लहजा।

"किस मर्यादा की बात कर रही हो तुम...?" वह चीख़ पड़ा।

"तुमने सूटकेस जुटाने में बहुत देर कर दी राम। अभी भी निश्चित थोड़े ही है कि कब जुटेगा। माँ-बाबा ने मजबूर कर दिया है। मैं उनके फ़ैसले के ख़िलाफ़ नहीं जा सकती...।" अटकते-अटकते सपना ने सारी बात कह ही दी।

उसके बाद तीन साल के दौरान असंख्य चुम्बनों-आलिंगनों, कसमों-वादों और सतरंगी सपनों से जोड़-जोड़कर कलात्मकता से बनाए ताजमहल को 'सॉरी' की एटमी चिंगारी से जलाकर राख करती हमेशा के लिए अलविदा कह कर चली गयी थी...यही सपना!

तिलमिलाहट की सूखी बेबस हँसी तिर आयी होंठों पर। वह चोर नज़रों से सपना की ओर देखता रहा। बदन कुछ स्थूल हो गया था। चेहरे पर एक मुकम्मल सुरक्षित भविष्य का एहसास पसरा हुआ था। उसका पति रानीगंज की किसी कोलियरी में अच्छी नौकरी से लगा हुआ था। महज दस क़दमों के फासले पर खड़ी थी वह। पर इस छोटे से फासले को तय करके उसे छू लेना कितना मुश्किल था। गुलमोहर के तले गुलमोहर की साक्षी में बितायी अनगिनत मादक शामों को भुला देने की तरह।

अन्ततः प्रतीक्षा की घड़ी समाप्त हुई। थियेटर पर की लाल कलंगी एक झटके से बुझ गयी। दरवाज़ा सिम-सिम की तरह खुल गया और दहलीज पर डॉक्टर उसी तरह अवतरित हुआ जिस तरह अवतरित होता है गर्भिणी के योनि-मुख पर नये ज़न्मते शिशु का बदन!

"कॅनग्रेट्स यंग मैन...।" डॉक्टर के होंठों पर विजयोल्लास थिरक रहा था—"ऑपरेशन सफल रहा। योर मदर इज़ आउट ऑफ डेन्जर। शायद आपकी प्रार्थना का ही असर हुआ कि हमने उन्हें अपाहिज होने से भी बचा लिया। बोथ लेग्स आर ओ.के.।"

इसके पहले कि डॉक्टर चहकते हुए उसके कन्धे थपथपा पाता, उसने विक्षिप्त की तरह आगे बढ़ते हुए डॉक्टर के दोनों कन्धे झिंझोड़ डाले—"ओह नो, डॉक्टर नो! यू आर टेलिंग लाई। माँ, तुम धोखा नहीं दे सकतीं।"

सम्भवतः सपना का काम भी हो गया था और वह सीढ़ियाँ उतरने लगी थी। उसकी डबडबायी नज़रें सपना की ओर चली गयीं। लगा, सपना नहीं, सपना का छद्म ओढ़े वह 'रूपसी' है जो एक बार फिर दस क़दमों के फासले तक आकर उसके मनहूस चेहरे को धता बताती वापस लौट रही है और उसमें इतनी हिम्मत नहीं कि आगे बढ़कर उसका रास्ता रोक ले।

तन्त्र

रेलवे स्टेशन के गर्भ से नाल की तरह निकलकर दुलकी चाल से चलती, ऐश्वर्या राय की कमर की तरह पतली छुई-मुई सी 'स्टेशन सरणी' शहर के बीचों-बीच से गुजरने वाली अजगरनुमा 'शेरशाह सूरी मार्ग' को जहाँ क्रॉस करती हुई आगे बढ़ जाती है, वह जगह शहर के व्यस्ततम चौराहे में तब्दील हो गयी है। 'प्रेमचन्द चौक' की कलंगी लगाये इस चौराहे के केन्द्र में कलात्मकता से तराशा, फूल-पौधों की क्यारियों से सजा छोटा-सा वृत्ताकार उपवन है। उपवन के मध्य में छह फुटिया वेदी पर ब्लैक स्टोन पर उकेरी मुंशी प्रेमचन्द की स्कन्ध प्रतिमा! प्रतिमा के चेहरे-मोहरे और डील-डौल की साफ सफ़ाई साल में सिर्फ़ एक बार हो जाय (उनकी जयन्ती पर!) तो हो जाय, अन्यथा बाकी दिनों में उनके सिर और कन्धों पर कबूतरों एवं अन्यान्य पक्षियों के चितकबरे बीटों की अद्भुत रंगोली सजी रहती है।

वस्तुतः प्रेमचन्द चौक की स्थिति एल.ओ.सी. (लाइन ऑफ कण्ट्रोल) की मानिन्द हो गयी है। चौड़े-चिकने और चमचमाते 'शेरशाह सूरी मार्ग' के दोनों ओर बड़े-बड़े शोरूम, मॉल, बैंक, सरकारी कार्यालय एवं व्यावसायिक प्रतिष्ठानों की लम्बी शृंखला वाला इंडिया! इसके कंट्रास्ट स्टेशन रोड की पतली ऊबड़-खाबड़ सरणी के सहारे-सहारे बसा, ग्रामीण-कस्बाई परिवेश से क़दमताल मिलाता सब्ज़ियों, फल, जूस, सस्ते रेडिमेड वस्त्र, पुरानी पत्रिकाओं और मर्दानगी की जड़ी-बूटी बेचते फुटकर विक्रेताओं की छोटी-छोटी गुमटियों व ठेलों की कतारों वाला भारत! दोनों के संधिस्थल पर किसी बिजूके की तरह निरीह से खड़े प्रेमचन्द समय और समाज की छाती पर बेआवाज़ किन्तु निरन्तर पड़ रही वैश्वीकरण की थापों को टिमटिमाती आँखों से महसूसते रहते।

इसी स्टेशन रोड वाले कस्बाई 'कुरुक्षेत्र' में झुमकी भी किसी दुर्दान्त योद्धा की तरह भीख की तलवार भाँजती सारे दिन एक छोर से दूसरे छोर तक मँडराती रहती। नौ साल की कच्ची उम्र। दुबली-पतली मरगिल्ली-सी काया। मटमैला रंग! कपड़े पुराने पर धुले हुए।

झुमकी स्टेशन के उस पार लाइन के सहारे-सहारे बसी कच्ची झुग्गी बस्ती में रहती थी। बाप बाज़ार की दुकानों में मुटियागिरी का काम किया करता और हमेशा एक अनजानी-सी हड़बड़ी की गिरफ़्त में रहता। अपने इसी हड़बड़िया स्वभाव के अनुसार झुमकी के बाद ताबड़तोड़ तीन और कन्याएँ औरत की गोद में ला पटकीं और फिर दो साल पहले बोरिया-बिस्तर समेटकर बिना किसी से अनुमति लिए अन्तिम यात्रा पर निकल गया। बाप की विदाई के बाद सबकुछ अस्त-व्यस्त हो गया। माँ ने बड़ी मुश्किल से दो घरों में चौका-बासन का काम जुगाड़ा। झुमकी के लिए तीसरे घर की तलाश में बहुत हाथ-पाँव मारे पर सफलता नहीं मिली तो नहीं ही मिली। हारकर झुमकी ने भीख माँगने का आसान धन्धा अपना लिया।

झुमकी सुबह घर से निकलती तो रास्ते में संन्यासी मोड़ के पास बच्चों का एक स्कूल पड़ता। नर्सरी से कक्षा चार तक के बच्चे! स्कूल में बच्चों को खेलते-कूदते और पढ़ते देखती तो हसरत से उसकी आह निकल जाती। कुछ देर के लिए पाँव अनायास ही वहाँ थमक जाते। बच्चों के साफ़-सुथरे यूनिफॉर्म और उनके टिफिन बॉक्स उसे आकृष्ट करते से लगते। देर तक टकटकी लगाए उन्हें देखती रहती। देखते हुए कल्पना में वह भीतर जाकर बच्चों के झुंड में शामिल हो जाती। बच्चे उसका साथ पाकर खुश हो जाते। उसके साथ खेलते और अपना टिफिन भी शेयर करते। उसका चेहरा तृप्ति से खिल उठता। थोड़ी देर में ही घंटी बज उठती। बच्चे क्लास में चले जाते। ग्राउंड सूना हो जाता। तब उसकी तन्द्रा टूटती और वह स्वयं में लौट आती।

स्कूल के मेन गेट के पास ही एक पीपल का पेड़ था। तने पर ऊपर की ओर विज्ञापन वाला एक बोर्ड टँगा था—'सर्व शिक्षा अभियान...'। उसकी नज़रें बोर्ड की ओर उठ जातीं। बोर्ड पर दो नन्हे बच्चे सवार थे। मासूम चेहरों पर चटख धूप की तरह खिली-खिली मुस्कुराहटें। कन्धों पर स्कूल बैग! हाथ हवा में फैले हुए—'चलो स्कूल चलें हम...' बच्चे उसे स्कूल जाने के लिए पुकार रहे हैं। मन तो उसका भी बहुत कर रहा है उनके साथ जाने का। पर घर के हालात उसे रोक रहे हैं। एक मुट्ठी खिचड़ी से पाँच जन के पेट का कुआँ नहीं न भरने वाला। माँ की आमदनी इतनी नहीं कि उससे पूरा पड़ जाय। उसका चेहरा विद्रूप होकर रह जाता। तब वह खुद को तसल्ली देने लगती कि बोर्ड पर चित्रित उन बच्चों का आमन्त्रण एक ढोंग है, खूबसूरत सरकारी ढोंग! स्कूल जा पाना उस जैसी की तक़दीर में नहीं है। फिर भी घर से 'ड्यूटी' के लिए निकलने पर स्कूल के पास कुछ देर के लिए जरूर रुकती और अपने मित्रों के टिफिन बक्सों से कभी चाऊमिन कभी टोस्ट और कभी पूड़ी-सब्ज़ी शेयर करती, उत्साह से लबालब भरकर आगे बढ़ती।

बाज़ार में आने के बाद सबसे पहले वह प्रेमचन्द की बेदी के पास आती और

पूरी श्रद्धा से उन्हें प्रमाण करती। उसकी नज़र में प्रेमचन्द एक सिद्ध महात्मा थे और मन में यह भाव बैठा हुआ था कि इन महात्माजी के आशीर्वाद के बिना सफलता कतई नहीं मिलने वाली।

मुंशीजी से निपट लेने के बाद झुमकी एक नज़र दोनों ओर की दुकानों का मुआयना करती—एक सिरे से दूसरे सिरे तक! ठेले और गुमटियों में खाने-पीने के सामान, जूस, फल, सस्ते रेडिमेड कपड़े, जड़ी-बूटी की देशी दवाइयाँ और पुरानी पत्रिकाएँ सजी रहतीं। मुआयना करते वक़्त उसके पाँव अपनी पसन्द की चीजों वाले ठेलों के सामने रुक जाते। वह टकटकी बाँधकर हसरत से उन चीज़ों को देखती रहती। फिर कल्पना में उन्हें पा लेने के रोमांच से आनन्दित हो जाती। रमेसर साव का जूस का ठेला उसे खूब आकर्षित करता और लगभग रोज़ ही मुआयने के वक़्त उसके पाँव इस ठेले के सामने थमक जाते। सावजी हाथ से चलने वाले जूसर में मौसमी डालकर जूस निकाल रहे हैं—हल्की अँगूरी रंगत लिए ताज़ा जूस। वह गिलास भर जूस पा लेने की कल्पना करती। गिलास को छोटी-छोटी हथेलियों में थामकर बूँद-बूँद करके जूस को हलक में उतारने लगती। जूस के खट्टे-मीठे स्वाद की आभा चेहरे पर लिथड़ जाती। इसी तरह शर्माजी के रेडिमेड वस्त्र, बबलू दा के चाऊमिन और पांड़े बाबा के फलों के ठेले भी खूब आकर्षित करते। अभी आम का सीजन चल रहा था। पांड़े बाबा के ठेले पर आम सजे हुए हैं। पके और रस से सराबोर लँगड़ा आम। रंगत ऐसी जैसे हरे रंग में केशरिया तड़का डाल दिया गया हो। मीठी महक से पूरा परिदृश्य महका हुआ है। इस ठेले के सामने पाँव रोज़ ही रुक जाते। वह कल्पना करती कि ठेले से एक आम जादुई शक्ति से उड़कर उसकी हथेली में चला आया है। वह खुशी से थरथरा जाती। आम को पांड़े बाबा की नज़रों से बचाकर चूस-चूसकर खाने लगती। तृप्ति की सनसनाहट से पूरा बदन खिल उठता। उसे लगने लगता कि एक आम से ही उसका छोटा-सा पेट भर गया है और भूख मिट गयी है। इस तरह की कल्पना से उसे नयी ऊर्जा मिलती और वह बिना क्लान्ति के दूने जोश से अपने धन्धे में लग जाती।

इस छोटी-सी उम्र में ही भीख माँगने की कला को भी उसने उच्च स्तरीय प्रबन्धन-स्कूल से निकले किसी विशेषज्ञ-सी शैली में समायोजित-विकसित कर लिया था। पहले राह चलते लोगों के आगे भीख के लिए हाथ फैलाती तो बहुत कम ही लोग होते जो सिर्फ़ भीख देने की गरज से रुकने और जेब से पर्स निकालने की जहमत उठाते। अब इस शैली में अनुभव का छौंक डालकर थोड़ा परिवर्तन कर लिया है उसने। जब भी किसी ठेले या गुमटी के पास ग्राहक दिखता, वह झट से उस दुकान के पास एक दूरी बनाकर आ खड़ी होती है। ग्राहक सामान ले चुकने

के बाद भुगतान के लिए पर्स निकालता कि पास आकर हथेली उसके आगे फैला देती। उस वक़्त पर्स का मुँह खुला होने से ग्राहक का मन स्वतः पसीज जाता और एकाध सिक्का उसे दे देने से नहीं चूकता। यह नुस्खा कारगर सिद्ध हो रहा था।

झुमकी ने स्टेशन के कंगूरे पर टँगी घड़ी की ओर तिरछी निगाहों से देखा। ढाई बज रहे थे। अयं ढाई बज गये? इतनी जल्दी? झुमकी मन ही मन मुस्कुरायी। ढाई बज गये और अभी तक भूख का एहसास नहीं हुआ आज। उसे याद आया, रोज़ की तरह एक गिलास जूस और आम के अलावा स्कूल के दोस्तों के संग पूड़ी-सब्ज़ी भी शेयर किया था आज। तभी तो! फिर भी घर लौटने का समय हो गया है। वहाँ जो भी रूखा-सूखा बना हुआ है, उसे खाये बिना पूरी तरह मन नहीं न भरेगा। दरअसल असली मूल भोजन तो वही हैं, बाद बाकी चीज़ें तो बतौर बोनस हैं। उसने लौटने के लिए क़दम आगे बढ़ा दिये, चार बजे वापस 'ड्यूटी' पर लौटना भी तो है।

दोपहर के वक़्त बाज़ार में आवाज़ाही कम हो जाती है। अधिकांश ठेले और गुमटियाँ खाली-खाली थीं। चलते हुए उसने फ्रॉक की जेब में हाथ डालकर सिक्कों को टटोला। चेहरे पर आश्वस्ति की चमक बिखर गयी। उड़ती नज़रों से बाबा प्रेमचन्द का धन्यवाद अदा किया—सब आप ही का प्रताप है महराज!

तभी पांड़ेजी के ठेले पर एक ग्राहक दिख गया। उसकी आँखों में फुर्ती ठुंस गयी। आम का खरीददार! सम्भ्रान्त वेश-भूषा! तेज़-तेज़ चलकर ठेले के पास तक आ गयी और एक दूरी बनाकर उस पल का इन्तज़ार करने लगी जब ग्राहक आम ले चुकने के बाद भुगतान करने के लिए जेब से पर्स निकालेगा। इन्तज़ार के उन्हीं कुछ बैचेन क्षणों के दौरान नज़रें ठेले के एक कोने में रखे कुछेक आमों पर जा पड़ी जो लगभग ख़राब हो चुके थे। इनका रंग काला पड़ गया था। त्वचा पिलपिली हो चुकी थी। ये भद्र लोगों के ख़ाने लायक नहीं रह गये थे। पांड़ेजी इन आमों को सम्भवतः इस उम्मीद में रखे हुए थे कि कोई निम्न वर्ग का कोलियरी मजदूर या श्रमिक ग्राहक ऐसा मिल ही जाएगा जो इन्हें खरीद ले। इस तरह कुछ तो भरपाई ही सकेगी क्षति की!

झुमकी की नज़रें इन पिलपिले आमों पर चिपक गयीं। पहले ऐसा हो चुका है कि काफ़ी इन्तज़ार के बाद भी जब ऐसे बहिष्कृत आमों के ग्राहक नहीं मिल पाते तो पांड़ेजी स्वतः ही इन्हें झुमकी को दे देते। देते हुए उनके अन्दाज़ में शाही ठनक घुली होती—'तू भी क्या याद करेगी कि कोई दिलदार पांडे मिले थे।' झुमकी ने इन आमों का खूब बारीकी से मुआयना किया। आम एकदम अखाद्य हो चुके हैं। अब कोई नहीं खरीदने वाला इन्हें। न हो तो ग्राहक के विदा हो जाने के बाद वह खुद ही पांड़ेजी से इन आमों को माँग लेगी। आम पा जाने की क्षणिक-

सी उम्मीद जगते ही आँखों में एक मुश्त जुगनुओं की चमक भर गयी। इनकी पिलपिली काली त्वचा को और भीतर से रिसकर आती कसैली बू को अनदेखा कर दिया जाय तो ये आम 'पके और गोरे' लँगड़ा आमों जैसी ही तृप्ति देते हैं। उसके कंठ से तृप्ति की किलकारी निकलते-निकलते बची।

ग्राहक को आम तौले जा चुके थे। उसने जेब से पर्स निकाला और पांडेजी को पैसे देने लगा। उसी क्षण झुमकी लपककर ग्राहक के पास जा पहुँची और छोटी-सी हथेली को उसके आगे फैला दिया।

"क्या है रे...?" ग्राहक ने उसको ऊपर से नीचे तक निहारा। निहारने में दुत्कार नहीं, सहानुभूति का पुट घुला हुआ था—"भीख चाहिए?"

झुमकी ने हाँ में सिर हिला दिया। हथेली फैला देने का मतलब नहीं समझ में आ रहा है हुज़ूर को!

"ठीक है...' ग्राहक भी सम्भवतः फुरसत में था। उससे चुहल करने में मज़ा लेने लगा—"बोल...भीख में पैसे चाहिए या आम?"

आम की बात सुनकर झुमकी के मन में लालसा फुफकार उठी। दिल ज़ोर-ज़ोर से धड़कने लगा। कल्पना में आम का रसीला स्वाद उतर आया। उसने डरते हुए तर्जनी उठाकर ठेले के कोने में पड़े परित्यक्त आमों की ओर संकेत कर दिया।

"मुँह से बोल न रे छौड़ी!" ग्राहक हँसा—"क्या गूंगली की तरह इशारे में बतिया रही है।"

झुमकी चुप रही।

"अरे बोल न, क्या लेगी—आम या पैसे?"

झुमकी ने फिर भी मौन साधे रखा और डरते हुए पहले की तरह ही उन आमों की ओर संकेत कर दिया।

"जब तक मुँह से नहीं बोलेगी, कुछ नहीं देंगे।" ग्राहक झुँझला उठा। झुमकी सहम गयी। ऐसे क्षणों में ज़ुबान तालू से चिपक जाती है तो वह क्या करे भला? चाहकर भी बोल नहीं फूट रहे थे।

अतः फिर से मौनी बाबा की तरह वही संकेत!

"धत्तेरे की..." ग्राहक फनफनाते हुए बमक पड़ा—"सरकार ससुर दलितों, गरीबों और अन्त्यजों की पूजा-आरती उतारने में बावली हुई जा रही है। उन्हें हक और ज़मीर के लिए लड़ने को उकसा रही है। पकड़-पकड़ कर जबरदस्ती सरकारी कुर्सियों पर बैठा रही है। इ छौड़ी है कि सरकार बहादुर की नाक कटवाने पर तुली हुई है, हँह! अरे, अब तो अपना रवैया बदल तू लोग। रिरियाना छोड़कर हक से माँगना सीख।"

"हाँ रे झुमकी। साहब ठीके तो कह रहे हैं। मुँह से बोल दे न, आम चाहिए या पैसा!" पांड़ेजी उसे प्रोत्साहित करते हुए हिनहिना दिये। ग्राहक की बेतरतीब टिप्पणियों से झुमकी का दिमाग़ झनझना उठा। निमिष मात्र में संन्यासी मोड़ वाले स्कूल के पास का 'सर्व शिक्षा अभियान' का बोर्ड और बोर्ड में चित्रित खिलखिलाते बच्चे आँखों के आगे किलक गये। ग्राहक या तो सनकी है या अत्यधिक वाचाल। क्या इसको पता नहीं कि सरकार बहादुर की गरीबों-दलितों के पक्ष में की जा रही सारी पूजा आरती सिर्फ़ काग़ज़-क़लम पर हवा-हवाई होकर रह जाती है!

"हम तो चले पांड़ेजी..." ग्राहक खीझता हुआ आम वाले कैरी बैग को उठाकर चलने को मुड़ गया। झुमकी धक् से रह गयी। सिर पर चिर काल से पड़ी कुंठा और लाचारगी की भारी-भरकम शिला को पूरा ज़ोर लगाकर थोड़ा-सा खिसकाया तो कंठ की फाँक से एक महीन किंकियाहट गुगली की तरह उछलकर बाहर आयी—"आम..." अधमरी बेजान-सी आवाज़! ग्राहक वापस दुकान पर आ गया। उसके होंठों पर विजयी मुस्कान चस्पाँ हो गयी—"इ हुई न बात!" "दोष इन लोगों का भी नय न है साहेब...", पांड़ेजी मुस्कुराए—"सदियों से चली आ रही स्थिति को बदलने में वक़्त तो लगेगा ही।"

ग्राहक ने अपने कैरी बैग से एक आम निकाल उसकी ओर बढ़ा दिया—"ले, रख ले..."

ग्राहक के बढ़े हाथ को देखकर झुमकी स्तब्ध रह गयी। ताज़ा और साबुत लँगड़ा आम दे रहा है ग्राहक बाबू! मज़ाक़ तो नहीं कर रहा? एक पल के लिए मौन रखने के बाद इनकार में सिर हिलाते हुए उसने तर्जनी से उन परित्यक्त आमों की ओर संकेत कर दिया।

"छी..." ग्राहक खिलखिलाकर हँस पड़ा—"अरे, पूरे समकालीन साहित्य के दलित-स्त्री विमर्श की नायिका है तू। बदबूदार आम तुझे शोभा देंगे? न...न...! ये ले ले।"

ग्राहक की व्यंग्योक्ति में चुटकी भर हँसी पांड़ेजी भी मिलाए बिना नहीं रह सके। झुमकी ने फिर भी इनकार से सिर हिला दिया। तर्जनी उन्हीं आमों की तरफ़ उठी रही। मुँह से बोल न फूटे।

"अजीब खब्ती लड़की है रे तू।" ग्राहक झुँझला उठा। झुमकी का रिरियाना और माइम शैली में बतियाना ग्राहक की खीझ को बढ़ा रहा था। उसे उम्मीद थी कि अच्छा आम पाकर लड़की एकदम से खिल उठेगी। पर यहाँ तो वही मुर्गे की डेढ़ टाँग! झिड़की में पुचकार का छौंक डालते हुए फनफनाया—"अरे हम अपनी मरजी से न दे रहे हैं इ आम! इतनी-इतनी सरकारी योजनाएँ, इतने-इतने

फंड, इतने-इतने अनुदान...! सारी कवायदें तू लोग को ऊपर उठाने के लिए ही न हो रही हैं? इन सरकारी कवायदों में एक छोटा-सा सहयोग हमारा भी बस!''

झुमकी कभी आम को और कभी ग्राहक के चेहरे को टुकुर-टुकुर ताकती रही। आँखों में भय सिमटा हुआ था। भीतर के बिखरे-दरके साहस को केन्द्रीभूत करती अन्ततः मिमियायी—''नईं सर, इ आम नईं, ऊ वाला आम दे दो।''

''क्यों? जब हम खुद दे रहे हैं तो लेने में क्या हर्ज है रे, अयं?''

''हम भिखारी हैं सर। अच्छा आम हमारे तक़दीर में नईं लिखा। ऊहे आम नीक लगता है।'' पूरे एपिसोड में पहली बार लड़की के मुँह से इतना लम्बा वाक्य फूटा था।

''देखा पांड़ेजी...!''

''एक बात है सर...'' हथेली पर खैनी मसलते हुए पांड़ेजी ने कहा—''दलितों के लिए सरकारी सारे अनुदान, योजना वगैरह-वगैरह राजधानी से ऐसे कार्टन में भरकर लदान किये जाते हैं जिसके तल में बड़ा-सा छेद बना होता है। सारा कुछ ससुर रास्ते में ही रिस जाता है और कार्टन जब इन लोगन के दरवाज़े आकर लगता है तो पूरा का पूरा छूछा! हा...हा...हा...''

''कुछ हद तक ठीक है आपकी बात पांड़ेजी...'' ग्राहक भी हँसे बिना नहीं रह सका—''पर इसमें सारा दोष सरकार को देना भी ठीक नहीं। कुछ दोष इन लोगों का भी है। इन लोगों को भी तो अपना हक बूझना होगा, उसको पाने के लिए हाथ-पाँव चलाना होगा। मतलब... पहल तो इन लोगों को ही न करना है। एक बार तनकर देखें तो! सारे हक मिलते चले जाते हैं कि नहीं? सबसे पहले तो रिरियाना छोड़ना होगा।''

''हाँ साहेब...ठीक कह रहे हैं आप। माओवादी लड़ाई कुछ-कुछ हक के प्रति सचेत हो जाने का परिणाम ही तो है।'' फिर झुमकी की ओर मुखातिब होते हुए बोले—''ले ले रे... ले ले। साहब और तेरे बीच कोई बिचौलिया नहीं है न। साहब के हाथ से सीधे तेरे हाथ में आ रहा है इ अनुदान।''

ग्राहक आगे बढ़ा और आम को झुमकी की हथेली में ठूँसते हुए हिनहिनाया—''तक़दीर, मुकद्दर और भाग्य—सब बेकार बातें हैं रे। ज़रूरी है हक बचाने के लिए लड़ाई की पहल। देख, इस आम की मालकिन अब तू हुई। यह पूरी तरह तेरा है। अब इस पर तेरा हक है। तक़दीर तेरी मुट्ठी में क़ैद हो गया कि नहीं?''

आम थामे झुमकी की हथेली थरथरा रही थी। आम की साफ पुखराजी रंगत और खरगोश सा मुलायम स्पर्श रोमांचित कर रहा था। पर आँखों में अविश्वास और डर अभी भी दुबका हुआ था।

"बाबू इ आम हम नई ले सकते। हमको उहे आम दिला दें।" फिर से लिजलिजी गिड़गिड़ाहट!

"भाग ससुरी..." ग्राहक इस बार हत्थे से उखड़ गया—"भाग नहीं तो दू थप्पड़ लगा देंगे।"

झुमकी चुपचाप पांड़ेजी की गुमटी से उतर आयी और धीरे-धीरे घर को जाने वाली राह पर आगे बढ़ने लगी। उसे अभी भी आँखों पर विश्वास नहीं हो रहा था कि हथेली में ताज़ा गोरा-चिट्टा लँगड़ा आम दुबका हुआ है। चलते-चलते अचानक रुकी और एक ओर खड़ी होकर आम को भरपूर नज़रों से निहारने लगी। उस निहार में एक साथ आश्वस्ति, प्यार और तृप्ति के कई-कई शेड्स घुले हुए थे। ओह इतने करीब से इस तरह के साबुत आम को पहली बार देख रही है। आज तक जितने भी ग्राहक मिले, भीख में या तो एकाध सिक्का दिया या फिर उन परित्यक्त आमों में से एकाध दिला दिया। ताज़ा पक्का आम पहली बार झोली में आया है। लग रहा था जैसे दलितों के लिए घोषित असंख्य सरकारी अनुदानों में से एक अनुदान एकदम मूर्त होकर उसकी झोंपड़ी के भीतर आ टपका हो। वह मन ही मन आम के रसीले स्वाद की कल्पना में खोने लगी। क़दम तेज़ी से बस्ती की ओर बढ़ चले।

स्टेशन लाँघकर क़दम कब लाइन पार आ गये और देखते-देखते संन्यासी मोड़ भी कब आ पहुँचा, झुमकी को पता ही नहीं चला। तन्द्रा टूटी तो सामने स्कूल का गेट दिखा। गेट बन्द था। पीछे का ग्राउंड सूना। कक्षाएँ समाप्त हो चुकी थीं न। झुमकी के पाँव एक पल को गेट के पास थमक गये। नज़रें पखेरू सी उड़ती हुई पेड़ पर टँगे 'सर्व शिक्षा अभियान' के बोर्ड पर जा बैठीं। बोर्ड में चित्रित अशेष निश्चिन्त मुस्कुराहटों को देखकर मन कचोट से भर गया।

फिर सींग-पूँछ समेटकर आगे बढ़ने को उद्यत हुई ही थी कि सामने वाली पतली गली से निकलकर हवलदार निमाई बाबू जिन्न की तरह प्रगट हो गये। खाकी वर्दी। हाथ में रूल! आँखों में लोमड़-सी चमक। खाकी वर्दी को देखकर न जाने क्यों झुमकी की जान सूखने लगती है। मन में एक किस्म का डर रेंग जाता है। इस बार भी वही हुआ। भीतर ही भीतर कलेजा धक-धक करने लगा। आसपास निपट सन्नाटा! दूर-दूर तक कोई भी नहीं। एहतियात बरतते हुए आम वाली हथेली को पीछे ले जाकर फ्रॉक के भीतर कर लिया। "का रे झुकी?" निमाई बाबू खीस निपोर दिये—"धन्धा से लौट रही है?"

"हाँ सर! एही वक़्त तो लौटते हैं रोज़।" झुमकी मन ही मन फनफना उठी। "हमारे काम को 'धन्धा' कहते हैं। ख़ुद बाज़ार की दुकानों से और बस्ती वालों से वसूली करते हैं, वह धन्धा नहीं है?"

निमाई बाबू की पोस्टमार्टमी नज़रें न जाने किस चीज़ की तलाश में उसके बदन का नख-शिख मुआयना करने लगीं। निस्तेज चेहरा, सपाट छाती और बिजूके सी पतली जाँघें!

"तोर काछे किच्छू नेई रे (तेरे पास कुछ भी नहीं है रे)!" होंठों पर लिजलिजी हँसी उभर आयी। आगे बढ़कर रूल को उसकी बाँह पर दो-तीन बार ठकठका दिया। रूल का स्पर्श होना ही था कि बाँह थरथरा गयी और हथेली से फिसलकर आम ज़मीन पर आ गिरा।

"अयं...?" निमाई बाबू की आँखें विस्मय से फैल गयीं। झुककर आम को झट से उठा लिया—"इ आम कहाँ से मिला रे?"

"एगो साहब भीख में दिये सर..." सफ़ाई देते हुए झुमकी की ज़ुबान अनायास ही लड़खड़ा गयी। निमाई बाबू की आँखों में अविश्वास सिमट आया। एक पल को झुमकी की आँखों के भीतर ताकते रहे...निर्निमेष। "एतना सुन्दर ताज़ा आम भीख में? असम्भव...।" निमाई बाबू हो-हो करके हँस पड़े..."सच-सच बता, भीख में मिला या किसी दुकान से पार किया?"

"नहीं सर..." झुमकी की साँसें रुकने-रुकने को हो रही थी—"पांड़ेजी की दुकान पर मिला। एक ग्राहक ने दिया। उनसे पूछ लें।"

हवलदार निमाई ने आम का एकदम करीब से अवलोकन किया। नाक के पास ले जाकर भरपूर साँस खींची तो नथुनों के भीतर ताज़ा लँगड़े की रसीली महक ठुँस गयी। अचानक ज़ेहन में कुछ कौंधा! महक दिव्य और अलौकिक-सी महसूस हुई। लगा जैसे इस महक में लँगड़ा आम की महक के अलावा भी एक अन्य सनसना देने वाली महक संश्लिष्ट है। स्मृति में खलबली मच गयी। उफ याद क्यों नहीं आ रहा कि यह दूसरी महक कौन-सी है? एकदम आत्मीय और जानी पहचानी! उत्तेजना के ये कुछेक पल बड़ी मुश्किल से ही कटे कि तभी आँखों में जुगनुओं की एकमुश्त चमक भर गयी। अरे...! यह महक शत-प्रतिशत वही महक तो है जो दलितों के लिए घोषित मलाईदार सरकारी योजनाओं और अनुदानों से निकला करती है। ख़ूब! ऐसी महक का स्वाद तो उसके ज़ुबान में गहराई से रचा-बसा है, तभी तो...।

"ऐ..." निर्णय लेने में एक पल ही लगा—"ऐसा सुन्दर और पका आम तुम लोग कैसे खा सकता है रे? फिर सभ्य समाज का क्या होगा? ये आम तुझे नेई मिल सकता।"

"हमको भीख में मिला सर..." झुमकी किंकिया ही तो उठी।

"हर चोर पकड़े जाने पर ऐसी ही सफ़ाई देता। यह भीख का नहीं, चोरी का माल है।" निमाई बाबू के लहजे से हिकारत चू रही थी। ढीठ हिकारत!

"हम सफ़ाई नहीं दे रहे सर, सच बोल रहे हैं। आप पांड़ेजी से पूछ लें।"

"पूछने का कोई ज़रूरत नहीं। ये चोरी का ही माल है। थाना में जमा होगा।" निमाई बाबू की आँखों में लोलुप चमक चिलक रही थी।

"हम चोरी नहीं किये..." झुमकी के हौसले पस्त होते जा रहे थे।

"चोप्प! ज़बान लड़ा रही है? जब हम कह रहे हैं कि चोरी का माल है तो बस है।"

"हमारा यकीन करें सर..."

"बोला न चोप्प। एक शब्द भी बोला तो ले जाकर लॉकअप में बन्द कर देगा। बूझा? प्रमाण लाने होगा, प्रमाण ले के आओ, तब मिलेगा।"

झुमकी स्तब्ध खड़ी रह गयी। प्रमाण! हँह! भीख का प्रमाण माँग रहे! बाज़ार की दुकानों से और बस्ती से दैनिक वसूली करते हैं, उसका प्रमाण माँगा जाय तो...? तो दे सकेंगे? ग्राहक बाबू से कितना बोली थी कि ऐसे सुन्दर आम उन जैसों की तक़दीर में नहीं होते। उन्होंने नहीं माना। बहादुरी में सरकारी योजनाओं और अनुदानों के बड़े-बड़े हवाले दे डाले। अरे...कोई भी सरकारी योजना या अनुदान सही सलामत उन तक पहुँचा भी है? हँह! सब फुस्स हो गया न! उसके चेहरे पर स्याह मायूसी पुत गयी। उसे महसूस हुआ जैसे हमेशा की तरह आज भी कोई अनुदान मुट्ठी में आ जाने के बाद रेत की तरह फिसल कर अदृश्य हो गया है।

तभी उसकी आँखें धुआँने लगीं। क्या वाकई सब कुछ इतनी आसानी से फुस्स हो जाने दे? ग्राहक बाबू ने कहा था न कि हक को पाने और बचाने के लिए चौकन्ना रहने के साथ-साथ हाथ-पाँव चलाते हुए संघर्ष की पहल करना भी ज़रूरी है। पहल...! इस मौजूदा स्थिति में पहल के क्या विकल्प हैं भला? वह नन्ही जान! लम्बे-तगड़े निमाई बाबू से हाथापाई करके जीत सकती है? आम छीनकर दौड़ भी पड़े तो निमाई बाबू लपककर पकड़ लेंगे। आम तो जाएगा ही, भरपूर पिटाई भी ख़ूब होगी।

तब...?

उसका छोटा-सा दिमाग़ तेज़ी से कई-कई विकल्पों का स्कैन कर रहा था। कोई तो पहल करनी हो होगी हक बचाने के लिए। एकदम आसानी से सबकुछ फुस्स नहीं होने देगी वह।

अचानक भीतर एक कौंध हुई। आँखें चमत्कृत रह गयीं। कलेजा धक्-धक् करने लगा। निमाई बाबू आम पा जाने की खुशी में ऊब चूभ होते तनिक असावधान तो थे ही। झुमकी ने चीते की तरह लपककर उनके हाथों से आम को कब्जे में लिया और पूरी ताकत से आम पर दाँत गड़ा दिये।

दूसरा वामन अवतार

करोड़ी चौंककर उठ बैठा।

कलेजा वेग से धक्-धक् कर रहा था। आँखों के भीतर अभी-अभी देखे दुःस्वप्न की छया प्रेतनी की तरह नाच रही थी। उफ, आज फिर वही स्वप्न दिखा। थोड़ा फेर-बदल के बाद लगभग वैसा ही। उसकी महत्त्वाकांक्षा के शीश महल को ध्वंस करता डरावना स्वप्न! दो माह पहले आया था वह सपना पहली बार। उसके बाद हर चौथे दिन इसकी आवृत्ति हो रही है। सपना दिखने का समय भी लगभग एक सा ही...! तड़काऊ के सपने के बारे में कहा जाता है कि वे सच होकर रहते हैं, तो—तो क्या यह सपना भी सच होकर रहेगा?

आँखें मलते हुए उसने दुःस्वप्न के मलवे को वहाँ से ठेल-ठाल कर निकाल फेंकने का प्रयास किया। मलवा तो हट गया, पर रात की दारू को घेल अभी भी तारी रहा। उसने दरवाज़े की झिरी से बाहर झाँका। रात की स्याह चादर को दंश-दंश काटती घूसर सफ़ेदी फन फुफकारने लगी थी। नज़रें पुनः कोठी में लौट आयीं। बायें कोने में तमाशा दिखाने वाले सामान रखे थे। दो जोड़ी बाँस! हर जोड़ी के ऊपरी हिस्से कैंची की नाईं एक दूसरे से गुँथे। ढप, रस्सी, खूँटें, हथौड़ा, मटकियाँ, वगैरह! जड़ी-बूटियों से लदी-फदी गठरी। अलगनी पर चमगादड़ से झूलते कपड़े-लत्ते। बायें कोने में पुराना ट्रंक। ट्रंक पर गुदड़ी और गुदड़ी पर 'लाल' की तरह पड़ा नया खरीदा मोबाइल। पूरे परिवेश पर सन्नाटे की अजीब सी जादुई तासीर।

दोनों बाँहों को ऊपर की ओर तानते हुए उसने लम्बी अँगड़ाई ली तो बदन के पेंच कुछ ढीले हुए। इस दुःस्वप्न के केन्द्र में गांगली रहती है। छह साल की नन्ही गांगली! स्थितियाँ ऐसी बन गयी हैं कि उसके महत्त्वाकांक्षी सपने को यथार्थ के धरातल पर लाकर स्थापित करने का पूरा दारोमदार इसी नन्ही गांगली पर आ टिका है। गांगली के बिना उसकी महत्त्वाकांक्षा कभी पूरी नहीं हो सकती। यह दुःस्वप्न है कि गांगली को ही पूरे परिदृश्य से गायब कर देना चाहता है, हंह!

गांगली के महत्त्व को वह बावला ही पहले कहाँ समझ पाया था? पिछले

साल राजस्थान सरकार की ओर से राजस्थानी संस्कृति को केन्द्र कर 'पधारो म्हारे देश' का भव्य आयोजन हुआ था कोलकाता में। दस दिवसीय कार्यक्रम जिसमें राजस्थानी सामाजिक सांस्कृतिक धरोहरों की झलक के साथ लोक कलाकारों द्वारा जनजातीय नृत्य, संगीत, गायन एवं विभिन्न तरह के करतबों के प्रदर्शन शामिल थे। कठपुतली नाच, तलवार की नोक पर मटका नृत्य, अंगारों पर नाच, हवा में तनी रस्सी पर चलना वगैरह!

हवा में रस्सी पर चलने वाले करतब को देखने के लिए खुद महामहिम राज्यपाल मौजूद थे स्टेडियम में। पूरा स्टेडियम दर्शकों से खचाखच भरा हुआ था। उसकी अँगुलियाँ मछलियों-सी ढप पर थिरक रही थीं और होंठों पर गीत के बोल ने आलाप ले रखा था...

"आ तो सुरगा ने सरमावै, ई पर देव रमण ने आवैं,
इरो जस नर-नारी गावै, धरती धोरा रीं..."

गांगली के मैदान में आते ही दर्शकों की आँखें फटी-सी रह गयी थीं। मानो कोई लालपरी ही उतर आयी हो आकाश से। लाल घाघरा और लाल ही कांचली! लुगड़ा भी लाल छीटों का। नाक की नथ और माथे के 'बोड़ले' में जड़ा पत्थर भी लाल! कुहनी तक भरी चूड़ियाँ भी लाल! लाली मेरे लाल की जित देखो तित लाल वाली रंगत!

सिर पर इंडोणी! इंडोणी पर एक पर एक पूरी छह मटकियों की कतारें। बाँसों की कैंची पर पाँव धरते ही सीढ़ी हटा ली गयी तो वहाँ सिर्फ़ मासूम गांगली खड़ी थी। अकेली! माथे पर मटकियाँ और हाथ में पतवारनुमा बाँस लिए।

दर्शकों की साँसें रुकने लगी थीं। पूरे स्टेडियम की हज़ारों जोड़ी आँखें सुध-बुध खोकर पूरी तन्मयता से गांगली पर केन्द्रित थीं। गांगली के डगमगाते क़दम धीरे-धीरे रस्सी पर आगे बढ़ने लगे। रोमांचक थरथराता कैटवाक! दूसरे छोर को छू लेने के बाद 'बैक टू पैविलियन' भी उतना ही विस्मयकारी!

खेल समाप्त होने के बाद महामहिम ने पूरे पच्चीस हज़ार का चेक देते हुए गांगली की पीठ थपथपाई थी, "खूब भालो। जेतना सुन्दर, ओतना ही गुणी भी। खेल-तमाशा छुड़ा के इसको खूब पढ़ाओ। दूर तक जा सकता इ लेड़की।"

पच्चीस हज़ार रुपये एक साथ उसने सपने में भी नहीं देखे थे। वह तो निहाल ही हो गया और उसके बाद से गांगली सोने का अंडा देने वाली मुर्गी की हैसियत में आ गयी।

बीकानेर से जैसलमेर के रास्ते बीच में बसा कस्बाई गाँव—पिरथीपुरा! दूसरे गाँवों

की तरह शहर यहाँ भी घुसपैठ करने लगा था। गाँव में लड्ढे, ऊँट व बैलगाड़ियाँ थीं तो जीप, टैक्टर, बसों एवं बाइकों का फेरा भी था। कोलतार की काली सड़कों की लक्ष्मण रेखाओं के भीतर केंचुओं की मानिन्द रेंगते कच्चे-पक्के रास्तों व लीकों का संजाल! सेठों व व्यवसायियों की हवेलियों के आगे पीछे दायें-बायें छोटे-बड़े घरों और कोठरियों के कुकरमुत्तों-से उगे समूह! इनमें बसे विभिन्न जातियों के अपने-अपने मोहल्ले। मोहल्लों की कंगारू-गोदों में 'पिपिंग टॉम'-सी झाँकती गुमटियों की शृंखला! पीछे की ओर खेतों का विस्तार! खेतों के सहारे सहारे बिजूखों सी खड़ी ढाणियाँ।

भीतरी मोहल्ले में दो कोठरी वाला घर था करोड़ी का। थोड़े से खेत भी, जो कुछेक साल पहले सरकार की तरफ़ से भूमिहीनों को आबंटित हुए थे। खेतों की देखभाल का जिम्मा बापू पर था। करोड़ी हवा में तनी रस्सी पर चलने के तमाशे से लगा हुआ था। तमाशे के संग-संग जड़ी-बूटियों की फरोख्त भी।

एक बार तमाशा दिखाने निकलता तो माह डेढ़ माह की घुमक्कड़ी हो जाती। पश्चिम में जैसलमेर का क़िला और पूरब में बीकानेर के जूनागढ़ का क़िला! इन जगहों पर टूरिस्टों की खूब आवा-जाही रहती। इधर करोड़ी तमाशे की तैयारी करता उधर भगोती लुगड़ा बिछाकर जड़ी-बूटियों की दुकान सजा देती। साँप और कुत्ते काटे का ज़हर उतारना, लुगाइयों की माहवारी की गड़बड़ी, बाँझपन, मर्दानगी वगैरह की दवा!

गाँव के मास्टर चाँदगीराम से अक्सर भेंट हो जाया करती। "अरे भई, कब तक इन पुश्तैनी हुनरों को बँदरिया के मरे बच्चे की नाईं गले से लगाए डोलते रहोगे रोज़गार की ख़ातिर? बीकानेर के कई सेठों से अच्छी पहचान है मेरी! तू कहे तो उनकी ड्योढ़ी पर नौकरी लगवा दूँ। अपने गाँव के बहुतेरे लोग इन करतबों को छोड़ कर शहर में नौकरी करने लगे हैं।"

"ना मास्टरजी, अब इस जनम में तो ये छूटने से रहा।" करोड़ी मज़ाकिया लहजे में बोला, "कोई तो सुसरा होना चाहिए अपणी संस्कृति की इन लोक कलाओं को थामे रखने वाला।"

"ये भी तूने खूब कही। अरे, जब सरकार ही इन लोक कलाओं के प्रति उदासीन है तो तेरे जैसे मुट्ठी भर सिरफिरे क्या कर लेंगे अयं? लोक कला और संस्कृति के संरक्षण के नाम पर दसियों विभाग और बीसियों कमेटियाँ हैं सरकार के पास। करोड़ों का जमा-खरच दिखाया जाता है हर साल। पर बता, इन करोड़ों में से माटी से जुड़े तेरे जैसे किरोड़ियों को कितना मिल पाता है? साल-छह महीने में एकाध उत्सव या मेला करके कौन-सा तीर मार लेते हो? इन मेलों में भी

अपनी पहचान के दोस्तों को बटोर कर ले जाएँगे। ऊपर से देंगे दस और सही कराएँगे सौ पर, क्यों?''

''आप ठीक कह रहे हैं मास्टरजी...'' करोड़ी की आँखों में अपनी बदहाल हैसियत नाच उठीं।

''और ये एन जी ओ वाले? खाँटी बाणिए हैं सुसरे। अच्छी तरह जानते हैं कि लोक कलाओं का बाज़ार शहर में है। बस, गाँव से माटी के मोल खरीदेंगे तुम्हारी कलाएँ और शहर के सेठों को ऊँची दाम पर बेच देंगे। तेरे जैसे तलछट के लोग सिरफ ताली बजाते रह जाते हैं इन दलालों के आगे।''

''बहुत घाल-मेल है मास्टरजी। हम सब समझ रहे।'' करोड़ी मिमियाया, ''वैसे भी इब जमाना बहुत आगे बढ़ गया है। कम्प्यूटर और इंटरनेट का युग है। लोग क्रिकेट और टेनिस के दीवाने होते जा रहे हैं। सचिन और सानिया को पूजते हैं। इनके सामने हमारे खेलों की क्या बिसात?''

''तभी तो कह रहा हूँ। माना कि किसी जमाने में तेरे पुरखे इन करतबों के सहारे गुज़ारा किया करते थे। उस वक़्त की बात और थी। बरसों एक नगर में रहने पर भी न तो राशन कार्ड बनता था, न ही वोटर लिस्ट में नाम ही चढ़ पाता था। देश के नागरिक भी तुम लोग आधे-अधूरे ही थे। बल्कि ब्रिटिश ज़माने में तो कुछ जनजातियों को बाकायदा क्रिमिनल ट्राइव ही घोषित कर दिया गया था। पर अब हवा बदल रही है। धीरे-धीरे ही सही, परिवर्तन आ रहा है। अब तुम्हारा अपना ठिकाना है, अपने गाँव और खेत हैं। न केवल वोटर लिस्ट में नाम चढ़ा है, तुम्हें एस.टी. का दर्जा भी मिल गया है। अब इन तमाशों से चिपके रहने की भला क्या मजबूरी है? अपने छोटू को तो इन मदारियों वाले पेशे में मत ना डालना रे। उसे पढ़ा-लिखा कर आदमी बनाना।

मास्टर जी की बातें करोड़ी के ज़ेहन में घुमेरें घालती रहतीं। एक दिन भूरड़ ने व्यंग्य किया, 'भई करोड़ी, तुझे तो भैरूं बाबा ने बुढ़ापे की मज़बूत लाठी दे दी किशना के रूप में। अपने तो चार-चार छोरियाँ हैं। तेरा हुनर तो वो सीखेगा ही, तू जो कहे तो कठपुतली नचाना भी सिखा दूँ उसे। हुनर एक से दो भले।'

''सोचूँगा ताऊ। अभी इतनी जल्दी भी क्या है?'' करोड़ी के मन में तो मास्टरजी की नसीहत नाच रही थी न, ''मेरा मन छोरा को पढ़ा-लिखा कर आदमी बनाने का है!''

''बावला हो गया है तू! पढ़ाई-लिखाई भरे पेट वाले सेठ साहूकारों के चोंचले हैं रे। इसके लिए पैसा चाहिए और धीरज भी। हैं ये चीज़ें तेरे पास? आठ-दस क्लास पढ़ भी लेगा तो कौन-सा तीर मार लेगा? सुसरा न घर का रहेगा, न घाट

का। न खेल-तमाशे में जी लगा सकेगा, न नौकरी-सौकरी ही पा सकेगा। बीच का आदमी बनकर छाती पर मूँग दलता रहेगा, हाँ!'' करोड़ी मिमिया कर रह गया।

चार साल का होते ही करोड़ी ने उतावलेपन में उसे स्कूल में दाखिला दिला ही दिया। वह सूथना सँभालता काँख में किताब पाटी दबाए स्कूल जाने लगा। किशना जिस साल तीसरी कक्षा में गया, उसी साल परहेज सावधानी के बावजूद गंगा का आगमन हो गया। गंगा के जन्म पर करोड़ी बुरी तरह चिड़चिड़ा उठा। उसके आने से परिवार का आर्थिक सन्तुलन बिगड़ गया जबकि वह पूरा ध्यान किशना की पढ़ाई पर केन्द्रित करना चाहता था। जन्म के बाद से ही गंगा करोड़ी की आँखों की किरकिरी बन गयी और उसे फूटी आँखों भी नहीं सुहाती।

आठवीं की सालाना परीक्षा के फल घोषित हुए तो चाँदगीराम ने करोड़ी को स्कूल बुला भेजा।

''खम्माघणी मास्टरजी...''

''आ भई करोड़ी,'' मास्टरजी मुस्कुराए, ''किशना की गाँव की पढ़ाई तो पूरी हो गयी, पढ़ने में अच्छा है रे।''

''सब आपकी मेहनत का नतीजा है होकम।'' करोड़ी ने हाथ जोड़ लिए।

''लेकिन अब न केवल उसका बल्कि तेरा खुद का भविष्य भी तेरी मेहनत और सोच पर टिका है।''

''कैसे मास्टरजी?'' करोड़ी ने पलकें झपकाईं तो माथे पर धरा कुंडलीनुमा पग्गड़ दायें-बायें डोल गया।

''ज़माना तेज़ी से बदल रहा है रे। आज पूरी दुनिया ग्लोबल विलेज यानी कि छोटे से गाँव में सिमट आयी है। पहले अमरीका, ब्रिटेन, जर्मनी जैसे देश सात समुन्दर पार हुआ करते थे। इब कम्प्यूटर, इंटरनेट और आई.टी. के जादू से ये सारे के सारे तेरी गांड के पास आ गये। विदेशी कंम्पनियाँ यहाँ आकर कारोबार लगा रही हैं। उन्हें तेज़ लड़के चाहिए जिन पर पानी की तरह पैसे बहा रही हैं ये। पच्चीस-तीस हज़ार महीने की तनख़्वाह मामूली बात है। बस एम.बी.ए., एम.सी.ए., एम. टेक जैसा कोर्स किया होना चाहिए। मैंने किशना की मेघा को परख लिया है। उसके लिए ये कोर्स करना कठिन नहीं होगा। बस, सिर्फ़ तुझे हिवड़ा कड़ा करना होगा।''

''पर मास्टरजी, ऊँची पढ़ाई का खर्च भीतो भोत ऊँचा होगा। हम ठहरे गरीब लोग। इतने ऊँचे सपने न दिखाओ तो ही ठीक है।'' करोड़ी की हँसी में अविश्वास की बू लिथड़ी हुई थी।

''अरे, अब अपने पास दो मज़बूत हथियार आ गये हैं कानून के दिये।

पहला है आरक्षण और दूसरा एस.टी. का दर्जा। सरकार भरपूर मदद दे रही है एस.टी. वालों को। दो साल बाद इनका बोर्ड का इम्तहान है, अभी से शहर के अच्छे स्कूल में डाल देगा तो नींव मज़बूत हो जाएगी। बेशक ख़र्च थोड़ा बढ़ेगा। वजीफ़ा मिलना तय है। कुल ख़र्च वजीफ़े से निकल ही आएगा। कुछ तुझे ज़्यादा मेहनत करके जुटाना होगा। पर सोच, भविष्य में जब इसे पच्चीस-तीस हज़ार वाली नौकरी मिल जाएगी तो कैसा लगेगा तुझे? ये गाँव, ये खेल-तमाशे, सब भूल जाएगा।'' चाँदगीराम ने करोड़ी की पीठ पर धौल जमाया तो उसकी हसरत से टिमटिमाती पलकों में पल झपकते एक खुशनुमा सपने का बीजारोपण हो गया।

''दो टैम की दाल रोटी भी मुश्किल से चलती है मास्टरजी, उसकी पढ़ाई का खर्च कहाँ से जुटेगा? मुझे तो सब कुछ अजीब-सा लग रहा है।''

''तेरे में यही तो कमज़ोरी है। पहले से ही हाथ-पाँव छोड़ देता है। पड़ोसी गाँव के काशीराम मीणा की कहानी तो सुनी ही होगी? उनका लड़का इंजीनियरिंग पढ़ा। पढ़ाई पूरी होते ही पच्चीस हज़ार वाली जॉब लग गयी और अब बीकानेर में मकान बना रहा है। भैया, एक बार जो ठान लेगा तो भैरूंजी खुद पार लगाएँगे।''

स्कूल से लौटने के बाद करोड़ी कोठरी के एकान्त में आँखें मूँद देर तक गुमसुम लेटा रहा। जैसे कोई साधु समाधि में रत हो। बन्द पपोटों के स्याह स्क्रीन पर मास्टर जी का दिखाया सपना मोरनी की तरह पंख फैलाकर घूमर नाच रहा था। क्या वाकई ऐसा हो सकता है? पच्चीस हज़ार महीने की तनख्वाह! किशना को! मास्टरजी गुणी आदमी हैं। दूर तक देख सकते हैं। इतने विश्वास से यूँ ही थोड़े ही न कह रहे होंगे? सपना कठिन ज़रूर है, पर वजीफा मिलने लगे तो वह भी जी जान लगा ही देगा।

पर गणपत ताऊ की बातें? कहीं बीच का आदमी बनकर नकारा तो नहीं हो जाएगा किशना? गाँव के कई लड़कों के साथ ऐसे हादसे हो चुके हैं। जोश-जोश में ऊँची पढ़ाई की जिद तो कर बैठे। फिर कुछ अरसे बाद पढ़ाई तो छूटी जो छूटी अधबीच में, न तो कहीं नौकरी मिली और न ही पुश्तैनी धन्धे में जी लगा। मास्टरजी ने काशीराम का उदाहरण दिया तो है पर वो भूल गये कि काशीराम सिरफ नाम के एस.टी. हैं, वरना कई बीघों की खेती तो है ही, दो-दो जीपें भी चल रही हैं गाँव शहर के बीच।

कई दिनों तक करोड़ी खोया-खोया-सा मास्टरजी की बातों को मन ही मन रुई की तरह धुनता रहा। पच्चीस-तीस हज़ार महीने की तनख्वाह का तिलिस्म हिवड़े को सम्मोहित भी कर रहा था। भीतर की रेतीली ज़मीन पर मास्टरजी

द्वारा छींट दिये गये इस सपनों के बीजों ने रोकते-रोकते भी नीचे से खाद पानी को सोखने का काम शुरू कर दिया था।

सारा दिन तमाशे के काम में बिताकर शाम होते ही वह अक्सर शहर घूमने निकल पड़ता था। इस बार जूनागढ़ गया तो मन में बेचैनी और छटपटाहट भरी थी। बीसियों बार की देखी बीकानेर शहर की गलियाँ नयी-नयी-सी लगीं। दोनों ओर ऊँचे-ऊँचे मकान! बीच में चिकनी सड़कें! सड़कों पर दौड़ती नये-नये मॉडलों की कारें! मास्टरजी का दिखाया सपना ज़ेहन में छोटे चूजे-सा 'चीं-चीं' करने लगा। लगा, सड़कों के दोनों और मकान नहीं देशी लड़कों की राह में पलक पावड़े बिछाए विदेशों की बड़ी-बड़ी कम्पनियाँ खड़ी हैं। उसने हसरत से खोपड़ी को अधिक-कोण में ऊपर की ओर उठाया। इन्हीं मकानों में से किसी में सूट-बूंट टाई लगाए किशना अफ़सरी रुआब के संग बैठ सकेगा! तन्द्रा तब टूटी जब फर्राटे से दौड़ती हुई किसी कार ने एकदम नज़दीक आकर चिंचियाते हुए ब्रेक लगाये। वह हड़बड़ा कर दो क़दम पीछे सरक गया। कार से एक नौजवान उतरा और उन्हीं मकानों में से एक की ओर बढ़ गया। करोड़ी हक्का-बक्का रह गया। वैसा ही दबा-दबा साँवला रंग। स्थूल होंठ और मोटी नाक! एकदम किशना जैसी! कहीं किशना ही तो नहीं?

अन्त में उसने दाँव खेल ही लिया। मास्टरजी के प्रयासों से बीकानेर के अच्छे स्कूल में किशना को दाखिला मिल गया। वजीफा भी पास हो गया। वचत के जमा किए रुपये पास में थे कुछ। एक बकरी और बेचनी पड़ी। इस तरह प्रारम्भिक खर्च निकल गया।

अब करोड़ी दो बातों का खास ध्यान रखने लगा। पहली, आमदनी बढ़ानी है। दूसरी, खर्चे कम करने हैं। आमदनी बढ़ाने की कवायद में उसने रोज़ाना के तमाशों की संख्या बढ़ा दी। पहले तीन तमाशों में ही सारा दिन निकल जाता था। अब रोज़ पाँच-छह तमाशे दिखाने लगा। खर्चे कम करने की मंशा से उसने सबसे पहले गंगा की पढ़ाई छुड़ा दी। उसे सालभर पहले ही स्कूल में डाला गया था। मास्टरजी ने बहुत समझाया कि छोरी का दिमाग़ बड़ा तेज़ है। इसकी पढ़ाई मत छुड़ा। पर करोड़ी नहीं माना। भगोती ने भी उसे जो समझाने की चेष्टा की तो बुरी तरह भड़क ही उठा, "अरे, छोरा अफ़सर बन गया तो निहाल करेगा। नाम होगा सो अलग। छोरियाँ को पढ़ाकर क्या फायदा? बल्कि छोरियाँ पढ़-लिख कर बिगड़ जाती हैं। इसे तो रोट बनाना, दूध दूहना और जड़ी-बूटियों की जानकारी सिखा जो सासरे में काम आवेंगी हँह। और जो पढ़ा भी दिया तो अपने को क्या फायदा? सुसरी सारी पढ़ाई और सारी होशियारी समेट कर सासरे ले जाएगी।"

गुस्से में उसने गंगा की पाटी (स्लेट) और किताब-कापियों को कोठरी में ऊपर की ओर बने मचान पर फेंक दिया। भगोती मन मसोस कर रह गयी। वह समझ गयी कि करोड़ी को इस वक़्त किशना, उसकी पढ़ाई और उसकी भावी अफ़सरी की बातों के सिवाय कुछ भी नहीं सुहा रहा। स्वभाव का कड़ियल और जिद्दी है वह!

इसी बीच गंगा अचानक एक अजूबे रोग से चपेटे में आ गयी और इसकी बोली बन्द हो गयी। गाँव के स्वास्थ्य केन्द्र या बीकानेर के किसी अस्पताल में ले जाने की बजाय जड़ी-बूटियों के पुश्तैनी अनुभवों पर ज़्यादा भरोसा किया गया। ये प्रयोग भी अनमने ढंग से किए गये।

"पढ़ाई छुड़ा देने से दिल को धक्का लगा है शायद...." भगोती ने शंका ज़ाहिर की।

"तू ना समझेगी। ढोंग कर रही है ये, ढोंग। कुछ दिनों में अपने आप ही ठीक हो जाएगी।" करोड़ी ने लापरवाही से फतवा दे दिया।

पर गंगा इस हादसे से उबर कर ठीक न हो सकी। बोली गँवा कर सारे दिन पगली ही तरह अं...अं...करती डोलती रहती। करोड़ी के मन में उसके लिए चिढ़ तो पहले से ही थी। अब उससे और भी नफ़रत करने लगा। सामने पड़ जाती तो बेबात ही दो-चार झापड़ जड़ देता। करोड़ी की चिढ़ की आग में गंगा का रूप-रंग घी डालने का काम करता। भैरूंजी ने रूप-रंग भी दिल खोलकर लुटाया था उस पर। केसर मिले दूध-सा गोरा रंग! हिरणी की सी चपल आँखें। सुतवा नाक! संतरे से गुलाबी होंठ! निर्दोष और मासूम चेहरा! इस रूप-रंग को देखकर करोड़ी क्रोध से उबलने लगता। उसे लगता, जैसे इस भोले चेहरे के पीछे से किसी सेठ साहूकार या ठाकुर का चेहरा कनखी मारते हुए मुँह चिढ़ा रहा हो। इस हादसे से ही गंगा का नाम टूटता-घिसता गांगली में रूपान्तरित होता चला गया।

अब तक गोबरहा बाबा के चमत्कार के क़िस्से पिरथीपुरा की फिजाँ में भी मँडराने लगे थे। बाबा का नाम तो था गोबरधन पर भक्तों ने प्यार से इसको छीज-तराश कर गोबरहा कर दिया था। गोबरहा बाबा भैरूं जी के बड़े भक्त थे। जादू-टोना और ओझागीरी में जितनी अद्भुत सिद्धियाँ प्राप्त, उतनी ही महारथ जड़ी-बूटियों की चमत्कारी दवा बनाने में भी। सीमावर्ती बाड़मेर के एक गाँव में भैरूंजी का अत्यन्त प्राचीन सिद्ध मन्दिर था। बाबा इसी मन्दिर में धूनी रमाए हुए थे। मन्दिर में हर वक़्त ज्योति जलती रहती। बारहों महीने मन्नत मानने वालों का मेला लगा रहता और रोज़ पचासों बकरों की बलि चढ़ा करती।

"अरे करोड़ी, गांगली को एक बार बाबा के पास क्यूँ ना ले ज़ाता?" गणपत

ताऊ ने आँखें नचाते हुए करोड़ी को टोका, "बड़े चमत्कारी पुरुष हैं। साक्षात भैरूंजी के ही अवतार! मेरे चिड़ावा वाले ममेरे भाई का बायाँ पाँव घुटने के पास से कट गया था। साल भर पहले। बैसाखी पर चला करता बेचारा। गोबर बाबा के जादू-टोने और दवा से महीने भर में पूरा पाँव फिर से उग आया..."

किसी की नाक चपटी थी, मोटी हो गयी। किसी का क़द नाटा था, लम्बा हो गया। किसी का ऊँट मर गया, सो ज़िन्दा हो गया। जितने मुँह, उतने ही क़िस्से और हर कोई अपने-अपने क़िस्से को माँ-बहन की सौगन्ध लेकर सत्यापित करने को तैयार! करोड़ी ने मन ही मन हिसाब लगाया, बाड़मेर जाने और आने तथा झाड़-फूँक दवा-दारू में दस हज़ार तो लगने ही लगने हैं। न...न...इस वक़्त इतनी बड़ी रकम फ़िजूल ख़र्ची के लिए नहीं है उसके पास। किशना को पैसे भेजने हैं। गांगली का इलाज पाँच-सात साल बाद भी कराया जाए तो पहाड़ नहीं टूट जाएगा।

छह महीने भी नहीं बीते थे कि गांगली में अजीब परिवर्तन आने लगा और देखते-देखते उसने रस्सी पर चलने वाले करतब को पूरी कुशलता से साध लिया। करोड़ी तो हक्का-बक्का रह गया। माथे पर पाँच-पाँच मटकियाँ रखकर रस्सी पर मछली की तरह फिसलती तो देखने वालों की साँसें रुकने लगतीं। मासूम उम्र, तीखे नाक-नक्श और गोरा रंग! इनका सम्मिश्रण तमाशा में अजीब रोमांच घोल देता। यूँ तो कइयों की बड़ी जवान छोरियाँ और लुगाइयाँ भी दिखाती थीं यह करतब, पर बड़े मोट्यारों (पुरुषों) व लुगाइयों के खेल में वह कमनीयता और आकर्षण कहाँ जो नन्ही गांगली में हुआ करता था। कोलकाता महोत्सव में उसका चयन और महामहिम द्वारा पच्चीस हज़ार का कड़क इनाम। करोड़ी की आँखें फटी की फटी रह गयीं और उनमें शातिर चमक ठुँस आयी। एक ही झटके में सोने का अंडा देने वाली मुर्गी बन गयी थी गांगली उसके लिए। करोड़ी की आमदनी में एकबारगी दस गुणा इजाफा हो गया। धीरे-धीरे तमाशा दिखाने की पूरी ज़िम्मेदारी गांगली के कन्धों पर डाल दी गयी। अब किशना के अफ़सर बन जाने के मार्ग में किसी भी तरह की कोई बाधा का कोई सवाल ही नहीं था। अब उसके महत्त्वाकांक्षी सपने को पूरा होने से कोई नहीं रोक सकता था।

गांगली के इस चमत्कारी रूप को पाकर भावी सपने के प्रति पूरी तरह आश्वस्त ही हो गया था वह...कि अचानक ये दुःस्वप्न....

कोठरी के पास से गुजर रहे ऊँट की कर्कश किंकियाहट से तन्द्रा टूटी तो करोड़ी अतीत की स्मृतियों के गुंजलके से बाहर आ गया। बाँहों को आसमान की ओर तानते हुए ज़ोरदार अँगड़ाई ली। उकड़ूँ होते हुए आगे बैठकर मोबाइल उठा लिया

और बटनों से खेलने लगा। आँखें स्क्रीन पर केन्द्रित थीं जहाँ कुछ पल तक तो अक्षर और संख्याओं का भरतनाट्यम होता रहा। फिर धुन्ध छा गयी और धुन्ध के धुँधलके को चीरकर कौंधने लगे विगत दिनों देखे जा रहे तड़काऊ वाले दुःस्वप्नों के कोलाज...

...कि एक दिन सुबह उठता है तो विस्फारित नज़रों से देखता है, गांगली की देह अप्रत्याशित जादुई गति से विकसित होने लगी है और दो ही दिनों में बचपन पत्तों की तरह झड़ गया है एवं वहाँ जवानी पूरे शबाव के संग खिल आयी है। चेहरा और गाल, बाँहें व पिंडलियाँ, कूल्हे तथा छातियाँ–सब इस क़दर पुष्ट हो उठे हैं कि नज़रें हट ही नहीं रहीं। सुन्दर तो पहले से ही थी, अब सुन्दरता कयामत ही ढाने लगी है। तीसरे दिन तमाशा दिखाने से मना कर देती है वह–"लोग हुनर को नहीं, देह को देखते हैं। भद्दी सिसकियाँ भरते हैं। अब तमाशा नहीं दिखाऊँगी।" अरे ये तो गूँगी थी, बोलने भी लगी। करोड़ी कातरता से उसे समझाने की चेष्टा करता है। अपने सपने और किशना के भविष्य की दुहाई देता है, पर वह जिद पर अड़ी रहती है। करोड़ी को गुस्सा आ जाता है और गुस्से से बिफर कर तड़ातड़ तमाचे जड़ बैठता है उसके गाल पर। वह बुक्का फाड़ कर रोने लगती है–"हे धरती माँ, तू फट जा ताकि सीता की तरह तेरी गोद में समा जाऊँ मैं।" देखते-देखते ज़मीन के दो फाड़ हो जाते हैं और गांगली फाड़ की दरार में धाप से कूद जाती है।

...कि एक दिन सुबह उठता है तो विस्फारित नज़रों से देखता है, गांगली की देह में अप्रत्याशित जादुई गति से भराव आता जा रहा है। दो दिनों में ही देवलोक की परी की तरह सुन्दर षोडसी बन जाती है वह। बाँहें, पिंडलियाँ, छातियाँ आमन्त्रण देती सी लगती हैं। खेल में पहले जैसी मासूमियत और एकाग्रता नहीं रहती। कहीं से अभिषेक बच्चन-ऐश्वर्या राय की एक साथ वाला पोस्टर मिल गया है। सारे दिन आहें भरती उसी को निहारती रहती है। गांगली के भीतर विद्रोह के अकुंर भी फूटने लगते हैं–"मेरा पढ़ने का भोत मन था। तुमने पढ़ाई छुड़ा दी जिसके सदमे से बोली गँवा बैठी मैं। मेरा इलाज भी ना कराया। बंगाल सरकार के दिये पच्चीस हज़ार भी डकार लिए बापू। सिरफ और सिरफ किशना की चिन्ता की।" करोड़ी गिड़गिड़ाता है–"तेरा इलाज कराऊँगा रे। ब्याह भी। बस पहले किशना को अफ़सर बन जाने दे।" वह व्यंग्य से हँस देती है–"तब तक तो आधी उमर निकल जाएगी। फिर ये बचपन और बचपन की किलकारियों को लौटा सकेगा? छोरे के पीछे सब कुछ भूल गया। अब तेरे झाँसे में न आने वाली मैं। मेरा राज कुँवर बस आने वाला ही है जो मुझे तेरे चंगुल से दूर ले

जाएगा। लो, आ ही गया मेरा कुँवर। वह देखो।" करोड़ी देखता है कि आसमान से एक विमान उतर रहा है। विमान में राजसी पोशाक पहने एक कुँवर बैठा हैं। गांगली हुलस कर विमान में उसके पास जा बैठती है और विमान ऊपर उठता आँखों से ओझल हो जाता है।

उफ! सारे दुःस्वप्न एक जैसे ही। बस मामूली-सा हेर-फेर! गांगली को पूरे परिदृश्य से ही गायब कर देने की खुन्नस! जवानी की तरफ़ बढ़ रहा गांगली का हर क़दम करोड़ी के लिए ख़तरनाक साबित होता जा रहा है। जब तक बचपन है, यह पूरी तरह वश में रहेगी। जवान होते ही इसके पर निकल जाएँगे और दुःस्वप्न को सच होते एक पल भी न लगेगा। गांगली के बिना तो उसकी महत्वाकांक्षा का पूरा होना असम्भव ही है। गांगली की कच्ची उम्र, नैसर्गिक मासूमियत और भोलापन पैसों की बौछार कर रहा है इस वक़्त। ऐसा क्या उपाय करे कि यह स्थिति लम्बे समय तक बरकरार रह सके? भीतर ही भीतर छटपटाहट से भर उठा वह।

वह हड़बड़ा कर उठ बैठा और तिबारे में आ गया। एक ओर भगोती बकरी के पायताने बैठी थनों को मचोड़ती दूध दूह रही थी—छर्रर...छर्रर...। पास की खाटली पर अम्माँ बैठी थी। अम्माँ की टेक लिए गांगली। करोड़ी आगे बढ़ कर गांगली के पास जा बैठा। चोर नज़रें पोस्टमार्टमी तासीर लिए पूरी देह का मुआयना करने लगीं। उसे लगा, अभी गांगली बच्ची जैसी ही है। इसके बड़े होने तक, भगवान ने चाहा तो ज़िन्दगानी का काफ़ी सफ़र पार कर लेगा वह।

जूनागढ़ खेल दिखाते बीस दिन कब बीत गये पता ही न चला। रोज़ के तमाशों की संख्या बढ़ा दी गयी थी। आमदनी हुमच कर हो रही थी। दिन के अन्त में पूरी कमाई का हिसाब लगाता तो आँखों में पुखराजी चमक भर जाती।

पर उस दुःस्वप्न सुसरे का क्या करे जो हर दूसरे-तीसरे दिन तड़काऊ के बखत करोड़ी की आँखों में रेंग ही जाता? जिस दिन भी ऐसा होता, करोड़ी की बेचैन नज़रें गांगली की देह के मुख्य अंगों का बारीकी से मुआयना करने लगतीं। लाड़ करने के बहाने गोद में खींच लेता। नन्ही गांगली को लाड़ लड़ाने का यह तरीका बड़ा अटपटा लगता। वह शरमा कर खुद में सिमटने लगती। ऐसे वक़्त करोड़ी की आँखों में उसे उसी तरह की हिंसक चमक दिखने लगती जैसी रेतीले टीलों में घूमती लोमड़ियों की आँखों में दिखा करती।

एक दिन दुःस्वप्न के आतंक ने इस क़दर विचलित किया कि करोड़ी का मन तमाशे में न लगा। ढप भगोती को पकड़ा कर वह एक ओर गुमसुम बैठ गया। मन के भीतर द्वन्द्व चल रहा था। काश, कोई देवी-देवता आकर ऐसा एक

उपाय सुझा जाता कि रोज़ाना की बम्पर आमदनी की यह स्थिति लम्बे समय तक बनी रहती।

द्वन्द्व से बोझिल नज़रें अचानक दर्शकों के बीच खड़े एक व्यक्ति पर जा टिकीं। व्यक्ति का क़द अत्यन्त छोटा था। लगभग तीन-साढ़े तीन फीट का। गांगली के क़द-सा छोटे क़द के कारण भरा-पूरा मोटूयार होने के बावजूद मासूम बच्चा-सा दिख रहा था वह। अचानक करोड़ी के ज़ेहन में एक विचार कौंध गया। यदि किसी उपाय से गांगली के विकास को यहीं के यहीं रोक दिया जाए तो...? तो फिर जवानी के ताव में इश्क़ में पड़ कर भागने या विद्रोह की बातें करने का जोखिम ख़त्म! उसकी मासूमियत और भोलेपन के खो जाने का डर भी न रहेगा। अपने नैसर्गिक ख़ज़ाने के संग पूरी तरह उसके वश में रहेगी ये और दुःस्वप्न के पर अपने आप कुतर जाएँगे।

इस विलक्षण विचार के आते ही करोड़ी की शिरा-शिरा उत्तेजना से सनसनाने लगी। प्राण हलक में आ गये। ख़ून का दौरा तेज़ हो गया। कलेजा वेग से धक्-धक् करने लगा। आँखों के आगे उस महत्वाकांक्षी सपने के विजुअल्स मोर-पंखों की तरह उड़ने लगे। वामन अवतार! भगवान ने तो वामन अवतार लेकर तीन डग से पूरे ब्रह्मांड को नाप लिया था। अब गांगली को वामन रूप धर कर किशना और उसकी अफ़सरी वाली कुर्सी के बीच की दूरी को नापना होगा। उसके खुराफ़ाती दिमाग़ में चीते की सी तेज़ी से गोबरहा बाबा की छवि फुफकार उठी। बाबा के अनगिनत विलक्षण चमत्कारों के क़िस्से टुकड़ों-टुकड़ों में यादों के फलक पर रुई के फाहों की मानिन्द उड़ने लगे। अद्‌भुत तान्त्रिक सिद्धियों एवं चमत्कारी जड़ी-बूटियों के बल पर बाबा इस काम को अवश्य ही अंजाम दे सकेंगे।

रात को गांगली के नींद में उतर जाने के बाद करोड़ी उत्तेजना में भगोती को अपनी योजना के बारे में बता तो बैठा पर दूसरे ही पल सहम भी गया।

"लुगाइयों के सिर में भेजा नहीं होता। गांगली को इस योजना की ज़रा भी भनक न लगने पाये। तुझे मेरी सौगन।"

करोड़ी की योजना सुनकर भगोती सन्न रह गयी। इतनी नीचता पर भी उतर सकता है उसका खसम, विश्वास ही न हो रहा था। बेटे की ऊँची नौकरी की लालच में बेटी के प्रति इतना जघन्य व्यवहार! छिः ऊपर से अपनी जान की सौगन भी दे दी कमबख़्त ने!

"दोनों को इसी कोख से जना है। अपना दूध पिलाकर पाला-पोसा। एक के स्वारथ के ख़ातिर दूसरे के लिए कैकेयी बन जाऊँ?" भगोती तड़प उठी।

"छोरा होता तो और बात थी, छोरी के लिए इतनी तड़प?" करोड़ी हो-हो

करके हँस पड़ा—"इतना कमज़ोर भी ना हुआ अभी। जब चाहे दो-चार बच्चे तेरी गोद में डाल सकता हूँ। उनसे लाड़ कर लिजो न। ये तो देख, गांगली कितने काम की चीज़ हो गयी है अपणे लिए।"

"बेटी को चीज़ बता रहे हो? कैसे जीव हो तुम?"

"बावली है तू..." करोड़ी के चेहरे पर बेहयापन के कैक्टस खिल आये—"ज़रा सोच, किशना जो अफ़सर बन गया तो सात पीढ़ियों का दलिद्दर दूर हो जाएगा।"

"पर इस मासूम की ज़िन्दगी तो बरबाद हो जाएगी न? ये तो ना हुआ कि उसकी बोली वापस लाने के लिए बाबा से इलाज करवाते।" भगोती तमतमा गयी। "न...न... इसका इलाज अभी कराया तो वामन बनाने की योजना का क्या होगा? हमारे यहाँ तो बहू-बेटियों का परिवार के हित में बलिदान देने की परम्परा रही है। कितनी-कितनी सतियाँ हुईं यहाँ! पन्ना धियाय का किस्सा तो बच्चा-बच्चा जानता है। समझ ले कि भैरू बाबा ने एक अच्छे काम के लिए ही भेजा है यहाँ।"

अगले कुछ दिन बदहवास भागदौड़ में बीते। गोबरहा बाबा से मिलकर करोड़ी का विश्वास और भी पुख्ता हो गया। बाबा ने सफलता की पूरी गारण्टी दी थी। पहले छोटा-सा तान्त्रिक अनुष्ठान! पूजा, हवन, बकरे की बलि और दारू का भोग! उसके बाद दुर्लभ जड़ी-बूटियों से तैयार किया चमत्कारी काढ़ा! काढ़ा गले के नीचे उतरा नहीं कि बढ़त जहाँ की तहाँ ठहरी समझो। पूरी कवायद में बीस हज़ार का ख़र्च! इस ख़र्च के लिए पैसे कहाँ से जुटते? गांगली को तमाशे के कोल्हू में पूरी तरह पेल दिया गया। रोज़ाना के तमाशों की संख्या दुगनी कर दी गयी। स्थिति यह थी कि शाम होते-होते गांगली भूख-प्यास भूल कर थकान से लस्त-पस्त सीधे गुदड़ी पर जाकर ढह जाती।

आज शाम को बाड़मेर से काढ़ा लेकर लौटा था करोड़ी। सफलता की शत-प्रतिशत आशा से चेहरा गोभी के फूल की तरह खिला हुआ था। रात गुदड़ी पर लेटते ही खूब अच्छी नींद आयी। चैन और सुकून की। आधी रात के बाद ज़ेहन के किवाड़ पर दस्तक हुई—खट्-खट्! दुःस्वप्न था सुसरा! खूब जमकर धमाल मचाया उसने। करोड़ी तनिक भी विचलित नहीं हुआ। दुःस्वप्न हारकर लौट गया।

कुल पल का अन्तराल और पुनः दस्तक! इस बार सुबह होने वाले प्रतीक्षित वामन अवतार के कोलाज उभरने लगते हैं...

...कि सुबह पूरी तरह खिली भी नहीं है कि उत्तेजना के अतिरेक में काढ़ा कटोरे में डाल कर गांगली के करीब आ बैठा है वह। पास में ही भगोती खड़ी

है। अपने भीतर चल रहे तूफ़ानी झंझावात से युद्ध करने के क्रम में चेहरा क्षत-विक्षत हो उठा है उसका।

"ले बेटी, पी ले। बोली वापस आ जाएगी।" करोड़ी पुचकारते हुए कटोरे को गांगली के मुँह के पास ले जाता है। गांगली को उबाकाई आने लगती है—"इसमें से तो भोत बदबू आ रही किशना के बापू!" भगोती ने नाक सिकोड़ी। करोड़ी मन-ही-मन हँस पड़ता है। बाबा ने बताया था कि दुर्लभ जड़ी-बूटियों के अलावा इसमें क़ब्रों पर उगने वाले ग्वारपाठा व रेतों में चलने वाली छिपकलियों का सत भी मिला है। बास तो आनी ही है।

"बास ना देख, गुण देख इसका। बोली मिलेगी इसे।" करोड़ी के चेहरे पर झूठ, फरेब और नृशंसता के अबूझ शेड्स उभरने लगते हैं जिन्हें समझ पाना भगोती के लिए भी आसान न था, नन्ही गांगली के लिए भी नहीं। भगोती का सर्वांग थरथराने लगता है।

कटोरा होंठों से लगने वाला ही है! पाँच...चार...तीन...दो...! पथराती आँखों में नयी जान पूँजीभूत करती भगोती पलांश में निर्णय लेकर चीते की तरह झपट्टा मारते हुए कटोरे को उछाल देती है और गांगली की कलाई थाम कर खींचती हुई कोठरी के बाहर फैले असीम कुहासे में गुम हो जाती है। काढ़ा उछल कर करोड़ी के चेहरे से लिथड़ जाता है।

करोड़ी फटी-फटी आँखों से देखता है, उसका क़द इंच-दर-इंच सिकुड़ने लगा है और सिकुड़ता ही चला जा रहा है...

सूखा

अपनी मड़ई के पास आकर डेगन एक क्षण को ठिठकता है। कन्धे पर झूल रहे गमछे की लाश से चेहरे के गीलेपन को पोंछकर लम्बा निःश्वास छोड़ता मुंडी उठाकर आकाश की ओर ताकता है। मानो एक बहुत बड़ा काले रंग का शामियाना तना हुआ हो ऊपर...शामियाने पर एक कोने से दूसरे कोने तक नयी चलीं चमचम करती चवन्नियाँ टँकी हो हज़ारों की संख्या में...! और एक ओर अलसाया-सा लुढ़का पड़ा हो एक का बड़ा-सा सिक्का!

टोले के मुहाने पर खड़ा बुढ़वा बरगद और उसके पीछे दूर तक चली गयी सूखे-अधसूखे पेड़ों की कतार अँधेरे में यू लग रही थीं जैसे शामियाने के सहारे के लिए थून्हीं लगायी गयी हों। एक-आध कोठरी को छोड़कर पूरा मोहल्ला शान्त है। मजूर-हलवाहे-बनिहारों की बस्ती...। दिनभर की हाड़तोड़ मेहनत के बाद लोग खा-पीकर जो बिछावन पर पड़ते हैं तो फिर भोर होने तक की छुट्टी समझो।

ओसारे में बूढ़ी हो चुकी कथरी का कंकाल बिछा है और कंकाल पर गुन्नी लेटी हुई है। मुद्रा ऐसी है जैसे बाट जोहते-जोहते ऊँघ आ गयी हो। नींद में आँचल ढलक गया है। बदन पर ब्लाउज नहीं है और हवा निकले बैलून की शक्ल की बायीं छाती बाहर झाँक रही हैं। उलझे झाड़ से पके-अधपके बाल...और झुर्रियों की नोच-खसोट से हारा-थका चेहरा! जगाने के लिए बढ़ा डेगन का हाथ थमक जाता है। अधिक से अधिक पैंतीस की होगी गुन्निया। अभीए से बुढ़ा गयी ससुरी। कल तक का चूल्हे की आँच सा सुलगता 'जोवन' कहाँ चला गया। बड़का मालिक की मालकिन तो इससे अधिके उमर की है...चालीस-पैंतालीस के बीच की...! लेकिन बदन है...कि जैसे...जैसे...शकरकंद।

"ए जतीन-माय...सो गया का?"

कन्धे से उसे झिंझोड़ उठाता है डेगन। स्पर्श होते ही गुन्नी उठ बैठती है।

"बड़ी देर कर दिया...।"

"नहीं तो...", डेगन सकपका जाता है—"एही तो टेम है आने का।"

"ऊ का है हो...?" डेगन की काँख तले एक पोटली-सी दबी हुई है। गुन्नी की नज़रें उस पर टिक जाती हैं।

"सिलीक का कुरता...।"

हँसते हुए डेगन पोटली गुन्नी की गोद में रख देता है—"और धोती भी...।"

गुन्नी की मरगिल्ली अँगुलियाँ पोटली को खोलती हैं। पुराने और पहने हुवे होने पर भी अभी बहुत जान है इनमें। खुरदरी हथेलियों को गोद में नरम-गुदगुदे खरगोश का एहसास होता है...और ज़ेहन में डेगन के तार-तार हो गये मारकीन के कुरते को कुरते की शक्ल में थामें रखने वाले पैबन्द कौंध जाते हैं।

"एक दम्मे से एतना लाड....।" गुन्नी की आँखों में अचानक चिन्ता की छाया बिल्ली की तरह आ दुबकती है। बड़का मालिक के यहाँ बँधुआरा है उसका आदमी। कभी मुँह नहीं लगाया उसको। बिमारी-सिमारी में कभी पूछा भी नहीं। इधर दसेक दिन से एतना मान। चार दिन पहले लुग्गा भी दिया था—'कुछ गोलमाल तो नय न है.."

"दूर पगली...।" गाल पर चिकोटी काटता है डेगन—"इ जमींदार लोग के देमाग का कौनो ठीक है। छोटका मालिक के बहू को तीन माह का पेट है। कलकत्ता में तबैत ठीक नय रहता। सो कुछ दिन पहिले यहाँ आया है। बच्चा तो जब होगा तब होगा...पर कोठी में अभीए से जशन पे जशन हो रहा है। आज कुछ तो कल कुछ...।"

गुन्नी एकटक डेगन के चेहरे को देखती रहती है। "और जानता है...?" डेगन की आँखों में एक अजीब-सी चमक भर जाती है...कुछ-कुछ वैसी ही जैसी फाँसी की सजा पाये क़ैदी की आँखों में बाइज़्ज़त बरी होने का पैगाम सुना दिये जाने पर दिखती है—"बड़का मालिक ज़बान दिये हैं कि जिस दिन उनके बहू का बच्चा इ दुनिया में गोड़ रखेगा, उसी दिन से हमारा बँधुआरी खतम। जतीनवा का सरकारी नौकरी भी लगा देने का बात बोले हैं।"

"और दारू क गिलास मिला...?" डेगन की आँखों में उभर आयी चमक का कुछ हिस्सा स्याही सोखते की तरह सोख चुकी हैं गुन्नी की आँखें। नाक को उसके मुँह तक ले जाकर लम्बी साँस खींचती हुए खिलखिलाती है वह—"बोल तो...।"

"दारू...?" डेगन की हँसी अँधेरे को दूर तक चीर जाती है—"दारू नहीं, बिलेती वाला दामी शराब था, दामी शराब! देखकर ही देमाग सनसना जाय, ऐसा। जो हो, छोटका मालिक का बच्चा हमरे लिए बड़ा शुभ निकला रे।"

"तुम तो एकदम में भोला है जतीन के बाबू...।" गुन्नी ठुनकती है—'अरे... छोटका मालिक के बच्चा से हमरा का लेना-देना। हमरे लिए तो जतीन का बच्चा

न शुभ हुआ। पाँच महीना हुआ नहीं पेट में आये कि कैसा-कैसा सपना दिखाने लगा कमबख्त। पूरा बीस साल बाद इ मड़ई में बच्चा का हँसी गूँजेगा हो। लगता है, जतीन ही फिन से बच्चा बनके हमरा गोद में आने वाला है। हम तो अभीए से बौराने लगे हैं।"

"सुनो..." डेगन की नज़रें कोठरी की दिवालों पर रेंगने लगती हैं। दिवालों पर चूने-गेरू से की नयी चित्रकारी अँधेरे में भी साफ चमक रही है। एक जगह चिड़िया आँकी हुई है, परन्तु सिर के पास की मिट्टी झड़ जाने से चित्र अजीब-सा दिख रहा है। आवाज़ को कानाफूसी में बदलते हुए कहता है—"कल अपना जतीन बहू को कोठी पर ले जाना है...।"

"कोठी पर...?"

"हाँ... बड़का मालिक बोले हैं, परदीप बाबू का बहू उसको देखना चाहता है।"

"ना बाबा ना...," गुन्नी भड़क उठती है, "मालूम है, आज छह ठो उल्टी हुआ बहू को? तबीयत एकदम सुस्त है। फिन...उसका देखने का कौन बात है? दू साल पहले जब अपना जतीन-बहू कोठी पर काम करता था तब सब देखा?"

"तुम तो बाल की खाल ही खींचने लगा...," डेगन झुंझलाता है—"हम ज़बान जो दे आये हैं मालिक को। अरे, शहरी जनाना हैं, मिलने-उलने का मन किया होगा।" दोनों देर तक एक-दूसरे के चेहरे को देखते रहते हैं...मौन और स्थिर-पलक।

"एक गो बात पूछें...?" डेगन की नज़रें अनायास ही चिड़िया के चित्र पर ठहर जाती हैं। स्वर को सामान्य बनाने की चेष्टा करते हुए अटकते-अटकते कहता है—"मान. लो...किसी संजोग से अपना बहू का बच्चा खराब हो जाय तो...?" "छिः...-छिः," गुन्नी वाक्य पूरा नहीं करने देती—"इतना अशुभ तुम सोच भी कैसे लिया रे...?"

बाद के शब्द कंठ में ही फँस जाते हैं। डेगन को लगता है, एक भयंकर अँधड़ भीतर ही भीतर उसके पूरे वजूद को मथे जा रहा है। कैसा अँधड़ है यह। वह मूर्तिवत बैठा रहता है। गुन्नी कोठरी के भीतर चली जाती है।

थोड़ी देर बाद डेगन कथरी पर लेट जाता है। आँखें शामियाने पर एक ओर जड़े एक के सिक्के पर चिपक जाती हैं। सिक्का स्मृतियों के रूप में बूँद-बूँद पिघलने लगता है। एक बूँद...दो बूँद...कितनी ही बूँदें...। एक साल...दो साल... कितने ही साल...।

पहली बार उसके बाबू थन्नू बँधुआ हुए थे सिंह परिवार की कोठी में। उस

वक़्त सिंह परिवार के 'बड़का मालिक' थे बिशनाथ बाबू। पके गाजर के रंग-सा भरा-भरा चेहरा...। लैंड सिलींग अधिनियम को अगूँठा दिखाती पारिवारिक नामों के भँवर में उलझी-फँसी सैकड़ों बीघा ज़मीन...। शानदार दोमंज़िला कोठी। बड़े जमींदार होने तथा सम्पन्नता में इक्कीस रहने की वजह से मुखियागिरी का ठेका जीवित रहने तक उन्हीं के नाम से खुलता रहा।

एक बार गाँव में सूखा पड़ा था। भीषण अनावृष्टि व अकाल। प्यासे खेत झुर्रियोंदार चेहरों की तरह दरारों से पट गये थे। खेतिहर-हलवाहे घंटों आकाश की ओर ताकते रहते बादलों के इन्तज़ार में। एक-दो टुकड़े जमा होते-होते अचानक हवा बिगड़ैल साँड़ की तरह उछलती-कूदती आती और उन्हें गाँव के सिवान से परे खदेड़ देती। कुएँ और पोखरे सूखते चले गये और रोपनी का समय भी लगभग निकलने ही लगा था। खासकर छोटे और मध्यवर्ग के किसानों के हौसले पस्त होने लगे थे। कइयों ने अपनी ज़मीन औने-पौने दामों में बेचनी शुरू कर दी। खेतिहर मज़दूर रोज़गार की तलाश में कस्बा और शहरों की ओर भागने लगे थे।

मुखियाजी तथा उन जैसे बड़े भूपतियों को सूखे का एहसास तब हुआ जब उनके खेत में ट्यूबवेल भी पानी खींच लाने में असफल होने लगे।

बिशनाथ सिंह ने आनन-फानन आस-पास के गाँवों के बड़े किसानों को इस मुद्दे पर बातचीत के लिए अपने यहाँ बुलाया।

"बड़ा भयंकर सूखा पड़ा है भैया लोग...।" बिशनाथ सिंह के स्वर गम्भीर चिन्ता से लिथड़े हुए थे—"एतना नीचे तक गड़ा हुआ ट्यूबवेल सब भी इ सूखा में सूख गया, ताज्जुब है। ऐसा न कभी देखा, न कभी सुना। हमारे करीब-करीब सभी भाइयों के खेत में रोपनी का काम हो ही गया होगा। जल्दी ही पानी का बन्दोबस्त नहीं करने से बहुत नुकसान हो जाएगा। अब आप लोग अपना-अपना विचार सुझाइए कि इस कठिन समय में क्या करना चाहिए।" सभी कार्टून की तरह एक-दूसरे का मुँह ताकते रहे थे।

"मेरा बिचार है...", पड़ोसी गाँव के रामबुझावन सिंह खड़े हुए और तलवार छाप बीड़ी का ज़ोरदार कश लगाते हुए बोले—"मुखियाजी सरकार पर इस छेत्तर में एक ठो बहुत बड़ा पोखरा या बाँध-ऊँध बनाने के लिए दबाव डालें...काहे कि जे सूखा-उखा तो हरेक साल दू साल पर आते ही रहता है हमनी के इन गाँवों में...।"

"बाबू रामबुझाबन सिंह ने बोला तो एकदम ठीक है...," लोचनपति दूबे दोनों कनपटियों पर चुहचुहा आये कड़वे तेल को गमछे से पोंछते हुए कहे—"लेकिन यह तो बाद का बात न है। अभी तो हम लोग को यह सोचना है कि इ दुर्भिक्ख का सामना तुरन्त कैसे किया जाय।'

"आज़ादी के पहले जो एक गो बड़ा दुर्भिक्ख पड़ा था, इ सूखा तो उससे भी भयानक लग रहा है...।" जोद्धा सिंह के ललाट पर पसीना छलक आया था।

काफ़ी देर की बहस और चखचख के बाद जब चाय और बीड़ी का एक-एक दौर चल गया तो बिशनाथ सिंह खड़े हुए—"देखिए भाई लोग, बाँध या पोखरे के लिए सरकार के संग जो लिखा—पढ़ी करनी है वह तो हम करबे करेंगे। मुखिया होने के नाते हमें हमारी जिम्मेवारी का पता है। लेकिन अभी हमारे सामने मुख्य बात है कि इ सूखा से कैसे लड़ा जाय। हमारे हिया में एक ठो विचार आया है। गाँव के परधान पुरोहित बब्बन पाड़े काली माई के भगत तो हैं ही, शायद आप लोगों को मालूम न हो, बहुत बड़े तान्तरिक भी हैं। काहें न इन्दर भगवान को खुश करने के लिए किसी अनुष्ठान बगैरा के बारे में उनसे पूछा जाय...?"

मुखिया ऐसे ही नयं हो गये...कितने अक्कल की बात कहा है बिशनाथ बाबू ने। संकट के बखत जो अपना बिबेक और बुद्धि थामे रखे वही न महान होता है जी...।

एक मत से सभी को मुखियाजी का सुझाव पसन्द आ गया था।

दूसरे दिन फिर महफिल जमी। पांड़ेजी को बुलावा भेज दिया गया था। वे नियत समय पर आ गये।

पांड़ेजी काफ़ी देर तक पोथियों के फड़फड़ाते पन्नों में एवं ग्रह-नक्षत्रों के ताल-मेल का अध्ययन करते रहे।

"पानी बरसेगा और बेशक बरसेगा मुखियाजी...।" अन्त में नाक की नोक पर फिसल आये चश्मे के ऊपर से झाँकते हुए दृढ़ता से बोले थे।

"बरसेगा...?" समवेत आतुर स्वर! "कब...कैसे...?" नज़रें पांड़ेजी के मुखारबिन्द पर आ टिकी थीं।

"तनिक धीरज रखा जाय...," पांड़ेजी मुस्कुराए—"सिरीफ एक ठो अनुष्ठान करना होगा।'

"जल्दी बताइए बाबा...," बिशनाथ सिंह आवेश में बोले थे—"अब तो आप ही का सहारा है।"

"एक दिन और एक रात...यानी कि चौबीस घंटे का अखंड जग्ग होगा और जग्ग की समाप्ति पर 'परिकरमा'।"

"परिकरमा...?" रामबुझावन सिंह अधीरता से पूछ बैठे..."ज़रा खोलकर बताइए न बाबा।"

"परिकरमा के अन्तरगत बारह बरस की किसी सुन्दर छोकरी को पूरा उलंघ

करके उसके बदन पर जग्ग के पवित्तर जल को छिड़कते हुए गाँव का परिकरमा करने का तान्त्रिक विधान है। पानी जरूर बरसेगा इसमें शक नहीं।''

कुछ देर के लिए बैठक में मौन छा गया जैसे साँप सूँघ गया हो सभी को।

''एतना कठिन विधान...।'' लोचन पति दुबे होंठों तले खैनी दबाते हुए लम्बा निःश्वास छोड़े थे।

''दुर्भिक्ख केतना भयंकर है सो भी तो देखिए...।'' पांड़ेजी बोले थे। ''पर ऐसी छोकरी का जुगाड़ कैसे होगा पांड़ेजी...'' जोद्धा सिंह चिन्तातुर स्वर में पूछे।

''असल में दोस (दोष) आप सबका नहीं है। इ सूखा ने आप लोग के देमाग का बारह बजा दिया है...'' पांड़ेजी खीझे थे–''अरे...तांत्रिक अनुष्ठान में छोकड़ी का जात-उत नय न देखा जाता है जी। एतना बड़ा हरिजन टोला में एक गो लौंडिया...।''

बिशनाथ सिंह का चेहरा गोभी के फूल की तरह खिल गया था। उन्होंने संकेत से पांड़ेजी को चुप किया, फिर बोले–''आप जग्ग की तैयारी करें...।''

दूसरे ही दिन मुखियाजी ने पंचायत की आम बैठक बुलाई थी। सूखा और अकाल से सम्बन्धित बैठक होने की वजह से दालान लोगों से ठसाठस भर गया था। हरिजन दालान के बाहर खुले में बैठे थे। सभी के चेहरों पर उत्सुकता की लकीरें खिंची थीं।

प्रारम्भिक औपचारिकता के बाद आनन-फानन पंचायत ने अनुष्ठान की बात पर मुहर लगा दी।

''पांड़े बाबा...'' फिर बिशनाथ सिंह पांड़ेजी की ओर मुखातिब होकर बोले– ''आप गाँव के परधान पुरोहित तो हैं ही, इ अनुष्ठान के संचालक भी हैं। आप की आग्या (आज्ञा) पंचायत सिर माथे पर लेगी। आप ही सुझाइए, किस घर की छोकड़ी को इस पवित्तर काम में शामिल होने का सौभाग्य दिया जाय...बेहिचक कहें...।'' पांड़ेजी की नज़रें देर तक लोगों के समूह पर कागज की नाव की तरह तैरती रहीं। नाव जिस व्यक्ति के भी सिर के पास से गुजरती कुछ देर के लिए उसका चेहरा निचोड़ कपड़े की तरह फक्क हो जाता।

अन्त में दालान पार करके हरिजनों के ऊपर तैरती हुई नाव थन्नू के खूँटे से आ लगी थी।

''ख़ूब सोच-विचार कर हम इ नतीजे पर पहुँचे हैं कि इस कारज के लिए थन्नू की लौंडिया झूनिया एकदम उत्तम रहेगी बाबू साहेब...।''

उपस्थित सभी लोगों की सामूहिक नज़रें अनायास ही थन्नू पर केन्द्रित हो गयी थीं। थन्नू के होंठ जिबह को लिए जा रहे बकरे की तरह मिमियाने को हो आये थे।

"झूनिया की उमर का है रे थन्नू?" बिशनाथ की भारी किन्तु मुलायम आवाज़ गूँजी थी।

"ए ही बारह बरस होगा मालिक...।" थन्नू सकपका गया था। फिर झटके से उठकर बिशनाथ सिंह के पाँवों पर लोट गया था—"झूनिया को छिमा कर दो मालिक। उसका बियाह हो गया है। जमाई आजकल्ले में बिदाई के लिए आने वाला है। अनुष्ठान का बात उसके ससुराल तक फैल गिया तो बड़ा बदनामी होगा। बचिया का जिनगी बरबाद हो जाएगा मालिक।"

"बड़ा मूरख है रे तू...।" सिंहजी फुफकारे थे—"एतना बड़ा सूखा दुर्भिक्ख को बचकाना चीज़ बूझ रहा है। सारे गाँव जबार में हाहाकार मचा है और तुझे लौंडिया की जिनगी की पड़ी है।"

"नय मालिक नय... उसको माफी देय दो।" शब्द पिघल कर बूँद-बूँद बाहर आये थे।

"इसमें बदनामी का कौन बात है भाई...ऐं?" जगन्नाथ बाबू आँखें नचाए थे—"इ तो बड़ा पुन्न का काम है। तुझे तो पांड़ेजी का एहसान मानना चाहिए कि सूखा से गाँव की रक्छा के लिए जो धरम-जुद्ध होगा उनमें तेरी छोकड़ी को शामिल किया जा रहा है।"

हरिजन वर्ग के लोगों को जैसे साँप सूँघ गया हो... सभी माटी के पुतलों की तरह कातर व मौन दृष्टि से थन्नू की चिरौरी को देख रहे थे जबकि सवर्णों व बड़े भूपतियों के चेहरे पर उत्सुकता छायी हुई थी।

पन्द्रह मिनट तक थन्नू को समझाने का दौर चलता रहा। "पंचायत भगवान का रूप होता है थन्नू...।" सिंह की गर्जना दहाड़ में बदलने लगी थी—"तभी तो पंचों को परमेसर कहा है पुरखों ने। प्रेमचन्नर महाराज का नाम तो तू नय सुना होगा। बहुत बड़ा कवि थे हमारे देस का। उनका एक गो किस्सा है—पंच परमेसर। कभी फुरसत मिले तो आना कोठी में, हमरा बिटवा तुझे उ किस्सा पड़कर सुना देगा। पंचायत का चीज़ होता है, तब्बे तेरी खोपड़िया में ढुकेगा। पंचायत के फैसले में दखल देना पाप है, समझा?"

शब्द सूख चुके थे और उनका काम आँखें करने लगी थीं। पर कोई प्रभाव नहीं हुआ। अन्त में थन्नू को चौबीस घण्टे की मोहलत देते हुए सभा समाप्त हो गयी थी।

रात घिर आयी थी। थन्नू अपनी मड़ई में निर्जीव मुर्देसा ही पड़ा था। अचानक उसके मन में एक विचार कौंधा। वह फुर्ती से उठ बैठा। मेहरारू को जगाकर एक क्षण को उससे सलाह-मशविरा किया। फिर मन ही मन एक निर्णय लेते हुए

झूनिया की बाँह थामी और किसी शातिर चोर की तरह चौकन्ना हो छिपते-छिपते झूनिया की ससुराल की ओर जाने वाली राह पर दौड़ पड़ा।

दूसरे दिन यथासमय पंचायत फिर बैठी। पहले से भी ज़्यादा जमाव व भीड़। थन्नू को किसी अपराधी की तरह पंचों के सामने पेश होना पड़ा।

''पंचों से धोखा...?'' बिशनाथ सिंह का झन्नाटेदार तमाचा उसके गाल पर पड़ा था।

''नय मालिक नय...उसका ससुराल से बुलावा...'' एक और तमाचे ने आगे के शब्दों को अवरुद्ध कर दिया था। सारा हरिजन टोला निर्निमेष! थन्नू की पनियायी आँखें झुकी हुई थीं।

''पांड़े बाबा...अब फिर से अपना राय दीजिए कि किसकी लड़की को अनुष्ठान के लिए चुना जाय...।'' बिशनाथ सिंह बब्बन पांड़े से बोले थे।

इसके पूर्व कि पांड़ेजी कुछ कहते, हरिजनों के बीच से एक युवा आवाज़ उभरी—''काशीनाथ दुबे की लड़किया भी तो बारहे साल की है...।''

सारे जमींदारों एवं सवर्णों की आँखें फटी की फटी रह गयीं। ''कौन है रे...पकड़ साले को...।'' कई समवेत् स्वर उभरे थे—''चीर कर रख दो...एतना बड़ा दुःसाहस...।''

सवर्णों का एक सूमह तेज़ी से हरिजनों की भीड़ में से एक युवक को बाहर खींच लाया था और लात-घूँसों से उसकी धुनाई करने लगा था। थोड़ी देर के लिए पूरा वातावरण पिटते युवक की चीख़ों से पट गया था।

फिर सब कुछ शान्त हो गया जैसे कुछ हुआ ही नहीं हो। घायल युवक को उसके रिश्तेदार उठाकर ले जा चुके थे। बाकी सभी यथावत बैठे हुए थे।

''अनुष्ठान के लिए मंगरू की लौंडिया परवतिया को लिया जा रहा है...,'' ''हरिजनों की जमात पर विहंगम दृष्टि डालते हुए पांड़े बाबा बोले थे।'' 'क्यों बे मँगरुवा...कुछ कहना है तुझे...?'' मुखियाजी दहाड़े थे। मँगरू का बदन सूखे पत्ते सा काँपा था। थरथराती नज़रें क्षणांश में ही अपने साथियों के चेहरों को छूती बिशनाथ सिंह तक आयी थीं और नीचे झुक गयी थीं।

''थन्नू ने पंचायत के साथ जो धोखा-धड़ी की, उसके लिए पंचायत उस पर एक सौ रुपये का जुरमाना लगाती है। जुरमाना नहीं देने पर पूरे परिवार के संग गाँव से बाहर खदेड़ दिया जाएगा...।'' परवतिया की उमर बारह बरस की थी। पर प्रकृति की माया...। बदन अपेक्षाकृत भरा-भरा और मांसल होकर युवती होने का आभास देने लगा था।

यज्ञ के बाद जब प्रदक्षिणा का कार्यक्रम शुरू हो रहा था, आसपास के कई

गाँव उमड़ आये थे मन्दिर के पास। परवतिया के बदन से छिलके की तरह उतरते एक-एक वस्त्र पर लोगों की लोलुपता क्रमशः विस्फारित होती जा रही थी और अन्तिम वस्त्र के उतरते ही भीड़ के मस्तिष्क से सूखे क्रा आतंक कपूर बन कर उड़ चुका था।

प्रदक्षिणा के दो घण्टों के दौरान अपने भीगे विवस्त्र बदन पर नागफनी सी चुभती तमाशाइयों की नज़रों को सिर्फ़ बाँहों के क्रॉस द्वारा तिरोहित करने के प्रयास में परवतिया सारी राह पानी-पानी होती रही थी।

अनुष्ठान के तीसरे ही दिन न जाने कहाँ से बादलों के छोटे-बड़े टुकड़े आकाश में जमा होने लगे थे और घनघोर बारिश हुई थी। आसपास के गाँवों में दूर-दूर तक पांड़ेजी के सिद्ध तान्त्रिक होने का सिक्का जम गया था।

एक सप्ताह बाद ही हनुमान मन्दिर के पास वाले पोखरे में मासूम परवतिया की लाश तैरती पायी गयी थी। लगता था जैसे सूखे की मारी परवतिया ने कुछ अधिक ही पानी पी लिया हो।

थन्नू ने एक बार में आठ-दस रुपये से अधिक कभी देखे नहीं थे। दूसरे के खेतों में मजूरी करने वाले हलवाहे के लिए दस रुपये भी बड़ी न्यामत होती है। सौ की तो बात ही क्या?

गाँव से निकाले जाने पर कहाँ ठिकाना ढूँढ़ता वह। उसके लिए दुनिया का व्यापक रूप था यह पिरथीपुर गाँव और लघुतम रूप था अपनी मड़ैया...।

उसके पाँव अपने आप ही मुखियाजी की कोठी की ओर बढ़ गये थे। मालिक ने दंड दिया है तो रास्ता भी मालिके सुझाएँगे...।

मुखियाजी उसे देखते ही मन ही मन मुस्कुराये थे, मानो उसी की बाट जोह रहे हों।

"आप ही रक्छा करें मालिक...।" थन्नू उसके पाँव पर लोट गया था। फिर कुछ देर अनुनय-विनय के ढोंग के बाद उन्होंने पंचायत के जुरमाने की रकम अदा कर दी थी और बदले में थन्नू उनके सोने के पिंजरे में क़ैद हो गया था, बँधुआरा बन कर।

बँधुआरी का चक्का एक बार जो घूमना शुरू हुआ था तो बिना किसी रुकावट के अभी तक घूमता जा रहा है। इसी बीच बँधुआ मजदूर उन्मूलन तथा लैंड सीलिंग जैसे कई कानून बने, पर सबके सब सरकारी कागजों एवं आँकड़ों के जाल में ही फड़फड़ा कर रह गये थे। नहीं बदली थी तो डेगन की नियति, थन्नू के बाद जिनके कन्धे पर बँधुआरी का जुआ आ टिका था।

सिंह परिवार का दबदबा आज भी पूरे गाँव में पहले-सा ही बरकरार है।

वैभव और सम्पन्नता भी तथाकथित जमींदारी उन्मूलन कानून के बाद कई गुणा बढ़ गयी है।

दो साल पहले बँधुआ मजदूरों के बारे में जानकारी एकत्र करने के लिए बीस सूत्री कार्यक्रम के तहत सरकारी मुलाजिम आये थे गाँव में। मुखिया की हैसियत से रामपलट सिंह ने अगवानी की थी उनकी। मुर्गा व शराब का दौर चला था बैठक में। डेगन ने टहल की थी। मुलाजिमों को गाँव में एक भी बँधुआ नहीं दिखा था। अपनी रिपोर्ट में उन्होंने पिरथीपुर गाँव को आदर्श गाँव की संज्ञा दी थी।

डेगन की भी आधी से ज़्यादा उमर कोठी पर बीत चुकी है, पर जुरमाने की रकम अभी तक अदा नहीं हुई।

एक बार बड़का मालिक के गोड़ दबाते हुए डेगन साहस जुटा कर बोला था—"मालिक...जैसा हम सुने हैं, हमरे बाबू ने सारी उमर आपलोगन का सेवा-टहल किया। हमरी भी आधी उमर कोठी पर कट गयी। करजा वसूल नय हुआ का?"

सुनकर रामपलट सिंह सनाका खा गये थे—'विदरोह' की हवा इस कूप-मंडूक डेगनवा की खोपड़ी में किस छेद से घुसने लगी।

बाबू साहब ने एक क्षण को सोचा, फिर पैंतरा बदल कर बोले थे—"तू भी लगता है किसी के बहकावे में आ गया है। करजा-वरजा की बात छोड़ भी दें तो बता कि तू जाएगा कहाँ? ढोर-डांगर भी एक ही जगह कुछ दिन तक बँधा रहता है तो उस जगह से मोह हो जाता है उन सब को! तू तो आदमी है। तेरा तो हर रोआँ इस कोठी के नमक से सना है।"

सारी समस्या इस ससुरी रोज़गार के आगे पीछे आकर ही ठहर जाती है। पिछले साल फिर अकाल पड़ा था...। सरकार सूखा पीड़ित गाँवों में सहायता भिजवा रही है, पर कहाँ...?

इस बेकारी ने जतीन को एकदम पागल बना दिया था। लाख भाग-दौड़ और सर पटकने के बाद भी रोज़गार का कोई जुगाड़ नहीं बैठ सका था।

"तुम बड़का मालिक से भी कहकर देखना...।" गुन्नी ने सुझाव दिया था—"हमरा और बहू के चौका-वासन से तो खरचा चलने से रहा।"

"मालिक कह रहे थे, बगल के कस्बे में नहर-वहर का कोई काम शुरू होने वाला है...।" डेगन जतीन का ध्यान अपनी ओर करते हुए बोला था।

"हम पता किए रहे बाबू" डेगन का स्वर हताशा से बुझा हुआ था—"पाँच की दरकार थी तो पचास इकट्ठा हो गये थे।"

दूसरे दिन डेगन बड़का मालिक के सामने हाथ बाँध कर गिड़गिड़ाया था—"मालिक...छोटका मालिक तो शहर में बड़ा अफ़सर हो गये हैं। उनसे कहकर हमरा

जतीनवा का कोई नौकरी का जुगाड़ लगा दें न...।" रामपलट सिंह पैनी नज़रों को सिकोड़ कर कुछ क्षणों तक डेगन की ओर देखते रहे थे...मज़बूत क़द-काठी का तांबई बदन। जतीन तो बेशक इक्कीसे होगा। परदीप्पा एक भरोसेमन्द टहलुवा के लिए कह भी रहा था। मन ही मन जोड़-तोड़ बैठाते हुए मुस्कुराए थे—"एतना दिन काहे नहीं बोला रे? परदीप तो कइयों को अच्छा नौकरी में घुसा दिया है। जतीन तो घर का लड़का है। अबकी आने दे उसे। कोई अच्छा-सा सरकारी नौकरी में रखवा देंगे। देख...तू भले ही इस कोठी का मोह तोड़ ले, हम तुझ से मोह नहीं तोड़ सकते...।"

किसी कुत्ते की ज़ोर-ज़ोर से रोने की आवाज़ पर नींद उचट जाती है डेगन की। बोझिल पपोटों में जतीन की आकृति कौंधती है। जतीन है का...? जतीन कैसे हो सकता है? अभी दू महीना पहले ही तो मिलके गया है।

आंखें फाड़कर दूर तक देखता है डेगन...! सिरिफ अँधेरा ही अँधेरा। कुत्ते की रोने की आवाज़ ज़ारी है। भूख से कुलबुला रहा होगा ससुरा। इ सूखा मानुख तो मानुख...ढोर-डांगर को भी नहीं बख्शने वाला।

डेगन फिर से लेट कर सोने की चेष्टा करता है, लेकिन लाख चेष्टा करके भी नींद नहीं उतार पाता आँखों में। नज़रें ऊपर काले शामियाने पर लुढ़के एक के उजले सिक्के पर स्थिर हो जाती हैं। स्मृतियों के रूप में बूँद-बूँद पिघलता सिक्का...। एक बूँद...दो बूँद...! एक साल...दो साल...! टप्...टप्...!

छोटका मालिक का बियाह हुए छह साल हो गये थे। अभी तक एक भी सन्तान नहीं हुई थी। चार बार गर्भ ठहरा था, पर हरेक बार सतमासा बच्चा पैदा होता और मर जाता। कलकत्ते में एक से बड़े एक डॉक्टर को दिखलाया गया। बीसों तरह की दवा खिलाई गयी, पर गर्भ था कि सात माह से ऊपर सरकता ही नहीं था।

रामपलट सिंह पोते का मुँह देखने को तरस गये। माथे पर चिन्ता की लकीरें खिंच आयी थीं।

इस बार पाँचवाँ महीना निकलते ही परदीप बाबू बहू को गाँव में बाबू की हिफाजत में छोड़ गये। शायद हवा-पानी के बदलाव से फायदा हो जाये।

गाँव के पुरोहित अर्जुन पांड़े अपने पिता की तरह ही ज्योतिष एवं तन्त्र के विद्वान साधक माने जाते हैं। रामपलट सिंह को चैन नहीं पड़ा और एक दिन पांडेजी को कोठी पर बुला भेजा।

"पांड़ेजी...बब्बन चा यानी कि आपके बाबू ने गाँव के बड़े-बड़े सूखा-

दुर्भिक्ख को तान्त्रिक अनुष्ठान से मिटाया था, यह सारा गाँव जानता है। तन्त्र-मन्त्र में आप तो उनसे भी एक क़दम आगे हैं। इसमें शक नहीं। इ रहा परदीप और उसका बहू का जन्म पत्तरी। लगता है बाहर वाला सूखा का पिरेत (प्रेत) कोठी में भी पाँव बढ़ा रहा है। अब आप ही कोई हल सुझाइए कि भीतर वाले सूखा से कैसे लड़ा जाय...।''

पांड़ेजी दोनों जन्मपत्रियों से देर तक माथापच्ची करते रहे थे। एक...घण्टा! दो घण्टा...! ती...!

''बहू की कुंडली में बड़ा अनिष्टकारी ग्रह बैठा हुआ है बाबू साहेब...।'' अन्त में चिन्तातुर स्वर में बोले थे—''अनिष्ट निवारण के लिए उपाय भी है... पर उपाय है ज़रा कठिन।''

''कठिन...?'' रामपलट बाबू के स्वर में आत्मविश्वास एवं उत्सुकता का मिश्रण था—''आप बताइए भी...।''

सत्ता और सम्पन्नता पास हो तो कोई भी उपाय कठिन रह ही कैसे सकता है।

''यदि कोई गरभवती जनाना अपना भुरुण (भ्रूण) बहू के घर में गिरा दे तो बहू के बच्चा को नया जीवन मिल जाएगा...।''

सुनकर रामपलट सिंह के चेहरे पर तनिक भी सिकन नहीं आयी।

''आप इन्तज़ार कीजिए... सिरिफ कुछ दिन,'' पूरे विश्वास के साथ मुस्कुराए थे—''जल्दी ही हम आपको इस अनुष्ठान के लिए बुलाएँगे।''

गरभपात!

कौन ऐसी तिरिया होगी जो कोख में तिरते भुरुण को गिराने पर राजी हो जाएगी। निदान बेशक है बड़ा कठिन।

लेकिन सिंह परिवार की कोठी से सूखे को हटना ही होगा। तभी दिमाग़ के अन्धकूप में बिजली-सी कौंधी थी। कुछ दिन पहले डेगनवा जतीन-बहू की बीमारी का जिक्र कर रहा था...सरदी-बुखार या गरम-उरम। ठीक-ठीक याद नहीं आ रहा।

दूसरे दिन जब डेगन तेल की मालिश कर रहा था, रामपलट बाबू चिन्ता जताते हुए पूछे—''जतीन-बहू का तबीयत कैसा है रे...?''

''ठीके है मालिक...। पेट से है न।''

यानी कि सन्देह सच निकला।

''पहला गरभ है का रे...'' सहज चिन्तातुर स्वर, जैसे नौकर के घरेलू उलझनों में कितनी दिलचस्पी रखते हों, ''देख...पैसा-वैसा चाहिए तो माँग लेना।''

''हाँ मालिक...तीन माह ही हुआ है।'' डेगन जनाना जैसा शरमा गया था।

फिर दूसरे ही पल डेगन को बाँह से खींचकर अपने पास बैठा लिया था रामपलट बाबू ने।

"डेगन रे..." एकदम उसकी आँखों में झाँकते हुए बोले थे—"परदीप-बहू के गरभ को बचाने के लिए एक भुरुण का बलिदान चाहिए हमको। यह काम तू ही कर सकता है। तुमने इस कोठी का नमक खाया है न, आज नमक हलाली का बखत आ गया है।"

रामपलट बाबू काफ़ी देर तक समझाते रहे थे। डेगन के चेहरे की झुर्रियाँ हर दूसरे-तीसरे पल आड़े-तिरछे आकर बदलती रही थीं।

"तू नहीं जानता, ये कितना पुन्न का काम होगा...," अन्त में उसकी पीठ थपथपाते हुए बाबू साहब बोले थे—"जतीन तो दरजा तीन तक पढ़ा है न? बहुत पहले हमलोग के देस में एक गो महान औरत हुआ था...पन्नाधियाय। जीतनवा से पूछना इस जनाना के बारे में। अपना मालिक का बच्चा का रक्छा करने के खातिर इसने अपना बच्चा का हँसते-हँसते बलिदान दे दिया था। च्च...च्च केतना पुन्नवान जनाना था उ...?"

फिर कलकत्ता की सबसे बढ़िया ह्विस्की की बोतल खुली थी और खुद बाबू साहेब ने गिलास भर के डेगन को थमाया था—"कौन कहता है तू बँधुआ है...चल वादा रहा कि जिस दिन परदीप का बच्चा दुनिया में गोड़ रखेगा, उस दिन से तेरी बँधुआरी खत्म। न तू करजदार रहेगा, न हम मालिक। जतीन बिटवा का अच्छा सरकारी नौकरी पक्का। अरे...तेरा गिलास खाली नय हुआ? केतना धीरे-धीरे पीता है तू। ताज्जुब है, तेरे बदन का चिथड़ा हमारी नज़रों से अब तक छुपा कैसे रहा। नामी गिरामी सिंह परिवार के कोठी का आदमी ऐसा कपड़ा में...।"

भोर का तारा अभी डूबा नहीं है कि डेगन की नींद खुल जाती है। वैसे भी नींद ससुरी आयी कहाँ थी? सारी रात तो करवटें बदलते बीती है। एक हफ्ते से मन के भीतर गहरे में कैसी तो बेचैनी भरी छटपटाहट बकरी के छौनी की तरह कूदती-फाँदती रही है।

आज जतीन-बहू को कोठी पर ले जाना होगा...। बड़ा सावधानी से...। तीन साल ही हुआ है बियाह को। अभी तो सामने लम्बा जिनगी पड़ा है। एक गो गरभ नय भी रहे तो कौन परबत टूट जाएगा? अरे, पहले जिन्दा रहने के लिए ठोस ज़मीन तो बने।

जतीनवा का अच्छा नौकरी लग जाय तो वह भी कोठी से छुट्टी ले लेगा। इज्जत और मोह-माया की बात कहे थे न मालिक। भोर पाँच से रात बारह तक

डांगर की तरह खटाली...। सबके खा चुकने के बाद बचा-खुचा जूठन...! ज़रा सी भूल पर बाप-दादा को गरियाते हुए डाँट-फटकार...। मालिकों के उतरन का सौगात...। खूब इज्जत है!

जतीनवा आदमी बन जाय, फिर सारा दुख अपने आप मिटता चला जाएगा। गुन्निया कहती नय है तो क्या? रात-रात भर का खों-खों उसके तबीयत का ढोल पीटता है कि नय? लेकिन...सारा काम चुपचाप बिना किसी को बताए करना होगा। ज़रा-सा भी गन्ध मिल गया इन जनाना लोग को तो मार टसुए बहा-बहाकर सारा गुड़ गोबर कर देगा। जतीन का नौकरी तो जाएगी ही, बाबू के बखत से घूम रहा बँधुआरी का चक्का जतीन को भी अपने फेटे में लिए बिना नय रहेगा। बेकारी और बेगारी का पीर मेहरारू लोग का समझेगा...?

"आज बड़ा धीमे-धीमें काम हो रहा है जतीन के बाबू...?" गुन्नी ठिठोली करती है—'बाबू साहेब ने छुट्टी देय दी है का?'

लो...इ ससुरी को एतबारे नय हो रहा कि हमारा बँधुआरी जल्दी ही खतम हो जाएगा।

"आज बहू को कोठी पर ले जाना है न।"

"तुम भी विचित्तर आदमी हो...।" गुन्नी चिन्ता ज़ाहिर करती है—"एतना सुस्त तबीयत लेके कैसे जाएगा ऊँहाँ...?"

"एकदम निसफिकिरि रहो।" डेगन हँसता है—"जाए से कुछ न कुछ माल-पानी मिलबे करेगा।"

माल-पानी की बात पर गुन्नी हथियार डाल देती है। उसके काम पर निकलते ही डेगन लम्बा निःश्वास छोड़ता है—एक सनीचर तो कटा...।

औसरे की दिवाल से पीठ टिका कर आँखें मूँदना ही चाहता है कि जतीन-बहू चाय का गिलास लेकर आती है। डेगन बिलाव की तरह चौकन्ना हो जाता है। गिलास थामते हुए उसकी नज़रें बिजली की गति से बहू के पूरे शरीर पर रेंग उठती हैं...। फिर नाभि के पास आकर ठहर जाती हैं।

हल्का-हल्का उभार है वहाँ। बाहर आने की बेसब्री से बाट जोहता भुरुण तैर रहा होगा भीतर...! एक-एक छन गिनता हुआ! भुरुण...! यानी जतीन का बीस बरस पहले वाला किलकारी भरता रूप!

"तुमको लड़का चाहिए या लड़की...?" एकान्त के किसी मादक क्षण की चुहल!

"लड़की...?' गुन्नी की खनखनाहट, "जिसके वजह से बँधुआ हुए उसका कौन ज़रूरत है? लड़का होने से कमाने वाला दू ठो न बढ़ेगा...लड़का और उसका जनाना।"

जतीन-बहू कोठरी में चली जाती है। डेगन की आँखें साबुत तली मछली की स्पन्दनहीन आँखों की तरह शून्य की ओर स्थिर हो जाती हैं।

अनायास ही उसके होंठ फड़फड़ाने लगते हैं। सूखी आँखों से बूँद-बूँद पानी रिसने लगता है। का करे वह...? मुक्ति का यह मौक़ा कैसे छोड़ दे...? मुक्ति! सिरिफ उसी का मुक्ति नहीं, समूचे परिवार का मुक्ति इन नन्हे भुरुण के मुट्ठी में बन्द है।

चाय से भरा गिलास ज्यों का त्यों छोड़कर लड़खड़ाता-सा उठता है वह और धीरे-धीरे चलकर कोठरी के पिछवाड़े आ जाता है। पिछवाड़े दिवाल पर भी जहाँ तहाँ चूना-गेरू से चित्रकारी की हुई है फूल...पत्ता, चाँद, सूरज, बेल, गाछ...और एक जगह बच्चा का प्रतीक चित्र। एक बड़ा गोलाकार...! भीतर आँख-मुँह के लिए तीन बिन्दियाँ...। आकार के दायें-बायें एक-एक रेखा और नीचे दो रेखाएँ–हाथ और पाँव के लिए!

डेगन के नथुने फूलने-पिचकने लगते हैं और वह एकटक उस आकृति को देखता रहता है। अचानक आकृति सजीव होकर मुस्कुरा उठती है...बाल सुलभ निःश्छल मुस्कुराहट! डेगन भावावेश में आगे बढ़कर अपने खुरदुरे हाथ आकृति पर फेरने लगता है...और फिर दूसरे ही पल दिवाल से मुंडी टिका कर फफक-फफक रो पड़ता है।

"बाबू...।"

ऐं...? जतीन की आवाज़? वह तो छोटका मालिक के पास कलकत्ता में है। जल्दी-जल्दी गमछे से आँखें पोंछता चेहरे को संयत करके औसारे की ओर भागता है वह। सामने जतीन ही खड़ा हैं रंग उड़ा टिन का बक्सा लटकाए। "तू...?' डेगन के माथे पर पसीना चुहचुहा आता है।

"अचानक मन खराब हो गिया तो दस दिन की छुट्टी लेके आ गये...।" जतीन का स्वर हताशा से भरा है,–"हमरा सरकारी नौकरी लगाने का बात झूठे लगता है बाबू! लगता है, तुमरे वाले खूँटे से हमको भी बाँधने का साजिश किया गया है। छोटका मालिक को एक घरेलू नौकर चाहिए! सिरिफ ख़ाना और कपड़ा पर...।"

लौंडा पगला गया है। नौकरी कोई मोखे या छींके पर तो धरी नहीं कि हाथ बढ़ाया और उतार के थमा दिया। इ काम में देर तो लगेगा ही। और... अब तो नौकरी जरूरे लगाएँगे मालिक। ज़बान जो दिये हैं।

पारदर्शी नाइलोन की धोती और उसमें से झाँकता छींट का झोलदार 'बिलौज'। सावँला-गठीला बदन...ठोढ़ी पर तिल जैसे तीन गोदने...।

बाप-बेटे के पीछे पीछे दसेक हाथ का फासला बना कर चलती हुई जतीन-बहू कोठी की ड्योढ़ी पर पाँव धरती है तो करेजा धकधकाने लगता है। दू साल पहले जब वह इस कोठी में झाड़ू-बासन का काम किया करती थी, छोटका मालिक एकान्त मिलते ही उससे गन्दा-गन्दा हरकत करने लगे थे। जतीन से साफ-साफ कुछ नहीं कह सकी थी, पर बहाना गढ़-गढ़ कर इस कोठी से पिंड छुड़ा लिया था...फिर कभी भी यहाँ गोड़ न धरने की किरिया लेकर। पर आज...! बाबू की जिद के आगे मजबूर हो गयी है।

बैठक में रामपलट सिंह और पांड़ेजी बैठे हैं। दोनों के होंठों में तलवार छाप बीड़ी सुलग रही है।

इन तीनों को देखते ही बाबू साहब हुलस उठते हैं। आँखों ही आँखों में पांड़ेजी को कुछ संकेत देते हैं, फिर भीतर की ओर मुँह करके हिनहिनाते हैं—"सुखिया रे...जतीन के जनाना आया है। बहुरिया के घर में ले जा...।"

बाप-बेटे दरवाज़े के पास ज़मीन पर उकड़ूँ बैठ जाते हैं। 'तू कब आया रे जतीन...?" जतीन को देखते हुए बाबू साहब के ज़ेहन में चिन्ता के साए सिमटने लगते हैं।

इ लौंडा कोई बिघन (विघ्न) न डाल दे!

"आज ही आये हैं मालिक...।"

"अइसे जी चुराने से कुच्छो नय होगा, बूझा? एक जगह चूतड़ टिका के कुछ अरसा रहेगा, तब्बे न बात बनेगा।" रामपलट सिंह फुफकारते हैं।"

"ठीके कहते हैं आप...।" डेगन हाथ जोड़ देता है,—"नया जगह है न, मन नय लगा सो दौड़ा आ गया। कल्ले भेज देंगे मालिक।"

बायीं ओर की दिवाल के सहारे पलँग...! पटिया और सिरहाने की लकड़ी पर बेलबूटे की नक्काशी! छोटका मालिक के घर को देखते हुए जतीन-बहू के ज़ेहन में अपनी कच्ची सील भरी मड़ई झनझना उठती है। पलँग के पास ही बोरा बिछा है। उसी पर बैठ जाती है वह।

थोड़ी देर बाद घर के भीतरी दरवाज़े पर पांड़े बाबा प्रगट होते हैं। हाथ में छोटी थाली है जिसमें चावल, चन्दन, फूल वगैरह धरे हैं।

पांड़ेजी उसी की ओर बढ़ते हैं तो वह चौंककर खड़ी हो जाती है। इ सब का हो रहा है बप्पा?

"बैठ...बैठ जा...।" पांड़ेजी की काँटेदार नज़रों की नोच-खसोट बिलौज के भीतर तक महसूसती जतीन-बहू...! हड़बड़ाकर अपने में ही कुछए की तरह सिमटने लगती हैं। पोड़ेजी मन्त्र बुदबुदाते हुए जल, चावल, चन्दन, फूल वगैरह

उस पर छींटते हैं तो उसका करेजा धकधका उठता है। एक अनजाने आतंक का धूसर धुआँ धीरे-धीरे आँखों में गहराने लगता है।

'पूजा' खत्म होते ही उसी भीतरी दरवाज़े पर एक अधेड़ आदमी हाजिर होता है। हाथ में सुई लगाने वाली सिरींज है। सिरींज में गुलाबी दवा...।

अरे...इ तो 'स्वास्थ-केन्दर' का कम्पोडर बाबू है। गरभ ठहरने के बाद शुरुआती महीने में बेसी उल्टी-फुल्टी होने लगा था तो एक बार गयी थी। जाँच के बहाने छतिया ही दबा बैठा था। लेकिन...कम्पोडर बाबू इहाँ? बहूजी के घर में?

भय की एक तीखी धारदार लकीर जतीन-बहू के करेजे को चीरती चली जाती है। ज़ेहन में थोड़ी देर पहले का गहराता आतंक आँखों की राह बाहर फूटने लगता है। हड़बड़ाकर उठती हुई वह चीख़ पड़ती है—"बाबू हो...हमका बचाओ। हम सूई नय लेंगे।"

सब कुछ एकदम पूर्व नियोजित! दो मुस्टंडे लठैत आकर उसकी फड़फड़ाती बाँहों को थाम लेते हैं। बाँह थामने के बहाने हाथ बिलोज के भीतर तक सरक जाते हैं। जतीन-बहू की चीख़ कोठी की सीढ़ियों पर लुढ़कती-पड़ती बैठक में बैठे लोगों से टकराती है तो जतीन चौंक कर खड़ा हो जाता है। आँखें विस्फारित होकर स्थिति को समझने की चेष्टा करती हैं। फिर दूसरे ही पल वह पगलाए साँड़ की तरह धड़धड़ाता सीढ़ियाँ चढ़ जाता है।

छोटका मालिक के घर के दरवाज़े के पास पहुँचते ही उसे भी दो लठैत दबोच लेते हैं। दृष्टि भीतर जाती हैं।

लठैतों के पंजों में कसमसाती मेहरारू...! पांड़े बाबा की बेहया मुस्कान...! कम्पोडर बाबू और दवा से भरी सिरींज...!

एक ही पल में सारी तस्वीर शीशे की तरह साफ हो उठती है।

"ऐ हो...हमको बचा लो।" जतीन को देखते ही बहू तेज़ स्वर में चिल्लाती है।

"ये तुमने क्या किया बाबू...?" जतीन भरभरा कर रो पड़ता है—"ये तुमने का किया?"

"अपना और तुम्हारा मुक्ति का ऐसा बढ़िया मौक़ा कइसे छोड़ देते बिटवा...?"

जैसे गहरे कुएँ से थरथराती आवाज़ आयी हो। सिलीक के कुरते में बिजूखे-सा दिखता डेगन भावशून्य-सा कहता है।

"इ मुक्ति नय है बाबू...धोखा है धोखा।" चिल्लाने से मुँह से झाग निकलने लगते हैं—"तुम तो थन्नू दद्दा से भी ज़्यादा कायर निकले। दद्दा ने हिम्मत करके फूआ को बचा तो लिया था, लेकिन तुम...?"

"फुआ को बचा लेने से फायदा का हुआ रे?" डेगन की आवाज़ बर्फ की तरह ठंडी है—"लौट के आना तो यहीं न पड़ा बँधुआरी का नरक भोगने—"

"नय-नय-।" लठैतों की पकड़ में मछली सी छटपटाती जतीन-बहू की सिसकियाँ कमरे में नुचे पंखों-सी बिखरने लगती हैं।

इस बीच इत्मीनान से चलते हुए रामपलट बाबू भी वहाँ आ जाते हैं। होंठों में तलवार छाप बीड़ी दबी है और चेहरे पर कुटिल मुस्कान की कई-कई परतें चढ़ी हुई हैं।

उनको देखते ही जतीन छूटने के प्रयास में पूरा ज़ोर लगाकर उछलता है... पर नाकामयाब रहने पर आक्रोश व घृणा से काँपता हुआ बाबू साहब के चेहरे पर पिच्च से थूक देता है।

बाबू साहब की आँखों से चिंगारियाँ फूटने लगती हैं। आगे बढ़कर तड़ातड़ कई तमाचे जड़ देते हैं जतीन के गालों पर। मौन संकेत से कम्पोडर बाबू को काम जल्दी करने का आदेश देते हैं। आकाश में बिजली कड़क उठती है—कड़कड़...कड़कड़...।

रामपटल सिंह गमछे से चेहरा पोंछते हुए झाऊ मूँछों तले मुस्कुराते हैं—"हाँ-पानी बरसने का आसार दिखने लगा है। अब सूखा खतम हो के ही रहेगा...।"

क़द

डायमंड बीच :

ग से गणेश...

ग से गुलीवर...

अद्भुत संयोग है। गणेश और गुलीवर दोनों ही क़द-काठी, डील-डौल और कायिक बुनावट के स्तर पर अस्वाभाविक और असामान्य! गणेश का सिर हाथी का। यानी कि इस लोक की मानव प्रजाति के औसत और पारम्परिक साँचे से भिन्न! और पेट? पेट जैसे तानपुरे के तम्बूरे को उलट कर चेप दिया गया हो!

गुलीवर भी गणेश के ही नक्शे क़दम पर! अस्वाभाविक विशाल काया! सिर, कन्धे, बाँह और पैर—गोकि हर अंग की दरारों में चुपके से रेंग कर अजगर की तरह पसरा बेतरतीब मोटापा!

उसके होंठों पर वक्र मुस्कान उभर आती है। बायीं दीवार पर लगे आदमक़द आईने के सामने आ खड़ा होता है वह। देह के वस्त्र एक-एक करके केंचुल की मानिन्द उतरते चले जाते हैं। आईने के बाहर खड़ा उसका वजूद आईने के भीतर हुबहू अवतरित हो उठता है। पोस्टमार्टमी नज़रें भीतर अवतरित हुए उसके प्रतिबिम्ब के अंग-अंग का मुआयना करने लगती हैं।

क्या ख़ूब गढ़ा है विधाता ने! साँवली त्वचा की खुरदरी परत ओढ़े साढ़े सात फुटा लम्बा क़द। चौड़े स्फीति कन्धों के बीच हाथी जैसा बड़ा सिर। सिर के बीचोंबीच पकौड़े जैसी नाक और नाक की छाँव तले उपलों जैसे होंठ! केले के थम्ब जैसी मोटाई लिए बाँह और पैर। पीले केलों-सी भरी-भरी अँगुलियाँ!

मिस्टर जोनाथन स्वीफ्ट के प्रसिद्ध मानसपुत्र गुलीवर की हुबहू प्रतिलिपि!

शनैः-शनैः चेहरे का रंग बदलने लगता है। नथुने आक्रोश से फूलने-पिचकने लगते हैं। बेडौल और बदसूरत काया को खूँखार नज़रों से घूरते हुए तन-मन सुलग उठता है। तभी नज़रें तितलियों-सी उड़ती दाहिनी दिवाल पर चिपके आमिर ख़ान के ब्लोअप फ़ोटो पर ठहर जाती हैं। अरे! कल तक तो फ़ोटो नहीं था यहाँ।

ज़रूर यह गार्डेन के वार्ड-ब्वॉय टोनी की हरकत है। ज़्यादा ही छूट लेने लगा है वह! अचानक फ़ोटो के भीतर सींग-पूँछ समेट कर बैठा आमिर ख़ान फ़ोटो से बाहर कूद आता है और अपनी चिकनी और गोरी रंगतवाली इकहरी काया को ऐंठता हुआ उसकी ओर व्यंग्य से देखने लगता है। उसका रोम-रोम ईर्ष्या से सुलग उठता है। झटके से तेज़-तेज़ चलकर फ़ोटो तक आता है और फ़ोटो को नोचकर चिन्दी-चिन्दी करता हवा में उछाल देता है। इसके साथ ही नपुंसकी आक्रोश के भावावेश में उसकी हिचकियाँ बँधनें लगती हैं। धम्म से सोफ़े पर आ बैठता है वह! हाँ...हाँ...वह जोनाथन स्वीफ्ट के काल्पनिक नायक गुलीवर का हूबहू प्रतिरूप है...साढ़े सात-आठ फुटी क़द का विशालकाय युवक! आइए आइए मिस्टर स्वीफ्ट! जिस अद्‌भुत नायक का आपने सिर्फ़ कल्पना में ही दिग्दर्शन किया था, आकर आज उसको जीता-जागता हाड़-मांस के रूप में भी देख लें।

कुछ देर में मन संयत होता है तो बाईस इंची परिधिवाली कलाई पर बँधी घड़ी की ओर नज़र जाती है। अभी गार्डेन खुलने में घंटा भर शेष है।

सुदूर क्षितिज तक फैली अथाह जलराशि और जलराशि की छाती पर डॉल्फिनों की तरह कूद-फाँद करती हुई मूँग दलती बेशुमार लहरें! जलराशि और डॉल्फिनों को मासूमियत से अपने विशाल अंक में समेटे महासागर! महासागर का मनोरम तट—डायमंड बीच! बीच के सहारे-सहारे कई किलोमीटर के व्यास में फैला विस्तृत गार्डेन! डायमंड बीच गार्डेन!

शहर के दसियों दर्शनीय स्थलों में सर्वाधिक लोकप्रिय और महत्त्वपूर्ण स्थल है यह। देशी-विदेशी प्रजाति के एक से एक नायाब और विरले फूल-पौधे, वृक्षों और शो-पत्रों की ढेरों किस्मों को तराश कर कलात्मकता से बनाया गया मनोरम उपवन, जिसमें जगह-जगह बेल-बूटों-सी मानिन्द जड़े हैं ख्यात डिजनीलैंड की तर्ज पर ही कम्प्यूटर संचालित अत्याधुनिक झूले, स्काई और वाटर राइड्स, गेम्स और ट्वायज़! बच्चों और बड़ों—दोनों को समान रूप से आकर्षित करता है प्रकृति और मानव के युग्म प्रयास से बना यह महासंजाल!

पर गार्डेन में उसके आने के बाद परिदृश्य बदल गया है। अब गार्डेन का असली आकर्षण हो गया है वह! वह यानी द जाएण्ट मैन। मिस्टर स्वीफ्ट के काल्पनिक गुलीवर का हूबहू प्रतिरूप। गार्डेन में प्रवेश के लिए शुल्क तय है। वह कोट-पैंट पहने, गले में बो लगाये, सिर पर हैट और हाथ में स्टिक लिए चार्ली चैपलिन की मुद्रा में गार्डेन के मध्यवाली वाटिका में मँडराता रहता है। सैलानी उसे देखने और छूने तथा उसके संग फ़ोटो खिंचवाने को उत्सुक रहते हैं। वह भी चैपलिन की तरह मज़ाकिया हरकत करता हुआ सैलानियों का मनोरंजन करता

है। सैलानियों के बच्चों को गोद में लेकर दुलारने, कन्धों पर बैठाकर फिरकी की तरह नचाने और उनकी नन्ही हथेलियों को अपने गालों पर फिराने में उसे खूब आनन्द आता है। ऐसा करते हुए लगता है मानो वह बच्चों को नहीं, बल्कि बच्चे उसे दुलरा रहे हैं। अब तक के जीवन काल में वात्सल्य से पूरी तरह वंचित मन नैसर्गिक प्यार की तरलता से सराबोर होने लगता है।

विगत की छोटी-बड़ी स्मृतियाँ नाविक के तीर की तरह उड़ती हुई आकर चुभने लगती हैं तो उनकी चुभन को आत्मसात करने की कवायद में पलकें ढलक जाती हैं। ढलक आयी पलकों के पीछे से अनायास ही एक संजय-दृष्टि फूट पड़ती है जो स्मृतियों के सघन धुन्ध में सूराख बनाती दूर, बहुत दूर तक चली जाती हैं...

गुलीवर :

गर्भ के कोहकाफ की अँधेरी सुरंगों से बाहर की दुनिया में क़दम रखते ही उसने ऊआँ...ऊआँ का पांचजन्य बजाकर पूरी शिद्दत से अपने आगमन की सूचना दी थी। पर यह प्रयास अरण्य रोदन साबित हुआ। न तो अगवानी में थाली ही बजी, न ही सोहर गाया गया।

जन्म के समय ही उसका वज़न अठारह पौंड घोषित हुआ था। सिर असामान्य रूप से स्फीति था। देह की इस अस्वाभाविक बुनावट पर माँ-पिता ने सिर पीट लिया। उसी पल दोनों के मन में उसके प्रति वितृष्णा का बीजारोपण भी हो गया क्योंकि वे समझ गये कि आगे जाकर यह बच्चा निश्चित रूप से विकलांग होगा।

कुछ दिनों बाद बेमन से ही सही, उसके नामकरण संस्कार का आयोजन हुआ। हनुमान मन्दिर के पुजारी बुलाये गये। पुजारीजी देर तक पंचांग खोलकर ग्रह-नक्षत्रों के समीकरण का अध्ययन करते रहे, फिर घोषणा की, ''जातक के लिए ऐसे नाम का चयन करें जो 'ग' से शुरू होता हो।''

उसके दो भाई और थे। उससे छह और चार साल बड़े। पुजारी जी के जाने के बाद पिता देर तक 'ग' से शुरू होने वाली नामों के गुँजलक में फँसे रहे। माँ और भाइयों ने उपहास उड़ाते हुए अटपटे नाम सुझाए। गब्बर सिंह, गेंदा लाल, गोजरमल, गंगूराम...। पिता की दृष्टि दिवाल पर टँगे गणेश की फ़ोटो पर टिकी थी। अन्ततः उन्होंने निर्णय दिया, ''ग से गणेश होता है न? बस इसका नाम गणेश रख देते हैं।''

गणेश नाम का चयन करते समय पिता के ज़ेहन में कहीं गणेश का अस्वाभाविक सिर और मटकेनुमा पेट तो नहीं कौंध रहा था?

ज्यों-ज्यों उम्र बढ़ती गयी, सचमुच उसका क़द भी उम्र की रफ़्तार से दोगुनी-

तिगुनी ऊँची कुलाँचें भरने लगा। छह-साढ़े छह की कच्ची उम्र में वह बारह-चौदह का भरा-पूरा किशोर दिखने लगा था। टाँगें और बाँहें केले के थम्ब जैसी शक्ल अख़्तियारने लगीं। गरदन, पेट और कूल्हे अस्वाभाविक रूप से स्फीति होने लगे। ठीक इसी समय नगर के सिनेमा हॉलों में एक फ़िल्म लगी–'गुलीवर'। इसमें जावेद जाफ़री ने गुलीवर का किरदार निभाया था। लोगों के बीच इस फ़िल्म की ख़ूब चर्चा की। बस क्या था? अनजाने-अनचाहे शनैः-शनैः पहले उसके यार-दोस्तों ने, फिर पाड़ा-मोहल्ले के लोगों ने और अन्त में माँ-पिता और भाइयों ने 'गणेश' को छीज-तराश कर गुलीवर कर दिया और हर कोई उसे गुलीवर के नाम से पुकारने लगा। आज बाईस की उम्र में वह बिल्कुल गुलीवर की कार्बन कॉपी जैसा दिखता है।

बड़का और छोटू दोनों पढ़ने में तेज़ थे। उन्हें नगर के अच्छे स्कूल में पढ़ाया जा रहा था। छह साल तक वह यूँ ही डोलता रहा। फिर उसे भी स्कूल में डालने की बात उठी। माँ के भीतर अब तक कैकेयी की आत्मा पूरी तरह पैठ चुकी थी। उसके दाखिले की बात पर आत्मा फनफनायी, "इस कूढ़मगज को अच्छे स्कूल में भेजने से कोई फायदा नहीं। पैसा बरबाद करना ही होगा।"

"माँ ठीक कह रही है पापा...," माँ के बीज वाक्य से बड़के को प्रोत्साहन मिला–"हम दोनों को प्रोफेशनल कोर्स करना है। एम.बी.ए. और कम्प्यूटर इंजीनियरिंग जैसी पढ़ाई काफ़ी ख़र्चीली होती है। ऊपर से पी.जी. (पेइंग गेस्ट) और कोचिंग का बोझ! कैसे सँभाल पाएँगे आप?"

पिता थोड़ी देर के लिए चिन्तन की मुद्रा में चले गये। फिर बोले, "हाँ, मुझे भी इस कमबख़्त में कोई सम्भावना नज़र नहीं आ रही। हमें पूरा ध्यान तुम दोनों की पढ़ाई पर केन्द्रित रखना होगा। तुम दोनों में भविष्य की बेहद सम्भावनाएँ भरी हुई हैं। क्यों रूपा?"

माँ ने सहमति में सिर हिला दिया। फिर नियति ने उसे म्यूनिसिपेलिटी द्वारा संचालित 'फ्री मिडिल स्कूल' में ला पटका। बिना फीस वाला सरकारी स्कूल! स्कूल यूनिफॉर्म में टाई और शू पहन कर जब दोनों भाई स्कूल के लिए निकलते तो माँ-पिता की आँखों में गर्वीली चमक भर जाती। उसके हिस्से में सिर्फ़ घृणा और तिरस्कार ही आते। उसके लिए न तो कोई यूनिफॉर्म, न शू-टाई।

उसे भूख बहुत लगती थी। क़द-काठी थी ही वैसी। माँ सिर्फ़ दो रोटियाँ और थोड़ी-सी सब्ज़ी या दाल देकर हिनहिना उठती, "बस इतना ही है। तेरे पिता मामूली क्लर्क ही हैं, कोई धन्ना सेठ नहीं कि ढाई सेर दे सकूँ।"

"सिर्फ़ एक रोटी और दे दो माँ...।"

"कहा न, और नहीं है। भाइयों और बाप के लिए भी कुछ छोड़ेगा या नहीं?" माँ निर्ममता से चीख़ पड़ती। भाइयों और बाप के लिए कुछ छोड़ने की बात पर वह सहम कर थमक जाता। न...न...अब और नहीं माँगेगा। मस्तिष्क तनाव से भर जाता। फिर निवाला कंठ से नीचे नहीं उतर पाता। उसके नगर में दो पूजा-स्थल अत्यन्त सिद्ध और प्रसिद्ध थे। पहला हनुमान मन्दिर और दूसरा गुरुद्वारा। दोनों ही जगह भक्तों की खूब भीड़ रहती। दोनों ही जगहों पर प्रायः हर दिन भंडारा और लंगर आयोजित होते रहते। अपने भीतर के जमीर को दमित करते हुए गुलीवर जठराग्नि को शान्त करने के लिए वहाँ जाने लगा। न कोई डाँट-फटकार, न कोई निषेध! मन तृप्त हो जाता।

जब दस साल का हुआ तो पास-पड़ोसियों और रिश्तेदारों के उलाहने-ताने से ऊब कर पिता उसे सरकारी अस्पताल ले गये। प्रारम्भिक जाँच के बाद उसके केस को इंडोक्रिनोलोजी विभाग में रेफर कर दिया गया। वहाँ कई तरह के टेस्ट हुए। इन अष्टावक्री जाँचों की ख़र्चीली गलियों से गुज़रते हुए पिता कुढ़ते रहे। अन्त में डॉक्टर ने निदान दिया, "हारमोन असन्तुलन और पिट्यूटरी ग्लैंड में विकार से ही ऐसा असामान्य विकास हो रहा है। ख़ैर अभी भी केस नियन्त्रण में है। छह माह के गहन इलाज और एक छोटे-से ऑपरेशन से यह बिल्कुल ठीक हो जाएगा।"

कुछ पलों का मौन छाया रहा। फिर पिता ने हकलाते हुए पूछ ही लिया, "डॉक्टर साहब...कुल कितना खर्च आएगा?"

"तकरीबन पचास हज़ार...।" निरपेक्ष उत्तर आया।

पिता आक्रोश और खीझ के भाव लिए आग्नेय नेत्रों से उसे घूरते हुए लौट आये। इसी बीच बड़का और छोटू आगे की पढ़ाई के लिए कोलकाता चले गये थे। रात में उनसे फ़ोन पर बात हुई।

"पापा...पहले आप और माँ ख़र्च की प्राथमिकता तय कर लें। हमारी पढ़ाई संजीदा स्टेज में है। पढ़ाई पर ख़र्च और बढ़ेगा, इसमें शक नहीं। पर पापा...यह एक तरह से इनवेस्टमेंट न होगा। पढ़ाई पूरी होते ही हमें अच्छे पैकेज वाली जॉब मिलनी तय है। दूसरी ओर गुलीवर के इलाज पर का ख़र्च फ़िज़ूल..." आगे के शब्द जानबूझकर अबोले छोड़ दिये गये। फ़ोन कट गया।

माँ ने बड़के की राय से सहमति जताते हुए कहा, "बड़ा बिल्कुल ठीक कह रहा है जी। यह कूढ़मगज ठीक हो भी गया तो कौन-सा तीर मार लेगा? मोटी बुद्धि और मोटा क़द! हाँ! जबकि उन दोनों में अपार सम्भावनाएँ छिपी हैं। अफ़सर बन गये तो ढेर सारा पैसा आएगा। अपनी कोठी और कार होगी। बेटे-बहुओं का सुख तो मिलेगा ही, बुढ़ापा भी आराम से कट जाएगा।"

पिता देर तक सोच में डूबे रहे। अन्ततः निर्णय माँ और बड़के के पक्ष में ही गया—"ठीक कह रही हो रूपा। इसको पालपोस कर बड़ा कर देंगे। प्रारम्भिक शिक्षा भी दिला देंगे। आगे इसका भाग्य। जैसे अब तक जिया, आगे भी जी ही लेगा।"

रात में बिस्तर पर पिता माँ को बाँहों में भरते हुए हिनहिनाए—"बेशक, दोनों बेटे तो हम पर ही गये हैं। रूप तेरा पाया, तो बुनावट मेरी। पर यह ससुर गुलीवर! कभी-कभी शंका होती है, मेरे बीज का है भी या नहीं।"

कमरे में अँधेरा था, अन्यथा पिता देख पाते कि इस टिप्पणी पर माँ का चेहरा भय से किस तरह सफ़ेद हो गया था। पर यह स्थिति निमिष के लिए ही रही। दूसरे ही पल मानिनी नायिका-सी ठुनक पड़ी माँ, "मुझे कुन्ती समझ लिया है क्या कि इन्द्र या सूर्य राह चलते आकर बीज टपका जाते?"

पर पिता की इस नासपीटी टिप्पणी ने अतीत के उस दुःस्वप्न को फिर से कुरेद दिया था जिसे माँ विस्मृति के परतों तले पूरी तरह दफ़न कर चुकी थी...

चचेरी बहन की शादी में मायके गयी हुई थी माँ। उस वक़्त संयुक्त परिवार हुआ करता था नाना का। उतरते कार्तिक के दिन थे। मेहमानों से घर भरा हुआ था। सभी कमरे ठसाठस थे। सोने की जगह तलाशती माँ ऊपर छतवाली कोठरी में चली आयी। स्टोर रूम की तरह प्रयुक्त होने वाली कोठरी में सामान बिखरा पड़ा था। उन्हें एक ओर सहेज कर जगह बनायी और चद्दर ओढ़ कर सो गयी। देर रात अचानक माँ को एहसास हुआ, कोई चुपके से चद्दर में घुसकर उस पर आ लेटा है। हथेली से मुँह दबा होने से माँ गो-गो करके रह गयी। युवक मुँह कान के पास ले जाकर फुसफुसाया—"मैं हूँ रूपा, करण...।" माँ सन्न रह गयी। करण छोटे पापा का लड़का। चचेरा भाई! उसे भी अच्छा लगता था। पर ऐसे दुस्साहस की तो कल्पना भी नहीं की थी माँ ने। छत का एकान्त, घुप्प अँधेरा और करण के हाथों का सनसनाता स्पर्श। स्वयं पर नियन्त्रण नहीं रहा उसका और दोनों इस झंझावात में तिनके से बह गये। दूसरे ही माह गुलीवर ने पेट में आ जाने का सिग्नल दे ही दिया था।

अगर चिकित्सा विज्ञान की यह अवधारणा सही है कि समान गोत्रवालों के बीच, असंगत आर.एच. फैक्टरवालों के बीच और निकट रक्त सम्बन्धियों के बीच यौन सम्पर्क ख़तरनाक और हानिप्रद होता है तो माँ...मेरी इस बेडौल, बदसूरत और असन्तुलित काया के लिए पूरी तरह तुम ज़िम्मेदार हो, तुम! कुछेक पलों की मौज ने न केवल जीवन भर का अभिशाप दे दिया मुझे, बल्कि मेरे प्रति तुम्हारे मन में वितृष्णा और नफ़रत के बीज भी बो डाले।

ऐ मेरे दिल कहीं और चल :

शनैः-शनैः गुलीवर के मित्रों की संख्या कम होने लगी। ऐसे बेडौल और बदसूरत लड़के के साथ दोस्ती कौन रखता भला? अन्त में सिर्फ़ एक ही अन्तरंग मित्र रह गया–श्रीकान्त सोनकर! श्रीकान्त से गुलीवर की ख़ूब पटती। वह अक्सर गुलीवर को अपने घर ले जाता। उसकी माँ प्यार से उसके सिर पर हाथ फेरती और खाने को कुछ न कुछ अवश्य देती।

ख़ाने का कोटा तो पहले से ही निर्धारित था। उससे एक टुकड़ा भी ज़्यादा मिलने का सवाल ही नहीं था। कभी भूल से माँग बैठता तो माँ क्रोध से भभक उठती। उसे आश्चर्य होता, एक माँ अपनी कोख जाए बच्चे के प्रति इतनी निर्मम और कठोर कैसे हो सकती! यह उसके लिए सर्वथा नया अनुभव था। उसने तो पुस्तकों में पढ़ा था कि पुत्रों की रक्षा के लिए एवं उसे सबल और शक्तिमान बनाने के लिए माँएँ न जाने कितने-कितने टोटके करती हैं, न जाने कैसे व्रत- उपवास रखती हैं। सर ने भी एक बार कक्षा में महाभारत कालीन दुर्योधन और ग्रीक पुराण के एकिली के बारे में विस्तार से बताया था। एक की माँ ने पुत्र को अपना तेज़ देने के लिए अतिवादी क़दम उठाते हुए पुत्र को निर्वस्त्र होकर सामने आने को कहा तो दूसरे की माँ ने एड़ी से पकड़ करके बेटे को वैतरणी में डुबोकर निकाला था।

गुलीवर को याद है, उस वक़्त अठारह साल का था वह। दसवीं का छात्र! अगले माह ही बोर्ड परीक्षा होने वाली थी। एक दिन स्कूल से लौटने पर माँ ने कोटे के अनुसार दो रोटियाँ थमा दीं। और माँगने का सवाल ही नहीं था। रोटियाँ लेकर वह छत पर चला आया। आसमान साफ़ था और उसके विस्तृत नीले सीने पर रंग-बिरंगी पतंगें उड़ रही थीं। पड़ोस की छत पर बच्चे किलकारी भरते खेल रहे थे और उनकी माँएँ वात्सल्य भरी नज़रों से उन्हें निहार रही थीं। अचानक एक बच्चा दौड़ते हुए गिर पड़ा। तत्काल उसकी माँ झपाके से आयी और उसे गोद में भरकर बदहवास-सी चूमने लगी। गुलीवर की आँखें पनिया उठीं। छत के कोने में जाकर सुबक-सुबककर रो पड़ा वह। मन इस क़दर बेचैन और उचाट हो गया कि परीक्षा देने की इच्छा ही मर गयी। निर्णय लेने में उसे एक पल ही लगा। उसी वक़्त श्रीकान्त के घर जाकर उसे अपने निर्णय की जानकारी दी। श्रीकान्त गुलीवर के इस निर्णय पर हतप्रभ था।

फिर आधी रात को जब घर में माँ और पिता गहरी नींद में सोए हुए थे, उसने कपड़े पुराने एयर बैग में ठूँसे और निन्द्रा-निमग्न अभिभावक समेत पाड़ा-मोहल्ले की गलियों और चौबारों को अलविदा कहते हुए अनजानी मंज़िल की ओर क़दम बढ़ा दिये।

बेशक उसकी आँखें खुली हुई थीं, पर वह पूरी तरह तन्द्रा में था। क़दम दर क़दम बढ़ते हुए उसे पता ही नहीं चला कि कब वह स्टेशन आ गया और फिर कब सामने प्लेटफार्म पर खड़ी ट्रेन में जा बैठा। ट्रेन के रवाना होते ही नींद की अतल गहराई में उतर गया वह। सारी रात ट्रेन खटर-खटर दौड़ती रही और सारी रात वह नींद में बेसुध पड़ा रहा। सम्भवतः अब तक की ज़िन्दगी में ऐसी बेफ़िक्र और अलमस्त नींद की सौगात पहली बार मिली थी उसे। सुबह आँख खुली तो ट्रेन अन्तिम गन्तव्य पर खड़ी थी। गनीमत थी कि सारी रात टी.टी. नाम के जीव से मुठभेड़ नहीं हुई।

नया महानगर! अजनबी राहें। शुरू हुआ लम्बी यायावरी का अन्तहीन सिलसिला! न रहने का पक्का ठौर और न ख़ाने का पुख़्ता जुगाड़। पता नहीं कितनी-कितनी रातें रेलवे प्लेटफार्म की ठंडी बेंचों पर या फिर बस स्टैंड की बन्द गुमटियों के सामने के खुरदुरे चबूतरों पर बीती थीं। एक तो विशाल अस्वाभाविक स्फीति क़द। दूसरा शिक्षा भी सिर्फ़ स्कूली स्तर तक! वह भी अधूरी! जहाँ भी नौकरी माँगने जाता, लोग उसकी गुहार सुनने की बजाय उसके क़द को भौचक से देखते रहते। इसी क्रम में कई तरह के अजूबे-फिकरे भी उस पर उछाले गये, "अमा यार, इधर-उधर भटकने की बजाय किसी सर्कस में क्यों नहीं ट्राई करते?"

यानी कि यही विकल्प रह गया आजीविका के लिए? उसके पास कोई शैक्षणिक योग्यता नहीं। कोई तकनीकी हुनर भी नहीं। अपनी इस अजूबी क़द-काठी को ब्रांड बनाकर वस्तु की तरह बेचने के लिए निकल पड़ना होगा बाज़ार में? कबीरा खड़ा बाज़ार में, लिए गुलीवरी क़द...! हा...हा...हा...। एक सूखी किन्तु लम्बी मुस्कान पहली बार होंठों पर चिलक उठी। ज़ेहन में धुँधला-सा कोलाज कौंध गया...अजीबोगरीब ढीले-ढाले कपड़े! आँखों पर और मुँह पर लाल-सफ़ेद वृत्तों की रंगोली! पकौड़े जैसी नाक पर एक और बड़ा पकौड़ा! रिंग के भीतर उछलकूद वाली अजीबोगरीब हरकतें। छीः! ठीक है, सर्कस की ही नौकरी सही। पर यह भी कैसे और कहाँ मिल सकेगी भाई?

एक दिन 'नेहरू पार्क' में सीमेंटवाली बेंच पर बैठा हुआ था। पेट में चूहे कुलबुला रहे थे। चार बजने को थे, पर अभी तक ख़ाने का कोई जुगाड़ नहीं बैठा था। ज़ेहन में उठते-बैठते और सोते-जागते सिर्फ़ नौकरी की बात घुमेरे घालती रहती। तभी थोड़ी देर के लिए पलकें ढलक गयीं। अर्द्ध तन्द्रा में लगा, सिरहाने कोई देवदूत अवतरित हो आया है। हाथों में बड़ा-सा गुलदस्ता थामे—"उठो वत्स, नौकरी लाया हूँ तुम्हारे लिए...।" तभी किसी के झिंझोड़ने पर नींद खुल गयी। आँखें

मलता हुआ वह उठ बैठा। सामने आयंगर साहब खड़े थे। साँवला रंग! भरे-भरे बदन पर रोबीला चेहरा! होंठों के बीच पाइप! डायमंड बीच गार्डेन के स्वामी!

"फ्रोम ह्विच प्रोविन्स?" लहजे में तमक भी और प्यार भी।

"बंगाल सर...।"

"जॉब होना?" टूटी-फूटी हिन्दी में पूछा कि क्या जॉब चाहिए।

वह चमत्कृत रह गया। क्या स्वप्न और यथार्थ में इतना बारीक फ़ासला हो सकता है कि स्वप्न यथार्थ को हाथ बढ़ा कर छू ले। वहीं खड़े-खड़े पाँच मिनट का अनौपचारिक साक्षात्कार जैसा हुआ और उसे गार्डेन में जॉब के लिए रख लिया गया। तीन वक़्त का भरपेट ख़ाना। फर्निश्ड कॉटेज और अच्छी तनख़्वाह! काम क्या था? कोट, पैंट और शू की सम्भ्रान्त वेश-भूषा और हैट, बो तथा लम्बी स्टिक के साथ चार्ली चैपलिनी मुद्रा में गार्डेन की मुख्य वाटिका में चहलक़दमी। न चेहरे पर रंग-रोगन की अल्पना, न कोई अटपटा स्वाँग! कुछ ही दिनों में गार्डेन का मुख्य आकर्षण बन गया वह। वह यानी गुलीवर-द-जाएंट मैन। जीते जागते गुलीवर को देखने की उत्सुकता से सैलानियों की संख्या अप्रत्याशित रूप से बढ़ने लगी। उसकी अस्वाभाविक क़द-काठी मशहूर ब्रांड में तब्दील होती गयी। वह गार्डेन का सर्वाधिक बिकाऊ माल बन गया। यहाँ उसका मन भी ख़ूब लगा। बच्चों की गोद में लेकर दुलराने में खूब सन्तुष्टि मिलती। ऐसा लगता जैसे वह बच्चों को नहीं, बल्कि बच्चे उसे गोद में भरकर दुलरा रहे हैं। ऐसे विरल क्षणों में बच्चे भरे-पूरे पिता और माँओं में तब्दील हो उठते। इसके अलावा मातहत और बॉस के व्यावसायिक रिश्ते से परे, आयंगर साहब का व्यवहार भी लाजवाब था। अभिभावकीय स्नेह और वात्सल्य से ओत-प्रोत!

उथल-पुथल :

देखते-देखते डायमंड बीच के जॉब को छह साल निकल गये। इसी बीच श्रीकान्त उसी शहर के डिग्री कॉलेज में व्याख्याता के पद पर नियुक्त हो गया था। माँ-पिता के लिए गुलीवर का अध्याय स्थायी रूप से समाप्त-सा हो गया था। गुलीवर कहाँ और किस हाल में होगा, इस बात की उन्हें तनिक भी कचोट नहीं थी। उनकी नज़रें अर्जुन की आँख की तरह सिर्फ़ और सिर्फ़ दोनों बेटों की भावी-सम्भावनाओं पर टिकी थीं।

पर गुलीवर की नाल तो उस परिवार से अभी भी जुड़ी हुई थी। वह हर महीने श्रीकान्त से फ़ोन पर बात करता और वहाँ के हालचाल मालूम करता रहता। परिस्थितियाँ इसी बीच वहाँ भी उथल-पुथल होती हुई तेज़ी से बदली थीं।

दोनों भाई पढ़ने में तेज़ तो थे ही। जल्द ही उनका कोर्स पूरा हो गया। दोनों को अच्छे पैकेजवाली जॉब भी हासिल हो गयी। बड़का मुम्बई में पदस्थ हुआ तो छोटू हैदराबाद में।

छोटू को छह महीने बीतते न बीतते कम्पनी के शिकागो (अमेरिका) ऑफ़िस भेज दिया गया। माँ और पिता के दिल में खटका उठा। कहीं उनके सपनों की सम्भावना पर तो असर नहीं पड़ने लगेगा? वे चाहकर भी छोटू को विदेश जाने से रोक नहीं पाये। अमेरिका आते ही वहाँ के माहौल और वहाँ की उपभोक्तावादी संस्कृति से छोटू इस क़दर संक्रमित हुआ कि उसने स्थायी रूप से वहीं बस जाने का निर्णय ले लिया। अपने ऑफ़िस की खिड़की से जब भी हिन्दुस्तान की ओर देखता, हिन्दुस्तान उसकी गिद्ध दृष्टि को बहुत छोटा, बहुत गन्दा और बहुत जाहिल देश नज़र आता। कुछ ही दिनों में हिन्दुस्तान से तो मोह भंग हुआ ही, पारिवारिक रिश्तों और रिश्तों की संवेदनशीलता से भी विरक्ति हो गयी। पूरी तरह बन्धनहीन स्वच्छन्द जीवन रास आने लगा उसे। उसने पैसे भेजने बन्द कर दिये। उसके 'विश्वासघात' पर माँ-पिता ने सिर पीट लिया। पुत्र बिछोह से भी ज़्यादा दुख इस बात का हुआ कि उनके सपनों की सम्भावना पूरी तरह नष्ट हो गयी थी।

जॉब में लगने के बाद कुछ ही महीनों के अन्दर बड़के का भी ऑफ़िस की ही एक विजातीय सहकर्मी जेनिफर से इश्क़ हो गया। इश्क़ के 'इंफेक्शन' ने संयम के हाई पावर पैरासिटामोल के बाउंसर के बावजूद जब आउट होने से इनकार कर दिया तो दोनों विवाह सूत्र में बँध गये। विवाह के अवसर पर बड़के ने माँ-पिता को भी मुम्बई बुला लिया। शानदार फर्निश्ड फ़्लैट और ए.सी. कार! बड़के के ठाठ देखकर माँ-पिता मुग्ध हो गये। तीन में से एक बेटा तो लायक निकला!

पर यह मुग्धावस्था अधिक लम्बी नहीं चली। शादी के बाद दो-तीन महीने तो बड़े रसमय बीते। जेनी तीखे नैन-नक्श की गोरी स्मार्ट युवती थी। साथ ही अति महत्वाकांक्षी और चालाक भी। जल्दी ही कम्पनी के एम.डी. भटनागर साहब से उसका टाँका भिड़ गया। फिर दोनों के शारीरिक सम्पर्क भी बन गये। भटनागर साहब का परिवार गाँव में रहता था। फ़्लैट के निपट एकान्त में दोनों के बीच खुला खेल फर्रुखाबादी चलने लगा। बात कब तक छुपती भला? बड़का ईर्ष्या से सुलग उठा। पहले तीखी झड़प! फिर झड़प में गाली-गलौज का छौंक! अन्त में हाथापाई और मारपीट। जेनी तो जैसे मौक़े की तलाश में ही थी। इधर तलाक का नोटिस डाला और उधर सामान समेट कर स्थायी रूप से भटनागर साहब के फ़्लैट पर चली आयी—लिव इन रिलेशन में! जेनी की शोख अदाओं

के सम्मोहन में उन्होंने बड़के को जॉब से डिस्चार्ज कर दिया। सबकुछ ख़त्म। नौकरी और नारी–दोनों के हाथ से निकलते ही बड़के को ऐसा आघात लगा कि उसका मानसिक सन्तुलन बिगड़ गया। वह पागल हो गया। नौकरी गयी तो फ़्लैट को भी जाना ही था। अन्ततः माँ-पिता बड़के को लेकर बैक टु पैविलियन आ गये। यानी कि पुनर्मूषको भवः!

पिता समझ नहीं पा रहे थे कि इतनी फूल-प्रूफ योजना के बावजूद दो-दो 'सम्भावनाएँ' बन्द मुट्ठी की रेत की तरह फिसल कैसे गयीं? किस तरह के संस्कार मिले दोनों को?

'संस्कार...?' लगा जैसे कान के पास कोई फुसफुसाया हो। "आपने इनसे संस्कार की बात की ही कब जनाब? जब भी की, बस निवेश और सम्भावना की ही बात की।"

माँ ने भाग-दौड़ करके पास के ऑफ़िसर्स कॉलोनी में चौका-बासन के तीन-चार घर ढूँढ़ लिए। पिता ओस्टियो-दर्द के बावजूद बस-स्टैंड और किराना बाज़ार में कुलीगीरी कर रहे थे।

क़द :

अचानक खटका होता है तो गुलीवर का तन्द्रा टूट जाती है। सचेत और सजग निगाहों से चारों ओर देखता है। सज्जित कॉटेज और कॉटेज के आगोश में समाया उसका वर्तमान! तो क्या थोड़ी देर पहले तक खुली आँखों की गहरी नींद में उतर कर स्मृतियों के तहख़ाने की सैर कर रहा था वह? एक-एक स्मृति को मासूसियत से हथेली पर उठा कर नन्हे चूजे की तरह सहलाता...। अन्तिम स्मृति की धमक अभी भी ज़ेहन में धमाल मचाये हुए है।

कल ही श्रीकान्त से बात हुई थी। उसके बाद सारा दिन और पूरी रात बेचैनी से करवट बदलते बीती। मस्तिष्क में निरन्तर एक द्वन्द्व चल रहा है। आँखों के आगे पुराने कोलाज टुकड़ों-टुकड़ों में तैरने लगते हैं। माँ और भाइयों का रूखा संवेदनहीन व्यवहार! भाइयों के प्रति अतिरिक्त धृतराष्ट्र मोह में उसके इलाज से पिता का इनकार! माँ की वात्सल्यहीन कैकेयीनुमा फटकार और तिरस्कार! इन सब से निरपेक्ष होकर 'सम्भावनाओं की धुन्ध' में पिता की आत्मलीनता! उफ, क्या करे वह, क्या...?

आवेग में गुलीवर फिर से आईने के सामने आ खड़ा होता है। इस बार आईने में उसका बाहरी क़द नहीं, भीतरी क़द मुस्काता हुआ अवतरित हो उठता है। "अरे यार, मस्तिष्क को गोली मारो। ऐसी हालत में दिल की ही सुननी चाहिए।"

गुलीवर के भोले चेहरे पर मुस्कराहट खिल आती है। मन शान्त हो जाता है। फिर निर्णय लेने में उसे एक पल भी नहीं लगता।

तीसरे दिन सुबह आठ बजे। कॉटेज के दरवाज़े पर दस्तक होती है और आयंगर साहब अन्दर प्रवेश करते हैं। पीछे-पीछे माँ, पिता और बड़का! "लुक गुलीवर, तुमरा अम्मा-अप्पा और बाई (भाई) आया। बाई को मेंटल हास्पीटल में एडमिट करना। अब्बी का अब्बी! कुछ दिन ड्यूटी से छुट्टी लेना। पैसे का कोई बाधा नईं। ओ.के.?"

एक लम्बे अरसे के बाद गुलीवर से सामना हो रहा था। पर आगे बढ़कर उसे गले से लगा लेने के बजाय माँ और पिता की विस्फारित आँखें कॉटेज में फैले उसके साम्राज्य को निहारने लगती हैं। एक-एक चीज़। पलँग, सोफ़ा, सेंटर टेबल, टीवी, अलमारी, ड्रेसिंग टेबल...।

गुलीवर ध्यान से देखता है। माँ और पिता बेशक पहले से कुछ अशक्त हो गये थे, पर थके-थके चेहरे पर जड़ी लोलुप आँखों में अभी भी सम्भावना और रिटर्न की बातें बिल्ली की तरह दुबकी हुई हैं। और बड़का? बिखरे बाल, बढ़ी दाढ़ी, मैले कपड़े। आँखों में किसी के लिए भी पहचान के कोई चिह्न नहीं!

बड़के को शहर के प्रसिद्ध मानसिक अस्पताल में उसी दिन एडमिट करा दिया जाता है। महँगा अस्पताल, महँगे डॉक्टर और महँगी दवाएँ! इलाज लम्बा खिंचता है। तनख़्वाह से बचाई लगभग तीन लाख की जमा पूँजी स्वाहा हो जाती है। वह आयंगर साहब से बतौर एडवांस पचास हज़ार रुपये माँगता है।

"वंडरफुल!" आयंगर साहब मुस्करा उठते हैं–"कोई बाधा नईं। हमको पूरा भरोसा तुम पर...।"

गुलीवर गार्डेन का साधारण-सा कर्मचारी भर ही है। एडवांस के रूप में पचास हज़ार जैसी बड़ी रकम उसके हाथ में रखते आयंगर साहब को एक पल भी नहीं लगता। गुलीवर की आँखें नम हो उठती हैं।

कुछ दिनों में बड़का स्वस्थ होकर गार्डेन लौट आता है। तीन-चार दिन तीनों के गार्डेन में सैर सपाटे में बीत जाते हैं। गुलीवर अपनी ड्यूटी से लग जाता है। माँ पिता और बड़का अभी-भी गुलीवर से कटे-कटे रहते हैं। उससे सहज होकर बात नहीं करते। एक दूरी रखते हुए तीनों न जाने कौन-सी खिचड़ी पकाते रहते हैं।

पाँचवें दिन नाश्ता पर सब जमा होते हैं तो पिता कहते हैं–"गुलीवर, नौकरी आख़िर नौकरी ही होती है। एक तरह की गुलामी। अगर हम शहर में किसी अन्यत्र अच्छी जगह पर ऐसा ही गार्डेन बनाकर अपनी कम्पनी खोल लें तो...तो निश्चित रूप से रिटर्न दस गुना ज़्यादा बढ़ जाएगा।"

"हाँ रे..." माँ पिता के साथ क़दमताल मिलाती है। "तेरे पिता ठीक कह रहे हैं। हमने ख़ूब सोच-विचार किया। अभी तुझे जो तनख़्वाह मिलती है, अपना काम शुरू कर देने पर उससे कई गुना ज़्यादा कमाई होने लगेगी।"

"मेरी मैनेजमेंट की डिग्री कब काम जाएगी? यहाँ से बेहतर गार्डेन बनाएँगे। बेहतर सुविधाएँ देंगे। बस सिर्फ़ तुम हाँ कर दो...।" बड़का भी जोश में भर जाता है।

कुछ पलों का असहज मौन! गुलीवर मन ही मन उनके कुटिल प्रस्ताव पर हतप्रभ रह जाता है। प्रगट में कहता है, "विचार करने के लिए मुझे एक दिन की मोहलत चाहिए।"

रात में गुलीवर आयंगर साहब से पिता के प्रस्ताव पर चर्चा करता है। आयंगर साहब ठहाका लगा कर हँस पड़ते हैं। निश्छल बेबाक हँसी, "प्रोपोजल अच्छा, नो डाउट! यू मे प्रोसीड! अमरा चिन्ता नईं करने का। एडवांस बी जब पैसा होएगा, दे देना। ओ.के.?"

क्या खाक ओ.के.? गुलीवर नोट करता है, इन तीन-चार वाक्यों को उच्चारते आयंगर साहब की आवाज़ रुँधने लगी थी। दूसरे दिन सुबह नाश्ता के समय फिर सभी जमा होते हैं। तीनों की उत्सुक नज़रें गुलीवर पर टिकी हैं। पर गुलीवर असाधारण रूप से शान्त है।

"सॉरी पापा," अन्ततः गुलीवर अपना निर्णय सुनाता है, "मैं इस प्रस्ताव को स्वीकार नहीं कर सकता।"

"क्यों? क्यों नहीं कर सकता?" पिता और बड़का आवेश में तमक जाते हैं। "ज़िन्दगी में भावुक बनने से काम नहीं चलता। गम्भीरता से सोच इस प्रस्ताव में सम्भावनाएँ ही सम्भावनाएँ भरी हैं।"

"नहीं..." गुलीवर इनकार में सिर हिलाता है। "मुझसे यह नहीं होगा।"

"घर में दो पैसे आ रहे हों तो तुझे अखर क्यों रहा है?" माँ भी आपा खोने लगती है। "तेरा काम तो वही का वही न रहेगा रे! यहाँ भी जोकरई कर रहा है, वहाँ भी जोकरई करेगा...।"

गुलीवर से रहा नहीं जाता। उत्तेजना में खड़ा हो जाता है वह—"इस बेडौल क़द को वस्तु बना कर बेचना ही है तो माँ, यहाँ ही क्या ख़राब है? हर बात में सम्भावना, रिटर्न और नफ़ा-नुक़सान आँकने की सनक हो गयी है आप लोगों को! रिश्तों की ऊष्मा, नजाकत और संवेदना को भला क्या समझेंगे आप? जिस शख़्स ने लाचारगी और मुफ़लिसी के दिनों में मुझे सहारा दिया और कर्ज के लिए मुझ पर भरोसा जताया, अपने स्वार्थ के लिए उनसे धोखा करूँ? असम्भव!

आयंगर साहब ने मुझे एक साथ नन्द और यशोदा दोनों का प्यार दिया है जबकि माँ, तुम कौशल्या होकर भी हमेशा कैकेयी की खोल में क़ैद रहीं। मेरा यह क़द भी पापा के धृतराष्ट्र मोह का ही नतीजा है। इसी क़द के लिए आप लोगों ने मुझे दुत्कारा था। अब जब यही क़द एक बिकाऊ ब्रांड में तब्दील हो गया है तो आप अपने स्वार्थ के लिए मुझे बुला रहे हैं। अद्‌भुत!''

''तू कूढ़मगज ही रहेगा रे!'' पिता फनफना उठते हैं।

''मैं कूढ़मगज ही भला।'' गुलीवर के होंठों पर सुकून की हँसी उभर आती है।

''उस प्रस्ताव को भूल ही जाएँ आप। चाहें तो यहाँ रह सकते हैं। अपने कूढ़मगज बेटे के पास! बेटा समझ कर! चाहे तो पुराने ठिकाने पर लौट सकते हैं। एक निश्चित रिटर्न नियमित मिलता रहेगा, वादा रहा।''

गुलीवर कॉटेज के बाहर निकल आता है। उसके क़दम आयंगर साहिब के ऑफ़िस की ओर बढ़ने लगते हैं। पीठ के पीछे पूर्वी क्षितिज पर सुबह का सूर्य पुखराजी आभा के साथ चमक रहा है। चमक के कारण ज़मीन पर गुलीवर की परछाईं उभर आयी है। परछाईं का क़द उसके अपने क़द से काफ़ी लम्बा है। ऐसा लग रहा है मानो गुलीवर नन्हा बच्चा हो और परछाईं बुज़ुर्ग की तरह अँगुली पकड़ कर उसे राह दिखा रही हो।

तुम्हारे हिस्से में

'साउथ सिटी मॉल' के सामने बाइक आकर रुकी तो एक पल के लिए दोनों के बदन रोमांच से गुदगुदा गये।

मॉल का सम्मोहित कर देने वाला विराट प्रवेश-द्वार! द्वार के दोनों ओर जटायु के विशाल डैनों की मानिन्द दूर तक फैली चहारदीवारी! फ्रेस्को शैली के भित्ति चित्र! चित्रों की कंगारू-गोदों में दुबके, राष्ट्रीय-अन्तर्राष्ट्रीय उत्पादों की नुमाइश करते बड़े-बड़े आदमक़द होर्डिंग्स और विन्डो-शोकेस! सब कुछ इतना तिलस्मी कि आँखें बरबस फटी की फटी रह जाएँ।

मॉल की भीतरी दुनिया के विपरीत चहारदीवारी के समानान्तर बाहर भी एक और दुनिया उतनी ही गुलज़ार थी। भीतर की हाई-फाई 'गुलीवरों' की भीड़ के बीच असहज हो उठने की बजाय बाहर रह कर तथाकथित आत्मसम्मान की पूँछ फटकारते, मॉल की भव्यता को कड़क कहवे की तरह चुस्की-दर-चुस्की आँखों की राह दिल में उतारते 'लिलिपुटी' दर्शकों का हुजूम! भेलपूड़ी, पुचका (गुपचुप), आइसक्रीम और कई-कई तरह के ग्लोबल फास्ट फूडों के ठेलों की ठेलमठेल! इनके इर्द-गिर्द हमिंग बर्ड की तरह चीं-चीं करते लोगों की आपाधापी! इन टुकड़े-टुकड़े कोलाजों की दरारों में पूरी कलात्मकता के साथ रफ़ू लगाता बसों, कारों व टेम्पुओं के काकटेली शोर का धमाकेदार पार्श्व-संगीत!

भीतर बड़ा-सा वृत्ताकार आँगन! आँगन के चारों ओर भव्यता की सारी सीमाओं को लाँघते बड़े-बड़े शोरूम! बीच में थोड़ी-थोड़ी दूर खड़े आगतों को मासूमियत के संग हथेलियों पर बैठाकर ऊपर की मनचाही मंज़िलों तक ले जाने को तत्पर दैत्याकार एस्केलेटर!

"कैसा लग रहा है जेन?" नाम तो संजना था, पर हर्ष उसे प्यार से जेन पुकारता। शादी के पहले संजना मायके में 'संजू' थी। शादी के बाद पहली रात उसे बाँहों में भरते हुए हर्ष हिनहिनाया था—संजू कैसा तो देहाती-देहाती-सा लगता

है। ग्लोबलाइजेशन के इस युग में सब कुछ ग्लोबल न होना चाहिए। नाम भी! इसलिए आज से मैं तुम्हें जेन कहूँगा...माय जेन फोंडा...!

"वंडरफुल...!" संजना के होंठों की लिपस्टिक में गर्वीली ठनक घुल गयी। चेहरा ओस में नहाए गुलाब-सा खिल गया—"लगता है जैसे पेरिस अपने पूरे शबाब के साथ उतर आया हो यहाँ!"

"लेकिन एक बात जान लो। यहाँ हर चीज़ की कीमत बाहर के स्टोरों की तुलना में दुगनी-तिगुनी मिलेगी।" हर्ष चहका।

संजना खिलखिला कर हँस पड़ी तो लगा जैसे मन्दिर में झूलती छोटी-छोटी घण्टियाँ खनखना उठी हों। मुँह की फाँक के भीतर करीने से जड़े मोतियों के दाने 'पिपिंग टॉम' से चिलक उठे। शरारत से आँखें नचाती बोली—"कुछ हद तक बेशक सही है तुम्हारी बात! पर जनाब, इस तरह के मॉल में खरीदरारी का रोमांच ही कुछ और है। इस रोमांच को हासिल करने के लिए थोड़ा त्याग भी करना पड़ जाय तो... तो सौदा बुरा तो नहीं।"

"लगता है, इस जादुई चिराग का कचूमर निकाल देने का इरादा है आज।" हर्ष ने जेब से आयताकार क्रेडिट कार्ड निकाल कर संजना के आगे लहराते हुए कहा तो संजना फिर से खिलखिला पड़ी। इस बार उसकी हँसी में रातरानी की महक घुली हुई थी जो आँखों के पास से होती हुई होंठों तक चली आयी।

"तुम औरतों में बचत की प्रवृत्ति तो होती ही नहीं...।" होंठों को मुग्ध भाव से देखते हर्ष ने चुटकी ली।

"न...ऐसा नहीं कह सकते तुम...संजना ने तुरन्त प्रतिवाद किया—"उचित जगह पर भरपूर किफायत और बचत भी किया करती हैं हम। विश्वास करो, तुम्हारे जादुई चिराग पर जो भी खरोंचें लगेंगी आज, उन पर जल्द ही रफ़ू भी लगा दूँगी, ठीक?"

दोनों एस्केलेटर की ओर बढ़ गये।

"जानते हो हर्ष? पड़ोस के चार सौ दो वाले गुप्ताजी तुमसे जूनियर हैं न? उनकी मिसेज इसी मॉल से खरीददारी कर गयी हैं। कल! हाथ नचा-नचा कर बता रही थीं। आज मैं ख़बर लूँगी उनकी।"

"स्त्रियोचित डाह!"

"नो! जस्ट स्टेटस सिम्बल।" दोनों की आँखों में दुबके शरारत के नन्हे चूजे पंचम स्वर में चीं-चीं कर रहे थे।

पहली मंज़िल! मॉल का सर्वाधिक ख्यात और चर्चित शोरूम—'अप्सरा'। अन्दर का माहौल तेज़ रोशनियों में नहाये एक अद्‌भुत स्टेज जैसा था जिस पर

क्रेता-विक्रेताओं के पात्र अपने-अपने अभिनय में मशगूल थे। चारों ओर बड़ी-बड़ी शैल्फें। चारों ओर वस्त्र ही वस्त्र। राष्ट्रीय-अन्तर्राष्ट्रीय ब्रांड। फैशन एवं डिजायनों के नवीनतम संग्रह। इन डिजायनों का प्रदर्शन करते जीवन्त डॉल्स एवं पुतले।

शोरूम का दक्ष सेल्समेन उन्हें विशिष्ट काउंटर पर ले आया। साड़ियाँ, जीन्स-टॉप, पैंट-शर्ट, अन्तःवस्त्र...! रंगों के अद्‌भुत शेड्स।

एक-दूसरे को अतिक्रमित करतीं कसीदाकारी की नवीनतम बानगी। चयन प्रक्रिया तीन घंटों तक चली। अन्ततः चयनित होकर वस्त्र ढेरों से अलग हुए और आकर्षक भड़कीले पैकेटों में बन्द होकर आ गये। भुगतान काउंटर पर बिल पेश हुआ...अठारह हज़ार पाँच सौ। जादुई चिराग पर कुछ खरोंचें लगीं और भुगतान हो गया। संजना के चेहरे पर सन्तुष्टि की पुखरानी आभा फैल गयी।

पैकेटों को चमगादड़ की तरह हाथों में झुलाए केप्सूल लिफ्ट से नीचे उतरे ही थे कि संजना के पाँव थमक गये।

"दीपावली के मौके पर जींस-टॉप का एक सेट बुलबुल के लिए भी ले लिया जाय तो कैसा रहेगा हर्ष? जीजू की ओर से गिफ्ट पाकर तो वह नटखट बौरा ही जाएगी।"

"अरे! वण्डरफुल आइडिया यार।" बुलबुल के ज़िक्र मात्र से ही हर्ष रोमांचक सनसनी से भर गया। बुलबुल संजना की इकलौती बहन थी। शोख एवं चंचल। रूप और लावण्य में संजना से दो क़दम आगे। बारहवीं कॉमर्स की छात्रा। शादी की गहमागहमी में परिचय बस औपचारिक ही रहा था, पर सप्ताह भर बाद जब 'पीठफेरी' पर संजना को लिवाने गया तो संकोचों की बालुई दीवार को ढहते देर नहीं लगी। तीन दिनों का प्रवास रहा ससुराल में। एक दिन मैथान डैम के सैर का प्रोग्राम बना। डैम देख चुकने के बाद तीनों समीप के पार्क में चले आये। अचानक संजना की नज़र दूर खड़े आइसक्रीम ठेले पर पड़ी तो वह उठकर आइसक्रीम लाने चली गयी। बरगद की ओट! रिश्ते की अल्हड़ता और बुलबुल की आँखों से झरती महुआ की मादक मन्ध। हर्ष स्वयं को रोक नहीं पाया और झटके से आगे बढ़ कर बुलबुल के होंठों पर चुम्बन जड़ दिया।

हर्ष की अँगुलियाँ अनायास ही होंठों पर चली गयीं। बुलबुल के होंठों का सनसनाता गीलापन जैसे अभी भी कुंडली मार कर बैठा था वहाँ। सिहरन से लरज कर हिनहिना उठा वह—"जींस-टॉप के साथ एक साड़ी भी ले लो ना। अपनी जैसी अच्छी प्राइस रेंज की लेना, ओ.के.?"

रमा सिलाई मशीन से उठकर बाहर बरामदे में आ गयी। मशीन पर लगातार

पाँच घण्टे की बैठकी से पीठ और कमर अकड़ गयी थी। सूई की ओर लगातार नज़रें गड़ाए रखने से आँखें जलने लगी थीं। रात के गयारह बज रहे थे। बाहर रात की काली चादर पर आधे चाँद की धूसर चाँदनी चमचमा रही थी। अँधेरे के अदृश्य कोनों से झिंगुरों का समवेत रुदन सन्नाटे को रहस्यमय बना रहा था।

चैन नहीं पड़ा तो वापस कोठरी में लौट आयी। कोठरी के भीतर बिखरे सरंजाम को देखकर हँसी छूट गयी। रफ़ू की हुई पुरानी सिलाई मशीन। पास में कपड़ों की ढेरी जो महाजनों के यहाँ से रफ़ू के लिए आये थे। रफ़ू की हुई पुरानी खड़-खड़ करती टेबल। बर्तन-भाँडे, कपड़े-लत्ते, खाट-खटोले, दीवार-छत सबके सब रफ़ूमय।

रमा ब्याह कर पहली बार आयी थी यहाँ तो उम्र सोलह साल थी। रमेसर 'जे.के. एल्यूमीनियम' में लेबर था। ज़िन्दगी की गाड़ी साल भर ठीक-ठाक चली। उसके बाद श्रमिक संगठनों एवं प्रबन्धन के आपसी मल्लयुद्ध में लहूलुहान होकर एशिया का यह सबसे बड़ा एल्यूमीनियम संयन्त्र शर-शय्या पर भीष्म पितामह की तरह इस क़दर पड़ा कि फिर उठ न सका। हज़ारों श्रमिक बेकारी की अन्धी सुरंग में धकेल दिये गये। रमेसर ने काम के लिए बहुत हाथ-पाँव मारे, पर कहीं भी जुगाड़ नहीं बैठा सका। अन्त में वह रिक्शा चलाने लगा। पर दमे का पुराना मरीज़ होने के कारण भला कितनी सवारियाँ खींच पाता? ख़ाने के लाले पड़ने लगे। तब बचपन में सीखा सिलाई और रफ़ूगीरी का शौकिया हुनर काम आया। रमा ने रफ़ू की हुई पुरानी सिलाई मशीन का जुगाड़ किया। धीरज के साथ पास के शहरों के व्यापारियों से सम्पर्क साधा और इस तरह सिलाई के साथ-साथ हुक लग जाने से अथवा चूहों द्वारा कुतर दिये जाने से नष्ट हुए कपड़ों की रफ़ूगीरी के पेशे से ज़िन्दगी की फटी चादर पर रफ़ू लगाने की कवायद शुरू कर दी गयी। शुरू-शुरू में दिल एक अनजानी आशंका से धकधकाता रहा, पर ज्यों-ज्यों सफलता मिलती गयी, आत्मविश्वास गहराने लगा। धीरे-धीरे दूर तक के प्रतिष्ठित व्यापारियों के बीच एक कुशल और बेहतरीन रफ़ूगर के रूप में उसकी ख्याति फैलती चली गयी।

फिर हर्ष पेट में आया। तबीयत ढीली रहने लगी। डॉक्टरों के पास जाने की औकात कहाँ? देशी टोटकों के रफ़ू लगे देह पर। देखते-देखते नवाँ महीना आ गया। फूले पेट के भीतर हर्ष की भरतनाट्यमी कलाबाजियों से मरणासन्न रमा वेदना को दाँत पर दाँत जमा कर निरस्त करने की नाकाम कोशिश करती उसके स्वागत में पलक पाँवड़े बिछाए रही।

अन्ततः उसे सरकारी अस्पताल में प्रसव के लिए ले जाया गया। वहाँ जाँच

के बाद डॉक्टर ने ऐलान किया—"केस सीरियस हो गया है। अब जच्चा या बच्चा—दोनों में से किसी एक को ही बचाया जा सकता है।" रमा की आँखों के आगे अँधेरा छा गया। फिर दूसरे ही पल उसने डॉक्टर को भगवान की सौगन्ध दे दी—सिर्फ़ और सिर्फ़ बच्चे को बचा लेना हुजूर। रमेसर की गोद में हमारे प्यार की निशानी तो रह जाएगी जो इस सतरंगी दुनिया को देख सकेगी।

डॉक्टर ने हर्ष को जीवनदान दे दिया। रमा कोमा में चली गयी। कोमा की यह स्थिति पन्द्रह दिनों तक बनी रही। घर में कोहराम मच गया। डॉक्टरों ने उसकी ज़िन्दगी की उम्मीद छोड़ दी। फिर जैसे चमत्कार ही हो गया। उसके बदन में सरसराहट भरने लगी। पपोटे फड़फड़ाने लगे। मौत के साथ लम्बे संघर्ष के बाद आखिरकार रमा बच ही गयी।

उस समय रमा ने तुम्हारे अस्तित्व को दरकिनार करते हुए यदि अपनी ही जान की परवाह की होती तो हर्ष, तुम कहाँ होते आज?

हर्ष पढ़ने-लिखने में औसत था। पढ़ने से जी चुराता। स्कूल के नाम पर घर से निकल जाता और स्कूल न जाकर आवारा लड़कों के संग इधर-उधर मटरगश्ती करता रहता। हाई-वे के पास वाली पुलिया पर बैठकर आती-जाती लड़कियों को छेड़ा करता। इस सब बातों को लेकर रमेसर अकसर उसकी पिटाई भी कर देता।

"तेरे भले के लिए ही कह रहे हैं रे।" रमा उसे प्यार से समझाती—"पढ़-लिख लेगा तो इज्जत की दो रोटी मिलने लगेंगी। नहीं तो अभावों और जलालत की रफ़ू वाली ज़िन्दगी ही जीनी पड़ेगी।"

किसी तरह मैट्रिक पास कर लेने के बाद रमा ने उसे कोलकाता भेज देने का निश्चय कर लिया। पुराने आवारा दोस्तों का साथ छूटेगा तभी पढ़ाई के प्रति गम्भीर हो सकेगा।

"पर कलकत्ता में कहाँ रहेगा, कहाँ खाएगा? वहाँ का खर्च क्या आसमान से पूरेगा?" रमेसर ने शंका में मुंडी हिलायी तो रमा के चेहरे पर आत्मविश्वास की पुखराजी धूप खिल उठी—"आसमान से भला कभी कोई चीज़ आयी है जो अब आएगी? खर्चा हम पूरा करेंगे। आधा पेट खाकर रह लेंगे। ज़रूरतों पर और कटौती कर देंगे। चाहे जैसे भी करके हर्ष को पढ़ाना ही होगा। उसकी ज़िन्दगी सँवार देनी है।"

रमा की जीवटता देखकर रमेसर चुप हो गया। हर्ष को कोलकाता भेज दिया गया। सस्ता-सा पी.जी. (पेईंग गेस्ट) होम तलाशते देर न लगी। कॉलेज में एडमिशन भी हो गया। नये दोस्तों की संगत रंग लाने लगी। पढ़ाई की ओर ध्यान जुटने लगा। रमा निरन्तर पैसे भेजती रही। इन पैसों का जुगाड़ किन मुसीबतों

से गुज़र कर हो रहा है, हर्ष को इस बात से कोई मतलब नहीं था। इस तरह पहले इंटर, फिर बी.बी.ए. और अन्त में एम.बी.ए.। एक-एक सीढ़ियाँ तय करता हुआ हर्ष मंज़िल तक पहुँच ही गया।

उस समय रमा ने अभावों से जूझते हुए और सामर्थ्य से बाहर जाकर तुम्हें कोलकाता भेजने का संकल्प नहीं लिया होता तो हर्ष, तुम कहाँ होते आज?

एम.बी.ए. की डिग्री का झोली में आ गिरना टर्निंग प्वाइंट साबित हुआ हर्ष के लिए। पहले प्रयास में ही टाटा मोटर्स जैसी ख्यात कम्पनी में जॉब मिल गया। फिर सुन्दर और शिक्षित संजना से ब्याह। कोलकाता में पोस्टिंग और अलीपुर के पॉश एरिया में कम्पनी के आवासीय कॉमप्लेक्स में शानदार फ़्लैट। अरसे से दाने-दाने को मोहताज किसी वंचित को जैसे अथाह सम्पदा के ढेर पर ही बैठा दिया गया हो। एकबारगी ढेर सारी सुविधाएँ। एकबारगी ढेर सारा वैभव। सब कुछ एक छोटे से आयताकार जादुई चिराग में क़ैद। और इस चिराग के एकछत्र 'अलादीन' सिर्फ़ और सिर्फ़ वे दोनों।

टाटा मोटर्स में जॉब लगे तीन साल से ज़्यादा हो गये। जॉब लगते ही हर्ष ने कहा था—''नयी जगह है मम्मी। सेट होने में हमें ही थोड़ा वक़्त लगेगा। सेट होते ही तुम्हें अपने पास बुला लेंगे। इस मनहूस जगह को हमेशा के लिए अलविदा कह देंगे।''

सुनकर अच्छा लगा था। रफ़ूगीरी का काम करते-करते तन और मन पर इतने सारे रफ़ू चस्पा हो गये हैं कि घिन आने लगी है। अब वह भी सामान्य ज़िन्दगी जीना चाहती है। जिस दिन भी हर्ष कहेगा, चल देगी। यहाँ कौन-सी सम्पत्ति पड़ी है। सारी गृहस्थी एक छोटी-सी गठरी में ही समा जाएगी।

लेकिन देखते-देखते तीन साल का लम्बा समय गुज़र गया। इसी बीच हर्ष पर्व-त्योहारों पर कई-कई बार यहाँ आया। तीन दिन के प्रवास का ढाई दिन ससुराल में बीतता। रमा ने उसे कभी नहीं टोका। बेटे की खुशी में ही उसकी खुशी है। फिर छुट्टी बिता कर बिना कुछ कहे लौट जाता। ''मम्मी, इस बार तुम्हें भी साथ चलना है...'' —इस एक पंक्ति को सुनने के लिए तड़प कर रह जाती है वह।

तो क्या अपने साथ ले चलने के लिए हर्ष के आगे हाथ जोड़ते हुए गिड़गिड़ाते हुए विनती करनी होगी? माँ की तन्हाइयों और मुसीबतों का एहसास स्वयमेव ही नहीं होना चाहिए उसे? न...वह ऐसा नहीं कर सकती। उसके जमीर को ऐसा कतई मंजूर नहीं होगा। सिर्फ़ एक बार...कम से कम एक बार तो हर्ष को मनुहार करनी ही होगी कि मम्मी इस बार हम तुम्हें ले कर ही जाएँगे अपने

संग। अगर वह ऐसा नहीं कर सकता है तो न करे। वह भी कहीं जाने के लिए मरी नहीं जा रही।

शोरूम में आधे घण्टे का वक़्त और लगा। जीन्स-टॉप के साथ सीक्वेन्स वर्क की खूबसूरत साड़ी भी। जादुई चिराग पर एक और गहरी खरोंच। हाथों में झूलते चमगादड़ों के गुच्छों में एक चमगादड़ और जुड़ गया। लिफ्ट से नीचे उतर कर दोनों कॉफ़ी शॉप तक आये और एक-एक कप कॉफ़ी का सिप किया। फिर शाही अन्दाज़ में चलते हुए मुख्य द्वार की ओर बढ़ चले। दहलीज के बाहर पाँव रखे ही थे कि हर्ष एकाएक चौंक पड़ा—"अरे, मम्मी को तो भूल ही गये। उनके लिए साड़ी...?"

"ओह...!" संजना भी थमक गयी।

"एक बार फिर बैक टु अप्सरा...." हर्ष खिसियानी हसी हँस पड़ा और हड़बड़ाता वापस भीतर जाने को मुड़ा तो संजना ने उसे बाँह से पकड़कर रोक लिया—"अब उतर ही आये हैं तो चलो न, बाहर के किसी स्टोर से ले लेंगे।"

'बाहर के स्टोर से?" हर्ष सकपका गया।

"क्यों? एनी प्रॉब्लम?" संजना ने आँखें मटकायीं—"मम्मी ही तो हैं, मैडम मिशेल ओबामा जैसी बड़ी तोप नहीं कि साउथ मॉल की साड़ी न हुई तो शान में गुस्ताखी हो जाएगी। हँह! वैसे भी उन कस्बाई महिला को क्या फर्क पड़ेगा कि साड़ी कहाँ से खरीदी गयी है। बाहर के स्टोर से खरीदने पर सस्ती भी तो मिलेगी। तुम्हारे जादुई चिराग पर एक रफ़ू भी लगा जाएगा।"

"सचमुच", यह तो मैंने सोचा ही नहीं। आज की मार्केटिंग में काफ़ी ख़र्च हो गया है, अब कुछ बचत हो ही जानी चाहिए। यू आर रियली जीनियस जेन।" हर्ष संजना के तर्क पर मुग्ध हो उठा—"पर...पर लेनी प्योर सिल्क ही है यार।"

"उफ, तुम भी न...," संजना बड़बड़ायी—"इस तरह के उल्टे-सीधे वादे करने के पहले ज़रा भी नहीं सोचते। अब भुगतो। एन एक्स्ट्रा एक्सपेन्स ऑफ़ फाइव थाउजेंड...! (पाँच हज़ार का अतिरिक्त खर्च... ।)"

"अब कुछ नहीं हो सकता जेन! वादा कर आया हूँ ना। नहीं दिये तो मम्मी क्या सोचेगी... ।"

"ठीक है। कोई उपाय निकालते हैं।" संजना का दिमाग़ तेज़ी से किसी नायाब उपाय को ढूँढ़ने में लग गया।

बाइक अलीपुर की ओर दौड़ने लगी। पीछे बैठी संजना ने बायाँ हाथ आगे ले जाकर हर्ष की कमर पर टिका दिया। संजना की साँसों की मखमली खुशबू हर्ष को सनसनी से भरे दे रही थी।

रासबिहारी मैट्रो स्टेशन के पास एक ठीक-ठाक शोरूम के आगे बाइक रुकी। दोनों भीतर चले आये। उनके हाथों में साउथ मॉल के भारी भरकम भड़कीले पैकेट्स देखकर काउंटर के पीछे बैठे मुखर्जी बाबू मन ही मन चौंक उठे। ऐसे हाई-फाई ग्राहक का उनके साधारण से शोरूम में भला क्या काम?

"वेलकम मैडम, वेलकम सर...क्या सेवा करें?" हड़बड़ा कर खड़े हो गये मुखर्जी बाबू।

"प्योर सिल्क की एक साड़ी लेनी है। कुछ अच्छी डिजायनें दिखाइए।" दसियों साड़ियाँ काउंटर पर आ गिरीं। मुखर्जी बाबू उत्साहपूर्वक एक-एक साड़ी खोलकर डिजायन और रंगों की प्रशंसा में कसीदे पढ़ने लगे। संजना ने साड़ियों पर चिपके प्राइस—टैग पर नज़र डाली, तीन से चार हज़ार के बीच की थीं साड़ियाँ। उसकी त्यौरियाँ चढ़ गयीं। उसने तमतमाती नज़रों से हर्ष को ओर देखा। "तनिक कम रेंज की दिखाइए दादा।" संजना मिमियायी।

"मैडम, इससे कम प्राइस में अच्छा क्वालिटी का प्योर सिल्क नेईं आएगा। इससे बेटर होगा, बढ़िया सिन्थेटिक ले लें।" मुखर्जी बाबू सोच रहे थे, एतना मालदार पार्टी प्राइस देख के हड़क काहे रहा?

"प्योर सिल्क ही लेनी है।" संजना रुखाई से बोली। फिर हर्ष की ओर देखी। दोनों अंग्रेज़ी में वार्तालाप करने लगे।

"तुम्हारी मम्मी का दिमाग़ सनक गया है। माना कि चालीस-पैंतालीस की ही है अभी, पर हमारे समाज में विधवा स्त्री को ज़्यादा कीमती और फैशनेबल साड़ी पहनना वर्जित है। ये बातें उन्हें सोचनी चाहिए। मुँह उठाया और प्योर सिल्क माँग लिया, हँह। प्योर सिल्क का दाम भी पता है?"

हर्ष कहना चाहता था कि हमारे समाज में विधवाओं को सिर्फ़ रंग-बिरंगे भड़कीले प्रिन्ट्स पहनना ही वर्जित है, किसी भी धर्म ग्रन्थ में उन्हें कीमती साड़ी पहनने की मनाही नहीं और मम्मी ने मुँह उठाकर स्वयं प्योर सिलक नहीं माँगा है, बल्कि प्योर सिल्क की बात तो उसने की है। पर संजना के रूप-लावण्य और मोहक अदा वाले व्यक्तित्व का सम्मोहन इतना सघन था कि उसकी बोलती बन्द हो गयी।

"आई एम सॉरी जेन। वायदा कर चुका हूँ न। अब कोई उपाय नहीं।" हर्ष ने भूल स्वीकारते हुए अफ़सोस ज़ाहिर किया।

उसे अच्छी तरह याद है वह दिन। दोस्तों के संग घूम-फिर कर लौटा तो रात के ग्यारह बज रहे थे। मम्मी बिना खाए उसका इन्तज़ार कर रही थी। दोनों ने साथ भोजन किया। फिर वह मम्मी की गोद में सिर रख कर लेट गया। नीचे

मम्मी के गोद की अलौलिक ऊष्मा और ऊपर चेहरे तथा बालों में उसके ममता भरे हाथों का शीतल स्पर्श। न जाने कैसी जादुई तासीर थी इनमें कि आँखें झपक गयीं। वस्तुतः काफ़ी दिनों बाद निश्चिन्तता वाली सुकून भरी नींद आयी थी। भोर में पाँच बजे अचानक नींद टूटी तो देखा, मम्मी ज्यों की त्यों बैठी बालों में अँगुलियाँ फिरा रही हैं।

"अरे! मम्मी तुम सोयी नहीं?"हर्ष अकबका कर उठ बैठा।

"तुम्हें सोते हुए देखते-देखते रात कब बीत गयी, पता ही नहीं चला।" मम्मी के होंठों पर एक दिव्य सन्तुष्टि भरी मुस्कान थिरक रही थी। ऐसी मुस्कान जो सिर्फ़ उसी औरत के होंठों पर खिल सकती है जिसने मातृत्व का गौरव हासिल कर लिया हो।

उन्हीं जादुई क्षणों के दौरान हर्ष के मुँह से निकल गया—"ओह मम्मी, ओह...! इस बार दिवाली पर अच्छी-सी प्योर सिल्क दूँगा तुम्हें।" सुनकर मम्मी सिर्फ़ मुस्करा भर दी थी।

हर्ष और जेन के बीच वार्तालाप भले ही अंग्रेज़ी में हो रहा था और मुखर्जी बाबू को अंग्रेज़ी की समझ कम थी, फिर भी उन्हें तोड़ते देर नहीं लगी कि बहस साड़ी की कीमत को लेकर ही हो रही है।

'मैडम...," मुखर्जी बाबू ने सिर खुजलाते हुए अत्यन्त विनम्रतापूर्वक कहा—"यदि बुरा न मानें तो क्या हम पूछ सकते हैं कि साड़ी किस के लिए ले रहे?"

इसके पहले कि इस अटपटे प्रश्न पर दोनों हत्थे से उखड़ जाते, मुखर्जी बाबू ने त्वरित गति से स्पष्टीकरण ही पेश कर दिया—"न...न...मैडम, अन्यथा न लें' सिरिफ इसलिए पूछा कि तब हम उसके अनुकूल दूसरा किफायती ऑप्शन बता सकते।"

किफायती ऑप्शन की बात पर दोनों का आक्रोश स्खलित हो गया। संजना ने हिचकिचाते हुए मन की गाँठ खोल दी—"साहब की विडो (विधवा) मदर के लिए...।"

मुखर्जी बाबू के ज़ेहन में पलक झपकते पूरा माजरा बेपर्दा हो गया। मैडम ने साहब की माँ को 'मम्मी' नहीं कहा, 'सासू माँ' भी नहीं कहा। बल्कि 'साहब की विडो मदर' का प्रयोग किया। एकदम ग्लोबल भाषा। अऊर साहब उल्लू का पठ्ठा कार्टून का माफिक खड़ा-खड़ा दुम हिलाता खी-खी करता रहा। खूब!

"ऐसा बोलिए न मैडम..." उन्होंने सहायक को अबूझ से संकेत दिये। थोड़ी देर में ही काउंटर पर प्योर सिल्क का नया बंडल दस्ती बम की तरह आ गिरा। एक से एक खूबसूरत प्रिंट। एक से एक लुभावने कलर्स।

"वैसे तो ये साड़ी भी चार हज़ार से कम का नेई मैडम, पर हम इन्हें सिरिफ आठ सौ में सेल कर रहा। लोडिंग-अनलोडिंग के समय हूक लग जाने से या इंदूर (चूहा) काट देने से माल में छोटा-छोटा छेद हो जाता। हमारा ट्रैन्ड कारीगर 'प्लास्टिक सर्जरी' कर के उस नुस्ख को ऐसा माफिक ठीक करता कि साड़ी एकदम नया हो उठता है। सरसरी नज़र से देखने पर चालाक से चालाक आदमी भी नुस्ख को पकड़ नेई पाएगा, ये हमारा चैलेंज।"

"प्लास्टिक सर्जरी...? यानी कि..." संजना एक क्षण को हकलायी।

"न...न...रफ़ू नेईं, प्लास्टिक सर्जरी। आप खुद देखिए न।"

सचमुच बिल्कुल नयी और बेदाग साड़ियाँ। नुस्ख बिल्कुल भी समझ में नहीं आ रहे थे। छोटे-छोटे डिजायनदार तारे साड़ियों की खूबसूरती को बढ़ा रहे थे। दोनों की बाछें खिल गयीं। आँखों में यूरेका-यूरेका के भाव सिमट आये। मन तनाव से मुक्त हो गया। आनन-फानन ढेर से एक साड़ी चयनित हुई और पैक होकर आ गयी। यह नया पैकेट मॉल के पैकटों के बीच ऐसा लग रहा था जैसे आस्ट्रेलियाई क्रिकेट टीम के खिलाड़ियों के बीच वेस्टइंडीज का क्रिश गेल आ खड़ा हुआ हो।

"मैंने कहा था न, सही मौका आते ही जादुई चिराग पर रफ़ू लगा दूँगी। देख लो, तुम्हारा वादा भी पूरा हो गया और चिराग पर पूरे तीन हज़ार का रफ़ू भी लग गया। नहीं?"—संजना खिलखिलायी तो बालों की एक महीन लट पहले की ही तरह आँखों के सामने से होती हुई होंठों तक चली आयी। "यू आर रियली जीनियस जेन...।" दोनों के चेहरे गोभी के फूल की तरह खिले हुए थे।

हर्ष और संजना दिवाली के तीन दिन पहले ही वहाँ आ गये।

"मम्मी ये तुम्हारे लिए। दिवाली गिफ्ट। मैंने कहा था न, इस बार सुन्दर-सी प्योर सिल्क दूँगा...।" साड़ी पैकेट रमा की ओर बढ़ाते हुए हर्ष खुशी से दिपदिपा रहा था। संजना ने साड़ी को मॉल के भड़कीले पैकेट में डाल दिया था। रमा ने लरजते हाथों से पैकेट में से साड़ी निकाली। लगा जैसे हाथों में मुलायम फर वाला खरगोश ही आ दुबका हो।

"इसे दिवाली के दिन पहनिएगा मम्मी। आकाश से उतरी हुई कोई परी ही लगेंगी...।" संजना ने चुटकी ली।

"इतनी मँहगी प्योर सिल्क की क्या ज़रूरत थी रे?" रमा के उलाहना में गर्वोन्मत्त सन्तुष्टि की खनक घुली थी। बेटे को वादा याद रहा।

शाम को हर्ष संजना को लेकर ससुराल चला गया—"सारी तैयारी करके रखना मम्मी। हम दिवाली वाले दिन सुबह लौट आएँगे।"

पाँच दिनों के प्रवास का साढ़े तीन दिन ससुराल में। उल्लास और त्योहार के इस माहौल में भी घर में श्मशानी खामोशी। रमा ने खुद को संयत कर लिया। साड़ी लिए मशीन के पास वाली कुर्सी पर आ बैठी। गुलाबी पृष्ठभूमि पर छोटे-छोटे फूल-पत्तियों का जाल। अचानक ज़ेहन में एक खटका सलीब की तरह टँग गया...अरे! बिल्कुल ऐसे ही कलर और प्रिण्ट वाली प्योर सिल्क पिछले महीने ही उसके हाथों से होकर गुज़री है। हुबहू वही शेड। हुबहू वही फूल-पत्तियों के छापे। बिजली की गति से हाथ साड़ी की तहों को खोलने में लग गये। पूरी तरह। चौकन्नी और खोजी निगाहें केंचुए की तरह एक सिरे से दूसरे सिरे के 'रन वे' पर रेंगने लगीं। बिल्कुल...उसके हुनर से उपजे यत्र-नत्र बिखरे नन्हे तारे। साड़ी के छोर पर कोने में लाल धागे की नन्ही बिन्दी। उसकी पहचान। शक की कोई गुज़ाइश नहीं।

रमा का कलेजा धक से रह गया। आँखें फटी की फटी रह गयीं। उसे याद आया, भीखमचन्द रामरतन, जो साड़ी के बड़े थोक व्यापारी हैं, उनका माल दूर-दूर के शहरों तक सप्लाई होता है। उन्हीं के यहाँ से यह साड़ी आयी थी रफ़ू के लिए।

उसका कलेजा मुँह को आ गया। अपमान बोध के तनाव से पलकें ढलक गयीं। आसमान से उतरी परी। क्या सचमुच।

इस सन्निपाती दौर का आलम कुछ ही पलों तक रहा। फिर रमा उठ बैठी। न...हर्ष को इस बात की ज़रा भी भनक नहीं लगनी चाहिए कि उसे सब पता चल गया है। कलेजे का टुकड़ा है वह। उसकी ख़ुशी में ही मेरी ख़ुशी है।

उसने तय कर लिया दिवाली के दिन यही साड़ी पहनेगी वह।

पानीदार

लड़की लम्बे-लम्बे डग भरती जब पार्क के गेट के पास पहुँची तो पौ फट चुकी थी और कालिमा के गर्भ से भोर की धूसर सफ़ेदी चिलकने लगी थी, मानो फ़िल्म की निगेटिव धुलकर शनैः-शनैः रंगीन दृश्य में रूपान्तरित हो रही हो। दिसम्बर का उत्तरार्द्ध था और पौष की कड़ाके की ठंड चरम पर थी। पेड़-पौधे, सड़क, घर-दीवारें, बिजली के खम्बे, खम्बों के तार और तारों पर बैठक कबूतर-कव्वे... सब के सब जाड़े की ज्यादती से मरणासन्न दिख रहे थे।

लड़की पार्क के बीचों बीच बन गयी लीक पर चलती हुई पश्चिमी बाउंड्रीवाल के पास आ गयी। दीवार पर एक जगह ईंटें दरकाकर उस पार जाने के लिए दर्रा बना लिया गया था। वहाँ का परिदृश्य ऐसा लग रहा था मानो दीवार एल.ओ.सी. हो एवं दीवार के इस पार हिन्दुस्तान तथा उस पार पाकिस्तान हो। पाकिस्तान साइड में दीवार के पास ही खटाल था। लड़की कुशल नटिनी की तरह फुदक कर घुसपैठ करती हुई खटाल में आ गयी और मवेशियों के झुंड में सूराख बनाती गोबर तलाशने लगी। जो थोड़ा-सा मिला, उसे उठाते हुए लग रहा था जैसे हथेलियों में बर्फ़ उठा रही हो। मुँह से सीत्कार निकल पड़ी—"माँ...माँ गो'।

लड़की के माँ-बाप पहले ही मर चुके थे। वह मामा-मामी के यहाँ पल रही थी। मामा म्यूनिसपैलिटी में सफ़ाई कर्मचारी की अच्छी-सी नौकरी से लगा हुआ था। पर तनख़्वाह का बड़ा हिस्सा दारू की भट्ठियों में स्वाहा हो जाता। प्रतिक्रियास्वरूप मामी के सर पर हर वक़्त रणचंडी का बेताल सवार रहता और बेताल का सारा गुस्सा लड़की पर मारपीट एवं अमानुषिक यातनाओं की शक्ल में उतरता। आय का अतिरिक्त स्रोत तलाशने की धुन में मामी ने लकड़ी को अल्लसुबह उठाकर आसपास के खटालों से गोबर बीन लाने का काम सौंप रखा था। इस भयंकर ठंड में भी मामी पाँच का अज़ान होते ही उसे उठाकर बाहर धकेल देती।

लड़की ने हाथ में लगे गोबर को चट के टुकड़े पर रगड़ कर पोंछा। रगड़

से हथेलियों में तनिक गर्मी का संचार हुआ, फिर भी कनकनाहट कम नहीं हुई। दाँत किटकिटा रहे थे और हाथ-पाँव के रोंगटे खड़े हो गये थे। गोबर की दूसरी खेप के लिए थोड़ा इन्तज़ार ज़रूरी था। दोनों हथेलियों को काँख में दबा कर वह दर्रा लाँघ कर हिन्दुस्तान में आ गयी। दर्रे के पास ही सीमेंट की बेंच बनी हुई थी। लड़की ने छूकर देखा। ठंड की धारदार लहर पोरों से होकर जिस्म के भीतर उतर गयी। उस पर बैठने का साहस नहीं हुआ।

अचानक लड़की ने नोट किया, साँस के संग-संग धुआँ भी निकल रहा है। उसने होंठ गोल करके हवा छोड़ी तो मुँह से ढेर सारा धुआँ निकल आया। उसे बड़ा मज़ा आया। आश्चर्य भी हुआ। उसके क्वार्टर के पिछवाड़े से रेल की पटरियाँ दिखती थीं। जब भी स्टीम इंजिन वाली गाड़ी गुजरती, इंजिन के भीतर से इसी तरह धुआँ निकला करता। लेकिन उस इंजिन के पेट में तो आग जलती रहती है। तो क्या इस पेट के भीतर भी वैसा ही कुछ धधक रहा है? बहरहाल नाक और मुँह से धुआँ निकलते देख उसे मज़ा आ रहा था। इस मज़े ने थोड़ी देर के लिए ही सही, ठंड के एहसास को कम कर दिया था।

इसी बीच पार्क में काफ़ी लोग आ गये थे। युवा, अधेड़ बच्चे! महिलाएँ एवं पुरुष! जॉगिंग करते, क्रिकेट खेलते, टहलते, बतियाते सुबह की सैर करते। लड़की हसरत से इन लोगों के क्रियाकलापों को देख रही थी। थोड़ी दूर पर ही चिंटु हाथ में गेंद लिए खड़ा था। लड़की को चुप अकेली खड़ी देखकर उसके पास आ गया।

चिंटु ने गौर से उसे देखा। देखते हुए उसकी आँखें कौतूहल से फैलती चली गयीं। पतले छींटदार कपड़े की अधबांही फ्रॉक! उस पर पतले ऊन का पुराना हॉफ स्वेटर! घिसा हुआ! इतने कम कपड़ों में कितने आराम से खड़ी है ये लड़की! इससे ज़्यादा कपड़े तो उसके घर में दाई का काम करने वाली इसी की हमउम्र लड़की पहने रहती है। फिर भी जाड़ा लगने की शिकायत करती है। और वह खुद? कोट, ऊन का शर्ट, फरवाला फुल स्वेटर, जीन्स की मोटी जैकेट और मंकी कैप! मुँह के सिवाय शरीर का कोई भी हिस्सा खुला नहीं। फिर भी ठंड रिस कर शरीर को झनझना रही है।

''इतने कम कपड़ों में जॉगिंग करने आयी है तू? तेरे को जाड़ा नहीं लगता?'' चिंटु को रहा नहीं जाता।

''जॉगिंग करने नेईं, गोबर लेने आया।'' लड़की मिमियाई। बाबा...कितना जाड़ा लग रहा, यह तो वही जानती है लेकिन कपड़े हों तब न पहने। गोयनका साहब अपने मित्र यादवजी के संग समीप ही बतियाते हुए टहल रहे थे। चिंटु

चीख़ते हुए खिलखिला पड़ा—"देखिए पापा...यह लड़की सिर्फ़ हाफ स्वेटर और फ्रॉक पहने है, पर कह रही है कि जाड़ा नहीं लग रहा। हँह...!"

चिंटु की पुकार पर दोनों ही महानुभाव रुक जाते हैं और भरपूर नज़रों से लड़की का मुआयना करते हैं। सचमुच...। मौसम के तेवर के सन्दर्भ में लड़की के बदन पर नाम मात्र के कपड़े उन्हें कौतूहल से भर देते हैं।

"देखा यादवजी...?" गोयनका साहब के चेहरे पर 'यूरेका...यूरेका' के भाव उभर आये, मानो किसी गूढ़ पहेली का हल सूझ गया हो—"इन छोटी जाति के लोगों को जाड़े का एहसास उस तरह से नहीं होता जिस तरह से हम लोगों को हुआ करता है।"

"ठीके कह रहे हैं आप। एक सम्भ्रान्त घराने का कोई आदमी यदि इतना कम कपड़ा में इस मौसम में रहे तो निश्चित रूप से टें बोल जाएगा ससुर।" यादवजी अपनी ही बात पर हो-हो करके हँस पड़े।

"सिर्फ़ जाड़ा ही नहीं, भूख-प्यास, सर्दी-गर्मी, सुख-दुख, हर मुद्दे पर इनके एहसास और इनकी ज़रूरतें सीमित एवं श्लथ होती हैं। इन लोगों के हित में किसी भी तरह की योजना बनाने के पहले सरकार को यह बात ध्यान में रखनी ही चाहिए।"

"सरकार भी ससुरी का करे, ऐं? सब भोट का पालिटिक्स है। सरकार को इन सब का भोट चाहिए, सो इन लोगों को योजना का सब्ज़ बाग दिखाना ज़रूरी है। शिक्षा में आरक्षण...नौकरी में आरक्षण...सब बकवासे न है! होना जाना कुछ नहीं इन टोटकों से।" पिच्च से थूक की धार छोड़ते हुए यादवजी फनफनाये।

निगेटिव धुल कर मुकम्मल प्रिंट में तब्दील हो चुकी है और प्रिंट में आकाश की नीलिमा, पेड़-पौधे की हरियाली, हरियाली के आगोश में झाँकती रंगीन फूलों की इन्द्रधनुषी छटा, सड़क का मटियालापन, पंख फैलाकर उड़ान भर रहे कबूतरों की सफ़ेदी—ये सभी परिदृश्य टुकड़ों-टुकड़ों में मिलकर एक मनमोहक लैंडस्केप का संयोजन कर रहे थे।

"ऐ खोकी...हम गेंद पर किक मारेंगे, तुम उसको उठाकर हमारे पास का देना, ठीक?' चिंटु ने लड़की से कहा तो लड़की सहमी-सी टुकुर-टुकुर देखती चुप ही रही। "तेरे को सुनायी पड़ रहा है न?"

"अभी समय नईं। गोबर लेने को आया।" लड़की की डरी-डरी मरियली आवाज़ किसी तरह कंठ से निकली तो चिंटु को हँसी आ गयी। गोबर बीनने आयी है, पर कह ऐसे रही है जैसे कोई महान काम करने आयी हो।

"अच्छा देख...गेंद लाकर देगी तो तुझे चॉकलेट देंगे। हर बार के लिए एक चॉकलेट, लो एक ठो खाकर देख।"

चिंटु ने जेब से निकालकर एक चॉकलेट लड़की की हथेली पर रख दिया। लड़की का कलजा धक्-धक् करने लगा। चॉकलेट का नाम तो सुना था पर अभी तक छू कर देखने का भी मौक़ा नहीं मिला था। अलबत्ता मामी को कई बार चटखारे ले कर चूसते देखा था। कैसा लगता होगा चूसने पर? अठन्नी वाली मीठी गोली जैसा? लड़की की पतली-पतली कँपकँपाती अँगुलियों ने झटपट चॉकलेट का रैपर खोल डाला। मटमैले रंग का छोटा-सा चकोर टुकड़ा बाहर निकल आया। लड़की ने एक पल भी गँवाए बिना चॉकलेट मुँह के हवाले कर दिया। एक क्षण को जीभ से चुभलाती रही और जब स्वाद जीभ से संश्लिष्ट होकर कंठ में उतरने लगा तो लड़की की आँखें एक अद्‌भुत तृप्ति से भर उठीं।

कुछ पीछे हटकर चिंटु ने गेंद पर किक लगायी तो गेंद उछल कर ठीक लड़की के नज़दीक आकर गिरी। लड़की फुर्ती से गेंद उठाकर चिंटु की ओर दौड़ गयी। चिंटु ने विश्वास कायम रखते हुए उसकी हथेली पर चॉकलेट रख दी। अपनी जगह वापस आते-आते लड़की ने चॉकलेट को मुँह के हवाले कर दिया। एक पल के लिए लड़की का मन चिंटु के प्रति ईर्ष्या से भर गया। कितना भाग्यशाली है ये दादा बाबू। रोज़ चॉकलेट ख़ाने को मिलता होगा। एक वह है। बदनसीब! चॉकलेट तो दूर की बात, पेट भर के ख़ाना भी नहीं मिलता। माछ भात तो कभी मास-दू-मास में मिला तो मिला, वरना सिरिफ रोटी और दाल। मामी से चॉकलेट के लिए पैसा माँगने का तो सवाल ही नहीं है।

अचानक लड़की के ज़ेहन में एक विचार कौंधा। अगर वह इस खेल में दस-बीस चॉकलेट जमा करके मामी के लिए ले जाए तो मामी ख़ुश हो जाएगी। ख़ुश हो गयी तो कुछ दिन गाली-गलौज और मार-पीट कम करेगी। ज़्यादा ख़ुश हो गयी तो कुछ दिन पेट भर के माछ-भात भी दे सकती है। माछ-भात के नाम से ही उसके बदन में फुर्ती आ गयी और वह अपने स्थान पर खड़ी होकर गेंद का इन्तज़ार करने लगी।

एक बार फिर गेंद पर प्रहार हुआ। गेंद उछलती हुई लड़की के पास आ गयी। लड़की तुरन्त उसे चिंटु तक पहुँचा आयी। चॉकलेट का रैपर खोलने से उसने खुद को बड़ी मुशिकल से ही रोका। उसे फ्राक की जेब में डाल दिया। थोड़ी देर में दूसरी चॉकलेट भी फ्रॉक की जेब के हवाले हो गयी। पर तीसरी चॉकलेट पर लड़की खुद पर नियन्त्रण न रख सकी और रोकते-रोकते भी अँगुलियों ने चॉकलेट को जेब के बजाय मुँह में डाल दिया। लड़की झुंझला उठी। इस तरह बेकाबू होने से मिल लिया माछ-भात!

चौथी बार जब गेंद पास आने लगी तो लड़की ने मन ही मन ठान लिया

कि अब आगे जितनी भी चॉकलेट मिलेगी, सब की सब मामी के लिए ही होंगी।

वह गेंद उठाने के लिए लपकने वाली ही थी कि पाँव थम गये। कानों में सीटीनुमा फुंफकार की आवाज़ आयी। लड़की ने पलटकर स्थिति को महसूसने का प्रयास किया। बाउंड्रीवाल पर जहाँ खोह बना हुआ था, ठीक उसी जगह नगरपालिका का नल लगा हुआ था। फुफकार की आवाज़ नल से निकल रही थी। थोड़ी देर तक फूँ-फूँ फुंफकारने के बाद देखते ही देखते नल से पानी गिरने लगा।

लड़की सोच में पड़ गयी। आस-पास पानी भरने वाला कोई भी नहीं था। ये म्यूनिसपेलिटी वाले भी अजीब हैं। इतनी कड़ाके की ठंड में भला इतनी सुबह नल में पानी छोड़ना चाहिए? लोग आराम से बिस्तर में दुबके होंगे। उन्हें तो पता भी नहीं चलेगा कि नल में पानी आ गया है। उसके पाड़ा में भी इसी तरह की आँख-मिचौली वाला खेल हो रहा है। पानी कभी एकदम भोर में तो कभी रात को ग्यारह बजे आएगा, जब लोग जन थके-हारे सोने की तैयारी कर रहे होंगे। नल खुलते ही पूरे मोहल्ले में कानोंकान ख़बर फैल जाती है। फिर तो कैसी थकान और कैसा आराम? पूरा पाड़ा बाल्टी-डेगची-कलसी लेकर नल के पास हाज़िर। जब तक पानी आते रहता है, 'पहले हम पहले हम' के चलते नोंक-झोंक चलती रहती है। हल्की-फुल्की नोंक-झोंक देखते ही देखते कभी भी गाली-गलौज और फिर हाथा-पाई में बदल जाती है। फिर तो नल के इर्द-गिर्द का क्षेत्र पानीपत का मैदान जैसा हो उठता है। अभी कल ही मामी और पड़ोस की झरना बऊ दी में पानी को लेकर मारपीट हो गयी थी। शुरुआत वही तू-तू मैं-मैं से हुई। फिर धक्का-मुक्की! फिर दोनों ने एक-दूसरे को झोंटा (केश) पकड़ कर बुरी तरह खींचा। खींचतान से मामी गिर पड़ी और माथे पर चोट लग जाने से ख़ून बहने लगा। इसी बीच नल बन्द हो गया और बहुतों को पानी नहीं मिल सका। उसे भी पीने के लिए पानी सपना मासी से माँगना पड़ा था। मासी का रक्त सना चेहरा देखकर किस तरह भय से काँपने लगी थी वह। म्यूनिसपेलिटी वाले नल भी तो ज़्यादा देर तक नहीं देते। दिन भर में एक बार। वह भी इतनी देर के लिए भी नहीं कि मुहल्लेवाले आराम से पानी भर सकें। हमारे देश में भला पानी की भी इतनी किल्लत क्यों हो गयी है?

"ऐ लड़की, क्या देख रही है? जल्दी से गेंद ला।" उसे चुप खड़ी देखकर चिंटु चीख़ उठा। लड़की ने निरीह दृष्टि से पहले पानी की धार को देखा, फिर गेंद को और फिर चिंटु को—"नल में पानी गिर रहा बाबू मोशाय...।" लड़की अपने तई पूरा दम लगाकर किंकियायी थी, लेकिन गले से निकलने वाली आवाज़ लुंज-पुंज, पाला मारी हुई सी लग रही थी।

चिंटु ने वहीं से उचककर नल का मुआयना किया, और फिर चिल्लाया—"अरे, पानी गिर रहा है तो तेरे बाप का क्या जा रहा है? गेंद ला...।" अनायास ही उसके लहजे में अमीरीजन्य असभ्य उद्दण्डता भरी झुँझलाहट का टोन घुल गया था। पब्लिक नल में पानी गिर रहा है तो इसको खुजली क्यों होने लगी? हमारे यहाँ तो ओवरहेड टैंक से पानी यूँ ही ओवरफ्लो होकर गिरता रहता है। इन सब छोटी-छोटी बातों पर माथापच्ची करने लगे तो चल ली ज़िन्दगी, थोड़ा प्रेक्टिकल होना चाहिए कि नहीं?

लड़की एक क्षण को असमंजस में खड़ी रही। ज़ेहन के स्क्रीन पर उस दिन नल पर हुए मल्लयुद्ध के कोलाज चिलकने लगे। मामी और झरना बऊ दी की नोच-खसोट...तमाशबीनों की चटखारेदार असभ्य टिप्पणियाँ...मामी के चेहरे पर रक्ताभ अल्पना...पानी की किल्लत...पानी के लिए सपना मासी से याचना।

न...! इस बहते पानी को रोकना ही होगा। इस तरह से संचित हुआ पानी निश्चित रूप से किसी-न-किसी मोहल्ले के नल में ही जाएगा। लड़की मन-ही-मन एक निर्णय लेती हुई गेंद की ओर न जाकर नल की ओर बढ़ गयी। बदन को नल से दूर रखते हुए उसने झुककर हथेली नल की चाबी पर रख दी। नल को छूते ही बदन कँपकँपा गया और ठंड की धारदार लहर कटार की मानिन्द दिल के भीतर उतरती चली गयी। उसकी नन्ही अँगुलियाँ चाबी को घुमाने की चेष्टा कर रही थीं।

टिक...टिक...! टिक...टिक...! एक पल...दूसरा पल...! पल पर पल बीते जा रहे थे पर चाबी टस से मस न हुई। सम्भवतः भीषण जाड़े से चाबी के पेंच भी मानो अकड़ गये हों।

"ऐ खोकी (लड़की)... चॉकलेट नहीं लेना है क्या?" चिंटु झुँझलाहट से भर उठा। गोबर उठाते-उठाते दिमाग़ में भी गोबर भर गया है। अच्छा-भला खेल छोड़कर किस वाहियात काम में फँस गयी स्टुपिड!

"एखुनी आसछी दादा बाबू...। नल ठो बन्द कर लें...।" वह फिर से किंकियायी। चॉकलेट का प्रलोभन लड़की को अजीब-सी झुरझुरी से भर गया। आँखों की पुतलियों पर माछ-भात की सोंधी महक चस्पा हो उठी। लेकिन वह नल से हट नहीं सकी। इसी पानी के कारण ही न मामी उस दिन घायल हो गयी थी। निचले होंठों को दाँतों तले दबा कर पूरी ताकत से चाबी को घुमाने का उपक्रम करने लगी। चाबी फिर से भी न घूम सकी। पानी वेग से गिरता रहा। अलबत्ता इस प्रयास में नल का मुँह दब जाने से पानी जो उछला तो, फ्रॉक अवश्य भीग गयी। भीगी फ्रॉक का हिस्सा बदन से चिपक कर बर्छी की तरह ही चुभने लगा था देह में।

आखिर चिंटु बड़बड़ाता हुआ नल के पास आ गया। चिंटु को नज़दीक देख कर लड़की सहम गयी और कातर स्वर में सफ़ाई प्रस्तुत करती बड़बड़ायी—"नल ठो बन्द करके अभी आयी।" चिंटु ने देखा नल की चाबी लड़की की हथेलियों में ठीक से समा भी नहीं रही है। उसकी फ्रॉक एवं स्वेटर भीग गये हैं। इतने जाड़े में भीगते हुए नल बन्द करना उसे मदारी के कौतुक वाले खेल की तरह लगा। इस कौतूहल को दिखाने के लिए वह पापा को बुलाने दौड़ गया—"पापा...पापा..., कम विथ मी। आप को एक अजूबा दिखाते हैं।"

थोड़ी देर में तीनों नल के करीब आ पहुँचे। लड़की अभी भी चाबी से उलझी हुई थी। चाबी प्रयास करने के बावजूद घूम नहीं पा रही थी। उसका चेहरा असफलताजन्य खीझ से तमतमा उठा था। अपने जुनून में चॉकलेट की बात लगभग भूल चुकी थी वह! वह भूल चुकी थी कि अब तक मवेशियों ने गोबर कर दिया होगा और उसने गोबर को क़ब्जे में न लिया तो कोई और आकर उठा ले जाएगा। तब मामी उसकी ख़ूब पिटाई करेगी। वह भूल चुकी थी कि चॉकलेट जमा न हुए तो चिर आकांक्षित माछ-भात पाने की सम्भावना धूमिल हो जाएगी। उसके छोटे से ज़ेहन में सिर्फ़ उस दिन की धुँधली तस्वीर कौंध रही थी जब इसी पानी को लेकर झरना बहू दी और मामी में जमकर संघर्ष हुआ था और संघर्ष में मामी का चेहरा रक्त से सन उठा था।

गोयनका साहब और यादवजी की सम्मिलित नज़रें लड़की पर जा टिकीं। खूब! मरगिल्ली-सी काया और लिलिपुट क़द! फ्रॉक और स्वेटर भीग कर देह को सुन्न कर रहे हैं। छोटी हथेलियों में चाबी ठीक से समा भी नहीं पा रही है। पर सनक तो देखो इस कमबख़्त की, हँह!

"देखा यादवजी? इसे कहते हैं सनक। नल बन्द करके कौन-सा तीर मार लेगी? पद्मश्री मिल जाएगी?" गोयनकाजी उपेक्षा से हँस दिये।

"निम्नवर्गीय मानसिकता है साहब। ऐसी सनक के चलते ही न ये लोग भयंकर जाड़े में कम कपड़ों में रह लेते हैं, गर्मी में तपती सड़क पर नंगे पाँव चल लेते हैं। साठ फीट गहरे गड्ढे में गिरकर भी ऊ हरियाणवी प्रिंस इसी सनक के कारण ही तो बच गया ससुर।" यादवजी भी खिलखिला उठे।

"पापा, विजयपत सिंघानिया भी ऐसी सनक के कारण ही न छोटे जहाज़ में दूर-दूर तक उड़ लेते हैं?" चिंटु ने अपने जी.के. व आई.क्यू. का रौब गाँठना चाहा।

"उसे सनक नहीं, विल पावर कहते हैं, तुम नहीं समझोगे।" एक क्षण को गोयनकाजी सकपका ही गये, फिर तुरन्त सफ़ाई पेश कर दी।

''ठीके तो कह रहे हैं पापा। विल पावर और सनक में बहुत अन्तर होता है बेटा।''

''हमारी कोठी में तो पानी अकसर ही ओवर फ्लो होकर बहता रहता है। बार-बार पाइप का वाल्प कौन खोले और बन्द करे? सो परमानेंट खुला रहता है। पानी बहता है तो बहता रहे।''

''ठीके तो कह रहे हैं अब। ज़रूरत के मुताबिक पानी सप्लाई करना तो सरकार की नैतिक जिम्मेदारी न है। आखिर हमारे सम्भ्रान्त वर्ग से ही न सरकार के खजाने में पैसा जाता है गोयनकाजी। ये छोटी जाति वाले तो सिर्फ़ सरकार को लूटने में लगे रहते हैं।''

''खैर...देखिए न, हम भी कुछ सहायता कर सकते हैं क्या इसकी?'' गोयनकाजी के मन में अन्ततः लड़की के लिए सहानुभूति की कढ़ी उफन ही उठी। दोनों व्यक्ति नल से सुरक्षित दूरी बनाकर खड़े थे ताकि पानी की छींटें देह पर न पड़ जाएँ।

काश्मीरी शॉल को कन्धों के चारों ओर ठीक से एडजस्ट करते हुए गोयनका साहब ने गहन दृष्टि से नल के पेंच का मुआयना किया, फिर हुंकारा भर के बोले—''ऐ लड़की...चाबी उल्टा क्यों घुमा रही है रे। इधर से घुमा।''

''न...न...गोयनका साहब...'' यादवजी ने भी एड़ियों पर उचक कर मुर्गे की तरह गरदन ऊँची कर नल पर गिद्ध दृष्टि डालते हुए असहमति प्रगट कर दी—''चाबी के पेंच उधरे ही न हैं। ऐ खोकी, चाबी उधरे घुमाती रह...इस तरह।'' वे जोश में दोनों हाथों को हवा में लहराते हुए लड़की को संकेत देने लगे।

इस तरह यादवजी का बीच में लपक कर बात काट देना गोयनका साहब को कतई न सुहाया। मन ही मन कोफ्त हुई, पर किसी तरह स्वयं को संयत रखते हुए लड़की से तल्ख लहजे में बोले ''ऐ...सुना नहीं? चाबी इस तरफ़ घुमा, इस तरफ। तभी नल बन्द होगा।''

''असम्भव...,'' यादवजी ने एक क्षण को कनखियों से गोयनका साहब की ओर देखा, फिर सीधे लड़की से मुखातिब हो गये—''खोकी, हम जो बोल रहे, वैसे ही कर। चाबी उस तरफ़ घूमेगी, उधरे घुमाती रह।''

गोयनका साहब की मुद्रा अनायास ही आक्रोशात्मक हो गयी। बिहार-यू.पी. से ज़ारी हुई फ़र्जी डिग्री लेकर फिजिक्स के प्रोफ़ेसर बने हुए हैं, पर खुद को बड़ा तीसमारखां इंजीनियर समझ रहे हैं। इतने दिन की पुरानी मित्रता और मित्रता से भी बढ़ कर हमारी हैसियत का भी लिहाज नहीं किया। गाहे बगाहे आर्थिक सहायता भी करते रहते हैं इनकी। इनके जैसे टके के तीन बुद्धिजीवी कोठी पर हाजिरी लगाते हैं रोज़! ये हैं किस मुगालते में?

"लगता है, चश्मे का नम्बर बदलवाना पड़ेगा आपको..." गोयनका साहब के लहजे में व्यंग्य की चाशनी पड़ी हुई थी—"पहले पेंच को ध्यान से देखें, उसके बाद ही चोंच खोलें न।"

"अरे हुज़ूर..." गोयनका साहब के विष बुझे व्यंग्य पर यादवजी मन ही मन तिलमिला उठे। ठेठ अँगूठा छाप बनिया...। थोड़ा पैसा क्या कमा लिया, न्यूटने बनने चले हैं। पैसा भी क्या ईमानदारी का है? तेल की मिल में कितनी-कितनी हेराफेरी और घालमेल किया जाता है, सब जानते हैं ससुर। कभी-कभार थोड़ा लोन-उधार क्या दे दिये कि मोल ही में खरीद लिए अध्यापकीय वरिष्ठता को...।

"फिजिक्स के सिद्धान्तों में सिर खपाते केश पक रहे हैं साहब। एके नज़र में पेंच-पुल्लियों का तिया-पाँचा बाँच सकते हैं। ध्यान से देखने की ज़रूरत हम को नहीं आपको है।"

एक क्षण को ऐसा लगा कि हवा बस बिगड़ने वाली है...और कि बरसों की अन्तरंगता व घनिष्ठता पानी के इस खेल में बलि चढ़ जाएगी कि तभी पानी की एक ज़ोरदार धार पिचकारी की तरह छूट कर दोनों के चेहरे पर आ गिरी। पानी के ठंडे स्पर्श से दोनों अकबका उठे। आनन-फानन रूमाल निकाला और चेहरे से 'पानी' पोंछ डाला। दोनों जन तो पहले से ही भरे हुए थे। लड़की की इस बदतमीजी भरी हरकत ने इस भरावट की आग में घी का काम किया। तिरछी क्रोधिल दृष्टि से उन्होंने लड़की को घूरा। "पापा...आप लोग जो कुछ कह रहे हैं, यह लड़की तो बिल्कुल सुन ही नहीं रही है। देखिए...यह तो अपने आप में मस्त है।"

चिंटु की टिप्पणी ने दोनों की भरावट की आग में मानो घड़ों पानी उड़ेल दिया हो, लम्बी निःश्वास छोड़ते हुए, वे लोग चौंक ही तो पड़े। सचमुच लड़की का ध्यान इन दोनों की सलाह की ओर तो एकदम था ही नहीं। वह तो पूरी मुस्तैदी एवं तल्लीनता से चाबी को अपनी समझ के अनुसार सही दिशा में घुमाने के प्रयास में लगी हुई थी।

दोनों ने लड़की की ओर से नज़रें हटा कर अवाक् दृष्टि से एक-दूसरे की ओर ताका, मानो संकेत में पूछ रहे हों कि ये क्या हो गया? फिर खी...खी करके हँस पड़े।

"धत् तेरे की...! हम भी किस बेवकूफ की सनक में उलझ गये, ऐं?"

"सचमुच...," यादवजी भी फनफना उठे—"ये ससुरी तो हम इज़्ज़तदारों के बीच में मनमुटाव ही पैदा किए दे रही थी हुज़ूर।"

"बुज़ुर्ग की हैसियत से उचित सलाह देना फर्ज था हमारा। मानें या न माने, इसकी मर्ज़ी...।"

“छोड़िए न...! ये सरकारी पब्लिक नल इन छोटी जाति वालों के लिए ही न हैं। इन नलों के पानी की चिन्ता इन्हें करने दें। हम तो भरे-पूरे पानी वाले हैं।”

“मैंने कहा था न यादवजी, इन लोगों को दुख-दर्द का एहसास अलग तरह से होता है। एहसास का ऐसा ही कोई जज़्बा है कि मदारीवाले कौतुक-करतबों में ख़ूब मज़ा आता है इन लोगों को।”

लौटने का वक़्त हो चला था, सो पार्क के मुख्य द्वार की ओर चल पड़े। गोयनका साहब एवं यादवजी के बीच पहले जैसी ही ठहाकेदार अन्तरंगता बन चुकी थी।

तीनों कुछ ही क़दम बढ़े थे कि पीछे से लड़की की खुशी से ओत-प्रोत किलकारी गूँज उठी—“दादा बाबू...देखो...नल बन्द हो गया।”

तीनों ने मुड़कर देखा, पूर्वी क्षितिज पर हल्का-सा ही सूर्योदय हुआ था, पर लड़की के चेहरे पर विजयोल्लास की ढेर सारी पुखराजी धूप आ पसरी थी। दोनों हाथ उपर उठाए वह मुक्त कंठ से हँस रही थी।

तीनों ने अकड़ से कन्धे उचकाये। चिंटु ने चिढ़ाते हुए मुँह बिचका दिया—“ऐ पानी वाली...।”

जैसे ही क़दम मुड़ कर आगे बढ़े, लगा मानो लड़की की पानी में भीगी-भीगी निश्छल हँसी रसीदी टिकट सी पीठ से आ चिपकी हो और कन्धों के लाख उचकाने पर भी हट नहीं पा रही हो।

❑❑